ÜBER DEN AUTOR

Peter Rühmkorf, geboren 1929 in Dortmund, studierte von 1951 bis 1957 Pädagogik, Germanistik und Psychologie in Hamburg. Er war von 1958 bis 1964 Verlagslektor und lebt seither als freier Schriftsteller in Hamburg. 1970 Gastdozent für moderne deutsche Literatur in Austin/Texas. 1976 Stadtschreiber von Bergen-Enkheim. Peter Rühmkorf erhielt zahlreiche Auszeichnungen, u. a. 1979 den Bremer Literaturpreis, den Alexander-Zinn-Preis, den Droste-Hülshoff-Preis, 1986 den Arno-Schmidt-Preis, 1993 den Georg-Büchner-Preis; 1996 den Walter-Hasenclever-Preis der Stadt Aachen; 1984 wurde ihm die Heine-Ehrengabe der Stadt Düsseldorf verliehen, 1989 die Ehrendoktorwürde der Justus-Liebig-Universität Gießen.

Veröffentlichungen im Rowohlt Verlag u. a.: «Irdisches Vergnügen in g» (1959), «Kunststücke» (1962), «Wolfgang Borchert» (rowohlts monographien Bd. 58), «Die Jahre die Ihr kennt» (rororo Nr. 5804), «Walther von der Vogelweide, Klopstock und ich» (1975), «Strömungslehre I – Poesie» (das neue buch Bd. 107), «Über das Volksvermögen. Exkurse in den literarischen Untergrund» (rororo Nr. 1180), «Wer Lyrik schreibt, ist verrückt! Gesammelte Gedichte 1953–1975» (1976), «Haltbar bis 1999» (rororo Nr. 12115), «agar agar – zaurzaurim. Zur Naturgeschichte des Reims und der menschlichen Anklangsnerven» (1981), «Bleib erschütterbar – und widersteh. Aufsätze – Reden – Selbstgespräche» (1984), «Außer der Liebe nichts. Liebesgedichte» (rororo Nr. 5680), «Der Hüter des Misthaufens. Aufgeklärte Märchen» (rororo Nr. 5841), «Einmalig wie wir alle. Gedichte» (1989), «Dreizehn deutsche Dichter. Essays» (1989), «Laß leuchten» (rororo Nr. 13440). Ferner: Peter Rühmkorf/Michael Naura/Wolfgang Schlüter, «Phönix voran!» (mit Toncassette) und in der Reihe Literatur für KopfHörer – Peter Rühmkorf liest «Der Hüter des Misthaufens» (1 Toncassette, rororo Nr. 66006). Zum Werk von Peter Rühmkorf erschien 1989 «Zwischen Freund Hein und Freund Heine – Peter Rühmkorf. Studien zu seinem Werk», herausgegeben von Manfred Durzak und Hartmut Steinecke.

PETER RÜHMKORF

TABU I

Tagebücher
1989–1991

rororo

ROWOHLT

Veröffentlicht im
Rowohlt Taschenbuch Verlag GmbH,
Reinbek bei Hamburg,
Juni 1997

Umschlaggestaltung Walter Hellmann
Gesamtherstellung Clausen & Bosse, Leck
Printed in Germany
1990-ISBN 3 499 22153 5

Camerado, dies ist kein Buch
Wer dies berührt, berührt einen Mann
(Walt Whitman)

1988

[illegible]

21. Dez. 88, 16.30: «Beim Bäcker» – Schellfisch. Am Strand ein paar krähende Spätpubertätler: Rülpsturniere, Bölkwettbewerbe. Auch verfrühte Silvesterraketen im Anflug, kreischend und böspfeifend, immer widerwärtiger mit den Jahren. Heute nach langer Zeit einmal wieder über meinen unterschiedlich anziehenden Papieren, donjuanistisch hin und her gerissen. Kein gutes Verhältnis zu mir selbst. Das Gefühl, daß etwas zu Ende geht. Zur Hälfte bereits abgestorbenes Zeugs, das man mit sich herumschleppt. Erledigte Stoffe. Hadesgepäck. Und kein tröstliches Buch zur Hand, in dem man rückstandslos verschwinden könnte.

27. 12. Roseburg. Gegen 17.30 Mantheys, und meine unendliche Freude, bis auf den Grund vertraute Freunde wiederzusehen. Leider zuviel gegessen und danach den entsprechenden Todestrieb. Bin immer wieder erstaunt, was andere Personen nur so en passant in sich reinfressen können, all diese belegten Brote, Kuchen, Küchlein, wo mir der magere Manthey immer wie ein Bundesgenosse im Verhungern erschienen war. Zeigte Maria meine karminrote Zunge, was sie meinen ließ, daß es das typische Signal für eine kranke Leber sei. Der Lackmusstreifen für das stumme, weiche, nicht einmal schmerzanzeigende Organ.

28. 12. Mit Tabletten einigermaßen ausgeschlafen – trotzdem schleppt man sich wie ein Vergifteter dahin. Langer Spaziergang und vielen fremdenfeindlichen Hunden furchtsam ausge-

wichen. Im Gehege am Ende des Dorfes/Anfang des Waldes ein Trupp grauschwarzer Wildschweine. Bis zu den Schinken im kalten Schlamm. Ungemütlichkeitsallegorie. Zu Mittag Grünkohl, Schweinebacke, Kohlwürste. Gegen 19.00 nach Hamburg und Darwin-Film. Tief im Ohrensessel versunken mit auf Erkundungsfahrt gondeln.

29.12. – 16.30 Restaurant «Möwenblick». Heißhunger – Zahnschmerz – und in der Hoffnung auf einen bequem schlürfbaren Karpfen. Vielleicht, wenn man Glück hat, legen sich mit den Jahren die Leiden und lagern sich dann als beliebig knetbarer Unterhaltungsstoff ab. Hinter einer Birkenfeige (ficus benjamina) ein kahlgeschorener Kerl, der geschäftig auf dem nassen Stummel seiner Zigarre herumkaut, durch eine Lupe das Kleingedruckte von Versicherungspapieren studierend. Eine unansehliche Welt, in der gerade die Jugend noch ein bißchen beneideten Glamour herzeigt.

31.12.88 – Gestern den Begriff «Lyriden» in meine einfallskundlichen Betrachtungen eingeführt – Sternschnuppen aus dem Bild der Lyra, die sich der Vergesellschaftung im lyrischen Gedicht entgegensehnen. Als merkwürdig empfunden, daß literarische Modelle oft gar nicht wissen, daß sie zum Porträt gestanden haben. Als ich im Sommer dem Hauswirt B. auf der Straße begegnete – die graubetuchten Säbelbeine mächtig ausholend, der helle Popelinemantel knatternd vor Geschäftigkeit –, wollte mir im Moment nichts Unterhaltsameres einfallen, als daß sie ihm bei einer Darmoperation ein paar Klemmen eingenäht hatten. War verwundert, ihn wieder so munter am Leben zu sehen, aber wagte nicht, ihn auf den Vorfall anzusprechen. Im Gedicht dann den Reeder und Hausbesitzer zu einem sozialistischen Jugendfreund ummodelliert.

Naaaaa, Sie – wandeln ja immer noch rum
wie'n Farbprospekt für die ewige Jugend . . .
In Ihnen hatten die Ärzte doch seinerzeit
das Besteck liegenlassen
und anschließend irrtümlich zugenäht –

Bis abends zwischen Zeitungsausschnitten. Statistisches Material über Zunahme der Weltbevölkerung gesichtet. Eichels angerufen, die allein zu Hause waren und sich freuten, daß wir vorbeikucken wollten. Mit dem Taxi durch das Silvesterbombardement mit vor Angst und Ekel verzogenen Backen. Mir zuwider wie die Erinnerung an eigene Jugendzeiten, als man seiner Lebenslust nur mit Krach und Gelärme Ausdruck zu schaffen vermochte. Mich rückblickend vor mir selbst geschüttelt.

Später gemeinsam zur «Haifischbar», wo sie Freunde auflesen und mit Schiffchen ins neue Jahr gleiten wollten. Maßen fragend die bereits satt besetzte Barkasse ab – mit vielen einladenden Augen an Bord und Winken wie ausgeworfenen Fangleinen – aber ich hatte Schmerzen in der Brust und fühlte mich alt und verätzt, kein Zustand, sich freudig auf ablegende Boote zu begeben. Schöner Heimweg dem Strom der Leute entgegen, der sich zielstrebig auf die nächtlichen Landungsbrücken zubewegte, und nur mäßig bedauernde Blicke in die wallenden Nebelschwaden, in denen die Brillantraketen besonders gleunig verdampften. Gegen 2.00 mit Lichtenberg-Auswahl (*Streifzüge der Phantasie*) zu Bett und über L.s Experimenten mit dem Elektrophor befriedet eingeschlafen. Lichtenbergs Offerten an «Ew. Wohlgeboren Ihren Namenszug auf eine Art abzubilden, in welcher noch niemals eines Menschen Nahme geschrieben worden ist». Die experimentellen Wissenschaften und ihre Rechtfertigung als Volksbelustigung.

1989

1. 1. 89 – wie leicht sich das hinschreibt, als ob man schon seit langem darauf hingearbeitet hätte. Über Goethegedichten wieder mal die unbehagliche Frage, wie weit auch das Beste bei uns hinter den elementaren Anflutungen der Musik zurückstehen muß. Die Ausgedachtheit alles in Worte Verfaßten und – im Vergleich mit der Schwesterkunst – welch ein brillenbewehrtes und von Begriffen gestütztes Medium. Auch Goethes *Divan* nur eine Hundehütte gegen den Ansturm von Nichtigkeitsschaudern.

2. 1. 89 – 17.00, Bhf. Altona, Rehkeule. Als bedrohlich empfunden, daß das neulich noch so respektvoll illuminierte Gesicht des Kellners heute plötzlich wie eine Maske aus Gummi und Käse. Weiß nicht mehr, ob in Tabu vermerkt, daß ich bei einer Talk-Show das Publikum gefragt hatte: «Gereimt oder ungereimt – was möchten Sie lieber hören»? – worauf mir ein allgemeines emphatisches «gereimt» entgegengeschlagen war. Als ich einen Tag später im Wartesaal Altona aufkreuzte, schoß der Ober scharf wie ein Hecht an meine Sitzbucht heran und fragte: «Gereimt oder ungereimt – das waren Sie doch?!» – Nun auf einmal – und ohne jeden erkennbaren Grund – ein beinah beleidigendes Abwendeverhalten und deutliche Verachtungszüge um einen tüllenförmigen Mund.

Gestern abend Besuch von Opitz und Haffmans, der mir Gernhardts neuen Bilderband *INNEN UND AUSSEN* mitbrachte. Seitdem geblättert, gelesen, gestaunt, wie beschwingt und sachkundig das sein kleines Taschentheater in Gang hält, wohingegen Ich-mal-wieder mit meinen scheppernden Begriffsblechen?! Leidig süßlicher Geschmack in meinem Mund – viel Ungefallen an mir selbst – das Gefühl einer unheilbaren Rundumvergiftung.

8. 1. Rückfahrt Kiel–Hamburg. Zehn Stunden Schlaf, nur wenige Zigaretten, und zum ersten Mal seit Wochen ein paar tiefgreifende, beschwerdefreie Atemzüge. Der schöne Blick von Evas hochgelegener Packhausmansarde aus auf die weit aufgezogene sardellengraue Förde: mit 5 Schiffchen nur sparsam besetzt und im Nebel seltsam zu Herzen gehend. An einen tieferen Wehmutsnerv rührend E.s beinahe aussichtsloses zentimeterweises Versacken in Aktenstaub und Pressemulm. Eben noch mit 1000 Zungen gelockt/gerufen und zur Hoffnungsträgerin der Partei erklärt, scheint sie nun gerade eben noch als Lasteselin gut. Linke Politiker, die bei der rechten Presse gute Nachrichten einfahren sollen, was schlechterdings nicht funktioniert, und von denen bei anhaltendem Störfeuer dann auch die eigenen Genossen abrücken.

Ein Softeis-Januar, mild eingenebelt – verschmierte Erdfarben – schwarzgraffiten die Schablonenschriften der Stationen BORDESHOLM – WRIST – NEUMÜNSTER. Auch in Wrist bringen junge Mütter ihre ihnen aus dem Gesicht geschnittenen Söhne zur Bahn. Der zerfließende Schriftzug *Milch*. Graugekalkte Gepäckschuppen – nazirotes Gesiedel – vitriolgrüne Wieseweiden, eng besetzt mit kleinen Maulwurfswarften. Eine nackte Baumschule, Reih und Glied von hinten. Kein Tag zum Mitschreiben eigentlich, nur langsam dran vorbeizugleiten. Lautlos, spurlos, namenlos man selber.

10. 1. Gestern abend Besuch von Michel, erst sehr niedlich und bewegt, später dumpfer. Brachte mir die jüngste frohe Bot-

schaft aus der Szene mit: «Kochen à la Perestroika». Ernstgenommen wird in dieser Schickerilla-Sphäre offensichtlich gar nichts mehr, interessant allenfalls, welche Hoffnungen sich immer noch mit dem Muttermal-Markenzeichen auf Gorbatschows Kahlkopf verbinden. Die Menschheit, die ihrer Plagegeister und Kriegstreiber ledig werden möchte und sich nach freundlicheren Lebensmythen voransehnt. Schade für den Poeten, daß sich von Gedichten aus keine ernstzunehmende Frontlinie aufziehen läßt. Das seiner eigenen Ohnmacht unentwegt bewußte Passionsblümchen. Später mit M. zum Filmhaus, wo kein einziges vertrautes Gesicht uns so etwas wie eine eigene Bekanntheit widerspiegelte. Auf überfüllte Art ausgestorbener Laden. Gegen 23.00 nach Hause. Gedicht «Kaltnadel».

12. 1. Heute morgen bei gymnastischen Verrenkungen auf der Terrasse von dem kleinen milchblonden Hyperkinetiker überrascht. Als er mich oben pantomimisch seilspringen sah, schoß er wie ein junger Hund den Elbhang hoch, stemmte die Ärmchen in die Hüftchen und glotzte meinem Treiben so gebannt wie unverschämt zu. Entweder aus dem wird noch mal etwas interessant Nervöses, oder er landet in der Anstalt. Beobachtete ihn meinerseits in einer Mischung aus Rührung und Antipathie.

Vor paar Tagen haben US-amerikanische Tomcat-Jäger 2 libysche MIGs abgeschossen, was meinem bereits etwas verpennten Anti-«Amerikanismus» augenblicklich wieder auf die Beine half. Mich schon öfter genötigt gesehen, hervorzuheben, daß ich nicht gegen Amerika, aber heftigst gegen einen hierzuland festgeschriebenen «Amerikanismus» bin.

Sa. 14. 1. Roseburg. Nachmittags mit E. in Ausstellung «Moskau – Labyrinth» auf Schloß Wotersen alias Guldenburg. Bei Betreten des klassizistischen Herrenhauses doch einigermaßen erstaunt, wie verwohnt sich das Innere darbot: Schwamm, Bock, Salpeter, Pilz, verrissene Tapeten, durchgetretene Dielen, aber als mitausgestelltes Armutszeichen sicher nicht ohne Sinn und Blickfang für herangewünschte Landesmittel.

Die Bilder, wie ich nicht anders erwartet hatte, etwas rückständige regionale Varianten der internationalen Verwertermoderne. Von jedem Dorf 'n Hund und neben jedem Hund ein Chagall-Dorf mit dem obligatorischen «Fiddler-on-the-roof» und der sprichwörtlichen Geiß im Schwalbennest. Alles in allem charakterlos zerrissene und durch Rückgriffe auf die klassische Moderne geprägte Tauwetterlandschaft (Expressionismus – Konstruktivismus – Suprematismus – Futurismus und Abstrakte und Naive Kunst), und kein einziges Bild, das man hätte klauen oder an die Wand hängen mögen. War froh, als ich Michel Hauptmann traf und ihm – an dito charakterlosem Gratisbeifall vorbei – augurisch zuplinkern konnte.

Emil Nolde vor nunmehr auch schon 35 Jahren zu unserm Jugendfreund Günter Suhrbier (als der ihm sein etwas wirres Malwerk als «Surrealismus» vorgestellt hatte): «Dat is keen Surrealismus, dat is Schiet, mien Jung!»

Mi. 18. 1. Frau Dr. – na, wie hieß noch? – Krahwinkel? – Middelhouve? – nein Beate Pinkerneil, die mir für TV-Porträt Ranicki paar von ihr im voraus anvisierte Antworten abzupressen suchte. Überfallartige Fangfragen, die mir das Gegenteil von dem entlockten, was ich eigentlich hätte sagen wollen. Statt eigenwilligen Rohrfederschmissen unspezifische Ausflüchte.

Do. 19. 1. Polens Jaruzelski, der für mich nie allein der Mann des «Kriegsrechts», sondern immer auch Garantiefigur für eine vorsichtige Öffnung nach Westen und uniformgeschützte Polonität gewesen war, unterbreitet Vorschläge für ein Reformprogramm. Eigenartig verkniffene Einzelgängergestalt, die sich mit ihren hellsichtig-fotosensiblen Augen schon gar nicht mehr hinter der Sonnenbrille hervortraut. Viel Disziplin und peinvolle Selbstzurücknahme auf den Status des ungeliebten Statthalters.

Nachwort zu *Selbst III/88 – Aus der Fassung* um ein paar Millimeter voran. Was ich seit meinen frühen Studententagen «Einfallsquanten» nenne, doch wieder ganz in der Nähe von Kierkegaard, Lichtenberg, Nietzsche, Schlegel, auch Pounds «Epiphanien» und Karl Bühlers «Aha-Erlebnissen». Schließlich mich nur noch müde am eigenen Spülsaum entlanggeschleppt. Auto zur Werkstatt gebracht und Einkauf bei BOLLE, was mir fast schon eine Ausschweifung schien. Im Bus ein betrunkener Lautredner, der zwei Schulbübchen etwas von seiner eigenen Kinderzeit auf St. Pauli erzählte – Präpotenzgebläse durch den ganzen langen Bus. Beim Aussteigen klammerte er sich an meinen Mantelärmel und ging mich um – in Worten – «Sweimaak» an, die ich ihm mürrisch und willig hinspendete. Man ist ja schon froh, wenn die Bettler halbwegs im Rahmen bleiben.

Bis morgens um 2.00 weiter Nachwort. Als ich vor einigen Monaten Ger. von der Absicht erzählt hatte, den Entwicklungsprozeß von «Selbst III» einmal wortlautgetreu und mit all seinen Probeläufen und Winkelzügen zu dokumentieren, sagte sie zunächst völlig erschreckt: «Nein, das kannst du nicht machen. So tief darf man sich nicht in den Kopf blicken lassen.» Auf meine Antwort, daß schon die pure Masse ein stupor mundi sei, blickte sie mich gänzlich an wie einen Verrückten, um sich am Ende mit der Bemerkung «also sowas wie Arno Schmidt» wieder zu fassen. Oh, Ihr Ableitungskundler und Analogiewissenschaftler! aber habe mir angewöhnt, auch die Abpraller von der Squashwand noch als Ballvorlagen ernst zu nehmen.

Wie zunächst jedes Gedicht als ein Liebendes, Werbendes unter die Menschen tritt, um dann augenblicklich unter die Pharisäer und Schriftgelehrten zu fallen, kann auch die Poetologie des alsbaldigen Einspruchs sicher ein: sie nimmt der Kritik die Arbeit weg und fordert als Selbstbestimmungsversuch erster Hand auch das neidische Mißtrauen der Ableitungswissenschaften heraus.

Natürlich kann ich sie nicht davon abhalten, einem Unfug nachzugehen, den sie für Wissenschaft halten: eine unbekannte Erscheinung mit von außen über sie verhängten Netzen, Rastern, Folien zu bedecken: früher Marx, Adorno, Benjamin, heute Nietzsche, Lacan, Derrida, Bourdieu, mit dem Erfolg, daß die zu belehrenden Studenten sich schon auf dem Vorweg in diesen Maschendrähten verfangen und ihre Erkenntnismühen sich im Kampf mit den vorgeschobenen Tarnbezügen aufbrauchen.

27. 1. Mutters Geburtstag – 94! – und mich sofort an die Jahre erinnert gefühlt, als sie und Hertha Borchert (die Mutter des Dichters) noch wettbewerblich um die Palme der Rüstigkeit rangen. Nun H. B. auch schon drei Jahre tot und die Fenster am Hohenzollernring 40a für mich bleibend mit grauen Trauerrändern gesäumt. – Eigenartig zu lesen, daß eine Figur wie Nietzsche heute wieder an einen gesamteuropäischen Krisennerv rührt. Die Auflösung eines zerscherbten Kopfes in zerstreuselte Wahnsinnspartikel ein Centenarereignis. Die Tage von Turin als Jubiläumsanlaß. Die Umarmung eines geprügelten Droschkengauls ein Fall für die Annalen. Unter Dichtern bemerkenswert auch, daß Gottfried Benn sich die Kutsche – eines bombigen Reimes wegen – als Zweispänner aufzäumte.

Indes Europas Edelfäule
an Pau, Bayreuth und Epsom sog,
umarmte er zwei Droschkengäule
bis ihn sein Wirt nach Hause zog.

Nachts Nachwort *Selbst III*: Quanten, Quarks und Quintessenzen.

Am Anfang ist der Einfall, nicht das Wort. Er ist die kleinste, behauchte Einheit des Gedichtes. Sein Abteilfenster, Auslug, Astloch. Sein Bullauge vor dem im ganzen unbegreiflichen Welten-Ozean –

Das Wort ist allgemein und unpersönlich – der Einfall bezeichnet den Übergang zum Organischen.

Der Einfall als Kind des Moments: ein leuchtender Augenblick, und an dem gibt es im nachhinein nichts mehr zu schmirgeln.

Die Augenblicke kommen aus der Diaspora und sehnen sich an einen gemeinsamen Sternenhimmel. Die Zerstreuung ist naturgegeben. Universalität ein Kunstprodukt. Das Organisationsprinzip ist der Beziehungswahn.

Augenblicke kann man nicht zu Perlenketten aufziehen.

Aufgabe der Dichtkunst: die Zufallsquanten ihrer Beliebigkeit zu entreißen und sie (dramatisch – dialektisch – gesprächsweise) in Beziehung treten zu lassen.

Dieses Buch verkörpert die abbildgetreue Entstehungsgeschichte seiner selbst: verkörpert, nicht bedeutet.

Alle Schweißtropfen, die mir bei Verfertigung des Gedichtes von der Stirn geronnen sind und die neben meinem Schreibtisch zuerst eine Lache, dann im Laufe der Monate ein eigenes salzhaltiges Sediment gebildet haben ... Ich habe sie hinterher nur schichtweise abtragen müssen –

Aus Hobelspänen (Verschnitt und Verhau) noch einmal einen Entwicklungsprozeß rekonstruieren. Wie Lieschen B. sich der Formen und Umfänge griechischer Tempelsäulen aus dem Bauschutt der Steinbrüche zu Selinunt und Milet zu vergewissern suchte.

Daß ich pro Gedichtseite etwa 100 bis 170 DIN-A4-Seiten Vorlauf veranschlagen muß, habe ich schon öfter erwähnt, es hat mir nicht unbedingt Lob eingetragen.

Selbstversuche, mit denen verglichen die Versuchungen des heiligen Antonius der reine Großmutterskat sind.

Auch Arbeitsmoral als Zeichen zu lesen: gegen das schlecht Gemachte, Hingepfuschte, auf schnellen Verschleiß Berechnete. Entweder: Architektur oder Pfusch. Entweder *Fliegender Mist* (Verner Witting) oder strophisch geordneter Boden.

Bei dieser Methode habe ich wenigstens halbwegs die Gewähr, daß außer den Einfällen nichts mehr dem Zufall überlassen bleibt.

Aber was der Verfassungsversuch an Mühe, Zeit und Arbeit aufgezehrt hat, das strahlt aus der Kunsterscheinung als Schönheit zurück –

30. 1. Gestern halber SPD-Sieg in Berlin, wobei man sich fragt, warum eigentlich dieser dicklippige Momper mit dem schweren Thlick auf der Thunge. Mit solch plumpem Instrument lassen sich die anstehenden Blockpackungen (Rot gegen Grün) doch gar nicht lockern und dialektisch in Bewegung setzen. Auf Seiten von CDU viel unglaubwürdiges Lamento über die republikanischen Stimmengewinne und kein einziges wahres Wort, wie gern man den (rechtsdrehenden) Abflußstrudel auf die eigenen Mühlen gelenkt gesehen hätte.

Tags und nachts *Selbst III*, work in progress, doch ob auch Fortschritt? Scheinbare Defizite (gewittrige Stimmungen, nervöse Störungen, unleidliche Reizbarkeiten) als günstige Ausgangsbedingungen für massiertes Lyriden-Aufkommen. Die Aufgabe des Gedichtes: die wundgelegenen Stellen, Kränkungen, Zurücksetzungen wahrheitsgemäß zur Kenntnis zu bringen und ästhetisch zu rehabilitieren. Der Leidensmann als Frohnatur.

Levitationsprogramm: manchmal genügt ein Witz, ein Aperçu, ein Aufgesetzter, um den Triumph der Künste über die Umstände zu bezeugen.

Benn, Kafka, Dostojewski: alles große Humoristen.

Artistik nicht mit Virtuosentum verwechseln

Wir spielen hier ja nicht wie Paganini mit umgedrehten Notenblättern

Artistik – die Bravourleistung – die Siegerrolle: dies alles wieder in Frage stellen und die Glanzrolle in die Fläche plätten.

Das Ich zum Verschwinden bringen, höchste aller Eskamotierkünste –

6. Februar: Gestern die Mutter – am Telefon – stammelnd: ein Schlaganfällchen. Heute morgen erneuter Anruf, mit schleppender Stimme, aber fein belustigt: «Ich hab auf dieser Welt ja auch schon so viel gerappelt!» Zum Liebhaben drollig die süße kleine Mutter.

Rh: welchen – Kelchen – selchen – Schlaganfällchen.

Fr. 10. 2. 89. Gestern nachmittag zwischen halb drei und halb vier die kleine Mutter gestorben. Hatte halben Tag, ganze Nacht, dann nochmal halben Tag lang schnarchend geschlafen – fast jenseitiges Gegurgel – und war irgendwann unbemerkt aus der Welt geglitten. E. und ich, die sich gerade noch einmal kurz aus dem Haus begeben hatten, an blaustichigen Wintersaaten entlang und auf die beiden Eichbäume zu, die seit meiner Kinderzeit wie Wegmarken auf der flachen Geestkuppe stehen (nicht einmal größer geworden), alles zärtlich eisig besonnt und mit weit ausgezogenem Blick auf das ungleiche Flügelpaar unserer beiden Kirchen (evangelisch – katholisch) zu beiden Seiten des zusammengewürfelten Straßendorfes, und als wir nach einer Dreiviertelstunde wieder bei dem weißgetünchten Hexenhäuschen anlangten, sagte meine Cousine, daß die Mutter gerade gestorben sei. Sie habe ihr einen Spiegel vor den Mund gehalten, aber es habe sich kein Sterbenshauch mehr darauf niedergeschlagen.

Als ich am Dienstag gekommen war, war der Mutter noch nicht viel Leidens anzusehen gewesen – vielleicht hatte ich es nur nicht wahrhaben wollen. Lieber hielt ich mich an die kleinen verstreuten Andeutungen ihres alten Eigensinns, ihrer Ununterkriegbarkeit, ihres Nichtzubettfindenkönnens, wenn sie z. B. mit Kinnstipsern oder einer hieroglyphisch verrunzelten

Stirn ihre letzten Anweisungen gab. Einmal glaubten wir verstanden zu haben, daß wir den Kleiderschrank öffnen sollten, aber dann?–rechts?–links?–oben?–unten?–in der Mitte? Wir hatten schon auf sämtliche Wäschestücke gezeigt, bis wir am Ende die Geschirrtücher berührten – ja, das war es, eins, zwei, drei, vier – und als wir uns später in der Küche umsahen, merkten wir, daß an den vorgesehenen Haken vier Tücher fehlten. Kaum zu fassen, was in einem sich bereits von der Welt verabschiedenden Köpfchen noch Seltsames vor sich geht.

Am schlimmsten für mich das ohnmächtig angestrengte Arbeiten des Mäulchens, des weichen Kinnes, der schlaffen Hühnergurgel, als ob sie gleichzeitig nach Luft und nach Worten ränge. Manchmal war die Mutter für Minuten auch wieder richtig da. Dann puddelte sie mit den Füßen unter ihrer Decke herum und verlangte nach ihren Schühchen, ihrem Schreibstift, ihrer Schiefertafel – aber es waren nur noch so Schatten von Entschlüssen, die sich wie ihre Schriftzüge in haltlosen Krakeln verloren.

Gestern morgen die Gemeindeschwester, und die Mutter wurde zum letzten Mal gewaschen. E. und M., die erzählten, wie praktisch dabei jeder Handgriff gewesen sei und wie fein der Leib der Mutter gebildet: eine richtige schiere Jungfrau. Als ich sie selbst vor noch nicht gar so langer Zeit einmal hatte aus dem Bad kommen sehen, halbnackt, die Arme vor der Brust gekreuzt, hatte ich mich dem Anblick zwar etwas geniert entzogen, denn meine Mutter ist meine Mutter, im feinen Seidenblüschen und mit adrettem Stehbündchen, aber diese gewisse Glattheit, Makellosigkeit und Unvernutztheit war mir trotz meines eilig ausweichenden Blickes gerade noch vorteilhaft aufgefallen.

Heute plötzlich tot und mit eisekalten Backen. Ihren Mund vorm Erstarren zu fixieren, hatte der Dr. de Grec nach einem «dicken Buch» verlangt – «am besten so einen richtigen Folianten!» – und mir war im Moment tatsächlich nichts dickeres als das Buch der Bücher eingefallen, die an die zehn Zentimeter starke Bilderbibel aus dem Haus meines Großvaters, das legten wir ihr auf die Brust und falteten sogar noch ihre Hände darüber, was mir so rührend wie drollig vorkam. Als wir das Buch nach zwei Stunden wieder aufnahmen, war der Einband auf der Unterseite noch ganz warm.

Gestern abend noch lange über Abendmahl, Abendmahlsstreit und Luther versus Calvin, *«dies ist mein Fleisch und Blut»* und *«dies bedeutet»*, wobei der Cousine um nichts in der Welt beizubringen war, daß das eine wie das andere die schiere Einverleibungsmagie und am Ende nichts als kaschierter Kannibalismus sei. Um uns im Dreier-Kreis nicht auch noch zu entzweien, zogen wir es dann allerdings vor, uns erinnerungsselig über die zahlreichen Kisten und Kästen und Mappen und Tüten und Alben mit den Hunderten von Fotos und Exvotos herzumachen: Menschenskinder, was die Mutter mal für eine schöne Frau gewesen war. Und wie traurig im Grunde ihr Lebenslauf-Hindernislauf zwischen *ihrem* Vater (dem Superintendenten in Otterndorf) und *meinem* Vater (dem reisigen Puppenspieler), dem sie bis in die letzten Jahre noch angehangen hatte wie die Hirschkuh dem Hirschen: ja, den Hans, den würde sie am liebsten heute noch heiraten. Bis die Muttergeschichten gegen Morgen zu immer bunter und kurioser wurden und wir uns bei Oldesloer Korn und Flensburger Bieren und spanischem Sherry schließlich gar nicht mehr lassen konnten und uns gegenseitig die Münder zuhalten mußten, so laut war inzwischen unser Gekecker geworden und so dichtebei das nur um eine halbe Ziegelsteinstärke entfernte Schlafzimmer ihrer Hausnachbarin – ach, de Mudder, de Mudder, de Mudder.

In der Nacht drauf geträumt, daß Margret Fisch gekocht und etwas zweifelnd auf den in drei Teile zerlegten Leib gewiesen hätte: ob das wirklich Fisch sei? Nun, vielleicht nicht grad Fisch, aber doch etwas ähnliches, beispielsweise Seehund, und dann sah ich auf einmal die Knochen. Nach Erwachen mich als erstes an Malapartes gekochte Seejungfrau («Sirene in Mayonnaise») erinnert und nachfolgend noch einmal an den mädchenhaften Leib der Mutter und unsere gestrigen Menschenfressergespräche. Aber die Träume, natürlich, sie sind ja nicht, sie bedeuten nur.

1.2.89. «Beim Bäcker», Karpfen mit Meerrettich, 2 × serviert. Esse Meerrettich für mein Leben gern, aber nie ohne Schmerztabletten, weil sich spätestens eine Stunde nach dem Verzehr das sogenannte «schneidende Wasser» (Reizblase) bei mir einstellt. Habe die seltsame Allergie schon mehreren Ärzten geschildert, die sie sich dann immer als Folge der Konservierungsmittel zu erklären versuchten, was ich freilich nicht glaube, weil sich der nämliche Effekt auch bei frischgeriebenen Wurzeln einstellt.

Tagebuch, wenn Tod und Leben so richtig loslegen, selbstverständlich nur beiläufig interessant und, verglichen mit dem wahrhaftigen Auf und Ab der Brust, nicht recht ernst zu nehmen. Einigermaßen kühl-noktambul die Beerdigungsdinge an mir vorbeirauschen lassen, Ritualhandlungen, Ämterkram, auch das leidige Beileid der Freunde, Nachbarn und Bekannten, die aber allesamt ziemlich untraurig waren und mir in einem fort versicherten, daß man sich «einen solchen schönen Tod wohl selber wünschen täte». Als vereinzelt herausgehobenes Bild gerade noch die junge Pastorin mit Talar und Knobelbechern in dem klammen Kapellenraum, Gottes Wort im Mund wie eine eherne Glocke, und – bis in alle Ewigkeit mit einer Blütenwehe aus rosaroten Rosen und lila Lilien bedeckt – der schmale Fräuleinssarg aus heller Fichte. Hatte immer mal vorgehabt, Novelle oder sogar kleinen Roman «DAS FRÄULEINSKIND» zu schreiben, aber ob von der Mutter, ob vom Kind her gesehen, das weiß ich immer noch nicht.

15. 2. Letzte Tage mich immer wieder bis an den Rand von Krankheit herangearbeitet. Bei der Mutter noch einige Seiten Nachwort *Selbst III*, was die Gedanken wenigstens vorläufig prismatisierte und mich von der Vorstellung eines in All-Einigkeit Hinterbliebenen ablenkte. Auch in der folgenden Zeit kaum eine halbe Stunde zum Durchatmen oder Absacken. Von den 3 mir zum Sechzigsten selbstherrlich verordneten Büchern nahezu erdrückt und statt zusammenhängender Gedichte und Gedankengebäude weiter nur massiertes Quantenaufkommen.

Erleuchtungen? Literweise! – aber ein Gedicht . . . kommt aus der Zerrüttung (seine Lebenswahrheit) und sehnt sich nach Organisation (dem Kunstschönen), in dem auch das Häßliche zu einer Apotheose findet.

Für die das Positive überhaupt noch eine Versuchung darstellt: Ich habe doch auch all diese schönen lichten Ideen von einer Welt in Frieden und Freiheit und von einem menschengerechten Sozialstaat – aber: das singt nicht!

Manchmal weiß ich wirklich nicht mehr, wovon ich eigentlich spreche, von der Liebe oder der Politik, von der Menschheit oder von mir, meinen höheren Anflügen oder meinen niederen Beweggründen, von der Trauer über die Heillosigkeit der Welt oder aus dem triefenden Selbstmitleid. Alles stellt sich im Gedicht zum Vergleich und verwandelt sich bei Berührung, so daß Arbeit gelegentlich auch als Artistik gelesen werden kann und Artistik als Ausdruck von Schwerelosigkeit, Mühelosigkeit, Freiheit – mithin das Gegenteil von Mühe, Fleiß und Arbeit.

Auch «Selbst III/88» alles andere als ein vor dem häuslichen Stillhaltespiegel verfertigtes Sitzfoto.

Im Medium noch einmal auf Aventiure ausziehen: Sindbad – Odysseus – Don Quijote. Am Anfang eines Gedichtes nie wissen, zu welchem Ende es führt, aber hoffen auf gute Winde und glückliche Ent-Schließungen. –

Fährnisse = Erfahrungstatsachen

Der Gedankensprung: verbindet das Einzelne mit dem Tausendsten und eröffnet dem Partikulären das Tor zur Universalität.

Der Gedankensprung, der als Sprung in der Schüssel (der Form) immer mitbewahrt bleibt –

Utopie des Gedichtes: nicht der Fingerzeig in eine ungewisse Zukunft, sondern das unter Hochspannung aufrechterhaltene Ich.

Die meisten zeitgenössischen Lyriker: Frühorgasten.

De profundis: Auswurf statt Ausdruck

Der geringe, bzw. dubiose Beschwörungswert des Wortes «neu», hinter dem sich heimlich immer das «post» verbirgt. «Neue Prächtigkeit» – «Neuer Realismus» – «Neue Wilde», aber das Auge hat sie schneller über als die Zunge die «Nouvelle Cuisine».

Verglichen mit dem was sich sonst so «Moderne» nennt, nehmen sich die Orgelstücke der Prinzessin Anna Amalia (Schwester Friedrichs II.) doch beinah wie Revolutionsstücke aus.

Die Philosophie des «Posthistoire»: Verabschiedung des geschichtlichen Denkens. Anything goes, also auch Albert Speer, Adolf Ziegler und Wolf Willrich.

Concept-Art: Diese Maßschneiderei für Zukurzgekommene.

Wörter auf die Reihe bringen – aber da sollten sie nicht gerade sitzen wie die Hühner auf der Stange.

18.2.89 Mittag – «Beim Bäcker», Scholle. Umstandslos und ohne das aufwendige Tischgerücke im «Lotsenhaus». Bin schon öfter gefragt worden, wo und wann ich eigentlich Tagebuch schriebe, und habe dann immer geantwortet: Beim Mittagstisch, vorm Essen, wenn der Appetit die Seele weit macht und auf dem Bier so ganz langsam die Schaumkrone zerknistert. Letzte Tage Überarbeitungen von Einzelaufsätzen «13 deutsche Dichter»: Tucholsky, Ringelnatz, Thomas Mann. Auch in diesen lockeren Altherrenjahren muß ich immer noch mit einem Sisyphusaufwand von 1:7 rechnen.

Letzte Tage und Nächte wieder plenty TV. Gestern abend große Drogenséance, Talk-Show mit Löwitsch, Abi Ofarim und Carlo von Tiedemann, wo freimütig gedröhnt wurde, aber absolut am Publikum vorbei. Die Herren Künstler und Showmaster hatten sich bereits alle kleidsam entblößt, als die Frage schließlich an das Publikum ging. Lauter biedere Peoples, die von Tuten und Blasen, Spritzen, Inhalieren, Schlucken und Schnüffeln nicht den Hauch einer Ahnung hatten und etwas wie Sucht nur vom Hörensagen kannten.

Vorgestern Nachricht vom Tode Thomas Bernhards, was ich ungern hörte, weil ich mir meine Antipoden lieber unter den Lebenden aussuche. Ein über Jahrzehnte hin vorgequirlter Mythos, der nach dem Ableben dann natürlich besonders verrückt spielt. In allen Feuilletons, dito Funk- und Fernsehnachrufen die Mär vom großen Unbekannten, was die Mißweisungen nach oben freilich mit keinem Sterbenswörtchen in Rechnung stellt. Eigentlich ist mir B. noch übers Grab hinaus unsympathisch. Eine Art von spezifisch österreichischem Allürentheater und zum Fußaufstampfen ständig bereites Drohverhalten, das den Masochismus der szenenbegleitenden Feuilletons immer heimlich mit einkalkuliert. Neulich bei Brandauer eine gewisse physiognomische Verwandtschaft festgestellt. Brandauer ein Bernhard nach der Schönheitsoperation.

Schon seit Tagen von ganz tief unten her erregt (und wutzitternd bis an die Zähne) über Khomeinis theokratische Schrekkensherrschaft. Salman Rushdie, der den Koran parodiert und den Propheten (vermenschlichend) herabgesetzt haben soll – nun von muselmanischen Mordkommandos um die ganze Welt gejagt. Ein Amalgam aus eisern behaupteter geistiger Rückständigkeit, Machismo, Märtyrergeilheit und saladinferner Intoleranz, nun wahrscheinlich unwiderruflich in eine kritischkriegerische Phase getreten. Ein den ganzen Erdball haßvoll umkreiselnder Teilchenstrom. Fanatisierter Dreck.

Also nach Fisch schmeckt diese Scholle hier nicht – nach Meer noch weniger.

2. März. Einfallskundliche Überlegungen «Selbst III/88». Am Abend dann wieder der Sog der Bildermaschine und die eigene Willfährigkeit beklagt, mit der man sich an den Sehnerven über den Tisch ziehen läßt. Sehr spät zur Nacht noch Talk-Show mit dem längst nicht mehr am Leben geglaubten, aber anscheinend gar nicht totzukriegenden Lummer. Ein strammer Grützbeutel, aber redet irgendwie rechts-geradeaus, was dann derart verblüffend wirken kann, daß der Interviewerin die kritisch gezückten Zähne einfach aus dem Mund fallen.

Mit paar morgendlichen Pop-Titten sanft in ein seliges Vergessen gewiegt.

6. 3. Roseburg. Man muß Tagebuch anders führen. Statisch, lapidar, uninteressiert wie Goethe: Namen, Zahlen, paar Daten, meteorologische Begleitumstände, Sense. Andererseits ist Gedächtnis mir beinah schon völlig egal. Was bleibt, sind ja letzten Endes gar nicht die pflastersteindicken Fakten, sondern die Anwehungen von Augenblicken: beatmete Momente, windbewegte Gardinen, Blütenstäube, Hauche. Tagebuch: wenn jemand einfach so inspiriert vor sich hinschnauft. Nicht Info, sondern Atmo. In der *ZEIT* ein Handke-Interview, das keine Freude in mir hinterließ. Das mir Zuwidre einer Person, die auch in diesem bereits fortgeschrittenen Alter nur aus Ungezogenheit und Menschenverachtung zu bestehen scheint.

8. März – IC «Helvetia», Hamburg – Frankfurt/M. Gestern bis 3 Uhr morgens 4 Stunden Schlaf. Unabgeschlafene Tablettenüberhänge, die sich dann als graue Schleppe durch den ganzen folgenden Tag ziehen. Selbst heute morgen nochmal über Goethes «Phänomen», ein Zauberwerk und wahrscheinlich die Arbeit von wenigen inspirierten Stunden. Hab jetzt länger an meiner Interpretation gesessen als der ALTE an seinen allegorischen Lichtspielen. Dachte zeitweilig, ich würde verrückt werden, Kaffee, Whisky, Tee, Zigaretten, schließlich schwarze filterlose und konnte gegen Morgen dann schon nicht mehr die Augen auf der Zeile balancieren. Heute abend Lesung vor Jüdischer Gemeinde, Frankfurt. Marcel Reich-Ranicki als weltlicher Gemeindevorsteher.

Allmählich grober Hunger, aber der Speisewagen wie immer auf dieser Strecke von Dauerhockern blockiert. Platzhalter vor ihren sechshundert Kilometer langen Café- und Fürstenberg-Runden. Eine Bundesrepublik in der Nußschale: wer sitzt, sitzt, und wer auf dem Gang ansteht, kann warten bis zum

Schwarzwerden. Kein Land, sich recht von Herzen drin wohl zu fühlen. – Viel Schönheit wieder unterwegs, selbst an die Grasbüschelfrisuren gewöhnt man sich und findet sie, wenn der Wind fast schon wieder am Umschlagen ist, richtig aufreizend. Wie soll man auch reagieren, wenn es für das Auge kein Entkommen mehr gibt. – Goethes Tagebücher als Belege einer fast schon entmutigenden weltlichen Tüchtigkeit: wie viele Leute empfangen, Termine wahrgenommen, Aufgaben erledigt, Pensen abgearbeitet und von seinen eigentlichen höheren Tätigkeiten steht kein Wort drin.

Nachts, Bergen-Enkheim, 1.00 Review. Gegen 18.00 zu Ranicki, Gustav-Freytag-Straße, mit der ganzen Wand voller Dichter- und Kritikerporträts. MRR, der sein Allerweltswissen immer noch für exklusiv hält und sich wundert, wenn man die Namen der Abgebildeten ohne großes Überlegen herrappeln kann. Beim Lachsimbiß dann die Fortsetzung seiner literarischen Ratespiele. Es sei das Präsent von einem Dichter/Schriftsteller . . . und obwohl ich schon ahnte, daß er nur Siegfried Lenz meinen könne, sagte ich zunächst einmal: Laxness. Für so Scherzi scheint er nicht den richtigen Sinn zu haben. Da die Ranicka einen geprellten Fuß hatte, versuchten wir abwechselnd die Bandage neu zu wickeln, wobei er sich derart ungeschickt anstellte, daß ich ihr den Verband ruckzuck im Alleingang anlegte.

Interessant, daß sich R. vor unserem Aufbruch noch einmal rasierte, was mir gänzlich unnötig schien. Seine Begründung, so makaber wie anrührend, daß man sich im Ghetto «immer zuerst die verwahrlosten Gestalten herausgesucht» habe (er benutzte genau dies häßliche Klischee, allerdings mit einem ganz leichten Zögern), um sie dann ins Gas zu schicken. Also auch hier die frühen Konditionierungen/Prägungen. Wer in einem Schwefelsumpf aufgewachsen ist, wird den Geruch ein Leben lang nicht aus der Nase verlieren.

Anschließend Vortrag im vielfach gesicherten und mit Überwachungskameras ausgestatteten «Jüdischen Gemeindezentrum». Der Vorsitzende Friedmann, CDU, ein glattgelackter Samy Molchow mit scheinfrommem Augenaufschlag und dem gesammelten, etwas glasigen Hochmut eines Herrenmenschen. Ich meinerseits halte die Judenheit tatsächlich für das auserwählte Volk – zumindest für eine durch Jahrtausende der Verfolgung erwirkte Edelauslese – aber mit demonstrativ herausgekehrtem Sonderstatus ist der Umgang beschwerlich. – Vortrag zunächst ein bißchen resonanzarm. Ich spürte förmlich, nein sah sie, die dem Rednerpult verkrampft entgegengekrellten Ohren, Lyrik als Fremdsprache, und wer ihr nicht mit einer gewissen Unbefangenheit zu begegnen weiß, äußert Züge von Xenophobie. Erst bei meiner Vorrede zu Gedicht «Abendjude», in der ich auf Ranickis Abdrucksverweigerung zu sprechen kam, lockerte sich der Bann, und auch der Präzeptor lachte mit und genehmigte sich einen Anstrich von Generosität. Gab sich hinterher sogar als Bekehrter zu erkennen und gestand, daß er sich seinerzeit nur nicht gern habe unter Druck setzen lassen wollen und meinen Hinweis auf Publikationsmöglichkeiten bei anderen Blättern als Nötigung empfunden hätte. Aber was sind denn das nun wieder für Kategorien. Machtgeschützte Äußerlichkeiten.

Über Ranickis nun schon jahre-, wenn nicht jahrzehntelange Rolle im Betrieb. Er ist ein Renegatenmacher, der versucht, schwankend gewordene Sozialisten/Kommunisten im Sinne seiner eigenen Biografie zu knicken und sie über *FAZ*-Beiträgerschaft und Preiszuwendungen auf den rechtsliberalen Tugendpfad zu lenken. So früher bereits Erika Runge, Martin Walser, Erich Fried, Franz Xaver Kroetz, Peter Maiwald, Ulla Hahn – und natürlich auch mich. Man darf sich nur nicht auf die Dauer als unerziehbar erweisen.

Auffällig auch diesmal wieder seine Nervosität, wenn ein

Gesprächsfaden sich eigentlich abgespult hat und er für Sekunden die eigene Stimme nicht mehr hört. Als im Taxi kurzfristig Ruhe eingekehrt war und er offenbar meinte, die Welt habe aufgehört zu existieren: «Hhhhmmmmmm – jääääää – ja – ja – ja – ja – mein Lieber – sagen Sie –» (dazu automotorisierendes Schenkelgeklopfe und Fingergetrommel auf dem heftig resonierenden Handschuhfach) – aber es stand offenbar gar kein dringlicher Gedanke dahinter, nur eine unspezifische Wortergreifungsautomatik.

Anschließend gemeinsam zu einem Teueritaliener, «Da Mario» o. ä., wo Friedmann sich seine Spaghetti auf drei Tellern servieren ließ. Mich leider in politische Gespräche verwickeln lassen, z. B. über Reagan, USA-Hochrüstung, deutsche Friedensbewegung etc., wobei die Meinungen ziemlich al dente aufeinanderknallten. Mein wachsender Unmut über eine m. E. schon reichlich fundamentalistische Rechthaberei, die einzig die Meinung der eigenen Gruppe gelten zu lassen fähig und sternenweit vom Geiste Nathans entfernt ist. Bei der ganzen verquälten Diskussion nicht ein Fünkchen des Selbstzweifels, des abwägenden Bedenkens oder eines millimüweisen melioristischen Entgegenkommens, nur das mechanisch perfekte Funktionieren einer gutgeölten Kriegsmaschine: Abwehr – Angriff – zack! Fühlte mich auf den intellektuellen Tiefstand der fünfziger Jahre zurückversetzt, wo man Gespräche über strittige politische Tagesgegenstände gern mit einem demagogischen «Dann geht doch nach drüben» zu entscheiden suchte. Friedmann mir gegenüber mit jener bekannten Fraglosigkeit, der im Zweifelsfall nur Fangfragen einfallen: Wo würden Sie, wenn Sie nur diese eine Wahl hätten, lieber wohnen, in Moskau oder New York. Ich: «Na, im Gorki-Park würde ich des Nachts schon lieber spazierengehen als im Central Park.» So rufen unversöhnliche Haltungen die entsprechenden undialektischen Antworten heraus. Meine frühere linkshedonistische

USA-Freundin Margarethe B., deren dunkelbraune Augen während des Gespräches abwehrend versteinerten.

Gegen 0 Uhr zu Schneiders nach Bergen-Enkheim. Der vertraute Stips gegen die Triangelklappe in der Tür. Der sich im Ruck aus dem eigenen Fell aufrappelnde Muck mit seiner lichtrosa Zunge und seinem hellen Aha- und Freudengebell. Dann Suppe – Rindfleisch – Freundschaft, die nichts anderes wollte als Freund sein: keine Protektion, keine Rezensionen, keine Geschäftsabschlüsse und im Gegenzug erwartete Anpassungen an den Zeitgeist . . . Konnte in Anbetracht meines eigenen sympathetisch bewegten Blasebalgs noch stundenlang nicht einschlafen.

9.3. Früh hoch, weil die Sonne schon um 7.30 vierzigfingrig durch die lichten Jalousielamellen drang. Gegen Mittag zu Robert Gernhardt, Telemannstraße 15, ein verkommener Hauseingang, dunkelkackbraun lackiertes Paneel mit zahlreichen Hieb- und Stoßverletzungen, von jahrhundertealten Spinnweben überschleierte Kugel-, Igel- und Schlangen-Kakteen auf den Fensterbänken. Das Gehäuse dann eine richtige Künstlerwerkstatt: licht, ungezwungen, bequem, nicht gerade übergeräumig, aber mit Kunst genutzt und durch Brauchspuren nobilitiert; an den Wänden fast ausnahmslos Bilder seiner kürzlich verstorbenen Frau, die G. mir als erstes nahezubringen suchte. Hätte mir lieber einige von seinen eigenen Tonnen-, Karton- und Terrassenmotiven in mein Hamburger Arbeitszimmer gewünscht, aber er konnte sich offenbar nur schwer davon trennen.

37er Cognac mit Sherryblume getrunken, dann Kaffeewasser aufgesetzt und bei Gesprächen über Harnett, Peto, Winslow Homer und Thomas Eakins die Welt vergessen, bis uns Brandgeruch in die Küche zurücklockte. Da hing der Topflappen dreigeteilt wie eine Bundesfahne über dem Teekesselgriff: ein schwarzes bereits verkohltes Drittel zur Linken, ein rotes strickwollenes Mittelfeld und ein goldener Flammenzipfel zur Rechten. G.s Maler- und Grafikerfreude an den zusehends ergrauenden Bröselstrukturen – bis er die verkohlte nature morte am Ende liebevoll auf einen Teller bettete.

Do. 23.3.89 Sturmflut bei Sonne: Jede Welle des Mitschreibens wert. Der gesamte Strand überspült, die mächtigen Osterfeuerkegel vom Wasser umgeben wie verstreute Atolle, und die Kinder mit Gummistiefeln hüber und nüber. Dann Hochwassergeschieße auf dem Athabascahöft, das plötzliche Sichverdichten von Wolkenwirbeln, vorrückende Regennebelfronten von West gegen Ost, kurz wie ein Spuk, dann reißt der Himmel ebenso unvermittelt wieder auf und gibt lichte Blicke auf ein klar modelliertes Wasser frei. Eine glatte Feuersteinfläche – Rosenschäfchen – leise schlingernde Gischtketten. An meiner weißtapezierten Wandschräge ein schwarzbraunes Fälterchen wie eine Bilderbuch-Raubvogelsilhouette.

Mi. 5. April: Wartezimmer Dr. B., Arnoldstraße, Orthopädie. Seit fünf oder sechs Tagen Ischias oder Hexenschuß, schlimme Tage, schlimmere Nächte. Hatte kräftig geniest und dabei etwas wie einen Axthieb ins Kreuz empfangen. Sank zusammen wie ein Bündel haltloser Wäsche, lag für mindestens halbe Stunde bewegungsunfähig auf dem Korridor und glaubte schon nicht mehr, mich jemals wieder erheben zu können. Erst ganz langsam mich wieder aufgerappelt und unter Schmerzen an der Scheuerleiste des Tages entlanggeschleppt. Immer die «Dreizehn deutschen Dichter» noch nicht fertig, aber Architektur und Komposition sind kein Fangspiel, man kann sie praktisch nur im Sitzen absolvieren. Schwierig auch, ins Auto zu gelangen, weil ich den Nacken nicht beugen, den Kopf nicht mehr senken kann. Täglich Spritzen in die Rückenmuskulatur.

7. April. Beim Orthopäden. Von oben her Klavierspiel, süßes Geplimper, unendlich stimmungsvoll in dem weiten weißen Warteraum, durch die geöffnete Balkontür Birkenzweige herein, ein fast schmerzlicher Wink der Flora gegen meine innerlich abwehrenden Augen. Schlafe schon nur noch in der Form eines Winkeleisens ergebungsvoll auf dem Rücken, Oberschenkel senkrecht empor, die Waden auf Polsterberg abgelagert. Seit Tagen wehe Schulterknochen und durchgescheuerte Haut an den Hacken. Alle drei vier Stunden Blockpackungen von Schmerz- und Schlaftabletten. Nun in Erwartung von Spritzen in den Rücken und Elektromassagen. Schön, wie der Strom einem scharf am Genick packt und die Tiefenimpulse das alte Gehäuse durchklopfen. Unvorstellbar, wie ich die Rendsburger Tagung in dieser Unform durchstehen soll. Vielleicht wie seinerzeit der alte Klemperer in Rom, der beim Dirigieren den Steiß auf der Tischkante abstützte. Der schmerzverkrümmte Titan.

12.4. Die Außenleiste des rechten Fußes gefühllos taub, Juckreiz von innen her, aber es ist völlig gleich, ob ich am Fuß oder an der Matratze kratze. Kann nur noch in Betstellung, d. h. auf Kissen vor meiner Olympia Monica kniend, arbeiten. Gewakkel statt Artistik. Aber selbstverständlich jeden Tag eisern bis Umkippen. Ein mir immer verlockender erscheinendes Jenseits. Dort dann in einer gemeinsamen Skatecke mit Ringelnatz und Benn. Nein, lieber noch mit Ringel und George Grosz.

21.4. – 7.00 aufgewacht. Die aus dem Erbe der Mutter stammenden Mandrax immer noch die wuchtigsten Hadeshämmer. Selbst Panik und seelische Zwangsanwandlungen kommen nicht gegenan. Nach drei Wochen Blödsinnsbehandlung bei Dr. B. heute endlich profimäßige Untersuchung in der orthopädischen Klinik Altona. Im Wartezimmer eine freundliche ältere Dame, die mir beim Binden der für mich unerreichlichen Schnürbänder half.

17 Uhr: jetzt beim Tsching-Tschang-Tscheinamän in der Großen Bergstraße und verschärftes Rindfleisch mit Bambusspitzen. Fragte nach einem Kissen für meinen wehen Rücken, aber es war in dem ganzen großen Hause angeblich keins aufzutreiben. Diese Chinesen, die sich gerade soviel Deutsch aneignen, daß sie eben noch die Bestellung, aber keine Reklamationen mehr entgegennehmen können. Nur so Basic- bzw. Baby-German: «Wassafsein» – «Aussewählt?» – «Duttemeckt?» –

22.4. Lektüre Elfriede Jelinek *Lust* – aber so unlustig hat mich selten ein Buch zurückgelassen. Frage, wo auf der Welt es denn überhaupt solche ausgedachten Mesalliancen gibt wie diese zwischen einem virilen Fabrikdirektor und einer dem Beischlaf freudlos entgegenbangenden Gattin? Soll doch froh sein, daß der Alte solch ein unermüdlicher Springbock ist und dazu noch so schönen florierenden Betrieb an den Hacken hat.

24.4. Eben in orthopädischer Klinik erfahren, daß der Bandscheibenvorfall nur durch Operation zu beheben sei. Fragte den Arzt, ob ich nicht meine drei im Entstehen begriffenen Bücher noch zu Ende bringen könne, aber seine Antwort war deutlich: «Es kann sein, daß die angrenzenden Nerven dann irreversibel geschädigt werden, und Sie müssen den Rest im Rollstuhl abmachen.» Wie man als Humpelnder auf einmal die gesamte, lustig voranmarschierende Welt wahrzunehmen beginnt. Die strammen Schinken, federnden Gelenke, hohen Hacken, dünne Röcke wüst aufwölbenden Oberschenkel. Beiläufig daran gedacht, daß mir diese ganze sozialdarwinistische Bildersprache vom aufrechten Gang schon immer als Hochmutszeugnis von Verschonten erschien. Auch Artistik für mich ein Leben lang in ganz anderen anthropologischen Tiefen veranlagt: eine der Not abgezwungene Aufgabe, mit Behinderungen fertigzuwerden und der unversehrten Mitwelt trutzig die Krücke entgegenzustrecken.

2. Mai – «Bäcker», Schellfisch, heute mit Senfsoße. Überempfindlichkeiten des Auges gegenüber dem ganzen unbegreiflichen Blühen. Eindrücke = überreizte Bilder: Klacks siegellackroter Tulpen mitten im lichtgrünen Giersch – Stiefmütterchen mit katzenkopfgroßen Fratzen – eine Herde Soulange-Magnolien auf schwankenden Stelzen im Wind, kurz vorm Abheben ... Ganzen Morgen mich in Tuchos auswegloses Krankenzimmer in Hindås versetzt und nun plötzlich die Frage, ob nicht lieber raus in den Garten und ran an meine Sommerpalette? – H. G. Heepe, Verlag, angerufen und mich nach gälischen Trinksprüchen/Zaubersprüchen erkundigt. Telefonierte sich einmal rund um die Welt und kam mit Zettel im Schnabel wieder zurück: «O thoir a' nall am botul slàinte!»

Der Tulpenbaum, ein Flamingo mitten im Garten.
Hat wieder mal gut getroffen unser Schwesterchen Natur
den Geschmack von Millionen Freizeitmalern.
Frage an unser Publikum:
wer steht eigentlich besser da vor der Welt,
Käthe Kollwitz oder Lalique?

Kunst – Kunst – mit viel Kunst vergessen zu machen was der
Mensch eigentlich für 'ne unwahrscheinliche Nummer ist.
Geht auf – geht um –
überlegt sich ein Leben lang, welche Socken er anziehn
und wen er auf diesem rasenden Erdball
noch überholen soll ...
Da, schau, HH – XP 438:
«Otto Kuhlmann – Ihr Beerdigungspartner»
Ja, wollt Ihr beiden Hübschen denn zusammen rein in diese
finstre Grube?!

Still in seiner Ecke sitzen und zu tun haben wie die Natur:
Fühlen, wie eins ins andre sich verwandelt,
Sonnenlicht zu Stärke,
Stärke zu Zucker,
Zucker zu Branntwein,
Sprit zu Licht:
Glen Morangi, Glen Fiddich, Glenleven, Glen Grant
bis du Gälisch sprichst:
«O thoir a' nall am botul slàinte!»
(apropos, wir signieren auch leergetrunkene Whiskyflaschen)

. . . .

Transsubstantiationsexperimente gegen 19.35 abgebrochen. Was mir vorschwebt, ist eine Augenlösung, die das Sinnbild ins Schriftbild zurückholt und einen vorgestellten Blütenwirbel als Letternspirale in die Fläche plättet.

8. Mai – Kapitulationstag. Seit 8.00 im Altonaer Krankenhaus: Blutentnahme, Urin, Röntgen, EKG, wobei Herzrhythmusstörungen festgestellt wurden. Das abrasierte Brusthaar als Verstümmelung empfunden. Um 15.30 durch den Anästhesiearzt auf die Risiken der Betäubungsprozedur hingewiesen. Ein Schlauch, der an den Stimmbändern vorbei direkt zu den Bronchien geleitet wird, was bleibende Schädigungen des Kehlkopfes zur Folge haben kann. Hätte mich lieber ohne Vorwissen in das große graue Nichts versenken lassen.

12.5.89 – Review, AKA: Mo., den 8.5. noch Testament aufgesetzt und per Hausbriefkasten an Joachim Kersten, Rechtsanwalt, Schlüterstr. 6. Einen Kubikmeter Tagebuch im Fall meines Ablebens in Verwahrung zu nehmen und bis zum Tode von E. als Verschlußsache zu behandeln. 20.00 Abführen, Zäpfchen ins Arschloch, beizend wie ein Alaunstift, dann das stundenlange Befürchten, es könnte der letzte große Reiz in diesem Leben gewesen sein. Schlaftabletten und anschließend traum- und teilnahmsloser Schlaf bis 5.00 morgens.

9.5. Gegen 7.00 Beruhigungsspritze und körpererwärmende Drogen: Hemd aus – Brille weg – Uhr ab – wie vor der Hinrichtung. Im Bett zum Lift gekarrt, in den Keller abgesenkt und dort in elefantengrauer Wartehalle auf markierter Wartefläche abgeparkt. Alle zwei-drei Minuten wird eins der Objekte herausgerollt, unachtsam, dumpfmannsmäßig, auch mein Schüdderumpschieber bolzte ein paarmal gedankenlos gegen Pfeiler und Türrahmen. War bei abgedämpftem Bewußtsein aber weitgehend willenlos und gottergeben und, als mein Gefährt in eine wohltemperierte Krypta eintauchte, entspannt bis in die Zehennägel. Gedämpftes Scheinwerferlicht, in dem vermummte Gesichter auf- und niederwallten. Augenlider palmwedelten. Verdimmende Gebärden Caritas und Nervenfrieden verhießen. Dann der von «Alle-menschlichen-Gebrechen-sühnet-reine-Menschlichkeit» gefaßte Silberblick des Chirurgen, nein, wir sind hier nicht allein, wir hängen alle an den gleichen guten Apparaten und Geräten, ein gemeinsames und nun schon durch keine Macht der Hölle mehr zu beirrendes Genesungswerk, und eine allerletzte Restangst, daß man vielleicht doch nicht tief genug in dem verheißenen Nirwana versinken würde, verliert sich ebendort . . .

Von einem unangenehmen Frösteln um 10.00 wieder ins Leben zurückgerufen. Erweckungskasperle der Heilbediensteten, «Aufwachen, Opa!», «Aufwachen, Oma!», dazu richtig derbe Klapse gegen die alten leeren Backentaschen. Um mich herum viel verräuspertes und vor Kälte schnatterndes Volk, auch tief in süßen weltentrückten Schlaf Vermummelte, die sich wie zur Abwehr selbst in die Arme schlossen, ich dagegen schrie als erstes nach einer Decke. «Eine Decke? von unten nach oben?

nein das läuft nicht. Die kriegen wir niemals wieder zurück.» Dann lärmte ich aber derart rohrspatzenmäßig, daß man allgemeine Kälteunruhen befürchten mußte und mir wenigstens ein Laken über die Rippen spannte.

Ganzen Tag über aufgekratzt und redselig unter Drogen. Gegen 18.00 erschöpfte sich freilich der Tropf und stattdessen allmächtiger Harnandrang, gepaart mit der Unfähigkeit, zu urinieren. Hatte schon bei Einlieferung großen Bammel vor dem Katheter gehabt, weil die Einführung früher einmal so ungemein schmerzhaft gewesen war. Wie da der Sani mit sieben unterschiedlich starken roten Gummischläuchen überm Arm vor mich hingetreten war: «Na, nun mal raus mit der Kanone», und ich angesichts der fürchterlichen Kaliber um den kleinsten, den Kinderschlauch gebeten hatte. Jetzt zog ein freundlicher Adjunkt ein steril verpacktes Einmalinstrument aus der Umhüllung, führte es mit ein paar onomatopoetischen Beschwörungsformeln ein: «Nun tut es etwas weh – nun geht es um die Ecke – sssssst-sssssst! sssst-ssssst!», und unter der unwiderstehlichen Programmusik vollzog sich ein Drainagewunder.

Do. 11. Mai. Schmerzen allüberall und große Schwierigkeiten, mich zu drehen, mich zu wenden. Krankheit macht erfinderisch, und nichts stachelt den menschlichen Geist nachhaltiger an als das Verlangen nach einem kleinen bißchen Linderung/Erleichterung. Rollte mir aus Wolldecke und Bademantel mühselig zwei Langwürste zurecht, auf die ich mich wie auf Schienen oder Kufen bettete. Sehr arg auch mein Platz in unmittelbarer Nähe der Entlüftungsanlage, so daß ich den Mantel wieder entrollen und als Windabweiser über den Stuhl hängen mußte. Als eine Schwester hereinkam, richteten sich ihre mißbilligenden Blicke als erstes auf die sinnreiche Konstruktion, und – «das sieht ja aus wie bei Hempels» – schon hing der Bademantel wieder ordentlich und nutzlos an einem Haken. Leider ist die Ohnmacht so allgemein, daß man noch bei jeder nervös reingeprökelten Spritze «vielen Dank» sagt. Mein Zimmernachbar Hirsch, 84, der vor lauter Obedienz die Hände an die Nähte des grünen Engelshemdchens legt – überströmend von Gruß-, Dank- und Ergebenheitsfloskeln.

12. Mai. Heute sicher schon zum siebten Mal das Wort «Anwendungen» gehört, ein Zauberwort, das von den Patienten besinnungslos nachgeplappert wird, als ob es sich dabei um menschliche Zuwendung handelte: «Wann krieg ich heut meine Anwendungen, Herr Doktor?» Mir erscheint es im Zweifelsfall eher als Zufügung. Auch Entwendung. Wie mir die Schwester heute z. B. die Rhabarberpillen aufnötigte und dafür die Urinflasche wegnahm: «Damit Sie so oft wie möglich zum Klo gehen.» Alle zwei Stunden mich nun bereits zum weit entfernten Lokus geschleppt, vom Scheißdrang gepeinigt und mit schlotternden Knien, kaum daß man noch gerade eben den Steiß wenden kann, um sich dann auf die besprenzte Brille plumpsen zu lassen. Der Kot als Leistungsnachweis. Die Fäkalie als einziges meßbares Tüchtigkeitsprodukt. «Haben Sie heute schon abgeführt?» – Nein, aber Einfälle gehabt, Inspirationen, Befeuerungen, Erleuchtungen, Hochgefühle!

13. 5. Bei den Putzprozeduren um die Betten herum mich wieder mal in der Ansicht bestärkt gefühlt, daß die Krankenzimmerszene in meinem *Handwerker*-Stück gar keine absurde Erfindung, sondern mitten aus dem realen Wahnsinnsleben gegriffen ist. Die türkische Reinemachfrau, die sich jedesmal zielstrebig bis zu meinem Ablagestuhl heranarbeitet, um dann mit immer gleich angewidertem Staubwedel auf die Bücher und Manuskripte zu weisen: «Muß weg da!» – «Ja», sage ich, «nehmen weg, und dann stellen hübsch wieder hin!» Da sie offenbar zum ersten Mal erlebt, daß sich ihr ein derartiger Störrat/Unrat in den Weg zu legen wagt, beginnt sie zweisprachig zu fauchen: «Weg! fchchch! yertek-pertek! weg! abuk-sabuk!» – Ich:

«Ja, entweder Sie weg! oder bleibt da!» Blicke zum Himmel, fassungslos ausgebreitete Arme, ein Erzittern bis unters Kopftuch – welch ein Giaur!

Abends Ev. zu Besuch und 5 Züge aus ihrer Cortina. In der Raucherecke neben den Fahrstühlen kompakte junge Fernfahrer, die schon seit Wochen vor der Mole dümpeln und auf einen Operationstermin warten. Überfallbäuche und heiermanngroße Blauaugen. Einer erzählte, wie man geklaute Zigaretten aus dem Supermarkt herausschmuggelt: «In der Faust – da kuckt keiner hin.» Gespräche über Essen und Trinken. «Nur dicke Bohnen mag ich nicht» – «Ich mag keine Graupen» – «Doch, Graupensuppe hat meine Mutter immer so gut gekocht. Wir Kinder sagten immer ‹Raupensuppe›» – Am Fenster eine Gruppe von Türken in gestreiften Schlafanzügen. Ein Hauch von Basar und heimlichem Drogenhandel.

So. 14. 5. Seit zwei Tagen bundesweiter Streik des Krankenhauspersonals, was unserem Aufenthalt zwangsläufig noch ein paar besonders spitzige Dornen einflicht. Die gesamte Belegschaft bemüht sich, einen gehetzten, verhärmten, überanstrengten Eindruck zu machen. Die Schwestern als wandelnde Vorwürfe gegenüber ihren obersten Peinigern, den Patienten. Man stellt sich dann immer gleich andere Zeiten und etwa KZ statt Krankenhaus vor. Steinbruch oder Torfstechen.

In der Nacht mußte Hirsch auf den Stuhl, und man spürte das Ausmaß an Menschenverachtung, das dem alten schlaffen Leib entgegenschlug. Zwei hübsche Wellensittiche mit verwegen gepunkteten Schöpfen (blau, rot, gelb, grün), die dem nächtlichen Ruhestörer offenbar einmal zeigen wollten, welche Zumutung die Patienten für die Bediensteten sind. Als sie eines winzigen Wasserpfützelchens vor seinem Waschbecken gewahr wurden: «Was ist denn hier los?!» Dann mit pieksigen Fingerzeigen auf ein paar zu Boden geglittene Wäschestücke: «Das haben wir aber gar nicht gern!» Hievten den Hilflosen unmutig auf den Nachtstuhl und herrschten ihn an: «Sie sollen! – sich hier! – vorn! – draufsetzen! Und nun mal los, hier ist die Klingel.» Mir zitterte vor Wut die *Morgenpost* in der Hand, aber die Courage reichte man eben so weit, ihnen die Frontseite entgegenzuhalten: «Prozeß gegen Wiener Mordschwestern».

Lektüre Adorno-Monografie von Hartmut Scheible, Rowohlt. Hochinteressantes weil kritisches Buch, das noch einmal all meine Einwände bündelt, die ich schon vor 25 Jahren gegen den Frankfurter Überbaukatecheten vorgebracht habe. Die von keinem Freundschaftshauch beseelte Abfertigung von Benjamins Baudelaire-Studie. Dito Horkheimers mißgünstiges und tendenziöses Vorbeisehen an Norbert Elias. Ein unaufrichtiger TUI-Verein, theorienverbissen, praxisscheu und von weltlicher Cleverness nur, wo es um die eigenen Pfründen und Brotkörbe geht.

15. 5. Unguter Schlaf. Kann immer noch nicht im Sitzen essen und knicke nach drei-vier Minuten haltlos ein. Hirsch im resedagrünen, rückseitig geöffneten Hemdchen, der auf der Bettkante sitzend frühstückt und mir seinen faltigen zersessenen Hintern zudreht. Kein Anblick, um herzhaft in ein Honigbrötchen zu beißen. – Sehe grau, mager, verfallen aus. Auch grau bis schwarz in die Zukunft. Am unteren Betthorizont in Schablonenbuchstaben: BETTINNENSEITE. Wenn Gedicht «All dein Glück» nicht schon zwei Jahre alt wäre, könnte man es für ein kraß nach dem Leben gemaltes Lazarett-Stück halten.

Aber du, auf deiner Einmannliege.
nachts, auf dem verrutschten Tuch,
wirst du deiner Einzigkeit gewahr.
Und es wär schon gut, wenn jetzt ein Buch
über dir zusammenschlüge
wie ein lichtgesäumtes Flügelpaar.

Do. 18. Mai – 5.30 aufgestanden und zum ersten Mal wieder geduscht, die Haare gewaschen, gefönt und Beine mit den Füßen abgetrocknet. Trotz Behinderten-Akrobatik unverkennbare Auferstehungsgefühle. Nach gymnastischen Übungen um 11.15 allerdings schon wieder erschöpft und schwer atmend auf meiner Matte. Bin verdammt leicht ermüdbar, ohne die geringsten Energiereserven, ein kraftloses Kerlchen. Halte mich für den magersten Menschen in unserer lokalen Galaxis und bin selbst bei TV-Bildern aus fernen dritten Hungerwelten immer wieder erstaunt, wie wuchtig die Krieger gebildet und wie kegelkugelrund die Brüste der Frauen sind. Denke bereits in vorausgaloppierender Unlust an die abschätzigen Blicke von Mitbadenden bei der obligatorischen Wassergymnastik. Als ich Dr. Hölzer vor 4 Jahren von meinen Heine-Studien erzählt hatte («Suppentopf und Guillotine») und er mich im Anschluß untersuchte, meinte er ahnungsvoll, «Anorexia nervosa», womit das Kind endlich einen Namen hatte. Plage mich seit über 40 Jahren mit Appetitlosigkeit und Verdauungsbeschwerden herum und kann nur 2 Mahlzeiten am Tag zu mir nehmen, Combizym compositum, versteht sich immer inklusive. Daß sich hinter der Insuffizienz der pure Schadenszauber verbirgt und hinter dem wiederum der unterbewußte Wunsch nach ewiger Jugend und verminderter Zurechnungsfähigkeit, ist mir allerdings erst spät zu Bewußtsein gekommen. Was uns das Märchen von Oskar Matzerath als glückliches Resultat einer Willensentscheidung präsentiert – das Vermögen des Helden, sein Wachstum von einem Tag auf den anderen einzustellen und seine kindliche Gestalt zu bewahren – läßt sich in der Psychopathologie des Alltagslebens nur meist etwas anders an. Da es am Längenwachstum praktisch nicht viel herumzuzaubern gibt, hält sich das Verlangen nach einem wie auch immer zu behauptenden Kinderstatus eisern an die schmelzenden Fett- und Fleischreserven, ein Dämonentreiben, dessen Dramaturgie täglich neu zwischen den allgegenwärtigen Wünschen und dem erbsengroßen Cockpit des Hypothalamus ausgehandelt wird. Tagebuch: der Versuch, den Unschärfebereich zwischen Psychoanalyse und Neurobiologie mit exakten Selbstbeobachtungen aufzulichten und die Welt der dichterischen Vorstellungen (Bilder, Mythen, Metaphern, Obsessionen) mit jenem unabdinglichen positivistischen Ernst anzugehen, den die neue Irrationale der Poesie so sehr vermissen läßt.

Um 17.15 der Krankenwagen nach Bevensen, Reha-Camp in der Nordheide. Wurde auf ausziehbare Bahre geschnallt und wie ein Brotlaib in den Kastenwagen geschoben, dann gute Stunde Fahrt hinter Milchglasscheiben, nur hochoben ein schmales Sichtfeld, in dem Hausdächer, Schornsteine, Kirchtürme, Erker und Baumkronen wie ein drudelhaftes Bilderrätsel vorüberflogen. Als der Blick nichts mehr hergab, mich im flachen Winkel aufgerichtet und – ah! – die Welt: Rapsfelder, glühendgelb und in lauter parallel geführten Schwefelbahnen gegen das Bleumourant des Abendhimmels ausgezogen. Noch während der Fahrt Transport zum Flughafen ausgehandelt (Sängerturnier unter Schutzherrschaft der «Preußischen Seefischhandlung» o. ä. am 3. Juni in Berlin) und mir schon wieder voll geschäftsfähig vorgekommen. Neue Blumenstücke und Reisebilder noch druckfeucht und spuckfrisch an lebendem Publikum ausprobieren.

Die Bevensen-Anlage: eingeschossige Bauten mit Weitwinkeldächern, Zweibettzimmer, vielleicht 25 m im Quadrat, Fensterausblick gen Süden, Terrassentür gegen Westen, kleine Liegewiese, Blautannenspalier, abscheulich. Als mein Mitbewohner für die nächsten vier Wochen Paul Schacht aus Schleswig, ehemals Pommern, was er bereits bei der Begrüßung betonte: «Na, Sie wissen ja: Der Pommer . . .». Und auf meinen fragenden Blick hin: «oder wissen Se nich? Iss im Winter jenauso dumm wie im Sommer.» Ist stark schwerhörig, krümmt die Handschüssel wie einen Radarschirm hinterm Ohr und grölt bei Telefongesprächen so laut, als ob er bis Schleswig durchschreien müsse.

Fr. 19.5. Bis 7.00 geschlafen – 8.00 Frühstück – 8.15 Gymnastik – und um 9.00 Bewegungstherapie im Gemeinschaftsbad, wo sich jedes in Gang gesetzte Wellchen einem fremden Leib mitteilt. Wurde mir meiner lattenrosthaften Gestalt bereits in der Umkleidekabine leidig bewußt, weil ich sie mit einem muskelbewehrten Wachtmeister teilte, der meinte, wie Hans Clarin auszusehen. Ich in meiner mir von Schwägerin Rosi als «topmodern» mit auf den Weg gegebenen Schlanterbadehose eher wie Holger Meins bei seiner Verhaftung. P. S., der mich um eine «Kostprobe aus meinem Schaffen» angegangen war, und dem ich die Märchen überlassen hatte, weil ich meinte, sie könnten ihn noch am ehesten interessieren, gähnt bei der Lektüre anhaltend und blättert schneller als man lesen kann.

20. Mai. Sandsäckchen auf dem Mauersims zum Armaufstützen. Alle Gesichter verehrungsvoll der Sonne zugewandt. Keine gute Nacht gehabt, da Schacht an «Phantomkälte» in den Füßen leidet und nur bei aufgedrehter Heizung und geschlossenen Fenstern schlafen zu können meint. Eine Luft wie im Tierheim. Ist so taub, daß er keinen Meisenpieps von einem Taubengurren unterscheiden kann, aber imitiert den ganzen Tag Vogelstimmen. Eine Dame mit schiefoperiertem Gesicht, die sich mit Groult-Bestseller (*Salz auf unserer Haut*) in der Nähe meiner Sonnenliege niederließ: «Ich störe Sie doch hoffentlich nicht?» Meine sich unwillkürlich zur Wahrheit verzerrende Höflichkeit: «Nein-nein, ich kuck ja in die andere Richtung.» Als P. S. mich dürre Malerleiter in der Sonne gewahrte, grölte er besorgt aus dem Fenster: «Sie müssen mehr essen!» Ich zum

ersten Mal mit einer passenden Antwort auf bekannte lästige Anmahnungen: «Ja, und Sie müssen schneller laufen.» Sein sich augenblicklich traurig verrunzelndes Bassetgesicht.

22.5. Um 5.00 aufgestanden, Schlaf und Appetit, die mich fliehen, weil ich sie mit allzu großer Inbrunst verfolge. Peinlicher Anblick mein Bild im Badestubenspiegel, wo sich gerade beim Lachen die häßlichsten Lücken auftun. Nicht mehr protzen können mit dem was man hat, sondern allen verbliebenen Grips auf Ablenkungsmanöver und Mängelverblendung verwenden müssen. Auf dem Papier eigentlich immer noch am besten drauf. – Eben durchs Gras geschlichen, und schon wieder sind die Mokassins graugelb mit Pollenstaub überpudert. Die Kiefern? Die Birken? Was man nicht weiß, geht auf keine Kuhhaut.

23. Mai. Endlich einmal durchgeschlafen, aber um 8.00 wütet Schacht schon wieder in seinem Geisterbüro. Läßt sich von der Zentrale mit einem Volkstums-Verlag verbinden, dann mit dem Pommernverband, dem Tierschutzverein, der Jägerinnung, dem Tierheim: «Ja, einen schönen guten Morgen, Herr Ketelhake, Sie sind sicher schon in Arbeit, hier spricht Paul Schacht. Aber Sie sollten jeden Tag anrufen, Herr Ketelhake, dann weiß ich immer genau, was im Tierheim passiert. Was? Sie haben die ‹Püppi› schon wieder in die Auffangstation eingeliefert? Herr Ketelhake! diese Burschen stecken sich das Geld doch brühwarm in die Taschen.» Menschen, deren Gesellschaft man nie gesucht haben würde, die bei näherem Hinsehen aber doch durch Drolligkeit für sich einnehmen. P. S. als Modell für irregulär zusammengesetzte und aus gewinnenden und bedenklichen Zügen bunt gemischte Charaktere. Hat die «verlorene Heimat» eigentlich (d. h. praktisch) lange verschmerzt und unterhält auch die freundschaftlichsten Beziehungen zu polnischen Heimatvereinen, Liedertafeln, Geist-

lichen, Lehrern, Bürgermeistern, Amtspersonen, aber wenn es um die frühen Besiedelungsformen in seinem Heimatkreis Saatzig geht, hat allein *er* die «entscheidenden Dokumente in der Hand». Zieht Manuskriptbündel aus einer Plastiktüte, angegilbte Zeitungen mit wunderlichen Wappen und wilden Frakturen, an den Kniffen gebrochene Liegenschaftskarten und Lagepläne mit eingezeichneten Urnen- und Steinkistengräbern: «Hier! das wird Sie interessieren, das ist seit der La-Tène-Zeit alles germanisch besiedelt gewesen.» Sah ihn mit dem Mittelfingernagel Grabhügel aufhäufeln, Erstgeburtsrechte erschaufeln und Herrschaftsansprüche aus den Lichtpausen kratzen, und erkannte wieder einmal, was die Heimatkunde doch für eine berge- und grenzenversetzende Wissenschaft ist. «Über Gräber vorwärts!»

Die Klinik als utopischer Ort und Eiland/Asylland im Meer der normalen Geschäftigkeiten. Vorhin einer an den Rollstuhl geketteten Mae West begegnet. Sie grüßte huldvoll als erste und blickte mir auf dem Straßenbegleitgras Entlangschleichenden wie einem bewunderten Sprinter nach. Für einen Vergleich mit *Zauberberg* mangelt es allerdings nicht nur an den entsprechenden Bergeshöhen, sondern vor allem an dem sogenannten Niveau. Auch Paul Schacht als weder so recht Settembrini noch Naphta: «Fragen Se mal, wann kommt der Friseer.» – «Nee, mag ich nicht tun, wegen jeder Kleinigkeit nachfragen.» – «Na, dann muß ich selbst fragen.» Vertrieb sich die zu vertuende Zeit dann allerdings mit mir und buddelte Geschichten hervor, Geschichten wie Kartoffelnester, eine Knolle neben der anderen, eine Pointe die nächste nach sich ziehend, das ganze Leben ein einziges Kartoffelgekoller.

Beim Betrachten von Ansichtskarten erst heute bemerkt, daß wir uns in unmittelbarer Nähe zu Bispingen, Hützel und Hankensbüttel befinden, wo ich zwischen 1941 und 43 für den letzten Krieg zurechtgeschliffen wurde. Mit dem Blick auf die bläßlichen blaugrauen Edeltannen mich auf einmal auch an unser blaßblaues Drillich erinnert, Ausmärsche auf taunassen Straßen, Geländespiele, Exerzierübungen, Mutsprünge, Wehrsport, Rassenkunde, Fahnenappelle, Liedgut: «Wissen wir auch nicht wohin es geht, / Wenn nur die Fahne vor uns weht! / Wir kämpfen für Vaterlands Ehre / Ich und mein Kamerad.» Wie sie Rolf Tiedemann damals (dem heutigen Benjamin-Tiedemann) den «Heiligen Geist» verpaßten und ich wie ein Wilder mit meiner Wolldecke dazwischenhieb, um die Schläge abzupuffern, aber so, daß es aussah, als hiebe ich mit. Eigenartig, daß wir uns in späteren Jahren nie wieder über diese Zeit unterhalten haben, immer nur über Benjamin, Adorno, Norbert Elias.

Abends TV: CHINA – CHINA – CHINA. Nahm im Gemeinschaftsraum, stehend, weil das Sitzen mir immer noch die größten Beschwerden macht, die Parade der Sieger auf dem «Platz des Himmlischen Friedens» ab, Hände an die Lehne des Resopalstuhls geklammert und mit einem angstvoll aufgerissenen und einem verschwollenen Auge. Wie lange war es jetzt her, daß ich selbst an dieser Stelle gestanden hatte (stecknadelkopfgroßes Mao-Gesicht über seinem eigenen bonschefarbenen Riesenporträt) und mit welchen Hoffnungen seinerzeit noch auf das große pädagogische Experiment.

Nun hat man die neue Freiheitsbewegung seit gestern unter die Panzerketten genommen, und unsereins weiß gar nicht mehr, was er denken soll. Oder doch, manchmal weiß man es schon oder glaubt es doch zu wissen: blutige Hände sind zwar weißgott kein Schmuck der Menschheit, aber was, wenn die bedingungslos in Freiheit gesetzten Völker und Völkerschaften . . . Man sollte nur solche Meinungen in die Welt entlassen dürfen, für deren Folgen und Folgesfolgen man auch einzustehen bereit ist. Bitte melden, wer sich für Aufnahme und soziale

Eingliederung von 100 Millionen chinesischen Transistorverkäufern stark machen würde.

Heute nachmittag auf unserm Atoll: zuerst Gespräche der Damen über den Unterschied von Sakko und Blazer, dann über Kochrezepte und Königshäuser («Queen-Mom immer noch die Beste»), schließlich über die immer noch mit dem heftigsten Interesse verfolgten persönlichen Besitzstände: «meine Blutzuckerwerte» – «mein Kreislauf» – «mein Cholesterinspiegel» – «mein Morgenpuls» – «ob ich mein Tennis nochmal wiederaufnehmen kann, Herr Doktor?!» Vor ein paar Tagen P. S., nachdem er «meine kalten Zehen», «mein Ischias», «meine Phantomschmerzen» bereits abgebucht hatte, in einer plötzlichen emphatischen Hinwendung zu «unseren besten Zeiten»: «Meine Einheit» – «meine Truppe» – «mein Mann»: «Also aus einem ganzen Haufen von Toten rausgefischt hat mich mein Mann da.» Wer noch mit Rilke aufgewachsen ist, dem tönt dabei immer gleich eine unvergeßliche Strophe aus dessen *Stundenbuch* nach:

«So sagen sie: mein Leben, meine Frau,
mein Hund, mein Kind, und wissen doch genau,
daß alles: Leben, Frau und Hund und Kind
fremde Gebilde sind, daran sie blind
mit ihren ausgestreckten Händen stoßen.»

24. Mai. 5–6 Zigaretten am Tag: mustergültiges Invalidenleben. Gestern Müff aus Hamburg, der mir meine sträflich im Stich gelassenen Gedichtmanuskripte und Goethe-Schnipsel brachte: nun beginnen sie sich schon wieder wie magnetisiert um meine Liege herumzuordnen: konzentrische Ovale, Hexenringe.

26. Mai. Anhaltend China. – Vom Liegestuhl aus einer Meise zugesehen, die ihr Nest in einer vom Frost und von Rost zersprengten Metallröhre baut. Trial and error. Da ich meine Liege nicht aufheben/tragen kann, ziehe ich sie am Bademantelgürtel wie ein Kufengefährt hinter mir her. Homo faber. Der Mensch: das unermüdlich auf Werkzeug sinnende Wesen. Meditieren tun im Zweifelsfall auch die Katzen, die Kühe.

Bei der Nachmittagsgymnastik einem jungen dicken Pummel zugeplinkert, eigentlich ganz hübsch, wenn sie sich nicht schon frühzeitig für die Rolle der Maulerin entschieden hätte. Kinn und Unterlippe zu einer zusammenhängenden und womöglich nie mehr erweichlichen Wallanlage aufgeworfen. Scheinstolze Pühh-Physiognomie.

Sonne! – Sonne! und als man mich von fern bei meinem Namen rief, riß es mir den Arm heilhitlerhaft in die Luft und ich wehrte die Strahlen mit dem Handteller ab. Vermutlich ursprünglicher Sinn von Heils- und Salve-Gesten: im Lichte zu stehen und die Blendung von sich abzuhalten. Die Untergebenen folgen ihren Schatten und fallen dem Erleuchteten zu Füßen. Dann waren es aber Michel und Christina mit Kornblumen und Mohn vom Isemarkt und antiquarisch erworbenem Briefwechsel Tschaikowski – Nadeshda von Meck. Du kannst aufschlagen, wo du willst, auch die großen musikalischen Zündfunken sind bei ihrer ersten Berührung mit der Kultursphäre kaum je als das begriffen worden, was sie sind: Vorwegnahmen. Eben über Bizet gelesen: «‹Carmen› hat keinen richtigen Erfolg in Paris gehabt. Bizet starb bald nach ihrer Aufführung als junger Mensch in der Blüte seiner Jahre. Wer weiß, ob nicht infolge der Enttäuschung.» – Bin gespannt, wie man in Berlin meine neuen Reise-, Blumen- und Seestücke aufnehmen wird.

29. 5. Ganzen Tag Transistornachrichten über Bürgerkriege in Georgien, Aserbeidschan, Usbekistan – Freiheit, dein Name ist Tohuwabohu. Das übelste aller Übel: junge Männer unter Waffen und mit einer menschenverneinenden Religion im Kopf. Wer nur behutsam mit gespitzten Füßen über wattige Polster voranzuschreiten wagt, denkt schonungsvoller über das Leben. Allerdings nicht minder radikal.

Nachmittags die Sängerin zu Besuch, lustwandelndes Füllhorn, und als solches bereit, sich caritativ zu ergießen: «Ich muß nochmal in die Stadt, soll ich dir was Belebendes mitbringen?» – «Ja, Schreibpapier! Ja, Tesafilm! Ja, Saft!» – «Und Sekt?» – «Jaaa, Sekt, zwei Flaschen!», war richtig hingefegt von der unerwarteten Sommerallegorie und perlte dem Schampus entgegen. Anschließend erster Ausflug zu den sagenhaften Fischteichen jenseits der großen Wälder, paar hundert Meter entfernt und ziemlich muttige Löcher, in denen zerfranste Karpfen von den wie aufgezogen heranschnatternden Enten beiseite getreten wurden. Vorsichtiges Platznehmen auf dem warmen benadelten Hang. Dann der freche Plopp des Korkens im Schutz des Haselgebüsches und das anzügliche Zerknistern des Sektes in dicken Anstaltsbechern, klick-klack, zum Wooohle! – und auf Pardelkatzenpfoten vorbei das Fräulein Drenckhan, riesigen Goldreif im Ohr, und statt eines Grußes paar Spritzer Abendlicht in unsere Richtung gezwitschert.

Fr. 2. Juni. – 13.00 Abflug TWA Hamburg–Berlin: Sängerwettstreit um 50000 DM im «Literarischen Colloquium», auch Spendenwaschanlage für die «Preußische Seefischhandlung». Ließ mich von privatem Krankentransportunternehmen zum Flughafen bringen und in Bln. von Vertragsfirmen zum Wannsee weiterkutschieren; dann der schon seit Tagen, wenn nicht Wochen sehnsüchtig von mir vorausgekostete Einzug eines Fahrenden Sängers auf der Krankenbahre. Wie schön, daß ich

a) in Berlin und b) noch so lustig am Leben war! – Hatte eigene Liege im Reisegepäck und registrierte erstaunt den belebenden Einfluß der Hinfälligkeit auf die öffentliche Geselligkeit. Schöne Frauen, die sich offensichtlich gern verleiten ließen, aus begleitenden Nebenrollen in die Bildmitte zu rutschen und vom Bahrenrand aus blanke Knie zu zeigen. Abgeschlagene Kombattanten oder anderweitig Turniergeschädigte, deren unverkennbares Selbstmitleid sich im Nu zum Ausdruck altruistischer Besorgnis verklärte. Auch verschonte oder doch ohne bemerkenswerte Einbußen durchs Leben gekommene Kollegen, die sich trotzdem gern in ein vergleichbares Leidenslicht zu setzen suchten und von schwierigeren Operationen, komplizierteren Eingriffen, gefährlicheren und nie ganz verschmerzten Jugendkrankheiten erzählten, was aber bekanntlich nicht in dem Maße zur Erbauung beiträgt. Allgemein scheint der Fürsorgesinn freilich derart breit veranlagt, daß man ihn mit der Zeit für eine schönste genetische Mitgift der Menschheit zu halten beginnt – abzüglich jener Mimikrytalente, die diesen reizempfindlichen Druckknopf bereits habituell zu bedienen verstehen.

Am späteren Nachmittag noch ein paar Lesungen: Herburger – Christian Geißler – Wulf Kirsten – Fritz Rudolf Fries, unser westöstlicher Pluralismus, und so die Kritik von Ueding über Dieckmann bis zu Promies. Was mich bei dem Vorgehen störte – erst Lesung und dann eine beinah schon vertrauensärztliche Erörterung der Befunde – war dabei gar nicht so sehr die Mildigkeit der Urteile und eine relative Erbittlichkeit der Kritik, sondern der Wettbewerbsrahmen selbst. Was ich erwartet hatte, war ein zahlreiches und bunt gemischtes Auditorium gewesen. Was mich richtig kampfeslustig und sangeslüstern hatte hersegeln lassen, war die Aussicht auf einen öffentlichen Turnierplatz, ein Sportfeld, eine Arena – nun bewegte man sich in einer geschlossenen Veranstaltung, in der probehalber vorgesungen und studienrätlich daran herumkorrigiert wurde, Zupferchen hier, Tupferchen dort, als ob Literatur nur ein Untersuchungsobjekt und kein Erfreuungs- und Erregungsgegenstand wäre. Weder schreibe ich meine Gedichte für die Kritik, noch ziehe ich mir ihre Schulstubenweisheiten als Verbesserungsvorschläge zu, und wenn ich mich mit meinen Sachen überhaupt außer Hauses begebe, soll die Öffentlichkeit schon ein bißchen mitzuklatschen haben.

Sa. 3. Juni. Mit Noctamid, Imeson und Lexotanil liebe 5 Stunden Schlaf. Frühes Frühstück mit Blick auf die belegte Zunge des Wannsees, wobei ich weit mehr als am Vortag bedauerte, daß die Zuschauerreihen nur bröcklig besetzt waren. Klemmte mir trotzdem mutig Barhocker unter den Steiß, den wehen Rücken abzustützen, und trug meine neuesten Sachen vor («Fliederbusch» – «All dein Glück» – Hölty-Variation «Trau nimmer Red und Üblichkeit», schließlich «Selbst III/88»), was ein paar kunstsinnigen Klosterbrüdern (Höllerer, Hage, H. P. Krüger) auch gleich die Hände aus den Taschen und zum Beifall hin riß. Applaus war in dieser Expertenrunde aus professoralen Wichtigkeitsmienen und Blitzmerkerbleistiften nicht vorgesehen, und das ging schon mal in die Miesen. Zum ersten Mal durchlief den von lauter charakterlosem Wohlwollen trügerisch geglätteten Zirkel ein gesamtheitlich abwehrendes Stirnrunzeln. Ohne die über den Üblichkeitshorizont spürbar hinausgeschossenen Protuberanzen überhaupt zu erwähnen, machte man sich in Sekundeneile über so benannte «Kalauer» und «bekannte parodistische Mittel» her, obwohl ich konkret nur eine Parodie gelesen hatte und über den «Kalauer» als künstlich tief gezogenen Bühnenboden zur Erreichung extravaganter Steighöhen überhaupt nochmal neu verhandelt werden müßte. Man kannte in diesem Beckmesserkreis nicht einmal den der Volksliedkunde entlehnten Begriff «zersungene Lieder».

Rückblickend viel Déjà-vu und Ben Akiba. War schon früher mal mit meinen seinerzeit besten Sachen bei der «Gruppe 47» durchgefallen («Variation auf Gesang des Deutschen» – «Aussicht auf Wandlung» – «Himmelschluck-Lied»), nur war, was mir damals noch wirklich als himmelschreiende Ungerechtigkeit zugesetzt hatte, in diesem Fall bereits als Prüfung mit einkalkuliert: als Prüfstein für die Kritik. Goß mir am späten Nachmittag entsprechend generös vom mitgebrachten Tullamore-Whisky ein und plazierte meine Lazarusliege klotzig neben den Hallenkamin, wo auch die Kritiker saßen, als auf einmal, unberufen wie das I-Tüpfelchen auf den Sprit, Doja H. hereingeweht kam – knielange profilierte Kunstlederjacke, halblanges Blondhaar und frische Frühlingsbacken – und sich ungeniert auf meinem Bahrenrand niederließ. Fragte mich immerhin vorsorglich-diplomatisch, ob ihre Gegenwart nicht einen ungünstigen Eindruck auf das Preiskomitee machen könne, was ich nun schon ziemlich grandideldös bejahte: «absolut! Wir verjeuen hier mal so eben 50000 Mark, aber sind wir denn auf der Welt, um vor Leuten, die sowieso niemand ernst nimmt, bleibende Eindrücke zu hinterlassen?!» später Tanz in der Halle, bei dem ich mich wunderte, daß es wohltat statt zu schmerzen.

PS. Volker Braun, der sich mich offenbar erstmal neu zusammensetzen mußte und das Kinn mit der Linken wie einen Pfeifenkloben umklammerte: kritisch geneigtes Köpfchen, ungläubig staunende Augen, immer größer werdende Brillengläser, stupor mundi, sehr angenehm. Aber seine verbastelte Einsatzkonstruktion, die in den mittleren Sechzigern vielleicht gerade noch als experimentell hätte gelten können, schien mir trotzdem um keinen Deut frischer. Ökologischer Realismus: Kunst am Bau. Eine Bakelitgeburt.

So. 5. Juni. Mit Tabletten einigermaßen ex und Interviews mit u. a. Eva Schobel. Kurz vor 14.00 Gongschläge in der Artusdiele: das müde Hereingekrümel der Dichter, die geschäftige Unausgeschlafenheit der Schiedskommission («ganze Nacht um eine salomonische Lösung gerungen»), dann die Urteilsverkündung hinter Gladiolensträußen, Volker Braun, nebst anschließender harter kalter Knackwurst und der scheinbesorgten Frage, was es an solchen «Werkstattgesprächen» noch zu verbessern gäbe. Erstens, sagte ich, daß Sie Ihr Konklave hier mal ein bißchen öffnen und sich damit auch gewissen plebiszitären Einspruchsmöglichkeiten stellen. Und zweitens (aber da hatten sich die Bedenklichkeitsmienen schon wieder zu Panoptikumsgesichtern versteift), daß Sie während der Gedichtvorträge nicht unentwegt mit Ihren Partituren rumrascheln. Sowas stellen Sie sich mal vergleichsweise bei einem Rubinstein-Klavierkonzert vor – der würde Ihnen aber augenblicklich den Pianodeckel vor der Nase zuklappen.

20.00 – und schon wieder in meinem Bienenkorb in der Heide. Kamerad Schacht, der mich vor lauter Wiedersehensfreude beinah mit dem Rollstuhl umgefahren hätte; aber um 22.00 saßen wir schon wieder einträchtig in unserem Plastiktütenbüro und brüteten über unseren Unvollendeten. Er über Umbruchseiten vom *Kleinen Tierfreund*, ich über meinem Impromptu «Vergessen zu grüßen . . .».

Vergessen zu grüßen,
oh, Verzeihung, ich dachte, es wäre noch gestern;
kann einem vermutlich auch nur passieren,
wenn man mal für drei Tage nicht
von der Werkbank aufblickt –
Um der Mitwelt zu beweisen, daß man noch lebt,
hat man sich totgearbeitet.

Andererseits, wir züchten hier ja keine Zierkartoffeln,
meine Liebe,
oder malen unsere Ostereier
mit synthetischer Hühnerkacke an;
unsere Stellung ist immer noch da,
wo die Frage nach dem Inhalt unmittelbar an die
Fassung geht –
Sich auf dem Papier, also los,
zusammensetzen nochmal, sehr schwierig
(Was im normalen Alltagsleben nicht die geringste
Chance mehr hat)
Und dafür mußt du jeden Morgen ran an deine Brocken,
rein in deinen Kehricht,
rauf auf deinen Scherbenhügel.

. . . .

9.6. Koffer packen; Verpflegungsbunker auflösen; Büchlein verteilen, und wieder mal viel zuviel verschmissene Liebesmüh für persönliche Widmungen und gemalte Scherzartikel. Seit gestern Hochstimmung, großer Drogenumschlag, selbsterzeugte Freudenschüsse. Man muß drogistisch leben lernen, heißt, im höchstmöglichen Einverständnis der Gedanken und der Drüsen. Zutrauliche Vögel vorm Fenster, Schnabelwerker, die geschickt ihre frisch aus dem Boden gezogenen Regenwürmer zerteilen. Auch possierliche Eichhörnchen, immer quick und clever an den blickabgewandten Seiten der Bäume hoch, um alle anderthalb Meter neugierig um die Ecke zu blikken. Zwei nußkuchenpickende Eichelhäher unter einem Eichbaum. Abtörnend allein ein GEW-Lehrer, der mir restlos unbeeindruckt drei geliehene Bücher zurückgab. Zum *Volksvermögen* gerade eben: «Die Kinderverse sind lustig.» Entweder undurchdringlich oder luftdurchlässig werden!

10.6. Abreisetag, viel Glücksgewoge, Sonne. Daß ich mein Leben von Grund auf neu bedacht hätte, läßt sich schwerlich ohne triftige Gegenbeweise behaupten. Ich denke – solange ich mich nicht im Medium bewege – vornehmlich funktional, gymnastisch, betriebswirtschaftlich über mich und meinen kurzen Aufenthalt auf diesem Edelplaneten. Angesichts allgemein bedauerlicher Sinnlosigkeit sich wenigstens ein paar spürbare Erleichterungen verschaffen. Und dann sind diese wenigen schönen Stunden auch schon wieder vorbei.

11.6. Hamburg. Besuch von Gert Börnsen (Fraktion) und Gisela Böhrk (Frauen), um troubles zu shooten; Evas KN-Interview («Bei meinen Feinden, zuweilen, finde ich Zuflucht vor meinen Genossen»), das subjektiv befreiend und objektiv krampflösend gewirkt hat. Hatte sich am Ende nur noch in ihren Schwären gewälzt und nicht mehr gewußt, wohin sie den Druck verlagern sollte, nun sprach sie absolut frei vor sich und der Welt über ihre Schwächen und Ansprüche. Dolle Frau, und dann sogar noch die meine. Wunderte mich im nachhinein aber auch über meinen eigenen familiären Zusammengehörigkeitssinn – wohingegen mir? – mit meinen extravaganten Gewebespannungen und Haarrissen? – wohl überhaupt von keiner Seite zu helfen ist. Nachts Goethe-Notizen, «Phänomen» und Folgeassoziationen. Viele kleine disperte Lichtblicke, die ich nur ungern auf die Marbacher Müllhalde absegeln sehe.

Walther und Klopstock habe ich mir in eigener Lizenz ausgesucht – zu Goethe habe ich mich veranlassen lassen müssen.

Eine verfehlte Vorstellung: wir könnten unser eigenes Leben mit dem Verkleinerungs-Pantografen angehen und einen großen Lebensentwurf en miniature auf uns selbst anwenden.

Goethe als eine Ankleidepuppe für Oberlehrer

Und werdet sein wie Goethe: wenn ihr nach euren jugendlichen Anwandlungen/Exaltationen glücklich in den Staatsdienst getreten seid –

Goethe als Erlösungsfigur des mit zusammengekniffenen Arschbacken dozierenden Kathederprofessors. Pyritz (das Marianne-von-Willemer-Buch) – wie er dem Alten hinterhergrimassierte – eine Karikatur von Stil –

Zu Lebzeiten schon und posthum dann gar nicht mehr aufzuhalten: es waren lauter Wagners in seinem Gefolge – meine Lehrer –

Er zog einen Satrapenschweif hinter sich her – seine Kamarilla. Am liebsten alles über Beziehungen geregelt, siehe Freimaurer, Zensurfrage pp. und die wirklich pieksenden Probleme wie Krümel unter den Teppich gekehrt. Ein unendliches Heer von Zuarbeitern, Beiträgern und Bediensteten – ich glaube, ich hätte niemals bei ihm antichambriert.

Die neue Behäbigkeit (Behaglichkeit) wird sich auf ihn berufen können –

Voller Obsessionen und ideenlenkender Vorlieben. Goethe als nicht irgendein Dilettant, sondern als Prinzip des Dilettantismus. Der Allfummler – ein Generalissimus – an tausend Zerstreuungen hingegeben wie ein Tagedieb – hinzu noch sein Pensum, das jede dichterische Kontinuität zerriß. Folgerichtig seine ständige Angst zu zerlaufen und Selbstbeherzigungen als Konzentrationshilfe.

Er ruhte auf einem Polster von unbezweifelten Präokkupationen.

Seine Vorbehalte gegenüber Analyse und Zergliederungswesen. Das Weiß nicht als Mischakkord erkannt, weil er es nicht auseinander zu sehen vermochte – das Licht eine Vision. Proteus in zahlreichen Masken, Kostümen und Pseudonymen. Seine Wandlungen, Schübe, Häutungen, Metamorphosen. Proteuse haben ein langes Leben, weil es sich erst im Längsschnitt entfalten kann: G – Picasso. Seine Plastizität: etwas aus zahlreichen auseinanderscherenden Interessen und Geschäftigkeiten Zusammengesetztes.

Goethe war nicht «objektiv» – er versuchte sein Subjekt zu objektivieren: ein Als-ob-Objekt.

Als modellhafte Auseinandersetzung: Langbehn versus Dubois-Reymont: der Schauer, Ahnder gegen den positivistischen Mechanikus. – Zeiten, als sich die Ideologien noch treuherzig unverhüllt zeigten.

Es sind nicht allgemeine Ordnungsrufe, die er großzügig an die Menschheit hinschwendet – er ruft sich selbst zur Ordnung, auch zur Unterordnung, das erst macht seine Sprüche so haltbar.

Von magischem Denken bis auf den Grund seiner Seele beherrscht: daß alles sich belebe, was er berührt mit seiner lebenswarmen Hand. Daher seine Fehlurteile vom «Straßburger Münster» bis zur «Farbenlehre» pp. –

12. Juni, «Bäcker», Scholle, 2 stramme Kissen (Straminbezüge) ins Kreuz, alles gleitet so allmählich in seine alte Ordnung zurück. Vom Balkon aus zwei Lesben beim ungleichen Liebesspiel zugesehen, einer älteren, in ständiger nervöser Bewegung befindlichen und einem apathischen jungen Kloß. Wie sie die schläfrige Hand der Jungen immer wieder zu erwecken und gegen das eigene schlaffseitig hangende Fleisch zu kehren sucht. Tiefste Menschenlust, gerade die verwahrlosten Teile herauszukehren und zur Liebkosung anzutragen. – Letzte Goethe-Notizen, immer lustig und luxuriös über das allzu enggesteckte *FAZ*-Rähmchen hinaus.

Meine eigene Liebe zu ihm ist unsystematisch, meine Neigungen sind herausgegriffene, was vermutlich gar nicht an mir liegt, sondern an seiner proteischen Systemlosigkeit.

Die Frage nach der «Wunde», die für uns konstitutiv ist, und die sich bei G. nie offen beantwortet.

Als Vermutung, daß sein überzogenes Harmoniewesen mit Überkompensation zu tun hat. Die zu kurz geratenen Beine, der Sitzriese, er war in seinen Proportionen verletzt. Interessant in Bezug Carl Vogel, der Hausarzt, über G.s zu knapp bemessenen Unterbau. Dann seine merkwürdig positive Einstellung zu Byron – vielleicht, daß er dessen Klumpfuß immer heimlich in Rechnung stellte.

Er wußte, Menschen zu benutzen, zu gebrauchen, zu verbrauchen (darin Brecht nicht unähnlich) – sein diplomatischer Charme – sein souveränes und gewinnendes Wesen – auch wie er sich Eckermann zurechtdressierte und ihm listig das WIR anbot.

Diese große Umwälzmaschine, die die Menschen taxierte, schnell, auf ihre Brauchbarkeit hin für das große Werk.

Seine Verhältnisse alle von Verzicht gezeichnet – Triebtäter nur vom Gedanken her und insofern ein Vorbild Freuds –

Weimar als Entziehungsanstalt.

Diese Futterkrippe für Zitate und Zauberformeln, dieser Freitisch für Sprücheklopfer.

Seine antitragische Haltung, die mir schon früh imponiert hat. Seine Liberalität – sein krampfloses Urteilen – gewiß kein Paradedeutscher.

Nie war er wirklich verwickelt (involviert) – immer dieses gewisse divinitorische Drüberhin, selbst bei seinen Menschenexperimenten (mit dem Peter) –

Werthern opferte er hin, er ließ ihn hinter sich wie eine seiner vielberedeten «Schlangenhäute», eine Votivgabe an die Götter, ein vorgeschobenes Opfer. Dann über Werthers Leiche fortstrebend, dem Ruhm und den positiven Rezensionen zu (s. Walter Muschg, S. 49). Wilhelm Meister ließ er dagegen zum Arzt promovieren und schob ihn in die Banalität ab (in die Lebensprosa) –

Der «ganze Goethe» als utopisch verfaßter Mensch, bei dem es fast verboten scheint, sich 'ne Scheibe von abzuschneiden.

G. und das Erbe: ein guter Futterverwerter.

Einen Dichter, den man nicht nach seinen Nackenschlägen, sondern nach seinen Geliebten datiert, das ist doch mal was.

Sein im Grunde improvisatorisches Schaffen: aus einer Intuition, einem Schwung, einer Laune heraus – paar Bleistiftzüge im Fluge, und die Sache sitzt.

14. Juni. Anruf Müff, der von einer «jungen Gina Lollobrigida» schwärmte, die ihn ihrerseits ständig mit Howard Carpendale vergliche. Sagte: «Dann benimm dich auch so.» – M., lustig-weinerlich: «Wenn es doch nur Hans Moser wäre!»

Sa. 17. Juni. E. mit neuen Nachrichten aus Kiel, Fördewogen inzwischen wieder merklich geglättet, gebackenes Hähnchen, Goethe, Sonne, Balkon. Sehr junge Herren am Strand, die den alten Nazihelden immer ähnlicher werden. Habe mein Leben lang den Erscheinungen nachgestellt und weiß, wessen Wesens sie sind. Sepp-Hilz- und Elk-Eber-Visagen –

Sozialismus auf ganzer Front in Auflösung begriffen, ein riesiger Kadaver, der sich über uns wälzen wird, und leider wieder mal über Gerechte und Ungerechte. Gorbatschow als *Held der westlichen Welt*, wofür er sich aber nichts kaufen kann. Der Reformsozialismus wohl für ewig und alle Zeiten ein Irrläufer zwischen den Fronten: drüben aussichtslos, weil ohne Stütze von hüben. Habe meinerseits das *Prinzip Hoffnung* schon immer mit Skepsis betrachtet. Stattdessen Prinzip «Na, dann wolln wir mal sehen» . . .

Abends, überraschend, Wolfgang Werkmeister. Unterhielten uns prächtig über Phobien, Manien, Obsessionen und Ressentiments als den wirklichen Wurzeln der Künste und sehr ungezwungen auch über Waffen. WW, der gelegentlich mit seiner

Harley-Davidson zum Nacktbadestrand Großensee fährt, um sich dort «zu sonnen und gute Bücher zu lesen». Hübsche Geschichte, wie er eines Tages einen Spießer mit voll aufgedrehtem Transistorradio aufgefordert habe, das Gerät auszumachen oder leise zu stellen. Als ihm als Antwort nur «ein unartikuliertes Bellen» entgegenschlägt, schreitet er nackt auf den in Leder Gemummten zu: «Und was denkt Ihre Begleiterin darüber?» Habe dann allerdings nur noch ein «das» vernommen und sei, von einem mörderischen Kinnhaken getroffen, rücklings in den Sand gestürzt. Wußte, als er wieder zu Bewußtsein kam, überhaupt nicht, wie er sich verhalten solle und habe – um nur irgendwie zu handeln – den Apparat beim Handgriff gepackt und ihn «wie ein Hammerwerfer ein paarmal im Kreis herumgeschleudert»: «Der kriegte nun allmählich eine furchtbare Wucht, und während ich immer noch überlegte, ob ich ihm das Ding an den Kopf schleudern oder es in den See schmeißen sollte, riß auf einmal der Griff und der Apparat flog in den Uferschlick.» Wurde darauf von dem Kerl mit Fausthieben ins Schilf getrieben und schließlich nur durch den Einspruch von anderen Gästen gerettet. Schöner spontaner Abend mit lauter lustigen Verlierergeschichten, wie man ihn sich nicht vornehmen kann. Teilt meine Abneigung gegen die Penck, Baselitz und Kiefer und fühlt sich auf einem Markt ausgesetzt, wo Werte gehandelt werden, die er verachtet. «Genialität» als die Absprache von ein paar besonders angegangenen Köpfen.

18.6. Sonne. Tucho. Besuch Astrid und Beppo. Geschichte von A.s geistesverwirrtem Vater, der nach dem Tod seiner Lebensgefährtin mit Blumen bei seiner Tochter aufgetaucht sei, ob sie ihn nicht heiraten wolle. Sie bräuchte es Beppo ja nicht zu erzählen. Abends RTL und die Vorstellung von Millionen von einsamen Wichsern an ihren Joysticks. Der Zugriff aufs Geschlecht bereits total wie früher bei der katholischen Kirche.

22.6. Wenn der Tag schon mit Rossinis *Diebischer Elster* anfängt . . . Und dann gleich noch so Pseudopost von der «Norddeutschen Klassenlotterie» und der «Friedrich-Ebert-Stiftung» . . .

18.00 Bei Gerl. wegen Nietzsche-Zitat («In einer guten Prosa ist jeder Satz unterstrichen» o. ä.) angerufen. Da sie, während ihres Philosophiestudiums, selbst einmal den gesamten Nietzsche unterstrichen hatte, fand sie nun den Wald vor lauter Bäumen nicht und schlug vor, um 21.00 vorbeizukommen. Bin sehr gespannt, wie ihr Haar fällt und wie sie sich trägt. Später halben Faden Hanf und kopfnickend auf dem Balkon. In der Passage wird Leuchtstoff gefegt.

23.6. – 2.30 und: ein Phantom. Kam. Rappelte. Alles Nonsense. Zuerst noch reale und solide Probleme, daß das Auto nicht habe anspringen wollen, die Werkstatt bereits geschlossen gewesen sei, die Tankstelle unpäßlich, dann, später: China – Freiheit – Selbstfindung – Einstein – von Weizsäcker – Gen-Chirurgie – Esoterik – energetische Kräfte, der Wille der Kristalle und Atome, den man aber durch Pendeln herausbringen könne, bis ich schließlich die Fassung verlor und es «alles dilettantisch gedacht» und «agglutiniert» nannte: «Eigentlich nur zusammengeschäumt, ein Weltbild für kleine Leute.» – Wie schnell doch die Schönheit dahingeht und – mit ihr – manchmal auch der Verstand.

2.45 PS. Sah krank, verhungert, fast ein bißchen verwahrlost aus. Fühlte sich «im Besitz der Gnade» und blickte aus astralen Höhen mitleidig lächelnd auf mein skeptizistisches Irren herab. *Zarathustra* nun bereits weltenweit hinter ihr («Das war alles noch nicht die Wahrheit») wie natürlich auch die Erinnerung an meine jahrelangen freundlichen Vermahnungen, sich am «Übermenschen» bloß keinen Bruch zu heben.

24.6. In China Massenverhaftungen, Denunziationswellen, Todesurteile, «vollstreckt durch Genickschuß». Der statistische Eudaimonist (ein höchstmögliches Maß an Glück für eine größtmögliche Anzahl von Menschen) schlägt entsetzt die Hände vors Gesicht, um sich augenblicklich noch Fürchterlicheres auszumalen: ein Milliardenreich im blutigen Aufruhr. Und über allem, schwerelos dem Metzelwerk der Geschichte entrückt: chinesische Gaukler, Luftakrobaten und Artisten.

Weiter auf der Suche nach dem Nietzsche-Zitat mich kritisch-kreativ verlesen: «Der Unterleib ist der Grund dafür, daß der Mensch sich (nicht) so leicht für einen Gott hält.»

25.6. Allemöglichen literarischen Vereinigungen und Kult-Institutionen der Stadt, die anläßlich meines bevorstehenden 60. auf die gleiche gloriose Idee gekommen sind: dem Autor eine Gratis-Lesung aus eigenen Werken anzutragen. Einziger erbaulicher Anruf wieder mal von Elsbeth, die Leseaufführung meines *Handwerker*-Stückes anregte. Ja, das wäre tatsächlich was zum Sichdranfreuen. Hätte man vielleicht auch im Schauspielhaus, bei den Kammerspielen und auf Kampnagel drauf kommen können.

26.6. Großer Bammel betr. Gorbatschow. Unruhen, Bürgerkrieg und Verfolgung von Minderheiten jetzt auch in Kasachstan. Die Ränder bedürfen der Zarenfaust, ein Gedanke, wie man ihn so formuliert, heute schon wieder laut sagen darf.

28.6. Anruf Heepe, Verlag: ES WIRD ZEIT! Bekam richtig schlechtes Gewissen, weil anschließend gleich mit Gerd Haffmans verabredet, um Titel, Type, Umfang, Größe, Preis, Papier von *Selbst III* zu besprechen. Andererseits: auch im Verlagsleben wirkt sich der Seitensprung letzten Endes festigend auf die ständige Beziehung aus.

Unten Horst Thomayer zu Besuch, der Ali Schindehütte genialische Geburtstagsgratulationsnummer aufs Band gezwitschert hatte. Als lebendiger Mensch scheint er einem nicht ganz so pläsierlich. Beim lockersten Parlando immer heimlich (aber spürbar) in Lauerstellung, um die Lücke für einen Stich, ein As, einen Schmetterball auszuspähen. Ein Ping-Pong-Pointen-Automat.

4. Juli. Das durch Korrekturarbeiten an den «13 deutschen Dichtern» völlig diffundierte Zeitgefühl. Wollte nur nochmal kurz mit dem egalisierenden Magnetstab dran entlang, nun erscheint mir der schöne Naturfluß auf einmal empfindlich gestört, und was bleibt, ist der Eindruck von mechanischer Heftpflasterei. Im Hinterhöfchen 2 Pfauen auf Alis blechernem Atelierdach. Rief ihn herauf, um von der Terrasse aus gemeinsam Müsli zu streuen und Fotos zu schießen: 1001 Nacht auf dem Dorfe. Im Fernsehen (Reportage über Dichterwettstreit Klagenfurt) zum ersten Mal Peter von Matt und Peter Demetz bei der Arbeit beobachtet. Fand sie eigentlich ganz nett und gebildet, aber dann loben sie wieder jeden Eintagsfliegenschiß und erfreuen sich an gut ausgebildeten Krankheitsbildern wie an literarischen Edelstrukturen. Im Grunde sind es narzißtisch in ihr eigenes Handwerk verliebte Hermeneutiker, die für Kunst halten, was sie selbst mit viel Kunst ans Licht bringen.

6. Juli. «13 deutsche Dichter» – Die Authentizität der letzten Hand. Wer das Absolute will, muß viel bessern.

10. Juli. «Bäcker», Scholle, die straff gebratenen Graurücken, niedliche Mennigpünktchen, goldene Speckwürfel, mehlig zerfallende Kartoffeln und lichtgrüner, sahnetriefender Salat. Wie man in die Welt hineinbeißt, so schmeckt sie. In vorübergondelnde Gesichter reinsehen, daß es nur so strahlt. Vor etwa zwei Wochen Friedrich-«Aggressions»-Hacker gestorben, ein

Tod der mir nachgeht. Kannte ihn beinah nur von En-passant-Shakehands her, aber immer urban und von Herzen.

15.7. Von Nietzsche am liebsten die Aphorismen, weil die Erleuchtungen sich gar nicht erst Rechenschaft geben wollen und dem Augenblicksliebhaber nicht unentwegt der Systembildner auf die Hacken tritt. Seine Freude an Sprachwitzen und parodistischen Verkehrungen hat gelegentlich etwas Studikerhaftes, was vielleicht auch seine Wirkung auf mehrere Generationen von jungen Menschen erklärt. Bei «Ut desint vires tamen est laudanda voluptas» rückblickend bedauert, daß ein selbstverfertigtes Bonmot aus den eigenen Studentenzeiten sichtlich nur eine ihrer selbst nicht bewußte Nachschöpfung war. Was sich einerseits als Teilhaberschaft an einem gemeinsamen Geisterreich bestätigt fühlen darf, sieht sich zum anderen in seiner Originalität geschmälert und auf einen Platz u. a. zurückgewiesen. War gespannt, welche Überschrift sich MRR für meine Goethe-Interpretation würde haben einfallen lassen, nun war es einfach schlicht und recht «Zauberisches Hin und Her». Ich für mich: hatte mir wieder mal viel zuviel Speck angelesen, um mich richtig schlank und luftig bewegen zu können.

Zauberisches Hin und Her

Wenn zu der Regenwand
Phöbus sich gattet,
Gleich steht ein Bogenrand
Farbig beschattet.

Im Nebel gleichen Kreis
Seh ich gezogen;
Zwar ist der Bogen weiß,
Doch Himmelsbogen.

So sollst du, muntrer Greis,
Dich nicht betrüben;
Sind gleich die Haare weiß,
Doch wirst du lieben.

Das Gedichtmanuskript trägt das Datum vom 25. Juli 1814; ein «heiterer Tag», wie das immer lässig und zuverlässig geführte Tagebuch meldet; Goethe befindet sich nach vielen Jahren der Abwesenheit auf der Reise in seine alten rheinmainischen Heimatgefilde; im Gepäck den «Hafis» in der Hammerschen Übersetzung; im Kopf schon ziemlich weit vorgedrungene Pläne zu einer neuen Gedichtsammlung im orientalischen Stil; so deuten eigentlich alle Zeichen auf Neubeginn und Verwandlung – nur von einer wie auch immer zu denkenden Suleika ist noch nicht die Rede.

Wer den Fortgang der Geschichte kennt, die folgenreiche Begegnung mit einer Demoiselle Jung (späterer Marianne von Willemer), hat natürlich gut prophezeien. Das konnte der Alte (mittlerweile vierundsechzig Jahre alte) ohne Zweifel nicht. Aber etwas für sich herauslesen aus den Gegenständen seiner Betrachtung, etwas in sie hineinsehen, sich selbst in sie hineinspiegeln, das konnte er immer schon, und unser so benanntes «Phänomen» zeigt ihn in dieser Kunst auf schwindelerregender Höhe.

«Wer ein Phänomen vor Augen hat, denkt oft schon drüber hinaus», so steht es in den *Maximen und Reflexionen*, eine Erleuchtung, die uns ohne weiteres einleuchten will. Als bewegte mythologische Szene aufgemacht, scheint bereits der geschilderte himmlische Hoheitsakt in der ersten Strophe eine solche Folgeassoziation und, wenn man ihn recht besieht, die vorgreifende Überhöhung eines Erscheinungsbildes zum Sinnbild. Das ist für ein Gedicht keine Kleinigkeit und für ein «Phänomen» sogar die Rückstufung in den zweiten Rang.

Was die zweite Strophe als frischen Augeneindruck präsentiert (das Naturschauspiel eines Nebelregenbogens), zeigt die erste bereits auf allerhöchster Ebene vorausgespiegelt. Anders gesagt: wo die erste in einen «Bogenrand, farbig beschattet» ausläuft, darf sich die Sinneswahrnehmung nachträglich darin erkennen: «Zwar ist der Bogen weiß, Doch Himmelsbogen.» So gehen die Wahrnehmungen hier freizügig in Vorstellungen über, die jene wiederum vorwegzunehmen scheinen, und die Anrufe schöpfen Kraft aus ihren Echos oder Resonanzen: «Gleich steht ein Bogenrand», «Im Nebel gleichen Kreis», «Sind gleich die Haare weiß» – ein unentwegtes zauberisches Hin und Her der Ursachen und der Effekte, wobei man kaum sagen kann, was man mehr bewundern soll: die unbekümmerte Wiederholungslust oder die Leichtigkeit, mit der sich das alles anläßt.

Welche Erleuchtungen sich ein Dichter aus solchen magischen Vexierspielen ersaugen kann, zeigt zum guten Ende die letzte Strophe. Nachdem er sich mit dem zwiefach geführten Bogen eine Lichtbrücke zwischen Himmel und Erde geschaffen hat, gefällt es ihm nämlich, einen Abglanz des «Phänomens» auch auf den eigenen Scheitel zu lenken. «So», sagt er – in der allerunschuldigsten Verknüpfung der ausgefallenen Naturerscheinung mit dem eigenen Leben –, «so sollst du, muntrer Greis, dich nicht betrüben». Und «doch» dann noch einmal, im doppelt gemoppelten Rückverweis auf das muntere Göttertreiben in der Eingangsstrophe, «doch wirst du lieben»: eine reduplizierende Selbstversicherung, die, wenn sie derart postwendend auf eine neue Liebe und ein neues Buch zuführt, vielleicht wirklich als eine Prophetie gelesen werden kann, die sich selbst erfüllt.

20. Juli. Im Radio Boehlich über Heinrich Mann: welch erhabener Duktus, mitreißender Flügelschlag; man verstand schon früher nicht recht und versteht nun schon gar nicht mehr, welcher

Inkubus Ranicki eigentlich reitet, den Graben zwischen den kolossalischen Brüdern immer wieder neu aufzureißen. Er schnappt nach Schatten, verbellt Gespenster, die ihm zu folgen scheinen wie unliebsame Erinnerungen an seine eigene kommunistische Vergangenheit. Ein Exorzist, der nicht merkt, wie sehr man ihm den Besessenen ansieht. – Seit letztem Donnerstag «Sail 89», Windjammerregatta, alle großen Segelschiffe der Welt zunächst als Avis auf dem Bildschirm, dann gleich darauf lebensgroß vor der Haustür. Ging der sämig sich gegen den kräftigen West vorankämpfenden Flotte bis Neumühlen entgegen, wo Biermann mit Freunden vor Schmuckauslagen stand und einer Stummen die Welt erklärte. Präpotent, als wolle er den gesamten Museumshafen beschallen. Rechtzeitig kehrtgemacht, weil für Zweie schien mir der Elbstrand dann doch bißchen schmal. – Großes Gebibber wiedermal / immer noch um Gorbatschow und ich-für-mich-mein-Teil mit nicht dem geringsten Bock auf Tragödie. Freiheit, das große Passepartout für jederart Gruppenegoismen, Stammesfehden, kompromißunfähiges Selbstbestimmungswüten. Kenn das Ende vom Lied, das sich immer wieder für einen Anfang hält, noch von früher her auswendig: «FREIHEIT das Ziel, / Sieg das Panier, / Führer befiehl – / Wir folgen dir!»

7. Sept. 89. Bhf. Altona. Pfeffersuppe, Lachsschnitte. Alle Zeichen stehen auf Deadline: bis Montag unwiderruflich Abgabe Manuskript *Einmalig wie wir alle*. Gestern der Gedanke, das unvollendete Titelgedicht als Fragment zu Ende zu komponieren. Was sich nicht organisch fügen will, soll wenigstens anschaulich klaffen. Paar natürliche Luftholer in dem endlos langen Leierkasten. Bei Konstruktion des poetischen Schwibbogens heute lange entsagungsvolle Blicke vom Balkon auf den Strand. Einer mächtigen Sirene bei Enthüllungsvorgängen zugesehen. Dann ein Mastbaum von Mann, von einer jungen Vogelwicke umschlungen. Konnte mich gar nicht losreißen für so

niedere wie Bank- und Postgeschäfte. Eigentlich ist jeder Beobachtungswinkel auch nur Torso oder Ansichtssache.

14. Sept. Beim Grindel-Chinesen, Chop-suey, süßsaure Suppe. Bei der Gosch zum Haareschneiden – im Toilettenspiegel mein schon ziemlich gelichteter Pinsel. Tagebuch: das unqualifizierte ressentimentale Gebrummse, mit dem man den Tagesablauf begleitet. Das Schicksal. Das Wetter. Die Nachrichten.

18. Sept. Beginn DDR-Tournee «Jazz und Lyrik». Gegen 12.00 von Michel und Christina Naura in Oevelgönne abgeholt. Kann selbst immer noch keine Koffer tragen, nur Wägelchen ziehen. Mein steifes Gewackel seit der Bandscheibenoperation. Auf Parkplatz Hahnenkoppel mit Wolfgang Schlüter (Vibraphon) und Karin verabredet. Für mich immer wieder beeindruckend die Pünktlichkeit von Berufsmusikanten. Kann sich jeder Klempner ein Rohrstück von abschneiden.

Als wir über die Grenze waren, stolz auf meine sechs Hanfstengel in der «Ernte»-Schachtel gepocht und mit alten Zwanzigerscheinen vom Messebesuch 84 geknistert. Furchtbar gelacht und mich gleich als internationaler Geld- und Drogenschieber gefühlt. Leider bei Gaststätte Gudow den neuen *Spiegel* und *Frankfurter Rundschau* auf dem Müllkübel liegengelassen. Nun sofort Entzug und Sucht als voneinander abhängige Größen.

«Hotel Lausitz», 6. Stock, Zimmer 604. Die Autoanfahrt im dunklen Berliner Ring, fast Vollmond zwischen asthenischen Erlen und Eschen – dann auf einmal fast propagandistisch dagegengesetzt die fünf glührot belichterten Schornsteine des Kohlekraftwerks Lübbenau. 22.00 Ankunft und als erster Willkomm paar betrunkene Jugendliche (hierzulande «Hooligans»), die Fäuste gegen unsere Honda-Autos knüllten: «Diese verdammten Typen – natürlich in diesem Hotel!» Wurden später belehrt, daß sie sich nur mit Worten Luft machten, aber bei allem Fremdenhaß eine natürliche Ehrfurcht vor hochwertigen Westwaren bewahrt hätten.

Gegen 22.30 Soljanka, Kolonistensuppe, fett und lau, dann Gulasch, bei dem es zwischen Frankfurt-West und Frankfurt-Ost nicht viel verkehrtzumachen gibt. Alkoholika in diversen lokalen Varianten. Auf allen Tischen folkloristisch bedruckte Sets mit dem lieben alten Zungenbrecher «Der Cottbusser Postkutscher putzt den Cottbusser Postkutschkasten». Wie so subliterarische Scherzartikel, wenn sie nur verrückt genug sind, alle politischen Weltenbeben nebst Göttermacherei und Götterstürzen überdauern können. Fast ein Hoffnungsschimmer für die Innung. Auch in DDR-Baedeker als lokale Sehens- bzw. Hörenswürdigkeit verzeichnet. Siehe Montefiascone u. seinen jahrhundertealten Trinkspruch-Zauberspruch «est est est». Sehr spät zur Nacht paar puffige Schönheiten herein, aufreizend in ihrem Badedress gegen die Exerzierplatzordnung des weiträumigen Restaurants. Doch fremdes Land mit schwer durchschaubaren Sitten.

Ließ mir 2. Wolldecke aufs Zimmer bringen und zahlte mit Zweimarkstück West, was zunächst auf scheinstolze Abwehr stieß (Länder, in denen fremde Währung immer bißchen wie Gift betrachtet wird). Mich umgekuckt, was es auf den ersten Blick schon zu lernen gäbe: Das Bad mit den dicken wulstigen Bogenstücken u. Flanschen – Der Abfalleimer mit dem handgemalten roten Kreuz darauf (beeindruckend wie eine Beuys-Ikone) – ein großer gelber Fuß als Badematte (Plastequante), die an den feuchten Sohlen hängenbleibt – «Sonni-Kinderschaum-Bad» u. «Deine Seife für Hotel und Reise» (in Trübplaste eingeschweißt u. mit einem Design wie vom Seifensieder in Heimarbeit entworfen) – Fernseher (SW) auf 3 Westsender eingestellt. Mit Imeson in den Schlaf.

19. Sept. Gegen 5.30 aufgewacht, u. die ganze Stadt schon im lärmigen Aufbruch. Zuerst Mopeds, die in weit ausholenden Bögen den frühen Arbeitsmorgen ausrädern, dann Zweitakterkrawall von allen Seiten, u. ich leider mein Ohropax vergessen. Frühstück bis 9.30, bei dem jeder Posten, jedes Pöstchen, Buttersternchen, Marmelädchen gesondert aufgelistet wird. Im Anschluß Treffen mit unserem Agenten Peter Metag (unser Mann in Cottbus), der pro Monat 40 Veranstaltungen managed. Kahlgeschorener Kopf und faseriger Solschenizynbart. Der Ton frei, frech u. weder staatsfromm noch sicherheitsfürchtig; aber die Leute hängen nun mal mit ihren Hausmachernerven an diesem beschränkten Land u. lassen es sich nicht gern von westlicher Hochmutswarte aus runtermachen. Über landläufige Sprachregelungen: Weihnachtsengel = «Jahresendfigur mit Flügeln»; Parkbänke = «Stadtmöbel»; Särge = «Erdmöbel»; Lagerist = «Warenbeweger» pp. Wer sich ein offenes Ohr auch für die unseren Amts-, Justiz- und Behördenjargone bewahrt hat (z. B. «doppelstöckige Personengesellschaft») grinst nicht mehr ganz so selbstgefällig.

Bei milder Septembersonne im Müßiggang durch den Landschaftspark Branitz. Ein Pavillon wie eine Voliere mit dünnem Säulchen in der Mitte und vergoldetem Gipskopf darauf, sehr manieristisch. Auch sich eine «Seepyramide» als Familiengrab einfallen zu lassen (Fürst Pückler u. Gattin) schon ziemlich groteske Idee und stark an Bomarzo erinnernd. Im Schloß in gewaltigen Puschen herumgeschlurrt und a) durch Zinnfigurenausstellung, b) Gemäldegalerie Karl Blechen, den N. nicht kannte und entsprechend blasiert dran vorbeischritt. Konnte leider gar nicht so lange weilen wie es mich hinriß: paar kühn hingeklotzte Felsbrocken hier, paar schräg dagegengehauene Gesteinslagen dort und trotz kleinster Formate alle seinerzeit gesetzten Geschmacksrahmen überschreitend. Unser Vor-Vorimpressionismus.

15.30 Mittag: Rührei, Püree, in Leinöl angemachter Quark, erlesenst. 17.00 Probe «Kammerspiele»: ein riesengewaltiger Flügel, halb zum Lachen, halb Nauras gargantualisch raumgreifendem Wesen wieder ganz angemessen. Gegen 18.00 bemaltes Schnittenbrettchen im staatlichen Antiquitätenladen (70 M.) u. Gang durch Einkaufspassagen. Cordjacke f. 350,– Mark im Fenster, was hierzuland ein Vermögen ist u. bei uns zu Haus fast schon wieder ein modischer Kick (man muß seine Hosen oft 13/14 Jahre hängenlassen, dann kommen sie wieder in Mode). Habe nur leider keinerlei Sinn und inzwischen auch keine Entschuldigung mehr dafür, daß man den Außenverputz einfach so wegbröckeln und die Farbe so hinschilfern lassen kann. Wäre bei Einsatz von ein bißchen Tünche sofort um 20% im Niveau zu heben – wenn auch nicht gerade auf «Weltniveau». Beinah noch unverständlicher, daß es in diesem lärmintensiven Land kein Ohropax zu kaufen gibt. Man kommt dabei immer gleich auf schlechte Gedanken u. vermutet Absicht hinter der Mangelerscheinung. Z. B. das Volk soll immer hübsch Ohr sein und sich bei zahlreich verfügten Sammel-, Demonstrations- u. Ergebenheitsappellen nicht einfach nach innen abwenden dürfen.

20.00 Concerto mit zunächst nur matter Resonanz. Aber natürlich, wir befinden uns hier an der östlichen Borderline des Landes, und die Leute sind statt mit moderner Poesie mit sorbischem Volkstanz u. sozialistischem Komplexbrigadewettbewerb aufgewachsen. Die Musik dabei immer mit minderen Schwierigkeiten gegenüber dem kollektiven Hörvermögen, was vermutlich kein Wunder, da zwischen klassischem Jazz und zeitgenössischem nicht *diese gewaltigen* Bildungslücken klaffen. Im 2. Teil dann Musikduo «Motor», von Naura launig als «Widmung an den Zweitakter» annonciert, was wenigstens paar Gefälligkeitslacher auslöste. Dann: «Mit den Jahren/Selbst III/88» und – wie darf ich sagen, ohne vor der Nachwelt allzu selbstgefällig dazustehen? –: kaum zu fassen, daß mir auf meine alten Tage noch solch ein populistischer Reiserenner gelungen ist. Ging auch in diesem (mauerbeschränkten) Ländchen ab wie der Intercity «Max Stirner» und raste mit Honky-Tonk-Train-Blues schließlich hochgefeiert an allen beschrankten u. unbeschrankten Bahnübergängen vorbei. «Komm raus!» u. «Bleib erschütterbar» ohnehin selbsttragende, bzw. automobile Pièecen. Es ist die einfache Wiederholung («Komm raus ... Komm raus ... Komm raus ...»), die sich den Weg zum kollektiven Gehörgang schlechterdings ertrommelt.

Anschließend im Foyer viele *Fleckenkunden* (DDR-Insel), *Phönix voran!* (Volk und Welt) und *Dintemann und Schindemann* (Reclam) signiert. Der unleugbare Genuß, sich bis in die Lausitz verbreitet zu sehen, und sei es auch in der Form von sogenannter «Bückware». Weiß nicht, ob seinerzeit bei Messebesuch notiert, wie Reclam-Chef Marquardt versuchte, mir den alten Märchenbuch-Titel *Der Hüter des Misthaufens* auszureden. Mit einem gewissen Ächzton des Bedauerns: «Mit dem Rowohlt-Titel haben wir hier so unsere Sorgen. Den verstehn unsere Leute einfach nicht.» Hatte mir damals sofort das *meine* gedacht: daß sie ihn natürlich nicht einfach verstehen, sondern im Zweifelsfall zweifach, d. h. mit allen landeseigenen Untertönen und Hintergedanken; denn wenn sie bei dem «Hüter» wahrscheinlich an ihre ungeliebten Grenz- und Ordnungshüter denken, fragt sich bei dem folgenden «Misthaufen» fast schon ohne Frage: an was? Versuchte damals herauszukriegen, welchen Titel er sich denn ersatzweise vorstellen könne. M.: Er habe sich schon einen ausgekuckt, und der sei schließlich auch von mir, nämlich *Dintemann und Schindemann*. Ich damals etwas leege: «Najagut, wenn *Ihre* Leute sich darunter mehr vorstellen können.»

(Als PS., daß ich Charaktere wie M. keineswegs undialektisch betrachte und sie mir flachmachen möchte. Hat viele schwierige Bücher mit breitem Rücken abgedeckt und Verdienste, wo wir immer nur gierig nach Verstößen gegen die Staatsgewalt Ausschau halten.)

Schade, daß sich unsere kleine kunstfromme u. aufgeweckte Gemeinde dann sehr schnell verlief und wir uns in unser Hotel. Kalte Platte u. schöne Gespräche mit Metags Freundin Gudrun (moosgrüne Augen, maisblonder Zopf) über Gorbatschow u. Jelzin, den ich allerdings für einen politischen Laienmaler halte. Spät an der Bar noch Lagen springen lassen, daß der Krimsekt nur so schäumte, aber als ich großspurig meine zwei alten plättfrischen Zwanziger als Trinkgeld hinblätterte, wurden sie mir mit teils hoheitsvoller, teils fast verächtlicher Miene wieder zurückgereicht: die sind leider abgelaufen. Mein sofortiges klebrigfeuchtes Erschrecken. Lieber noch mit einem Hanfstengel im Schnabel erwischt werden als bei einem alle Künstlerallüren überschreitenden Währungsvergehen. Wie ich mich in blasierte Eisigkeit zu fassen versuchte. Wie es sofort in meinem verbiesterten Kopf zu rädern begann: woher gekriegt – wieso empfangen – unter welchen Umständen ahnungslos erwechselt – im staatlichen Antiquitätengeschäft? – nein, auf der Straße davor – bei welcher Gelegenheit? – ah, von diesen Hooligans da – nein, Quatsch, bloß nicht noch solche Wahnsinnsfäden in den Untergrund ausspinnen – fast hoffte ich, daß eine höhere Hand sich schützend über unser staatlich abgesegnetes Gastspiel wölben möge. Auf dem Zimmer sofort die restlichen Scheine zu Mulm zerschreddert und sie noch in der Nacht in dem stundenglasförmigen Abfallkübel vorm Hotel untergemüllt.

20. Sept. Mit doppelt und dreifach Imeson gut ausgeschlafen. Zum Frühstück Ost-Joghurt, sehr angenehm. Man versteht überhaupt nicht mehr, mit welcher Gier die Leute bei uns nach der Verpackung anstehn. Nochmal kurz durch Einkaufspas-

sage u. die im Fenster erspähte Cordjacke zu erstehen versucht. Die sei leider ein Auslagestück u. vor der De-Dekoration nicht herauszunehmen. Dagegengehalten, daß ich damit im Westen für VEB m a b (Massatelier Berlin) Reklame laufen würde, was aber nicht für bare Münze = gängige Währung genommen wurde. Im kompensatorischen Schlenker zu Gudruns Plattenladen u. Rachmaninow Klavierkonzerte Nr. 2 c-moll u. Nr. 3 d-moll, Bruckner Sinfonie Nr. 4 Es-Dur u. Ferrucio Busonis Bachbearbeitungen. – TB, das mir zunehmend beiläufiger erscheint. Wer ein schnelles Leben führt, muß viel aufschreiben, das ist wohl wahr, ganz dicht an den Dingen dran und praktisch ohne Abstand u. Perspektive – *aber*: eine Gestalt, aus lauter Hobelspänen zusammengesetzt, ist das eigentlich noch eine Aufgabe?

Notizen mit springendem Pentel: Gegen 11.00 Abfahrt nach Rostock, eben noch hier, jetzt schon da = hier. Das TB u. seine ständig zu Bewußtsein geratenden Orts/Zeit-Paradoxa. Im mitgeführten Pepys eben die Stelle «Nach dem Abendgebet trug ich in mein Tagebuch die letzten fünf Tage ein». Was man nicht im Fluge mitschreibt, zählt nach einer Woche Abstand eigentlich schon zu den Lebenserinnerungen. Das TB als eine Art von Selbstversicherung, daß man noch lebt – die Memos, daß man gelebt hat. Wenn ich diese Notizen nur 5-6-7-8 Jahre liegenlasse, hat sich das sausende *Es ist jetzt – Es ist heute – Es ist hier* wie unter der Hand zum beruhigten *Es-war-einmal* abgeklärt. Und bei alledem niemals wissen, was deine letzten Worte sind . . .

Während der Fahrt fast schon nicht mehr zur Kenntnis genommen: die verkommenen Landstraßen, abgesackten Bürgersteige, ausgeaperten Straßenränder, gegen Norden zu dann aber doch gediegene Piste und Blicke über sanft gewellte Hügellandschaften, Moränenausläufer der letzten, der Weichselvereisung. Auch etwas hellere und adrettere Häuserchen jetzt und massiertes Aufkommen von Industriepropaganda: «Lena Produkte Pluspunkte im Produktionsprozeß». Also auch hier der Stabreim (klassenüberspannend) im ganz großen Reklameeinsatz und in direkter Nähe zu «Milch macht müde Männer munter». Wenn ich selbst einen Staat zur Verfügung hätte, würde ich dessen Volksauto aber ganz gewiß nicht Trabant (d. h. Mitzügler, unselbständiger Begleiter) nennen u. meine Bevölkerung nicht in einer derartig erzwungenen Affenhaltung zum Gespött der gesamten kapitalistischen Mitwelt machen. Wer die Trabifahrer so fragenzeichenhaft darstellen würde wie sie wirklich aussehen, würde vermutlich als kritischer Realist aus dem Verband der Darstellenden Künste ausgestoßen werden. Leider wieder viel zuviel Fahrt für das bißchen Aufenthalt. – Dann die Außenbezirke der Stadt: maurisch, balkanisch, Plattenbauweise, alles wüst durcheinander, von Architekten entworfen, die die Welt nur vom Hörensagen kennen.

21. Sept. 11.15: Schon wieder vorbei der Auftritt u. Fahrt von Rostock nach Magdeburg. Gestern abend Concerto im Klubhaus der Neptunwerft (v. «Arbeitsgruppe Jazz des Universitäts-Filmclubs» eingeladen): riesengewaltiger düsterer Raum, alter Nazibau, Reichspropagandaaula, und die menschenabweisende Bühne hoch aufragend wie ein Schiffsbug, wie ein Kliff. Nur wenig über hundert Leute, die sich in dem ungemütlichen Saal fast verloren, man mußte die in sich vermummelten Kokons erst einmal mit Harkpantomimen in die Nähe bugsieren. Hatte nicht zu Mittag gegessen, in der Pause gesüffelt und versprach mich mehrere Male aufs peinlichste, u. a. bei dem Gedicht «Zirkus», wo alles auf das Wort «perfekt» ausläuft, was mich noch viele Wochen später schmerzen kann.

Untergebracht in Hotel «Warnow» mit seinem Hauch von internationaler, heißt Allerweltsbequemlichkeit: holzvertäfelte Säulen, die Deckenbeleuchtung in der Form von dreifach gestaffelten hölzernen Oktaedern, braun-goldgelb gerautete Teppichbeläge, Tische mit eingelegten Steingutkacheln, auf Goldstelzen thronende Tischlämpchen, grünberüscht, immergrüner Zierspargel, Schusterpalmen u. Dieffenbachien in konischen Holzkübeln. Als Idee für ein neues Ratespiel: Eine Person mit verbundenen Augen einmal um die Welt transportieren und dann in solch einem Frühstücksraum absetzen: «Wo bin ich?» (Als Preis dann die Reise nach Hause) – Heute morgen mich noch mit Lektor Beckmann (Hinsdorff) u. dem Autor Neumann unterhalten. Jeder schließt von seinem privaten Fortkommen oder Durchhängen auf den Zustand der Welt. Bei Abreise den Gepäckmädels noch 10 Ostmark in die errötenden Hände gedrückt. Jaja, wir verderben hier die Preise bis ins dritte oder vierte Glied.

15.15 Magdeburg. «Hotel International» u. angegliedertes Restaurant Moskwa mit seinem quasifuturistischen und rußgeschwärzten Schriftzug in der Stirnleiste. 16.30 Probe im Kloster «Unsere liebe Frauen», aber wie schön das Kirchenschiff immer zu Augen geht, so fürchterlich der Hall in die Ohren. Jetzt in der kunstgewerblich gestylten Cafeteria mit Seitenausblick auf den Kreuzgang und korkenzieherhaft verwundene Efeustämme. Im hohen, nun schon angegilbten Gras verstreute Kapitelle, Säulenbasen, Gebälke mit Baumeisterzeichen. Der Eindruck von Ewigkeit als stehengebliebener Zeit. Das leise und behutsam vorüberhuschende Kirchenvolk. Geflüster und Geschleiche. Zum Kaffee den «Klostergeist» probiert und für erstklassig befunden.

17.00 Hechtschnitte (etwas tranig) mit Rührei. In Anbetracht der zu erwartenden christlichen Klientel mein Skatblatt neu sortiert. Unser Programm – ohne jede Vorabsprache oder Zensur – das gleiche wie bei unserem letzten Auftritt in

Husum. Wer im Hinblick auf DDR immer wieder kolportiert, es habe sich nichts geändert, will nur nicht wahrhaben, daß sich ständig was verändert. Dusche – Umziehn – u. keine Minute Zeit, das wehe Kreuz zu entlasten.

20.00 Auftritt u. die Akustik weit schlimmer als bei der Probe befürchtet. Die Stimme breiig, verquost, pastoral, Vom Himmel hoch da komm ich her. Piano u. Vibraphon von der Bühne aus nur als wallend verwehende Klangstores wahrzunehmen, Interferenzen wie bei einem Störsender. Manchmal scheinen Schlüters Vib-Lamellen noch sekundenlang im Kreuzgewölbe herumzuirren, suchend, taumelnd, mehrfach von den Seitenpfeilern hin- und hergebrochen, um am Ende kling-plirr-bimmel-die-bammel-die-bimm wie ein musikalischer Konfettiregen auf die Stuhlreihen niederzusegeln. Verheerender Eindruck vor 250–300 Zuhörern, zumal Innen. Ein gemeinsamer Ton nicht einmal durch gewagteste Verzögerungsmanöver zu erzielen. Und dafür hat man nun die Welt durchreist und Mauer und Stacheldraht überwunden, um in Magdeburg ruhmlos unterzugehen. Erst nach der Pause u. bei «Mit den Jahren» so etwas wie ein künstlerischer Durchbruch – da hatten sich die Ohren allmählich geöffnet und wir uns – piano-piano – auf einen geringsten gemeinsamen Nenner eingepegelt.

Im Refektorium besinnliche, beinahe sich vermurmelnde Gespräche über *Utopie*, die im «Real existierenden Sozialismus» ein Reizwort v. der besonderen Sorte scheint. Erst wenn R. E. S. mit seiner Kunst am Ende ist, darf man wieder hoffen . . . Ein junger Mann, der Schlüter «einen gotischen Meister» nannte, «der seiner Vollendung entgegenschreitet», worauf dessen griesegrauer Bart sich gleich schamhaft und geschmeichelt im Hemdenausschnitt verkroch. Die Allgegenwart der Staatssicherheit dabei sowohl allgemein zur Kenntnis wie nicht mehr ganz ernst genommen. Auf die öfter vernommene Warnung «Pst – Stasi – Pst – Feind hört mit» meist nur uninteressierte Wegwerfgesten, spöttisch gewellte Lippen, Achselzukker, Scheißegalgebärden.

Hotel. Nachtbar. Eine matt beleuchtete Tanzfläche mit ein paar toupierten Fontänen, käuflichen Elb-Schäferinnen, die mir als solche allerdings erst aufgingen, als mein Geist schon am Schwinden war. Schlüter auf seinem Zimmer mit nachglühend leuchtenden Augen: daß er sich manchmal als absichtsloses Medium seines Instrumentes fühle: «Wenn die Schlegel einfach so von allein klöppeln.»

22. Sept. Stadtansichten: Kirche – Buchläden: Pilzbrevier und Beckmanns «Apokalypse». Gegen 13.00 Abfahrt. Atemverzehrende Stickmiefglocke über Stadt und Börde, immer zementstaubgrauer je weiter es gegen Dessau zu ging, dann armseliges Vorstadtgehäusel, ein Teil der Gebäude man gerade eben durch die Banderolen z. 40. Jahrestag zusammengehalten: «Täglich unser Bestes für die sozialistische Republik». Wenn nicht Sonnenblumen- und Gladiolenzeit wäre, ließe sich dem verkommenen Land überhaupt keine lichte Seite mehr abgewinnen. Seit 15, nein, nun gewiß schon seit 20 Jahren immer wieder die gleichen Entschuldigungssuren: kein Marshallplan, keine Steinkohle, die Last der Demontagen, alles abtransportiert bis zum letzten Dichtungsdeckel – aber das mag ich den Nauras inzwischen auch nicht mehr vorbeten. Als Akademiemitglied-Ost fühlt man sich immer gleich mitverantwortlich für den herrschenden Bruchladen. N. der fleißig Zeitungen, Zirkulare, Broschüren und Flugblätter sammelt, u. a. eine braunstichig hektografierte Verlautbarung d. «Bundes der evangelischen Kirchen» (vom Landesbischof Leich unterschrieben). Moderater Drängelton, der mir besser gefällt als märtyrerhafte Wunderkerzen. Mit so etwas kann sich praktisch jedermann identifizieren – mit dem Pastor Brüsewitz nicht.

Selbstverbrennungen etc.-pp. doch alles ganz krank u. Baader-Meinhof.

22. 23. September. HOTEL ASTORIA, Leipzig, geräumiger alter Plüschkasten sehr nach unserm Gusto – weitgeschnittene Spendierhosen. 17.00 Hühnerfrikassee, 18.00 Soundcheck in «Leipzig Information», aber der von wochenlanger Sonne aufgeheizte Saal offenbar ohne angemessene Be- und Entlüftung. 20.00 Auftritt vor einem nun bereits spürbar ionisierten und politisierten Publikum, u. bei der Stelle «Unter uns: daß in deinem Abwinken / immer noch mehr Kraft war als in anderer Leute Sonnenaufgängen» ein so hier noch niemals vernommener und von lebhaften Belustigungszeichen untermalter Zeilen-Szenenapplaus. Meinen eigenen Worten noch einmal nachgelauscht und – ahja: parteigetreuer Anpasser ist hier keiner mehr, zum offenen Widerstand reicht der Mumm auch noch nicht ganz, aber der Abwinker, Wegwischer, Buckelrauskehrer finden ganz offenbar ihre Lobby. Habent sua fata libelli, und so die einzelnen Gedichte, die aus privaten Anlässen entstanden, plötzlich einen ganz neuen politischen Nerv berühren.

Hatte schon vorher zu Naura gesagt, paß mal auf, der Zeitgeist ist in den letzten drei Tagen schon wieder mächtig vorangeschritten, und bei «Komm raus» u. «Bleib erschütterbar u. widersteh» wird es kritisch. (Worauf N., der gelegentlich gern die Löwentatze herauskehrt: «Heja, ‹Komm raus aus deinem Leichenentsafter›, da werd ich heute fürchterlich reinhauen.») Die Resonanzen am Abend dann freilich doch etwas anders als wir sie uns vorgestellt hatten, und statt spontaner Beifallskundgebungen ein merkwürdig zeitverzögertes Reaktionsverhalten. Kenne ich auch von anderen Gelegenheiten her, wenn das Publikum bei sexuell anstößigen Stellen nicht zu lachen wagt und der angestaute Juckreiz sich nur wenige Zeilen später um so heftiger entlädt. Mit «Zirkus» als klirrendem Finale aufgehört

– nur keine zu dick aufgetragenen Gesinnungsfarben zum Abschluß.

Am Signiertisch das Geständnis einer tiefgründigen Tulpenblüte: «Die schönste Veranstaltung seit zehn Jahren» – so möchte man gern öfter zu Herzen gehen. Eine ansehnliche junge Bärin, die mir Reproduktion einer Justinus-Kerner-Klecksografie mit entsprechendem Sinngedicht überreichte: «Aus Dintenflecken ganz gering / entstand der schöne Schmetterling. / Zu solcher Wandlung ich empfehle / Gott meine fleckenvolle Seele.» Die meine, auch nicht ganz fleckenreine, ließ mich sogleich nach weiteren Abendplänen fragen, und da ein freundliches Geschick sie bei dem Lit-Professor Schuhmann hatte studieren lassen, mit dem ich verabredet war, gemeinsame Autofahrt zur Maurice-Thorez-Str. 68, wo der Lyriker Kurt Drawert (Ring im Ohr) einen bescheidenen Linoleumwohlstand unterhielt. Die Gespräche in einem unvorteilhaft zusammengesetzten Ensemble dann allerdings derart unfrei, verzwungen, grämlich, salz- und witzlos, daß ich mich auf der Außenbordtoilette an einem einsamen Hanfseil emporzog und mich von süßen Drogenwogen wieder nach oben tragen ließ. Fühlte mich als die einzige wirklich freie Natur in dem von Sorgenfalten und verknitterten Perspektiven regierten Zirkel und verfolgte bald nur noch das eine hedonistische Ziel, meinen nebenher angesponnenen Glücksfaden nicht abreißen zu lassen.

Wie ich plötzlich mit der Bärin allein vor dem nächtlichen Hotel stand. Wie der hellerlichte Wahnsinn aus mir leuchtete und laberte. Wie ich nur nochmal kurz meine unkleidsamen Karstadttüten und Rückenkissen aufs Zimmer bringen wollte. Wie ich mich im Lift nach oben tragen ließ – einen riesigen nach Jakutin riechenden Russen an meiner Seite. Wie ich trotz meiner Rückenbeschwerden wie ein Ahornpropeller nach unten segelte und gerade noch einmal aus meinem Losungsbüchlein vor sie hinsingen wollte «aus Dintenflecken ganz gering – ist auch dieser treue Nachtschmetterling» – aber als ich dann mit lauter lustigen hanftorkelnden Gedanken auf den pfeffergrauen Parkplatz hinaustrat, war sie fort. Hotelnächte: wenn sich langsam eine organische Stille um eine allein gelassene Person bildet. TB: sehr eigenartig zu denken, wenn ich in dieser Form das Licht der Öffentlichkeit erblicke, bin ich schon lange tot.

23. Sept. 89, 23.00: Winziges Kabüffchen im «Hotel Unter den Linden», Berlin, ganz schmaler Liegeschlauch, Fernseher mit verschmorten Tasten u. nichts als Rieselgrütze auf dem Bildschirm. Unergiebig auch die Blicke durch das (von Metag besorgte) Nachtglas (langsam das lasche Geld abwerfen) in den frittendunstgeschwängerten Hinterhof. Wie M. neulich in Leipzig mit den frischgepreßten u. durch Boten aus Bln. heranbeorderten Notenbündeln aufgetaucht war und die Jungens fast peinlich berührt schienen, daß hier nicht nur die Gewalt, sondern auch die Abendkasse vom Staate ausgeht. Andererseits, cash or cannot, das sind für uns so internationale Auftrittsbedingungen.

So. 24. Sept. Nachts Uhr auf Winterzeit umgestellt u. gute Stunde länger geschlafen. Kluges Wort z. Sonntag (DDR 1) über Karl Barth u. seine Rede über gemeinsame Wurzeln v. Christentum u. Sozialismus – soll uns nicht trennen. Dann kritische, aber wohlinformierte Sendung z. 100. Geburtstag v. Martin Heidegger, was ich beinahe schon für ein bißchen zuviel an Goodwill halte. Doch völkisch verknaupelter Geist, dem ich in einem von mir zu erdenkenden Staat gewiß nicht so viel Ausstellungsfläche einräumen würde. Feiger Hund im Grunde u., wie Kurt Hiller absolut richtig vermerkt: «metaphysischer Blumenkohl». Überhaupt nicht zu fassen, daß an dessen verlogenen Lippen einmal Hannah Arendt gehangen hat.

10.30 zusammen mit den beiden Nauras z. Museumsinsel, Pergamonmuseum u. zugleich erhoben u. beklommen an den historischen Trümmerfluchten vorbeidefiliert: Babylon, Sumer, Assur, altes Ägypten, Hellas: mit welchen Schweißaufwänden das einmal alles hochgezogen wurde u. mit welchen Blutverlusten dann wieder runtergemacht. In der frischen Morgensonne über den weiten leeren Akademieplatz mit Deutschem Dom u. Französischem Dom als erbaulicher Doppelinitiale u. das Ensemble wieder mal als restaurativ erbaulich befunden. Im internationalen Vergleich dagegen unser Ku'damm plus Kai-Wi-Ge-ki doch nur geistverlassener Schaschlikboulevard. Vor der Schinkelwache Wachablösung u. der mir seit Naziangedenken unsäglich verhaßte Stechschritt. Er erschien mir allerdings kaum noch real existierend, eher Marionettenparade u. ein nur noch scharadenhaftes Markieren von Macht. Mechanisch in Gang gesetzte Uhren-Figuren, die bei Glockenschlag aus dem Gehäuse wackeln und hinterher wieder in der Versenkung verschwinden. Fotografierende Japaner, feixende Holländer, biersüffelnde Tagediebe – ich sah im Geiste schon die Flaschen fliegen.

25. Sept. 16.30: Restaurant «Unter den Linden» u. noch 1 × Filetspitzen f. 20 Mark 75, kann man nichts sagen. Gestern 19.30 Jazz-und-Lyrik-Auftritt in der Kammer des «Deutschen Theaters», flotter profimäßiger Durchlauf vor ausverkauftem Haus. «Bleib erschütterbar» hier wie überall im Lande wohlbekannt u. von einem Besucher als «Dritte deutsche Nationalhymne» bezeichnet. Eigenartig f. d. Dichter, wie solch ein bereits 1977 oder 78 entstandenes Stück zu einem geschätzten Gemeindelied werden konnte. Ich selbst krieg es schon gar nicht mehr naturfrisch über die Lippen. Zwischendurch u. im Anschluß wieder die bekannten Turnschuhtypen und das mittlerweile ebenso vertraute «Pst – Stasi – pst!». Auch wieder mehrfach den Übernamen «Firma» gehört – wie bereits in Magde-

burg. Zum Feiern ins Hotel, wo eine blonde «Dora» in Bleu (leicht kaffeebekleckertes Twinset) mir ein Rosenbukett überreichte. Erbot sich, mir mein Künstlergepäck (Bücher, Kissen pp.) mit nach oben zu helfen u. unerwartete Küsse im Fahrstuhl. Mir wogende Gedanken gemacht, was hinter solchen Blumengrüßen stecken könne, Pss-Passionen oder die Liebe der Agentin. Mich an Lummer erinnert gefühlt u. siehe: Firma la douce. Später im Foyer in schwer durchschaubare Eifersuchtsszene geraten u. dann lieber weitere Bögen um das vergiftete Ensemble gemacht.

26. Sept. 15.30: nun schon wieder Rückreise Bln–Hbg u. kaum zu glauben, daß man das mit dem lädierten Rücken alles lebend überstanden hat. Review: was immer ein bißchen verzerrt, aber man kann sich bei vita activa ja nicht unentwegt Lichtschreiber an die Hacken heften. Gestern nachmittag Exkursion mit dem Akademiefahrer zum «Prenzlberg», wobei der Herr Rau bei Überqueren der Schönhauser Allee: «Da fährt Erich immer durch, damit er die Wirklichkeit nicht mehr sieht.» Ich sage bei politischen Witzen im Ausland zunächst einmal nichts, aber schreibe alles mit. 16.30 nochmal die bewährten «Filetspitzen» u. um 19.30 Lesung im Plenarsaal der Akademie. Bereits bekannte Örtlichkeiten, auch Örtchen, dort Schlucke aus mitgeführtem Flachmanniow.

Bei Vortrag zunächst nur sehr verhaltene, fast laue Reaktionen, vielleicht, weil gebundene Sprache auf Anhieb nicht gleich die erwünschte Lockerheit erzeugt, vielleicht auch nur wegen Unsicherheit: sinds gute Kind, sinds böse Kind? Offensichtlich fühlt man sich hier bequemer, wenn der Gast vorher so etwas wie ein Textbuch oder zumindest doch Rede-Antwort-Exposé vorgelegt hat. Erst bei «Heldenkunde» eine Art von Aha-Gelächter, wobei ich die seltsame Empfindung hatte, hier lacht die staatstragende und staatserhaltende Klasse. Artist soll tunlichst nicht ein Gedicht an das andere hängen. Lieber paar Takte Luft dazwischen und in die dann mit kleinen Erläuterungen einfallen. Wenn meine Künste überhaupt eine Moral haben, dann diese, ansässige Steifigkeiten zu erweichen, mit Krampf aufrechterhaltene Würde zu unterminieren und – schließlich – die in Eisenbänder geschlagene Gesellschaft zu lockerer Geselligkeit zu verführen. Wege von der ästhetischen zur moralischen Erziehung des zwangsneurotischen Menschengeschlechtes.

Als die Sprache zum Schluß auf Tagebuchführung kam (Merkhilfe – Gedächtnisstütze – Tränenkrüglein – Rotzlappen), schien das Interesse noch einmal ganz von unten her angefacht, wobei ich nie ganz zu sagen wußte, ob die Fragen aus allerpersönlichster Neugier oder übergeordnetem staatssicherheitsdienstlichem Wissensdurst rührten. «Ja, halten Sie uns denn alle für Agenten?» hatte mich einmal eine mir vertraute Dame aus dem Umkreis der «Akademie der Künste» gefragt, und ich hatte damals geantwortet: «Zunächst einmal ja, aber auf dieser Grundlage können wir uns ja ganz unbefangen weiter unterhalten.» Vor diesem Hintergrund nun die Fragen: Ob ich das immer schon für mich getrieben hätte? Ob ich das noch zu Lebzeiten veröffentlichen würde? Ob ich auch diese Reise in der besagten Weise mitgeschrieben hätte? Ob ich nicht mal ein Beispiel geben könne? Ob einem Besucher in der DDR grundsätzlich andere Dinge auffielen als in BRD? Als das Interesse gar nicht mehr zu bremsen schien, sagte ich, ich wolle ihnen gern ein kleines Beispiel geben, wirklich nur Unerhebliches, und man könne daraus auch kaum auf den Duktus des ganzen schließen. Als ich z. B. das letzte Mal in der DDR gewesen sei und man mich im «Künstlererholungsheim Otto Nagel» untergebracht habe, hätten mich die Bilder an der Wand dort so seltsam vertraut angesehen, so farbgetreu aus der wirklichen Wirklichkeit gegriffen – ich hatte nur noch nicht sagen können, aus welcher. Erst als ich am nächsten Morgen vor meiner Frühstücksplatte saß, den fahlgelben Scheibletten, dem trüben Leberwurstgrau, der braunroten Zungenwurst mit ihren maskenhaften Intarsien, dem stumpfen Gurkengrün und dem querbeet verteilten Paprikarot, hätte mich die Palette auf meinem Teller so unheimlich heimelig berührt, daß ich unwillkürlich noch einmal zur Wand geblickt hätte, und – ja – da hätte ich auf einen Schlag erkannt, daß die Farbakkorde des Sozialistischen Realismus tatsächlich aus dem wirklichen Leben gegriffen sind. –

Im Zug nach Büchen: draußen Schafe, Gänse, Hühner, absolut paradiesisch durcheinander. Auch unermüdlich Goldrute am Bahndamm – treue Streckenwärterin. Mich gefragt, ob so gewisse politische Unterbodentöne in meinem Reisegedicht «Mit den Jahren . . . Selbst III/88» drüben wohl verstanden worden wären, beispielsweise: «Die erloschenen Lupinen am Hang» – «Goldrute, verrostet» – «Sonnenblumen / Nun längst verdorrt und hingeflackert, / blicklos nach Osten starrend, / schwarze Fechtermasken, leergepickt»? – Aber die Dinge haben ihre Zeit, und die Künste die ihre, und manchmal muß man schon ein bißchen warten können, bis die Dichtung sich als Wahrheit herumspricht.

30. Sept. 89. Genscher auf dem Balkon des Palais Lobkowicz (deutsche Botschaft in Prag): «Wir sind gekommen, um Ihnen mitzuteilen, daß heute Ihre Ausreise . . .»: ein historischer Aufschrei; wohlgenährte, sonnengebräunte und gut angezogene Abenteuerurlauber, die sich lachend, jubelnd, weinend in den Armen liegen; auch vom Fernsehen gesponserte Flüchtlingstrupps, deren verschlungene Pfade durch Unterholz und Grenzgräben wir haben mitverfolgen dürfen und die nun endlich unsere rettenden Bananenstrände erreicht haben, der Supermarkt Europa öffnet seine Pforten, aber kann mir nicht helfen, ich trau diesen Tränen nicht recht. Frage mich schon seit Tagen, was sich meiner durchaus vorhandenen Anteilnahme

sofort dämpfend auf die Brust legt. Ein Gefühl, als ob die Weltenuhr einen imaginären Zeitsprung nach vorn gemacht hätte und der eigene Wirklichkeitssinn käme nicht mehr geschichtssynchron mit.

Sa. 3. Okt. 89. In der *Welt* ganz groß Hochhuth als «Sonderkorrespondent» angekündigt. – Es ist nicht meine Seele, die er verkauft.

4. Okt. 19.00 mit Müff zu Hänschen, gute Laune, neuer Stoff, Parlando. Meine Idee, die Sängerin anzurufen, von M. sofort freudequakend quittiert, von H. eher unlustig, weil er bei gegebener Thermik am liebsten zu Hause im Sessel empfängt. Seine sich in Zweifelsfällen immer zunächst gegen M. entladende Unmutspumpe (glasig verzogene Malrauxvisage), die er aber im Wortumdrehen schon wieder zu bedauern scheint: «Hab ich? – nein! – etwa etwas Böses gesagt?» – Mit Taxi zur Wrangel 15, wo M. – eines seiner zahlreichen Klempnerwunder – vor Jahren mal eine Heizung eingebaut hatte, was mir die Vorstellung ersparte und ihm den Eintritt in die ihm fremde Jazzszene leichtmachte: «Ick bün all door.» Begann auch sofort, ein paar frisch hereingewehten Jazzladies an den Röcken herumzuzipfeln und, als die Heavy-Metal-Bässe loswuchteten und vom Nebenraum aus die bis zum Stimmbandriß riskanten Überschreitechniken der Sängerin zu bewundern waren, «I bin a Steirabua» zu singen, bis ich ihn schließlich stikum beiseite nehmen mußte, wir wären hier nicht in der «Wiener Marie». Jetzt 2.00, zuhause, und auf eigenen Amplituden noch ein bißchen durch die Nacht. Wenn die Methode verrückt genug ist, kann beim Dichten praktisch gar nichts mehr schiefgehen.

Erhabene Trinkgelder,
ehrfurchtgebietende Werbegeschenke,

Unverhältnismäßigkeit der Komplimente –
Oja, ich segne diesen gestrigen Abend und bedaure nichts.

Oller Mann und dann auch noch Knicker,
wohl das allerletzte.
Schließlich will man im Ablebensfall doch nicht
auf einem ganzen Packen unbenutzter Scheine sitzenbleiben.

Man muß sich natürlich hüten, straffällig zu werden
auf einer nicht nur von guten Freunden bevölkerten Welt.
§§ 166, 174, 182, 185 StGB und 29 BtmG
immer noch ganz besonders rostige Fleischerhaken
für außerirdische Leidenschaften:
Ein Vorhang öffnet sich – eine Schlinge zieht sich zu –
Na, die goldene Stricknadel
hatten wir uns auch nicht gerade verdienen wollen,
beziehungsweise ein Diplom für jahrzehntelanges
ordnungsgemäßes
und geduldiges Einparken . . .

. . . .

Die meisten Menschen gehn überhaupt viel zu vorsichtig mit
sich um –
Ein Zeichen, daß es auf sie nicht ankommt

Ein Gedanke, der einmal kurz aufleuchtet
und vielleicht erst im Jenseits voll zur Geschlechtsreife
kommt . . .

Ich persönlich glaube ja immer noch an einen
persönlichen Gott:
e i n e n s e l b s t a u s g e d a c h t e n

Oder daß etwas aufgeht in deinem Kopf:
bedeutsam ... wie eine Geschwulst –

Schnell hinwerfen etwas nochmal,
eine Handvoll Blumen – Zweige –
Das japanische Stengelwerk der Kastanien,
Haikus mit Pfiff –

impulsgelenkt – nicht terminbedingt –
und: was sich nicht preisen läßt,
das laß liegen –

5. Oktober. Schlechter flacher Schlaf. 7.00 Nachrichten: die deutschen Botschaften in Warschau, Budapest und Prag schon wieder vollgelaufen – Vorfluter der deutsch-deutschen Transgression. Es bereitet sich etwas vor, was sich mit meinen Wahrnehmungsmitteln nicht mehr abschätzen läßt. Als Prophet in unserem kleinen Vorhersagebereich.

Mi. 11. Okt. – 12.00 Flug mit E. nach Ff/M, Buchmesse, Vorfeier 60. Geburtstag. «Hotel Palmenhof», wo vom Zierdeckchen bis zum Klosettdeckel alles eine Art-deco-Palmette im Wappen trägt. Viel luxuriös zur Verfügung gehaltener Raum, der mir allerdings falsch genutzt und mit raumtilgenden Unsinnsmöbeln (u. a. übereinandergestapelten goldstahlgefaßten Kristalltischchen) verstellt scheint, aber, verdammt nochmal, keine Minibar auf dem Zimmer.

20.30 Festsäle, Siesmayerstraße. Von der hohen Freitreppe aus die Welt als Freundschaftsrund zu betrachten: richtig regenbogenbunter Sympathiezirkel, Mantheys, die Eichels, Baumgarts, Harry und Ulla Ro, Sascha Juritz, Michel Krüger, Paolo (Bommelmütze mit Todestrieb) und Joachim Kersten pp. pp., rückblickend nur leider lauter schmerzlich zu Bewußtsein kommende Versäumnisse, weil ich mich ständig an sogenannten Wichtigkeiten vorbeizudrücken suchte und bevorzugt private Lieblingstische wahrnahm. Erinnerlich gerade noch der plötzliche Energieruck durch die altdeutsche Halle, als Naumann zu kleiner Rede ansetzte – schneidig, liebreich und mit klein bißchen zuviel Ordensschmuck, der einem hinterher dann wie eine mit Klunkern behangene Festschleppe nachschleift. Im Anschluß Ledig mit gespitztem Hechtmaul auf mich zu (aber nicht, den Gemeinten mit gespitzten Lippen auf Distanz zu halten wie Gorbatschow seinen Honecker) und dann schmatzschmatz-schmatz immer mitten auf den Mund die spuckfeuchten Bruderschaftsküsse, was ich gerade noch honoris causa zu schätzen vermag.

So nähern wir uns langsam einem hohen Stile:
nicht grad für alle – aber noch für viele

Lieder –
(zuckt – kuckt – wie gedruckt – juckt – Produkt)
Die Augen auf! die kriegst du niemals wieder.
Die Zunge raus, eh sie der Sarg verschluckt.

Meine ahasverische Haltlosigkeit. Meine Allzerteilungsgelüste. Von den ganzen Leckereien kaum einen Happen gegessen, nur immer wieder Whisky nach, dann Grappa aus privaten Flaschenhälsen, und bei dem ganzen Abusus mich noch erhaben gefühlt über all die sinistren Mägen und Därme. Gegen 2.00 E. ins Hotel, und obwohl ich eigentlich keinen größeren Wunsch hatte, als mich augenblicklich wegzuschließen, konnte ich Opitzens glühendem Festballon mit den leuchtenden Ostseeaugen einfach nicht widerstehen. Wollte auch Haffmans gern noch etwas Schmirgelndes mit auf den Weg geben, weil er das ihm zum Vorzugsangebot überlassene

Selbst III/88 – Aus der Fassung zuerst so liebevoll an die Brust gerissen und am Ende doch noch verschmissen hatte; aber dann sah ich die Reste vom Feste schon langsam zu Jimmy's rüberstrudeln und ließ mich willig von Heepe am Jackenärmel in den Palmenhof zargeln.

Die große Druse Nacht; ich steif wie ein Kristall in meinem Bett; paar letzte Zickzackzüge mit schon halb gelähmtem Pentel aufs entgleitende Papier.

Do. 12. Okt. Tagsüber Messe, Interviews, WDR, BR, HR, SR, *Wiener Arbeiterzeitung*, ein Parforce, den man ohne die nötigen Kommunikationswässerchen gar nicht durchhält. Abends Café Laumer (Rowohlt), 300 Meter vom Hotel entfernt, wo ich beim Anblick der vielen wogenden Heiligenscheine hinter den Fenstern sofort das Bedürfnis verspürte, sie mir noch etwas himmlischer zu vergolden. Paar Züge H beim Schiffen mit Blick auf das bewegte Hinterglas-Idyll, jeder Zug wie ein Spiritus-Guß ins Kaminfeuer, dann mit staksigen Schritten die Treppe rauf und scheingemessen rein in den Betrieb. Drinnen als ersten Naumann und Dojas Schwester Julia in die Arme gelaufen, er mordsnormal und krähend vor Lebenslust, sie mit ginsterblonder Monstranz ums Haupt und Beinen wie Zement in Leggings gegossen. Kriegte richtigen Schönheitsschreck in meinem Dschumm, aber fing mich dann wieder in eigenen Versen und zitierte ihr Schluß «Einmalig wie wir alle» mitten ins Gesicht («Nur dieses, deiner Augen grüne Trauben / an diese Täuschung möcht ich glauben»), was sie wie ein Narkotikum schluckte, jedes Wort wie ein Opiumtropfen in ein verbal-medial empfängliches Gemüt mit nachwallenden kleinen Wellchen oben im Gelock. Gleich noch Ringelnatzens «Ansprache an eine schöne Unbekannte vor dem Wilberforcemonument» hinterher, was dann allerdings nicht nur mir, sondern dem ganzen beiläufig zusammengeronnenen Publikum absolut erhaben und jenseitig vorkam. Leider J. anderweitig verabredet und wie ein goldener Husch aus dem Haus.

Mit N. zu Haffmans-Privat-Empfang, ganz anderes Frankfurt, italienisches Restaurant «Terrazina», wo zwar Opitz, Rauschenbachs, Gernhardt, Bodmer und gebildete Freunde im Dutzend, aber nicht der leiseste Anflug von Transzendenz im Lokal. Auf gehobene Art steifer kühler Laden mit Speis- und Trankgesprächen, wie sie Anorektiker nicht so recht teilen können, und Damen als Freundlichkeitsphänomenen.

Zurück ins «Laumer», und die Wahrheit beim Notieren schon wieder so weit vom Schuß, daß ich gar nicht mehr weiß, wann was war, und was wirklich was war. Eine von mir beim Abgang als überaus anziehend wahrgenommene Dame, die ganz offensichtlich meine Bekanntschaft suchte, bzw. mich an eine früher einmal gemachte erinnern wollte: «Nicole»! – nur daß sich in meinem neuronalen Niflheim auch bei bestem Willen nichts rühren wollte. Jetzt Hotel, 4.00, und im Moment, als die Freitag-den-13.-*Rundschau* durch den Türspalt einschießt, löst sich auf einmal der verklemmte Sektproppen aus der Bandage: Bergen-Enkheim, die Seckbacher Buchhändlerschule, die schöne Zeit, als der Geist noch 'ne richtige Nummer war und unsere Trunksucht noch für ein progressives Laster galt. – Noch bißchen Asso-Geknatter als Nachhall. Rutherfords Nebelkammer.

Wo die Weisheit der Jugend voranging
und der Geist in kleinem Kreise noch was galt –

Wo das Fleisch sich noch nicht so anstellte
und der Geist sich nicht pausenlos entschuldigen mußte

Wo die Mädchen zum Dableiben schön sind
und die Tugend leuchtet wie angemalt –

Keine Angst, Mütterchen, auch die Jugend verbraucht sich

Das Alter lacht zuletzt

Nihilismus ist nicht der letzte Blick

Sich 'ne signifikante Blöße geben nochmal . . .

Der Wahnsinn heiligt die Mittel

Doch-doch, unter Hinzuziehung von Glauben geht das schon

Und dann merkst du allmählich selbst,
daß du ohne Liebe überhaupt nicht zu ertragen bist . . .

Fr. 13. Okt. Mit Imeson bis 7.00, schwer hoch, und die ganzen Beine noch voller Chemikalien, trotzdem zu Fuß zur Messe und sofort wieder Interviews, Gespräche, Dates. Hatte bei groß und mit viel Trara anberaumtem TV-Dings zunächst gedacht, daß es especially um mich und meine mir selbst zum Geburtstag spendierten Bücher gehen würde, aber dann handelte es sich weder um dies noch um das, sondern um das geist- und besinnungslose Arrangement von Stellwänden, Inserts, Titeln, Prospekten, Bücherstapeln. Die zusammen mit mir in Batterie anstehenden Dichter/innen (Hochhuth, Hilsenrath, Herrad Schenk und Hanns-Josef Ortheil) auch nur als sozusagen Blindbände hin- und hergestöpselt, ein zeit-, kraft- und nervenverschlingender Spuk, mit dem einzigen erkennbaren Sinn, das Medium für paar Minuten am Glimmen und die Apparatschiki am Leben zu halten.

Café-Cognac, um mein spirituelles Gleichgewicht wiederzufinden (gespritzte Kälber, gedopte Sportler, betrunkene Dichter, alles völlig normal, nur der laufende PR-Betrieb total aus der Flucht und am Geist und am Leben gleich weit vorbei) und mit Freund Thony Phealan zum Steakhouse, wo im letzten Jahr noch der Chinese gewesen war. Meinte, daß Byron doch eigentlich mein Mann sein müsse, und ich sagte: «Achja, Messe oder Missolunghi, das ist immer die Frage, aber wie schon Huelsenbeck sagte: ‹Ich halte den Krieg und den Frieden in meiner Toga / Aber ich entscheide mich für den Sherry-Brandy-Flip›.»

18.30 Hotel, neu rasiert, neues Hemd, und um 19.15 zum «Römer», wo Talk-Show mit Rosenbauer und Gisela Marx. Rosenbauer, der mich im Hinblick auf Titel *Einmalig wie wir alle* zu dem Geständnis verleiten wollte, daß der Autor womöglich doch ein bißchen «einmaliger als die anderen» sei, was zwar als Kompliment gemeint war, mir mit dem allgemeinverbindlichen Sinn aber doch das Salz aus der Suppe zu schöpfen schien. Bei Versprecher «Buchmasse» statt «Buchmesse», den ich selbst zunächst gar nicht mitgekriegt hatte, sofort allumfassendes Sympathiegelächter, bis es schließlich auch meinerseits nachzuläuten begann, ahahaha – und dann war auch der kleine Take schon wieder vorbei, aufs freundlichste applaudiert und nachfolgend mit weiteren Schulterklopfern/Ritterschlägen besiegelt.

Nachts Hotel. Notizen. Wenn man den Tag nicht einfach nur wie 'ne Ladung Bauschutt hinter sich abrauschen lassen möchte. Volker Hage, dem Max Frisch erzählt haben soll, daß man in Tabus nicht gar zu zimperlich mit sich umgehen dürfe, aber Gott, wenn man das dann so liest: wo hat er denn?! Bin ja selbst gar nicht schamlos und werde mich hüten, mir anvertraute Geheimnisse noch zu Lebzeiten der Beteiligten auszuplaudern, aber bißchen mehr Offenbarungsgeist zeigen als F. scheint mir auf diesem privaten Parcours doch beinah schon Komment. TB: das Ich als lebendige Anschauungsfigur: einerseits Ecce homo und zum andern VP, an der man mit dem Zeigestock entlangfährt wie auf einem anatomischen Atlas. Dagegen das Subjekt in seiner gesellschaftlichen Strebsamkeit und Repräsentationssucht . . .

0.20 illuminiert und gefeit vom «Römer» ins «Laumer», wo sich die hochverdichtete Gutenberg-Galaxis nun noch um einen weiteren Ruck zusammengezogen hatte: ein Gezwitscher von Farben, lichte und laute Stimmen, Augen, himmelblau und himmelblöd durcheinander, im Hintergrund paar Reihen büschelweis ergrauter Freundinnen/Freunde, man vergißt immer nur, daß man selbst schon 60 statt wie gerade eben noch 50 ist. Bißchen mit Ledig herumgeprostet (mir schon wieder um ein paar Gläser voraus), dann Julia (in Begleitung eines Jungverlegers mit Designerbrille, eher Probieraufsatz vom Augenoptiker), als mich plötzlich (TEDDY auf der Brust) der Medusenblick einer zu allem entschlossenen Unschuld traf, energisch, ruchlos, unbelesen, daß mein Herz sich auf der Stelle verschluckte und die schöne Julia unversehens in den Rang einer guten alten Bekannten zurückglitt. Draußen gleich nochmal nachgefeuert und in Umlaufbahnen geraten, die mich weit übers Ziel hinaus und in abgelegene Himmelswinkel trugen, und als ich am späten Morgen wieder bei meiner inzwischen erkalteten Marmorplatte anlangte, war der Platz neben meinem Spekulationsobjekt besetzt. Häßlicher Kerl mit Augen wie verlaufene grüne Seife darin, bißchen fahles Wintergras drumherum, beide in Gespräche verwickelt, in denen ich Rollen spielen mußte: blickten in Abständen immer wieder mal zu mir rüber – ein in sich ruhender Fatzke.

Tagebuch: solange die Hölle noch heiß und der Schmerz noch nicht lächerlich ist. Nahm Platz. Trank. Rauchte. Versuchte den Eindruck eines verlassenen Liebhabers durch den Ausdruck betonter Lässigkeit wettzumachen, aber wer weiß, wie in Wahrheit was aussieht. Dann wurden die Bierhähne versiegelt, Aschbecher geleert, die Biegeholzstühle steißüberkopf auf den Tischen gestapelt, und um wenigstens noch einen Abgang hinzuschlenkern, der nicht wie Flucht aussah, trat ich so allgemein wie möglich auf das Pärchen zu, Gutenmorgen und Gutenacht, um mir im Gegenzug die ganze gemeine Wahrheit ausfolgen zu lassen: eben kennengelernt, sie 19, er 40, «aber Herr Rühmkorf ist schon 60!» Quittierte die Angaben mit einem grandseigneural in die Luft gehauenen Vanitas-V, dann Abgang auf scheinleichten Sohlen, die mir aber zu kleben schienen, und ich dachte – während ich mir innerlich von ferne her nachsah: die Szene kenne ich doch, und zwar einerseits aus einem früheren Leben, Nachkriegswinzerfeste mit Damenwahl auf niedersächsischen Dorftanzböden und zum anderen – ja, Herr Spinell –

3.00 morgens. Das lyrische Subjekt als VP: keine andere Person zum Vorschicken haben, nicht einmal zum Bierholen, vom Einziehen völlig zu schweigen. Auf die Podien und in die penaldiscussions kannst du wahlweise auch einen Wechselbalg schikken. Dort dann mit Stentorstimme – über was? – zu wem? –

Immer wieder mal Max Frisch lesen, um zu lernen, wie man das eigene Leben nicht anpacken darf: derart mit der Zuckerzange. Dabei ist er auf einer mittleren Ebene gar nicht mal schlecht, in der kunsttischlerischen Bearbeitung von Oberflächen sogar vorbildlich und als politischer Meliorist ein brauchbarer Bundesgenosse. Die Frage ist nur, warum mich das alles so leer läßt. Wahrscheinlich weil es nichts hergibt. Und warum gibt es nichts her? Weil der Autor nichts preisgibt. Warum gibt er nichts preis? Weil die bürgerliche Reputationsperson immer nur in Kategorien der öffentlichen Kleidsamkeit denkt und dem verborgenen, dem Zwangs- und Suchtcharakter nicht das geringste Aufkommen gönnt. Warum begegnet er uns im Umgang mit sich selbst nicht *einmal* larmoyant? Mißgünstig? Verkniffen? Von Ressentiments verzerrt oder einfach nur unausgewogen: «Wieso hab ich dieses Jahr wieder mal den Nobelpreis nicht gekriegt?!» In unserer winzigkleinen Galaxis spricht sich doch alles herum, und man weiß, wie er sich gegiftet hat. Gedanken so hin und her.

1: Auch sind wir keine Karyatiden, auf uns ruht nichts, nicht einmal zum Schein – beispielsweise Gebälketräger von einem längst verkrachten Bürgerstolz. Ich sehe solche Figuren nie ganz ohne Wohlgefallen, aber auch als Fragezeichen unter ihren Lasten/Bürden. Was sie angestrengt hochhalten, kann ernsthaft schon niemand mehr unterfangen/stützen wollen.

2: «Zeige deine Wunde»? – Aufdringlicher und schon etwas kleineleutehafter Offenbarungsgestus. Kunst kommt von Kaschieren/Camouflieren – zeige deine Pflaster und wie behelfsmäßig dein Leben als ganzes zusammenhängt.

3: Der Tiefsinn braucht sich gar nicht groß anzustrengen – er zieht seine Leichenbittermiene und alles trieft unkritisch mit. Nichts ist dagegen so leicht zu verkennen wie der Leichtsinn.

4: Auch Krankheiten nicht als Lamentations-, sondern als Unterhaltungsgegenstand betrachten.

5: Immer mal wieder sich vor Augen führen, wie Dürer sich selbst gezeichnet hat – Goya sich – Janssen sich – womit verglichen die literarischen Selbstporträts und Lebenserinnerungen unserer schreibenden Zeitgenossen doch nur Kunst-am-Bau und Fassadenschmuck sind.

6: Als Frage, was der Entwicklung einer künstlerischen Anlage dienlicher ist: das Ausleben seiner sexuellen Triebe oder ihre Sublimation. Es gibt immerhin auch dies: bis zum leiblichen Nichtmehrvorhandensein ätherisiert und in einer kaum noch wahrnehmbaren Verdünnung über den stinkenden Lebensrest erhaben.

3.23 Man kann sich bei manchen Selbstbezweifelungen schon gar nichts Lebendiges mehr vorstellen, dem man die eigene Gegenwart noch zumuten möchte. Beim Blick in den Spiegel (man blickt nicht zweimal in den gleichen Spiegel): meine Haut, meine liebe schöne Haut, allmählich auch nicht mehr so straff anliegend wie noch im letzten Jahr und an den Ellbogen bereits unschöne Falten schlagend. Die bleichen Kniescheiben, rutschig, verrunzelt. Die spindeligen Waden. Das asthenische Brustkörbchen, mit dem Wort schlank beinah auch schon verklärend bezeichnet. Wenn ich den Kopf ins Profil zu drehen versuche, krieg ich ihn schon gar nicht mehr schmerzlos herum. HWS-Leiden.

Beim Zähneputzen: ich bin ein alter sentimentaler Materialist, der den Vorrang der Materie schon früh mit Bedauern zur Kenntnis genommen hat und ihre Hinfälligkeit insofern nur noch zynisch vermerken kann. Wissen was es heißt: i-denti-tät verlieren.

Natura non saltat – satura saltat

So. 15. Okt. Müde und verschwiemelt ins «Laumer». Im Garten mir noch ein paar Fotogesichter abgequetscht (Isolde Ohlbaum), aber es läuft doch alles nur noch auf den Ausdruck von Übermüdung und ohnmächtig dagegengesetzter Bemühung hinaus. 17.00 Flug nach Hbg – Bloody Mary, Rotkreuzmischung – und ein unendliches Verlangen, etwas Freundliches über mich in der Zeitung zu lesen. Aber der ganze Jet nur voller zu Enttäuschungen geronnener Gesichter.

MESSE-Review: Nachlese, Mulch. Wie sie unserem österreichischen Wildemann auf einmal alle nahegestanden und persönlich ans Tuch gefaßt haben wollen, als wär es der Heilige Rock zu Trier. Thomas Bernhard-Modernhard.

A: Wer verheiratet ist, kann nicht jedes Leben mehr führen.
B: Was ja noch leicht wäre, wenn die Ehefrauen nicht so eifersüchtig und die jungen Mädchen nicht so heiratssüchtig wären.
A: Aber das hast du doch soweit durchgehalten.
B: Ja, eisern – mit der nötigen Geschmeidigkeit.

Anton R. verglich seine Rezensenten mit Papierwespen. Sie raspelten die Bücher kaputt und bauten sich selbst ansehnliche Nester aus dem Mulch. Nach einer Weile: Ach, nein, es ist ja viel schlimmer, sie zerkauen alles zu Umschlagwatte und füttern damit ihre Passepartoutumschläge. Zum Schluß: Wenn du die Presse brauchst, macht sie große gewundene Bögen um dich; wenn es sich herumspricht, daß du keine Fortune hast, fallen sie auf einmal alle wieder über dich her wie ein Schmeißfliegenschwarm.

Leute, die aussehen wie Karikaturen von anderen Leuten, die auch bereits Karikaturen sind, und die du in diesem Vexierspiegelkabinett dann schon gar nicht mehr einordnen kannst.

Wie ich M. die Schwingtüre öffnete, weil mir ihr Name entfallen war: höflich und energisch.

Gelübde: bei der nächsten Messe die Augen besser aufmachen. Auch diesmal wieder viele voreilige Schlüsse gezogen und keine Beobachtungen gemacht. Als Gewinn: mich ein paarmal mit System verkuckt und – geärgert.

Als ich mit Schr. am Schnellbüfett stand, gedacht: also für das viele Fressen, das du in dich reinstopfst, kommt eigentlich verdammt wenig aus dir heraus. Lobte diese jungen Kreuzberger Wilden als ob sie die neuen Parnassiens wären, bis ich sagte: naja, det is aber ooch nich janz blasenfrei jezapft. Über dies Bonmot wollte er dann mit mir diskutieren, als ob es eine rückständige Meinung auszuräumen gelte.

Als ich T. mit F. gesehen hatte (die mir offensichtlich besser gefiel als ihm) und ihn später wiedertraf: «Naja, ich laß aus sexuellen Gründen schon mal 5 gerade sein» (also: 5 = 6). Fand es ganz witzig, aber nicht sehr nett und antwortete, bei mir müßten sich Hedonismus und Humanismus immer in einem gewissen Equilibrium befinden.

Tabu: Wer Comédie humaine schreiben will, darf nicht zurückscheuen, wenn sterbliche Menschen darin vorkommen.

Fritze Fähnrich getroffen (früher Hamburg, jetzt USA, Lit-Wiss-Professor). Nach 10 oder 15 Jahren Abwesenheit und beneidenswerter Universitätskarriere immer noch von dem Verlangen gepeinigt, seine ungedruckten Gedichte in einem deutschen Verlag untergebracht zu sehen. Gab mir paar säuberlichst ausgedruckte Computer-Seiten mit auf den Weg, und als ich später reinkuckte: alles aus der Patinatube. Auch der Slang, den er für modern hielt, eine Nachkriegsantiquität, beinah noch Landserdeutsch. Gereimte Sonette: zuerst Borke auf Lorke, was ja noch angehen mag, aber dann (was durch kein Mittel der Ironie mehr auf eine Bühne zu heben ist) – das Pimpfenwort «knorke». Später, an anderer Stelle dann «Blüten» auf «die Wucht in Tüten».

Roswitha R., früher eine Karyatide im Sweatshirt, jetzt eine magere Schlange, aber verknittert, selbst ihr Schatten noch Falten werfend. Wollte mir im Windkanal eines Bistros von ihren letzten 5 Jahren erzählen: absolut unprofessionell geführtes Liebesleben, das zwangsläufig zu nichts anderem als Katastrophen führen konnte. Von Abhängigkeit zu Abhängigkeit. Fragte sie: «Na und nun?» Ihre Antwort, die mir besser gefiel als ihr rhagadenverzierter Mund: «Liebe nach dem Gießkannenprinzip – aber leider bin ich nur die Blume, nicht die Kanne.»

Messe total von Pseudoliteratur verstellt, und man sehnt sich die ganze Zeit lang nach etwas richtig mal Verworfenem, Kranken und Genialen. Stattdessen: Scholl-Latour, Konzelmann, Groult, le Carré, Forsyth pp.: alles gleich auf international geschrieben wie mit 'nem Sack Ecu unterm Hintern.

PS. R. R. – Trinkt keinen Alkohol («nicht im Moment»), und ich fragte mich: ob aus religiösen Gründen oder weil sie Antibiotika gegen Geschl-Krankheit nimmt. Zitierte ihr zur Erbauung aus den Klageliedern Jeremiae, aber für die unglücklich Liebende ist ein Bibelvers auch nur Strohfeuer.

Tagebuch: spöttisch und liebevoll ruhte sein Blick auf den zappelnden Sterblichen. Nein, nicht eigentlich ruhte auf, sondern huschte darüber hin ...

19.00 Oev. und erstmal raus mit der ganzen Reisescheiße, dann Borschtsch aus der Dose, ALDI-Würstchen. Von Trainingsmatte aus TV: *Von Ulm nach Metz*, Eva Mattes/Irmgard Schleier und «Sängerhaufen», beinah rührend, unsere alten

Traditionslinien noch einmal derart leuchtend nachgezogen zu sehen. Von der neuen Wirklichkeit allerdings um Lichtjahre entfernt und wie ein Phantomgewitter von längst erloschenen Sternen. –

Spät «Römer»-Talk-Show: eigentlich ganz vorteilhaft geschnitten und auch Rosenbauer von einer so zunächst gar nicht wahrgenommenen gewinnenden Befangenheit. Im Anschluß Jandl-Lesung zu Glawischnik-Orchestra, eindrucksvoll und an seinen (kalkulierten) Höhepunkten absolut magic. Wo ich mit den Händen akzentuiere, macht Jandl sein Spiel allein mit Mund und Augen, was seine Vorteile hat, auf die Dauer aber auch stereotyp wirken kann.

20. Okt. *DIE ZEIT*, wo Reinhard Baumgart mir einen richtig hübschen Kranz aus buntem Herbstlaub und Immergrün ums Haupt gewunden hat. Von Baumgart loben lernen. Urteilt nie ideologisch. Betrachtet auch politische Fehlfarben zunächst einmal malerisch und als beziehungsvolle Tupfer im Bukett. Und überhaupt und unter sich ist der Jahrgang 29 immer irgendwie Kamerad.

24. 25. Okt. – 0.00. Auf der Geburtstagsgrenze Anders-Zorn-Katalog von E., und konnte mich für Stunden gar nicht lösen. Welche Kühnheit, welches Können, welche absolut vorbehaltlos gefeierten Oberflächen einmal noch am Ende des Jahrhunderts, als der Impressionismus kalendarisch schon lange abgefackelt war und das Fin de siècle in seine kritische Phase trat. Wußte gar nicht, was ich mehr bewundern sollte: die den nahenden Weltgewittern absolut unbeeindruckt entgegengehaltenen Schinkenpartien oder die ständigen Anwesenheitsvermerke des Malpinsels. Nie vergessen machen wollen, daß der Augenschein aus der Tube und der Schwung einer Hüfte aus dem Handgelenk kommt. Auch der Grafiker/Zeichner/Radierer von einer unglaublichen Treffsicherheit des Strichs, offen-

sichtlich jederzeit in der Lage, das Als-ob-Objekt zu vergessen und den Natureindruck in ein Gitterwerk von Kreuzschraffuren zu übersetzen. Meine alte Liebe zu diesen realistisch-impressionistischen Großzügigkeitsfexen. Frans Hals, Karl Blechen, Wilhelm Busch (den Ölmaler), aber auch Singer Sargent und Eakins. Nur keine Bedeutungsmaler und symbolistischen Brezelbäcker.

25. Okt. – 60. Geburtstag. Tagsüber an Beitrag für posthume Festschrift Jürgen Driehaus – bißchen bemüht, wo so etwas einfach aus dem Hemdärmel hingeschmissen gehörte. Als wir uns zuletzt sahen, war er bereits mehrfach operiert (Kehlkopf), konnte aber noch mit Menschenstimme sprechen und mächtig aus blauen Entdecker-Augen leuchten. Dann die schlimme Zeit, wo ihm Sondennahrung über eine Öffnung im Hals zugeführt werden mußte – seine Wutanfälle und Misanthropien – Drohungen ins Nichts und gegen seine Liebsten – schließlich der Brief mit dem Trauerrand. Ganze Welt bald nur noch durch ein Passepartout mit Trauerrand zu betrachten. Hatte mal eben nur son «Frühstück im Grünen» hinfetzen wollen und sah mich auf einmal Leichensteine beschriften. Sepulkralarchitektur. Stelengemeißel.

Gegen 16.00 Meierdiercksens, die uns bekocht hatten (Buletten, Blumenkohl, handgestampften Kartoffelbrei) und Geschwätze wie in guten alten Querliegerzeiten. Wenn die Welt als ganze schon derart verrückt auseinanderschert (30000 Demonstranten in Leipzig gegen Krenz auf den Beinen, zweistellige Gewinne für Schönhuber in Pforzheim, Heilbronn und Heidenheim, und beides eben nicht nur Zahlen, sondern Zeichen), muß man die alten Geselligkeitsnetze wieder fester zurren. Abends ganz kleiner Zirkel, bißchen TV, DDR-Menschen immer noch hoffnungsvoll unterwegs. Noch nicht vom Kapitalismus entstellt – nur vom Sozialismus gezeichnet.

Fr. 27. 10. Ziemlich müde, aber kann am Tage nicht schlafen – die Schattenseite meiner überkandidelten Lebendigkeit. *Hamburger Abendblatt*, das mir in diesen ideologisch aufgeladenen Zeiten eigentlich immer besser gefällt. Hatten bei Verlag wegen Abdrucksgenehmigung «Al fresco» angefragt, was dort völlig korrekt und mit Hinweis auf unser Springergelübde abgelehnt worden war. Wirklich scheint mir der Kampf gegen Springer schlechthin mittlerweile historisch und bedürfte der kritischen Revision. Im Unterschied zu meinen gußeisenharten Genossen Grass und Staeck habe ich unsere Auseinandersetzungen mit dem monopolistischen Koloß nie vorrangig moralistisch betrachtet. Was mir möglich schien und dann auch wahr wurde, war eine Schädigung des Flaggschiffes *Welt*, wobei mir der Komplex als ganzer eher als ein zersetzungsbedürftiges Konglomerat erschien. Zugespitzt formuliert entspricht es nicht meiner Moral, zwar in *FAZ*, aber in *Abendblatt* nicht zu veröffentlichen. Meine Aversion gegen die Streikbrecher von damals ist gleichwohl ungemindert: Die einen traten in den Hungerstreik, und die anderen erfreuten sich doppelter Rationen.

Man muß Entscheidungen revidieren können, wenn sie nur noch auf eine mumienhafte Haltung und nicht mehr praktisches Handeln hinauslaufen. Im rechten linken Glauben zweifelsfrei gebettet sein wollen, obwohl der Tatsachensinn längst andere, und manchmal unbequemere Umbettungen herausfordert …

19.00 mich in Grau und Rosa geworfen – oft von mir besungene Farben – und im Taxi zur «Cap San Diego» bei der Überseebrücke, ein Schiff so hoch wie lang, kaum zu glauben, daß es das unsere sein sollte. Steile Metalltreppe, schräge nasse Stufen, gefährlicher Aufstieg, dann das leergefegte und glanzpolierte Deck, paar Bedienstete im Scheinwerferlicht wie nachgestellte Hopperfiguren.

Als erste Lars und Bettina, alles Freundschaft und reine Liebe, die es sich auch richtig anmerken ließ. Schenkten Wolfgang-Borchert-Aquarell (aus dem Nachlaß von Rosemarie Clausen): einen windverdrehten Janmaat in Anbetung einer schwankenden Lilimarleenlaterne, späte vierziger Jahre, aber auch als Laienmalerei noch Geist vom Geist der Zeit und tief zu Herzen gehende Mischung aus Sentiment und Seemannsspucke. Neben Borcherts Füller (grüne Tinte) und zwei handgeschriebenen Lebensläufen («Fragebögen» VVN u. VS) nun schon stattliche Devotionaliensammlung. Fragt sich bloß, wo ich den einen gegen (etwa) Ringelnatzautographen hintauschen kann. War gerührt bis auf den Grund und spüre nachwogende Wellchen noch beim Niederschreiben. Ansonsten bunte Wundertüte wie in besten Jugendzeiten und mit mindestens nochmal soviel nachgekleckerten Neuzugängen.

Bewundernswert in seiner in sich schlüssigen Betriebsmechanik der Chefsteward, kühl, freundlich und von dem Selbstbewußtsein eines unersetzlichen Fachmanns: schon viele Feste gesehen, Jubiläen begleitet, Edelleute empfangen und den Nabobs die maritime Welt erklärt: Tonnage, Baujahr, wechselnde Reedereien, früher Südfrüchte und Maschinenteile, später Atombrennstäbe und angereichertes Uranium, was bei mir gleich das kranke Befürchten auslöste, es könnte ihn jemand in Anti-Atom-Diskussionen verwickeln. Professionell und von einem gewissen hochachtungsvollen Augenzwinkern begleitet dann auch die Einweihung in die sonstigen Fazilitäten, Toiletten, Garderoben, Kabinen, Séparées, bis schließlich – especially for me! – *«Das Kapitänszimmer»*: «Falls Sie vielleicht was zu besprechen haben, was nicht jeder hören muß.» Hoher Dienstleistungsstandard, bei dem man sein Trinkgeld durch ironisch versilbertes Diskretionswesen zu verdienen gewohnt ist. Tüte gezündet und mir die Hafenbeleuchtung neu angefacht. Jeder Zug wie ein kleiner Schubs mit dem Püsterich.

Eine Weile im Ledereck bei den Grassens, die sich wohl kommod, aber doch bißchen fremd in der gegen alle Strömungsgesetze zusammengerührten Milchstraße zu fühlen schienen. Auch stark pittoreskes Pärchen auf ihre alten Tage: die lange Dürerin in Türkis und der etwas gestuckte Kaschube mit seinem knittrigen Packpapiergesicht. Sah unter Einfluß zum erstenmal seine schönen nervichten Hände; auch bewegt er die mehrfach beringte Linke gänzlich ungeziert wie ein Kunsthandwerker. Nicht ganz unbesorgt zur Kenntnis genommen, wie Klaus Röhl sich ihm landsmannschaftlich zu nähern und G. G. sich ihm eher idiosynkratisch berührt zu entziehen suchte; kaute mit langen Zähnen auf seinen Schnurrbartspitzen wie auf Schusterzwirn, aber wußte von der Mitte des Sofas aus nicht so richtig wohin. Erst als dann bestimmte nostalgische Sesamwörter fielen – *Danzig-Langfuhr*, *Danzig-Oliva*, *die Schichauwerft*, *die polnische Post* – und Hans Fröse als dritter Danziger hinzugestoßen war, löste sich das Eis schollenweise und man gönnte sich das Vergnügen einer repräsentativen Minderheit. Von Freimut Duve Zweispitz geschenkt bekommen, der mir viel zu weit war und gerade noch von den Ohren gehalten wurde. Tanzte mit dem Unschmuck, der mich statt zu einem Nelson zu einem hispanojüdischen Bijouteriewarenhändler machte, als die einzige Karikatur des Abends zwischen lauter schönen Menschen herum – bis er mir von Mäxchen entwendet und für Schwulenfasching entführt wurde. Tutein auf dem Tuntenball.

Überraschend Renate K., Studentenbraut aus den ganz frühen Fünfzigern und jetzt richtig seriöses Dämchen im klassischen Hahnentrittkostüm. Hatte vergrößerte Elendsfotos aus meinen schlimmen Neurosenjahren mitgebracht, um die sich gleich sämtliche Mädchen/Damen/Frauen scharten, «damals, o – damals, ja!». Aber diese gewisse jünglingshafte Jenseitigkeit sieht natürlich nur von außen gut aus und fühlt sich von innen ganz anders an.

Gegen Morgen, auf dem Deck letzte Mary gezogen, die aber augenblicklich von schneidigen Scherwinden schiefgeblasen wurde. Als die Sukowa in der Dunkelheit an mir vorbeischlüpfte, dachte ich zuerst, daß sie sich ihren zahlreichen Verehrern und -innen entrungen und sich einen Liebhaber hinters Ankerspill bestellt hätte; aber dann sah ich bekannte Schattenpantomimen, Rock hoch, Hose runter, Arsch raus, Hockstellung, von einem riesenlangen Pinkelbach gefolgt, der das ganze Achterdeck zweiteilte. Blieb bis zuletzt und sauste am Ende richtig ungekonnt die Treppe runter, wo sie unten gerade noch von uns aufgefangen werden konnte. Kuckte verbast wie ein kleines Mädchen, das vom Himmel auf die Erde gefallen ist und dabei einen Stern verschluckt hat. Eigentlich nettes Frauenzimmer, wenn sie sich nicht gerade für Rosa Luxemburg aus dem Trotta-Film und mich für den dort entsprechend verzeichneten Kautsky hält.

PS. Also los ist eigentlich immer irgendwas irgendwo. Trotzdem das Gefühl, als ob sich TB allmählich unangemessen auf Indiskretionen aus dem VIP-Bereich einpendelte. Ein – pinkelte: name . . . drop . . . ping . . .

30. Okt. Concerto «Jazz und Lyrik» in St. Johannis (unserer alten Hochzeitskirche). 9.30 Probe im wieder mal schwer bezähmbaren Kirchenschiff und am Abend dann die bekannte Crux, zween Herren gleichzeitig zu dienen, dem NDR-Aufnahmewagen und dem Publikum, das mich in statu vivendi immer mehr interessiert. Trotz gewisser equilibristischer Anfangsschwierigkeiten (der Balance von freier Improvisation und rhythmischem Gemeinsinn bei 8 beteiligten Instrumenten: Naura Piano, Schlüter Vib, Albert Mangelsdorf Posaune, Herbert Joos Flügelhorn, Klaus Bantzer Orgel, Leszek Zadlo Sax, Eberhard Weber Baß) offenbar ganz gelungener Auftritt. Weniger schöne Szenen nachfolgend im «Pöseldorf», wo uns

die Sängerin aus – Gotteswillen! – scheinbar verschmähter Liebe das gesellige Après vermasselte. Ganze Nacht lang nichts als Hagelschmiß und Messerstich zwischen den Damen Regina und Christina hin und her. Hatte doofhübsche Freundin mitgebracht, angeblich «hochintelligent», die sich dann aber nur aufs unsympathischste an mir abrieb. Meinte, daß ich meine Texte lieber von Peter Weis hätte sprechen lassen sollen – «Das ist ein guter Sprecher!» – was mir den Hut dann bald näher als ihren Rock erscheinen ließ. Schwer im Alter, sich seine Lieben nochmal ganz neu zusammensuchen zu müssen.

3.00 morgens Notizen und Belegexemplar *Wiener Arbeiterzeitung*. Wer 'ne ordentliche Meinung hat, sollte sie sich ruhig öfter öffentlich anmerken lassen.

Im Bewußtsein der Öffentlichkeit galten Sie zeit Ihres Dichterlebens als ungestümer junger Mann. Wie fühlt sich dieser junge Mann, wenn er plötzlich ein Alter erreicht hat, in dem seine Mitbürger in Rente gehen?
Ja, wie fühlt er sich? Wenn ich mir die Bücher ansehe, die ich als ganz junger Spund geschrieben habe, und dann jetzt die neueren und neuesten danebenhalte, kann mir schon mal der Schrecken ins Gebein fahren. Weil ich zugeben muß, daß ich mich fast gar nicht entwickelt habe. Aber vielleicht ist das ja auch so eine Art von Entwicklung, daß man gegenüber den sich jagenden Moden und Saisonen einigermaßen stabil geblieben ist.
Sie haben einmal gemeint: «Ich habe viele Schlachten verloren, aber nie meine Identität.» Würden Sie das heute auch noch so schreiben?
Doch, ich glaube schon. Diese Erfahrung mit den verlorenen Schlachten ließe sich natürlich bis in die letzten Tage weiterverfolgen. Gerade im Augenblick werden wir bemoosten Altlinken natürlich mächtig auf die Probe gestellt. Ich meine, man fragt sich doch allmählich, was wir mit unserem Veteranenbegriff von Sozialismus noch anfangen können. Da haben wir im bröckelnden Ostblock doch so richtige Paprika- und Tomatenre-

publiken, in denen die Leute noch nicht mal Paprika und Tomaten zu kaufen kriegen, das ist doch kein Zustand – von Fortschritt ganz zu schweigen. Ich glaube allerdings, daß das Gebröckel schließlich auf Lockerheit und Freiheitlichkeit ausläuft und sich manches in Richtung Sozialdemokratie entwickeln wird.

Das heißt aber auch wohl: in Richtung Kapitalismus.

Nun läßt aber auch der real existierende Kapitalismus die unterschiedlichsten Facetten erkennen. Also, um es konkret zu sagen: Ich möchte mit Sicherheit nicht als Neger in den New Yorker Slums leben, aber eine Angestelltenexistenz in Schweden kann ich mir schon vorstellen. Beides sind kapitalistische Modelle. Beides Möglichkeiten. Wobei das Land der «unbegrenzten Möglichkeiten» mir ziemlich impossible erscheint.

Daß man im sich umstrukturierenden Osten nicht gleich mit Volldampf auf kapitalistische Monopolbetriebe zusteuert, finde ich absolut in Ordnung. Daß heute Großkonzerne ganze Länder, Nationen, Militärpakte beherrschen und die westlichen Großbanken uns zeigen wollen, wo es mit der Demokratie langgeht, gehört bei mir nicht zu den Hoffnungsprinzipien. Nein, darauf sollen die ruhig mal verzichten. Aber im Mittelbau, beim mittleren Mittelstand, da muß sich was ändern, da muß man die Entfaltungskräfte von der Leine lassen. Auf dieses kleine Unternehmertum, auf diesen Unternehmergeist der Bauleute und Elektriker und Klempner und Installateure und Schuster und Schneider und Bäcker und Maler und Tapezierer hat noch keine Zivilisation der ganzen Weltgeschichte verzichten können. Dies energische Vorwärtsstreben auf einer mittleren Ebene darf auch einen sozialistischen Staat nicht genieren. Im Gegenteil, da sitzen die wirklich hüttenbauenden und staatstragenden Kräfte.

Peter Rühmkorf war immer ein politischer Autor, ein Streiter für die Aufklärung. Nun waren die achtziger Jahre kein besonders gutes Dezennium für solche Autoren. Würden Sie das auch so sehen?

Nicht so ganz. Nicht ganz so. Meine eigene Schreibertätigkeit wird von zwei Antrieben gespeist, einem tagespolitisch-prosaischen und einem etwas weltenthoben-poetischen. Hier der Besen – dort der Pinsel, um es mal in einem Bild zu sagen.

Mit dem «Besen» meinen Sie Ihre Essays?

Nun ja, «Essays», das klingt mir fast ein bißchen zu edel. Ich schreibe Reden, Aufsätze, Leit- und Streitartikel. Ich trete in Wahlversammlungen auf und steig da sozusagen in die Bütt. In unserer bundesdeutschen Parteiendemokratie trommel oder pfeif ich seit einigen zig Jahren für die Sozialdemokratie, so einfach ist das.

Auf Ihr politisches Engagement werden wir später noch zu sprechen kommen. Vielleicht beschreiben Sie zunächst noch einmal die zwei Seelen in Ihrer Brust.

Die Seele des Poeten und die Seele des politischen Gemeinschaftswesens. Die eine schätzt nicht immer, was die andere treibt, und manchmal kriegen sich die beiden ungleichen Schwestern auch richtig in die Wolle.

Sie sind ja, weiß Gott, nicht der erste deutsche Schriftsteller, der mit dieser Gespaltenheit leben muß.

Nein, das ist ein altes Widerspruchspaar – in unseren Breiten besonders durch Heinrich Heine bekanntgeworden. Der Poet lechzt nach unbegrenzter individueller Entfaltungsfreiheit, und der politische Gemeinschaftsmensch predigt Gleichheit und Gerechtigkeit – da muß man manchmal ein beschwörendes «Brüderlichkeit» dranhängen, drübersprechen.

Sie stehen der SPD nahe, wie Sie schon anklingen ließen. Haben Sie nie daran gedacht, Ihre Sympathie ein bißchen zu den Grünen abdriften zu lassen?

Meine eigene politische Situation hat sich – mit ein paar Extratouren nach dieser oder jener Seite – in sozialdemokratischen Geleisen vollzogen, obwohl «Geleise»? Sagen wir mal ich habe mich in kritischer Nähe zur SPD bewegt, und weil ich kein Mitglied bin, nie war, habe ich diese Nähe nie als klebrig, klettig empfunden. Was die Grünen angeht, so hab ich lieber ’n bißchen auf Distanz gehalten. Wissen Sie, das war zeitweilig doch ein ziemlich wilder Hummelschwarm, um nicht gar von Wespen zu reden. Sie haben mich immer ein bißchen an die 67er, 68er Apo-Szene erinnert, die ich nicht in der allerbesten Erinnerung habe. Wer Politik sagt, der muß auch in Strukturbegriffen denken. Wer in parteipolitischen Strukturen denkt, muß in Mehrheitsdemokratien auch Disziplin und manchmal sogar die Schnauze halten können. Und er muß – so seltsam das jetzt klingt – auch den nötigen Sinn für überragende politische Begabungen entwickeln.

All das heißt jetzt nicht, daß ich den Grünen nicht eine ganze Menge Sympathie entgegenbringe. Die rot-grünen Bündnisse in Berlin und Frankfurt betrachte ich mit interessiertem Wohlwollen. Wenn ich sehe, wie der einstmals vielseitig reizbare und leichtfertig sprungbereite Dany Cohn-Bendit auf einmal den feinfühligen Multikulturreferenten macht, wird mir beinah warm ums Herz. Das heißt, diese Nummer scheint mir wirklich erbaulich – und Erbaulichkeit hat mit Bauwillen und Struktur zu tun, um das nochmal zu wiederholen.

Wechseln wir vielleicht von der Politik zur Poesie. Sie haben Ihre poetische Mannwerdung, wenn ich so sagen darf, mit den Gedichten Gottfried Benns erlebt. Wie geht das zusammen? Der linke Jung-Dichter und der reaktionäre Groß-Lyriker?

Das hängt dann wieder mit den oben erwähnten zwei Seelen zusammen. Ich blicke auf Benn zurück wie etwa Heinrich Heine auf Goethe zurückblickte – gewissermaßen ehrfurchtsvoll. Heine konnte Größe verehren, ohne gleich auf den Pfennig zu gucken. Er hat gesagt, Goethe ist als Dichter zu groß, um aus demokratischen Gleichheitserwägungen an ihm rumzuschmirgeln. Sehen Sie, und ein vergleichbares Verhältnis habe ich zu Gottfried Benn. Er hat sich *einmal* auf das Feld der Politik gewagt und sich dann sofort radikal in der Adresse geirrt – was natürlich jeden Liebhaber peinigt –, aber er ist doch gleichzeitig der ganz große Seelendoktor, Handaufleger und Beschwörungskünstler, das kann man gar nicht oft genug sagen. Benn kann das, was von zigtausend Künstlern nur ganz wenige können: mit magischer Stimme auf den Menschen einreden, daß er sich vom Kopf bis in die Eingeweide ergriffen fühlt. Und von was ergriffen? Ich will es Ihnen sagen: Benn hat ein großes Thema immer wieder auf dem Tapet gehabt, das Leiden am Bewußtsein, den eigentlich modernen Dachschaden. Und da spricht er dann sein so einfaches wie überweltliches Heileheile-Segen drüber: «Komm, reden wir zusammen, wer redet, ist nicht tot.» Das Leiden am Bewußtsein, Gottfried Benn ist genau der richtige Wunderdoktor dafür.

Ich könnte Ihnen als solchen Großdrogisten natürlich auch Ihren Georg Trakl nennen. Der erscheint beim ersten Hinhören nur negativ, und alles ist melancholisch verhangen und zieht nur hinab. Aber wer sich einläßt auf diese wundervollen Wahnsinnsmelodien, der wird – nein, eben nicht wahnsinnig, sondern fühlt sich verstanden und getröstet und aufgehoben.

Sie haben Ihre Jugend in den fünfziger Jahren verlebt. Wie haben Sie diese Zeit empfunden? Einmal haben Sie sich ja über die «Kühlschrankmoral» lustig gemacht, die damals geherrscht hat.

Naja, die fünfziger Jahre waren kein einheitlicher Zeitblock. Rückblickend sehe ich eine ziemlich bunte Mischung aus Bedrückungen und aus Hoffnungen. Politisch, gesellschaftlich gesehen, empfanden wir sie als restaurative Dunstglocke, was sie sicher waren. Sie waren für uns aber auch unsere wilden Jünglings- und Aufbruchsjahre. Wir drückten ja noch die Unibänke, entwickelten unser eigenes gesellschaftliches Leben und setzten der großen Gesellschaft unseren selbstgemachten Begriff von Geselligkeit entgegen – es war gar kein Begriff, es war unser wirkliches Handeln und Treiben. Wir versuchten, den Stickmief zu durchdringen – auf dem Kabarett, in unserer Studentenzeitung *konkret*. Statt uns paralysieren zu lassen, haben wir mächtig in die Gesellschaft hineingefunkt.

In den achtziger Jahren ist die Aufklärung, vor allem von Paris aus, wieder einmal kräftig unter Beschuß gekommen. Wie fühlen Sie sich da?

Das ist eigentlich gar nicht mein Problem. Die späten sechziger Jahre waren natürlich bewegter. Von uns her gesehen auch enthusiastischer, furioser. Dann folgten aber sehr bald die desillusionierenden Siebziger, die Enttäuschungs- und Vereinzelungsjahre, und jetzt gehen die Achtziger schon wieder auf ihr Ende zu, und die werden doch – wir sprachen vorhin davon – immer wirbeliger. Diese französischen Philosophen halte ich übrigens für so eloquent wie banal. Auch gefährlich, das sicher. Das sind doch alles reicher Leute Kinder, die sich aus neuem kaltem Krieg und krudem Antikommunismus eine Zeitlang einen guten Tag gemacht haben. Bloß, denen fallen jetzt langsam ihre gezinkten Karten aus der Hand, woll'n mal sehen, auf was für hirnrissige Gedanken die fürderhin kommen.

Egal, das ist überhaupt nicht mein Problem. Ich bewege mich – seit ich politisch denken kann – auf dem Boden der Sozialdemokratie, was von der Weltuntergangswarte her vielleicht primitiv erscheint, aber Kontinuität ist doch eigentlich ein guter und rarer Artikel. Wirklich praktisch gesehen, erkennt man auch überall Hoffnungsschimmer. Im Bundesland Schleswig-Holstein ist es etwa gelungen, die reaktionäre Barschel-Mafia abzulösen. In dem für mich zuständigen Stadtstaat Hamburg haben wir es durch gehörige Werbetätigkeit wenigstens zu einem sozialliberalen Bruch gebracht. Und in Frankfurt und Berlin leuchten die rotgrünen Kokarden doch auch ganz hübsch. Ich habe ja auf vielen Wahlversammlungen mein Scherflein beigetragen und weiß, wovon ich spreche. Das sind ehrenamtliche Tätigkeiten, für die einen niemand bezahlt oder belohnt. Aber darum geht es ja gar nicht. Es geht darum, was man politisch will. Und wenn das praktisch sogar noch hier und da aufgeht, gibt's keinen Grund zum Schwarzsehen.

Für utopische Ansprüche bleibt da freilich wenig Platz.

Doch, doch – das sind für mich bereits utopische Ansprüche.

Sie laufen bloß nicht auf ein Sankt-Niemands-Land zu, sondern auf den nächsten Wahltermin.

1. November. 17.45 Flug Hamburg–Berlin. Heute müde von Grolmannstraße (Schlenz) bei Akademie Ostberlin angerufen, wo ein Herr Warncke von nichts etwas wußte. 12.30 schließlich und glücklich Inge Tietze am Apparat und um 14.00 über die Grenze. Die Vopos, die sich vor allem für meine rosa Mappe mit den Korrespondenzen interessierten und alle Akademiebriefe lasen, u. a. die Eloge «Sie sind ein Zauberer», was ich mir von der Vis-à-vis-Warte aus richtig gern gefallen ließ. Als letztes das Geburtstagstelegramm von Hoepcke, was wohl ein gewisses gnädiges Grienen auslöste, aber sichtbar herablassendes, also untergeordnete Abteilung und entsprechend diminutiv zu behandeln. I. T. prompt wie gewohnt auf dem zugigen Bahnhof Friedrichstraße und gemeinsame Straßenbahnfahrt zur «Künstleragentur» Krausenstr. Dort Antrag auf Einrichtung eines DDR-Kontos, weil ich meinte, die krisenanfälligen Scheine nicht länger in Privathand hinwelken lassen zu sollen. In einem Eckcafé «Unter den Linden» Café-Cognac. Paar Schritte durch die milde Herbstsonne bis zu den Befestigungsanlagen vorm Brandenburger Tor, und die von ihr halb hoffnungsvoll, halb bänglich aufgeworfene Frage, ob das wohl je? – ob es bald? – ob es überhaupt noch in unserem laufenden Leben geöffnet werden würde? Aber ich kann mir anderes als das Vorhandene schlechterdings gar nicht vorstellen – und was soll man überhaupt hoffen?

In einem Uhrengeschäft 370-Mark-Glashüttenuhr erworben und mich bei der Frage nach dem «Weckwerk» versprochen: «Ist denn da auch ein Wekwert drin?», ganzer Laden lachte. Dann in erstklassiger S-Bahn (die Steige sauberst, kein Polster zerschlitzt, keine Debilen-Graffiti, fast heimelig) zur Lychener Straße, Prenzlberg, freiliegende Eisengeflechte an den Balkonen, hängende Zementplacken, Reet aus der Wand, dann drinnen Notizröllchen an der Tür, schönen Gruß und rotlichtroten Schminkdruck drauf, Dora. Sah die Nase der T. auf einmal kritisch sich kräuseln und die braunen Marmelaugen im Rollen erstarren, als ob sich das Objekt ihrer Obhut der Akademie entwunden und in andere – verbotene – Sphären abgesetzt hätte. Uns durch alle Etagen hindurchgeklingelt und ganzhochoben Begrüßungscampari abgegeben. Von rotem Telefon aus versucht, Verbindung zum TV-Studio aufzunehmen, wo erfragte D. allerdings nur halbwegs bekannt war: «Ja, die muß et hier irjendwo jeem.» – ZEITROMAN: eine Figur, die im Westen (wie im Leben überhaupt) nichts rechtes geworden ist und sich Richtung Ost-Berlin absetzt, um dann vom Prenzlberg aus zu deutsch-deutschem Neodadaistenruhm aufzusteigen. Obsolete Figur, die drüben in den geheimen Förderbereich von Stasi und im Westen ins Visier von Avantgardespekulanten und Dissidentenmachern gerät. DER HELD ein Spieler, der seine Rolle als Rangierstück vollkommen durchschaut und seine unterschiedlichen Interessennehmer zum Narren hält. Der Pegasus als trojanisches Pferd.

18.00: Nach zahlreichen vergeblichen Versuchen (Nähe Friedrichstr. nur Lokale mit Pommes und Currywurst, wozu mir mein Hunger zu gut war) schließlich doch noch frugales Restaurant aufgetan, «Neubrandenburger Hof», mittelständische Speisekarte, verlockend. Schweinshaxe mit Eff-eff-Qualitätssenf, den man im Notfall auch als Hauptspeise hätte essen können.

Hohe Tips, und nur wieder mal schade, daß man telefonisch nicht aus dem Laden herauskam. Nach dem Telefonnotstand (Kommunismus ohne Kommunikation, na, ich weiß nicht) anschließend gleich noch Taxi-Engpaß, ein offenbar bis zur Bewegungslosigkeit entprivatisiertes und durch Sicherheitsmaßnahmen paralysiertes Land. Schließlich Schwarzfahrertaxi (von Landeskindern sofort durch sein unspezifisches Herumgegondel auszumachen) und zum Anton-Saefkow-Platz (Marzahn), dann wieder zurück zum Prenzl. Beroliberolaberte auch ganz informativ vor sich hin, daß Partei- und Gewerkschaftsgrößen schon ihre «repräsentativen Amtsräume haben» müßten, allerdings «nich privat! – nich für sich behalten – nich sich det persönlich untern Nagel reißen dürfen!» (Ähnlich wie schon I. T. beim Essen, daß man den Bonzen das nicht eingelöste Gleichheitsversprechen am meisten verüble: «Die neue Art der Selbstbedienung – Marke Harry Tisch.»)

Gegen 19.30 Lychener. Wollte zuerst nur mal probehalber Röllchen kucken, worauf Fahrer sich aber sofort Garantiehinterlegung erbat. Gab Fuffi (der auch hier so heißt), und da hing sie auch schon wie ein roter Knallbonbon in der düsteren Hauspassage: Dora – na, was war sie nun wirklich? Inspizientin? Assistentin? Agentin? – «ah, wie schön, daß du nochmal gekommen bist», und der Fahrer gab Gas und winkte mit dem Schein aus dem offenen Fenster heraus. Mein Victory-Vau erlöst hinterher.

Zu meiner Entgeisterung allerdings kein Tropfen Schnaps im Haus, den es um diese Tageszeit nur noch in der Gaststätte nebenan geben sollte, «Renate Rühmkorb», was mir nicht der schlechteste Name schien. Weniger erfreulich, daß uns der dummplumpe Ober dann gar nicht erst Platz nehmen lassen wollte. Scheuchte uns vielmehr aus einer Ecke in die andere, von einem (freien) Tisch zum nächsten, ein Verbeißverhalten, das mich verdächtig an die kratzige Szene im «Hotel Unter den Linden» erinnerte. Machte mir auch sofort die entsprechenden Gedanken, daß TV-Assistenz nur ein fake und die Arbeit im Schneideraum nichts als eitel Stasiblendwerk sei – aber da mir zunächst einmal die Phänomene zu Herzen gehen und die Gründe mich kaltlassen, befand ich für mich, meine eigene Stenoexistenz für die dollste Nummer am Platz zu nehmen. Der Weltmitschreiber: Entweder: du läßt dich ein auf das Leben oder du bleibst einfach ahnungslos außen vor. Erst nach paar Bieren und nachfließenden Körnern mich der Wirtin en passant eröffnet, worauf jene: «Det müssen Sie aber augenblicklich meinen Mann erzählen!» Es schien denn auch nicht zu den Alltäglichkeiten des Lokals zu gehören, daß ein Namensvetter sich in diese Gegend verirrte, weshalb der Wirt (wie notabene alle Rühmkorfs, Rühmkorffs, Rühmekorbs und Rühmkorbs) sofort ins genealogische Räsonieren und Stammbaumaufmalen geriet: zuerst Heinrich Daniel Rühmkorff, Erfinder des Funkeninduktors und mit Abstand oberster Zacken in unserer Familienkrone («Ohne den jäbs keen Autoanlasser!»), dann den Wiener Fußballer Rühmkorf (etwa als Urenkel meines Großonkels Adolf einzuschätzen), dann die Bedeutung des Namens überhaupt und schlechthin, bis ins fünfzehnte und vielleicht sogar bereits vierzehnte Jahrhundert zurückzuverfolgen, als man die Diebe und Plünderer mit dem Übernamen «Räume den Korb», «Räum den Kasten», «Reimkasten», «Riemkasten», «Räum die Schüssel», «Rumschöttel» belegte, was ja zunächst nicht gerad ehrenwert scheint, aber die Sippenforscher in ihrem dunklen Wurzeldrang niemals hat aufhalten können. Hatte mich selbst, obwohl ich keinen besonders entwickelten Familiensinn besitze, immerhin einmal magisch von den Versen des Minnesängers Rumelant von Sachsen anziehen lassen. «Rumelant» ÜN für den Unsteten, Landstörzer und Vaganten, wobei mir im Augenblick unklar, ob als Großplünderer (= Generalabräumer) oder einfach nur imperativisch als «Räum-das-land» zu verstehen. Siehe auch unter mhd-Überhänge, Archiv HH:

«Myr tzagel weifet svmelich hvnt vriuntlichen ane maze,
Der mich doch vnvůrschuldes wilen gerne bizze.
Den mv̊z ich streychen, daz er syner bosheit mich irlaze,
Her wenet, daz ich syner scalcheit nicht en wizze.»

Schweifwedelnd naht sich mir so mancher Hund,
der mich ganz ohne Grund am liebsten bisse.
Den muß ich streicheln, daß er mich verschont,
der Hund! doch weiß er nicht –

Doch so gerissen ist er nicht der Hund

Schweifwedelnd naht sich mir manch falscher Hund,
und hätte mich stattdessen gern gebissen –
Den muß ich streicheln, daß er mich verschont,
der blöde Hund, doch daß ich weiß,
wie gern er beißt, kann er nicht wissen!

der Hund! doch daß ich weiß, wie gern er beißt,
kann er nicht wissen.

doch daß ich weiß, wie dreist er beißt

Verstreute Augenblicke in Wohnschlafküchenstube: feste handliche Formen, das Gesicht grob und nett, ziemlich undurchdringliche Augen unterm Spankorbblond, brunnendunkel und reflexarm. War total geschlaucht und streckte mich formlos auf die geblümte Schlafcouch hin («darf man»? – aber immer, man durfte), sie mit Lampe und Fotostapel auf Küchenhocker neben mich. War früher selbst Fotografin gewesen, später Aktmodell, und zeigte selbstaufgenommene Bruchlandschaften und Nacktaufnahmen aus sichtbar vergangenen Jugendzeiten. Warum sie mir geschrieben und mit welchen Absichten um Besuch gebeten hatte, wußte ich immer noch nicht. VP: In Nettigkeit und Mattigkeit. Respektiert die Wirklichkeit bis zum Äußersten, auch wenn sie ihr zunächst ziemlich irreal vorkommt.

Um 20.45 das Töchterchen (10) und die Großmutter (72), ich konnte mich gar nicht so schnell aus der Liegelage hochraffen, wie die Genierlichkeit es vielleicht geboten hätte, stieß aber auch als Hingestreckter auf keinerlei Befremden, ein Selbstverständlichkeitshaus. Sah erst jetzt die vielen wunderbunten Kinderbilder an der Wand und war wieder bis in die Tiefe entzückt von der Ausdruckskraft solchen unschuldsvollen Geniewesens. Absolut charaktervoll aus dem Lot und – im Vergleich mit meinen eigenen kindlichen Malkünsten – aus einer unverstellten Mitte heraus produziert, die mir lebenslang rätselhaft bleiben wird.

Auch viel niedliches Gefoppe, daß ich mir in der kurzen Zeit gleich dreimal mit den Fingern durch das zerzauselte Haar gefahren wäre, wohingegen der Umgang mit der ürrrsünnnig berlinernden und Falschdeutsch sprechenden Oma dann beinah schon wieder respektvoll.

Während das Kind sich nach dem Abendbrot unverzüglich ans Plakatemalen, Basteln und «Sprücheausdenken» machte («Ganz große Demo», die für den folgenden oder den übernächsten Tag erwartet wurde), fielen die Damen ohne jede falsche Scham über den mitgebrachten Campari her – immer zügig ein fingerhutgroßes Glas nach dem andern von dem unvermischten Stoff, wobei die Oma zunehmend aufgeräumter wurde. «Also, ick muß Ihnen mal watt erzählen», und dann Geschichten aus der Produktion, wie sie dortzuland wohl zum Alltag gehören, aber für mich die pure Exotik waren. Hatte ihr ganzes Leben lang Glühbirnen montiert, was allerdings zu den dollsten Abenteuern führen konnte, denn die von der einen Planstelle gelieferten Fadensysteme paßten nie zu den von einer anderen Abteilung gelieferten Fassungen, «dett war vielleicht 'n Chaos, kan'k Ihnen saren», bis es eines guten Tages «Jottseidank um die Ermittlung der besten Brigade jing», na, und da wäre dann endlich mal alles passend zur Hand gewesen. So endlos durch den Abend, ein Anekdötchen nach dem anderen, eine Murkspointe nach der nächsten, bis ich mir selbst schon ganz unergiebig und stoffarm vorkam und aus Mangel an eigener Erfahrung auf die Valvo-Mädchen aus der Hamburger Stresemannallee zu sprechen kam: wie sie die fummelige Arbeit nur paar kurze Jugendjahre lang verrichten konnten, bis das beste Augenlicht verbraucht war und die Nerven nicht mehr mithalten konnten – so jedenfalls hatten sie es uns mal in den fünfziger Jahren erzählt, als wir gleich gegenüber in unseren Studentenbaracken hausten. Schöne Zeit, als eine Milchflasche noch was wert war und die arbeitsteilige Welt wenigstens nach Feierabend klassenüberspannend zusammenwuchs.

Verlor bei dem munteren Geplapper fast das Gefühl für die Zeit und schon gar die Witterung für das vermutete Agentische. Oder es hat das Agentische in DDR einen derartigen Wohnküchengeruch, daß der Westbesuch gar nicht erst auf krumme Gedanken kommt. 23.00 Aufbruch und die Frage, ob ich nochmal wiederkäme? – in den nächsten Tagen? – und wenn nicht, wann dann? Immerhin würde die Grenze nun ja bald aufgehen, das Hin- und Herreisen leichter werden und der Geldumtausch neue Formen annehmen – ich fragte mich die ganze Zeit nur, woher wußten die das? Hoffnungen, wie sie mir während Jazz-und-Lyrik-Tournee noch vollkommen absurd erschienen wären und auch bei Niederschrift weit über den Horizont hinaus zu zielen scheinen. D-Land/D-Land, was wird sein? Zwei-in-eins? Oder in Einigkeit entzweit? Es hat alles schon längst nicht mehr mit Politik, sondern mit Phantasmagorien zu tun, dafür bin ich nicht zuständig.

0.30. Berlin-West und sofort in den «Florian». In der vertrauten Ecke hinten rechts wie vermutet Schlenzers leuchtendes Vollmondgesicht, aber die Augen schon ziemlich zu, ein verschlafenes Krokodil. Marinierte Zunge bestellt, die mir aber faulig zu schmecken schien und die ich gegen Schls. Flädlesuppe hintauschte. Paar Birnengeister und um 3.00 zu Bett. Die Beweise für den Geist werden gegen den Körper geführt.

Do. 2. Nov. Kanzler Kohl, den es «zur Aussöhnung mit dem polnischen Nachbarn» drängt und der sich als Begegnungsstätte ausgerechnet den Annaberg ausgesucht hat – diese Historiker! Mazowiecki im Fernsehen zunehmend müder, grauer, verfälteter. Wenn er sich unbeobachtet glaubt, massiert er Brauen und Nasenwurzel und wischt sich mit dem Schlaf zugleich die Enttäuschung aus den Augen. Krenz auf seinem ersten Auslandsbesuch in Moskau mit Gorbatschow zusammengetroffen. Ankündigung von «großzügigen Reisemöglichkeiten». Als I. T. mich gestern gefragt hatte, was ich von Krenz hielte, ihr geantwortet: «Na, so vom Äußeren her vielleicht die Physiognomie eines bulgarischen Teppichschiebers.» Paar Schritte Auslauf bis zu BOLLE und zurück, dann mein Blättchen für den Abend sortiert. So bei Tage der Westen auch nur ein Zwanzigstel so festlich wie zu Nacht.

21.00 Lesung im «Buchhänder-Keller» und das Publikum, wie schon im voraus befürchtet, ziemlich zeitloses Nonsensgemisch: alte Tanten, Strolche, Penner, Auchdichter, Müßiggänger, paar rentenverzehrende Reste eines zerschlagenen Bildungsbürgertums. Brauchte viel Zeit, Kraft und Grips, um das auf durchgesessenen Autobänken dahindämmernde Völkchen zu erwecken, aber Tour de Vie kurz vor Schluß dann doch noch bejubelt. Später «Flori» und dort endlich die erhoffte ideale Gesellschaft: H. P. Krüger, Riedel, Haarmann («Bahnhof Rolandseck, na du weißt schon»), Wülfings, Schubys, die Eichels. Mit Christine sofort wieder luftig Lustiges über «Frankfurter Schule» und die Folgen, u. a. Rolf Tiedemann, den Benjamin-Herausgeber, bei dessen Namen man sich immer wieder mal wundert, daß ich ihn kenne. Kenne, bzw. kannte aber sehr gut, noch von gemeinsamen Fahrschülerzeiten her, schon damals stark nervös allergischer Typ, bei dem sich innere Entscheidungsschwierigkeiten augenblicklich der ganzen Gestalt mitteilten: der ruckende-zuckende Adamsapfel, das sich kritisch verschiefende Genick und die verlegen verräusperte Stimme. Schrieb später die erste gehaltvolle Rezension über «Finismus» und «Heiße Lyrik», was mir bleibende Anhänglichkeiten bewahrt hat.

Zu nachtschwärmender Zeit noch die Sisters-allebeide und mächtig mit meinen guten Beziehungen zu dem Doppelgestirn angegeben. Gemeinsam zur Parisbar, wo der Spiritus aber auch schon raus war und Heiner Müller gerade sein letztes Bierglas hob: «Ich muß rüber zu meinem Volk.»

Fr. 3. Nov. 13.00–15.00 Interview mit Klaus Stiller (RIAS) und weil man schon mal im Haus war, noch paar rosa Luftschlängelchen für «Kultur und Politik» hinterher. Kann mir auch in gewandelten Zeiten nicht abgewöhnen, hinter RIAS immer noch die Stimme des Großen Bruders zu vermuten, aber dann rührte der Kirchenfunk-Redakteur derart feinfühlig an die neu aufgebrochenen D-Land/D-Land-Fragen, daß ich seine Bedenken nur noch einmal nachzeichnen konnte: Wenn schon Wiedervereinigung, dann aber bitte auch als soziales Ausgleichungswerk und als ein partnerschaftlich zu betrachtendes Geben und Nehmen. Im Resümee: sich an die eigenen Brüder-Schwesterlichkeits-Versprechungen halten und Korrekturen auch am hiesigen Manchesterkapitalismus vornehmen.

Abends zu Wülfings und reiner Freundschaftsgeist zu Bratkartoffeln und Sülze. Ulrich, der ein neues, von Osten her eingewandertes Modewort ausgemacht hatte: «Die Diskusion». Ja, sagte ich, und die führt dann im glücklichen Fall zum «Kónsens» («Kónsens» wie «Kónkurs» und «Kónfekt»). Gegen Mitternacht ins Flori, wo die Schwestern von Demo in Ostberlin erzählten, verschwommene Eindrücke von den hintersten Frontlinien aus – ich selbst bevorzuge in historischen Stunden allemal lieber den Geist aus der Glotze.

Gegen 3.00 wie seekrank zu Bett. Aus puren Vernunftgründen nochmal hoch und zum Klo, dort mir Toilettenbürste in den Hals vorgestellt und von ganz tief innen her abgekotzt. – Dann wie eine gefällte Fichte rein in den Schlaf.

Sa. 4. Nov. Einigermaßen ausgeschlafen, zu BOLLE, neue Socken, die alten stinkend von Gift und Erschöpfungsschweiß. Mittags TV-Übertragung der Soft-Revolution in Ostberlin, und das erhabene Gefühl eines nur geringfügig orts- und zeitversetzten «Wir sind dabeigewesen». Von gutem Veränderungsgeist getragene und einem Millionenpublikum populistisch angemessene Ansprachen von Stefan Heym und Christa Wolf («Stell dir vor, es ist Sozialismus, und keiner geht weg»), aber Pfiffe bei Heiner Müller. Eigenartig starres Eulenspiegelgesicht, beinah Maske, die Brauen übergangslos mit den oberen Brillenbögen verschmolzen. Spruchbänder, Sandwichpappen, Banderolen, Plakate, Transparente, alles fügt sich zum Panoramabild eines in seiner Grundstimmung heiteren Revolutionskarnevals: unaufgeregt, zivilistisch, positiv, aber Gottseidank keene «Meenzer Schwellköppe». Im Kollektiv sich als eine Art Breitband-Individuum zu empfinden und nach so viel verdorbenem «Liedgut» doch noch ein gemeinsames «Ziel vor den Augen» zu haben. Sehr bewegend als linkspatriotischer Stimmungsakkord, beinah mitreißend – aber natürlich, man hat schon paar andere Revolutionen aufflammen und ergebnislos wieder verglimmen sehen: erste Nachkriegszeit 45 – 48; dann Studentenrevolution und Apo 67 bis 69; auch «Revolution der Rosen» im Portugal der Jahre 74/75, und jedesmal fiel am Ende die Hoffnung wie Putz vom Gemäuer.

15.30 zu Wertheim, um Pullover zu kaufen, aber nichts Rechtes gefunden. Im striemelnden Regen zu Fuß zur Pfalzburger Straße: Uhland – Pariser – Ludwigskirchplatz – die alte liebe Strecke von Anno Dunstemals, als das «Literarische Colloquium» noch blühte, Helmut Herbst seinen *BILD*zeitungs-Film «Schwarz-Weiß-Rot» drehte und Uwe Johnson-Kamerad mir mit dem Fahrrad Botschaften durch die tiefverschneite Stadt bis zum fernen Wannsee zustellte. Gegen 17.00 zu den Sisters, aber hatte Lidrandinfekt mit unschönen Epikanthusmerkmalen und fand nicht das genügende Entzücken an mir selbst. Wie ein erschlaffter Galanteriewarenhändler aus dem Haus und, ganz gegen meinen Willen, nochmal ins Flori.

Der Kalendermann als Pfadfinder: jeden Tag eine gute Tat, bzw. merkwürdig-abartig aus dem Rahmen fallende Vermerkung. Eine mir vom Sehen her bekannte Kurdin mit Tukanschnabel, die mir einen nicht minder auffälligen Lothar Flaischlen vorstellte (schwarzweiße Noppengratjacke, quergestreifte Fliege, rotweiß, zweifarbige Designerbrille), der – auch für Spezialitätenliebhaber einigermaßen abstrus – einen Cäsar-Flaischlen-Gedichtband unter dem Arm mit sich führte. Ehe ich allerdings meinerseits die Partie mit einem einvernehmlichen «So regnet es sich langsam ein / und immer kürzer wird der Tag / und immer seltener der Sonnenschein» aufmachen konnte, begann die Dame in einem gewissen, für Vernunftgründe nicht mehr zugänglichen Hochbesoffenheitszustand auf den esoterischen Afficionado einzureden, daß er sie im Alter von dreizehn Jahren abhängig gemacht hätte – «ein Laffe!» – und wie er «nach dieser ganzen Angebertour durch sämtliche Schulklassen» hier auch «heute wieder angeschissen» käme, «unmöglich, affig, geschmacklos gestylt und prominentengeil», ein «distanzloser Ranklotzer» – worauf jener eine richtig pavianarschrote Birne kriegte und mich fragte, ob er «etwa etwas Böses, Freches, Unangenehmes» gegen mich geäußert hätte. Das hatte er nun wirklich nicht, außer vielleicht den Nachlaßband *Mandolinchen, Leierkasten und Kukkuck* etwas allzu augenfällig hochgehalten, und nun zog er ihn auch sogleich wie einen apotropäischen Schild an die Brust und blickte mich aus riesigen fahlblauen Weitsichtigkeitsaugen schutzsuchend an. «Aber überhaupt nicht», sagte ich mit der mir gerade noch angemessen erscheinenden mildessamäßigen Säuerlichkeit und begann – um die Situation wenigstens ein bißchen zu entpeinlichen – mit dem Zitieren von tief aus dem Brunnen der Erinnerung heraufgeeimerten Besinnungsversen: «Ich sah am Waldrand ein paar Rosen stehn . . / Gib mir die Hand und komm . . Wir wollen sie uns pflücken gehn . .» «Achja», sagte er, «wie schön! Und was waren das noch für Zeiten, als sich die gebildete Menschheit noch in Gedichtzeilen unterhielt», und plimperte gleich noch das Pointelchen hinterher: «Es werden wohl die letzten sein.» – «Na, wenn ihr euch so einig seid», wandte sie sich wieder an mich, «dann komm wenigstens du mit mir ficken.» Aber erstens störte mich das «wenigstens» (das mir ein bißchen zu wenig war) und zweitens das mächtige Pfefferfresserprofil, das mich fatal an mein eigenes erinnerte. Verabschiedete mich mit einem letzten Cäsar-Flaischlen-Imponier-Glissando «Ich bin nur Sonne, Wind und Welle / ein flüchtiger Zusammenklang von Tönen . . . leidlos, wunschlos in die blaue Nacht», und ließ mich, liebreich von den beiden Eichels eingehenkelt, zu meiner Grolmann-58-Unterkunft ziehen. – Tagebuch: ein Gekrümel. Aber erstens ist an dieser Welt zunächst mal die Welt interessant, und über Metaphysik läßt sich drüben viel besser dröhnen.

So. 5. Nov. 4.00 zu Bett – 9.30 wach und nochmals Tabletten, aber leider bald unwiderstehlicher Kaffeeduft aus der Küche und Geruch nach aufgebackenen Brötchen. Viele Infos beim Frühstück, wo Schlenz und Rolf Werner über den Zerfall der Städte und den Vormarsch der Grundstücksspekulanten in der DDR berichteten. Diese Architekten! Wissen immer um ein paar Karat besser Bescheid als die übrige zeitung- oder gar nur gedichtelesende Menschheit.

Früh zum Airport, wo ich beim Einchecken mit meinem Namen angesprochen wurde, was mir wohltat, nur daß die Azubi-Kontrolleuse an der Grabbelschleuse etwas Unerlaubtes auf dem Grund meines Reisebags erkannt zu haben meinte: «einen Totschläger?!» Hatte gänzlich vergessen, daß ich den stummen Begleiter auf der Hinreise (Reichsbahn) eingesteckt hatte, der jetzt vor aller Augen zum Counter zurückgetragen wurde. Dort die freundliche Stewardess von eben, nun völlig entgeistert: «Ein Totschläger? – Sie?» Erzählte etwas von Hundephobien, während der Deady bereits von einer Hilfskraft in Karton gefaltet und versiegelt wurde.

Im Warteraum Biermann im offenbar weltbewegenden Selbstgespräch mit einem stattlichen jüngeren Herrn, wobei ich mich stückweis (Gepäckstück für Gepäckstück) in die entgegengesetzte Ecke verzog. In Hamburg den jungen Mann als meinen lieben ollen Uwe Timm erkannt, der ganz erlöst schien, von dem kleinen Gernegroß befreit zu sein und noch ein Stückchen kollegialer Taxifahrt vor sich zu haben. Äußerte, wie ich, die Hoffnung, daß die trostlosen Zeiten der literarischen Falschmünzerei und der ewigen DDR-Rabatte nun endlich vorbei seien und freute sich, daß ich auf sein Italienbuch mit Ansichtskarte aus Onano geantwortet hatte.

Als er Ecke Tornquist ausgestiegen war, mich noch ein bißchen vom Fahrer in Lit-Gespräche verwickeln lassen. Hatte wie ich «Am Morgen vorgelesen» gehört, «*Germain* oder so ähnlich», «ah, *Germinal*, große Klasse», was auch mich wegen seiner Anschaulichkeit und seines Kenntnisreichtums gewaltig beeindruckt hatte. «Noch viel doller» nach seiner Meinung allerdings ein amerikanisches Prehistorical über den ungleichen Kampf von Neandertalergruppen gegen Eindringlinge vom entwicklungsgeschichtlich fortgeschrittenen Cromagnon-Typus. Eine Frau zwischen den Fronten: hier troglodytischer Lebenspartner, Langsamsprecher, Langsamdenker, friedfertiges Naturell, dort der alerte, geschliffene und des erweiterten Rachenraumes wegen auch eloquentere Invasor von der neuen Art. Ein verwegenes Plot, wie es selbst einem Freizeitsteinzeitler wie mir nie eingefallen wäre.

Mo. 6. Nov. Geburtstagspost geöffnet und Rezensionen gesichtet: Präsidenten-, Kanzler-, Ministerial-Telegramme, fast bedrohlich, zu welcher öffentlichen Bedeutung man sich mit den Jahren emporgelästert hat. Der sich überschlagende Gert Ueding – aber immer, aber bitte! Abends Talk-Show: zunächst Rolf Schneider und Biermann über paläo- bis bestenfalls mesolithische DDR-Probleme und im nahtlosen Übergang weiter zu Anja Meulenbelt, Lisa Fitz, von Praunheim, Bornemann, der Motschmann über Eifersucht. Schneiders m. E. etwas unangemessen regionalpatriotischer Einwand: daß «solche Sachen die DDR-Bevölkerung nun wirklich nicht interessieren». Fragt sich für den nicht gleichermaßen interessegelenkten Zuschauer auch, was auf Dauer w i r k l i c h interessant bleiben wird: DDR als Nabel der Welt oder die Liebe als schon etwas älterer Aufregungsgegenstand.

4. Nov. Tag mit Nachgeburtstagsaufklararbeiten so hin. Nachmittags Tibia Thelen (Elmshorn) mit neuerdings 1 × pro Woche Flötenstunde bei Gerhard Otto u. anschl. eigener Schülerin in Susettestr., dazwischen anderthalb Stunden Vakanz. Paßte mir eigentlich nicht in den Kram, aber trug so unwiderstehlich orangeroten Keltenschopf zur Schau, daß ich wenigstens flüchtig in die mitgebrachten Bänder hineinhörte. Heftiger Jazzrock mit ihrer bißchen fritzischen (Friedrich Zwo) Konzertflöte, ganz betörende Mischung. War bei unserem Johannis-Kirchen-Auftritt gewesen und mokierte sich niedlich über Michels «aufgetragene Feierlichkeit». Über meinen Vortrag kein Wort.

Zeitungen gekauft und: DDR – DDR – DDR. Die alten Strukturen gehen offenbar widerstandslos aus dem Leim, und unsereins weiß immer noch nicht, was er konkret davon halten soll. Eine fast vergeistigt zu nennende Revolution: somnambul, diszipliniert, gedämpft, alle befürchteten nationalistischen Gespenster durch einen seltsamen Sympathiezauber außen vor gehalten. Wenn man später mal die neuen Geschichtsbücher aufschlägt, wird man die ihnen ahnungsvoll vorausgeeilten Märchenbücher hoffentlich nicht ganz übersehen. Z. B. «Fortsetzung folgt», in dem ich mir eine den Montags-Demos vergleichbare unwiderstehliche Volksbewegung bereits im Jahre 1983 ausgedacht hatte.

Post von Alicola: antikes Reiseschreibetui, das wohl einen Wink mit dem Federhalter bedeuten soll. Aus O-Burg bewegender Brief von A. K.: entziffert meine Gedichte bis auf einen verborgenen Grund, der mir selbst schon unheimlich ist, und reicht mir meine kleinen Rosinen wie gefaßte Diamanten zurück. Augenlid weiter geschwollen. Auch Pilze, schrundiger Glans, wie verdorbene Seide.

TV: Wie sich Krenz emphatisch an die Menge wandte: «GENOSSEN!», aber es regte sich keine Hand und zeigte sich nicht das leiseste genossenschaftliche Rühren. Wie er sich dann mit hohlen Händen selber Mut zuzuklatschen begann, das Vanitashafte seiner vergeblichen Liebesmühen aber augenblicklich erkannte und die krampfhaft gekrümmte Rechte in einen scheinironischen Abwinker ausgleiten ließ. Kaum Winken noch, eher schon ein Wegwischen – Staub, Brösel, Mulm, zu Taschengrund zermahlene Historie – ganz schlappe Scheißegalgebärde mit der Hasenpfote. – – – Nachts paar überhängige Lyriden (Quarks) zusammengeharkt:

Die Dichter, die immer gern ihre Studienfassungen einbehalten (wenn nicht vernichtet) haben, um am Ende den (trügerischen) Eindruck eines großen Gusses zu vermitteln.

Das Gedicht als Drama mit ungewissem Ausgang zu begreifen.

Das Gedicht als Selbstversuch: sich experimentierend voranarbeiten. In diesem Sinne auch den Begriff der Ballade neu durchdenken: ob der Held sich aus dem Schutt seiner Begleitumstände zu lösen vermag und am Ende das rettende Wasserloch noch erreicht –

Das Ich als Held des Gedichtes: seine Aufgabe, sich den Fesseln zu entwinden und im Durchgang Kontinuität = Zusammenhang zu gewinnen.

Ein vorgefaßtes Ich ist nicht entwicklungsfähig, es erscheint uns behindert. Der Depressive dünkt sich den tiefsten Menschen und der Traurige findet jede Freude banal – die Kunst aber will Erhöhung, Erlösung, den Luftsprung, die Levitation –

Das Schwanken vor Ort und das Schwanken in der Zeit, aber am Ende entscheidet, wie immer im Leben und in der Liebe: der Blitz!

Man soll ungeniert zu sich selbst sprechen und nicht als trüge man sein Ich wie eine Monstranz vor sich her. Manche Dichter behandeln ihre Depressionen wie rohe Eier.

Nicht gut, wenn der Wunsch der Vater des Gedankens ist und dann Vorsicht die Mutter der Porzellankiste.

Das Gedicht sollte sich an jeder Stelle seiner Stimme bewußt, aber niemals bloß absichtsvoll sein.

9. Nov. Auf Mönckebergstraße beobachtet, wie ein vermummelter junger Mann ein Bonschepapier auf die Straße warf und die ihn begleitende Frauensperson ihn angiftete: «Das ist ja unübel! Ätzend! Ich denke, du bist gegen Umweltverschmutzung! – Das war eben Umweltverschmutzung!» (die neuen alternativen Zankinhalte).

Beim Chinesen gebackenes Hühnerfleisch in Ananas, Esberitox zum Bier. Da ich der einzige Gast bin, ohne schlechtes Gewissen die *BILD*zeitung bis zum Anschlag aufgeschlagen: «Egon Krenz – sein letztes Aufgebot: Altstalinisten, Wendehälse und nur ein Modrow». Immer noch, bzw. jetzt erst recht, die bekannte demagogische Abstempelung der Welt mit dem Stiefelabsatz, aber man kann nicht umhin, man muß lachen. Auf Seite 2 Abbildungen der neuen Politbüromitglieder und unter jedem Foto Qualitäts-Quickvermerk: «Betonkopf» – «Wendehals» – «Hoffnungsträger». Kapitalistischer Agit-Pop. Stelle mir immer gleich das infernalische Vergnügen der Zerrbildner vor: Tag für Tag die Welt als Blödel-Panoptikum aufzuziehen und die ganze Nation (mit Gewinn) zu vergackeiern.

10. Nov. *BILD*: «Geschafft! Die Mauer ist offen» – *Mopo*: «Die Mauer ist weg!» – *Welt*: «SED öffnet Grenze nach Westen». – Nur bei *FR* hinkt die Zeitung dem Zeitgeist wie gewöhnlich um einen Tag hinterher: «SED folgt Ruf nach Krisenparteitag». «Anzeige der Fördergemeinschaft GUTES HÖREN»: Bildausschnitt Versammlung des ZK der SED, Honecker mit einem Finger hinter dem Ohr angestrengt in die Ferne lauschend – darunter: «TAUBE OHREN MACHEN BLIND.» (Links im Bild mit 95 prozentiger Eisenmiene und einem ganz hauchfeinen 5-Prozent-Lächeln Gorbatschow)

Gestern Abend und ganze Nacht TV. Wieder mal deutsches Schicksalsdatum, 9. November («Marsch zur Feldherrnhalle» und sogenannte, von den Nazis so genannte «Kristallnacht») und die Folgen noch gar nicht abzusehen. – 18.57 Pressekonferenz mit 200 Journalisten aus aller Welt und «Hoffnungsträger» Schabowski als offensichtlich überforderter Freudenbote. Berichtet zunächst etwas dröhnig über Sitzung des Zentralkomitees, um sich bei der unvermeidlichen Frage, wie die SED es in Zukunft mit den Flüchtlingsströmen halten werde, rettungslos zu verheddern. Sein gemeinhin sonor in sich ruhender Bierbaß verbrodelt im Bodenlosen. Seine Finger fahrig, sein Mienenspiel nervös, nun beginnt er etwas in den Taschen zu suchen – eine Botschaft des Weltgeistes? na wo ist sie? – ein Papier wird ihm zugereicht, «etwas haben wir ja schon getan – ich denke, Sie kennen das? Nein? Oh, Entschuldigung, dann sage ich es Ihnen: Mir ist eben mitgeteilt worden, daß ... Mitteilung verbreitet worden ist ... Sie müßte eigentlich in Ihrem Besitz sein ...» Dann übergibt er der Öffentlichkeit, was er offenbar selbst noch nicht glauben kann, daß die Grenzen geöffnet sind und «die Ausreise über alle Grenzübergangsstellen erfolgen» könne. Frage: «Wann?» – Schabowski (überfordert, durcheinander, improvisierend): «Das tritt nach meiner Kenntnis sofort, unverzüglich –»

11. Nov. Oi, jetzt geht's aber los: *BILD*, Butter und Kreditbriefe wandeln in den Landesfarben – die räuberische Aneignung unserer nationalen Symbole durch Private. *BILD*: «DIE MAUER – DIE TOTEN: 13. August 1961 – 9. November 1989». Die die meisten Leichen im Keller haben, schreiben die ergreifendsten Nekrologe. Hyänen halten die Totenwache. Es gibt eine Grenze, wo der Patriotismus aufhört und das Horst-Wessel-Lied beginnt: «Kameraden, die Rotfront und Reaktion erschossen ...»

In *BILD* scheinen gänzlich alle Dämme der normalen Verkehrssprache gebrochen. Pathos schäumt auf, Relativanknüpfungen geraten ins Schlingern, Superlative werden zu Ultimativen gesteigert: «DIE STURMFLUT der Berliner Bilder, dieser Weltstadt, die sich in der historischsten Nacht nach dem Kriege wiederfindet. Die Sturzflut der Gefühle eines zerteilten Volkes, das sich unter den Kameraaugen der ganzen Welt wiedervereint. DIESER ORKAN der Ereignisse, der alle Voraussagen überspülte – alles mündet jetzt im Aufschrei der 16 Millionen drüben nach freien Wahlen.» (Reginald Rudorf, der Kampfhund als Freiheitssänger.)

Hohe Zeit auch für Pseudologia phantastica. Willy Brandt zur Feier des Tages vor dem Schöneberger Rathaus: «Ich habe im Sommer geschrieben, Berlin wird leben und die Mauer wird fallen – Berlin lebt, die Mauer ist gefallen!»

Deutschland – Deutschland: als ob da unentwegt jemand falsch sänge, und zwar
mit einem gewissen emphatischen Ausdruck

«Und nun freie Wahlen!» – Die Abstimmung an der ALDI-Kasse

Wenn der Kapitalismus gesiegt hat, wird kein Mensch mehr wagen, von «Kapitalismus» zu sprechen.

Und die sozialen Einrichtungen regeln sich über den Markt.

Die Deutschen? Schwer zu beschreiben
Von sich selber ausgehen kann man vermutlich nicht mehr

13. Nov. Großes Besucherwochenende, nicht ohne Rührung zu betrachten gewesen, aber die Springer-Blätter berauben einen augenblicklich jedes vaterländischen Mitgefühls. In der *Welt* Walter Görlitz, daß «der 9. November bisher für Deutsche kein Freudentag war». Dabei primo, daß am 9. 11. 1918 Willem Zwo abdanken und zum Holzhacken abschieben mußte.

Überall solch ein heimlicher Nazigeist weht mich an

Politik? – Einfach mal eine Weile nicht hinkucken und abwarten, bis sich die ehernen Wahrheiten von heute als Blech vom Tage entlarvt haben.

Dialektik: ich schließe meinen Frieden mit Springer, bestelle die *Welt* ab und abonniere das *Hamburger Abendblatt*

Und dann *DIE ZEIT* mit ihren weißen Schwanenflügeln. Hatten mich mehrfach aufgefordert, Beitrag für die Serie «Ist der Sozialismus am Ende?» zu schreiben und habe mehrfach geantwortet: «Für Revolutionen bin ich nicht zuständig.»

Interview Raiffeisenmann in Lauenburg: «Am Freitag haben wir eine spontane Begrüßungsparty organisiert und am Sonnabend haben wir uns gleich im humanitären Bereich bewegt.»

Dieses Menschenbild, das da jetzt in der DDR seinen Einzug hält . . .

. . . haben wir bekämpft, seit wir politisch auf eigenen Beinen standen –

14. Nov. Janssen 60. Bei ablaufend Wasser gedachte Flaschenpost von Oevelgönne nach Blankenese. Heinz Spielmann in der *Welt*: «Ein Individualist, der sich niemals Pardon gibt.» Richtiger wäre: ein genialer Kerl, der sich gewissen politischen Beängstigungen des Kopfes gar nicht erst ausgesetzt hat. Gang Elbe und die Verlockung, in Zukunft alles nur noch von einer gewissen ironischen Gleichgültigkeitswarte her zu betrachten. Neben der Geschichte hertrotten – Spülsaum oder Sommerweg – paar Notizen im schnellen Vorbeistreichen:

Ein Fahrrad mit einem ki . . . lo . . . meter . . . langen Maiglöckchenschweif

Diese – weißen
fetten – Beine
auf –
und ab

Jogger: der eine läuft ganz schlaff und nichtssagend, der andere reißt die Hacken bis zum Arsch hoch, kommt aber auch nicht schneller voran.

Wenn der tätowierte Radfahrer übers Kopfsteinpflaster holpert und das ganze lasche Fleisch wackelt mit (bibbernde Schmetterlinge – Adler – Drachen)

Das Bübchen, das einen Besenstiel auf dem Plattenweg auf und ab hüpfen läßt und sich freut, wie es federt. Beglückt wie über eine Erfindung.

Kleiner Junge mit Kochlöffel am Lattenzaun entlang:

Der Löffel am Gatter
meinen Segen hat er

wie er am Gatter rattattattatt
bis Latt um Latt um Latt um Latt
der Lattenzaun ein Ende hat –

(Vokalspiele neben der Zeit und mit windabgewandten Ohren. S. auch Walther von der Vogelweide am Meißner Hof. – So treffen Troubadour und Barde / den dernier crie der Avantgarde)

So. 19. Nov. TV «Stammtisch» mit u. a. MRR, der recht selbstherrlich kräht und staatsanwaltlich über die Ränge der deutschen Gegenwartsliteratur verfügt. Erklärt von seinem Glashaus aus Christa Wolf und Stephan Hermlin zu bloßer Makulatur, was mir mit literarischer Kritik nicht mehr viel, mit Exkommunikation und Schauprozessen schon sehr viel mehr zu tun zu haben scheint. – Moral? Eine Machtfrage. Ein Gedanke, den heute schon niemand mehr vorzubringen wagt. Marcel Reich Ranietzsche.

Kritik von griechisch krinein = scheiden, unterscheiden. Und nichts anderes scheint der Kritiker zu wollen: zuerst einmal sich selbst von Autor und Publikum.

Sarah Kirsch: seine Quoten-Droste

Mo. 20. Nov. Boden, Schränke und Kisten nach Material für Ausstellung Gießen durchstöbert. Zu Mittag Buletten vom Vortag aufgewärmt. TV: DDR und ČSSR, alles bißchen mit zusammengekniffenen Augen betrachtet. Ich beginne einer Sache nachzuhängen, der ich eigentlich niemals ergeben war.

Meine Liebe zum Kommunismus, die nicht gerade meinem Demokratieverständnis entsprungen war. Ich denke nur: därrr Määänsch . . .

Der positive Held als tragische Erscheinung. In Wirklichkeit funktioniert er nicht, und auf dem Papier macht er schon völlig eine blöde Figur.

Schwäche der Aufklärungsliteratur: daß sie dem Menschen nur etwas zur Desinfektion, nicht zur Identifikation zureicht

Solange die DDR die Verpackungsfrage nicht löst, brauchen wir überhaupt nicht in – (die Diskusion) – einzutreten –

Eine Verbraucherrepublik? – Na, denn man zu!

Gedichtschluß:

Ist das denn . . .
Ja, es ist so.
Sind sie denn alle . . .
Ja, sie sind es.
Werden sie . . .
Nein, man wird sie alle wie sie da sind –
Und zwar was?
Värrrgässsen!

24. Nov. Gestern die Gießener Mädchen: Astrid, Stefanie, Britta. Brüchiger Schlaf. Nun nur noch 2 Tage für Festrede «Selbstporträt mit und ohne Hut». Hatte zunächst vorgehabt, nur paar Gedichte zu lesen, aber dann sah ich die ehrfurchtgebietende Ankündigung «Festvortrag», wurde schwach und erraffte mich.

Das Individuum? Nur so ein bißchen was Aufgesetztes. In Wirklichkeit war alles Pseudo und Gezappel.

Mich zu einem Lichtloch durchgeraucht

Der Welt etwas mitgegeben oder nur meinen Beruf ausgeübt, was war nun?

Man muß ein sachliches Verhältnis zu den eigenen Seufzern finden –

Einen neuen Vortragsstil finden: sachlich – klassisch – unermüdlich

Niemals auch verlaß den Erdboden
nur der zu erwartenden Weihen wegen –

Und am Schluß – ganz zum Schluß: «Da müssen Sie wohl noch mal mit der Feile drüber?!» – «Nee, nur 'n bißchen mit der Fusselbürste ...»

Alter gut – alles gut

So. 26. Nov. Kurze 5 Stunden Schlaf, dann Panik. Gegen 16.00 E. mit technischen Fragen – ich flackernd und ungesellig. Bis 22.00 aber doch 20 Seiten auf dem Papier, sehr unzufrieden. 0.00 zu Bett, um am nächsten Morgen meinen Text geglätteten Geistes über die Walze laufen zu lassen, aber um 5.00 schon wieder hoch und mit der Kantfeile drüber. Auch im Flugzeug an E.s Seite weiterkorrigiert und um 14.14 von Oesterle am Flughafen Frankfurt abgeholt. Autofahrt nach Gießen und bei Oe.s-privat bis 17.00. Mit nur 1 Tasse Kerbelsuppe im Magen zur Uni, wo – großes Escamotage- und Apportationswunder – plötzlich Naura und Schlüter hinter einem Vorhang hervorgezogen und gemeinsame Darbietungen angekündigt wurden. Überaus reizende und anmutige Rede des Präsidenten Prof. Bauer, nachfolgend Oesterle, schneidig-lässig-privat, schließlich ich und (wie immer vor Publikum und in der Arena) kühl bis ans Herz wie ein Angler. – Hochschwebend über der unfeierlichen Zeremonie ein Spruchband mit Textzitat «Einmalig»: LIEBE HAT ZU TUN UND KLASSIK HAT ZU KÄMPFEN – alles absolut gut, nur hinterher reichlich zittrig auf den Beinen, ein erschöpfter Weberknecht.

Glasgeklingel – belegte Brote – Uli Rainer und Stephen Scher aus Amerika – und als erstes einem weiblichen Sonnentau in die scheinfreundlich ausgespannten Tentakel gelaufen. Stattliche Ladies und junge Herren, die mich auffordernd in ihre Nähe plinkerten und das Gespräch zu suchen schienen, aber es war gar kein richtiges Gespräch, sondern Vernehmung bei einem selbsternannten Sittenkomitee: warum sich erwachsene Menschen bei einem Gedicht wie «Selbst III» derart vor Lachen ausschütten könnten – da müßte doch irgendetwas mit der Sexualität nicht in Ordnung sein. Immer schwierig, bei derart tückisch gelegten Schlingen (siehe auch bekannte Fangfrage, ob man die eigenen Witze witzig fände) noch eine kommode Antwort zu finden. Lachte ihnen nur ruppig ins Gesicht und bedeutete ihnen, daß sie vermutlich nur eine hypersensible Minderheit wären. Hätte ich den Stoff von nachher schon intus gehabt, hätte ich sie womöglich gefragt, was sie von Wörtern wie «Wichsfett», «Steifmachesalbe», «Dödelöl» hielten. Immer schön angeschnibbelt zurück die verfänglichen Vorlagen – halb Doctor irrenhalber, halb Oger.

Anschließend «Uhlenspiegel» (Studentenlokal), und auf vorgelagertem Rasenfleck halben Faden gezogen, nicht sehr gut für die angegriffenen Lungen und Bronchien. Drinnen 5 Malteser, 1 Bier und eine senffarbene Bluse berührt, die sich auch wie

Senf anfaßte. Bekleckerte sich mit Kaffee vor lauter Schreck, und – oh, sagte ich, Vorsicht mit der Unschuld, die zieht bekanntlich die Flecken an. Bei Xenoglossolalie unter Einfluß schon öfter mal Schrecksekunden aufseiten der Angesprochenen bemerkt, die als Panik auch auf den Sprecher zurückwirken können; aber wenn du unverschämt genug in die Menschen hineinsprichst, kann eigentlich gar nichts mehr schiefgehen. Zu bedenken, daß auch in der KUNST letzten Endes nur die Zweideutigkeiten zählen: Metapher, Sinnbild, Vergleich, Parodie, Ironie. Trial and error: seine Witze zunächst in der Wirklichkeit ausprobieren und erst nach der öffentlichen Resonanzprobe in literarische Zusammenhänge überführen.

Mo. 27. Nov. 10.30 mit E. über einen nahe gelegenen Friedhof, lehmiges Gelände, Sonne, Hochgefühl. Wo die Mehrheit schon liegt, fühlt man sich selbst auf wackligen Beinen noch ganz schön lebendig. 11.15 die Ausstellungsmädchen und um 12.00 schon wieder Café/Kirsch. Das Liebenswerte an solcherart Ausstellungen scheint mir dabei gar nicht so sehr die angestrebte Perfektion, sondern das unschuldig über den Berufsernst triumphierende Lustprinzip. Auch die schöpferischen Regelverletzungen der Benn, van Hoddis, Brecht, Arno Schmidt nachweislich bis zu unerwartet frühen Wurzeln aus Schülerulk und Studentenscherzen zurückzuverfolgen. Da E. vorzeitig nach Kiel, um Turnhallen einzusegnen, Aschenbahnen zu bekreuzigen, Verdienstspangen anzuheften und Volkstanzgruppen zu begrüßen, mich noch bißchen grafkoksmäßig unter die jungen Leute gemischt und bei Oesterle Bücher beschriftet.

Auch Dichtung schmort im eigenen Saft,
wo man sie nicht verbreitet.
Es dankt die Kunst der Wissenschaft,
die zum Genuß verleitet.

Abends von Astrid und Britta im Mercedes zum Flughafen Frankfurt gebracht. Sehr erhoben/erhaben mit den beiden Mädchen am Arm durch die kilometerlangen Zubringergänge und Wandelhallen, um noch ein bißchen Erwachsene zu ärgern und die Jugend Mores zu lehren. Wieder viele mißgünstige Blödmannsblicke auf mich gezogen: der – alte! – schlotterige Greis! – wo das alles viel eher uns zukäme. Kommt aber nicht, auch wenn ich man gerade eben noch die Kraft zu einem Beispiel habe.

Nachts Call von Michel, der Kniest in seinem Ställchen hat. Hatte in *Abendblatt*-Interview geäußert, daß die Gier auf Einschaltquotenmaximierung einem Tanz um das Goldene Kalb gliche, bei dem die Tänzer den Kälbern immer ähnlicher würden. Sogar meinen Scherz von einer «Gülleverordnung für den Funk» noch mit untergebracht – jetzt befürchtet er, mit einem Arbeitsprozeß überzogen zu werden. Wie sehr ich immer seinen Mut gegenüber hausinternen Obrigkeiten bewundere, so heftig mißfällt mir zum anderen sein nur schwach entwickelter Angemessenheitsnerv. Sich bei einem Medium über das andere beschweren?! Gar bei Springer über das immerhin noch Proporzradio?! Kommt mir vor wie jemand, der sich mit Familienkrach an die Presse wendet. Vom Suff der letzten Tage viel Druck auf den Eiern und O-, aber nur flache Verpuffung.

TV: Talkrunde mit u. a. Loewenstern von der *Welt*, absolut deutschnationale Zwangsjacke, Klopsbaron, baltisch verschwollen, die jeraubten Jieter im Osten wiederhaben wollen, aber es janz so direkt doch nicht sagen mögen. Wurde von vornehmlich jugendlichem Publikum als «der Herr in der braunen Jacke» tituliert und beschwerte sich nach Gutsherrenart: «Was haben Sie denn bloß für Typen eingeladen – da?!» Schon bemerkenswert menschenverachtende Herrenrasse oben im Springerhochhaus, aber wie bei anderweitiger Tuchfühlung

(Walden, Zehm) bereits öfter bemerkt: nicht nur allgemein machtkrank, sondern bis in die Bügelfalte verspannt. K. E. von Schnitzler im Vergleich, der sich anbietet, nachgerade leger.

29. Nov. Früh auf, Gang Elbe, um 10.00 die ganze Zeile noch leer und verpennt. Zu Fuß zu SPAR: schwedisches Knäckebrot, portugiesische Sardinen, holländischen Gouda, israelische Avocados, irische Butter: polyglott wie 'n SPARladen! Klaus Staeck in *ZEIT* 48: «Ist der Sozialismus am Ende?» – sein Stecken und Stab trösten mich. Bei dem ganzen deutschnationalen Getöse wenigstens ein Gleichgesinnter, und dann sogar noch von drüben! Wo die ehemaligen Linksintellektuellen eilfertig von Konversion zu Konversion voranschreiten und ihr feiges Abschwören auch noch für zirzensische Nummern halten, ist er einer der wenigen, die wissen, welcher zivilisatorischen Kraft es bedarf, ein Idyll zu bewahren. Hat das Dilemma undialektischen Fortschritts in Freiheit bis auf den Grund erkannt und bemerkt, daß die Promotoren des Wirtschaftswachstums die Welt gleichzeitig kaputtmachen.

20.15 TV: Barschel-Film von Breloer, Transzendentalkrimi von gewaltigem Sog, selbst das bescheidene Landeshaus Kiel bei Nacht ein magisch illuminierter Räuberkasten. Fühlte mich ganz zerrissen zwischen Partei- und Familienräson, weil ich E.s aus Erfahrung gewonnene Vorbehalte gegenüber der großen Entsolidarisierungszentrifuge teile. Engholm, Börnsen, Nilius etc. wie die großen nordlichtumfluteten Artusritter – Gott, war das gut gemacht! – aber irgendwie wandeln wir doch alle auch auf solchem morschen Eis. Als bleibende Frage immerhin, wo eigentlich das ganze propagandistische Begleitpersonal geblieben ist, das dem doppelten Meineidbauern bis zuletzt die Luren geblasen hat?! Haben wir auch nur einen einzigen Pressemann sich an die Brust schlagen sehen? Seinen Irrtum öffentlich bekennen? Seinen Hut nehmen oder seine für Persilscheinprosen einkassierten Honorare an die «Gesellschaft zur Errettung Schiffbrüchiger» hinspenden?!

30. Nov. Bombenattentat auf Herrhausen. Völlig antiquierte Sensationen.

1. Dez. In *FR* Dietrich Staritz: «Unstrittig ist die Wende, strittig, wohin sie führen soll.» Ich sehe vorerst nur eines: die seit Anno Adenauer bekannte demagogische Gleichsetzung von Rot und Braun. Der alte Antikommunismus camoufliert sich heuchlerisch als Antifaschismus und bringt die DDR zum bösen Schluß noch um ihre Antifa-Verdienste. Eine sichtlich allerbequemste Form der Vergangenheitsbewältigung: den Kommunismus entgelten lassen, was wir an den Nazis versäumt haben.

Zur Ergänzung: Bruder (?) Jochen Staritz, alter Jugendfreund und Gesinnungsgenosse, den ich auf den «Weltjugendfestspielen» in Moskau (1957) kennengelernt hatte, und der mich bald darauf in meiner Altonaer Studentenbude besuchte. Da ich ihm eine Schwippcousine als Urlaubsgeliebte zugeführt hatte, war er im Gegenzug zu jeder Freundschaftstat bereit, u. a. anonymen Telefonanrufen bei meinem gehaßten Lit.-Wiss-Ordinarius Hans Pyritz. Von einer Telefonzelle neben dem «Hofbräuhaus» aus: «Ah, entschuldigen Sie, ist da der Herr Professor Po-Ritz? – Wer ich bin? Nein, das spielt hier im Augenblick überhaupt kein Rollo, ich wollte nur wissen, ob Sie der Professor Po-Ritz sind. Po-Ritz wie Po-Ritz, genau wie man's schreibt, für den habe ich nämlich ein paar Grüße aus dem Jenseits zu bestellen. Von Günter Müller – Ihrem kürzlich verstorbenen Nazikollegen, Sie verstehen?»

Herzlose Scherze, gewiß, aber P. hatte nicht nur *mir* die Tour vermasselt (d. h. meine Universitätskarriere vernichtet), sondern sich bereits einmal mit der «Entjudung der Germanistik» einen unrühmlichen Namen gemacht. Der einzige Fachkollege, den er in seinem bleistiftstummelhaften Größenwahn noch eben neben sich dulden mochte, war seinerzeit Günter Müller gewesen, auch solch ein Germanazi, dessen Vergangenheit im bundesdeutschen Restauratorium niemanden mehr bekümmerte, und dessen unheilvolles Wirken erst der schwedische Germanist Erik Lunding hatte aufdecken müssen. Staritz wurde in Verfolge der Harich-, Janka- etc.-Prozesse später in Ostberlin inhaftiert und am 23. 08. 58 zu acht Jahren Zuchthaus verurteilt. Ich versuchte damals, alle möglichen, auch im Osten geschätzten Zelebritäten für ein Gnadengesuch zu gewinnen (u. a. meinen Patenonkel Karl Barth, Martin Niemöller, Hans Henny Jahnn) und über die Zeitschrift *konkret* den Protest der linken deutschen Studentenschaft anzumelden. Ich wußte seinerzeit nur eines noch nicht. Daß das Blatt, dem ich seit 3 Jahren unter 7 Pseudonymen honorarfrei gedient hatte, ein östliches Tarnunternehmen war und mein Petitionsbegehren zwangsläufig unter die Dornen fallen mußte. Ich kündigte daraufhin meine Mitarbeit als politischer Leitartikler (Johannes Fontara) auf und zog nach und nach auch meine übrigen Heteronyme (Leslie Meier, John Frieder, Hans Hingst, Leo Doletzki, Pidder Lyng und Hans Werner Weber) aus dem Verkehr. Erst nachdem Klaus Röhl das Blatt der Partei entwunden und es Ende der 60er Jahre im privatunternehmerischen Alleingang wieder flottgemacht hatte, stieß ich unter meinem bürgerlichen Namen neu hinzu. Für kurze Zeit – bis mich der antiautoritäre Kehraus von meinem Bürostuhl fegte.

3. Dez. 89. Passabel geschlafen. Sonne – Dunst – Hochdruck – Smog. Bereifte Spinnenweben, satt hängend. Mit E. nach Roseburg und mit Architekten die Dachbodenkonstruktion be-

sprochen, ein Gehäuse im Gehäuse und seit 40 Jahren erhoffte Möglichkeit, mein altes Kistenarchiv als Breitbandfresko auszuziehen. Mindestens 20 Jahre alt auch mein Prosaprojekt ZEITROMAN. Kleiner Feuilletonangestellter (*konkret*) vielleicht auch nur Bote, Volontär, Telefonist, der literarisch in Hamburg zu reüssieren versucht, aber mit normalen Mitteln nicht durchdringt. Lernt mit der Zeit zwar alle möglichen einflußreichen Leute kennen (Ranicki – Raddatz – Augstein – Coulmas – Bissinger – Fest –) und gerät auf der mittleren Zirkulationsebene in den großen Verteiler (Kulturbehörde, VS, *Spiegel*, Rowohlt, HoCa, Knaus, *Stern*, Moby Brockstedt, Michel Hauptmann, Vernissagen, Verlagsempfänge, Redaktionsfeten), nur daß sein nomadenhaftes Herumschwirren keineswegs schon Beteiligung heißt und sein minimalistischer Bekanntheitsgrad noch lange nicht Publikation oder Theateraufführung. Sein mit den Jahren wachsender Haß auf eine Gesellschaft, an deren Stehbüfetträndern er gerade ein bißchen mitnippen darf («unser guter Hans am Rande»). Seine anfängliche emphatische Begeisterung für die Studentenbewegung der späten 60er Jahre und seine frühen Enttäuschungen. Seine Entlassung bei *konkret* und seine vergeblichen Versuche, bei anderen Zeitschriften, Verlagen oder in der Werbung unterzukommen, bis ihm am (vorläufig) bitteren Ende nur noch ein Teilzeitjob als Zeitschriftenverkäufer am Bahnhof Altona verbleibt.

Schlußkonstruktion I: Held setzt sich in DDR ab, um dort in Kreuzberger Künstlerkreisen mit Blödsinnsgedichten berühmt und anschließend in BRD als dolle Widerstandsnummer gefeiert zu werden. Konstruktion II, jetzt neu: Held setzt zum Sprung über die Landesgrenze an – u n d : die Mauer geht auf

19.00 Hamburg: AK (DDR): Politbüro zurückgetreten, Krenz inklusive. Trauriger Abgang eines Trollgesichts. Das früher stets und ständig auf Abruf verfügliche Grinsen erloschen, ein

Klumpen verbackener Schlacke. Seltsame Revolution: Habituelle Revolutionsverächter diesseits der Grenze lachend und dacapo-rufend auf der Galerie. Dabei alles so fetzig über die Bühne, daß es einem gelernten Melioristen und Anhänger von Dritten Wegen vollends den Teppich unter den Füßen wegzieht.

Am Rande bemerkenswert: daß uns selbst der Volkszorn auf den Sparkassenangestelltenwohlstand der Bonzen noch als etwas zurückgebliebenes DDR-Produkt erscheint. Narodniki, die die klassenverkehrte Warenverteilung im Westen wohl als systemimmanente Ungerechtigkeit hinzunehmen bereit waren, aber nun – hier bei uns? – in Wandlitz?! – nicht zu fassen! Zum anderen auch für hiesige Verhältnisse erstaunlich, daß das Volk schließlich doch noch gewagt hat, seinen eigenen Namen auszusprechen und die Staatsmacht bei Anblick des Medusenbildes in bloße Denkmalsstarre verfiel. Wie verwurmt innerhalb seiner eisern gehüteten Grenzen muß dieser Staat schon seit langem gewesen sein, wie schwammig der Arm hinterm Schild und wie flackrig die Hand am Schwert, daß sie in der Stunde der Entscheidung gar keinen Gebrauch mehr von sich zu machen wagten.

Als herausragend abstoßendes Einzelbild: wie sich häßliche alte Kerle solche im Vergleich fast schon hehren Böcke und Keiler vor die Flinten treiben lassen. Widerwärtige Monturen, ekelerregende Riten, blamable Triumphe.

So oder so, das ausgesprochen G u t e wohl wieder mal nicht am Siegen.

Di. 5. Dez. Nach den Bachsöhnen, 8.00 – 8.30 und «Am Morgen vorgelesen» (Herman Melville) dann um 9.05, pünktlich wie das Amen in der Kirche, der Paster, der alles Große wieder klein predigt. Menschenworte, Klimbim, Banalitäten.

15.45 Opitz und um 17.00 gemeinsam zum Essen, Schellfisch für 2 Personen, 50 Mark. Zum Museumshafen, wo er sich im Gegensatz zu mir gleich fachmännisch-seemännisch auskannte: ein norwegisches Rettungsboot, «Colin Archer», nach dem norwegisch-schottischen Konstrukteur Colin Archer (1832–1921) benannt, der auch die «Fram» für Fridtjof Nansen gebaut hat: 13,94 Lüa – 4,66 m Breite – Tiefgang 2,25 – 20 Tonnen Deplacement und 110 m² Segelfläche u. s. f. Ich als bekennender Küstenanrainer (littorâneo!) könnte nie einen seetüchtigen Helden zu Wasser lassen, weil mir alle positiven Kenntnisse fehlen. O. von Tabu-Roman erzählt. Pseudonym gedachte Veröffentlichung, bei der meine real existierenden TB-Notizen als Spickzettel und Wegzehrung dienen könnten. Der wirkliche Autor als Versuchsperson eines literarischen Helden, dem er neben seinem (meinem) gesammelten Haß auf den Betrieb auch das ganze erforderliche Know-how mit auf den Weg geben kann.

Als Frage: was man einem literarischen Helden als erstes mit auf den Weg gibt, einen Beruf oder eine Krankheit, wobei man sich tunlichst nicht allzu weit von den eigenen Kenntnissen/Erfahrungen entfernen sollte. 1.) Druck und Papier, z. B. Druckposten in einem Verlag oder Redaktionswinkel bei einem apokryphen Blatt. 2.) Held mit dem Huckauf. Verfällt dem Selbstbeobachtungszwang, der fortschreitend die gesamte Person unterminiert: Schlaf – Atem – Verdauung – Sexualität – schließlich sogar sein ganzes unschuldsvolles Erdenwallen. Versuchte es O. über ihm vertraute Phänomene beizubringen, z. B. Selbstbeobachtungszwang bei öffentlichem Rede- oder Musikvortrag. Die sich augenblicklich verräuspernde Stimme, krampfhaft durcheinanderscherende Finger. Paradox gedachter Entwicklungsroman mit seinen 2 für mich gleichermaßen verlockenden Lösungsmöglichkeiten: pikaresk oder tragisch.

5. Dez. Ludwig Güttler hat den «Nationalpreis 1. Klasse der DDR» zurückgegeben. Noch schnell die schlechten Karten abwerfen, bevor die neue Saison beginnt. «Virtuosi Saxoniae»: Ein windel-/ein windel-/ein windelweiches Gesindel. Beim Einkaufen «Himmelsleiter» empor mit viel Gepuste, Gekeuch und Gefiepe. Mauerinschriften beim Aufstieg: «Wenn der Christian mit der Adelheid» – Satyrspiel nach der Tragödie.

Die Stadt, die mir – von Elsbeth eingefädelt – Leseaufführung von *Handwerkern* zum Geburtstag spendieren will, jetzt steht es mir eher bevor. 18.00 Peter Homann zu Backhähnchen eingeladen, das er sich, ohne das geringste Erstaunen über meine Kochkünste zu äußern, einfach nur schmecken ließ. Die Unvergleichlichkeit unserer beiden (in Sichtweite voneinander getrennt verlaufenen) politischen Biografien. Nach jahre-, wenn nicht jahrzehntelanger genossenschaftlicher Nähe zur DKP und späteren aufreibenden Bruderkämpfen scheint er vom Zusammenbruch der DDR viel weniger berührt als ich. Besprechung *Handwerker*-Aufführung, bei der er die Regie übernehmen will. Fühlte mich fahl und vergiftet und konnte ihm meine eigenen Vorstellungen nicht mit dem nötigen Feuer entwikkeln. Er hörte sich meine dramaturgischen Vorschläge an und nickte immer nur freundlich Ja-und-Amen.

H., der im Laufe des Abends und unter reichlichem Einfluß von «Paddy's» immer munterer wurde und versuchte, mich im Gegenzug als Librettisten für ein Zeit-Musical zu gewinnen. Ein zunächst gesamtdeutsch gemischtes Ensemble (späte 40er und frühe 50er Jahre) singt sich im Laufe der folgenden Ostwestspannungen immer weiter auseinander, bis es sich (hier freie Friedensbewegung, dort angewandte Parteimusik) ziemlich intransigent entgegensteht. Zum guten – positiven – Ende bewegt man sich musizierend wieder aufeinander zu und ersingt sich gemeinsam eine neue kritische Position. Dominantes

Einzelpaar als dramaturgische Drehachse. Nahm es alles mit einem gewissen interessiert geneigten Ohr zur Kenntnis – nur, leider: dies eindimensional Zeitkritische und platt Erbauliche, es singt ja nicht.

Do. 7. Dez. Ganz propper geschlafen, aber fataler Brief aus O-Burg. Hatte etwas zu freimütig und vielleicht sogar fahrlässig mit Fidibusen herumhantiert, und plötzlich steht da etwas rettungslos in Flammen. Aus Gedichtinterpretationen erwachsene herzliche Neigungen, die sich auf der anderen Seite schließlich derart erhitzt hatten, daß ich nur noch ein gespensterbannendes «Papier! – Papier!» darüber rufen konnte. Nun hebt auf einmal ein Psychologisieren, Wortewägen und Punkteverteilen an, auf das meine Scherzi nie gefaßt waren und dem sie vollinhaltlich auch gar nicht gewachsen sind.

Spaziergang durch goldenen Dezember. Mir Scheinzwecke insinuiert, z. B. Post einstecken, um den Müßiggang zu rechtfertigen, als – «hallo!» – Goldinger mir in die Arme lief und sofort für paar Gläser gut war. Arbeitet für Zilligen, mit dem mich leider kein vergleichbarer freundschaftlicher Draht verbindet. Macht seit Jahren (Jahrzehnten) weite gewundene Bögen um meine Bücher und hat auch Geburtstagstrias mit keinem Blick zur Kenntnis genommen. Will mich ja gar nicht vordrängeln und wäre mit u. a.-Position auf der öffentlichen Werteskala durchaus einverstanden, aber so gänzlich *unter* anderen sieht man sich doch nur ungern gehandelt.

MRR wenigstens von gelegentlichen Großmutsanwandlungen gerührt und zu Fehlerkorrekturen bereit. Soll den Düsseldorfer Joseph-Heine-Kruse für *FAZ*-Anthologie-Beitrag über «Abendjuden» gewonnen haben. Eine erbauliche Art, Einsicht zu zeigen und Selbstkritik und Selbstgenuß miteinander zu verbinden.

ROMAN-Phantasien: Entwürfe von Anfängen, Entwicklungsbögen, Konstruktionen. Schade, daß sich unter all den privaten mixed pickles kein einziger V-Mann für Springer finden ließ, auch kein offenbarungslustiger Ab-Springer. Immer nur Schwabe mit seinem Geheimmaterial aus den fuffziger Jahren – Querulantengepäcke.

17.15 Putenschnitzel mit viel zu fetter Soße, die mir wegen des Cayennepfeffers gar nicht als fett aufgefallen war. 18.40 zu Michel und Christina und das Birthdayalbum betrachtet. Wenig Gefallen an mir selbst gefunden. Unverkennbare Spuren von Alter, Abrieb und Verwüstung, die mit keinem Mittel der Kunst mehr zu vertuschen sind. Bild mit Fränzi ganz niedlich und auf einmal die Idee, sie im Hinblick auf meinen Phantomhelden anzurufen: Voluntariat bei *Abendblatt* genau der richtige Teilchenbeschleuniger vor dem großen Absturz ins gesellschaftliche Nichts. Steckt, wie Elsbeth erzählte, in einer «Sinnkrise» und versucht im Lokalteil gegen den deutsch-deutschnationalen Springergeist anzuschreiben.

War tatsächlich zuhaus, zeigte Gegenliebe, und war, als ich eintraf, gerade beim Essenkochen: wenig einladender Reformhausfraß aus Nudeln und Mohrrübensalat mit nach Weleda riechenden Würzstoffen. Erwies sich bei näherem Nachfragen auch keineswegs als die erhoffte Privatauskunftei «Clandestine», sondern radelt mit dem bekannten Eigensinn ihren halbwegs selbstgewählten Terminen nach: mal was über einen Ökobauernhof, mal was über Greenpeace, mal über Stadtteilkultur, und fuchst sich entsprechend, wenn ein Beitrag vorrangiger vaterländischer Interessen wegen gecancelled wird. Kleine Missionarin, die meint, daß man die Strukturen nur von innen her verändern könne und der alles Agentische abgeht.

Nach anderthalb Stunden Uni-Freundin Birgit (jetzt «American Airlines») und rappel-rappel-rappel immer vergnügt und komplimentenhungrig und möchte für ewig und drei Tage unentwegt geliebt, gelobt und bestätigt werden. Musik: Rossini *Giovanna d'arco*, wogegen sich in mir zunächst alles sträubte, aber dann: Klavier plus Jessye Norman, absolut verschlingend, eine mythologische Mischgeburt. – Muß Tabu-Pakete aus Marbach zurückfordern und sehen, was sich überhaupt an Weltenstaub und Alltagspelzen so im schnellen Durchgang abgelagert hat. In wie viele Stuben, Haushalte, Küchen, Schlafzimmer, Abseiten ich nicht schon im Laufe meines Lebens hineingerochen habe – doch ob auf der Fahrt auch ein paar saisonal signifikante Einrichtungsgegenstände, Haushaltsartikel oder modische Accessoires zur Kenntnis genommen? Junge Leute, wie sie sich schmücken und einrichten. Z. B. Fränzis Klöchen und Bad mit der gußeisernen löwenfüßigen Wanne; Ausstellungsplakate mit Otto-Müller- und Ernst-Ludwig-Kirchner-Mädchen; ein Stecktuch mit Ohrbummeln aller Formen und Farben und aus aller Damen Ländern; Wasch-, Salb- und Schminkartikel mit einem gewissen verbindenden Reformhausappeal. Einen Zeitroman schreiben, in dem die dramatis personae als Konsumtionsprofile herumgeistern.

Impressionen lassen sich weder vor- noch zurückdatieren. Selbst wenn ich meinen Helden und alter ego um zehn Jahre im Alter drücken würde, wäre er in dem anvisierten Zeitraum 1979–84 kaum noch als Volontär zu vermitteln gewesen. Ganz zu schweigen vom laufenden 89er Betrieb, der sich mit dem guten Hausmachermief der späten 70er, frühen 80er überhaupt nicht mehr vergleichen läßt.

Fr. 8. Dez. Ganz frühes Morgengold. Später Grausilber und um 13.30 stumpfes Blei. Nachschwelende Postalien, obwohl gerade noch rechtzeitig mit Löschwasser begossen. – Im Elbeeinkaufszentrum alle Geschäfte bereits weihnachtlich beseelt und auf Nächstenliebe hin ausgelegt: «Geschenke aus dem Sanitätshaus». Im Schaufenster dann die Bescherung: Gummistrümpfe, Gesundheitslatschen, Waagen, Prickelschuhe, Blutdruckmesser, Schnürwesten.

Bis zur Boshaftigkeit vergiftet – viel unangebrachter Menschenhaß aufgrund jahrzehntelanger bodenloser Unausgeschlafenheit. Aufgelaufene Bücher signiert und mit lustigen Sprüchen versehen – dann noch stundenlang Flüche hinterher. Bei den Weihnachtsempfehlungen der *ZEIT* wieder mal kein einziges meiner drei neuen Bücher erwähnt, dafür mehrmalige Nennungen von Handke und Strauß, was ja ein Rücklicht nicht bloß auf die Favoriten, sondern auch auf die Favoritenmacher wirft. Eine vorprogrammierte Lostrommel, bei der man sich hausintern über die Glückspilze alla stagione einigt. Auch Riesen-Lyrikreport von Hage, alles Blümchenkaffee: Strauß, Handke, Ulla Hahn.

Ja, wenn es hier wenigstens Stoppuhren oder Maßbänder gäbe wie beim Sport . . .

Der Menschheit etwas mitzuteilen haben, was nicht allein für die Rezensenten gedacht ist . . .

Wer, außer mir, kann denn schon ein Gedicht von 9 Seiten Länge vorlegen, ohne daß er langweilt? Von Ernst Meister (obwohl Kurzstreckenmeister) kenn ich keine Zeile auswendig.

Wer zu früh auf Ewigkeit spekuliert, wird luschig im Strich.
Einen Schmerz bis zum *Daß ich nicht lache!* entwickeln

Die SCHÖNHEIT muß immer wieder neu erfunden werden – Aus dem Dreck gezogen, und das sieht man ihr an –

Kunst, so schön, daß sie es glauben müssen, auch wenn es sie schmerzt.

Die Schönheit vergällen, unangreifbar machen.

Auto bei Michel abgeholt, Roulade Bhf. Altona, auf der Post 1000-Mark-Schein gewechselt und mich gewundert, daß man ihn nicht mal gegens Licht hielt.

19.00 TV: SED-Diskussion in Ostberlin, der verschwiemelte Krenz schon ganz trans und kaum noch real existierend, ein Gesicht wie ein Magengeschwür. Schwer vorstellbar, wie einer das alles wegstecken kann, ohne daran zu erkranken. – «Freitag nacht», und das große Wort wiedermal auf Seiten unserer Herren Honorar-Dissidenten, der Katechet Jürgen Fuchs immer schneidig vorneweg. Viel Bedeutung, die die Tagespolitik auf nicht vorzeigbare literarische Werke wirft. – Diskussion über *Leipzig-im-Umbau*: «Diese Abrißwelle ist dann neu entflammt» –

Blödes Gedankengetümmel zur Nacht betr. O-Burg, hin – her – her – hin. Man fühlt sich vom Sockel geraten und möchte sich nur ungern zu einer Unfigur herabwürdigen lassen. Frauen: bei allem Fanatismus ist immer auch etwas Berechnendes mit im Spiel. Sie rechnen sich etwas aus, und wenn es nicht aufgeht, merken sie dem Beschuldigten seine Sünden auf dem Kerbholz an. Kahlköpfiger Esel-ich: man hält ihm paar Blumen vors Maul, und schon trabt er begierig im Kreis rum –

Sa. 9. Dez. *FAZ*: auf beachtlicher intellektueller Höhe Enzensberger «Die Helden des Rückzugs», ganz und gar meine Meinung – nur leider nicht mein Artikel. Eine m. E. neue Art der Heroenkunde, die den «Abbruchunternehmer» als «Helden des Rückzugs» feiert und humane Fortschritts- als Revisionslinien durchzeichnet. Chruschtschow – Gorbatschow – Jaruzelski – letzten Endes sogar noch Krenz und Co. als eine so noch nie zusammen gewürdigte Riege von Reichsverwesern, die unter erheblichen persönlichen Einsätzen geschichtlich unhaltbar gewordene Positionen zu räumen bereit ist. Wäre schön, wenn Enz ebenfalls in den kühn gefolgerten Abrüstungsphantasien recht behielte (was ich freilich nicht glaube): «Auch den westlichen Demokratien steht eine Abrüstung bevor, für die es keinen Präzedenzfall gibt.» Gerade neulich noch in *FR* angestrichen: «Für Waffenhändler steht der E-G-Binnenmarkt weit offen.»

Ich für mich: hoffen wir mal, daß der Sozialismus auch nur ein Unkraut unter anderen ist, das immer wieder durchkommt, ob sie wollen oder nicht.

Mo. 11. Dez. Viel geraucht. Sehnsucht nach Ruhe, Nervenstille, Schlaf. Und schon kübelt man mir wieder von allen Seiten her Post in die Stube, Post wie für ein richtig großes vollmotorisiertes Büro. Meine Verwaltung und meine Geistesblitze stehen in keinem vernünftigen Verhältnis mehr.

BILD: «Berlin wieder Hauptstadt! Vergeßt das Bauen in Bonn.» Aufgepaßt, der kapitalistische Bulldozer kommt.

Im «Reichshof» Treffen mit Friedrichsen betr. Lesebühnen-Vorführung *Die Handwerker kommen*. Hält das Stück für einen dollen Wurf, gut sprechbar und bequem auf die Bühne zu bringen. Deutete an, daß er bei Bogdanow noch eine Inszenierung

(«Malersaal») freihätte und es am liebsten in eigener Regie auf die Bühne bringen möchte. – An der Alster auf allen vier Kugellampen je eine Möwe.

Mit Peter Homann zum Lit.-Haus, lichtes geräumiges Gehäuse mit viel scheingeschäftig hin und her und treppauf und treppab schwebenden Gestalten. Richtig zu tun hat offenbar keiner etwas, weder die Bar noch der Buchhändler und auch der Direktor nicht. Bedienung easy bis lazy. Gemeinsam Bühne vermessen und Sitz-plus-Anmerkungsregie besprochen. Uns auf Friedrichsens Rat hin geeinigt, auf Requisiten ganz zu verzichten, was mir schwerfiel. Er befürchtet, daß sich die Akteure zunächst in den Bandagen und dann auch gleich im Text verheddern würden.

Zu Homann/Haynstraße und sofort *ak*, das tägliche Rauschgift. Immer noch landeseigene Gesichtswinkel, die nicht die unseren sind. Hübscher Versprecher einer Volkskammerabgeordneten: «Ausnahmeeinfall» und sofort korrigiert: «Oh, Verzeihung. Einnahmeausfall.»

13. Dez. In der Passage Tibia getroffen, bißchen verbummelt, aber mit «Bock auf zwei Flaschen Flens». Liest Knut Hamsun, *Der letzte Akt* (o. ä.), was wohl Vorbild für Thomas Manns *Zauberberg* gewesen sein muß. Eigentlich schade, wie viele Bücher wir einmal unaufgeschlagen an der Grabeskante zurücklassen müssen. Mir das Paradies schon oft als Lesehimmel ausgemalt: eine weltraumweite Zentralbibliothek, in der wir unsere irdischen Versäumnisse im Müßiggang wieder wettmachen können.

In DDR alles drunter und drüber. Schöner Gemeinschaftsgeist von gestern nun über viele unterirdische Kanäle in den großen völkischen Braubottich einmündend. Sozialer Unmut, der sich aus Mangel an reellen Perspektiven aufs Nationale verlegt. Guter Rat aus dem Melioristeneck: Wenn ihr die Menschen nicht bei einer völkischen Wurzel packen wollt, könnt ihr nur noch mit ganz schnellem Geld drankommen.

Gang Elbe. Rußbeflaggte Schlepperchen. Die Anschwemmsel der letzten Flut als Stroh- und Laubbandarolen in den Maschenzäunen.

Rh: – – – mit gekappten Dochten
– – – – – Dieseldunst –
Zehn Meter Laub in Maschendraht geflochten,
das ist genug an Kunst.

Abends Neujahrsgrüße entworfen: zwei nackte Scheißer von hinten: «Wir kneifen zusammen, was zusammengehört.»

15. Dez. Ausgeschlafen. Tagsüber Zeugs. In *ZEIT* immer noch «Ist der Sozialismus am Ende», mit u. a. Henryk M. Broder, der außer dem konjunkturgerechten Antikommunismus auch nicht viel auf die Waage bringt. Trat zu APO-Zeiten als Nudist und mit Beiträgen zu einer antiautoritären Körperkultur hervor und hält sich seitdem für den großen Enthüllungsschriftsteller. Selbstverwirklichung *si* – soziale Gerechtigkeit *no*, ich kenn diese Typen.

19.00 Leseprobe mit den Schauspielern im Lit.-Haus. Traugott Buhre, den Naura für «dämonisch» hält, der mir aber nur blubberig-scheinrealistisch vorkommt. Man bringt mangels Zeit und auch Lust einfach seine schlechten Angewohnheiten aus der Theatergarderobe mit, in dem Irrglauben, daß ein angelesener Wohnküchenrealismus schon irgendwie zu einem «Familienstück» passen würde. Es heißt aber «Antifamilienstück», und es paßt überhaupt nichts. Schon gar nicht dies überhastete, keuchende Abspeicheln eines secco-secco verfaßten Textes.

Auch Uwe Friedrichsen (1. Handwerker) leider nicht was ich mir von ihm versprochen hatte – etwa Zeno Cosini im tragikomischen Kampf mit dem letzten Glimmstengel. Stattdessen etwas pausbackig Prust- und über seine rollenbedingten Wortwitze Lachendes. Bläst die P-Initialen bei den Namen (Paul, Pitter, Peter, Pauline, Pape) zu wahrhaftigen Ph!-Ph!-Pupsballonen auf und läßt sie dann unter albernem Häh-häh-Gelächter vor den gespitzten Lippen zerplatzen. Dabei ist er in der Sache absolut solidarisch, was bekanntlich keine oberste Schauspielertugend ist. Fragte mich, nach mehrmaligen mißlungenen Durchgängen, richtig treuherzig, welche Fassung mir eher zugesagt hätte, die erste oder die zweite? War völlig verwirrt, als er mich so erwartungsvoll anblickte, aber sagte natürlich auch nicht, was ich in Anbetracht hätte antworten müssen: gehn tun sie beide nicht. Stattdessen auf gut Glück: «Die zweite», was ihn dann ernsthaft zu beschäftigen schien.

Die Hoger noch am ehesten zu ihrer Rolle als Frau Pape passend, obwohl diese auch schon wieder über Masken von Masken anempfunden: Frau Bertini in Anlehnung an Edda Seipel als Mutter Kempowski, «ach, wie isses bloß möglich?!» Intelligentes Einfühlungsverhalten, erstklassige Arbeitsmoral und gelegentlich auch als Privatperson jener Bigotterie/Prüderie zuneigend, die als Bühnengestus angesagt ist. Wollte ernsthaft nicht wahrhaben, daß latente Lüsternheit sich gern in beziehungsvoll abwehrenden Anstupsern äußert: «Na – Sie! aber ...» Hochetablierte Bühnenschauspieler, bei denen ich mich frage, ob sie außerhalb ihrer Theaterkantinen überhaupt noch normales Bodenpersonal zur Kenntnis nehmen. Ihre schätzenswerte professionelle Pingeligkeit leider durch weniger schöne Sticheligkeiten im allgemeinen Umgang gemindert.

Beinah schon bösartiges Auflachen, wenn sie andere Personen (beispielsweise mich) bei momentanen Absencen oder Kenntnislücken erwischt zu haben meint. Machte ihr (eine alte Charakterschwäche) überzogene Komplimente, um nur ja nicht das immer zu befürchtende Abspringen dieser unverzichtlichen Kraft zu riskieren.

Alte Gerda Gmelin, halbblind, asthmatisch und mit viel zu wenig Puste für ihre langen Monologe, aber wer wollte schon wagen, einer derart ranghohen Theatererscheinung und Prinzipalin mit der gebotenen regielichen Strenge nahezutreten. Gar, ihr die junge Frau Mayer (in der Rolle des Paulinchen) als leuchtendes Beispiel vor Augen halten. Hätte sie und den Buhre am liebsten postwendend nach Haus expediert, aber wie? mit welchen Worten? schließlich Konsequenzen?

Traurig und peinlich für den Verfasser, konkret mitzuerleben, welche Stimmen sein Stück in professionellen Stimmenimitatoren heraufruft. Glaube dabei ziemlich genau zu wissen, wie es gesprochen werden müßte: bloody Commedia dell'arte (*König Ubu; Kleinbürgerhochzeit; Zimtläden, Teatr Kreatur*) – aber wußte mit den 6 fremden Menschen nichts Positives anzufangen und begegnete ihnen in scheuer Inkompetenz.

Wie kläglich das Jahr begann und wie beschämend es nunmehr zu Ende geht. Saß wie paralysiert nebenbei, als schöne Caro in Vertretung des abwesenden Peter Homann den ganzen Degusto der anleitungslos gelassenen Schauspieler aufs Haupt bekam. Konnte nicht einmal trösten und fand, wo ich überhaupt zu etwas fand, nur zu einer ganz trockenen, rauhen, unbelebten Stimme. Fremd. Klöppelnd. Hölzern. Scherzi, die nicht vom Boden hochkamen.

Sa. 16. Dez. 10.30 aufgewacht und das allmächtige Bedürfnis, mich bis zum Erdmittelpunkt durchzuschlafen. Stattdessen der Huckauf: die durch nichts zu beschwichtigende Gewißheit, den Absturz in die unfreiwillige Lachnummer noch vor und nicht bereits gnädig hinter mir zu haben. Kam mir wie ein Midas oder sonstwie verhexter Zauberlehrling vor, der sich sein Verhängnis selbst herangewunschen hat: eine Bühne, um darauf vor aller Augen bloßgestellt und zerschmettert zu werden. Versuchte mich, den befürchteten Fall mit artistischen Mitteln ein wenig zu mildern, ganzen Tag an relativierenden Vorreden, ironisierenden Zwischentexten, abpuffernden Bühnenanweisungen (ein psychologisches Märchen aus den 60er Jahren, mit ein bißchen Goodwill und Phantasie auch in die 80er zu übersetzen: Glasnost und Paranoia), alles in der Hoffnung, wenigstens einen kleinen Ruf als Lokalautor und Hamburgensie in die Zeit nach dem Doomsday hinüberzuretten.

Grauer Tag. Verregnet, verrotzt, verraucht. Paar Gedanken für Diskussionsbeitrag *ZEIT* agglutiniert, mußte dann aber Bücher für den Verlag signieren und kam beim Bewidmen wie von selbst in Bedichten. Freiheit? Ein Schrei nach Verpackung! Beschlossen, mich kraftvoll meiner Stimme zu enthalten. Kann bei dem herrschenden Bodenfließen überhaupt keinen festen Punkt im Gelände mehr ausmachen. Alles rutscht. Auch der eigene Glaubensgrund unter den Füßen.

Einkaufen, Weihnachtsrush: mit welchem Haß die Leute am Leben sind und wie bis an die Grenze von Mord und Totschlag gereizt sie mit ihren Einkaufskarren an den überhäuften Regalen entlangschrammen. Dann – rumms! ramms! zack! – immer blindwütig gegen die sich zwanghaft verhakenden Wägelchen ihre Mitkonsumenten an. Die türkische Brotverkäuferin mit der langen Pumpennase, die sich mehrere Male in die pulloverne Armbeuge niest und dabei stoisch weiterhantiert:

Rundstücke – Schrippen – Feierabendbrötchen – Schusterjungen – Mehrkorn – Kieler – Vitalin – Baguette.

Auch Punks mit Stachelarmbändern, die Elefantenbierdosen noch vor der Kasse aufreißen, an den Hals setzen, dicke Plötze hochquarzen und – ffffssscht! – den Qualster zwischen die Kellogg's-Packungen zwitschern.

Diese Welt? – ich? – ah-nein!

Warum soll ich denn liebhaben das,
diesen Dreck – diesen Summs – diese Wagenladungen voll Scheiße:
röhrende Bierdosen
krähende Spätpubertätler
athletisch gebaut und mit einem Haarschnitt schon wieder kurz an der Hitlerjugend vorbei –
DENN DER KAPITALISMUS BILDET JA NICHT DER VERDOOFT!

Und du gehst bald schon nicht mehr ohne Rasiermesser auf das Männerpissoir –

In der Stadt und im Fernsehen jetzt überall die roten Momper-Schals: Männer wie Pracht-Fregattvögel auf der Balz. *BILD* noch immer, bzw. schon wieder mit schwarz-rot-goldenen Biesen: das Nationale als Entwickelpapier, die Haydn-Hymne als Melkmelodie, das Vaterländische als Human-relations-Faktor, und da soll ein geistig gesunder Aufklärer noch mitsingen wollen?! In der *ZEIT* Helmut Schmidt: «Was jetzt in Deutschland geschehen muß.» Packt unangefochten von allen tagespolitischen Zwangsanwandlungen Backstein auf Backstein, und am Ende erstrahlt dann ein gesamtdeutsches Familiengebäude wie von Schwäbisch-Hall. Bausparkassenprosa.

Di. 19. Dez. Bis 10.00 Schlaf. Gestern abend *Handwerker*-Lesung und – immer wieder seltsam – eine eben noch ungewisse Zukunft jetzt schon wieder abgehakte Vergangenheit. Paar nachhängender Nervositäten wegen bei Homann angerufen: allgemeines Drüberhin und Dranvorbei. Bei Elsbeth: Doch ganz schön gewesen. Heepe: Ja, mein zuletzt noch vorgelesenes Gedicht sei bedeutend. Gisela Zieren: Wie es denn *mir* gefallen habe?! Rosi: Erstmal abwarten, was die Presse schreibt... Also summa summarum wohl in aller Bescheidenheit durchgefallen. Nichtsdestoweniger Verfasser in einer gewissen posthumen Verfassung, wo nichts mehr wirklich trifft und nichts mehr schmerzt.

Kopelew in der *Welt*, wo ich nicht gern las, was ich gern von ihm las: «Die Schreihälse sind nicht besser als die Wendehälse.»

Mi. 20. 12. – 7.00 aufgewacht. *Welt* vom Treppenabsatz geholt und, wie schon früher mal in versifizierter Form besiegelt: «Kritik ist immer klüger als die Kunst.» Milder Verriß, der mich 1 × schlucken und gleich wieder einschlafen ließ. Trotzdem natürlich bedenklich, daß man in trüben Stunden selbst noch bei der Feindpresse nach einem kleinen Lichtblick Ausschau hält. Mein Kopf, der sich immer wieder mal vor sich selber schüttelt.

Ganzen Tag lang Weihnachts- = Endzeitpost. Brief von einer Frauensperson, die sich die *Liebesgedichte* des «ansprechenden Umschlags wegen» gekauft hatte und sich nun berechtigt fühlte, mir pornografische Passionen nachzusagen. Eine besonders monierte Stelle: «Hoppla, wenn Mitte Mai die Kastanie nach oben grüßt / mit tausenden Erektionen.» – Also wieder mal siehe *Handwerker*: «Die wirkliche Welt ist eigentlich vollkommen wahnsinnig.»

Ab 23.00 geknibbelt. DDR-Film über brasilianische Indianerfrauen beim Maisstampfen: Ethnoporno, bei dem das eigentlich Gemeinte – das auf den Hypothalamus zielende Tittengeschlakker – durch das gesellschaftlich Nützliche, d. h. durch die Welt der Arbeit entschuldigt scheint. Dann BRD-DDR-Talkrunde unter Leitung von Dieter Bub, früher mal guter Mann, der sich seit Wende und Festanstellung aber auch leichten Job mit gewissenspolizeilichen Zudringlichkeiten macht. Was ich vermisse, ist einfach nur ein bißchen Erbarmen mit anderer Leute zweifelhaften Herkünften und ein Verständnis für Werdegänge/Lebensläufe, die umstandshalber in anderen Bahnen als den eigenen verlaufen mußten. So etwa müssen sich spanische Conquistadoren und nachfolgende Bekehrungspfaffen über die Seelen von ahnungslosen Mayas und Azteken hergemacht haben. Überlegene Sieger-Religionen, die nicht groß psychologisieren, sondern einfach nur Sündenbekenntnisse und Götzenverbrennung eintreiben wollen. Auch paar flatternde Feigenblätter vom «Neuen Forum» dabei, die offenbar gar nicht ahnen, zu welch niederen Zwecken sie sich herbeilassen: dem westlichen Imperialismus als «moralischer» Kuhfuß zu dienen.

Die DDR hat ihre Leute in vielen Hinsichten lebensuntüchtig gemacht, auch die Abweichler, Randgänger, Dissidenten. Für den Blankoscheck «Freiheit» sind sie bereit, ihr politisches Subjekt aus der Hand zu geben.

«Neues Forum» pp.: Die Larmoyanz von Heimkindern. Sie werden sich nochmal beschweren, daß sie ihren Mitschnakkern rhetorisch nicht gewachsen waren.

Wenn der Antikommunismus nicht mehr beißt (greift), wird man zum Antisozialismus übergehen.

Do. 21. Dez. *Selbst III/88 – Aus der Fassung*, mein Opus magnum; aber dieses werd ich mir bestimmt nicht nachsagen lassen, daß ich selbst nicht wahrgenommen hätte, mit welcher geschäftigen Geistesabwesenheit die Szenenberichterstattung an ihm vorbeigesehen hat. Hochgebildete Leute, die die Koch- und Kackbücher der Saison jeden Monat, jede Woche etwas höher an einen zunehmend tiefer gezogenen Himmel heben und ihre Umtriebigkeit auf dem Niedermarkt noch als besonderen Snobismus genießen.

Mein alter Widerwille gegenüber einer Auffassung von «Tragik», die dem zur Schicksalsmacht dämonisierten Betrieb nur dessen leidensvollen Negativabdruck entgegenzuhalten weiß. Dagegen versuchen, sich auch die Erniedrigungen und Beleidigungen auf eine charaktervolle Weise zuzuziehen, aber so, daß sie Punkt für Punkt das System bestätigen. Ungeachtet aller wirklich erlittenen Seitenstiche, immer wieder munter VP vorschicken – hinten Kette dran – Stift am Bandel. Die in jeder Hinsicht beispielhaften Briefe Fontanes. Was er alles an Kränkungen und Zurücksetzungen einzustecken hatte, und mit welcher Grandezza er die Streusandbüchse über den Tränenpfützen schwenkte.

Nachts: Max Reger: «Variationen über ein Thema von Mozart», Op. 32, ja, das war was, ist was! Gespräche über Parodie/Variation/Transkription unterhalb dieses levels überhaupt nicht mehr ernst nehmen.

USA in Panama eingefallen. Wenn DDR-Fernsehen erst abgeschafft ist, wird es gar keinen Auslug auf die Wahrheit mehr geben. Die Wahrheit? Eine Beleuchtungsfrage.

Dialektik ist nichts für Taube – Hand hinterm Ohr: was? sagst? du???

22. Dez. Zu «Isoldes Liebestod», das früher an die Grenzen der Tonalität zu führen schien und heute an die des Kitsches, eingeschlafen und um 7.00 bei den immer um 7–8–9 Phon lauteren Nachrichten aufgewacht. Bloody Ceauşescu läßt in das eigene Volk reinschießen. Wie ich ihm im Hamburger Rathaus einmal die Flosse gedrückt und dabei gedacht hatte: noch nie so ein schlappes Stück Fleisch in der Hand gehabt. Müde. Eine kalkige Sonne.

Nochmal bis 11.00 geschlafen und dann die große erwartungsvolle Leere, aber – – – nichts.

In der *ZEIT* ein bislang unbekannter Brief von Heidegger vorgestellt und von Ulrich Sieg kommentiert: «Die Verjudung des deutschen Geistes». Ergänzend eine «persönliche Erinnerung» von Peter Wapnewski (respektvoll reserviert), die das fleckige Bild aber auch nicht aufzulichten vermag. Mich sofort erinnert, an H. mal zwei-drei kostbare Lebens=Studienwochen verschwendet zu haben («Seminar Existenzphilosophie: Von Kierkegaard bis Sartre»), aber nachweislich mich auch kritisch-schöpferisch geschüttelt: «Bei Schuppen droht Haarausfall – Lichtung des Seins» (1956). Der unamüsanteste Geist, der je auf deutschem Boden philosophiert hat. Metaphysik mit Gamsbart und Knickerbockern und stilistisch allenfalls als Katachrese zu fassen: angestrengtes Stroh.

Todtnauberg, die Hütte, auch Augstein unter den Wallfahrenden, eine Internationale des Obskurantismus. Das beigefügte Foto seines Kaminholzstapels: Holz, das er noch mit eigener Hand gespalten hat – heilige Scheite – *Holzwege* aufdringlich äquivok und allegorisch immer inbegriffen. Was sich nicht scharf genug denken läßt, darüber läßt sich gut schwätzen.

23. Dez. Ebbe, Bewegtes Silber, weiß gehöht, zerknitternde Alufolie. Strand schmutziger Ocker, viel grünschwarzes Hünengestein in den gewellten Sänden. Gestern Öffnung des Brandenburger Tores und Volksaufstände in Rumänien. TV: der gespaltene Blick: einerseits Rummelplatz – andererseits Leichenschauhaus. In Stacheldraht eingeschnürte Körper, und man fragt sich mit abwehrend ausgefahrenen Augen immer wieder nur: vorher oder nachher? Der Blick des Sehers (Farbfernsehers) in den Fangkorb der Guillotine. Die Tiefe der Betrachtung nimmt mit wachsendem Unglauben zu.

Du mit sorgenumwölkter Stirn, und dahinter das Nichts, na,
was sinnst du?

Fortgeschrittene Zustände mittlerweile,
von denen du Kunde gibst –
Und statt Sinn immer nur ein großes gemeinsames Kopfschütteln …

Wenn sich wenigstens durch Denken
etwas wie Sinn einstellen würde
aber so? –

Den Würmern beinah schon näher
als der Versuchung

Mit dem Fressen würde man sich ja noch abfinden können,
aber das Gefressenwerden
ist schlechterdings uuunerträglich

Ja, da kuckst du ganz schön durchlöchert, wie?

Einer schreit noch nach diesem, einer schreit noch nach
jenem,
einer schreit inzwischen schon gar nicht mehr –
Warum laufen da nicht wenigstens
ein paar Engel rum,
den Verzweifelten aus der Scheiße zu ziehen ...

Ein Gesicht zertritt sich leicht,
eine Bedeutung verliert sich ...

Bis du übergehst in diesen breiförmigen Zustand,
aus dem es kein Entrinnen mehr gibt –

Weil, du weißt in der Eile doch gar nicht,
was du der Menschheit noch mit auf den Weg geben sollst –
Eine Handvoll Erde?

(positiv wie ein Grabhügel)

(Wie ein Aschenabguß: Herculaneum/Pompeji)

– – – – – geboten
– – – was wird bleiben
Durch Denken zieht kein Kopf sich aus der Schlinge.
Zu richten die Lebendigen/die Toten
Engerlinge –
Daß sich der Leiche noch die Haare sträuben.

Der Seher

Die Hände vorm Gesicht – ich sehe – sehe:
den Blitz
und wenn es donnert, bin ich hin –

Einschläge! – zwei, drei, vier,
schon ziemlich in der Nähe,
bis – rumms – ich auch schon war
was ich noch gerade eben bin

Spätnachrichten: USA, die ein ganzes Land bekriegen (Panama), um einen Verbrecher zu fangen (Noriega), der eben noch ihr Mann war. Zuflucht bei der Musik, *Entführung aus dem Serail*, die Arie der Konstanze: «Martern aller Arten / mögen meiner warten!» . . . und: aus!-geschmissen.

Ästhetik und politisches Denken: einen Gedanken aus der Tiefe in die Fläche treiben. Am Anfang nur das heillose Entsetzen über den Zustand der Welt – dann die Folgerungen als melioristischer Imperativ: Parteiendemokratie, Kompromiß, Freiheit und Gleichheit – SPD.

Do. 28. Dez. Am Teich eingekauft (Brötchen, Butter, Aufschnitt, Käse, Tomaten), dann die Gießener Mädchen (Astrid, Britta, Stefanie), intelligent und gut angezogen. Auswahl von Bildern, Dokumenten, Karikaturen für den Katalog der Pseudopromotion. Viel begleitendes Hallo und Gelaber. Mittenrein Uta Treders Tochter Fabia mit Rot- und Weißweinkisten («Lo Spadino dell Monte Argentario») – ziemliche Last und kräftiges Mädchen. Konnte ihr leider nur flüchtig meine etruskischen Scherben zeigen.

17.00 zum «Hotel Hafen» – richtig malzbierbraunes Gründerfoyer und von oben der Blick auf Landungsbrücken und «Rickmer Rickmers» und «Cap San Diego». Als erstes die Mini-Bar leergeräumt (Gin und Wodka-Tonic für die Mädchen, Jim Beam für mich), dann zum Lincolnstraßenchinesen, wo die deutsche Bedienung erst die richtige Maggi-Gemütlichkeit schafft. Nach mehreren Jubis die sie mächtig verlockende Meile rauf und runter, aber frostiger Tag mit bereiften Auslagen. Ich, wechselnd, zwischen den Dreien, und die Koberer immer achtungsvoll «Oho!» und «Na-da!», bis ich merkte, daß unsere Pfoten zunehmend kälter wurden. Paar Abschiedsküsse im Halbkreis, aus virtueller Unentschiedenheit immer halb an den Mündern vorbei. Früh zuhaus und mein braves Erscheinen als moralischen Sieg genossen. Bin ja auch nur son grauer Etagenhund.

Fr. 29. Dez. Einkaufen. Bank. Weltreiche zerbröckeln, aber in der wärmenden Schalterhalle der Commerzbank bist du immer noch als guter alter Kunde willkommen. Am Bauzaun «Am Felde» das Feldgeschrei des Emanzipats: «Wenn wir die Beherrschung verlieren, haben wir schon gewonnen ♀ ♀» – all so ausgedachtes Zeugs, womit in der Liebe niemand was anfangen kann.

Abends zu Grassens nach Behlendorf. Hatten «den größten Hecht meines Lebens» (GG) auf dem Tisch, den ich schon gern mit meiner neuen Polaroidkamera aufgenommen hätte – es erschien mir dann aber zu affig, anderer Leute superlativische Trophäen zu fotografieren. Leider wenig Hunger und nur geselligkeitshalber bißchen mitgemümmelt. Gespräche über Politik – Sozialismus – DDR – deutsch-deutsche Wendemanöver und sozialdemokratisches Flachwassergeschipper, allerdings auch unsererseits bißchen seicht drüberhin. GG, der die Weingläser mit den eingravierten Scherenschnittprofilen Engholms mit grinsend verzogenen Barthaaren ans Licht hob: «Naja, dee mit siene Piep» –

E. im Gegensatz zu mir sehr aufgekratzt und mit Grass im Verein richtig witziges und sachkundiges Duo. Weberschiffchen mit altrosa Genossenschaftsfäden immer flitzig hin und her. Sah auch hübsch aus, und ich freute mich ihrer frischen Natur.

Nachts noch lange TV: DDR – DDR – DDR – selbst Fontanelesung im «Deutschen Theater» in Solidarität mit-genossen. Mein besseres Ich, das es einfach nicht lassen kann, nach ein paar letzten Blinkzeichen eines humanistisch gedachten Staates Ausschau zu halten. Schade, daß er offenbar nur im kammermusikalischen Rahmen funktioniert. –

Was aber ja nicht das allerletzte Wort sein muß –

Sa. 30. Dez. Pissiger Tag – feucht – eisig. Lange geschlafen, dann nach Sierksdorf (Ostsee), wo Mantheys ihre Jahreswenden begehen, und gleich wehte er uns wieder an, der gute alte Freundschaftsgeist. Marias Augen, die jeden Lachanlaß wahrnehmen und dann lustige Schmuckfalten schlagen. Ausgiebiger Spaziergang an Mole entlang und zum Hotel-Restaurant «Maris» Haffkrug/Scharbeutz. Indisch-Huhn mit Curryreis und mehrere doppelte Gamldansk. Das gediegene Klo mit den gewiß noch nie besungenen Zerstäubernetzen in den pikobello Schiffschüsseln. Abends mit M.s und Schneiders (Manfred, Prof. in Essen, der so werbend über Heines Melancholien geschrieben hat), aber hätte mich, rückblickend, doch lieber mit den M.s allein unterhalten. Zu privat meine plötzlichen Jahresausklangsdepressionen, um sie vor fremden Menschen leidenswahr ausbreiten zu mögen. Beim Trinken auch wieder das alte Ungefühl, als ob mir der Schnaps im Hinterkopf runterränne und dann säuerlich kalt und weh am Rückgrat entlangrieselte.

Hatte das dicke Haffmans-Buch mitgebracht, das als Freude meines Alters gedacht war und seit Monaten nur noch als Leidensquelle fungiert. Alles kommt mir auf einmal verfehlt vor. Sowohl öffentliche Demonstration von Gedankenarbeit am aufgeklappten Gehirn als auch die Betrachtung der Irrwege als Lehrpfade. Die paar freundlichen Zurufe (von Fringeli und Baumgart) doch nur Lippenspitzer gegen den Wind.

So aus sind die Lieder gesungen
So ab sind die Kerzen gebrannt

Zuviel geraucht letzte Tage. Wehe Zunge. Juckende Bronchien. E. und ich als zwei signifikant gegen den Zeitgeist anqualmende Depressionsfiguren (ein Ehepaar raucht sich zu Tode). Beide gemeinsam und trotzdem jedes für sich in seiner gesamten linken Sozialisation bedroht: E. durch den alteingefleischten Ungenossenschaftsgeist der SPD, ich durch die gesamtdeutsche Teutomanie, die der Literatur wieder mal ihre himmlische Tour vermasselt hat. Schon seit Wochen aus einem ganz neuen Trotzgefühl/Gegenangenuß Brecht-Gedichte gelesen. Auch Heines Vorwort zur *Lutetia* richtig schöne Passionskost: «Aus Haß gegen die Nationalisten könnte ich schier die Kommunisten lieben» –

Einsamer Kommunist: das alles mitansehen müssen aus völlig alleingelassenen Augen.

Jahresausklangspost: Anfragen – Nötigungen – Termine. Jetzt schon Verabredungen für die neunziger Jahre treffen sollen, welche Anmaßung, welche Hybris, welche mir beinah verboten erscheinenden Haltbarkeitsvorstellungen.

So. 31. Dez. Eisgeniesel, Geböller, das mich ängstigt, erschreckt. Als eine Schneewucht vom Dach herunterrutschte wie die Schuttfracht eines Kipplasters, zog ich den Kopf derart schief und schnell ein, daß sich ein Halswirbel verrenkte. Gegen 18.00 Hasenrücken und nach Befriedigung des Freßtriebes augenblicklich der alles verschlingende Todestrieb. Bat E. bei Homann-Schleier anzurufen, daß ich ultimativen Durchhänger hätte und nicht kommen könne; man hatte dort gerade *Dinner for one* gesehen und sich scheckig gelacht und nahm die Nachricht ohne jegliches samaritische Rühren zur Kenntnis.

Die Depression: selbstgenügsam und unproduktiv.

Selbstmörder sind keine anregende Gesellschaft.

TV: Berlin – das doppelte Brandenburger Tor – die beiden schicksalhaft auseinander strebenden Ansichtsseiten. Saß ziemlich kalt und erloschen vor meiner Feuerkieke und blickte hindurch auf die kommenden neunziger Jahre: Volksbelustigungen und nationalistische Erhebungen. (Heinrich Heine an seinem 1848er Fensterauslug: «Über die Zeitereignisse sage ich nichts; das ist Universalanarchie, Weltkuddelmuddel, sichtbar gewordener Gotteswahnsinn.») Gegen 21.30 doch noch entschlossen, nach Eppendorf zu fahren, aber als ich das Hemd wechseln wollte, widerte mich mein eigener Jahresendgeruch in einem Maße an, daß ich tatenlos drin steckenblieb. Um 22.15 überraschend Meierdiercksens und – ja! – endlich wieder mal im Verein gemeinsame Misanthropien abgeblasen, Otto steif wie in der Garotte. Machte mehrfach so Halsabschneide-, bzw. Aufhängebewegungen mit der rechten Hand, was mir derart entgegenkam, daß ich schon wieder lachen mußte.

Merkte, daß wir uns freischerzten, und kam auf verzweifelte Weise nochmal richtig in Form. Zeigte ihnen mein Neujahrskärtchen mit den beiden unegalen Rindviechern rechts und links des Brandenburger Tores: «Le bœuf der Ochs / la vache die Kuh / fermez la porte / Das Tor laßt zu» und fragte, wie man das in Teutonien aufnehmen würde. Antje: «Mensch, diese Deutschen, in anderen Ländern würde man sich kranklachen. Hier mußt du dich allmählich darauf gefaßt machen, daß Antinaziwitze schon wieder verboten sind.» – 0.00. Balkon, aber gleich auch wieder den Kopf vor vorüberpfeifenden Raketen eingezogen. HWS-Schmerzen, ganze Wirbelsäule in Unordnung, aufrechter Gang schöner Luxus. Stellte mir eine

Feuerwerksschrift an den Himmel vor: BROT FÜR DIE WELT! –

Bis 3.30 TV und am Ende sogar noch paar lichtvolle Blicke in den deutsch-deutschen Einheitshimmel. Jugendliche, die ein 10 Meter hohes Stahlgerüst des Senders Elf 99 erklettern, um von da aus zum Sprung auf die Mauer anzusetzen: erhobene Sektgläser, krachende Humpen, Dosen vorm Kopp und wild geschwungene Bierflaschen, «So ein Tag so wunderschön wie heute», dann der Teutonismus / Alkoholismus unvermittelt in den traditionellen Vandalismus übergehend: «Deutschland – Deutschland!» und die von mir schon gleich zu Anfang erwarteten Übergriffe auf Schadows klassizistische Quadriga – das bei Zugriff kläglich zerbröckelnde Bronzezaumzeug – der frivol zu Souvenirhäppchen zerzauste Lorbeer: Da! kracht das nicht eben für die Ewigkeit errichtete Gerüst zusammen: Schreie – Gewimmer und Gewinsel – Ausdrücke des Entsetzens: das Satyrspiel als Tragödie.

1990

1. Januar 1990
Eine neue Welt, mit der ich positiv nichts Rechtes mehr anfangen kann. Ein Vernichtungsgefühl, als ob mein Schiff mit vollen Segeln auf einen Magnetberg zusauste: Bolzen, Schrauben und Nägel fliegen dem Havaristen voraus, ein Geprassel, ein Gescheiter. Als ich zu E. sagte, daß etwas Schlimmes auf mich zukäme, Angstneurose wie seinerzeit nach der Währungsreform oder Depressionsschub wie auf der Höhe der Studentenrevolte, antwortete sie, das kenne sie schon seit einem dreiviertel Jahr. Ah, natürlich wenn der Chefhypochonder mal ein ernstes Leiden anmeldet, heißt es augenblicklich: ick bün all door.

Also, das wäre es dann wohl,
der Mast zerspellt, die Schot gebrochen –
als hätte die ganze Welt
sich gegen dich abgesprochen.

Nord – Süd – Ost – oder West,
was noch atmet, zehrt vom Geraubten.
Praktisch kein Krümel Brot,
kein Tropfen Trinkwasser läßt
sich ohne Gewalt behaupten.

Deine Hoffnung steht gegen den Wind,
Deine Tränen nicht brennbar.
Unlautere Absichten sind
– an einem Lächeln erkennbar.

Noch Lichter am Horizont . . .?

Vorüberzieher . . .

Hast du alles mal selbst gekonnt
Früher – sprüher – Verglüher – Jahresausklangsgewieher –

Di. 2. Jan. *BILD* mit knüppeldicker Titelzeile: «WAHNSINN» – was real wohl nur heißen kann, daß Springers Phantasmagorien als das aufgegangen sind, was sie immer schon waren. Mich zwischen alten Ablagerungen nach Gedichtzeilen / Strohhalmen zum Anklammern umgesehen. Weltreiche schichten sich um, aber das Einzelwesen weint und versucht, sich aus Sperrmüll nochmal 4 schützende Wände zusammenzubasteln. Auch die gebundene Versstrophe vermutlich nicht viel mehr als eine hübsche Antiquität.

– – – – – – – zugeschrieben
– – – – – wie die Zeile fällt,
als wäre die Sprache, die wir lieben,
noch von dieser Welt.

Sonett auf meine etruskische Scherbensammlung

Wer hier gehämmert hat, wer da gelitten? –
Im Großen sind wir alle kleine Mäuse.
Paar alte Scherben aneinanderkitten,
indes: –
Wie fuhr der Blitz in das Gehäuse?

Im Grunde mag dein Blick auf gar nichts ruhen:
Glaubwürdigkeit von Kratz- und Fingerspuren?
– – – – aus den Aschentruhen,
die sang- und klanglos in die Grube fuhren –

. . . . . (durch die Lippen-Öse)
Die Zunge, meine dienstbare Souffleuse

(Mund: kleines Theaterloch zum Lügen)

Z. B. «Worttonkunstwerk über Hiroshima»
(Zum Kotzen!)

Die Wahrheit und nichts als die Wahrheit:
Für wen? Wie laut?

Ewige Worte – ewig nur Worte

Als ich mit SPAR-Tüten in der Hand vom Schulberg in die Oevelgönne reingeschlenkert kam, regelrecht mit Tibia zusammengerasselt, die mir Kuß auf den Mund drückte, frisch wie einen Apfelbiß. Ließ vor lauter Schreckvergnügen die Tüten fallen und gab Reflexklatscher auf den Arsch, was ihr Spaß machte, was ich gut fand. Fing sofort wieder an, von ihrer Familie zu erzählen, Mamma-Johanna, die alte Geschirre, Blumenstilleben und Messe-Partituren sammelt; Bruder Klaas, der «zum Frühstück glatt 2 Kommißbrote frißt und besser zeichnen kann als Saul Steinberg»; Papa Theo mit Friedhofsbegrünung en gros und junger Freundin ihres Alters, der angeblich dem Weltumsegler Rüdiger Nehberg wie aus dem Gesicht geschnitten aussieht. Wäre schon öfter von Bekannten auf die Ähnlichkeit angesprochen worden und habe dann gesagt: «Nee, ich bin Tetsche Thelen, der ist noch viel berühmter.» Wollte wieder «nur eben auf 2 Flens mit hoch», wo sie sich aber erstmal ausführlich über *BILD* mit Bericht aus der Folterwerkstatt des Ceauşescu-Sohnes hermachte, absolut hingerissen und mit gleichzeitig abwehrend gekräuselter Nase: «Oh-da!» – «I-nein!» Eine Kunstfigur, halb Lindner-Heroine, halb Golden Delicious, bei der ich nicht weiß, wo die Kunst in Natur oder die Natur schon wieder in Kunst übergeht. Ganz hoch im Norden soll eine versteinerte Großmutter wohnen, die zu ihr gesagt habe: «Was? – SPD? – Du! – aber das hast du doch gar nicht nötig.»

3. Jan. Der Morgen eine Schweinspfote im Gefrierbeutel. Ziemlich steifes Licht, weiß-gelb-rot, wie erfroren. Paar vermummelte Menschen am leergeblasenen Strand. Eine Handvoll Krähen, vom Wind mal hierhin, mal dorthin geschaufelt, herumtorkelnd, scheinbar wahllos und dann plötzlich doch zielsicher abschmierend. Um 16.00 die Sonne wie eine Khakifrucht – eine weltentrückte künstliche Sache. Aprilkind – Acrylpint: einen abseitigen Schüttelreim gefunden, und du denkst, du hast was geleistet.

4. Jan. Bahnhof Altona, IC-Restaurant, Warten auf Wildgulasch, auf der Karte als «Edelgulasch» angezeigt. In die Werbung hätte man gehen sollen. Wieder in den Zuständigkeitsbereich des ungastlichen Obers geraten, der offenbar nicht mal angefettete Trinkgelder respektiert.

Wer hier absteigt, der hat es nötig,
der wird noch mehr auf sich nehmen –

Den Fröhlichen habe ich nichts zu sagen
und die Depressiven lesen meine Bücher nicht.

Einen Stil zu finden, nicht durch Überdehnung,
einfach bloß so – – –

Der immer neue Kampf um den Trugschluß des Gedichts –

Hätte gern einen einzigen Freund, dessen Zuspruch ich bis auf den Grund vertrauen könnte. Seit Riegels Tod (1956) meine literarischen Dinge ausschließlich mit mir selbst ausgemacht und selbst bei kleinsten Unsicherheiten niemanden zum Fragen. Abends TV: *Letzter Kaiser* IV und die ganzen exotischen Örtlichkeiten, die ich Mitte der Fünfziger mal mit eigenen (jugendfrischen) Augen gesehen hatte: Platz des Himmlischen Friedens (Tienanmen) – Sommerpalast – Winterpalast – Die Steinerne Barke. Sehr zu Herzen gehende Schlußszene, als Pu Yi die «Verbotene Stadt» noch einmal als Tourist besucht, 1967, in seinem Todesjahr.

Zeitungen ausgeschnitten und mich gefragt, warum mich die politischen Dinge alle so mitnehmen, ohne daß sie mich in der Tiefe berühren. Zeitungen als Blätter vom Laub des Lebensbaumes? Keine innere Beziehung mehr zu den Aktenordnern eines abgehefteten Vorlebens. Nur eine wütige Restlust, mich antizyklisch gegen den Trend voranzubewegen. Z. B. in SED eintreten, um den Siegern zu zeigen, daß man nicht mit von ihrer Truppe ist.

In der *ZEIT* Beckett-Brief von 1937. Ist mit Ringelnatz-Übersetzungen befaßt gewesen und hielt den Kollegen für ein vergleichsweise kleines Licht. Schreibt verdammt gutes Deutsch – so deutsch wie englisch, so englisch wie französisch – aber kann vermutlich gerade dieser polyglotten Allgegenwärtigkeit wegen die entscheidenden picofeinen Unterbodentöne der Poesie gar nicht wahrnehmen. Meine lebenslange Idiosynkrasie gegenüber einer weltbürgerlichen Ubiquitätsmoderne, bei der die bequeme Hin-und-her-Übersetzbarkeit zum modus scribendi gehört. Becketts Mülltonnen, die sich ohne wesentliche Transport- bzw. Reibungsverluste auf jede japanische oder dänische Bühne rücken lassen, wohingegen Ringel . . . ja, wie soll man sagen? Verse, so seifenblasenfein, daß man sie kaum in den

Mund zu nehmen wagt, weil man sofort Angst bekommt, daß sie bei Anhauch zergehen . . .

Die Krähe lacht. Die Krähe weiß,
was hinter Vogelscheuchen steckt,
und daß sie nicht wie Huhn mit Reis
und Curry schmeckt.

5. Jan. Das Jahr hat kaum angefangen, und wie schon wieder die Post aussieht. Ein Herr Elstermann (DDR), der sich zunächst ganz positiv auf meine Gedichte einläßt und dann auf einmal das Wort «unanständig» verwendet. – Weiter: mehrere Anfragen betr. Wolfgang Borcherts, der nun allerdings gute 30 Jahre hinter mir liegt nebst meinem eigenen alten Know-how-Pegel. Wieso junge Studiker immer noch glauben, aus dem schmalen Werk schnellmaleben einen Doktorhut walken zu können?! Werde mir Passepartoutbriefe drucken lassen: hinter Briefschlitz gleich der städtische Müllsack.

6. Januar. Bißchen an Gedichten, aber Bleiriegel hinter der Stirn. Gang Elbe, Matsch, zu Scheiße getretenes Laub, zarte Fußabdrücke im leicht überschneiten Gras, aber außer für Tagebücher und ungeschriebene Romane kein Motiv. Nur die windabgewandten Flechten an den Kastanien von großer tagespolitischer Leucht- = Anziehungskraft. So unaufwendig und lebensklug überdauern können . . . Sehr traurig der Anblick einer zerschellten Möwe: ein zertretener grauer Fittich, aufgerissener Bug, das rosarote Brustbein freiliegend, zum Mitfrösteln einladend. Auch der mennigfarbene Sanddorn bis auf ein paar letzte Beeren weggepickt. Die Natur der Natur zur Bedienung. Drei rote Januaräpfel im grauen Geäst.

Im Gernhardt geblättert (*INNEN UND AUSSEN*), mich in Fahrt gelesen und ihn wegen kleinerer Sachauskünfte angerufen. Kennt er Freude? Richtigen Haß? Das Bedürfnis, sich irgendwem herzlich-heimlich mitzuteilen, sich freundschaftlich zu ergießen? Seine Meinungen zur Schräglage der Welt scheinen mir vergleichsweise moderato assai und bißchen allzu gelassen gegenüber dem weltpolitischen Bodenfließen. Immerhin weiß diese zeitaufwendige Miniaturmalerei, daß sie im Windkanal der öffentlichen Kunstkritik für unansehnlich gilt, und G. macht ein kleines Glaubensbekenntnis daraus.

Abends Zeitungen ausgerissen – große Diaspora – und um Fassung gebetet. Gerade ZEITROMAN noch eine letzte Möglichkeit, den gerissenen roten Faden mit Kunst und Spucke wieder zusammenzupfriemeln. Bis dahin: eisern Involtinihaltung wahren – und – vielleicht – nochmal etwas machen, was nicht auf Anhieb gefällt.

Eintritt in die Künste nicht wie du denkst:
Keine Frauenlobby, Schwulenlobby, Judenlobby,
keine Zonenrandförderung, kein Begrüßungsgeld,
keine Dissidentenliga, kein Vertriebenenverband,
nur so – – –

Es ist der Haß doch wohl noch erlaubt, oder wie?

Was, in anderen Worten, hast du denn sonst noch zu bieten,
außer:
Frohe Feiertage
Herzliche Glückwünsche
Halt dich senkrecht
Saluti di Roma
....
(ausgekotzte Gebisse – sonst noch was?)

Schließlich können wir für die dringend erforderliche Rache
doch nicht für alle Zeit
den Grafen von Monte Christo aufkommen lassen . . .

Oder trommelt doch wenigstens einmal für was
was es nur in der Einzahl gibt!

In der *ZEIT* Peter Hamm über Georg von der Vring als den «letzten Liedersänger». Soll mit 80 noch in der Isar gebadet haben, was ja schönes Rüstigkeitszeichen ist, nur daß mich die Verse leider nicht ganz so isarfrisch und pleinair ansehen. In den besten Stücken sehr eng an Benn angelehnt.

Beim Suchen nach VS-Unterlagen mir den rechten Mittelfinger an dem scharfen Fotopapier aufgeschlitzt, sehr tief, sehr weh, sehr hinderlich: DER TIPPFINGER. Da ich gerade Lakritzbonbon in den Mund gesteckt hatte, seltsame Synästhesie: etwas schmerzt und etwas schmeckt.

7. Jan. Ausgeschlafen. Mit E. an Elbe, dort Waschks getroffen, er mit Hörsturz und sehr krummpuckelig, aber lustig und offen über seine Leiden lästernd, was mir als Haltung gefiel. Auch Doris hatte die khakifarbene Sonne gesehen und als phänomenal empfunden. Menschen verwandten Geistes und eines gemeinsamen Blickes. Bißchen an neuen Gedichten, die nicht richtig neu sind. Als Fragmente trotzdem hochgradig ionisiert und spürbar nach Gesellung/Fortpflanzung/Fertigstellung verlangend.

Na, du alter schiefgebügelter Hosenstall,
nochmal rauf auf den Sinai richtig,
nochmal neu die Tafeln nachschneiden?
Was steht denn positiv drauf auf deiner Schreibunterlage? –

Jeden Morgen, den der gute alte Herrgottsschnitzer werden läßt,
mit der *WaZ* und der *taz* und der *FAZ* auf den Markt
und dann gleich wie aus der Spritzpistole geschossen:
DIE WAHRHEIT –
Nichts-nichts, da muß noch etwas ganz Entscheidendes . . .
. . . .

Viele Dinge müssen, verdammtnochmal, zusammenkommen,
um dich zu erheben.
Das schöne Wetter erstmal raus aus der Welt,
die Wolken sich gegen dich zusammenballen –
Geeeerettttet ruft der – – – – (Entkommene)
aber er ruft es natürlich nicht lange.

In die Welt hinaushandeln? – Ja! – Aber wie? Erzähl mal!

Eine Welt, wo nicht jedes freundliche Wort
gleich auf Ausplünderung ausgeht –

Einen Staat, geführt wie eine Gelehrtenrepublik,
wie ein englisches College

Einen billigeren Weg zum Sozialismus finden, wär schon gut

Wo wir für unsere Leiden tariflich entlohnt werden
und der Geist sich nicht unentwegt
entschuldigen muß:
– –

Nicht nur von ausgedachter Liebe leben müssen und . . .

Nur von deinen Furien zusammengehalten noch
und dem bißchen Fürsorgekitt –

Durchkämpfen nochmal eine Stunde sich
bis zum Ja-Wort,
ein unter völlig unangebrachten Mühen
erstrampeltes Glück

– – – – –

Manchmal denke ich auch, man müßte versonnen auf die
Mitmenschheit zutreten;
vielleicht sogar mit einem Anflug von Trauerfall
auf der Stirne:
1 2 3 4 –
daß nicht nur alles Kotze und Verdammnis war

....

22.00 Neue Talk-Show SAT 1 mit Karl Eduard von Schnitzler als surpriseguest – von *BILD* bereits erwartungsgemäß als «Sudelede» vorverurteilt. Kam zunächst noch ganz gefaßt auf die Bühne und hatte wohl gedacht, daß das neue freie Fernsehen auch für abgedankte Kriegsgegner eine kleine Hydeparkecke zur Verfügung halten würde, es war aber gar keine solche, im Gegenteil, es war der Spucknapf, der Pranger, wo ihn Reginald-«Rotz»-Rudorf von niemandem geniert als «Protofaschisten» anreihern durfte. Als Background des mit ungleichen Waffen geführten Kampfes ein quer durch die Reihen verhetztes Publikum, das sich nach den demagogischen Zielvorgaben zur öffentlichen Steinigung aufgerufen fühlen durfte. Nicht ein Minimum von Fair play, und selbst Schily, von dem ich mir wenigstens einen Rest an rechtsanwaltlichem Beistand erwartet hatte, nur humorig-ironischer Teil eines allgemeinen Meuteverhaltens.

Die neue Deutschheit von ihrer widerwärtigsten Seite. Daß de Maizière (Ost-CDU und Primgeiger unter Blockflöten) bei Erscheinen Schnitzlers demonstrativ die Bühne verließ, schien mir um ein übriges unappetitlich. Was in diesem neuen D-Land, und zwar genau wie im alten geteilten, respektiert wird, ist die Macht und nichts als die Macht, und wer sich ihrer begibt, der zähle seine Brillengläser. Sah den hinter seinen 20 Dioptrien immer nervöser blinzelnden Greis schon vom Stuhl geschubst und unter die Stiefel genommen.

Wie die Kunst auf die neuen Zeiten antworten soll, ist mir vorläufig vollkommen schleierhaft. Ich selbst gebe dem Handel mit literarischen Schwindelpapieren (Denunz-Werten, Opfer-Optionen, Siegeraktien) gerade noch zwei Jahre. Dann werden die künstlich aufgeblähten Kurse wieder in sich zusammenfallen und neuen Marktnotierungen Platz machen. – Gegen den Uhrzeigersinn wieder viel in *Svendborger Gedichten* und *Gedichten 1941–1947* gelesen, und – wie sag ich's meinem Kinde? –: IMMER RECHT GEHABT HAT BRECHT:

Nicht ein Wort
Weiß ich für euch, ihr Geschlechter kommender Zeiten
Nicht einen Hinweis mit unsicherem Finger
Könnt ich euch geben, denn wie
Könnte den Weg weisen, der
Ihn nicht gegangen ist!

Also verbleibt mir, der ich mein Leben
So vergeudet habe, nur, euch aufzufordern
Kein Gebot zu achten, das aus unserem
Faulen Maule kommt und keinen
Rat entgegenzunehmen von denen, die
So versagt haben, sondern
Nur aus euch heraus zu bestimmen, was euch

Gut ist und euch
Hilft, das Land zu bebauen, das wir verfallen ließen, und
Die wir verpesteten, die Städte
Bewohnbar zu machen.

Mich öfter gefragt, wie es Engelmann gehen mag. War ihm künstlerisch nie besonders nah (Man sieht dem Autor Engelmann / auf einen Blick die Mängel an), aber haben doch mal eine Zeitlang an gemeinsamen Frontabschnitten gekämpft und republikanische Schützengräben gehütet. Als Anwehung, daß man mich auf DDR-Terrain – wenn es denn endlich und endgültig in Privatbesitz überführt ist – vielleicht doch noch einmal als aktuellen Stundenbuch-Autor entdecken könnte:

> Struggle for life:
> die Unterworfenen haben sich zur Feier des Tages
> pflichtschuldigst von ihrer Bodenstreu zu erheben.
> Über Schonung wird erst verhandelt,
> wenn auch siegerseitig ein Gewinn dabei rausschaut.

Bilanzen zum Jahresabschluß 89: viel Geld und Mühen für Dr.-hc-Dinge aufgewendet; für Leseaufführung im «Lit» keinen braunen Pfennig eingenommen (im Gegensatz zu Schauspielern und Regie); und nun rückt mir «Akademie»-Sandig schon wieder mit einem neuen Blutspendetermin auf die Pelle: «Wir müssen mal wieder was tun für unsere Akademie!» *Artistik* und *Zauberei* usw. ja alles ganz schön und gut, aber wie ich bei dem pausenlosen Benefizen noch die Hasen bezahlen soll, die ich aus dem Hut ziehe, sagt mir kein Mensch. Decke senkt sich immer tiefer. Kein Ausbruch und nicht einmal Auslug. Zum späten Mittag Hähnchenreste von gestern aufgewärmt.

Abends TV: Retrospektive Wolfgang Neuss, *Das jüngste Gerücht* (1964!) – ein prophetischer Spaßmacher. – «Lesezeichen» BR: William Carlos Williams, ein Nußschalenbewohner als Weltberühmtheit, aber weiß nicht so recht. Bummelt für meinen Geschmack etwas reichlich zeit- und weltverloren an den Scheiterörtern (Schädelstätten) der Menschheit vorbei. – Schließlich Zilligen (der Büchergockel), aber: sein Hoimar-von-Ditfurth-Interview ohne jeden Abstrich bewegend/bedeutend! Der Krebskranke mit Halskrause und etwas brüchiger, dennoch emphatischer Stimme: letzte Warnungen an eine von ihm selbst schon nicht mehr als sinnvoll erkannte Welt. – Im Radio: Christoph Meckel «Meine Schallplatten», mit u. a. Bert Brecht, richtig schön scharf und ungemütlich gegen diese ganze deutschnationale Drangtonne abgehoben. War ihm sofort wieder lieb- und wohlgesonnen.

Altersstil: eine Art von Auslaufproduktion – total am Bildschirm vorbei.

Alter: entweder die gegeneinanderstehenden Gedanken werden immer unverträglicher – oder die Widersprüche schleifen sich ab.

Und am Ende ist es im Bett wieder mal gemütlicher als in der wirklichen Welt.

10. Jan. Wartezimmer Dr. Kramer, Orthopädie. Gestern trübe triefender Tag – Kopf gar nicht rausgekriegt aus der inneren Hundehütte. Unfähig, am Gernhardt zu arbeiten, gerade ein einziger nach vorn weisender Gedanke. Naura am Telefon, was ich für den Anfang 1990 prophezeien würde? Ich: «Für Revolutionen bin ich nicht zuständig.» Selbst die große französische immer nur durch die Brille Klopstocks betrachtet: zunächst enthusiasmiert und aus dem Ohrensessel gerissen, dann immer

mißmutiger und am Ende abgeschlagen und zurückgesunken. Abends roten Campari in den grauen Küstennebel gegossen. Post von Alicola aus Cuba telefonisch beantwortet: Dank für «Küße» und braune Ablichtungen. Fotosynthesen. Erbaulich.

11. Jan. Heute endlich 20 DIN-A4-Seiten mit Gernhardt-Notizen besprenkelt, vorerst ohne jeden Zusammenhang.

Die Avantgarden erstürmen den Laufsteg – und wenn sie vorn angelangt sind, sind sie hinten schon wieder démodé.

Gale- und Lageristen: Windmacher, die die erwünschte Zugluft selbst erzeugen, die sie für ihre Fähnchen brauchen.

Wenn es doch einmal auch uns ergriffe und nicht bloß die Ladenbesitzer.

Umwertung aller Werte: immer schneller – immer doofer.

Das alles erstmal hinsinken lassen, ablagern, in Verwesung übergehen – dann weitersehen . . .

Soviel volles Rohr und dicke Gülle, daß man sich ganz konservativ und verloren dagegen vorkommt.

Diese Pencke und Baselitze –

Wieviel Lärm! Wieviel Zeitgeist aus der Spritzpistole.

Alles arme Verkannte – weil erbarmungslos Überschätzte.

Und am Ende auch nicht viel mehr als der Sprayer in der Bahnhofsunterführung Büchen.

19.00 Mittag, Schnibbelbohnen – Zahnweh – das gesamte Knochensystem am Bröckeln. Fühle mich unergiebig und ausgeholt, immer an diesen äußersten Rand von am Ende. (Pseudonym für meinen Helden: Hans am Rande.) – Wenn es auf dem Papier vorangeht, kommt das Leben nur vorbehaltlich an mich heran; wenn es stockt, schießen sofort die Krankheiten über das Schleusenwehr.

11. 1. Ausgeschlafen! Gegen 11.00 TV/DDR: mit Modrow auf verlorenem Posten in seiner ungeliebten Volkskammer. Wie er sich immer wieder fassungslos an die sorgenvoll verfältelte Stirn greift, dann an den Binder, dann ins fehlerlose Grauhaar (nur hinten links ein kleiner Unausgeschlafenheitsbürzel), aber statt positiver Bestärkung nur unterschiedslos Zunder von allen Seiten. Diese abgebrochenen Reformkommunisten stolpern mehr oder minder ahnungslos in den real existierenden Kapitalismus hinein, und ehe sie sich versehen, sind aus Hoffnungsträgern von gestern die neuen Prügelknaben geworden. Schnelle neue Welt.

Heut noch lautstark agierende Dissis und Alternative werden freilich die nächsten sein, ihre grüne Gemeinschaftsgrütze nur ein Zwischenprodukt von geringer Halbwertszeit. Wozu sich die sogenannten «Besserwessis» zu fein sind (den Abfallhaufen DDR zur Komposthalde aufzubereiten, an der sich die neuen Über = Unternehmer freiweg verköstigen können) wird von den Besserdissis ahnungslos besorgt. Es gibt eine Art von Vertrauensseligkeit, die ich für sträfliche Unschuld halte.

Gernhardt angerufen und dabei einen Zug entdeckt, der mir nicht sehr gefiel. Während ich offen und vorbehaltlos zu loben bereit bin, begegnete er meinem «Opus magnum» mit einem Anflug von Mäkelei: ein Verfahren, das ihm fremd wie irgendwas sei. Aber wiedermal angeregt über Eakins, Ryder, Winslow Homer, Singer Sargent und Peto, dann die Abstrakten der fünfziger Jahre. Ihm zur Kenntnis gegeben, daß ich seinerzeit immerhin auch schon Hopper auf dem Screen gehabt hatte, ziemlich hoch sogar, und gleich neben Beckmann. – Nach Püree, Ei, Scheibe Schinken, Quark wie unterm Depri-Hammer zusammengebrochen.

Di. 16. 1. Kurzer Gang Elbe. Die Stadtgärtner, die den Ast- und Strauchverschnitt zu Mulch zerhäckseln und ihn den Bäumen in einem Atemzug wieder vor die Füße blasen. Erfreulicher Anblick: sachlich – praktisch – positiv. Auf dem Fluß ein von Schleppern vorübergezogener Ponton mit leuchtend rostrosa Schiffssegmenten. Zuerst als gigantischen Phallus wahrgenommen, nach einer Drehung des Gefährtes nur noch als Vexierform und erst nach einem weiteren Wendemanöver als klobigen Unterwasser-Bugwulst. Die Wahrheit? – Eine Augentäuschung.

TV: Bürgerkriege in Aserbeidschan und Armenien (Berg Karabach und ähnliche nie zuvor vernommene Namen) – lauter schwerbewaffnete Verrückte, die sich aus abartigen Glaubensgründen in die Köpfe schießen. An keiner Unfallstelle mehr Partei ergreifen können.

17. 1. Vergiftet vom gestrigen Tag: Zigaretten, Hanf, Whisky, Campari, Bier, Wacholder. Versucht, mich am brüchigen Gitterwerk von 89er Gedichtentwürfen entlangzuhangeln, aber was augenfällig noch aus dem glühenden Sommer stammt, läßt sich in Gefrierpunktnähe nicht einfach weiterentwickeln. Abends Knibbelkino: der miserable Fellini, *Stadt der Frauen*, seinerzeit mal mit Michel im Kino betrachtet, jetzt beim zweiten Durchgang um keinen Deut besser. Ein Film, der aus der Draperie überhaupt nicht herauskommt.

18. 1. Instabiler Etappenschlaf, nervöse Finger, die alles fallen lassen und an den Objekten vorbeigreifen. Zum Röntgen beim Orthopäden. Mein magerer Winterleib vor lieblosen Blicken, dann wie ein fröstelnder Wurm zwischen kalten Objektträgern. Im fallenden Fahrstuhl Blick auf den bürstenstarken Hinterkopfwirbel eines anatolischen Knaben. Das vermummte verbiesterte Gesicht beim Aussteigen. Nachwallender Hammelhirtengeruch. Selbsthaß, zu Fremdenhaß umgeschlagen. Es ist in allen.

In Oev. mit Dampf und neuer Zigarettenstafette an den Gernhardt. Meine alte Theorie des Rauchens wieder mal voll bestätigt gefunden: Die Lungen als Seelenmagen und die unansehnlichen Ausscheidungen (Asche, Kippen, Qualm) als immer heimlich mitgenossene Scheinproduktion. Auch die ungern eingestandene Lust des Rauchers an stattlich gefüllten Aschenbechern dem Vergnügen des kleinen Kindes an seinen ersten Produktionen zu vergleichen: «Rolle rolle Möpschen / Roll ins Töpfchen / Roll wieder raus / Und du bist draus.» – Bei G. das Gefühl, ein Phänomen vor mir zu haben, viel zu fein organisiert, um von dem Zeitrafferblick der Szene überhaupt erfaßt werden zu können.

Was er malt, hat scheinbar nichts mit seiner Privatperson zu tun, aber es läßt auf sie schließen.

Wir wollen das Kind ja nicht mit der Beuysbadewanne ausschütten, aber . . .

. . . austreten aus einem Ringverein, wo ein gutes Wort das andere ergibt und ein Auktionserfolg den nächsten.

Nicht wissen, was man mehr bewundern soll: die tiefen Blicke – oder die leichte Hand.

G. als stiller Verklärer. Ein Afficionado des Lichts und Prophet des wie zufällig liegen-, fallen-, stehengelassenen Gegenstandes.

Der feine Dachshaar- als Entdeckerpinsel.

Der sogenannte «malerische Winkel» läßt sich nicht einfach aus der Tradition behaupten; traditionelle Anschauungsweisen reichen nur gerade zum Allgemeinplatz. Er ist in jedem einzelnen Fall eine Setzung, die nur mit Pinsel, Stift und Feder bewiesen werden kann.

Das bekannte «Kann man das noch malen?», bzw. «Ist das noch ein Motiv?» wird von einer Außenseiterposition her sehr einfach und sehr praktisch beantwortet. Der Augenschein liefert den Beweis – das beglückte Aufatmen des Auges ist eine Apotheose.

Rh: (Belege – Stege – Schräge – Pflege – rege)
(mampft – stampft – entkrampft)
Licht und Schatten gehen ihrer Wege
bis der letzte Lichtblick auch verdampft.

In Wien wieder Handke-Weihe-Spiel von Peymann auf die Bühne gebracht. Verblasenheit läßt ihren Dampf ab, und die gesellschaftliche Hohlwelt erklatscht den Erfolg. Immer schwieriger mit der Zeit, unbekümmert den Acker seiner Ressentiments zu bestellen und dort still seine Rüben zu verziehen.

TB: 1. Rolle nur noch fürs Tagebuch-Taschentheater: ein Verschütteter auf der Bühne.

TB: 2. Die Vorzüge von VP, sich jederzeit ungeniert in der III. Person erörtern zu können.

Fr. 19. 1. schlecht und wenig geschlafen. Dach tiefhängend. Am Gernhardt, aber nicht mit der nötigen Lustigkeit/Beweglichkeit. 17.15 Filetsteak, zähe, kaum zwischen den Sehnen herauszusaugen. Es sind nicht nur die A- und Ei-Laute, die seit der letzten Kieferoperation gefährdet sind, es ist die Basis. Liebloses Gehacke mit halbem Maul. – Nachmittags Lesung Kiel, Buchhandlung Cordes, und bei Vortrag stark vom Exposé abgewichen, weil ich zu viele auf moralische Unterweisungen gespitzte SPD-Gesichter sah. Stimmte mich, da mein erotisches Genre ja nur vorbehaltlich als öffentliches Beispiel zu verstehen ist, viel zu tief auf einen verbindlichen Conférenceton herunter, fand keine Proportionen, zerredete schließlich jeden Hauch von einem Fluidum und kriegte auch mit gehobenen Scherzartikeln keinen Boden unter die Füße.

Applaus erfreulich, aber ich zog ihn mir nur mit Abstrich zu: war entkräftet, am Ende richtig schwach in der Kehle, matschte, drückte, quoste – Hans am Rande, bei dem der *élan vital* eigentlich nur noch zum Verhauchen langt . . . Hinterher Unterschriften und Porträtkrakeleien, die mir fatal waren, weil ich sie als Bemühung erkannte, die vermuteten schlechten Eindrücke im privaten Rahmen wieder auszubügeln. Wer vor Publikum aufspielt, muß ganz dasein, da wie der junge Mozart, wie der mittlere Liszt, der alte Bach, und wer wieder mal seine Bestform verfehlt hat, soll in sich und nicht in die Kneipe gehen.

So. 21. 1. Halbwegs ausgeschlafen – Seele schieflastig. Beim Rasieren Mendelssohn Violinkonzert e-moll, doch reichlich fruchtig – Violinkonzerte von Bruch schon antizipierend vorausgepreßt. Anruf Autotelefon E., daß alle nach SPD-Wahlsieg nicht postwendend in den Adelsstand erhobenen Planstellenaspiranten (z. B. Kunsthallen-Jensen) nun via *Kieler Nachrichten* gegen Amtsführung Kultministerium zu polemisieren begännen. Mia povera Ministrone. Fragte mich aber auch, wohin sich denn wohl die zahlreichen eben noch Gewehr bei Fuß angetretenen Frauenbataillone verkrümelt hätten: Die Emeuten des Emanzipats, die mich seit Amtsantritt E.s beinah täglich gelöchert hatten, wie man sich denn so als Prinzgemahl fühle.

Bißchen Gernhardt, aber kaum voran. Ein Gefühl, als ob sich mir etwas bleiern an alle Glieder hängte. Auch bleierne Tippfingerkuppen, kaltes Quecksilber hinter der Stirne, schwappschwapp, hin und her. Ab 19.00 mich von TV an den Augen über den Tisch ziehen lassen. Fellini, *Dolce Vita*, aber fand es in der Reprise nur altbacken und doofwitzig.

22. 1. Schlecht in Form, nur so rumgewurzelt, und die nötigen Hangwinde erst, als paar Gläser den Inhalt gewechselt hatten und um 16.00 der Hunger über mich herfiel. – Abends TV: Christoph Hein: «Leipzig Heldenstadt», wobei ich mich ernsthaft frage, wie man so etwas ohne Ironie noch über die Lippen bringen kann. Neue Kyffhäuserei aus völlig unerwarteter Richtung. – UdSSR: die Südprovinzen beginnen sich in freier Selbstbestimmung ab-zulösen, aber anschließend auch gleich auf. Nach den erkalteten Bruderküssen nun die Wiedererwärmung der Gruppenseele aus dem Geiste des Provinzialismus, Klerikalismus, Tribalismus, Atavismus. Als ich zu Rosi am Telefon sagte, diese jungen Kampfmaschinen wären sichtlich zu gut ernährt und stünden bis zu den Zehntagebartspitzen unter Hormonen – «prall wie die Boviste!» – blöde Antwort: das wäre doch wohl ziemlich daneben. Und warum daneben? Panisches Gestotter über den allgemein heillosen Weltzustand.

Ich seh was ich seh, und das sag ich dann auch

24. 1. Als ich morgens die Zeitungen raufholen wollte, stand die Sukowa barfuß und im Nachthemd auf dem unteren Treppenabsatz: «Ich hab da schon mal ein bißchen von deiner *Welt* genascht.» – «Ah-na-prima, und was genascht?» – Ja, da stünde auf der Rückseite etwas Aufregendes über «einen Lust- und Liebesmord»: «Eine Frau, die einen Kerl geküßt hat und darauf von ihm mit dem Hammer erschlagen worden ist.» – «Und so etwas interessiert dich?» – «Nein, nicht mich, oder doch nicht so sehr, aber das muß ich unbedingt meinem Sohn Hans zeigen.»

Selt! – selt! –
seltsame Welt!

12.00 zum Orthopäden und Röntgenbilder betrachtet. «Der untere Teil der Wirbelsäule wie bei einem 40jährigen, aber der Verschleiß sehr deutlich im Halswirbelbereich zu erkennen.» Nahm meinen Kopf in die Armschlinge und forderte mich auf, mich einfach «vertrauensvoll» fallen zu lassen («vertrauensvoll» – ja, wenn ich das brächte!), dann ein Knäckschen und alles viel schlimmer als zuvor. Der Masseur, der mein kariertes Holzfällerhemd bewunderte und mich fragte, ob ich der «Lyriker vom Marktplatz» sei, Jazz und Lyrik zusammen mit Naura, Schlüter und Tom Ney? – 1966: Schöne Zeit und ein Jahr vor der sogenannten Studentenrevolte, als die Welt uns noch offenstand und alle Zeichen auf Zukunft wiesen.

25. 1. Abends Sturm, eine richtige Windsbraut, der «Wilde Wau» (Stärke 120–150 km/h). Schlug seine Pranken in die Giebelgaube, zerrte an den Dachvorsprüngen, riß die Balkonverkleidung los und rüttelte das Haus durch. Nach einer kurzen Verschnaufpause – man mußte bereits denken, das Treiben wäre vorbei – kehrte er plötzlich neu aufgepumpt und angriffslustig wieder zurück und prügelte mit ausgewachsenen Hexenbesen/Baumkronen auf mein Mansardendach ein: ein Gepeit-

sche, ein Gepfeife, ein Geächz. Richtig expressionistische Szene, vor der ich mich schnell nach unten ins sichere Familienbett verzog.

26. 1. Lange und ausgeschlafen. Gang nach Neumühlen, um den Wanderweg nun als Spülsaum zu betrachten: Stroh – Balken – Taue – angeschwemmte Dykdalben – Paletten – Tonnen – Gerümpel – eine grandideldös ausgekotzte Erntegabe des Meeres. Beim «Lotsenhaus» eine der Länge nach zerspaltene Linde, die eine Hälfte in die Glasveranda gerammt. Sturm anhaltend, aber in der Dornenhecke unentmuntert Hunderte von schnäbelnden Spatzen.

Am Gernhardt. Wie oft muß ich meinen Stift nicht im Kreis herumführen, um die von allen Seiten her anschießenden Assoziationen auf die Reihe zu bringen und die Sätze von Überhängen zu befreien. Eine Arbeit wie Geweihfegen, Bastabstreifen.

R. G. als Maler: kein Satiriker, kein Scherzbold, kein Schnellzeichner – fast ein malender Mönch. Andächtig über seine kleinen Formate gebeugt.

Wie Licht und Schatten sich ein leergeräumtes Zimmer teilen: ein utopisch geordneter Raum.

Der Kleinmeister, der keinen noch so kleinen ihm ans Herz gewachsenen Blumenpott auslassen möchte – aber zu gewinnen ist damit selbstverständlich keiner.

Eine Malerei, die extrem zeitaufwendig ist, aber es sich nicht anmerken läßt. Die Vertuschung der investierten Mühen als Teil einer schönen Augentäuschung.

27. 1. Mutters Geburtstag – fast ein Jahr in der Erde nun schon

das kleine, zarthäutige Gestältchen. Auch als vorgestelltes Fräuleinsgerippe eher rührend als schreckerregend ... Nicht der Tag, um an solche versunkenen Särge zu rühren.

14.00 Dr. Bernhofer (ORF), eine halbe Stunde zu früh, was mir unlieb war, weil Überpünktlichkeit immer besonders zeitraubend ist. Ein großer, gutaussehender Mann mit Schmucksteinaugen, aber ohne erkennbares Eigenleben. Während des Interviews setzte sich mir ohne jede Vorwarnung der alte Huckauf ins Genick, und ich konnte ihn während des stundenlangen Frage-Antwort-Geplänkels weder vergessen noch abschütteln. Sah von oben und fühlte von innen, wie sich mein am Anfang noch ganz lockeres Garn als lebloser Lochstreifen abzuspulen begann, dann mehr und mehr zu Stroh zerschliß und mir am Ende wie Haberspreu von der Lippe stob. Als gefürchtete Begleiterscheinung auch wieder das leidige psychorheumatische Ziehen von den Augen zu den Schläfen hin, was ich mit Whisky zu besänftigen suchte, nur daß meine strohige Suada nun auf einmal breiig, schlickig wurde und meine Zunge wie in Schlamm herumrührte. Rauchte wie ein Verrückter, um mir wenigstens etwas Ablenkendes, am liebsten richtig Schmerzhaftes anzutun, denn das kannte ich noch von meinen Jugendjahren her, daß man den autoritären Alp nur mit physischer Pein exorzieren kann. – Lieber im Schmerz sich sammeln/fassen als im Treibsand versinken. Llano Estacado.

Hinterher Hunger nach Luft und Bewegung. Wehes Herz und wackelnde Zähne. Wie weit entfernt von dem ganzen grünen Reformgeist des Zeitalters ich mich gelegentlich fühle und dem Abfall weit näher als der alternativen Frischluftbewegung. Wohlige Vorstellung, eines hoffentlich nicht mehr fernen Tages einfach wegzusein und auch gar nicht erst groß in einem (wie auch immer beschaffenen) Himmel zu erwachen. «Ewige Wiederkehr des Gleichen?» Wohl der allerunleidlichste

Zwangsgedanke, den sich je ein Glücksphilosoph hat einfallen lassen. Man stellt sich den Denker gleich Backe an Backe mit seinem ‹Lama› auf himmlischen Pfühlen vor, um in alle Ewigkeit Streichungen im *Willen zur Macht* zu diskutieren. – Wie unanständig sie sich schon auf Erden, d.h. in der Röckener Gruft an die Seite des Bruders geklemmt hat. – Nachts Notizen: Einfälle und Ausfälle – Ächzlaute – Seufzer als Sangesstoff – die Geburt der Musik aus dem Geist der Tragödie.

Gegen die Verwesung andiskutieren
(zahnlos) –
Den Würmern zuzurufen: Sie wissen wohl nicht,
wen Sie vor sich haben . . .

Die Erde als rasender Kuhfladen im All,
Gebete der Maden zum Heiligen Stier,
der sie ausgeschissen hat.

Ja, wenn wenigstens der Geist noch ein Konservierungsmittel wäre oder – – –

Wenn deine Feinde wenigstens nur ganz flache Orgasmen hätten

Auch furchtbare Klagen hab ich gehört,
finstres Zeugs, nichts besonderes –

Entweder Photosynthese oder Schlachthof –
(Es hätte nie über die Silberdisteln hinausgehen dürfen)

Gegenüber den kommunistischen Selbstmördern
(Mühsam – Tucho – Toller – Benjamin – Majakowski)
rühmen sich Änne Burda und Putzi von Opel
eines persönlichen Schicksals.

Aber ein ordentlicher Selbstmörder redet nicht
unentwegt
von seinen Vorhaben –
Er packt an –

(«Otto Kuhlmann – Ihr Beerdigungspartner»)

TV (Sri Lanka – toter Polizist)

Wofür er stand? Wozu verblichen?
«Ganz sicher ist nur eins:
er starb an zweiundzwanzig Messerstichen»

Erst Schlaflosigkeit, dann Träume, dann Lexotanil/Noctamid, um etwas unterstes Aufgewühltes ruhigzustellen. – Wäre schon gut, wenn man nur etwas Oberflächengekräusel zu glätten hätte, wie z. B. bei dem immer noch faltenschlagenden Gernhardt.

Sa. 3. 2. Im Auto nach Lüneburg (J & L) und bei schwallartig sich ergießendem Regen auf die Abfahrt Bremen und weit in die Irre geraten. Einen einsamen Scheißer in einem Sommerweg nach der Richtung gefragt und mich zur Autobahn Hannover zurückverweisen lassen. In Lüneburg kilometerweit vom Vortragsort entfernt geparkt, weil mir ein Rollstuhlfahrer die gesamte Innenstadt als unpassierbares Labyrinth beschrieb, nichts als verkehrsberuhigte Fußgängerzonen und Halteverbote, was mich hinternach (als sich der Ort als ein einziges Parkparadies herausstellte) gleich gegen die ganze Innung einnahm. Gegen 17.00 bis zum Rollkragen durchnäßt und voller Menschenhaß beim «Glockenhaus», aber als Naura mich dort mit ausgebreiteten Armen empfing – «Na, wen haben wir denn da?!» – löste sich das angestaute Wutgepäck in 2 Sekunden auf.

Hübsches Sälchen mit mittelalterlichen Gebälken und neuromanischem Fliesenwerk, alle Plätze verkauft, Akustik Ia und – wie gewohnt, wie gehabt, wie bekannt – nach etwa ¼ Stunde Lehrzeit war vermeintliches Neutönertum bereits ein vertrautes Idiom.

Hinterher Restaurant, wo u. a. Dr. Ermert (Accum – Beccum – Loccum) und mein alter Schulfreund Eckart von Bülow, der sich allerdings weniger über bedeutende Kunsteindrücke als übers Heiraten unterhalten wollte, wozu ihm unser geselliges Treiben gerade recht kam. Ich mal hierhin, mal dorthin, um am Schluß noch in der Obhut einer kunstsinnigen Familie zu landen, junge Mutter, Aglaia, zur Rechten, jüngere Tochter, Suse, zur Linken, glockenblumenblaue Augen, ein Unerreichlichkeitsphänomen.

Gegen 4.00 drei alte Männer, die allmählich ernstlich ins Bett mußten: Schlüter mit wackelndem Apostelkopf und steifem Blick aufs steife Bein; Naura gagagetrunken und wandelnder Totempfahl; ich mit vor Müdigkeit bibbernden Backen. Nur daß die feierlustige Suse uns auf keinen Fall schon lassen wollte und – nachdem wir ihr in Dreieinigkeit versichert hatten, was für fromme Zipfelchen wir allesamt wären – mit der bekannten kriminellen Frauenenergie ins Hotelfoyer begleitete. Da uns ein ganzer Set von ansehnlichen jungen Lümmels in einigem Abstand gefolgt war und sich durch lärmiges Herumramentern an der Pforte Einlaß zu errütteln suchte, zogen wir uns zunächst in Schlüters nach hinten gelegenes Zimmer zurück (dort gemeinsam den Coolie zu leeren), dann in meines (dito), schließlich Nauras, wobei wir immer philosophischer und allgemeinunverständlicher wurden: der heilige Johann Sebastian – der bekleckerte Clajderman – die verbogene Weltenachse – der sinnlose aufrechte Gang – das neue Deutschland – das alte Lüneburg – aber als Naura auch noch seine neue Ladage-u.-Oelke-

Jacke vermißte und sie «uuuuunbedingt!» noch suchen gehen wollte, wurde es dem jungen Mädchen offensichtlich zuviel, und obwohl sie eben noch quietschvergnügt auf meiner Sessellehne herumgewibbelt hatte, drückte sie mir – flupsch – einen ultimativen Abschiedskuß auf den Hals, Suselabaseladim – ! –

4. 2. 13.00 Spätes Frühstück bei den von Essens, verwunschenes Sträßchen, verwunschenes Gehäuse, verwunschene Suse und verwünscht zu Herzen gehender Familienspaziergang durch die verwunschene Stadt, bei dem mir der inzwischen zum geduzten Johann avancierte Papa das gesamte Lüneburg von der untersten Treppenstufe bis zum höchsten Stufengiebel erklärte. Alles Arm-in-Arm mit dem jungen Mädchen, was ihr so flott übers Herz wie lässig vom Ellbogen ging, daß ich gar nicht wußte, was ich mehr bewundern sollte, die frisch herausgeputzte Altehrwürdigkeit der Stadt oder die verehrungswürdige Jugend, die sich aus Altersunterschieden überhaupt keinen Kasus macht.

Gegen 16.30 abgefahren und Konfettischweif von Handküssen aus dem Fenster: Susela – busela – dusela – wusela – dim! 18.00 Hamburg, Kohlroulade (Jokisch), früh zu Bett und bis morgens durch.

Mo. 5. Februar. Ausgeschlafen! – 10 Stunden! – frei! – und zum ersten Mal – seit wann? – das Gefühl, ein normal empfindender unvergifteter Mensch zu sein.

17.30 Orthopädie, wo der Masseur immer wieder mit sprechenden Augen auf eine unbestimmte Stelle an meinem Hals zurückkam (bösen Grind? oder anderweitig beunruhigende Sonderbarkeit?), aber als ich nach der Behandlung in den Toilettenspiegel blickte, sah ich – oha! – auf einmal den Anlaß des Befremdens, und ich fragte mich, was auch er sich gefragt haben mochte: wie so ein alter, schlaffer, verschrumpelter Kerl noch in Besitz eines so hübschen lilablaugrünen Siegels kommen kann. 18.00 in neueingerichtetes Thailokal nebenan, zähe Hähnchenschnipsel in einer stinkenden grünen Algensoße. Heißhungrig und mit kanülenhaft abwehrenden Lippen die fischige Plörre eingeschlürft.

Zuhaus das Wochenende notiert. TB: direkt mit der Nase an den Ereignissen dran kannst du vor lauter Nervosität nicht mitschreiben und nach nur ein paar Stunden Abstand ist schon alles zu lebloser Schlacke erkaltet. Meine Frau? – was meine liebe Frau dazu sagt? Meine liebe Frau sagt, daß sie ihren lieben Mann nur ungern so haltlos herumirren sieht, aber weiß letzten Endes doch, daß er allerletzten Endes der treueste Ehekerl von der Welt ist und wünscht sich nach noch vielen gemeinsamen Jahren ein gemeinsames Doppelgrab in Ohlsdorf, kleines Kuckloch zwischen den Kisten und verbindende Tuba traversa, wo man durchrieseln kann.

Zwei kommunizierende Stundengläser: Staub zu Staub und Asche zu Asche . . .

6. 2. 4.00 aufgewacht (fetten Käseblock im Magen) und bei *Spiegel*-Lektüre meinen Animositäten hinsichtlich Karaseks nachgehangen. Seit seinem Eintritt ins Feuilleton (1975) hat man nachweislich nicht ein einziges Buch mehr von mir besprochen, länger als die ganze Nazizeit, und wenn man so etwas nicht totschweigen nennen will, scheint es doch eine Ausgrenzungspolitik, mit der verglichen die DDR-Berufsverbote reines Kinderspiel waren. Über das eine konnte man öffentlich lamentieren und sich im «freien» Teil Deutschlands als großen Schmerzensmann feiern lassen; bei Beklagung des privaten Willkürjournalismus macht man sich zu allem Ärger noch lächerlich. Lauter selbstherrliche Condottieri, die einem Zug zur Billig-

unterhaltung folgen, den sie selbst als demokratischen Populismus verstehen. Kein Organ für das was Kunst in der Kunst ist, sondern nur für den Nebelring aus Gerede drumrum.

Frau Knut ziemlich runter. Ihr sterbenskranker Vater, der die Familie schikanisiert und an sein Krankenbett kettet: sträubt sich mit all seinen altersspperrigen Gliedern gegen das Heim und besteht auf häuslicher Nähe und Pflege – mit dem Ergebnis, daß er von allen gehaßt wird.

Mi. 7. 2. Früh aufgewacht – neue Tabletten . . . dann nur noch Gedämmer. 0.30 «Am Morgen vorgelesen»: Nabokov, *Sprich, Erinnerung, sprich* – die literarische Bedeutung nimmt mit den Jahren und dem mehr und mehr sich erschließenden Gesamtwerk zu. Großbürgerlicher Hintergrund, der mir eigentlich ziemlich fremd ist, fast als antipathisch empfunden wird, aber wo der Schmetterlingsstaub der frühen Jahre noch im Alter so jugendfrisch haftet?! – Plötzlich verständlich, daß MRR nach seinem zunächst einzigen *«Erwählten»* nun mit all seiner Stimmkraft für Nabokov votiert.

Mein laufendes Arbeitsleben: stockend, vergiftet, von Wehleidigkeit unterflossen. Ein verquältes Bemühen um Levitation und mir an einem wirklichen Leichtgewicht wie dem Gernhardt beinah noch den Bruch gehoben. Mein ganzes Leben mit Karacho auf dem letzten Tropfen – panischer Blick auf die Reserveleuchte: bin ich eigentlich schon unterm Strich? Wie lang die Maschine wohl hält?

16.00 Treffen im Lit-Haus, Selbstvorstellungen/Selbsteröffnungen, ziemlich bunter Verein, und die Varietäten eigentlich nur als Hamburgensien zusammengehalten. Uwe Herms, ein Anwerbekünstler wie Sandig, der mich für diesen Unfug gekeilt hatte und dessen (zweifellos ernst gemeinten) Komplimenten ich nicht widerstehen konnte. Hatte das Haffmansbuch ein «Jahrhundertwerk» genannt, was nicht einfach nur von mir abfloß. Ich ausgetrockneter Schwamm, der jeden Lobestropfen gierig aufsaugt – Hauptsache, daß es nur irgendwie netzt.

Arie Goral, der bei jeder Wiederbegegnung zunächst einmal defensiv in Bücher oder Zeitschriften stiert. Früher duzten wir uns (z. B. als er in den mittleren Siebzigern meine Flugblattsammlung aus dem letzten Krieg in seiner Galerie ausstellte), dann siezt er mich wieder, dann spricht er mich plötzlich ironisch als «großer Meister» an, um nur ein halbes Jahr später angestrengt an mir vorbeizukucken. Seltsamer Hang zur Selbstverbarrikadierung, dem ich nicht immer mit dem gleichen legeren Kehrdiannix begegnen kann. Dagegen Jutta Heinrich und Heidi Ott, herbnett bis forschfreundlich, auch lange nicht gesehen, seit ich in sel. Jugendzeiten und nach dito Onkel-Pö-Nächten öfter mal als müder Kavalier in ihrer Papendamm-Wohnung aufgekreuzt war. Lesung vor bestellt/geladenem Saal, und so saßen sie denn auch da: wie bestellt und nicht aufgerufen. Angst vor der Kamera, daß sie sie bei einer unbedachten Regung, einem falschen Lachen, unfreiwilligen Gähnen erwischen könnte. Eine Vorderbänklerin, die mich mit Blicken harpunierte, anschließend noch eine Weile abwartend herumstand, sich plötzlich umentschloß und wie eine wandelnde Glocke zum Ausgang schritt. Satte Amplituden, eine Abgangsschönheit.

Abends vorm häuslichen Flimmerschrein: von Karasek dirigierte Talk-Show, mit einem krähenden DDR-Bonzensohn (Hans oder Chaim Noll) als eitel ins Mittelfeld gespreiztem Blickfang. Afrokrause, Spitzenhemd und Westchen, bis zum Gehtnichtmehr beringte Finger und selbstverliebt-prätentiöses Herumgeräkel im Lederfauteuil. Hielt der Kamera ganzen Abend lang die gepflegten Hände wie Ausstellungsstücke entgegen, dann blasiert nach innen gekrümmte Langfinger und wohlgefällige Blicke auf die eigenen Nagelmonde. Wieso und warum solche Larven überhaupt zu diesen höheren Schaufensterweihen aufsteigen, liegt gleichwohl auf der Hand: militanter Antikommunist/-Sozialist, wozu der Zeitgeist neuerdings einlädt und was sich die großen Verteiler nicht entgehen lassen mögen.

Spät zu Bett, Tabletten, Rilke-Biografie von Donald A. Prater. Doch vergleichsweise fremder Organismus. Hat sich aus Hypersensibilität gegenüber störenden Außenreizen ein ganzes Leben lang ängstlich-eisern beiseite gehalten oder sich in die Schutzherrschaft von weiblichen Schirmgottheiten begeben: eine Nacktschnecke auf Gehäusesuche mit versteckten Schlössern, Burgen, Türmen als bevorzugten Unterschlupfen. Auch das Werk nicht zuletzt als Kokon oder Larvenköcher zu betrachten, ein besonders fein gewebter Schutzkordon aus selbstverfügter Feierlichkeit immer inklusive. Andererseits Reiseparasit, für den das unstete Malhier-Malda einen nie versiegenden Planktonstrom aus lichten Augen-Blicken, Aha-Momenten, Verwunderungsquanten bedeutet. Bei aller Berührungsscheu bemerkenswert fein entwickelte Fühlhörner für verwehende Stimmungen, hauchfeine Porzellane, brüchige Seiden, Altweibersommerfäden.

Auf den beigegebenen Fotos öfter der Eindruck eines frömmlerischen Sichbedeckthaltens. Als ob er sich hinten auf den Rock geschissen hätte und vorn verhangene Miene zu der unfreiwilligen Entfahrung zu machen suchte. Trotz des verkappten Onaniewesens seiner *Stundenbuch*-Verse («Und manchmal kommt ein großer Hergereister und zeigt uns zitternd einen neuen Griff») dann plötzlich – 1915! – der über alle Rahmen der Konvention nebst feinfühliger Sympathiezirkel hinausschießende Wagemut seiner erotischen Gedichte. Ganz großer Mann und – nach so viel kritischen Rundumbedenken – den eigenen Wahrnehmungsweisen und den ihnen verbundenen Idiosynkrasien gar nicht so unverwandt. Dichter unter sich: erst setzt man sich voneinander ab und dann steht man auf einmal als apollinische Bruderschaft gegen die gesamte in Prosa verfaßte Welt.

9. Februar. Verhauener Tag – aber dann! Mit Tabletten mich seit 5.00 durch halben Schlaf geschleppt. 10.30 hoch und versucht, durch unentwegtes Kopfschütteln die nachhängenden Benzodiazepine abzustäuben. Letzte Hand an den Gernhardt gelegt, nichts im Imperfekt stehenlassen können, meine oberste Zwangsneurose und – mein Verlierer. Die bis zum äußersten Effeff betriebene Durcharbeitung eines Textes (d. h. seine rückstandslose Läuterung) erschwert merkwürdigerweise die Lektüre und schottet ihn gegen die sich lieber etwas bequemer fühlen wollenden Leser ab. Erst wer sich gehenlassen kann, erreicht die erhoffte Laufkundschaft. Wenig Lust, einzukaufen, und schon gar keine, Menschen zu sehen.

Um 19.00 Suse angerufen und gesagt, ich klingelte in zwei Stunden nochmal vorbei, wobei sie mich auf Mondfinsternis aufmerksam machte. ½ H, um Müdigkeit zu durchdringen und im Radio in Bach-Toccata-F-Dur hineingeraten (nach Brahms «eine himmlische Drehorgel») und fast verrückt geworden vor so viel HL Geist in meiner irdischen Dachstube. Gegen 21.00 mit Fernglas auf den Balkon, und da zoomte er mir auch schon als Makro entgegen: ein bleichblauer, gegen die Ränder zu gelb- bis-rötlicher Ballon, großen Hof drumherum und schwarze Mütze frech in die Stirn gezogen, eher noch Haartolle, was mich im Zustand auf einmal gräßlich an Hitler denken ließ. Bei Anruf versucht, die unangenehme Assoziation wieder zu vertuschen, wegzuwischen: «Sieht er nicht aus wie ein Chinese?» – «Aber nein», sagte sie, «wie Adolf Hitler.» – «Ach», sagte ich – das Telefon in der linken Hand, das Nachtglas in der rechten – «du kuckst so scharf, du denkst so schön, du siehst die gleichen Bilder wie ich, es war mir eben genauso durch den Kopf gefahren, ich hatte für dich nur lieber einen Chinesen draus machen wollen.»

Sa. 10. 2. Mit 2 Noctamid und 1 Lexotanil erkämpfte 7 Stunden Schlaf. Fahrt nach Kiel, Treffen mit Architekten in E.s Packhauswohnung. Sonne strahlendrot, Himmel strahlendblau, die Förde strahlendgrau, auch kein Fluß mehr wie einfach nur Elbe, sondern richtig offene See, weites Meer. Spaziergang an der Mole entlang und beim Schiffsausrüster vorbei, wo es Brötchen, Kekse, Jubiläumsaquavit, Schiffsglocken, Barometer, Schäkel, Petroleum und Zitronen und Bananen zu kaufen gab, ein verwunschenes Angebot. Zum Essen ins Restaurant «Fördeblick» (Hasenfilet, Rosenkohl, halbierte Birne, Kronsbeeren, 22,– Mark), Lokal im Stil der fünfziger Jahre und Gemütlichkeit wie aus den Anfängen der Republik. Das kleine Leuchttürmchen im Garten anscheinend noch in Funktion, halb Werkzeug und halb Spielzeug für die Augen.

Um 19.00 die Architekten Schröder und Kröger und die Pläne für den Roseburger Bodenausbau begutachtet. Ablage- und Bücherbörter stufig in die Dachschrägen eingelassen, dazu Rollcontainer unten (Zeitungen/Zeitschriften) und ein ausgeklügeltes Beleuchtungssystem mit zweierlei Strahlern. Herzerwärmend auch diesmal ihre sachliche Begeisterung beim Demonstrieren, aber nach einigem Ausgerolle und Hingebreite waren wir sofort wieder bei der DDR und dem Triumph unserer Feinde. Der bedenkenlos bejubelte Fall der Mauer, dessen Folgen noch gar nicht abzusehen sind und für dessen Folgekosten wohl an erster Stelle die Wunschdenker der Union und aus Springers Hexenküche aufkommen müßten. Früher haben wir gemeinsam jeden kleinsten, im Schleichgang gewonnenen Fortschritt begrüßt – jetzt sieht man sich plötzlich in eine aperspektivische Welt versetzt, in der das normale dialektische Denken sich nur noch an den Kopf fassen kann.

21.30 zu Rainer Haarmann, früher Kulturadjunkt bei Gaus, später «Bahnhof Rolandseck, na du weißt schon» pp. Sein nun auch schon grau unterlaufenes Kraushaar, rötlich apoplektische Wangen, Ansätze von Energiepölsterchen neben den Mundwinkeln und unter der Kinnspitze. Seine junge Frau Theresia, Saarländerin, braune Augen, Jeanne-Moreau-Mund, ein depressiv verzogenes Blatt, und bei näherem Hinsehen eine jener studentischen Aushilfs-Schönheiten, die uns bei J & L-Konzert Rolandseck so liebreich umsorgt hatten.

Die Wohnung als private Kunstgalerie zu betrachten und auch so gemeint. Mit viel Ausdauer, Spaß und ein bißchen Geld zusammengesammelter Bilderkosmos: paar Beckmänner im Eingangsflur, Holzschnitte von Heckel und Schmidt-Rottluff, Webkissen von Kirchner aus dessen Davoser Zeit, und man sieht es: die Schizophrenie im teigigen Umriß manifest und die ihr vorausgegangenen gewittrigen Nervositäten raus. Leider auch ein paar Baselitze und – kann mir nicht helfen und den Käufern / Liebhabern schon gar nicht – nein, das ist nichts! Sogenannter «Neuer Wilder», dessen Neuheit nur halb so wild ist und der seine sklavische Abhängigkeit von Nolde durch Überkopfhängung zu camouflieren sucht. Leider verfingen sich E. und H. sofort wieder in den Stolperdrähten von SPD-Politik, fast schon Drahtverhau aus tausend miteinander verhakten Rücksichtnahmen, was E. zu absatzlosem Gerauche verleitete und mich zum Überdenken meiner alten Theorie des Rauchens: Scheinproduktionen.

11. Februar. Ausgeschlafen, aber stark belegte Zunge, rasselnde Bronchien. Niedlich mit E. zusammen gefrühstückt, dann noch bißchen allein in der weiträumigen, durch die tief

gezogene Decke melancholievoll eingeengte Mansardenwohnung, Wehmut in den Augenwinkeln, sympathetische Zitronensäuernis unter dem Gaumen. Jetzt im Zug nach Hamburg, 1.-Kl.-Abteil mit dröhnenden Ruhrpottnaturen und deftigen Kofferaufklebern: EINE STARKE TRUPPE: «Na, Kläuschen, wolln wir erstmal 'n Bierchen heben?» – Wohnwagenvaganten: «Gott wir haben alles, wir haben Abwasser, Schemietolette, bongfazionös, ich bin eben son Typ, ich muß raus!»

Elmshorn: Die Ruhe eines kaum belebten Sägeplatzes, von fern das leise Kreischen der Kreissäge, gestapelte Bohlen, Kanthölzer, Dachlatten, dann der Friedhof mit seinen prallen winterharten Gewächsen, untendrunter-innendrin unsere Lieben: Tante Lala, Onkel Ernst. War studierter Eisenbahn- und Maschinenbauingenieur gewesen, dann Eisenbahndirektor, Heiratskünstler, Respektsperson, dabei Liebhaber von Scherzgedichten (Heinrich Seidel, Johannes Trojan), Tagebuchführer (Weinsorten, Jahrgänge, Reisen, Hotels, plus und minus), unermüdlicher Weitervermittler von positiven Kenntnissen und kabbalistischem Jux: $i = \frac{e}{r}$ – Lexikon = Nokixel – SATOR AREPO TENET OPERA ROTAS. Erinnere mich, daß er kleine Belohnungen für Schüttelreime aussetzte und was ich seinerzeit fand: Osterkleid/Klostereid – Trotzköpfchen/Kotztröpfchen – Plattenschatz/Schattenplatz. Später dann meine niemandem mehr begreiflich zu machenden Schwermutspakete, meine Angst vor dem Erwachsenwerden, die maskierte Magersucht, schließlich Entdeckung von Sprache als Ausdruck: EXPRESSIONISMUS.

Ausgeschlafenheit – ganz dünne Luft – und wieder mal das alte Zauberwort MIMESIS. Etwas in der Anwehung festhalten wollen. Ein! – fall – uuuuund – aus! – (abgerissen) – – –

Die Sprache muß von sich aus tönen, summen, atmen. Nicht außen vorbleiben wie Libretto.

Dichtung: immer neue Ausrufe des Erstaunens finden.

Mo. 12.2. Abends «Literarisches Quartett», und Ranicki kleppert mit seinem Cromarganbesteck. Seine Göttin die Unterhaltsamkeit, aber es ist die Seichtigkeit, der er opfert. Karasesk, diesmal etwas eunuchial verquollen, ebenfalls das Wissen oben ganz flach gestapelt: Namen, Daten, Titel, Verquickungen-Verstrickungen, Plots, alles sicher im Griff und sogar beeindruckend bühnensicher präsentiert (was ich beides nicht brächte) – aber, natürlich, man fragt sich. Als Restrisiko gerade eben noch die Löffler, obwohl ihr scheinpikierter Schmollmund mir wieder mal als Rolle auffiel. Versucht, sich mit tief von unten her heraufgeholten Augenaufschlägen kokett von Ranicki abzusetzen: ach, Gott, der nun wieder!

Di. 13.2. Bis 9.30 geschlafen. Hätte um 7.00 aufstehen sollen, die Tage verkürzen sich bis zur Nichtmehrvorhandenheit. Jetzt «Blockhouse», an der Wand hübsch gerahmte Speiseansichten, ungenießbar dagegen die musikalische Gülle, die einem bis auf die Toilette nachrinnt. Es ist ähnlich wie bei den netten Sommergärten in Oevelgönne: Bei Blumen kannst du praktisch nichts falsch machen, aber bei Musik ist's gleich aus.

Im Autoradio Bericht über zunehmende Kriminalität in der DDR, leider nun auch schon grenzüberschreitende. Das Aufeinanderzugehen der beiden Länder als ein System der wechselseitigen Bedienung: auf den oberen Rängen strecken Treuhand und Raubritter ihre Langfinger aus und auf der Kleineleuteebene wird beherzt zurückgeraubt.

Ein Servierfräulein schön-so-schön, daß ein – au! – ein wirklicher Schmerz für die Au!gen. Sah mich ungern mit meinem halbseitigen Gemümmel ihren fürsorglichen Blicken ausgesetzt und versuchte, mir die Speisen stiekum zwischen den Zähnen durchzumogeln. Ausgekatscherte Sehnen und Tomatenschalen dann in der ausgehöhlten Kartoffel verborgen und hinterher Folie zugeknifft, Serviette drübergedeckt. Für lang schwingendes Seidenhaar Trinkgeld extra gegeben.

Mi. 14.2. Beginn Lesereise: Köln–Bonn–Köln–Duisburg. Schlechter Schlaf, Tablettenschleppe. Die kaum noch greifenden Noctamid-, Lexotanil- und Adumbrantabletten. Bereits völlig verschmirgelte Andockstellen, abgegriffen wie der E-Knopf im Lift «Bremer Hof», Köln.

Abends Vortrag in kleinem Privattheater «Urania», und zum 1. Mal Hanf vor dem Auftritt. Hatte im Hotel 5/6 Züge genommen, um überhaupt ein bißchen in Fahrt zu kommen, was mir zunächst ein Erlebnis schien und dann fast zum Verhängnis wurde. Verlor mich bei meinen kleinen Zwischenconférencen rettungslos ins Abschweifige, Nebulöse. Zog Gedanken wie Luftschlangen aus, deren Pointen mir allerdings immer gerade entschlüpften, wenn der Faden auch vorn gerissen war und ich gar nicht mehr wußte, von wo nach wo es hatte gehen sollen... war schon froh, wenn ich bei dem ganzen Gegondel und Geeire wenigstens wieder festen Textboden unter die Füße kriegte –: «EINEN ZWEITEN WEG UMS GEHIRN RUM», was aber um Himmelswillen nicht wie wirklich aussehen durfte. Ziemlich deutliche Lektion für vergleichsweise wenig Lehrgeld. Anschließend beim Griechen, wo ein junger Arzt sich zunächst meine Klagen über meinen schlechten Schlaf anhörte, dann für ¼ Stunde aus dem Lokal verschwand und mit 2 Schachteln Imeson zurückkam. Sofort Büchlein zugewidmet. Begrüßenswerte Welt, und wieder einmal der Meinung, daß sie nie über Tauschhandel hätte hinausgehen dürfen.

Do. 15. 2. 10.30 IC «Theodor Storm», Köln–Bonn. Früh zu Bett, entsprechend früh wieder aufgewacht, nochmal Tabletten geworfen und den Schlaf nicht wieder zu fassen gekriegt. Zu viele Gelübde schon hinter mir, um noch weiter Besserung geloben zu mögen. Die bleichen verschlafenen Reste, die man unter Schmerzen um die Welt schleppt. – In Schleswig-Holstein-Vertretung Bonn gleich an der Tür Björn Engholm in die Arme gelaufen, dann Marianne Tidick, dann Heide Simonis, zivilistischer Verein, und, wenn man bedenkt, von was für Schauergestalten die Welt sonst so regiert wird, richtig liebenswürdiges Clübchen. E. auf Kult-Min-Konferenz in D-Dorf, aber das Bett in ihrem Apartment so liebreich aufgeschlagen und die Schühchen so wachtsoldatenparademäßig vorm Schrank, daß es mich tief an einem untersten Herzzipfel zupfte.

Weib und Kind entziehen sich der Besingung – aber das soll uns gewiß nicht trennen.

Jemanden zum Durchdienachtgehen haben.

Das ist mein liebes Frauchen – die gefürchtete Emanzipationskämpferin.

Und das nehmen Sie mal einfach so hin, ohne sich gleich dran zu stoßen.

17.00 Soundcheck (J & L), paar hochprozentige Birnengeister vorweg, weißes Hemd/schwarzer Cashie, bißchen pastörlich vielleicht für den Anlaß, aber bevorzuge in unausgeschlafener Form auf jeden Fall Bescheidenheitsoutfit. 19.00 Beginn vor relativ betagtem Publikum, was aber kein Nachteil sein muß u. ggf. günstiger sein kann als Schöler-Monokultur. Entsprechendes freundliches Echo und bei Patzern nebst angeschlossenen Korrekturen Sonderapplaus: es ist nicht immer die Perfektion, die man sich von den Künsten als Sinnbild erwartet – es kann auch die Fehlbarkeit im Verein mit der Ungeniertheit sein. Anschließend Stehbüfett, konnte aber selbst kaum noch stehen und nahm die Honneurs schluckweise im Sitzen entgegen. Zu nachtschlafender Zeit noch ein bißchen privat mit der Politik im Kaminzimmer, ehemalige Repräsentationsräume Barschels, die falschaltdeutsche Pracht Marke Mölln, allerdings mittlerweile SPD-mäßig umfunktioniert und mit Action-paintings als zeitgemäßer Verblendung.

Interessant, daß Engholms Natur eigentlich forensischer Art ist und das Private ihm nicht so natürlich von der Lippe geht wie es scheinen möchte. Holt sich fürs kommod Colloquiale Stimmen aus der Garderobe heran – aus der Kostümablage oder aus dem Setzkasten –, was im Effekt dann eine Art Missingsch aus aufgesetztem Dialekt und glänzend gehandhabter Dialektik ergibt. Ein linksdrehendes Rankengewächs, das zu seiner Befestigung sichtlich der stützenden Staketenzäune bedarf: Podien, Bühnen, Rednerpulte oder der Leitplanken/Maschengitter von Parteiversammlungen.

E. sehr spät aus D-Dorf hinzu und mit einem strahlenden und einem skeptischen Auge. Nach ihrer Meinung «gelungene Konferenz», aber nun auch sofort in Erwartung der schlechten Presse, die sich ihr ankletten würde. Die Vierte Gewalt! Kann weder Kunst hervorbringen noch will sie politische Verantwortung übernehmen, aber: hinterherreden, besserwissen, hackentreten und in jedem Fall das letzte Wort behalten. Einverständnisvolles Geflüster in unserem Familienkarton.

Fr. 16.2. Gut ausgeschlafen – die neuen anbetungswürdigen Imeson-Tabletten. E. mit ihren drei Weckern (7.00–7.30–8.00), die für den Schlafgast schon ziemlich harte Zumutungen sind und jedem Nervenschwachen auf den Wecker gehen. Abends Köln, WDR, Kabarettsendung, die mir als solche nicht genügend deutlich gemacht geworden war und mich (programmgemäß) aufs falsche Gleis verschob. Hatte gedacht, daß es um meine neuen Bücher nebst quantenkundlichen Überlegungen gehen würde, da war ich auf einmal nur ein Sprechscharnier zwischen Hannes Wader (Bellman, sehr gut) und Konstantin Wecker («Genug ist nicht genug» – bißchen unverschämte Benn-Adaption und als solche nicht ganz genug), wo ich gegenüber den musikalischen Highlights überhaupt keine Chance hatte. Las paar Gedichte, die mir selbst wie aufgesagt klangen, bis mich plötzlich wieder der Huckauf zu fassen hatte, zuerst nur als Reizhusten, dann Wuthusten, schließlich unabschüttelbarer Zwangshusten, der dann nicht mehr aus der Kehle wollte. Sprechrollen, die jeder Ixbeliebikus hätte einnehmen können, jetzt Zug nach Duisburg und lang nachhängende Resignationsgirlanden. Auf dem kalten Bahnsteig Köln Rußflocken abgeblasen.

Achgottja, versagt zu haben in irgendsoeinem
Sender zur Nacht,
paar Huster mehr oder weniger in den unergründlichen
Sammelcontainer der Ewigkeit . . .
Tief aus dem Busen den
Qualster
raufholen
nochmal nachladen
Mund spitzen
und dann gegen das ganze quotensammelnde Säkulum
abrotzen,
das schafft Luft!

So. 18. 2. Duisburg, «Dichter-Workshop», bei dem man schon während des Durchlaufs ans schnelle Vergessen denkt. Sehr zu meiner Freude Alicola da, mit hinterher Cuba-Ron und fadenfeinem Zigarillo im Frechmaul, die mir anschließend schweren Koffer zum Bahnhof asten half (stabile Frauen, die ihre Kräfte richtig gern vorzeigen) – leider nur im falschen Zug nach Hoek van Holland gelandet. Aufgeweckte Mulattenkinder im Abteil, die mir Spaß machten: «ESSEN – da gibt es was zu essen» – «MÜLHEIM – da kommst du in das Müllheim – nein, in die Mülltonne!» In Essen beinharte Holzbank, auf der ich nun noch etwa eine Stunde sitzen soll – Stauder-Pils auf die trockengefallene Seele.

Do. 22. 2. Strahlender Februar. Tag so rumgewurzelt. Orthopädie, Massage. Der Heilgymnast mit dem immer gleichen Schamanenvokabular: entspannen – einatmen – an gar nichts denken – was die Gedanken bei mir erst richtig losrattern läßt. Anschließend Atelier Wolfgang Werkmeister (Valentinskamp), der seine Harley-Davidson nachts mit dem Flaschenzug raufzieht. Niedlich, wie er sagte, er arbeite aus purer Wut und kämpfe sich jeden Tag son paar lichte Stellen frei. Gemeinsam ins «Möwenpick», wo W. den Livepianisten in dem mehrfach gestuften, weit ausfächernden Riesenrestaurant zu leiserem Spiel veranlassen wollte. Ich rang die Hände und erknetete Gegenargumente. Er reklamierte aus purem querulantischen Trotz – zu meiner Erleichterung ergebnislos. Am Nebentisch ein Schleckermaul über bunten Eisen. Eine Art Süßspeisensexualität.

23. 2. Der Februar wie ein Losgelassener. Erste Krokusse mit aufgerissenen Geschlechtsorganen. Höhe Oev. 102 eine kleine zusammengedrängte Herde: violett, gelb, sandfahl, mit haarrißfeinen lila Längslinien. Als ich beim Händewaschen einen ergrauten Blütenkorb aus der Abflußöffnung entfernen wollte,

war es eine nahezu farblose, der Kanalisation entstiegene Riesenspinne. Ein Erschauern von den Fingerspitzen bis zum Herzen. Die Schwierigkeit, bei älteren Gedichten anzuknüpfen oder neuere umstandslos weiterzutreiben. Dazwischen ein Weltuntergang, den man auch mit artistischen Lassowürfen nicht so ohne weiteres überspannen kann. Vielleicht paar Winterbilder neben der Zeit her ins reine malen: Joggerin mit von hinten sonnendurchschienenen Ohren, vorn die lautlos lautmalenden «titt-titt/titt-titt»-Amplituden. Informativer, aber niederdrückender Brief von Gisela Wand. Bei Goethes *Prometheus* wäre bei ihren Schulkindern nur noch Gähnen angesagt. Wird schon recht haben, aber wer will richten? Wenn ich heute neu anfinge, würde ich auch in die Clip-Fabrik gehen.

Das Gefühl, nicht mehr viel zu taugen. Ehrenvolle Offerte der Düsseldorfer Heine-Uni, die den ersten Poetik-Lehrstuhl nach der Neubenennung gern mit meinem Namen verbunden sähe, aber wen glaubt man denn dort zu prämieren? Mein Kopf: eine Hohlwelt, von Fledermäusen beflogen. Sollen sich Biermann holen, der ohnehin schon unentwegt in Richtung «Sy Freudhold Riesenharf» grimassiert.

Nur unter Betäubung noch vor die Menschen hintreten können

Ich habe ein ICH besungen, das hinten und vorn nicht zusammenpaßte. Nur in der Larve trete ich zutage. Grimassen gegen das Erschlaffen.

Im Alter, wenn die Imperative schon ein bißchen durchhängen

Keine Erkenntnisse zum Rauspredigen gerade

21.00 Spielabend bei Urs Jenny und Frau Monica. Hatte geraucht und begrüßte – für ein Weilchen angenehm desorientiert – Wolfram Runkel als den Hausherrn. Der herzlich nette Kerl, dessen Umarmungen noch von der guten alten Sentimentalität herkommen. Skat mit Peggy und Paula Almquist. Maiswhisky und viel gesabbelt. ROMAN: einen Helden z. B. sich als großes Skat-As in solch eine Runde einschleichen lassen. Verdeckter Ermittler.

Greiner und Hage, die mich für *ZEIT*-Mitarbeit zu keilen suchten, u. a. Serie über Dichter als TV-Consumer o. ä. Bin schon der Meinung, daß solide Fernsehbildung heute zur Grundausstattung gehört: ab 20.00 beinah alles außer Action, Horror, Western, Familienserien, Edelweiß und Wasserkante. Als mich Lodemann mal zu «Café-Größenwahn»-Sendung über «Schwarzwaldklinik» eingeladen hatte, hatte ich ihm zurückgeschrieben, daß das Baumsterben nicht mein Thema, der Schwarzwald mir schnuppe und die Frage, ob er bereits ein klinischer Fall sei, mir absolut Hekuba wäre. Wollte keiner recht glauben, aber ich sagte zu ihnen, daß sie den Briefwechsel gern bei SFW anfordern könnten. In der Pokerrunde wird neuerdings um DDR-Geld gespielt, gewaltige Einsätze. Fand ich pervers, aber nahm es als Zeichen. Gegen 1.00 zuhause, Brecht-Gedichte, wobei vieles ganz neu herauftönt, weil es neu zu beziehen ist. Z. B. «Was ist geschehen»: eine versunkene Glocke.

Mo. 26. 2. Mit Imeson gut ausgeschlafen. 11.35 Eberhard Schlotter, für meine Verhältnisse etwas früh, weil war noch beim Frühstücken. Tat mir leid, ihm nur alte Brötchen und trockenen Tilsiter anbieten zu können und stöckerte bißchen übertrieben steif herum, um Gebrechlichkeit als Entschuldigung für zu spätes Aufstehen geltend zu machen. Sehr im Gegensatz zu seinem etwas provinziellen Zuschnitt – hellblauer Pulli mit Kroko-Signet und reichlich pepitaklein karierte Jacke –

sein extravagantes Reiseleben und sein megalomanischer Kolumbus-Zyklus, für den er sich offenbar Vor- oder Nachwort von mir erwartet hatte. Da ich seine Bekanntschaft (ziemlich singulärer Porträtkünste und kraftvoller Schmidt-Illus wegen) von mir aus gesucht hatte, fiel es mir schwer, seine Erwartungen gleich zu Anfang zu dämpfen. Sagte ihm aber wahrheitsgemäß, daß ich für eine derart umfassende Weltumseglung weder die nötige Zeit noch die erforderliche Seetüchtigkeit besäße. Schl.: ein synkretistischer Geist, dem offenbar alle grafischen Techniken vertraut, Mittel recht und Ausdrucksweisen zur Hand sind und dessen Grenzen nur durch die eigene Virtuosität gesetzt werden. Heroisierung der Indios durch allzu schmissig aufgeschönte Leidensphysiognomien: Adel und Ebenholz.

Erzählte viel über Arno Schmidt, z. B. von dessen degoutanten Tagebüchern, die in Bälde erscheinen sollen. Muß doch reichlich verkniffene Existenz gewesen sein und eine befreite, befreiende Erscheinung nur im Rahmen seiner (frühen) Romane. Soll über Besucher (im Gegensatz zu en face geäußerten Liebenswürdigkeiten) nur Abträgliches und Häßliches verzeichnet haben, oft nachdem er sich Nächte hindurch mit ihnen vergnügt habe. Auch verzwängte Sexualität zwischen Hausmacher-Eros (Alices Schirmquallen in der Badewanne) und uneingestandenen Ausbruchsgelüsten: der Titan als Spanner hinter der Küchengardine. Nahm es als Mahnung an mich, die kunstnotwendige Unerbittlichkeitsoptik zunächst an der eigenen Person zu erproben und private Misanthropien nicht unbedingt mit Wahrheitsfanatismus zu verwechseln. – Als ich Schl. mit meiner neuen Polaroidkamera fotografierte, zuckte er zusammen wie ein Streichholzflämmchen im Windzug. Auf dem entwickelten Bild ein verschrecktes Kaninchen.

27. 2. Sturm – Hochwasser. In TV als live mitgefilmten Orkan zu betrachten, was die Wirklichkeit (11 Tote) immer erst richtig authentisch macht. Die neue leuchtrosa Boje vorm Haus: tanzend, nickend, blinkend, eine elektrifizierte Balletteuse. Das Wasser zinkfarben mit Gischtgirlanden – schmutzigweiße Meerflocken – das seibernde Element. Schön auch der Blick auf die lüstern durch den Lattenzaun schlappenden Flutzungen, als ob es im Gärtchen Milch und Honig zu schlecken gäbe. Die «Strandperle» (offizieller Geheimtip der alternativen Szene) als ersoffenes Idyll weit eindrucksvoller als während der Hochsaison. Bis unter die Stirnleiste schwappendes Wasser, viel schlingerndes Treibgut, Dosen, Kisten, bunte Taue, handgebeilte Balken, die Eisenträger über dem Durchgang reetbekränzt und strohumwunden. Als ich abends auf den Balkon trat, stand die Venus eisig einsam in einer leergefegten Wolkenschneise; unten im Garten der sich zeitlupenlangsam aus der Erstarrung lösende Schattenriß Mark Twains: Ali Schindehütte, der die Flut aus der Nähe betrachtet hatte.

TV: als Gondoliere in dem sich immer mehr verzweigenden Kanalsystem: Wirtschaft DDR – Schlagerwettbewerb USA – alter Amphitryon-Film (sw) – Catcher (RTL) – «Der Gott der Amöben» (Einzeller, Mehrzeller, Hexenbutter): alles in sich schlüssige Systeme, blödsinnig, sinnreich, und im einzelnen auch nicht geringer zu veranschlagen als z. B. FDGO.

Anruf bei E. und sie nochmals darin bestärkt, nicht mit der Partei zu brechen. Hat das Schnäuzel voll von Kult-Ministerium und nervschmirgelnder Unposition zwischen allen nur denkbaren Mühlsteinen: Hetzpresse, Schülerdemos, Philologenverband, Parteidisziplin und querulantischen Einzelkämpfern, die gern Staatssekretäre geworden wären.

Brechtgedichte zur Nacht. Ein parteiunabhängiger utopisch-ästhetischer Raum. Jeder Autor sein eigener Systembildner in einer selbstverfaßten literarischen Republik. Höchst verehrungswürdige Gestalten wie Kafka nicht unbedingt zur praktischen Nachfolge einladend und – nebenbei und im Hinblick auf seine eigensüchtig inszenierten Verlobungsdramen – auch bedeutender Menschenverbraucher. Nette Genies wohl nur selten. Am verträglichsten beinah noch einige randständige und gemeinhin eher für asozial geltende Figuren wie Henry Miller und Charlie Bukowski. Beinah liebenswürdige und mit viel Common sense = Geselligkeitssinn ausgestattete Außenseiter der Gesellschaft. Buko als ansteckendes Beispiel für die selbst in Extremsituationen noch möglich erscheinende Überwindung der Erdenschwere. Wenn in dieser ganzen Scheiße nochmal richtig die Geige auftönt . . .

TV mittlerweile auch nur noch als Lumpensammler einer großen Konfektion zu betrachten. Ständige Talk-Show-Bewohner (Martin – Gysi – Schily – Lisa Fitz – Karl Dall), zu immer neuen Skatrunden gruppiert und mit einem Output zum Gähnen. Pluralismus: das Froschkonzert von ein paar zig Stimmen, aber die dann auch sumpflochfüllend und an allen Brackwasserkanälen. Was im Meenzer Karneval allegorisch vorausgespiegelt schien – ein Verbrüderungswerk als gesamtdeutscher Jeckenzug – nimmt in der politischen Praxis allerdings ganz andere Wege. Immer noch Begrüßungsgelder, Koberprämien, Werbegeschenke, wo, im Gegenteil, Dableibegelder und Abwimmelungspräsente das einzig richtige wären.

D-Land / D-Land, eine Kohabitation unter ungleichen Partnern und Verhältnisse wie auf dem Kiez: erst locken, anmachen, schöntun, dann die alle Grenzen brüderlicher Hilfeleistung überschreitende Ausplünderung. Der populäre Unmut-West gegenüber Umsiedlern, Arbeitsuchenden, selbst Winterschlußverkaufsaspiranten täglich deutlicher spürbar. Trabiphobie, die sich in immer häßlicheren xenophoben Witzen niederschlägt.

2.3.90 – 17.45 Bhf. Altona, Nierchen. Reise nach Baden-Baden, «Café Größenwahn», jetzt schon wieder Historie, angeschlossene Prozente und dolle Sturmnacht in Hotel «Bad Hirsch» inklusive. Menschen zu genießen, wie schön, u.a. Harig, der immer ein bißchen darunter zu ächzen scheint, daß er eine schwieriger zu behauptende politische Biographie hinter sich hat als ich; aber machte mich während gemeinsamer Weiterreise auf einen mir nicht bekannten schizophrenen Dichter aufmerksam, Johannes Kühn, was ich als Nummer positiv und als Anregung erbaulich fand.

Paar Blätter für *ZEIT* beschichtet: Der Glotzkasten als der letzten Menschen letzte Beziehungskiste. Abends blindlings und (durch den Auftrag legitimiert) durch das ganze Grachtensystem gegondelt: Megalodonten an den Steilküsten von bayrischen Alpenseen und «Mode 90»: «Marinelook zwischen ‹Atlantikblau› und ‹Gischtweiß›» – Ich bin ein Littoràneo, kennt Ihr meine Farben?

Der Dauerkucker als Augenzeuge. Siehe Walther von der Vogelweide: «Ich sah mit mînen ougen» –

Ich habe gesehen ich
habe gesehen ich habe
gesehen ich
habe ge-

Ich habe gesehen vor meiner Teleguillotine
auf meiner Schlächterscheibe
in meinem Leichenschauhaus ...

6.3. Geburtstagssachen für E. in Kisten verpackt und zusammen mit Frau Knut den Berg hochgekarrt. Der Genesende: Prinzip Hoffnung von der einzig angemessenen DIN-

A 4 = Schuhgr. 45-Grundfläche aus. Gedicht «Sich auf dem Papier ...» Potentiellen Baustoff aus mehreren älteren Mappen zusammengefegt, aber der anspruchsvolle Entwurf ist nicht allein aus Taschengrund zu bestreiten. Es muß noch etwas Entscheidendes hinzukommen: ein «Ich-will-es-so» oder ein Ent!schluß.

7.3. – 7.00 aufgewacht, Tabletten, bißchen Nachschlagschlaf, dann über Gedichten. Als ich gegen 14.30 beim Hähnchenbakken war: TIBIA, an der ich ein eigenartig interesseloses Wohlgefallen finde, das allerdings immer stärker: «Ah, wie schön, daß du immer gerade im rechten Moment kommst, erstens kannst du mir gleich beim Hähnchenessen Gesellschaft leisten und zweitens die Bücherkisten raufkarren helfen.»

Es gibt gewisse Leute, die grundsätzlich nur kommen, wenn sie stören, und nie da sind, wenn man sie braucht –

Fragte T. nach ihren laufenden Umständen, worauf sie: «Na, das weißt du doch, sone Art von verlobt.» Dann wie immer übergangslos die Tonleiter ihrer Brittas, Gittas, Gesches, Hinnerks, Harrys, Männis, Söhnis, Hannas, Ebbos, Friesias rauf und runter, bis ich irgendwann nicht mehr mitkam und sie fragte: «Kannst du eigentlich Salat anmachen?» – «Aber klaro, aber immer.» – «Und wie machst du den?» – «Na, mit Öl – Essig – Zucker – Pfeffer – Salz – bißchen Senf – aber irgendwas muß da noch zu.» – «Ja, bei Chicorée beispielsweise Curry.» – «Und Avocado.» – «Auch gut, und was sonst noch?» – T., nachdem sie sich ganz schnell nochmal die Horror-Rosinen aus «Bildi» rausgepickt hatte: «Und – Johannisbeergelee! Uuuuuunnnnd – M a g g i ! » Hatten wahnsinnigen Appetit allebeide, wobei ich mir die Speisen allerdings ziemlich schildkrötenhaft reinmogeln mußte und sie – krappskrappskrapps (noch alle 32 Zähne niedlich schief im knallroten Mund) – den gewaltigen Berg wie ein Getreideexhaustor in sich hineinschlang. Kisten hoch, dann T. zum Flötenunterricht, ich Lit-Haus. Russischer Übersetzer Chlebnikow, der, laut Uwe Herms, einen Riesenmillionenmarkt von potentiellen Lesern hinter sich haben sollte.

Als ich eintraf, waren die günstigen Plätze weitgehend bereits besetzt, fast unmutig gab man den Durchgang frei, eine junge Dame am Eingang: «Wie war noch grad der Name?» Ich: «Rühmkorf, genau wie man's schreibt.» Auch Chlebnikows Offerten nicht ganz von der Großzügigkeit, wie sie mir im Aviso erschienen waren. Suchte eigentlich gar keine Dichter, sondern Sponsoren, d. h. Paten statt Poeten. Ließ ein Musterbuch mit augenfeindlichem Graudruck auf beigefarbenem Holzpapier herumgehen (auf dem Plasteeinband die Titelgrafik eines Chirico-Nachahmers) und versuchte, das Unprodukt vor dem goldenen Hintergrund seiner (geschätzten) 800 000 Leser leuchten zu lassen. Hat angeblich auch Gedichte von mir übersetzt, was in Ermangelung von Belegexemplaren freilich völlig an mir vorübergegangen war.

Bißchen langweiliger, recht freundlicher Abend (Kommunisten, Slawisten, Renegaten, Dissidenten, Emigranten, Auflagemaximalisten als motivbezogener Expertenverein), bei dem ich mir die Zeit mit dem eigenen Motivsucher vertrieb. Uwe Herms – Gerd Fuchs – Pjotr Schjutt mir der Reihe nach von der Seite her angesehen, aber werde mir passenden Helden doch wohl aus den eigenen Rippen schneiden müssen.

8. 3. Mit Otto (dessen 99jährige Mutter im Sterben liegt und der sich die Ablenkung gern gefallen ließ) Kisten nach Roseburg rausgeschafft. Bodensatz der 80er Jahre, eben gerade noch jüngere Zeitgeschichte, aber nach den jüngsten Weltenbeben beinah schon Prähistorie. In der Tenne die technische Zeichnerin D., die aufs unterhaltsamste aus ihrem Fräuleinsleben erzählte.

Wie sie abends die ersten Frühjahrsinsekten bei der Lampe begrüße, «meine Freunde»: «Manche kenn ich schon seit ein paar Tagen, und gleich fühlt man sich nicht mehr ganz so allein.» Singt im Chor des Ratzeburger Domorganisten Neidhardt und beschrieb uns den zierlichen Mann fast schwärmerisch: «Zuerst hab ich gedacht, so ein Männchen, aber dann diese Power! diese Ausstrahlung!» Überall eigentümlich verfältelte und in aller Bescheidenheit kunstvoll gefaßte Leben. Man müßte selbst deren mehrere haben, um wenigstens eine Auswahl naturgetreu abkonterfeien zu können.

Abends Talk-Show: D-D-Land: zusammenquasseln, was sozial immer weiter auseinanderdriftet. Spät: Boris Becker im ewigen Tie-Break gegen den netten Skoff. Ließ es mich 5 Zigaretten kosten. Theorie des Rauchens: anale Regression, die sich unter dem allwirksamen Kulturdruck in die höheren Stockwerke verlagert hat, ohne ihr archaisches Triebwesen einzubüßen. Der Mund als Afteröffnung: Phhh! – Phhh! –

Gedicht «Wieder mal so ein Jahr» als Probelauf fixiert und für gut befunden. Neue erotische Gedichte, die nicht mehr vom Minnesang, sondern von der Momentaufnahme herkommen. Wie Pascin oder Steinlen gedichtet haben würden.

Hoffnung von hinten

Wiedermal so ein Jahr den Styx hinunter,
beinah ohne Blutvergießen,
bravo!

Wo auch die Liebe schon in solche allgemeine,
nun, wie soll ich sagen,
Gutmütigkeit übergegangen ist.

Genug Wut zum Bergeversetzen war ja da.
Ich habe – hab schon immer –
bin – ich werde sein –
Eine große Geste, die du aber nicht durchhieltest
weil du Lust zum Tanzen verspürtest.

Um zu beweisen, daß sie ein Leben lang
unrecht an dir gehandelt haben,
müßtest du sowieso ersteinmal den Sargdeckel
rechtskräftig hinter dir zuschlagen.

Aber der Dorfdepp, der hier den Polizisten nachahmt,
das sind wir nie gewesen.

Frei-durchatmen-können-noch auf Grund von Renten,
Staatsanleihen und Versicherungen
eine kleine Weile
immerhin . . .

Ohne Auftrag und Absicht in die schmirgelgraue
Stöckerlandschaft starren
mit dem ganzen Kanal voller Eisklumpen
und den Kränen bis zum Knie im Winterwasser –
titt titt – titt titt
eine Schönheit in Schwarz und Schwein jagt vorbei
titt titt – titt titt
Und? – Nichts – Oder doch:
eine Hoffnung von hinten mit sonnendurchschienenen
Ohren
und rosa erleuchteter Fahrrinne . . .
Und du weißt, daß du jetzt endgültig
an die Dinge rangehen mußt
aber wohlgemerkt als ihr Liebhaber
und nicht als ihr Interpret.

Sa. 10. 3. Mit Tabletten gut geschlafen, gut gefrühstückt, und den guten Morgengeist bei NDR-Samstagsmusik fast schon wieder aufgegeben: Wochenend-Billigfunk immer ganz besonders blöd und bodennah: «Frau Behrens wünscht sich Siegfrieds Tod – Mimungs Rache.» Wagnersche Dummtröten, die aus seelischen Verklemmungen stammen, die von Verklemmten als Tiefe genossen werden. Anschl. «Sonate f-moll» von Friedrich dem II., sogenanntem Großen: Von jedem Dorf 'n Hund, Klassik zum Mitpfeifen. Keine Schicksals-, sondern eher gesellschaftskritische Frage, warum sich die guten kleinen Sender immer so mühselig mit ein paar Kilowatt durchkämpfen müssen.

14.00 Otto, dessen Mutter gestern gestorben ist. Immer besonders propper gekleidete kleine Frau, deren Personengedächtnis in den letzten Jahren stark gelitten hatte, aber wenn ich sie auf der Straße freundlich gegrüßt hatte, es sofort als Ereignis ihren Kindern weitererzählt. Ottos Großvater «Negerhäuptling» und Bandleader einer Eingeborenenkapelle, die auf den berühmten «Hagenbeckschen Völkerschauen» aufgetreten war. Lebensläufe, wie man sie sich nicht ausdenken kann und die fast noch kurioser als der eigene sind. An Otto und seinen Schwestern unschwer die Entstehung des arabischen Typus zu studieren. Ihre Schwierigkeiten zur Nazizeit. Der Zorn der Schwester noch heute bei jedem deutschen Fußballsieg. Wer die «eigenen Leute» frühzeitig aus Feindessicht zu betrachten gelernt hat, denkt anders über die Nation als, beispielsweise, Martin Walser.

12.00 «Kaufhof»/Bhf. Altona. Junger Mann (30–34), Dreitagebart, lange, louishafte Nackenfransen, der eine verhuschte Frau in die Süßwarenecke der Lebensmittelabteilung abkommandiert und von außerhalb der Schranke her fernbedient: «Links! – mehr links! – stopp! – gut, nun weiter geradeaus – ja, da! – Halt, hab ich gesagt, und jetzt die zweite Reihe von oben!» Impulsgeber: feldherrenmäßig zusammengekniffene Augen.

Als ich mit Hut, Schal, Mutterbeerdigungsmantel bißchen im Tran an der Gräfin Bernstorff (mit Rottweiler) vorbeilatschte, rief sie mich plötzlich an: «Sie sehen ja immer besser aus! Toll sehn Sie aus!», worauf ich außer «grazie-grazie» nicht viel Bedeutendes zu antworten wußte. Schließlich doch noch: «Und wie geht es Ihnen?» – «Ach – ja – nein – Scheiße, Krebs!»

Ab 19.00 TV, anhaltend DDR, ein utopisches Exotarium: Anderland. Dann Übertragung der Staeck-Veranstaltung in der Essener Gruga-Halle, an der nicht teilgenommen zu haben mich in einem hintersten Sonderlingswinkel meiner Seele tief befriedigte. Was ich zwischen all diesen abgeklärt aufgeklärten Kopelews und Wajdas und Lafontaines und Carola Sterns wohl noch für Lücken hätte füllen können?! Ja, man schurrt und trippelt so weiter wie besehen, wie gehabt, «Politik der kleinen Schritte», als ob kleine Schritte vom Wege die aus dem Ruder gelaufene Welt nochmal wieder auf den alten Vernunftkurs bringen könnten. Aber ich spürte auch deutlich so etwas wie eine Atemnot der Gedanken.

Zwischendurch Beckers schwere Niederlage gegen Agassi, die ich ungern sah. Das entnervte Schnüffeln des Cracks an seiner Achselmulde. Die den verhauenen Schlägen echohaft folgenden Geister-Konter ins Nichts (Ja, so! hätte er kommen müssen!). Die verzweifelten Selbstbeklagungen, über Satelliten dem gesamten erbibbernden Erdkreis mitgeteilt. Sah zum ersten Mal bewußt, was für gewaltige Stempel unser Teutonenbaby über den Court zu schleppen hat: steife, keulige Fortbewegungsweise, das Paket von Rücken und Hintern kaum merklich in der Taille abgesetzt, Jacques Tati in *Die Ferien des Monsieur Hulot*. Gefiel mir trotzdem besser als Agassis auf hohem Niveau erkünstelte Ungepflegtheit.

Zur Nacht Tagebücher Max Beckmann. Nichts Durchgeschriebenes, nur die Tage beiläufig runternotiert und kein Vergleich mit, etwa, George-Grosz-Briefen. Trotzdem eine Art von Lebenslängsschnitt, und Längsschnitte halten an der Leine.

11. 2. Zu spät ins Bett – zu früh aufgewacht – dann entsprechend zerhauen. Von Kipphardt geträumt, in dessen Notaten ich vorm Einschlafen noch gelesen hatte. Briefwechsel mit Peter Hacks ganz lustig. Rückblickend hat es mir an vielem gefehlt, vor allem an solchen gehaltvollen Briefkameraden. Nicht ganz richtig, die Wand hat mich über Jahre ermuntert, obwohl sie meine neuen Sachen zuerst immer wie mit der Feuerzange angefaßt hat – sehr viel später dann Zuckerzange.

Nach Kiel und mit E. zum Gut Panker, Galerie Hannes Albers, Ausstellung Wilfried Wolk, DDR, ehemalige «Leipziger Schule». Ganz energische Bilder, aber hätte trotzdem lieber in den ausliegenden Horst-Janssen-Katalogen blättern mögen. Ganzer Haufen von DDR-Besuchern, zumal mecklenburgische Lokal-Maler-Dichter und -innen, sehr nervös und mit den Gedanken signifikant durcheinander. Das (über!)große Interesse, das ihnen zur Zeit entgegengebracht wird und das sie als neue Erfahrung noch gar nicht recht einordnen können. Hätte ihnen am liebsten verklart, daß die inzwischen bereits vom Band abrufbare «moralische Erneuerung» andere Wege nehmen wird als die erwarteten versprochenen. Der freundlich-vetterliche Tatsch an die Schulter prüft zunächst nur die Watte, mißt die Schulterbreite, ertastet das Fell. Es wird ihnen bei Bedarf nach allen Regeln des Marktes abgezogen werden.

a) Tragik: als Verkennung der Tatsachen
b) Vorsicht ist besser als Tragik

Mit Begriffen angetreten, die nur noch scheitern können.

Naja besser, rechtzeitig drüber gestolpert als vorzeitig dran gestorben.

TV: die neue DDR-Neuro-Szene, ein Krisenlaboratorium. Man beschäftigt sich teils larmoyant, teils moralistisch-rigoristisch (allerdings immer selbstverliebt und ichbezogen) mit den psychischen Folgeschäden des Regimes. Hatte den Eindruck von geprägten Hunden, die die Prägung wohl erkennen, sie aber nicht von sich aus abschütteln können. Immer wieder mich an APO-Szene erinnert gefühlt: Orgasmusschwierigkeiten, soziale Verhaltensstörungen, Sinnkrisen, Selbstfindungsgebafel, alles zusammen mit Schuldzuweisungen gegenüber dem «System» verbunden. (s. Benn: «Sie hängen an ihren Neurosen / sonst hätten sie gar nichts mehr»)

Ach, die Welt ist schon alt
und besteht immer noch aus den gleichen Problemen:
mein Mann geht fremd, mein Glied ist zu klein,
mein Sohn liebt mich nicht . . .

Konjunktur: Und sie glauben noch an den Nikolaus, während man sie selbst schon zu Engelshaar verarbeitet.

Pluralismus: in diesen Sternennebel hinauszutreten, von keiner Mutterhand geleitet –

Manche Leute verkennen ihre dienende Rolle in der Welt, und das ist ihre wirkliche Tragik.

Wenn sie darauf warten, daß ihre Ketten sich einfach
durch Materialermüdung lösen
oder gar der Kaukasus zerfällt . . .

Schlimm, nichts zu werden,
schlimm, nichts gewesen zu sein,
schlimm, was gewesen zu sein und nun nicht mehr

Und am Ende starrt dann der Doktor zusammen mit ihnen
in den gleichen Abgrund.

Nachts, Kiel: konnte trotz Noctamid nicht einschlafen – dann Imeson. Mußte Lampe löschen, weil E. nach Dunkelheit verlangte, und bemerkte, daß ein schlohweißer Streifen Mondlicht auf meine Bettdecke fiel. Aus dem Fenster der Blick auf die ultraflachen Winkel der Hallendächer am Kai, kaum zu glauben, daß es nur Mondenschein und kein Schnee sein sollte. Hohl jodelnde Winde ums Dach.

Jetzt rauchend in der Küche und Notizen. Glaube kein bißchen an Noktambulismus, aber inzwischen auch nicht mehr an Noctamid. Kriegsbriefe von Beckmann nicht unbedingt schlafanziehend. Beschreibt die Greuel des Krieges, das Schreien der Verwundeten, Geröchel der Sterbenden mit einer Menschenfresserlust, die infernalisch gegen jede humanistische Interpretation seiner Bilder absticht. Wartete vergeblich auf etwas wie eine Erkenntniswende oder Damaskuserlebnis, das den Umschlag von einem ewig nur registrierenden «So ist es» zu einem kettensprengenden «Wir wollen es nicht!» erkennbar werden ließe. Diese Maler und Grafiker! und zwar durch die Jahrhunderte der Reihe nach von Goya über Delacroix bis zu Otto Dix. Ausweideaugen. Als mir A. Paul Weber mal von seinen Schützengrabenerlebnissen in Belgien und Frankreich erzählte, etwa so: «Und dann diese Toten, ich sage Ihnen! Einige noch mit der

Schießbrille auf, und dann ein ganzer Graben voller toter Schotten, alle mit diesem Röckchen.»

Mo. 12. März. Anruf Gisela Zieren (Ro), daß mich Willi Winkler vom *Spiegel* zu sprechen wünsche, was sogleich ein freundliches Rühren in mir auslöste, weil ich meinte, es könne sich nur um mein bis zum öffentlichen Nichtvorhandensein übersehenes Opus magnum handeln. Als ich nach einer gewissen, hoheitsvoll in die Länge gezogenen Schampause anrief, eine süddeutsch sich ölig vom Bayrischen ins Österreichische verschleichende Stimme: ob ich nicht einmal etwas über Oskar Pastior schreiben wolle, einen Mann, der in der literarischen Öffentlichkeit arg unterbewertet sei und gar keine Auflagen mache. Sagte leider nicht, was ich hätte sagen sollen: «Na hören Sie mal!», sondern zog mich hinter eigene und andere aktuelle Interessen zurück. Er gab aber nicht auf und argumentierte weiter, daß bei Riha o. ä. doch alles in diesem «Gelehrtenghetto» bleibe, wohingegen ich (und ich wollte meinen Ohren nicht trauen) doch «diese gewisse priesterliche Stimme» besäße, und war mir ein zweites Mal zu fein (nein, zu feige), ihn zu fragen: «Priesterliche Stimme»? – wie kommen Sie denn da drauf? Da müßte mir doch vorher jemand die entsprechenden Weihen verliehen haben, zum Beispiel Ihr *Spiegel*-da, allein ...

18.30. Mit Opitz und Vincent Klink (Bundhosen und rosige Punchbäckchen) zum «Bäcker», Scholle. Fürchtete schon, daß der Dreisterne-Koch das alles auf der Stelle wieder auskotzen würde, aber dann war es ganz zu seiner gnädigen Zufriedenheit. Spät Talkrunde: Johannes Gross, Bischof Schönherr, Joachim Fest, die Seebacher-Brandt, ganz grauenhaft anzusehen und noch schlimmer, zu hören. Ausgemacht, Whisky drüber, an Schluß von «Überraschendes Wiedersehen» –

Aber nur nicht jetzt vorsichtig werden
wie eine besoffene Nonne,
die nach drei Schluck Melissengeist schon Erscheinungen kriegt

Mi. 14. 3. Heftige Schmerzen im Unterkiefer, Zahnfleischentzündung, geschwollene Drüsen. «Wiedersehen», das noch eines letzten lässigen Schlenkers von Vates-Position in Richtung Vanitas bedarf. Rufer in der Wüste als Conférencier auf der Blödelbühne. – Mich an Rezensionen von Hieber und noch jemandem erquickt, die mich (bißchen spät) in ziemlich hohe Ränge versetzen. Nach meinem Tode werden sie mit mir tanzen wollen. Auf Klappe Sammelbuch setzen lassen: «Diese Gedichte wurden im allgemeinen gut angenommen».

Wo ich mir schon pausenlos selbst auf die
Kranzschleifen trete

Ob du der einzige bist, ist völlig egal.
Hauptsache, daß man es dir glaubwürdig versichert.
(Huren-Latein)

TV: Nach anfänglichem umfänglichen Leugnen auch Schnur jetzt als Stasi-Agent enttarnt. Fall, der stark an Barschel erinnert, auch im Hinblick auf die unterschiedliche Verantwortungsbereitschaft von Politik und Presse. Auf der einen Seite sind die Konsequenzen fatal bis letal, auf der anderen kann folgenlos weitergelogen, umgefickt und nachgebauscht werden. Ein im Grunde selbstherrlich-autoritäres Kontrollsystem, das keinerlei demokratischer Kontrolle unterworfen ist.

Nachts Benn *Probleme der Lyrik*, um die Eliot-Sottise zu suchen («aber Eliot ist auch gegen das Fernsehen»), dann erschien mir aber die Rede selbst immer problematischer. Unten ressentimentale Verwerfungen und oben in Musik gesetzte Behauptungen. Auch viel schneidiger Stuß.

16. 3. Zahnarzt. Eine emphatische Sonne über der leeren Morgenstadt. Der Altonaer Markt wie eine fast noch geschlossene Blüte. Verschlafen blinzelndes Gemüse, Tautropfen auf Kohlköpfen.

19. 3. 90 Gestern «Schicksalswahl» und – schicksalhaft ist nichts, Geschick ist alles – sensationelle Gewinne der Rechtskoalition. Die autoritär fixierten Wähler vom Lande, die ohnehin nicht viel mehr als «ä neue Obrigkeet» wollen, und die Sachsen auch nur auf eine verpupste Art helle. Respektable Erfolge für PDS: REFORMKOMMUNISTEN, die man jahrzehntelang beinah ranklotzerisch umworben hat und von denen man nun nichts mehr wissen möchte. Im Vergleich zu Modrow und Gysi schienen mir die deutschen Dichter allerdings besonders zurückgeblieben bis heruntergekommen. In SAT 1 Martin Walser, die gesamtdeutsche Dröhntüte, pastoses Zeugs wie aus der Majonäsetube. Wolf Biermann mit seiner Lieblings-Pièce: vom Verfolgten zum Erfolgs-Chansonnier. Selbst Walter Jens im «Palast der Republik» mit vergilbten Spruchbändern und den entsprechenden christologischen Stockflecken. Erst schalt er die PDS «sektiererisch», weil sie nicht in den Jubelchor mit einstimmen mochte, und dann weiter ad infinitum: eine Rosa ist eine Rosa ist eine Luxemburg. Mein altes Reden, daß man Geld für politische Meinungen hinterlegen müßte. Im Falle des Falissements dann Abführung an *ai* o. ä.

18.30: Nach Gymnastik und Massage «Franziskaner», Notizen, Lust auf Bier, Malteser, Zigaretten, Eisbein. Ein blondes Massiv, das einem Hinkelstein von Kerl vergeblich die Lippen entgegenspitzt. Diese immer und ewig zärtlichkeitssüchtigen Frauen und die verschnürten Mannspersonen an ihren Seiten.

In der *Welt* lügen sie sich (und ihren Lesern) die DDR-Mietpreise zurecht.

21. 3. Anruf Geertje Suhr (USA) in Entrepreneur-Stimmung: BERLIN! – Der Fall der Mauer – Freedom and Democracy; wohingegen neulich, meine alte Freundin Uschi Love, ganz krank vor Widerwillen gegen die schwarzrotgold überflaggten Einverleibungsfeiern und den Kohl als neuen gesamtdeutschen Plumpsack. Ja, was hat er denn wirklich Großes geleistet außer im richtigen Moment die Schürze aufgehalten und sich die unverdient herunterrasselnden Sterntaler eingefangen. Im Garten: die Tulpenbäume wie Flamingos an der Tränke. Bißchen an ZEITGEDICHT:

Jetzt haben wir aber lange genug von . . .
gesprochen.
Jetzt sind zur Abwechslung mal
WIR DRAN!

22. 3. Anruf Karin Duve: *Stern*-Rundfrage: «Was wird aus Deutschland?» Einfach Wortlaut Bücherverbrennungs-Aufruf durchgegeben, alles andere viel zu ‹besorgt› und kompromißlerisch. Weiter an ZEITGEDICHTEN: Deutsche Dichter:

K ä u f l i c h,
um nur nicht als unverkäuflich zu scheinen
(Die einen treten in den Hungerstreik,
die anderen erfreun sich doppelter Rationen)

Nach Besuch beim Orthopäden (dunkelgrüne Gliederkakteen und spannlange Reklameskelette von Effektan und Voltaren auf den Fensterbänken) zu Hänschen, um nach sicherem Weidegrund für die neuen Pflänzchen zu fragen. Schilderte ihm die

Freuden und Beschwernisse eines Dachbodenbauern, der zwar eigenen Garten, aber auch eigene Gattin in höherem Staatsdienst hat, was ein Ausweichquartier erforderlich mache. H., der außer Sacco auch keine neue sichere Adresse wußte, und: «Sacco, kennst ihn ja, denkt dann immer gleich, daß du seine Gedichte dafür verlegst.» Kurz Julia und Freundin Elena mit sternenmäßigem holländischen Treibhausgras, das sie «Javaanse Jongens» nannten, aber als wir so richtig ins Luftschippern kamen, ließen sie uns beiden ollen Kerle mit unseren javanischen Halluzinationen allein. Noch bißchen als Duo weitergedröhnt und uns wechselseitig unserer Größe auf einer ziemlich enggeknöpften Welt versichert. 1.00 TV und fast nur noch schlingernde Algensuppe auf 16 Kanälen: Helden mit gefärbtem Brusthaar – eine hellila zitternde Negerzunge im rosésilbernen Frack – irrsinnige Bodymaschinen in MTV, aber am Ende doch auch nur Lustzerhacker-/Entsagungsclips – schließlich bei RTL plus ernsthaft darauf gewartet, daß die Ansagerin sich auszieht. Man will ja nicht immer nur Müllaster mit Schwermetallschlick/Dioxinabfällen über den Bildschirm sausen sehen. Um 2.00 absolut aus das Ding und Scheibe wie verkohlt, ich nach Haus.

Sa. 24. 3. Gestern Spielabend, viel Courvoisier, auch Bier, Skat mit Runkel und Paula. Allerhand Insiderzeugs am Rande, z. B. Karasek, der sein «reaktionäres Innere nun ganz nach außen gewendet» tragen soll. Ich selbst kann ihm nie ganz böse sein, weil er Anno 72 *Jahre die Ihr kennt* mal richtig witzig besprochen hat. Am erfreulichsten Christine Eichel, die kleinen TV-Spot über Kurt-Weill-Uraufführung *Kuhhandel* gemacht hatte (16 mm), was ihr wie lauter kleine Flimmerclips vom Munde ging.

Heute zugeballert und mit unfrohen Augen. Seit paar Tagen wieder Stecknadelsyndrom: ein schwer lokalisierbares, von den Waden zu den Hüften oder auch von den Schultern in die Unterarme ausstrahlendes Partikelbombardement, im Moment grad als Prickelegewitter in den Augenlidern und an der Nasenspitze wahrzunehmen. Spaziergang gegen den Sturm, um mir nachhängende Prozente rausblasen zu lassen. Erfrischendes Mantelgeknatter. Eine vom Hagel zerschlagene Tulpe.

In Sa-Feuilleton *FAZ*: Ernst-Jünger-Tagebücher. Alle Wahrnehmungen bereits im Keim geschädigt, weil vom ersten Moment an auf eine Art von Resümee oder Summa gespitzt. Leitet aus dem «Urverdienst seiner Bejahrung» (so Freund Riegel seinerzeit über Adenauer) noch so etwas wie ein schlagendes Beispiel ab. Trotz Übermüdung paar Striche nach der Natur.

Unbeweglich im Gesicht wie ein Kasper,
leichten Mantel an, Hut auf, Schal um,
rein in die Luft –
Um der Mitmenschheit zu beweisen, daß man noch lebt,
braucht man sich doch nicht gleich
totzuarbeiten!

Wie es geht? Wie es steht?
Nicht viel schlimmer als noch vor zehn Jahren.
Also praktisch immer noch wie der Wetterfrosch in seinem
Einmachglas:
treppauf – treppab

So. 23. 3. Aus tiefster Seele ausgeschlafen, frisch geturnt und leidenschaftlich gefrühstückt. Zwischen zwei Schauern Elbgang. Hinter einem Ehepaar meines Alters steilen Schulberg hoch, der Mann keuchend, die Frau keifend: «Termine? Wir machen weiter überhaupt keine Termine. Erstmal gehst du jetzt ordentlich ins Krankenhaus!» Auf dem nassen Asphalt 20 nackte verlorene Regenwürmer. Hatte Schlüssel zu Spitzboden verlegt, wo die Pflänzchen dürsteten – dann im Blumentopf wiederentdeckt und die dünnen Stengel geschient. An den Austrittsstellen, gleich über dem Erdreich, wie angefressen/verrostet. Schon in früheren Jahren viel Ärger mit Parasiten und Ungeziefer gehabt (roten Spinnen, weißen Fliegen), aber wer keine Feinde und Liebhaber hat . . .

SH-Wahlen mit SPD-Gewinnen. E. in Stuttgart angerufen, warum sie nicht im Landeshaus wäre. Als Antwort: bei Verlusten wäre sie dran schuld gewesen und bei Zuwächsen ohne Anteil – so what?! – «Spiegel-TV» mit Schreckensbildern aus der psychiatrischen Kinderklinik Cigit (Rumänien). Wie die Körperlein beim Füttern teilnahmslos-gierig schlucken, eines schluckt schon nicht mehr, dreht den Kopf weg, raus aus der Welt und rein in die Nacht. Eine 15jährige, die schon am nachmittags über sie verhängten Abend einfach in den Lattenverschlag gesperrt und weggespritzt wird. Die Schreie der Kreatur vor ihrer Ausschaltung, Abtötung, Ruhigstellung. War beinah erstaunt, daß der Sender nicht sofort anschließend mit «Tutti-Frutti» und anderen Feinkostangeboten nachfaßte. AN ALLE UNHOLDE: Fleisch für jeden Bedarf und in jeder Handelsform: strotzend, erblühend, triefend, schwitzend, blutend, gepeinigt, verzückt, in die Arena gejagt oder auf den Boden geklascht. Auch bei «Spiegel-TV» die scheinkritisch blitzenden Bestecke nur Bratenmesser und Auflegegabeln.

Dies gesehen und nicht geschrien zu haben
(aus einem gemeinsamen Munde –)

Das lähmende «Es ist so!»
statt «Es soll nicht so bleiben – wir wollen es nicht!»

Wir kotzen und zittern für Geld

Unübertrefflich aber ist der Zynismus der Presse:
Die kuckt auch noch beim Gas durchs Fenster

DDR I: Dichterrunde, Grass – Hermlin – Stefan Heym – Rolf Schneider – Heiner Müller. Ernsthafte und insofern ernstzunehmende Befragung von u. a. Schneider und Müller nach ihren wohl oder übel angepaßt verlaufenen Curricula in den alten DDR-Gleichrichter-Zeiten. Nur – und da hätte es möglicherweise auch andererseits brenzlig werden können – nach den hierzuland marktkonformen Anpassungsweisen fragt schon überhaupt niemand mehr. Überzeugend und partienweise richtig groß zumal GG, obwohl ich von meinem unmaßgeblichen Hochsitz aus dann auch wieder paar Punkte abziehen möchte. Z. B. jenen wunden, wo der von oben her verfügte Staat wenigstens virtuell eine pädagogische Versuchung sein kann. Seine Wut auf den völkischen Schwefelsumpf scheint mir allerdings vorbildlich, und sie äußert sich auch nicht nur in allgemeinen Klagen, sondern gezielten Verklagungen.

Sehr spät noch Gegondel auf sämtlichen nächtlichen Kanälen, *ZEIT*-Glotzen-Artikel die ganze Zeit wie eine Schutzbehauptung vor mir hergeschoben. Paar ultraglatte Pobacken am Schluß, mit betrunkenen Augen als besonders süßschlüpfrig empfunden, aber Abschalten schien mir widernatürlich, und, redlich betrachtet, ist Wegsehen auch nur eine Form des Selbstbetrugs.

2.00 zu Bett und bis 3.15 Benn-Gedichte, weil es mich reizte, sie nochmal an dem neu zurückgewonnenen Brecht zu messen. Schon recht, was ich Enzensberger kürzlich im Rundfunk sagen hörte, daß bei Benn der Ton die Musik macht und der Effeff-Unerheblichkeitssound den einzigartigen Effekt. Daß die Verse nicht durchgehend gleich gut gearbeitet sind, hör ich allerdings noch im Halbschlaf heraus. Eine grandiose Initiale hier – eine schlagende oder tönende Pointe dort – und der gähnende Leerraum dazwischen dann so lieb- wie kunstlos mit stabgereimter Scheinarchitektur verblendet. In einem guten Gedicht darf man zwischen Himmelsplankton und Erdenstoff nicht mehr unterscheiden können.

Mo. 26. 3. Müde, innerlich verhangen, aber früh auf, weil die Morgensonne eine fichtenholzhelle Lichtlatte am Rollo vorbei ins Zimmer schob. Auf dem Spitzboden Pflänzchen begossen und besprochen. Haben mächtigen Schuß nach oben gemacht, und gleich hat man das Gefühl, selbst etwas geleistet zu haben.

Nachmittags Wetterumschlag, Ostwind, Kälteeinbruch, graue Blüten. Bei Sacco angerufen, der Eingang der Botschaft bestätigte, aber Vorsichtsmaßnahmen empfahl: Scheinpflanzungen, Palisaden, Wicken, Kletterbohnen, Balsaminen usw. Außerdem sei kein Wasser im Garten, da Pumpe kaputt oder Grundwasserspiegel gefallen. Ich sagte, Pumpe sei kein Problem, die würde mit Geld angeworfen, allerdings Grundwasser ...

Im Bus zum Orthopäden. Eine Krüppelin, die sich an meinem Sitz vorbeihangelte, und ich zog überhastig-superhöflich die Beine an. Bei der Christianskirche ein älteres Fräulein zu einem jüngeren Fräulein: «Hier liegt Klopstock! Sieh mal, hier liegt Klopstock!» Welch ein Wunder, daß überhaupt noch paar Lebende wissen, wer er war, und eines Fingerzeiges für würdig erachten. «Ihr Edleren, ach ...»

28. 3. Einkaufen, u. a. Birnenbrand beim Gemüsemann. Der Sohn empfahl ihn mir, nach meinem skeptischen Blick auf das Etikett, als «absolut super»: «Damit hat sich ein Bekannter mal

'ne Wunde desinfiziert, als er sich 'n Schraubenzieher durch die Hand gejagt hatte.» Schmeckte entsprechend nach Ballistol-Waffen- und Universalöl (Rost, Insektenvertilgung, Desinfektion). Gegen 16.00 Tibia-Geklingel, obwohl ich schon öfter gebeten hatte, nie vor Mittag, und das wäre bei mir um fünf. Wollte «ehrlich nur kurz in MTV reinhören» (weil selbst nicht verkabelt) und knibbelte ungeachtet meines Arbeitsgesichtes erstmal alle Kanäle durch: «Wo hass 'n den versteckt, inne Apokryphen, wa?!» Versuchte erst noch, oben gegenan zu tippen, zog dann aber doch ½ H zur Erhebung, und als ich wieder nach unten kam, war sie gerade zu Coltrane «Violets for your furs» übergegangen. Synästhetische Halluzinationen: John Coltrane bläst auf dem Zuckerrohr. Fragte sie, weil es mir beim Schreiben/Rauchen gerade eben durch den Kopf gefahren war, was sie besser fände: Ausdruck bis zur Formlosigkeit oder formvollendet bis zur Ausdruckslosigkeit? «Aber klaro, aber Ausdruck!» Dann wieder Kessel Buntes aus ihrem unausgegorenen Verlobungsleben, ich immer nur «hm-hm» und «so-so», weil was darüber ist, das ist meist schon daneben. 18.00 Abschied und noch ein bißchen an Dr. hc. Druckfassung. Geredet ist noch nicht geschrieben.

29. 3. Frühe Sonne und unausgeschlafen reingeblinzelt, trotzdem vergleichsweise munter. Mit dem feinen Magnetstift noch einmal an meiner Rede entlang und um 17.00 Kalbsleber. Abends DFF I, früher DDR I: Debattierrunde in Berliner Gethsemanekirche: Stefan Heym, Volker Braun, Uwe Kolbe, Renate Feyl, Helga Schubert pp., Moderation Hannelore Gaddatsch, sehr sympathisch, sehr aufgeregt, sehr Partei, aber vor lauter innerer Anteilnahme immer kurz vorm Versprecher. Titel «Erst kommt das Fressen, dann die Moral», was mittlerweile aber auch nur noch ein Schlagwort aus dem antiquarischen Setzkasten ist, denn das Publikum war wohlgenährt und reagierte gereizt. Die neuerdings vielberedete Kluft zwischen

Intelligenz und Normalbevölkerung dabei mit Augen zu greifen und mit den Ohren zu löffeln. Bei poetischen Scherzen manchmal gefährliche Schmierinfektionen zwischen Lachen und Hohngelächter. Am Schluß mehr Buhs als Beifall. Aus dem Hintergrund schneidende Mißfallenspfiffe – ein Lehrstück.

Fr. 30. 3. – 1.30–13.00 an Gedichten. Vor Einschlafen *ZEIT* und bei Lektüre meines «Fliegenden Robert» das journalistische Umfeld mit besonders kritischen Augen betrachtet. Können teilweise wirklich flott schreiben, die festangestellten Platzhalter, egal ob Herbort, Henrichs, Erenz, Kilb und Michaelis oder Petra Kipphoff, man soll sich als Dichter und Denker nur nicht vorzeitig-fahrlässig überheben. Unsere zeitgenössischen Poeten können oft nur eben gerade Zeichen setzen. Mit dem Zeichnen nach der Natur hat es dann gleich seine liebe Not.

1. April. Rückfahrt Göttingen–HH, zusammen mit E. Gestern unlustiger Aufbruch zu Lutz Arnolds 50. Geburtstag: ein so schöner Sommertag mit so vielen lustig tanzenden Sommersprossen in meinem Kopf und seit Wochen mal wieder ausgeschlafen bis unters Schädeldach. Wütete ganze Fahrt lang vor mich hin, weil die runden Geburtstage, Jubiläen, Revivals und Beerdigungen mit den Jahren bald gar nicht mehr abreißen. Verstand aber auch E. in ihrem Wunsch, nach pausenlos nur Aktenstaub und Fliegenschiß mal wieder unter lustige Leute zu kommen.

Hotel Eden und kurzer Spaziergang durch die maulwurfsstillen Straßen, «das gemütliche Kopierlädchen», von ausladenden Kirsch- und Birnenblütenästen überdacht. Um 21.00 am Tuckermannsweg schon alles oldtimermäßig verqualmt und mit vielen bis zur Unkenntlichkeit gealterten und müdstudierten Gesichtern. Hatte nichts gegessen und stürzte mich wütig hungrig auf den zu fetten Schweinebraten, zu fetten Lachs, zu fetten Sahnemeerrettich, klammnasses Brot als Beigabe, das sich im Mund anfühlte wie das Wort Chleb sich ausspricht. Aus vorauseilender Verzweiflung über die unabsehbaren Folgen einige Calvadosse, dann Bier, schließlich Rotwein. Im Keller ein verängstigtes Clübchen von DDR-Menschen, fast ausnahmslos CDU-Wähler, die sich auf einmal ihrer Stimme beraubt und in den Stand der Unmündigkeit zurückversetzt fühlten. Junger Mann, dessen Vater (50) gelernter Tischler ist, aber weder im Besitz von modernen Maschinen noch des nötigen Know-how. Kein Gedanke daran, «das nie Gelernte in seinem Leben nochmal aufholen zu können».

Rückfahrt mit Übelkeit und Dünnschiß im IC «Veit Stoß». Die stillen, wie ausrangiert wirkenden Elbarme, von lichtgrünen Pappelbesen gesäumt, dann die strahlend Weiß-in-Weiß ins volle Mittagslicht geknallte Stadt: schön, in sie einzufahren – schlimm, bald aus dem Leben hinaus.

2. April DFF: Vorlesung im Jenaer Unitrichter über Magersucht, wieder in bekannter Einseitigkeit als Jungmädchenleiden klassifiziert, aber, wie ich mit dem «Suppenkasper» immer dagegenhalte, nicht ohne männliche Gegenstücke. Obwohl der *Struwwelpeter*-Hoffmann (Dichter, Maler, Psychiater) sich die Abnormität ziemlich schlicht als jugendliches Trotzverhalten zurechtlegt (was die tieferen Verweigerungsgründe gar nicht erst antippt), zeigt die Bildergeschichte sich keineswegs zimperlich und malt den Verlauf eines scheinbar nur lächerlichen Leidens radikal als Krankheit zum Tode aus: «Er wog nur noch ein halbes Lot / Am nächsten Tage war er tot.»

Interessant für das fernsehende Subjekt als mitbetroffenes Objekt, daß der Ausbruch der Krankheit bei ihm (1948) in das 18. Lebensjahr fiel und von sowohl unbegreiflichen als fast noch schwieriger begreiflich zu machenden Todesängsten begleitet war. Auch in meiner Gießener Rede, wo ich statt über den Doktor lieber einmal über den Patienten hatte sprechen wollen, schicklicherweise nur von «Jugendkrankheiten» geredet, als ob die Leiden inzwischen verschmerzt und die Gespenster auf Nimmerwiedersehen verflogen wären. Dabei waren meine Darlegungen durchaus noch ein kritisches Stück über meine Selbsteröffnungen in *Die Jahre die Ihr kennt* hinausgegangen. Während ich die Neurose zunächst als soziales Leiden aufzuklären versucht hatte und die fatalen Eß- und Verdauungsstörungen als Protestreaktion gegenüber der «Währungsreform» und der neuen Wohlstandsrepublik, versuchte ich mich später daran, die soziale Indikation durch tiefenpsychologische Betrachtungen zu ergänzen. Ein Mutterkind (nicht «Muttersöhnchen», wie ich schon öfter betont habe) verweigert sich kurz vor der Reifeprüfung den Erwartungen, die sich gemeinhin mit der Rolle des erwachsenen jungen Mannes verbinden, und regrediert mit allen ihm zur Verfügung stehenden Hausmachermitteln auf das larvenhafte Stadium eines Wickelwurms.

Heute, am 2. April 1990, scheint mir freilich das eine so plausibel wie das andere. Zweifellos hatte die scheinbar aus heiterem Himmel über mich hereingebrochene Angstneurose meiner Mitwelt signalisieren wollen, daß der Heranwachsende noch nicht reif für den bevorstehenden Exodus aus dem Mutterhaus sei. Andererseits qualifizieren sich solche Neurosen erst richtig in der Auseinandersetzung mit dem Zeitgeist, wobei Zweit- und Drittsysteme schließlich mythenbildend auf den Zwangscharakter zurückwirken. Nichts schien mir in diesen Jahren fremder als das seinen Kinderschuhen entwachsene und sich von einem Tag auf den anderen wieder mannhaft, wenn nicht sogar wehrhaft gebende Gemeinwesen. Nichts vertrauter und letzten Endes bewahrenswerter als die alte Hungerphysiognomie des zwar geschlagenen, aber zu neuen geistigen Hoffnungen berechtigenden Vaterlandes. Da ich in jenen Jahren außerdem zum zweiten Mal das Lesen gelernt hatte und meine Lektüren sich fast ausnahmslos auf die Schriften der ehemals Verbotenen und Verfolgten erstreckten, begann sich das Krankheitsbild in meinem Kopf zunehmend zum Weltbild umzuformen, was ja meist nicht ohne Rückwirkungen auf das Selbstgefühl und mithin auf den neuronalen U-Bereich der Persönlichkeit geschieht. Absolut schleierhaft allerdings, warum die biochemisch gesteuerte und der Willenseinwirkung weitgehend entzogene Schwindesucht sich vor etwa 8 Jahren nochmals radikalisierte: ein plötzliches Heruntermagern auf klägliche 116 Pfund bei einer Körperlänge von 181 cm.

Spätere charakterologische Studien (Heine: «Suppentopf und Guillotine» – Karl Krolow: «Die Körpersprache der Poesie») waren sichtlich von einem seelenverwandtschaftlichen Sympathiestrahl gelenkt, der seine Herkunft aus einem eigenen Leidensleben gar nicht vertuschen will. Heine – die kinderleichte Leiche, das Elendsbündel.

Sich Verbündete für seine Nerven suchen.

Sich der Mannbarkeit verweigern: ein lebenslängliches tiefes Befremden gegenüber Vater-, Männer-, Krieger-, Chef- und Haushaltsvorstandsrollen. Statt familienväterlichem Patriarchenbewußtsein ein allerweltskindhaftes, verantwortungsfreies Zugehen auf die liebe frou werlte: Ecce Mammi.

Mimesis und Entelechie: die beiden großen Zauberwörter meines spirituellen Lebens. Und im Zweifelsfall ist es doch immer wieder der Geist, der sich den Körper schafft.

Als ich mich 1948 im Krankenhaus Otterndorf hatte untersuchen lassen, geriet ich auf der Rückfahrt in ein Zugabteil voller lebensfrischer Fischfiletiererinnen (Konservenfabrik Cuxhaven) und hörte zum ersten Mal das mich heftig verschreckende Pariawort «Leiche auf Urlaub». Nie vergessen und bis heute als Makel mit mir herumgetragen.

Interessant auch der Aussagewert der abgeleiteten Süchte und Leiden: Alkohol-, Drogen- und Medikamentensucht als heimliches Selbstaufhebungsprogramm: Vergeistigung bis zur Verdunstung. Auch bei O. zu beobachten, daß der Griff nach der Flasche zweifellos der in kritischen Situationen abrufbaren Mutterbrust gilt. Als komplementärer Gestus: das mit einem gewissen Selbstgenuß verbundene Ausstellen der eigenen Gebrechlichkeit/Hinfälligkeit/Hilfsbedürftigkeit. Bei O.: sich theatralisch an die Brust fassen, in der Hüfte einknicken, das linke Bein nachschleifen, den Autos beim Fußgängerüberweg mit dem Stock drohen: krank spielen.

Rauchen statt essen: die Sublimierung/Vergeistigung von Einverleibungsvorgängen. Die Lungen als Seelenmagen.

Manchmal Eindruck, als ob sich die gesamte erwachsene Welt über mich lustig mache.

> Daß ich wie ein bereits Abgelebter
> unter die Irdischen trete,
> macht mich ihnen angenehm.

Gegenüber dem stillen Sichverdünnisieren dann allerdings mein gestisches Ausbreitungswesen: ein Hotelzimmer auf e i n e n Zug gesamtheitlich in Besitz zu nehmen. Auch mein Platzanspruch als Tänzer und Tischtennisspieler. Auch meine raumgreifende und geradezu luxuriös bis grandidelös expandierende Schrift. Mein Verhalten als Partygast: erst sitze ich ganz manierlich zusammengefaltet in einer Ecke, auf einmal scheren meine Beine beinah ungehörig auseinander und meine Arme umflügeln anderer Leute Stuhl- und Sessellehnen, am liebsten auch noch die Schultern.

Maßhalten hab ich nicht können. Das Ende setzt die Erschöpfung.

6. April. Sehnsucht nach Schlaf, dem großen Entgifter. Ein Aggregatzustand des Organismus, den man auch als Organ betrachten kann. Schöner Tag, Sonne, Ostwind, Balkon. Bei Heepe angerufen und mich nach lateinischen Flexionsformen und «Elisabethanischem Theater» erkundigt.

1 2 3 4 – das ungelernte Ich.
Es weiß nicht viel, doch es erkundigt sich.

Nachmittags zu Doris Waschk, Porträtbüste. Zeigte ihr Abbildungen von teils superveristischen, teils expressionistisch Otto-Freundlich-haften etruskischen Porträtplastiken, die sie erstaunlich fand. Charun mit dem Totenhammer wie ein Vorvetter von Kasper, Arlecchino und Hanswurst mit der Pritsche. Ihr bei der Arbeit sich zunächst fadenweise und dann in ganz feine Strähnen auflösendes Knüstchen. Die dünnen Haare im Luftzug, der langzähnig vorfassende Oberkiefer (laut Zahnarzt ein ultrafeines Tast- und Erkenntnisorgan), die sehnigen, kräftigen Arbeitsfinger, nervige Geräte. Abends 2 Töpfe mit Maries in Saccos Garten ausgesetzt. Wasser in Kanistern transportiert. Die Sorgen ums nackte Gedeihen nun ganz auf die Camouflage verlagert. Similigewächse erfragen.

7. April. Samstagmorgenmusik, und gleich geht's wieder mit Populismus über die Dörfer. «Tempesta del Mare» von Ignaz Holzbauer: ein liebliches, domestiziertes Stürmchen. Im Garten die fetten zartrosa Apfelblüten, sehr starke Sonne, heftiger Wind. 17.00 Müff, dem ich das neu ausgebaute Dachgeschoß zeigte, meine Gelehrtenkathedrale. Machte riesengroße Augen und dann gleich so Bauchtanzbewegungen, etwas Obszönes, aber ich sagte nur: «Mein lieber Freund!?» – Dann E. von unten: «Die Rouladen sind fertig.»

Mo. 9.4. ALDI. Himbeergeist, Malteser, Long-Wood-Whisky und zuhaus auf Dimple-Flaschen umgefüllt. Die Fachleute reagieren immer gleich: kleine Schlucke, auf der Zunge zergehen lassen, Griff zur Flasche, Blick aufs Etikett: «Ja, das schmeckt man.» Die Risikogrenze beginnt erst bei Chivas Regal.

Das zu früh sich entfaltende Jahr: Perlhyazinthen und Buschwindröschen bereits am Verblühen, Flieder vorm Aufbrechen, Seidelbast auch schon mit grünen Früchtelchen. (Der Stoff aus dem die Alpträume sind und mit dem sich die Kusenberg-Tochter vergiftete. War zur Ro-Zeit gut mit ihr befreundet, jetzt will mir der Vorname schon nicht mehr einfallen.) Nachmittags von Wespe in Finger gestochen, ganze Hand ein einziger Juckklumpen. Umschläge mit essigsaurer Tonerde.

Notizen «Mein Knibbelkino» – Der Videoholic als Medienkritiker.

MTV-Clip: Der Verschnitt der Welt als Allhochzeit abgefeiert: Trommeln – Seziermesser – Entblößungen – Kanonaden – historische Highlights – Unterwassergärten – Naziembleme – alles von Basso-continuo-Beat wie mit Thors Hammer auf die Reihe genagelt.

James Bond: eine ultimativ automatisierte und technisierte Welt – aber der Held arbeitet natürlich noch mit der Hand.

Irdisches Vergnügen in Gott: Ein Schmetterling auf einem schlafenden Python, der gerade einen Junghirsch verschlungen hat.

Wahlsendung: Appell an den «mündigen Bürger» – so camoufliert sich die Unschuld mit Abhängigen.

Serien? Nie. Oder doch – weil man sie beim ersten Hinsehen für zeitkritisch hielt: «Kir Royal» – «Die Guldenburgs».

30. 3. 90. Geburtstag Ernst Jünger. Hat den durchlöcherten Stahlhelm aus Weltkrieg I früher auch schon mal verschämter vorgeführt – jetzt ganz selbstverständlich und mit so einem Schlenker wie: Na, dann wolln wir mal ran an die Devotionalien. Überraschte mit dem Aha-perçu, daß Gorbatschow und gordischer Knoten in einer gemeinsamen Grundsilbe akkordieren. Milchmädchenmystik.

Gespräche unter Authentics: Ham'se das mitgekriegt neulich: den? – die? – das? –

«10 Jahre Tschernobyl»: wenn das Jahr nicht katastrophal genug war, feiern wir wenigstens die Jubiläen von Katastrophen: Flutkatastrophe – Schneekatastrophe – Lengede – Ramstein – Radevormwald.

Fernsehen = In-Ferno

MTV: Die Welt als Schneideraum – virtual reality – Schnitte, denen wir uns fügen müssen

Virtuelle Räume: NASA-Experimente – Helm mit zwei Kameraaugen und Datenhandschuh – also genau die Welt, die ich 1975 in dem Märchen «Noctambula» vorauszumalen suchte

Wieben, mit lila Taschentuch, gebräunt aus dem Urlaub zurück. Die Nachrichtensprecher als Vorbräuner der Nation.

«Kennzeichen D»: Wolf Biermann: dünn angerührt und dick aufgetragen

Virtuelle Politik: Schulterbänder und Kranzschleifen werden geglättet – Scheinhandlungen

Krimis: wo das eigentlich Spannende nur der Vorspann war

Kohl: «Also zunächst einmal müssen die Daten auf den Tisch» – Späth: «Also zunächst einmal möchte ich sagen ...» Pressesprecher Hans Klein: «Zunächst kann ich das so nicht bestätigen» – «*Also zunächst einmal*»: eine Abwimmelungsfloskel, die den Frager auf Distanz zu bringen und das Problem zu portionieren sucht. Vergleichbar dem Redeverhalten von Jugendlichen, die bei Antworten gern ein in die Länge gezogenes «Duuuu» vorausschicken: schwieriger Gegenstand, gehört besser auf die lange Bank geschoben.

Unser Grundgesetz neuerdings schon als unverbesserlicher Superlativ gehandelt: «freiheitlichst!» – «demokratischst!» (Die Verfassung als Zungenbrecher)

«Sehnsucht nach Sodom», Kurt-Raab-Interview-Porträt. Zuerst denkst du, naja Schwule, selbst im Tod noch affig, aber dann diese bittere Hadesmusik vom Absterben des Geschlechtstriebs, der Rollstuhl, das Gekrieche und Geschlurche, schließlich die schwarzen Kaposiflecken und das Sterbelager. Ging mir verdammt zu Herzen, obwohl – Ingrid Caven? – mit dem Ave-Maria? – doch wieder hart an der Süßstoffgrenze.

Bis am allerletzten Ende unseres virtuellen Alltags: «Einigkeit und Recht und Freiheit» – der gesamte Glotzeninhalt sich zur bewegten Bundesfahne onduliert –

Di. 10.4. Illustrierte nach oben – Scheingeschäfte, um mich vorm Schreiben zu drücken. Mit den alten Titelblättern auf Nostalgietour: Wie oft nun schon «Kohl am Ende» und wie häufig auch schmelzende D-Märker. Ganz und gar ungewiß, ob ich die Tausende von angestrichenen *Spiegel-*, *ZEIT-*, *Stern-*, *Welt-*, *FAZ-* und *FR-*Stellen noch jemals an die entsprechenden Tagebuchörter retransplantieren werde. ZEITROMAN? So viel Lebenszeit steht ja gar nicht mehr zur Verfügung.

18.15. Architekt und Statiker zu Besuch, um ihr Werk gewürdigt zu sehen. Als ich groß zum Rundumlob ausholte, war es, als ob ich zwei Glühbirnen angeknipst hätte. K. besoff sich auf lauter kleine, kaum sichtbare Schlucke und rappelte wie ein Kind. Aus lauter Freude über den Anblick warf ich gleich noch ein bißchen weiteres Wörterreisig ins Feuer und – auf! flakkerten ihre Gesichter.

11.4. Im Morgenradio die Mannheimer, die so gewaltig zur Versüßlichung der Musik beigetragen haben, obwohl ich (dann wieder Tibia folgend) die Verdienste natürlich nicht leugnen kann. TV: katholische Prozession mit herausgeputzten Zylindermännern, die einen nackten Schmerzensmann mit sich herumschleppen, außerordentlich widerwärtiger Anblick.

Lektüre Egon Friedell: «Kultur ist Reichtum an Problemen» (Sentenzen, Extrakte, Aphos). Wie fremd mir eigentlich solche apodiktische Schreibweise ist: «Es ist eine bekannte Tatsache, daß . . .» – «Der Mensch ist dazu da . . .» – «Das Volk will niemals . . .» – «Der Zweck des Lebens kann niemals . . .» – «Mensch sein heißt . . .» – «Der Dichter hat . . .» – «Ein Dichter wird . . .» pp. pp. Bei solchem Verfügungsdiom kann ich fast nicht mehr weiterlesen, weil es mir dann beinah schon gleich ist, ob der Dichter nun kann oder die Menschheit schon hat.

13.4. «10 Stücke für Klavier», Prokofjew, ja, das ist was, hat was! Dagegen Chatschaturians «Zweite Sinfonie» doch ziemlich mißtöniges Gesummse und Geschleife. Merkwürdig – aber man muß es zur Kenntnis nehmen – daß eine Jahrhunderterscheinung wie Benn im Vergleich mit diesen ganzen musikalischen Zelebritäten eine absolut unbekannte Nummer ist. Literatur: das arme geknickte Primelchen.

Notizen zu «Knibbelkino» zunehmend unlustig. Viel Sorge um die kleinen Maries in Saccos Garten. Die Nachbarn. Die Sonne. Die zwanzig hoffnungsvoll gegen ihren Farmer-Vater aufgerissenen Schnäbelchen.

Fahrt nach Roseburg und Spaziergang mit Rosi zum Waldweiher; Gespräche über Cigit und ihre kleinen Autisten. René, 12 Jahre, manchmal stundenlang wie erstarrt und bei mittäglicher Bettruhe steif wie ein Maikäfer. Als sie im Landschulheim waren, wollte er nicht mit den anderen Kindern zusammensitzen und verzog sich in die äußerste Zimmerecke, das Gesichtelchen eisern gegen die Wand gekehrt. Die Bitten der Lehrer und dann auch der Kinder: «René, komm doch zu uns.» – «René, iß doch am Tisch mit!» – «René, wir haben dich doch so gern.» Bis R. auf den Einfall kam, ihm das mitgebrachte Hasenbrot in seinem vertrauten Frühstücksdöschen vorzusetzen, und sofort verspeiste er die hingetrockneten Flatschen mit sichtlichem Heißhunger. Das Döschen als Medium, aus dem er dann auch seine Suppe schlürfte.

Als er eines Abends wieder mal nicht ins Bett zu bewegen war, sang R. ihm ein vom Gluckern und Gurgeln der Heizung inspiriertes Reimliedchen vor: «Ich bin die Heizung / Ich wärme das Haus / Die Wärme steigt runter / Und die Wärme steigt rauf / Ich wärme die Betten / Und ich wärme die Wand / Und ich wärme dir deine rechte Hand / Und ich wärme die Ohren und ich wärme den Mund / Und ich wärme die Suppe in deinem Schlund» so ad us. delph. a. i, bis er sich am Ende ganz folgsam zu Bett bringen ließ.

Am folgenden Abend dann ein kleines Erweckungswunder. Das den ganzen Tag wie vernagelt gewesene Kind: «Singst du mir wieder das Heizungslied?» – «Nein, heute singst du mir mal selbst das Heizungslied vor.» Wirklich löste sich aus dem anfänglich noch ziemlich protozoischem Gebrodel dann auf einmal eine feine hohe Menschenstimme, die auch die Reime vom Vortag ohne fremdes Zutun wiederfand. Ros., dem Liedchen dann noch eine weitere überraschende Wendung gebend: «Und sie hatte auch René nicht vergessen / und sie fragte: warum willst du nicht mit uns essen?» – René singend: «Nein, da kann ich nicht sitzen, ich muß immer allein sein.» – R.: «René – René, Röllerchen – / Iß doch mit vom Tellerchen.» – René: «Nein, ich muß aus meinem Döschen essen – aus meinem schönen Döschen – ich muß immer aus meinem Döschen essen . . .»

Soll ein rundliches, nett anzusehendes Kind sein, das von allen Mädchen der Klasse geliebt wird. Als Ros. einmal ein paar bunte Federn mitgebracht hatte, wickelten sie den Jungen unter viel Trara und Gelächter in eine Netzgardine und befestigten die Federn oben als Kopfschmuck. Wie alles sich an ihm freute und auch das kleine Unnahbarchen beim Anblick seines eigenen Spiegelbildes zu lachen begann. – Zum Vergleich dann noch einmal die roh zerstochenen Hintern und Hüften der Kinderchen im Vernichtungslager Cigit. Nadel reingekloppt und den paralysierten Rest in die Nacht abgeschoben. Es ist lächerlich, mit wie wenig gutem Willen die ganze leidende Menschheit auf einen Schlag erlöst werden könnte; bloß: Wo kein Wille ist, da ist auch kein Geld.

Sa. 14.4. Schlimmer Schlaf, um 7.00 nochmal Noctamid und bis 10.00 der ersehnten Bewußtlosigkeit entgegengefiebert. Betäubt und böse ans Licht. Fahrt nach Büchen: drei Einzelgänger kaufen einzeln ein. An der Bahnüberführung regelt ein Polizist den Verkehr – ein Jahrhundertereignis. – Am Glotzenartikel. Paar Quanten zusammengefegt, aber ein Kehrblech voller Lichtblicke ist noch kein Feuilleton.

Der bunte Glotzenglimmer

Bonanza: Das ist auch nur son Western von gestern

Funkausstellung – Stunkausfällung

Madonna: eine abgegriffene Ikone

Rudi Carrell: Wenn die Menschenverachtung dem Showmaster nur so aus dem Gesicht blickt

Aber bei jedem Wetter aufgekratzt: Herr Walch

Nichts sieht man im Fernsehen so gern wie das laufende Wetter

TV: Sichtklappe zum Krematorium

Jeden Abend die Leichen zählen – aber keine Gründe

Zug im Kamin: die schwelenden Leichenhalden

Ströme von Blut – aus wieviel Einzelquellen gespeist –

Aber absolut in Arbeit sind die Redakteure/-innen mit ihren Feuilletons über Arbeitslosigkeit

Abends «Tutti-Frutti», um mal wieder an die wirkliche Welt erinnert zu werden

Und du wärest schon froh, wenn endlich Klassik einkehrte und die Gülle flösse ab ...

Abends Osterfeuergeleucht auf dem Dorfanger, durch die kleinen Scheiben wie ein manufakturelles Gegenprogramm zu TV. E., die es sich gern gefallen läßt, im dörflichen Rahmen geschätzt zu sein und beprostet zu werden. Dagegen und gegen das ganze mir fremde SPD-Geduze ich eisern und unverbindlich «Herr Rühmkorf». Fuhren paar Ladungen Pappkartons zur Brandstelle, die dem bereits fläzig hingestreckten Feuer nochmal einen kleinen Schubs gaben, eigentlich nur einen Husch. Bemerkenswert, daß der lockere Zirkel bei Hinzutreten der Frau Ministerin einen etwas gewählten Ausdruck annahm. Platt wurde zu Zierplatt, Forken gabelten parademäßig, Bierbuddeln verbürgerlichten sich wieder zu manierlichen Pfandflaschen.

Im vorgezogenen *Spiegel* langes Interview mit Handke: ein öffentliches Sichwichtignehmen, das der Belanglosigkeit seines blinden Reiselebens auf spiegelverkehrte Weise entspricht.

Verwöhntes Kerlchen, das seine Gereiztheiten als innere Verwerfungen ausstellt. Und die Szenenberichterstattung mal wieder nicht an der Seite von Büchern, die es schwer haben, sondern von Leichtgewichten, die sich dicke tun.

Sa. 21.4. E. zu Beerdigungsdiensten (Staatsbegräbnis Lembke) abkommandiert. Erzählte neulich, daß sie «als Niete im Kieler Kabinett gelte», was mir als Offenlegung einer schmerzlichen Wunde imponierte und mir gleichzeitig einen sympathetisch neuralgischen Schlag in die Schläfe versetzte. «Knibbelkino»: mein verfehlter Ehrgeiz, noch einmal medienkritisch in die Öffentlichkeit reinfunken zu wollen. Wer so fernsehtrunken wie ich vorm Glaskasten sitzt, soll nicht mit Steinen werfen. Am liebsten seh ich in Dritten Programmen das III. Reich noch einmal zu Scherben gehen.

Zurück nach HH und auf dem Boden die restlichen Maries vereinzelt/vertwinselt. Viel Selbstversorgermühen in Anbetracht der erwarteten produktiven Geistesverwirrung. Würde, bei allen THC-Göttern, lieber als bekennender Drogist in die Arena treten und das freie Lied eines freien Dachbodenbauern singen, aber: die öffentlichen Rücksichtnahmen, aber: der Zwang, sich bedeckt zu halten, aber: die Familienräson nebst angeschlossenem Leidwesen, mich selbst im eigenen Haus nur verhangen äußern zu können.

Aber im Ernst = Zweifelsfall muß man natürlich wissen, was man wirklich will: die Droge oder die Wahrheit.

TB: Ein durch die Sinne beunruhigter Aufklärer

Gegen die Hormone kannst du in Prosa schlecht anpredigen.

Freiheit und Wahrheit: Gespenster. Aber mit Eudaimonismus und Metempsychose hab ich immer die besten Erfahrungen gemacht.

Der Selbsterklärer als Volkserzieher

Auf die allersachlichste Weise subjektiv bleiben

Aufgabe der Kunst: die Wahrheit trotzdem als Fiktion aufrechterhalten.

2. Mai. Balkon – Sonne – fröhliches Gelärme im Gärtchen – hölzernes Gelächter – Jeunesse dorée, die im Windschatten der Geschichte zu großer Ansehnlichkeit herangewachsen ist und der genossenen Vorteile wegen eigentlich nur noch Abbitte leisten müßte. Am Strand eine Mutter-Kind-Dyade als bemerkenswerter Augenmagnet. Die Tochter mit selbsttragenden Frühstückstitten im Kreis von Steifftieren/Stoffpuppen, die Mutter mit schlaffen braunen Geldtaschen, Nabel als gefurchter Trichterling. Das Vorführen von Kindern als Blickfängen und Reinkarnationssymbolen (s. auch Minout Drouet und Eva Ionesco). – Paar Striche an «Nachbars Tochter». Reste «Knibbelkino» abgetütet. Manchmal hübsche und leider nie mehr verwendliche Einzelheiten.

TV: Wir nachtaktiven Wesen, die blindlings in die Lichtfalle gehen.

Bilderfressende Insekten – und – husch! – am Schirm zerknistert . . .

Mein Knibbelkino

Ein kleines Geständnis vorweg: Ich halte das Kabelfernsehen für eine vollendete Tatsache, Ausdruck höherer Gewalt und fast schon Naturphänomen, und die Abneigung gegen die Fernbedienung nur für das Igitt-Tüpfelchen auf einer weltfremden Bigotterie. Was Gottfried Benn einmal süffisant als Beweis für T. S. Eliots ästhetische Zurückgebliebenheit anmerkte («Aber Eliot bekämpft auch das Fernsehen und wünscht es zu verhindern»), läßt sich ungemindert auch an die uns näherliegenden Verächter von Kabel und Knibbeltaste weitergeben. Wer keine normale Videobildung genossen hat, spricht wie der Blinde vom Farbfernsehen und kritisiert auch dessen (unleugbare) Entfremdungsschäden von einem provinziellen Verschontheitswinkel aus.

Daß man selber einmal in vorderster Linie für die kulturelle Meliorisation der Öffentlich-Rechtlichen und gegen die Absenkung des Qualitätspegels durch die Privaten gestanden hat, ändert an dieser neu gewonnenen Einsicht nichts. Der Kampf ist ausgekämpft, der Fluß umgekippt und das Gerede vom «mündigen Konsumenten» (der sich jederzeit ein- und ausschalten könne) längst zur Schutzbehauptung für die Unzucht mit Abhängigen heruntergekommen. Nehmen wir die Knibbeltaste (wahrhaftig keinen archimedischen Hebel und kaum noch Strohhalm) also einfach als das, was sie immerhin auch noch ist: Probiersonde, Wünschelrute oder Stange im Nebel, mit der wir uns einen eigenen Weg durch die sechzehn im Augenblick zum Angebot stehenden Kanäle bahnen.

Jeden Abend, den Herr Jelaffke (lithpel, lithpel) oder Herr Diepholz (fdiesisch bdeit wie Ernst Bdeit) werden lassen, machen wir es uns auf unserer Tele-Liege bequem, die für uns die wahrhaftige Weltraumgondel ist. Die bemerkenswert bis bedenkliche Vorverlegung unseres «point of no return» von früher 20 auf heute 19 Uhr hat dabei nicht allein mit unserem ins Rasen gekommenen Schautrieb, sie hat mit den sich jagenden Ereignissen zu tun, die – paradox genug, aber wahr – im Moment ihres Aufscheinens auch schon wieder zum historischen Augenblick verkohlt sind. Wo hat man denn das schon einmal erlebt, daß in wenigen Wochen ganze Weltreiche ins Wanken geraten und Mauern weichen und Grenzen hinfallen, und wenn man nach einiger Zeit wieder nachfragt, ist das alles nur noch der Schnee vom vergangenen Jahr. Scheinbar für ewig und alle Zeiten im Boden des Marxismus/Leninismus verankerte Volksdemokratien beginnen bei Anruf ihres wahren Namens zu erbeben, und kaum daß der Bann gebrochen, der böse Zauber verflogen ist, sehen wir eine eben noch mit allen guten Wünschen begleitete Volkserhebung zum völkischen Habertreiben umgehext. Beziehungsweise, wo wir gestern oder vorgestern noch ganze Raketenbündel von politischen Hoffnungsträgern in den neudeutschen Sternenhimmel aufsteigen sahen, sind es nach einigen spektakulären Durchgängen nicht viel mehr als ausrangierte Kartuschen. Solange es den kleinen Unterschied zwischen Deutsch- und Deutschland allerdings noch gibt, kann man nur raten, sich das Zweite Deutsche schnell noch mal vom Deutschen Fernsehfunk bestätigen zu lassen und die «ak-I»-Meldung von der «Tagesschau» gegenzeichnen, was vom Zeitaufwand her zwar die reine Verschwendung ist, der dreidimensionalen Erfassung einer Wendezeit/Schwindezeit aber immer noch am ehesten angemessen scheint.

Schwamm drüber, Radiergummi, den alle Vanitasschauder und politische Differenzen begleichenden Augenhobel. Denn nicht dies ist ja der tiefere Sinn unseres noktambulischen Treibens, daß wir uns systemkritisch an der Wand unseres Aquariums festsaugen, sondern uns frei wie die Fliegenden Holländer auf einem Weltenozean von «virtuellen Realitäten» tummeln. Daß so Wörter wie «wir» oder «uns» eigentlich noch Begriffe aus der schwarz-weiß-grauen Vorzeit sind, als der Hausvater seine Herde vor der traulich flimmernden Kiste versammelte und gesehen wurde, was auf die Scheibe kam, sage ich nicht nur so nebenhin. Der wahre Knibbler, d. h. die allzeit sprungbereite und impulsgelenkte Probierperson, ist von ihrer psychosozialen Struktur her nämlich alles andere als ein Herdentier und auf Familienprogramme eingeschworener Gemeinschaftsseher. Näher kommt ihm vielleicht das Bild einer nachtaktiven Lemure, die sich eben mal ein paar vermurkste Aufschlagbälle Becker gegen Agassi eingezogen hat (der Crack wirkt nervös und schnüffelt an seinen Achselmulden), des zu erwartenden unfrohen Ausgangs wegen aber lieber noch einmal bei Geert Müller-Gerbes reinschaut (Rosa von Praunheim, der den biederen Moderator bedrängt, seinen kleinen Klöppel an die große öffentliche Glocke zu hängen), um sich im Anschluß sogleich in den Urwald versetzen zu lassen, wo die Natur sich demonstrativ von einer ungestylten Seite zeigt und ein Riesenpython gerade einen Junghirsch verschlingt, bis auch das ausgestanden ist, aber in irgendeinem nächtlichen Dritten gerade noch der Geisterschatten eines Ventilators an der Zimmerdecke kreiselt, slowly-slowly, und wir uns bei langsam zerfallendem Bewußtsein in eine kinematische Vorwelt abseilen, wo die Männer noch mächtig reklamerauchen und die Frauen noch dolle Figuren und richtige Stimmen hatten.

Der bekannte Vorwurf, über solchen nächtlichen Séancen das wahre Leben zu versäumen, bleibt insofern Ansichtssache, als wir immer noch nicht mit hundertprozentiger Sicherheit sagen können, was das Leben eigentlich soll. «Zum Sehen geboren, zum Schauen bestellt», so jedenfalls tönt es uns einvernehmlich von höchster Warte entgegen (Lynkeus der Türmer, Faust Zwo), und was dem Augenmenschen Goethe recht war, sollte uns nachgeborenen Videoholics wohl billig sein. Wem verdröhnte Kneipenabende nicht die Welt bedeuten, Discobesuche eine Anfechtung sind und der Aufenthalt auf Ausflugsschiffen, von denen man nicht wieder runterkommt, eine Schreckensvision, fühlt sich wesentlich angenehmer unterhalten, wenn er sich aus den unwegsamen Weiten der Kalahari augenblicklich ins New Yorker «Chelsea» katapultieren kann oder umgekehrt, immer von dem Bewußtsein geleitet, daß er aus solchen unwirtlichen Wüstenstrichen ohne fremde Hilfe gar nicht herauskommt und in Hotels wie das genannte eh nicht hinein.

Ob der Knibbler trotz gelegentlicher Stippvisiten in der sonntäglichen «Hotel»-Serie bereits zu den Seriensehern gehört, scheint mir allerdings fraglich. In der Tat habe ich es nach einigen zufälligen Stichproben weder bei «Dallas» und «Denver» noch bei «Kir Royal» und den «Guldenburgs» sehr lange ausgehalten, vielleicht, weil mir die Induktionsfunken zwischen meinen Umspringbildern immer noch mehr Zeitgeist zu enthalten schienen als ein mit Mühe und Not in die Länge gezogenes Kontinuum. Als ich vor einiger Zeit einmal zu einer Tele-Tafelrunde mit dem Titel «Schwarzwaldklinik» eingeladen worden war, hatte ich als serienmäßig unterbelichteter Teilzeitseher zurückgeschrieben, daß ich vom Baumsterben leider nullkommagarnichts verstünde und die Frage, ob der Schwarzwald bereits ein klinischer Fall sei, weit über meinen Horizont gehe. Also, wie gesagt, für Serien fehlt mir der Nerv, und ehe ich mich am Nasenring des Fortsetzungszwangs durch die Jahre schleifen lasse, knibbel ich mir lieber meine eigenen Überraschungscocktails zusammen.

Warum man den Guckkasten nicht auch als Nachholkino betrachten soll – Repetitorium für halbvergessene Premierenfreuden oder Lückenbüßer für alte Breitwandversäumnisse –, vermag ich nicht so recht einzusehen, zumal die veränderten Umstände einen vergilbten Streifen durchaus in ein neues Licht setzen können. Als ich neulich mal wieder *Das große Fressen* sah – mit seinen scheinheiligen Appetizern am Anfang und den allmählich sich steigernden Übergängen vom Gekoste und Geschlecker zum Geschmatze und Gequose und vom wahllosen Reinschlingen zum ebenso beliebigen Rumsterben –, was setzte da noch mal ein besonderes Glanzlicht auf die schon ein bißchen betagte Gesellschaftssatire? Nein, nicht die im wiederholten Durchgang vielleicht noch monströser erscheinende Selbstverleugnungsnummer der Andrea Ferreòl und auch nicht das immer erfreuliche Wiedersehen mit den Herren Mastroianni, Piccoli und Tognazzi, sondern die den filmischen Zerrbildern wie aus dem Gesicht geschnittenen Grimassen der Schweppes-Liebhaber («Kein Schweppes-Gesicht – keine Erfrischung») und die derart veitstanzmäßig auch noch nie zur Kenntnis genommenen Zappelorgien der Ültje-Gemeinde.

Zum Spruch kommen die unausgetragenen Widersprüche der Gesellschaft jedenfalls stündlich, fast minütlich, und wer sie nicht mitschaudernd in der eigenen Seele erspürt, der hat von Welt keine Ahnung. Sich von seinen Programmzeitschriften einen astreinen Längsschnitt vorlegen lassen und den dann guten Gewissens absehen, kann an günstig sortierten Abenden jeder. Im Gegensatz zu solchen charaktervollen Stromliniensehern ist der von uns ins Auge gefaßte Knibbelbruder eher ein unerlöster Ahasver, der sich alle naslang vergewissern muß, ob hinter dem laufenden Programm nicht doch noch ein zweites, besseres flimmert und hinter diesem womöglich noch ein weiteres, absolut unversäumliches, ein fast tragisch zu nennender Universalismus, der zwangsläufig nur in die totale Zerstreuung führen kann. Es ist ja wahnsinnig viel los in der Welt, und das auch noch simultan und rettungslos durcheinander. Wer sich eben noch in einem «Zirkus der Zukunft» über die ganze lastende

Welt erhoben gefühlt hat, findet sich nur einen Fingerstips später ans Sterbelager des Kurt Raab versetzt, wo wir unseren guten alten Bollwieser quälend lange und fürchterlich live zugrunde gehen sehen. Wer mit wachsendem Entsetzen und abwehrend gesträubten Blicken den «Spiegel-TV»-Bericht vom Kindervernichtungsschloß Cigit gefolgt ist – und er möchte sich nicht auch noch im Traum mit solchen Grauensbildern herumschlagen – wird sich anschließend wohl oder übel nach «Tutti-Frutti»-Land entführen lassen, wo der Ladenschwengel der deutschen Ausziehszene mit liebeleerem Blick seine Püppis präsentiert, und auch davon kann er nicht absehen. Die edelsten Regungen sind es ja nicht gerade, an die das Videobiz appelliert und denen man folgen muß, egal, ob Erkenntnistrieb und blödes Glotzvergnügen schließlich unterschiedslos am Leuchtschirm zerknistern.

Kulturkritiker, die sich gern in Dritten Programmen über ein «Leben aus zweiter Hand» ereifern, können uns viel erzählen, besonders wenn sie selbst keinen Kasten im Haus haben. Wo die in Versuchung befindliche Versuchsperson allerdings zufällig Schriftsteller ist, Verfasser von Gedichten beispielsweise, kann sie ihr nächtliches Stubenhockerdasein durchaus auch als ästhetische Position betrachten und ihr Malgerät statt am Waldessaum vor dem Bildschirm aufschlagen. Sehe ich mir die Zufallsnotate von ein paar scheinbar sinnlos vor dem Schirm verhockten Jahren einmal kritisch an, stelle ich mit einer an Genugtuung grenzenden Verwunderung fest, daß ein sattes Zehntel meiner Beobachtungsfetzen nebst anschließenden Gedankensprüngen direkt von der Scheibe abgenommen wurde – egal, ob man oft genug versucht war, den Programmachern ihren Glotzeninhalt vor die Füße zu speien. Eine Festanstellung als Fernsehkritiker ist damit freilich nicht angestrebt. Auch kein Brotberuf als Sekundentexter in der Sparte Fernsehessay. Der Meduse unverzagt ins Auge blicken und sich gegenüber der pausenlosen optischen Zerstreuung in Worte, Strophen, Rhythmen fassen, scheint mir in guten Stunden beinah so etwas wie ein zeitgemäßer Verfassungsauftrag, wo sich von Feuchtbiotopen und verkehrsberuhigten Krötentunneln her kaum noch eine Gegenposition behaupten läßt.

Ob die Präsentation von Gedichten im Fernsehen allerdings eine schiere Unmöglichkeit oder einfach ein Widerspruch in sich ist, läßt sich nicht vom grünen Tisch aus beantworten. Als ich vor einiger Zeit in einer Talk-Show zwei Gedichte vorgetragen hatte (mit der bei mir fakultativen Offerte: «gereimt oder ungereimt, wie hätten Sie's gern?») und am übernächsten Tag in meinem Stammlokal im Altonaer Hauptbahnhof aufkreuzte, was war es da wohl, das der neue Oberkellner mich fragte? Nein, nicht «Darf's ein Vorgericht sein?» oder «Pils oder Alt gefällig?», sondern: «Gereimt oder ungereimt, das waren Sie doch?!»

3. Mai. Balkon. «Nachbars Tochter». *ZEIT*-Artikel von Greiner freudig begrüßt, was mich erhob und mir gleichzeitig mein versacktes Selbstbewußtsein schmerzhaft zu Bewußtsein brachte. Mein auf Flugsand gegründetes Leben; kaum vorstellbar, daß ich noch einmal irgendwo Fuß fassen werde. Keine Ahnung, wo heute noch Publikum sitzt und mit was es im Zweifelsfall unterhalten sein will. Mittags Labskaus aus der Dose, dann zu Doris, Porträt. Sie hat mich so realistisch wie radikal angefaßt: das Gesicht an der Nase aus dem Totenkopf herausgezogen. Als Seitenansicht schmissiges Profil, und von vorn dann ein anderer Mensch.

TV: Die (vorauszusehen gewesenen) Schwierigkeiten der DDR-Landwirtschaft. Ein verzweifelter LPG-Bauer zerschmettert seine unverkäuflichen Ferkel an einem Zementpfosten, als ob er sagen wolle, dieses Blut möge über euch kommen. Nun wird er als Mördergesicht durch die Medien gezogen. Spät: DDR-Filmreportage über Erich Fried. Zeigte sich offenbar gern in Symbiose mit seiner alten Schreibmaschine, bei der ein an Fäden befestigtes Uhrengewicht den defekten Transportmechanismus sinnreich und praktisch substituiert. Ecce homo als «l'homme machine»: auch der an Kabeln, Schläuchen und Strippen hängende Kadaver ein gerade noch mit eigener Hand beherrschbares Bastelwerk und in ironische Anführungszeichen gesetzter Klapparatismus. Herzrührend und imponierend zugleich, mit welch übermenschlichen Mühen er sich die Treppe hoch- und dem Schreibtisch entgegenschleppte. An den Wänden Porträtfotos von Rudi Dutschke, Ulrike Meinhof, Che Guevara, Gorbatschow, eine Larengalerie von Verlierern. – Großer Bericht in der *Welt* über Einweihung eines «Axel-Springer-Platzes» am unteren Ende der Kaiser-Wilhelm-Straße. Am entgegengesetzten, Nr. 76, hatte sich vor 35 Jahren einmal unser *konkret*-Büro befunden. ZEITROMAN!

4.5. Sonne, Balkon, gut ausgeschlafen, und nichts will sich regen. Seit Tagen ein lesbisches Pärchen am Strand – unendlich geduldig in die Länge gezogene Zärtlichkeiten – Müßiggang und Streichelwerk – ein rotweißes Badehandtuch als eine in der Sonne schwimmende Insel der Seligen. Das ungute Gefühl, alle mir möglich gewesenen Erfindungen schon gemacht und die in meiner Hand liegenden Striche bereits gekritzelt zu haben. Nun nur noch knurrig und einsilbig, weil das Leben zu Ende geht. Wer sich hinter sich weiß, wiederholt sich.

> Die Menschheit? Ob die nun noch 'n paar Hämborger mehr zu Scheiße verarbeitet – oder . . .

Sonate 65 f. Violoncello und Klavier, Chopin mit Siegfried Palm Violone und Hans Priegnitz Klavier!!! – man mag gar nicht raus aus dem Medium und schwere Sachen hochkarren.

Auch am Abend noch 2 × den Berg mit Bücher- und Pflanzenkarren hoch. Stabile athletische Kerle, die mich Ächzenden überholen, um mich herumschlenzen, weit ausholende Sportstudentenbeine, ruhige laute Stimmen, absolut zweifelsfrei sich der eigenen tönenden Blasebälge bewußt: «Sind Bärbel und Karin auch da? – Oh, geil! – Und Tini und Gesche? – Ja, Gesche auch –» Kein Hilfsangebot, kein fragender Blick, nicht der Hauch eines menschlichen Rührens. Der Hochmut der Verschonten kennt keine Grenze – die Unterworfenen geben klein bei.

Bei Tankstelle Wasser in Kanister gefüllt und zu Saccos Garten. Als ich das Tor aufschloß, sah ich als erstes die bunte Zwerghühnerschar, pickend, scharrend, Hälmchen zupfend, hoch auf dem schiefen Bongossizaun der dazugehörige Hahn, Triumphgekräh – ein Verräter. So weit ich zurückdenken kann, ist die Landbevölkerung immer schon asozial gewesen, läßt ihr Viehzeugs weiden wo es will und hat nicht den geringsten Sinn für unzulässige Grenzüberschreitungen. «Kinder und Hühner bringen Streit», so Frau H. neulich bei Besuch, was mir eine wirkliche Weisheit schien, aber natürlich kommen heute noch Gülle, Krach, Gestank und bäuerliche Giftwirtschaft hinzu. Das schlimmste, daß ich mich weder beschweren noch gar auf Rechtsstreitigkeiten einlassen kann. Im Zweifelsfall liegt hier der Knüppel wieder mal beim Hund, bzw. wie M. gern sagt: «Der Brummer sitzt auf der Klatsche.» Pflänzchen vorläufig beim Holunderbusch in den hoch aufgeschossenen Giersch gesetzt, neben dem sie fast kümmerlich wirken. Beim Abgang der Nachbar: «Sünn de Heuner all wedder ünnern Droht döör?», aber es schien mir kein bißchen nach Schuld- oder Sündenbewußtsein zu klingen, sondern eher als – *Den defekten Maschendraht endlich mal flicken lassen!* – freche Nötigung. Letzten Endes ja alles reiner Wilhelm Busch, obwohl Wilhelm Busch, immer Vorsicht, auch Verfasser des schon nicht mehr so spaßigen «Schmetterling».

5. Mai, Roseburg. Viel Hunger, aber konnte nicht beißen: rechts kau ich leer und der Kieferkamm links völlig wund. Zahnarzt Ries, der mir neulich, augurisch, das Röntgenbild vor die Augen hielt und bedeutungsvoll dazu nickte. «Sieht ganz positiv aus, oder wie?» fragte ich, worauf er: «Die ganze Pfeilergruppe schwimmt im Eiter.» Meine alte Schicksalsfrage, immer wieder mal flammend durch alle Instanzen gezerrt: ob das wirklich nur organische Verrottungsprozesse sind, die man hinnehmen muß, oder ob es, mit Schiller, der «Geist ist, der sich den Körper schafft». Im letzteren Fall ein im Theaterloch des Mundes allegorisch in Szene gesetztes Lehrstück: Deutschland, eine Räuberpistole – Deutschland, ein Lügenmärchen – aber der Gesellschaftskritik von gestern fallen allmählich die Zähne aus.

Die seit gestern geschluckten Tetrazykline ziemliche Donnerkeile, und mußte mich wegen gegenindizierter Sonne im Sprenkelschatten des Apfelbaums halten. Über «Nachbars Tochter», die gedeiht und sich rundet. Der Schluß als Voraus-, bzw. Rückspiegelung von Altdorfers «Lot und seine Töchter» (Kunsthistorisches Museum, Wien): der dem Alten töchterlich-liederlich eingeflößte Wein von dem gleichen infernalischen Rot wie das untergehende Sodom. Biblische Geschichten, die es faustdick hinter den Ohren haben. Ganzen Tag «UND ICH SAGE EUCH»-Mundstück an den Lippen und Schlußläufe durchtrompetet:

Und ich sage euch, wenn das erst alles erkaltet ist und eure Zärtlichkeit einem bereits Ausgelaufenen gilt –

Und ich sage, naja, über die Seele führt Gottseidank auch noch immer ein Weg –

Und ich sage, keine Angst, Väterchen, auch die Jugend verbraucht sich –

Und ich sage, die meisten Menschen gehn überhaupt viel zu vorsichtig mit sich um

Und ich sage, wenn man bedenkt, durch was für Hände man schon alles gegangen ist, kann man fast den Geschmack an sich selbst verlieren –

Und ich sage: eh daß die Schönheit völlig unbegriffen in die Grube steigt . . .

Und ich sage, naja, unterm Schutz des Kunstparagraphen geht das schon –

Und ich sage: naja, immer noch besser drüber gestolpert als dran gestorben . . .

20.15 TV: «Der Tod ist ein Meister aus Deutschland», Teil III. E.: «Das bestärkt einen nicht gerade in seinem Glauben an die Menschheit.» – Ich: «Gegen die Menschen gibt es nur ein Mittel, den Sozialismus, und den kann man für die nächsten Jahrzehnte leider auch nicht mehr weiterempfehlen.» Nachts: Ein Igel, der durch das krosse Laub schurrte, fett und stachlig, eine runde Freude.

6. Mai. Garten – Sonne – Halbschatten. Die gesamte Natur auf der Suche nach etwas Nährendem, Schmeckendem. Die einen wollen hochzeiten, die anderen wollen sie dabei fressen. Die Verlockungen der Welt trösten nicht mehr über ihre Schrecknisse hinweg. Arme E., die bei Tollhäuslerwetter zur KZ-Weihestunde an die dänische Grenze muß. Das Grauen durch Weihestimmung von den Lebenden abhalten.

10. Mai 90. Eilzug Hbg.–Kiel, PEN-Tagung. H. D. Schwarze, der nach allen Regeln der Kunst (und der Diplomatie) auf mich eingepredigt hatte, daß ich auf jeden Fall kommen müsse, und weil ich ihn sehr gut leiden kann, war mir außer den Zähnen nichts weiter Hinderliches eingefallen. Heute morgen noch einmal zum Zahnarzt, Urlaubsvertretung. Die ruhige, veraltete Praxis eines etwa Fünfzigjährigen, der sich offenbar nicht mehr erneuern möchte: dunkelbraunes rissiges Sperrholzfurnier an den Türen, drei Worpsweder Flechtstühle im Wartezimmer. Schraubte das abmontierte Brückenglied einfach wieder an, Dontisolon, schlapper Handschlag, Verbeugung, und war, wegen außerplanmäßiger prompter Bedienung, wieder einmal zu feige, ihn auf meinen Status als Kassenpatient hinzuweisen.

Ach, wieviel lieber würde ich statt bei Empfang von Landesregierung in Fischräucherei aufzukreuzen, in interesselosen Schlaf einsinken. Nur E.s wegen mich errafft – damit sie sich unter Genossen nicht ganz so verloren vorkommt. Auf Vortragsliste ausschließlich DDR- und Dissidenten-Namen verzeichnet, also nicht gerade Logenbrüderschaft und eigentlich nur charakterloses Zufallsensemble. Nochmal kurz mit dem Korrigierstift an «Überraschendem Wiedersehen» entlang – morgen Erstaufführung.

11. Mai. Kiel. Gestern Räucherei mit – erfreulich – Stephan Opitz, Johannes Schenk, Eva Demski, Arnfrid Astel, Lutz Arnold, Bissinger, viele Bruderküsse und Bartstoppeln. Doch vergleichsweise ungenau an der Wirklichkeit vorbei, sich die Welt immer nur als Höllenschlund vorzustellen. Als zunächst erster, dann bleibender Eindruck überraschend viele DDR-Dichtergesichter, die ich allerdings nur von den illustrierten Tagesunterlagen her kannte und in die ich unspezifisch = allerweltsfreundlich hineinnickte. Nett der Wirt, der mir einen superlativischen

Whisky spendierte, weil ich ihm von historischen Auftritten her bekannt war. Trotzdem mit einer psychopathischen Mißgunst zur Kenntnis genommen, wie diese Geistesschaffenden die fetten Makrelen, Räucherheringe, Butt- und Karpfenstücke nur so in sich hineinschlürften. Nach Mitternacht noch und dann in solchen Mengen! Kamen mir wie Marsmenschen vor, bzw. richtiger, wie Wesen von fremden fetttriefenden Gestirnen.

Heute morgen um 8.00 letzte Imeson geworfen und tatsächlich bis um 11.00 durch. Statt in die Vanitaszentrifuge mich lieber noch einmal übers Glacis verfügt, bekannte Schönheiten zu begrüßen: die Zweimasterin «Undine aus Hamburg» und die Anderthalbtausendtonnerin «Anabelle», gepünktelter Mennigbody über moosgrünem Grundanstrich. In der Nähe der Kriegsmarine-Unterkünfte in ein verwirrtes Clübchen von entlaufenen Kasernenkindern geraten, eines gab mir einen Patsch auf den Handrücken, und der unmündige Rest plapperte aufgeregt auf mich ein. «Ja», sagte ich, «gefährlich!» und wies auf die steil abfallende Kaimauer, was aber hoch über ihre kleinen Meterhorizonte hinausging. Dann clusterten sie plötzlich unisono auf mich los: «Da – tot! da! – tot! – da: – tot-tot-tot-tot!!!» als auf einmal eine Peitsche von Weib herangefegt kam und den winzigen Wesen ganz fürchterliche Klapse auf die niedlichen Bäckchen verabfolgte: «Ich! hab! euch gesagt!! – ihr sollt auf der Wiese bleiben!!! – Ist das hier die Wiese?!»

Mit Taxi zum «Schloß» und während der Fahrt das Straßen-Begleitgrün betr. seiner Verwendlichkeit f. «Ach, grüner Hang so schön» gemustert: vielleicht «Kuckucks-Lichtnelken» einflechten, aber das Wort ist zu lang und der «Kuckuck» stört. Überhaupt diese Blumen alle mit ihren süßlichen, völkischen und ertüftelten Namen: Mädesüß – Acker-Witwenblume – Günsel – Kleinköpfiger Pippau pp. Irgendein piffiger Botanisierer hat sie mal so genannt, und dann sitzen sie (und die Dichtkunst) bis zum Weltuntergang darauf fest.

Als ich in den Vortragssaal lugte, trug Elsbeth Wolffheim gerade ihr Nachwort zu Jahnns *Richard III.* vor – amüsant, wie sich das sonst so umstandslose Schnäbelchen bei ihrem ersten PEN-Auftritt zur Rostra vorspitzte. In der Pause DDR-Kollegin über den gestrigen Kunert: «Nur Getue – nichts Authentisches.» «Ja, authentisches Getue», sagte jemand, ganze Runde lachte. Jürgen Serke getroffen, dessen *Verbrannte Dichter* ich immerhin mal unter der Headline «Nach dem Soergel der Serke» besprochen hatte, und der nun zu den Snipers bei der *Welt* gehört. «Ah», sprach ich ihn an, «ein Mann von Welt», worauf er (Blick wie Hitzegeflimmer über Asphalt): «Auf die Linken ist kein Verlaß.» – «Nein, vielleicht wirklich nicht», sagte ich, «weil: wir sind ja die ewigen Revisionisten, aber auf die alte neue Rechte dafür mit Sicherheit.»

Mich zum Oslo-Kai abgesetzt und Schiffe betrachtet/bewundert. Dieses ganze Dichter-Gedöns, das mir fremd wie irgendwas ist, wohingegen Tibia neulich beim Anblick von orangefarbenen Stiefmütterchen: «Diese kleinen Sinnyasins!» Eine mit Liebe angesehene und poetisch begriffene Welt. Freute mich, Kempo und Arnold beim ebenfalls geschäftsordnungswidrigen Flanieren zu treffen, aber dann zogen sie auf einmal grämliche Gesichter wie vom Schicksal benachteiligt, vom Zeitgeist verlassen, vom Leben beleidigt, und nur bei Kollegenklatsch hellten sich ihre misanthropischen Mienen zu einem sardonischen Grinsen auf. Von dem ganzen floodsome and jetsone grad noch behalten, daß Kolbe nach dem Anschluß «größenwahnsinnig geworden» sei und sich als erstes sein Badezimmer mit Marmor habe kacheln lassen.

Abends Batterielesung: Katja Behrens, Uwe Kolbe, Sarah Kirsch, Wolfgang Hilbig, Hegewald pp., und weit ärger als die Beliebigkeit mancher Texte das unkollegiale Leseverhalten. Gerade so als ob nach ihnen die Welt zu Ende sei und sich die matte Publikumsresonanz durch Jelängerjelieberlesungen wieder wettmachen ließe, überzogen zumal Kirsch, Knobloch und Hilbig aufs unangenehmste, unangenehm auch für mich, der ich mich wieder mal in die Rolle des Schlußlichts hatte drängeln lassen. Ehemalige DDR-Dichter auf dem Markt – bekannte Wettbewerbseinstellung: «Vorwärts! und schnell vergessen DIE SOLIDARITÄT!»

Enttäuschend vor allem Hilbig. Kannte ihn per Handschlag von der Leipziger Buchmesse 85, wo er mir als der wandelnde Geheimtip auch physiognomisch positiv aufgefallen war: verhauene Genet-Visage (allerdings DDR-Ausgabe, Unfall-Trabi) und mit richtig schönen vergißmeinnichtblauen Augen. Kämpfte wie ein bereits ausgezählter Boxer gegen das mehr und mehr zum Unmut sich verdichtende Ungefallen des Publikums an, schob noch eine Szene nach, und noch eine Passage, und noch so ein verknaupeltes Elendskapitel, ohne auch nur einen Gedanken auf die mehr und mehr in die Nacht abgedrängten Folgekandidaten zu verwenden.

Las als letzter («Überraschendes Wiedersehen»), aber meine Seele war bereits derart verhärtet, daß kein freundschaftliches Schulterklopfen und aufmunterndes Dacapoklatschen mich zum Nachschlag bewegen konnte. Bewahrte zementene Contenance und dachte nur noch daran, ein Zeichen setzen, egal, ob es auch nur einer von den Gemeinten verstehen würde.

Überraschendes Wiedersehen

Naaa, Sie! wandeln ja immer noch rum
wie ein Farbprospekt für die ewige Jugend!
In Ihnen hatten die Ärzte doch seinerzeit
das Besteck liegenlassen
und anschließend irrtümlich zugenäht –
Haben Sie auch wieder recht,
die beste Witwe ist kein Ersatz für ein lustiges Leben.

Wo wir schon mal so unbefangen über letzte Dinge reden:
diese Bavaria im Fernsehen gestern,
die die Dürrekatastophe von Äthiopien ansagte,
wie fanden Sie die?
Allmächtige Teletitten
aufgeboten gegen die hohlen Arschbacken des Todes . . .
Man kann ja die Augen nicht unentwegt
vor den eigenen Gedanken niederschlagen:
Lieber nochmal richtig reinbeißen in die Welt
als die Frage der Überbevölkerung
auf dem Spendenweg zu lösen.

Wer noch ein Ziel vor Augen hat,
ist natürlich fein raus.
Damals – wie wir – als wir noch jung
und unbelehrbar waren –
einen Kommunismus,
der mit möglichst wenig Blut auskommt
und die pausenlos investierten Mühen planmäßig wieder einspielt –
Der Kampf hat Ihnen kein Glück gebracht
und die Welt nicht gebessert.
Immer schwieriger mit der Zeit,
hier noch eine glaubwürdige Faust zu ballen.

Einreden auf den Menschen
mit zauberischer Stimme, daß er was werde, wie Brecht,
ja, wer dazu die Macht und die Meinung hätte!
Ich meine, da kannst du auch ebensogut auf die Hühner
einprügeln,
daß sie Eier mit goldenen Schalen legen –
Därrrr Männnnnsch
gebildeter als der Ochse
mordseliger als das Wiesel
zählebiger als das Ren,
wolln wir lieber ganz froh sein, wenn er, Zitat:
«wie die Lausitzer Sorben seine Erfüllung im Volkstanz
findet».

Gedanken wie Granatsplitter, sssssssssst sssssssssssst!
sssssssssssssst! ssssssssssssssst!
Der Heilsplan der Welt ist unter die Waffenhändler gefallen;
die nichts gelernt haben,
sind zu allem fähig.

Sssssssssssssssst sssssssssssssssssssst!
Ssssssssssssssst ssssssssssssssssst!
An ihre Stinger-Raketen klammern sich die Gescheiterten;
für den Religiösverrückten
ist die Schnellfeuergarbe das schönste Gebet.

Ssssssssssssssst sssssssssssssssssssst!
Ssssssssssssssst ssssssssssssssst!
Ich seh was ich seh und das sag ich dann auch:
100 Millionen neue Erdenbürger am Tag,
200 in der Minute,
das ist mit Hunger allein doch gar nicht getan,
da müssen erst noch ein paar menschenverneinende
Religionen
hinzukommen.

Ja, wenn sie sich doch nicht unentwegt ihr bißchen Lebenszeit
verkürzen würden,
todbringende Sterbliche,
Statt in Eintracht den Boden zu bestellen,
von dem sie gemeinsam genommen sind,
und am Abend befriedet in den Schlaf eintauchten
und am Morgen geläutert wieder daraus hervor . . .
Aber dann sitzen da überall noch solche aufgeregten
Hoffnungsträger rum
(prall wie die Boviste)
mit einem völlig abartigen Glauben
und einer Bewaffnung wie aus dem Frühjahrskatalog von
Heckler + Koch:
Was soll denn der einfache Mann dazu sagen
in seiner wirklichen Angst?!

Ssssssssssssst ssssssssssst – sssssssssst ssssssssssst!
Reflexionen bis beim Kreischen der Rückkopplung.

Sssssssssssssst ssssssssssst – ssssssssst ssssssssst!
Solch einen Ruck, sich von sich aus herauszudenken,
gibt es doch überhaupt nicht;
und die wenigen, die du kennst,
haben leider gar keine Macht.

Und dabei haben wir im Grunde einmal nichts
als der Erde unsern vollen Segen mit auf den Weg geben
wollen,
so ein Hoch auf die Luft, die man riecht,
und ein Prost auf das Licht, das man sieht,
praktisch ein Riesenamen
über die gesamte kakelbunte Welt gesprochen.

Einen Tag wie diesen beispielsweise,
kurz vorm Abschiednehmen,
und du sagst, wenn jetzt nochmal ein bißchen Sonne
durchkäm auf deine alten Tage,
wär schon gut.

Weil doch das langsame Wegblättern ausnahmslos
uns alle betrifft
und das große Dahinfahren auch,
und solch ein Mund will einfach noch ein paarmal
unvermittelt auflachen,
bevor er sich endgültig schließt.

Gestreckte Augenblicke – ziemlich unscharf schon –
noch etwas in die Länge ziehen.

Sein Ich in die Fläche treiben, millimeterweise,
bis deine inneren Stimmen
mit einem öffentlichen Bühnenauftrag zusammenfallen.
Aber nur nicht noch vorsichtig werden jetzt
wie ein Pfriemelaugust
wie ein Perfektionist,
wie ein Cholesterinwertneurotiker,
der sich vielleicht das Rauchen abgewöhnt und dafür
seine besten Anlagen einbüßt.
Die Verkennung der Welt als behütende Werkstätte,
das ist es doch wohl,
was zu den meisten Betriebsunfällen führt.

U n d – F r e u n d ! auf den Himmel rechne mal nicht zu früh,
sonst bist du nämlich bald oben.

16. Mai Oev. auf und ab. Wie früh die Natur sich in diesem Jahr zum Gehen anschickt: Glyzinien verblüht – Ginster

hinflackernd – Schwertlilien mit jedem Tag etwas schrumpliger, obwohl herrisch noch im Verscheiden und jedes Blütenblatt nachleuchtend von dem 50-Millionen-van-Gogh-Triumph bei Sotheby. Akelei im Vergleich fast Klimbim.

21.30. Mit Taxi zum Bahnhof (Schwertlilien! frisch aus Bolivien eingeflogen), dann zu Raddatz, aber in Agnesstraße 21 alles dunkel, Fenster verhängt. Auf Einladung geblickt und festgestellt, daß ich mich um eine Woche im Datum geirrt hatte. Zu Fuß zum Jungfrauenthal, wo Michel zunächst wie ein Moribunder an der Sprechanlage, aber als er meine Stimme erkannte, sofort helles Freuden-Wauwau. Saß zusammen mit Christina vor franz. Dokumentarreportage über psychiatrische Anstalten, weinerlich betrunken, «weil ich in jedem abseitigen Kopf mich selbst erkannt hab».

17. Mai. Grauer Tag, verkodderte Eingeweide, aber die Rhododendren am Wege so drogistisch rotlichtbezirksmäßig leuchtend, daß ich ihnen km um km einfach Folge leisten mußte. Schleppender dann am «Grünen Hang» entlang und das entmutigende Gefühl, daß auf dem Gebiet der Naturpoesie praktisch jeder Seufzer geseufzt, jedes Ach geächzt worden ist. Bei paar unangenehmen Telefonanrufen bemerkt, daß sich noch während des Gespräches Aversionsschwellungen in meinem Munde bildeten, bei einem Blick in den Spiegel dann als eine ganze Kette von Eiterkuppen auszumachen. Also doch wohl tiefere Vergiftungsgründe: Weltekel, der sich, auf den Punkt gebracht, auch als Ekel an dem neuen Deutschland diagnostizieren läßt. Jeder Schritt aus mir raus und gar aus dem Haus in die Öffentlichkeit als Bewegung in Feindesland empfunden.

Hier möchte ich nicht zu Fall kommen
liegenbleiben
in Verwesung übergehen
hier nicht!

20. Mai. IC «Deichgraf» Göttingen – Hamburg. Gestern Lesung im «Alten Rathaus» und heute morgen nochmal Matinee in Osterode. Lustig, wie der mit mir im Gespann auftretende Germanist Wolfgang Eschker seinen Vortrag fortwährend mit sprechenden Gesten begleitete, z. B. emphatische Taubstummengebärden bei der Schilderung einer riskanten Autofahrt und auch im weiteren Verlauf kaum ein Sonnenauf- oder -untergang ohne den entsprechenden untermalenden Fingerzeig. Bis er bei der Beschreibung einer frisch erblühenden Kastanie eine ganze Batterie von Kerzenhalterfingern in den Bühnenhimmel aufsteigen ließ – «mit tausend Erektionen!» – wahrlich ein ausgefallenes Bild, obwohl, bei genauerem Hinsehen doch nur eine Lesefrucht und schon in meinem «Bocksgesang» von 1962 zu bestaunen. Als ich es dem Romancier nach der Veranstaltung erzählte, konnte er das Wunder einer unbewußten Entlehnung zunächst gar nicht fassen. Aber doch, die Stelle kannte er, und er hatte gerade diese Metapher für einen so schönen Fund gehalten. Las dann selbst etwas übersteif wie eine zusammengepappte Kleidermotte, um auf jeden Fall himmelgreifende Gesten zu vermeiden.

Nun die Fahrt durch die leere Stille des Sommers. Feines frisch angeschäumtes Gekrümel von Geißblattblüten, Labkraut, Kälberkropf und Holunderdolden, als kilometerlange weiße Fahne hinter uns her und bei jedem Schwung des Bahndamms mit in die Flucht genommen. Setze mich immer am liebsten mit Rücken gegen die Fahrt, um die zeitlupenhaft sich verlierenden Augenblicke noch so lange wie möglich nachzukosten.

Bißchen in Safranskis Schopenhauer-Buch gelesen. Sehr kenntnisreich, sehr sinnenfreundlich geschrieben, aber die Gestalt und das System dahinter doch vergleichsweise fremd bis un-, un-, un-, na sagen wir, unverträglich. Keine Antworten auf die mich wirklich bewegenden Fragen nach einer unbegreiflich sinnreich konstruierten sinnlosen Welt. Hinter Celle ein sich zügig entfernender Friedhof – Rhododendren / Blauhaufen abtrudelnd – eine dunkel versonnene Pappelreihe an einem sich fadenhaft verschlängelnden Flüßchen – dann Soltau: lichtgrauer, besonnter Bahnsteigzement mit ein paar wie aufgezogen vorwärtsruckediguckenden Tauben ...

Mo. 21. Mai. MRR-Interview-Feature von Beate Pinkerneil. Intelligent komponiert und keineswegs bloß (wie ich zuerst befürchtet hatte) eine Nummernrevue von unzusammenhängenden Zeugenaussagen. Bewunderte all diese ewig aufgeräumten Redekünstler von Jens über Muschg bis zu Rolf Schneider und kam mir im Vergleich wie ein hilfloser Luftschnäpper vor. Freute mich, daß mein Preisgesang auf den guten Prinzipal und Ermunterungsprofi den gebührenden Raum bekommen hatte, o b w o h l –: soll gefälligst nicht unentwegt Dankbarkeit einfordern, wo es Grund zu danken auch immer andrerseits gibt.

Di. 22.5. Gedicht «Grüner Hang», das Stück zieht sich. Schleppt sich unter Seufzen seiner Vollendung entgegen und sollte am Schluß nicht gerade auf dem letzten Loch pfeifen. Capriccio für mühselig und beladene Aufsteiger.

23.5. Telegramm Schirrmacher, der Geburtstagspoem für MRR (70) erfragte – manche Leute haben aber auch dauernd Geburtstag. «Grüner Hang» vielleicht gar nicht abwegig, aber wer weiß, was er aus der zunächst gar nicht auf ihn gemünzten Schlußwendung für sich herausliest: «Übergehen in einen Bereich, wo Kritik nicht mehr zuständig ist»? Solche dem Zugriff des Kritikers entzogenen Freihandelszonen darf es seiner Meinung doch eigentlich gar nicht geben.

Sonne – Balkon: Zunächst eine schmale romanische Schönheit, die einem Arbeitslosen ihre länglichen Brüste in den Mund hängen ließ; jetzt drei kahlgeschorene Punkgirls mit frechen Zipfelzitzen und breiten Jungenskreuzen. – In den letzten Tagen öfter an einen Zyklus aus dryadischen Selbstporträts gedacht. Nach dem «Fliederbusch» in logisch allegorischer Folge vielleicht der Roseburger Apfelbaumstumpf mit seinen Wasserreisern, dann ein Stubben als Stele und schließlich der verwurmte Hauklotz hinter dem Gartenschuppen. – Nach 5 Zigaretten schon wieder Übelkeit.

26. 5. Schlimmer Schlaf – unterhaltsame Träume – kein gutes Zeichen. Leider bei Zugriff sofort wie Gallerte durch die Finger geronnen. Bei Aufstieg Schulberg eine hauchfeine Partikelschleppe von Holunderduft bis zur Elbchaussee hoch, oben freilich dann nur noch Atemgifte aus Tausenden von vorübersausenden Abgaskanonen. Im zum Abriß anstehenden Hertie in den allerletzten Ausverkauf geraten. Faule und weiche Südfrüchte – auslaufende Stoffballen von längst ausgelaufenen Moden – Türkinnen mit Kopftüchern, die mit hürnenen Fingern Kattun für neue Kopftücher prüfen. Auf dem Spritzenplatz, neben Doris Waschks beschwingten (seit Wochen brutalistisch versudelten) Bronzefiguren eine Palästinenserdemonstration mit lauter gutgenährten, durchtrainierten jungen Kerlen. Alles bis zum Gaumensegel voller Haß und Neid und Scheiße: «In – ti – fa – da bis zum Sieg.» Vor aufgestauter Wut die Welt schon nicht mehr erkennen können . . .

Sie haben sich daran gewöhnt, ihre Ungarheit für innere Stimmen zu nehmen

Anderer Leute Auslöscher

Wo die Erde son schöner Zufall sein könnte
unter lauter staubigen und unergiebigen Galaxen –

Mit dem Nichts ließe sich ja vielleicht
noch zurechtkommen,
aber auf keinen Fall mit den Nazis

– und ein handlicher Humanismus wär schon gut

Wie die einen meinen, sich unentwegt entschuldigen zu müssen, daß sie überhaupt noch am Leben sind,
und die anderen aus ihrem bloßen Dasein glauben
Versorgungsansprüche ableiten zu können

Ziemlich fortgeschrittene Zustände mittlerweile,
von denen du Kunde gibst:
Die Menschheit hat nicht den richtigen Nerv
für ihre Peiniger –
Sie haßt nach unten

Immer Reklame für den besseren Menschen gelaufen,
und was ist dabei rausgekommen?
Chor: Wir wollen den maschinenlesbaren, fälschungssicheren Personalausweis –

Es ist der Haß doch wohl noch erlaubt,
oder wie?

Ich hasse alle Heiligen, tot oder lebendig –

Mohammedanismus? Gottja,
das ist wiedermal sone Meinung für Milliarden . . .

Bruderküsse und der Austausch von Füllhaltern

Aber singen für eine Sache,
die es nur in der Einzahl gibt?!

Utopie: daß die Menschheit sich durch Liebesbriefe fortpflanzen würde, und es käme immer nur Post dabei raus –

(doch-doch, unter Hinzuziehung von Glauben geht das schon)

bis –

am Ende –

Jeder Einwand nur noch dein System bestätigt
und du einfach darauf vertrauen kannst,
daß das was d i c h heute ankotzt,
morgen allen zum Hals raushängt . . .

18.00: Partikelsturm abflauend – Clips lose geheftet und z. b. V. – Ab 20.00 Hella von Sinnen, der etwas sehr Seltenes gelungen ist: aus Übergewicht und Schwulität eine Knallnummer zu machen, es ist allerdings nicht die meine. Die Grenze immer dort, wo die Pointen wie Eieruhren schrillen.

So. 27. Mai. Schluß «Grüner Hang» und an *FAZ* geschickt. Bei Gang an verblühendem Rhododendron entlang sogleich ein wahlverwandtschaftliches Rühren. Eine eben noch hellviolette Schöne am Fuß der Himmelsleiter in nur wenigen 5–6 Tagen eine schwarzbraune Witwe.

Am grünen Hang entlang

Landschaftliches Lehrgedicht für M. R. R.
zum siebzigsten Geburtstag

Ach, grüner Hang so schön,
anhaltend langer schöner grüner Hang,
mit Margeriten im Gefolge, Geißblatt, Schafgarbe
undsoweiter, Klee,
dient er, im Gegensatz zu uns,
einem sonst überhaupt nicht Darstellbaren.

Straßen, die keine gute Wendung nehmen,
kennen wir zur Genüge.
Woher des Wegs? Aus der Irre.
Wohin die Fahrt? In den Dreck.
Vorbei an Motocross, Autocrash, Burkhardt's Rollender
Sommerdisco –
Ich nicht, ich will mich noch ein Stückchen
an der Böschung hochziehn,
Trauerweiden kitzeln meinen Augenrand.

Ins Nichts hinein schaffen können nur Göttinnen,
die keinen Begriff von sich haben;
wir müssen uns weiterhangeln:
langsam den Hang entlang,
den Augen nach,
den Blicken – bis sie innehalten – wo? –
DA! eine Blume scharf wie ein Brandy, Gott wie heißt sie?
Wenn sich wie unter Einfluß von Sonne plötzlich
dein gesamtes Gesicht zum Lachen verzieht . . .

Und jetzt gehen wir doch noch über in einen Bereich,
wo die Kultur ihr Recht verloren hat
und keine Kritik mehr zuständig ist.

29. 5. Telegramm von Schirrmacher: «Wunderbares Gedicht.» Hauptsache, er faxt nicht am gleichen Tag ähnlich Emphatisches an Kirsch/Kunert/Ulla Hahn. Eigenartig, wie auch bei derart avancierten Stücken letzten Endes die Wiederholung die Musik macht und die alte Liedfolie durchschlägt: «Schöner grüner / schöner-grüner Jungfernkranz». Sah vom Balkon aus Tibia vorbeimarschieren: flott gestylte Windjacke, weißes Sweatshirt, himmelblaue Jeans mit gemein kalkulierten Arschlugen, bei jedem Schritt blink-blink/blink-blink, kleine Halbmonde hüpfblitzend, kükengelbes Haar zu gigantischem Weihnachtsstern hochgekämmt. Beim Abgang dann sehr rührend ein rotes Tornisterchen auf dem Rücken. Hielt mich wegen Arbeit an «Tulpenbaum» hinter Jalousien verborgen, obwohl es rupfte.

30. Mai. Telegramm Gudrun, daß Hans Bunge gestorben. Sah ihn sofort wieder angestrengt den Schulberg hochrasseln, den ganzen breiten Brustkorb voller Friedhofsqualster, alle paar Schritte innehaltend, ächzend, lachend, beide Hände am Geländer: der belustigte Behinderte. In NDR III kleiner feiner Nachhall auf den lebenslang zurückgesetzten Mann mit seiner positiven und handlichen Intelligenz. Wie tief müßte ich mich in Tabus zurückversenken, um unsere gemeinsame, von Wetter, Wind und Whisky gegerbte Theaterzeit wieder ans Licht zu heben – 1971/72 als wir mein *Volsinii*-Stück auf die Bühne des Deutschen Theaters zu wuchten versuchten. Waren schon damals bereit gewesen, unsere Utopien etwas niedriger zu hängen als die übrige Welt, was der Stasi dann wieder viel zu realitätsnah war. Wollten positive Helden von uns sehen, die vor lauter Verdienstmedaillen nicht mehr laufen können …

Daß *FAZ* sofort mit Leuchtreflex reagierte, *ND* hingegen das ihm *especially for you* überlassene «Überraschende Wiedersehen» nicht einmal einer Eingangsbestätigung für würdig befand, zeigt den Unterschied von Geschäftssitten. Trotzdem erhebendes Gefühl, mit einem vor 2 Jahren begonnenen und erst jetzt zum parabolischen Bogen geführten Gedicht genau auf dem Scheitelpunkt der Geschichte zu sein.

Betr. «Grüner Hang»: Meinung 1., daß die Politik meine wirklichen Künste immer nur oberflächlich berührt hat. Meinung 2., daß mein ständiges Bangen um das weltliche Heil der Menschheit maßgeblich auch an der Oberflächenbildung meiner Gedichte beteiligt ist.

20.15 – Taxi zu Raddatz, der Fahrer im blauen Drillich, Gesicht wie ein Dressman, goldene Rolex am Gelenk und dann Santa-Fu-Rock aus der Dröhnkiste. Bei R. u. a. Gespräche mit Monks, aber der Tod von Hans Bunge schien hier nichts und niemanden ernsthaft erschüttert zu haben. Frau Rechtsanwältin Wild über unseren alten Freund und Minnesänger Wolfram: ein ausgesungenes Faß, das sich mit altdeutschen Damasttischdecken drapiert und fast nur noch von seinen Conférencen mit eingestreuten Sangeseinlagen lebt. Wie viele Leute er in seinen besten Jahren nicht belehrt, belustigt und moralisch aufgerichtet hat, u. a. mich mit seiner Riesenlatte von Bellman bis zum Palästinalied.

31.5. Verkorkster Magen, oben Un-Kopp. Vor meinem Mansardenbüro die Maler auf Balkon und Dach, jetzt auf das Trocknen des Voranstrichs wartend und Papperlapapp mit dem Gärtner gegenüber im Lindenbaum, eine gemütvolle Handwerkerwelt. In mir unausgekämpftes Miteinander/Gegeneinander von widersprüchlichen Wetterfronten: teils Aufwinde, teils Tiefdruck. Dazwischen das unentschiedene Geschlinger von poetischem Himmelsplankton. Immer bedrohlicher auch von zunächst bloßer Ahnung zur Gewißheit sich verfestigend, daß es das gesellschaftliche Bodenfließen ist, an dem ich kommunizierend Anteil nehme. Ums Haus herum Imponiergejohle und Präpotenzgepfeife von jungen Bengels, die viel Zeit für Balz und Paarungstänze haben. Die Fortpflanzung schon seit Jahren weitgehend in die Hände der Arbeitslosen übergegangen. Dagegen die Lächerlichkeit eines stillen Stubengelehrten, der keinen krachmachenden Beruf ausübt. Das LYRISCHE ICH? Ein Sandwichmann, der grade man eben von seinen Buchdeckeln zusammengehalten wird.

Grundlagen der Lyrik? Ressentiments als die eigentlichen Geschmacksträger aller Lebensweisheiten und Wahrsprüche. Wenn die Gedanken tief genug in den Ressentiments verwurzelt sind, kann allerdings gar nichts mehr schiefgehen.

Gegen 18.00. Sacco und für beide Leber gebacken. Auch seltsame Vita: Mit 17 freiwillig zur Waffen-SS, dann in Rußland verwundet, Heimatschuß, Blasenleiden, nach dem Krieg aus Renitenz und privatem Wiedergutmachungsgeist in KP-Studentengruppe Hamburg eingetreten, Sinologie und Rechtswissenschaften, aus literarischem plus politischem Interesse Winkeladvokat bei *konkret* (wo wir uns kennenlernten), später Häusermakler und Verwalter von kleinen Liegenschaften, u. a. Gartengrundstück in P., das er seit meiner Hanffarmerei nur noch New Hampshire nennt. Lustige Fahrt aufs Land und gemeinsame Shanties und Gesänge: «Carry me on to old New Hampshire.» Als er mir beim Ausschneiden der angrenzenden Bäume half, entfiel ihm ein Zweig derart unglücklich, daß gleich mehrere besonders geratene Pflänzchen zerschmettert wurden. S. zunächst vollkommen zerknirscht (beschmierte sich das Gesicht wie ein Klageweib mit Gartenerde), bis sein Sozialsinn am Ende den nutzlosen Jammer zu überwiegen begann: «Paß mal auf – die Letzten werden die Ersten sein.» Hatte neben Leitzordner und Klarsichthüllen auch Tesafilm in der Aktentasche, dazu Stöckchen im Schuppen, und schiente die nur noch fadenweise zusammenhängenden Stengel mit samariterhafter Fürsorglichkeit. Gemeinsam zu Müff und dessen neue Mietwohnung in Olendörp besichtigt, ziemlich enger Parterrekarton in spießerstillem Sträßchen, nach hinten zu winzigstes Gärtchen, lang und breit wie ein Grab. Kann sich aber nach Feierabend im eigenen Liegestuhl darin langmachen und einer halbwegs verkorksten Liebe nachsinnen. Auf meine öfteren Vermahnungen, sich in seinem Alter nicht mehr auf solche bröckligen Dinge einzulassen: «Das verstehst du nicht – dann fühl ich wenigstens was.»

Sa. 2. Juni. Roseburg: «Immer schneller rein in die Klamotten», dann erste Notizen zum Kühn. In «Café Größenwahn» neulich von Ludwig Harig aufmerksam gemacht worden und die Gedichte auf Anhieb (Anhauch) als so wahr wie schön empfunden. Spricht weder mit angenommener Arbeiterstimme, noch als Sozialanwalt mit angemaßten agitatorischen Imperativen, sondern einzig aus der Tiefe einer früh gekränkten Seele. Ein Schmetterling im Kohlenstaub.

Mo. 4. 6. Kurzer Sonnendurchbruch. Mit E. zum Flohmarkt nach Büchen – verpupste Blasmusik in einem verschwitzten Zelt. Die dunkelblauen Feuerwehruniformen, die mich sofort wieder an den nächtlichen Feuerwehrball im Trammer Forst erinnerten: dicke Hände mit lila Tauglichkeitsstempeln um die Knarrenhälse gekrallt. Dahinter dann immer gleich die SS-Ausbilder im Wehrertüchtigungslager Wingst.

7.6. Eingekauft und mich zwischen unterschiedlichen Papieren im Kreis rumgedreht. Abends TV: Hella von Sinnen als Gast bei Elke Heidenreich, entweder teigig oder kreischig. Kann nicht zuhören, weil hinter der dickwandigen Stirn unentwegt die auf alles gefaßt sein wollende Pointenpumpe arbeitet. Auch Hans Apel – ehemals ganz munterer Hamburger Jung – heute nur noch altersgrauer Bubischopf mit misanthropisch verzogener Unterlippe. Bei bißchen pieksigen Fragen jeder Ansatz zu einem Lächeln so!fort zu einem Ausdruck allerhöchster hanseatischer Beleidigtheit gerinnend.

8.6. Der Himmel als Scheuerlappen mit ein paar lichten Rissen. Schöner Brief von Hanni v. P., der mir den Kopf gleich bißchen über die Wolken hinaus in hellere Sphären hob. Anruf Rosi, daß Gysi in Talk-Show zu besichtigen sei – aber, ach, da jagten sie schon wieder mal den letzten kommunistischen Hemdzipfel. Gruppendynamisch nicht uninteressant, daß es seit der sogenannten Wende überhaupt keine ehrlichen Fechterspiele mehr, sondern nur noch Treibjagden gibt. Schreiber (die jackensprengende Platzpatrone), Wohlrabe (den Wehner mal sehr lustig u. sehr richtig «Übelkrähe» genannt hatte), die Schreinemakers (mit ihrer kicksigen Stimme und ihrem kökschigen Auftreten), selbst die faltenschlagende Inge Meysel fielen im freiheitlich pluralistischen Unisono über das glattrasierte Opferlamm her. E. und ich wutrauchend über soviel unfair play als Gesellschaftsspiel. Was keinem Nazi nach der Kapitulation widerfahren ist, die private Anprangerung durch öffentliche Medien, hier wird es tagtäglich Ereignis. Der kleene Schreiber, hin und her ruckelnd im zu engen Jakkett, das Kinn wie ein Duce vorgestreckt, Chefankläger beim obersten Fernsehgericht: nun aber raus mit der Wahrheit, und ffffft! sich selbstgefällig wieder zurücklehnend, sein eigener Empiresessel. Gequalmt, bis mir das Gebiß wie ein Aschbecher stank.

Mo. 11. Juni. Viel übler Nachgeschmack betr. gestrigen TVs. Mit einigem Schwung an den Kühn: ein Dichter, der bei wiederholter Lektüre gewinnt. Zu meiner Überraschung viel weniger «Laiendichter» als ich dachte. Alles kommt von weit her und tönt von tief unten herauf: Hölderlin, Trakl, auch die «Frühen Gräber» Klopstocks hallen logenbrüderlich nach – ein erstklassig belesener Mann, der nach Ausbruch der Geisteskrankheit nur noch wie ein Somnambuler durch seine Heimatgemeinde wandelt. Merkwürdig poetische Erscheinung, bei der Gold- und Trauerrand beziehungsreich miteinander verschwimmen. Für mich: Bei zeitraubender Arbeit kein schlechtes Gewissen zu haben, schon ein halbes Glück. Abends: Fußballspiel England–Irland etwa so interessant wie Luxemburg gegen Sierra Leone. Wie und auf welcher Seite soll man da fühlen?

12. Juni. Anruf Franz Joseph Bautz (BR), der bei seiner letzten Sendung nochmal all seine Lieben um sich versammeln möchte. Ihm «Überraschendes Wiedersehen» zur Funk-Premiere überlassen. Große Lust auf politische Gedichte mit rauh belassener Außenfront: Kompromisse an die öffentliche Lustbarkeit hab ich genug gemacht. Diese neuen Äußerungen von Nationalgefühl als öffentliches Sichdicketun Marke Schreiber! Niedlich der weiße Malerjung auf dem Dachgiebel; in der Arschtasche seiner schwarzen Manchesterbüx der wippende gelbe Zollstock.

Do. 14. Juni. Mit viel Lexotanil halb ausgeschlafen. Funkaufnahme Märchen «Vom Stiefel», das Naura gut in die neue Zeit zu passen schien und das seiner Vertonung beinah von selbst entgegenkommt: Marschstiefel – Geschurre – Getrippel – Getrappel – Geklotze – Gequietsche – Geklöppel – Genagel – Geschuster – Kolonnenschritt – Squaredance: one-step/two-step, tacktacktacktack. Verhaspelte mich gleich zu Anfang, was sich dann zwanghaft als Frosch (eher Fliege) in der Kehle festsetzte, und als Alp gar nicht mehr aus meinem Bewußtsein weichen wollte: Hustenreiz stieg im Hals hoch, Rotze gurgelte, Speichel troff. Bin schon öfter gefragt worden, was die Zeile «alles, was gefürchtet wird, wird wahr» in «Bleib erschütterbar» bedeute – das genau eben war es.

Das Gehirn als Salatkopf – das Bewußtsein: Schneckenfraß.

Das Gehirn, das zu seiner Selbstbeobachtung übergegangen ist und zwangsläufig nur noch Störungen oder Mißbehagen an sich selbst produziert. Eben, 22.15, meine eigene Stimme in NDR III (Sendung «Meine Gedichte») und – als hoffnungslos überanstrengt = druckreif am Medium vorbei empfunden. Hätte mir immer wieder ins Wort fallen, korrigieren, verrankt-verrenktes Satzwerk entflechten und das Surplus an Adjektiven wieder aus dem Mund herausziehen mögen. Eine alte Wunschvorstellung: im Himmel nochmal eine Korrekturfassung seines Lebens drehen zu können und sie – lachend – gegen unser irdisches Gemurkse zu halten. Wie unangestrengt dagegen neulich die wie extemporiert erscheinenden Ausführungen Jurek Beckers. Bringt offenbar nur paar Stichworte mit und erzählt dann lustig drauflos.

Von Ali gehört, daß Janssen beim Radieren mit seinem Arbeitsbalkon abgestürzt sei. Habe an der freien Luft mit Königssäure gearbeitet, als sich plötzlich die Halterungen aus der Wand lösten und der ganze Klumpatsch in die Tiefe sauste. Nun doppelter Beckenbruch und die Augen verätzt. Wäre am liebsten sofort an sein Krankenbett geeilt, um ihm Trost zuzuflöten, aber 1.) kennt er solche sich im Selbstgenuß verzehrenden Sanitäter zur Genüge und 2.) weiß ich schon seit langem nicht mehr, woran ich eigentlich mit ihm bin.

Radio: irgendwas Impressionistisches. Süßes zages Geklimper . . . und dann fallen die Töne auf einmal alle übereinanderher.

17. Juni. Gut ausgeschlafen, wie immer, wenn keine Arbeit ansteht. Wollte mit E. zur «Komikertagung» nach Rendsburg, da waren bei ihrem VW alle 4 Reifen angestochen. Sehr langsam mit meinem gefährlich verziehenden Ritmo gen Norden. Viel Freundschaftsgeist/Herzlichkeit wieder: Eva Schobel – Vincent Klink – Johler – Bernstein – Kanthereit – Gernhardt – Westphalen – Bernd Eilert – Kersten – Haffmans pp., aber die Sache war schon gelaufen und nach gemeinsamem Spaziergang an Eider und Kanal nur paar Jubis honoris causa. In komfortabler Kersten-Kutsche wieder nach HH zurück, wo Westphalen Benedict Erenz treffen wollte, den ich mir immer als einen bleichen verätzten Savonarola vorgestellt hatte. Da trat er auf einmal aus seiner Haustür: ein sympathischer junger Lockenkopf. Was bewegt diese Generation eigentlich zu was auf dieser Welt und auf welchen Verwerfungen fußt sie? Kann mir bei O. und K. die tektonischen Grundstörungen gerade eben noch vorstellen, aber hier?

PS 1: Von Rauschenbach erfahren, daß sich in Arno Schmidts hinterlassenen Miszellen auch eine (unveröffentlichte) Antwort auf Zeitungs-Rundfrage-Preisfrage gefunden habe. Auf die Frage, wem er eine gedachte 6000-Mark-Ausschüttung zukommen lassen würde: 1. freibleibend – 2. Peter Rühmkorf. Überall in der Welt noch merkwürdige Nachlaßflusen herumgeisternd; und, ohne daß man davon weiß, sind ein paar gold- oder silberhaltige Fädchen auch am eigenen Gartenzaun hängengeblieben.

PS 2: K., der sich in Begleitung einer zeitweiligen Geliebten mit der Hochhuth-Family in der Schweiz getroffen hatte, wo Frau H. über das Fräulein G.: «Wer schon nicht für sein eigenes Brot arbeiten muß, sollte wenigstens mehr gelesen haben!» Wurde als Hochmutszeichen angesehen, aber ich fand es eher ganz schneidig.

TB: Welchen dunklen Trieben es folgt oder welcher niederen Klatschsucht, wenn es selbst noch verzeichnet, was Frau H. zu Herrn K. über Frau G. gesagt hat? Eigentlich ist gossip ja überhaupt nicht mein Ding, und ich habe nicht einmal den Nerv dafür; aber dann lauert da immer noch echsenhaft dieser ungeschriebene Roman-ja-man, und selbst bei Eintagsfliegen läßt ein Reflex die Zunge rausschnellen – zack! da ist was.

18.30 Schulberg runter, «grüner Hang so schön», alter schwappender Tränenkrug, bei jedem Schritt paar Spritzer über den Rand. Zuhaus Café-Whisky und Schluß «Capriccio für zwei Finger»:

Wer noch was zu sagen hat, ohne hier das
Sagen zu haben, trete vor.
Wer noch alle Zähne im Maul hat,
schweige.

19.00 Eva Schobel und Interview-Probe, aber hatte kein Tonband dabei, und stenosynchron läßt sich schlecht talken. Um 22.00 gemeinsam zu Henscheid-Colloquium in «Dill sin Döns», das das erwartete Seminar, bei dem ich gern gelauscht und dazugelernt hätte, aber gar nicht war, stattdessen ein eigenartig entrücktes und eher für Illuminaten gedachtes «Mir-zur-Feier». Junge Liebediener (kaum -innen) begannen bei Gänsewein und Kerzenlicht Gedichte aufzusagen und Stegreifvorträge zu halten, teils mit feierlich belegter, teils auch schülerhaft aufgekratzter Stimme, bis mir meine/unsere Gegenwart schließlich immer unpassender und am Ende beinah indezent schien. Als gar ein bildungstrunkener Jüngling auf italienisch extemporiert hatte (richtig pointenreiches Anekdötchen, wie ich dem einverständnisvollen Gelächter entnahm) und Henscheid immer misopäder, weil im Grunde tief gerührt und von Herzen geschmeichelt aus der Wäsche kuckte, mochte ich mich dem Kreis nicht länger in der Rolle des unbeteiligten Kiebitz mehr zumuten und versuchte mich an der Rezitation von Hardekopfs «Zwiegespräch», was ich halben Fadens wegen aber nur im Verein mit Lars Clausen zustande brachte. Paar letzte Gläser in der Nähe von Lars, Bettina und Brigitte Kronauer, dann in einer Peinlichkeitspause mit E. S. aus dem Saal. Seltsame Veranstaltung: Verklemmtenstadl nach dem «Komikerkongreß».

Noch kurz in ein Nienstedtener Lokal, wo auch Gernhardt saß und man außer dem meinen keinen weiteren Namen kannte, was mir angenehm war. Bißchen mit G. über Politik, wobei sich allerdings kein verbindender Faden anspinnen ließ. Was mich bedrückt, läßt ihn kalt, was mir Sorge macht (z. B. der neue posthume Antikommunismus), wird von ihm nur hohnlachend zur Kenntnis genommen. Unzufrieden nachhaus und mich gefragt, ob nicht ich vielleicht der Knochenkopp bin.

TV: DDD (Rainer Ott) wo Krenz und Schabowski wenigstens ein paar zusammenhängende Atemzüge lang frei sprechen durften. – Wird Zeit, daß die Politik zu Ende geht und die ganz normalen Krimis wieder anfangen.

19. Juni. 19.00 Eva S., die versucht hatte, unser Interview und mein gebrochenes Deutschlandlied bei *FR* unterzubringen, was man dort allerdings für passé und die Musik von vorgestern hielt.

20. 6. Der Maler gestern vor Fußballspiel D-Land–Kolumbien: «Na, was schätzen Sie – 4:0?» – Ich: «3:1», und er kuckte nur noch mitleidig überlegen. «Ja», sagte ich, «für Kolumbien.» Wurde dann nervschmirgelnde Partie mit 1:1-Ergebnis, und ich begrüßte ihn heute mit «Venceremos». Anruf Müff, der die Firma wechseln und sich «noch einmal im Leben selbständig machen» möchte. Hatte Liebeskummer und Alterssorgen, ich riet ihm von beidem ab.

TV: Spiel Brasilien–Schottland (schönste Nationalhymne der Welt, zu deren Klängen ich schon Hekatomben von Operettenkriegern in den Fernsehtod habe ziehen sehen. Wehrästhetisch nur noch mit der alten deutschen Reichskriegsflagge zu vergleichen, s. «Der letzte Mann» von Hans Bordt, korrigiert durch Klaus Staeck).

Schöner großer Schock für die Augen: «Reise in eine ferne Innenwelt», Filmfeature von Enrico Romero über Dubuffets «Collection de L'art brut» (vom Maler der Stadt Lausanne vermacht). Interessant, daß die Irren von 1990 nicht mehr die Irren von 1900 sind und die «Malerei der Geisteskranken» dem Geist des Zeitalters folgt wie alle übrigen Künste. Freilich verproviantieren sie sie nicht in den Windfängen der Biennalen, Documenten und Kunstmessen, sondern bei der uns allen gemeinsam verfüglichen Bildergalaxis der Print- und Flimmermedien, was sie heilsam gegen den galeristischen Gusto der Kunst-Kunst gefeit macht. Ganze Sendung lang mit gefalteten Händen vorm Schirm gesessen und die armen Irren angebetet. Der andere Weg.

NDR III: «Norddeutsche Profile»: Domenica. Jans patente Frau und dabei sojar ne rischtije Ikone. Ne Ikone, die Kölsch schprischt.

21. Juni. Teils Sonne, teils tieffliegende Wolken, wie an Bühnenfäden vorübergezogen. Den Kühn als Skizze fertig. Überlegungen zu Wahnsinn – Methode – Manier. Wenn die modernen Dichter und -innen schon wissen, daß sie als die großen Magier und Hexen besprochen werden, ist der Zauber meist schneller perdu als sie glauben. Andererseits Trakl in seinem Brief an Buschbeck über «die heiß errungene Manier meiner Arbeiten», an der sich gewisse Secondhand-Begabungen schamlos verköstigt hätten.

TV: Bundestagsdebatte zur «Deutschen Einheit», u. a. Grenz- und Polenfrage – ja, da muß man nun allerdings sagen, was man wirklich will! Seit einigen Tagen allerhand News über jahrelange Zusammenarbeit von Stasi und RAF, inniger und enger als sich jemals jemand so etwas vorgestellt hat. Was heißt «vorstellen», was heißt «jemals»? Überhaupt nichts hat man. Angeekelt Flucht ins «Konzertleben der DDR» angetreten – bis die letzte Schumanngeige sich schlich.

Fr. 22. Juni. Zu früh hoch, weil auf Glaser gewartet, der mich versetzte. Ganzen Tag immer kurz vor Wutanfällen: achte und ehre das Handwerk, aber hasse die Handwerker. «Kühn» bereits bis zur Hälfte vorangediehen. Wenn ich an andere bedeutende Schweigekünstler unserer jüngeren Literaturgeschichte denke (Peter Huchel oder Ingeborg Bachmann), scheint mir deren öffentliches Sichschwierigtun immer noch ein bißchen erkünstelt. Das Drucksen der I. B. als eine den Publikumserwartungen durchaus kalkuliert entgegenkommende Redehemmung. J. K.: Nachtwandelnde Glocke in seinem Narrenturm. – Mittag: Rührei/Speck, Räucherfisch, Pfefferoni,

Apfelmus, Vincent Klink würde sich bekreuzigen. An der Elbe Brigitta getroffen (jüngere Schwester meiner 50er-Jahre-Studentenbraut-Mäusi): jetzt auch schon Oma und mit Enkelkind vorn im Fahrradkörbchen, Mückenstichelchen auf der Backe. Kaum daß man den Rücken gedreht hat, pflanzt sich das Völkchen auch schon fort und verzweigt sich über die Welt – und dann flattern einem auch schon die Traueranzeigen ins Haus.

«Echo des Tages»: 20000 Erdbebenopfer im Iran, aber seit dem Fatwa-Verdikt gegen Salman Rushdie kann man in unseren Breiten (gar Kreisen) kaum noch in der gewohnten Herzlichkeit mitleiden. Erst die Mordkommandos zurückpfeifen und dann hoffen/beten, daß der alte Spendiergeist eines Tages zurückkehren wird.

Ein Leser, der mir mein *Volksvermögen* zum Signieren schickte: «Auf dem Titel habe ich zu meinem Vergnügen auch den alten lustigen Kindervers ‹Allah ist groß, Allah ist mächtig / Wenn er auf'n Stuhl steigt / ist er einmetersechzig› wiederentdeckt. Haben Sie schon mal daran gedacht, daß man Ihnen das von mohammedanischer Seite her verübeln könnte?» Inschallah!

«Checkpoint Charlie»: Work in destruction. Ein Baukran krallt sich die Militärbaracke en bloc und setzt sie auf einem überdimensionierten Transportlaster ab: zò! Was allgemein Anlaß zu Lustigkeiten bietet, schneidet bei mir wieder spürbar in den Lebenslängsschnitt ein. Das politische Subjekt? Ein umständehalber geknickter Strohhalm, mit dem sich kein Grundwasser mehr ersaugen läßt. Als schwindelerregenden Mischakkord empfunden, daß man die Symbole der alten Welt zwar gern fallen, aber der neuen Zeit eher bänglich entgegensieht. Die Bühnenarbeiter der Weltgeschichte räumen die Kulissen eines abgespielten Stückes beiseite, und plötzlich gähnt da ein Loch, in das hinein man sich nichts Erbauliches vorstellen kann.

23. Juni. Moskau bietet an, daß die Alliierten Berlin 6 Monate nach Vollendung der Einheit verlassen sollten, aber wie sagte in solchen Fällen schon der Vater der deutschen Desintegration: «Dat is alles nur Propajanda.» Russen können machen/sagen, was sie wollen, es nimmt sie keiner mehr ernst. In den joldenen Fuffzigern brachte man sich damit nur auf unabsehbare Zeit um die Einheit – heute womöglich um das Equilibrium der Welt. Ein Gefühl wie kurz vor dem Umspringen des Magnetfeldes.

24. Juni. *Spiegel*: über die innere und äußere Verfassung der zusammengebrochenen DDR: die Straßen kaputt, die Bahnen kaputt, die Gesetze kaputt, die Moral kaputt, aber nicht etwa, wie es sich wohl gehörte, als Tragödie betrauert, sondern als Horror-Picture-Show befeixt. Meine stille Hoffnung, daß sich mit solchen Anschauungsweisen keine gesamtdeutschen Auflagen machen lassen und man die schadenfrohe Schaulust noch einmal bezahlen muß. Auch das *Spiegel*-Haus ein Vexierkabinett, von dem aus man die eigenen Verblendungen nicht mehr erkennt. – Zum wiederholten Mal Fühmanns Trakl-Essay gelesen, eine sehr persönliche Aneignung in ungeneigten Zeiten, aber anders läßt sich das sogenannte Erbe wohl gar nicht mehr flottmachen: Etwas liebend für sich an Land ziehen. Richtig schön radikal geführtes Leben mit vielen wahlverwandtschaftlichen Andockstellen: seine Tablettensucht, seine Medikamentenvergiftungen, Drogen, Bordellbesuche, Geldmangel, Nervenüberreizungen, Schwermut, berufliches Scheitern, die Geschwisterliebe, der Inzest. Bemerkenswert das von F. angeführte Baudelaire-Zitat: «Um die Seele eines Dichters zu durchschauen, muß man in seinem Werk diejeni-

gen Worte aufsuchen, die am häufigsten vorkommen. Das Wort verrät, wovon er besessen ist.» Habe selbst nie anders verfahren: Auffälligkeiten – Häufigkeiten – Massierungen: fertig ist das Mondgesicht.

25. 6. – 12.25 vom Zahnarzt zurück. Hatte zuerst sehr besorgt von der «schwierigen Operation» gesprochen, «um die mich kein Kollege beneidet» und zeigte richtig herziges Beileidsgesicht. Eröffnete mir, daß er sich gestern extra nicht das Fußballspiel angesehen hätte, weil ihn so etwas zu sehr aufrege, dafür lieber Bruckners VI. unter Leitung von Günter Wand, wohingegen ich: 1.) D-Land–Holland (2:1) – 2.) Kaffee, Tee, Zigaretten, Schnaps, Gedichte – 3.) Imeson und Lexotanil. Dann ging die Sache aber schneller über die kleine Bühne, als wir beide gedacht hatten, und nach weniger als zwei Stunden Meißelei hatte ich bereits das neue Provisorium im Maul.

27. Juni. Gestern nur 5 Zigaretten und heute ein neuer Mensch. Gang durch die schweineschwüle Luft, im Geschwindschritt an 7 Sorten Rosen entlang, einige wie aufgedreht, andere bereits kurz vorm Verschäumen. Der Gärtner und seine poetischen Belehrungen: «Tulpen und Narzissen, Geranien und Phlox, die mögen sich nicht, die widern sich geradezu an.» Dann, mit Fingerzeig auf eine ungeratene Soulange-Magnolie: «Rummeckern über ihren eigenen Standort, kargen Boden, zuwenig Stickstoff und so weiter, das kann die Pflanze natürlich nicht. Nur stille dahinkümmern und zeigen: es ist kein Gedeihen hier.»

Nachmittags Ries und bißchen Gemesse, Gefeile, Geklapper. Als ich mich nach Implantationen erkundigte, reagierte er eher abwiegelnd: der Mensch sei von Natur her auf max. 60 Jahre kalkuliert und neige im Alter dazu, solche Fremdkörper abzustoßen. Habe ihn allerdings in Verdacht, daß seine

Bedenken Schutzbehauptungen sind und daß er das Regenerationsvermögen des Menschen genau an dem Punkt bezweifelt, wo eigentlich *er* mit seiner Kunst am Ende ist. Mittags: Tomatensuppe, weiches Ei, Püree und mir statt über Regeneration im allgemeinen paar persönliche Gedanken über Regressionssymbolik gemacht: dieses bröckelweise Abzahnen mit den Jahren/Jahrzehnten, und wenn das Curriculum durchmessen ist, begrüßen wir im Sabbergreis den wiedergeborenen Säugling.

28. 6. Tag so hin. Post, Widmungen, Telefone. Dunstig-diesiger Tag – die Leuchtboje silberrosa – zarter Metallic-Staub über Fluß und Kaianlagen – gegen Abend viele erleuchtete Leute am Strand und bei Abgang auch wie versilbert. TV/DDR: am kommenden Sonntag Geldumtausch und schon jetzt viel Klingelbeutel- und Räubermusik: Die Mark ist unsere Sonne. Werden sich wundern, wie sich der Kapitalismus nach vollzogenem Anschluß aufführen wird: Über Geld spricht man nicht – Geld erpreßt man. Anruf Dic: Krebs, Krankenhaus, Mistelkur, hochdosierte Vitamin-C-Gaben, Linus Pauling, «Kennst du doch auch noch von der Antiatombewegung her», und war schon wieder kurz davor, mir am Telefon alte Fünfzigerjahreschlager vorzusingen. Schob die leidigen Zähne als Schutzwall vor. Draußen Nebeldunst, blaugrünlich, und auf einmal lauter Jadeleute unterwegs.

29. 6. Stiller Tag. Sonne. Ich drinnen über Kühn, Trakl, Kühn. Im Fühmann nochmal die Schwestergeschichte gelesen, richtig große reine Verfehlungen, und wie mikromäßig dagegen unsere eigenen Fatalitäten. Trotzdem als verlängerter Rohrstockschatten mir ein Leben lang nachgehend, daß die Mutter mich – dörflichen Unsitten folgend – oft aus nichtigsten Gründen verprügelte. Wie das Fräulein sein einziges Kind dann in das große Schlafzimmer befahl, das nach Westen zu gegen den

Schulhof grenzte. Wie es den hölzernen Rolladen runterließ und sogar noch die weißlackierte Verriegelungsstange vorlegte, um die spielenden Pausenkinder nicht auf uns aufmerksam zu machen. Wie ich mich in der halb abgedunkelten Stube vor ihr bücken mußte und wie sie mit steifem Arm und palminbleichem Gesicht, aus dem alle Liebe gewichen war, auf mich einhieb, meines Gewimmers und des von mir gegen sie angerufenen Lieben Gottes nicht achtend: Ach du lieber Gott! welche Anmaßung eines Kindes, diesen großen Namen so unnützlich im Munde zu führen, und dann hieb sie mit dem genarbten Haselstecken auf mich ein, bis sie besagten Lieben Gott schließlich restlos aus mir herausgeprügelt hatte.

Das Wort «exorzieren» kannte ich damals noch nicht, und schon gar nicht solche in sich verwickelten Begriffe wie «Double-bind» oder «Ambivalenz»; es haben aber meine bleibenden Vorbehalte gegen die All-ein-Vertretungsansprüche der Liebe und meine wieder und wieder wiederholten Bitten um ein bißchen Abstand zwischen den Menschen sehr direkt mit diesen in Liebe gegen mich getätigten Rutenstreichen zu tun.

Bedeutendes Schlenzer-Wort: «Die Vermeidung von Szenen ist ein Sieg der Kultur.»

Mo. 2. Juli. Einerseits «Kühn», andererseits Probeläufe Schluß «Erhabene Trinkgelder» –

. . . .

Geldscheine und Geschlechtsteile wechseln ihre Bedeutung

Begattungstaschen von Schmetterlingen: Bursa copulatrix

Und dann gibt es immer noch so feuervergoldete Ladies in
rosa Pullovern ...

kühn – kühl

. . . .

Na, ne junge Freundin wirst du wohl noch mit
durchfüttern können

Eh daß du völlig erkaltet
hinblickst über all diese schönen Einbuchtungen und Ausbeulungen

Und nicht bloß solch ein Leben
immer nochmal rund um den Bierfilz:
Kreuz für Kreuz und Strich um Strich . . .

3. Juli. Hatte mich nachmittags hinlegen wollen und trat nur nochmal eben im rot-weiß-blau gestreiften Italo-Pyjama auf meinen Balkon, als ich unten Tibia rosenmarmorn am Strand liegen sah, coelinblauer Body, an den Seiten geschlitzt und Hüften bis unter die Achseln. Mich eilig umgezogen und zum Strand heruntergelassen, worauf sie: «Wie du eben da oben in deinem Pyjama gestanden hast – genau wie mein Opi.» Sah erst jetzt, daß sie kleinen Hund bei sich hatte, «meinen Leihfoxel», der sofort aus der Ferne herangeschossen kam und uns umtanzte, umbellte, mit apportierten Hölzern zusetzte, was mir ein bißchen gegen den Nerv ging und für sie eine einzige helle Freude war. Fragte mich: «dürfen wir beiden mal kurz bei dir duschen?», dann im Nu die anschaulichen Füllen mit Blouson und Radlerhose bedeckt, Rucksäckelchen aufgeschnallt und den Knüppel mitsamt dem unzertrennlichen Hündchen über die Schulter genommen, Obelix und Idefix. Restliches Hähn-

chen aufgewärmt und serviert, was mich stolz und ihr Spaß machte. «Hast du wieder *BILDI* im Haus?» – «Ja, aber nur bißchen älteres, hier zum Beispiel: ‹Zahnarzt zog statt einem alle 27 Zähne›.» – «Oh, geil, aber hier erst: ‹Tochter (10) operierte Vaters Blinddarm auf hoher See›» und erzählte zum dritten, wenn nicht vierten Mal, daß ihr «Pabba genau wie Rüdiger Nehberg aussieht – der Weltumsegler, weißt du?!»

Stück Passage rauf und runter, wobei sie: «Darfst du dich hier eigentlich so oft mit mir zusammen sehen lassen?» – «Doch, schon, wenn ich mir nichts dabei denke.» – «Und was denkst du überhaupt?» – «Na, ich denk, daß die Dichter genau wie die Maler ihre Modelle brauchen, einige zum Bedichten und Ansingen und die anderen zum Studieren und Beschreiben und Abmalen.» – «Aber nicht wie bei Thomas Mann, daß die Leute sich hinterher alle erkennen können, und halb Lübeck steht Kopf! – oder bei mir sogar ganz Elmshorn, da kennt nämlich jeder jeden!» Schien trotzdem auf eine juxig-niedliche Art geschmeichelt, und als ich ihr meine alte Idee von einem «Zeitroman» und seinem noch unfertigen Helden «Hans am Rande» erzählt hatte, kam mir ihr belustigtes Kopfwiegen wie ein halbes Nickerchen vor: «Den Macker mußt du mir aber nochmal genauer beschreiben.» Ihr vom Balkon aus noch lange nachgesehen; seltsamer Abgang: stolz – gesenkten Hauptes – nicht den geringsten Blick nach rechts oder links und schon gar nicht zurück und nach oben – kleines Hündchen, halb verrückt vor Vergnügen, um sie rum.

5. Juli. Unausgeschlafen. Bißchen Zeugs. 13.00 Wittwulf Malik mit Cello und zusammen 3 Pièçen geübt: «Hochstapler» – «Garten» – «Einmalig». Versuchte, ihm die literarmusikalischen Charaktere (Tonarten, Klangfarben, Tempi pp.) über das Tertium comparationis der Meteorologie nahezubringen: unregelmäßige Schraffuren = Zirruswolken/«Katzenhaare»

– anschließend zu einem Baldachin aus Stratokumuli sich auftürmend, Schuppen absetzend, flauschige Wellen bildend, ein «Wolkenwatt» – dann langsam langen Strich wie einen Kondensstreif ausziehen, länger, noch länger, als ob der Schwanz überhaupt kein Ende nehmen würde – nun langsam aufquellen lassen das und kleine Furchen bilden, eine wattige Wirbelsäule – Segment nach Segment sich voneinander lösende Pakete, Wolkenbäuschchen usw. usf., was er alles auf Anhieb verstand und sofort als Klangbild erstrich. Mich wieder mal gewundert, was für ein kluger und intermedial begabter Junge er ist. Mit den Händen übrigens genauso flink wie im Kopf und schälte die Kartoffeln dünn und im Nu.

6. Juli 7.00 hoch und TB-Zusammenfassungen Vortag. Bei Tagesanbruch schon an Tabu denken, so weit ist man heruntergekommen.

11. Juli. Essen mit der Wurzelfüllung zunehmend unangenehmer, allerdings keine neuen Zahnfleischschwellungen, auch kein Pochen. Püree und Räucherfisch, dann Elbe, kühler frischer Westwind mit einer eingelagerten warmen Binnenströmung, sehr verwirrend. Wie sich die Blumen in die Jahreszeiten teilen, eine Absprache ihrer Geschlechtsorgane: nach den Rhododendren nun in allen Gartenparzellen die schwellenden morbiden Hortensien, nach dem Rittersporn die hoch aufgeschossenen Stockrosen, feist und stolz und in den gewagtesten Designerfarben. Ab 14.00 «Große Ströme», 2. Strophe. TV: «Kirche zwischen Opposition und Anpassung» (DDR) – meine linksprotestantischen Nachschleifsel (s. auch: Karl Barth und die Folgen). *Stadtneurotiker* auch im dritten Durchgang noch allerliebst. Die Uniformen der «Schweizergarde» sollen von Michelangelo persönlich entworfen sein. Welche Weltmänner diese jenseitigen Kerle!

12. Juli. Balkon. Sonne. Dumme Schwüle, die auf mein Freiluftgefängnis übergreift. «Große Ströme». Arbeite an meinen Genrestücken mindestens so lange wie Beckmann an seinen «Argonauten». Hasenclever (Heine-Buchhandlung), der neulich erzählte, daß den jungen Mädchen und Frauen die ollen Troubadoure mit ihren kunstvoll gestimmten Radleiern absolut schnulli wären und daß sie sich nur noch für ihre eigenen Dinge interessierten. Kommt wie immer natürlich drauf an, ob forcierte emanzipatorische Selbstbestimmungszwänge am Ende glücklich machen oder sich als Kratzbürstigkeiten gegen das eigene Innere wenden. – Brief von Grit Anton (Leipzig), die an Illustrationen zu meinem «Blumenmärchen» sitzt. Diplomarbeit für Kunstgewerbeschule Dessau. Kleine Dinge, an die man sich klammert. Das aperspektivische Hoffen: von Fall zu Fall.

18.00 Zahnschmerz, und die gestern voreilig gehegten Hoffnungen bereits wieder zunichte. In der letzten *ZEIT* Greiner: «Dumm und 5 × dämlich.» Mokiert sich von unspezifischer Überlegenheitswarte aus über PEN-Votum für Höpcke und gegen Serke. Unspezifisches spezifiziert sich bei näherem Hinsehen allerdings als neuer Gesinnungsjournalismus von der alleranmaßendsten Sorte. Hochprivilegierte Zeitgeistwender, die das bloße Vorhandensein von berufsständischen Organisationen bereits als Schmutzkonkurrenz empfinden und das ideologische Glacis eines zu nunmehr unumschränkter Weltherrschaft ansetzenden Kapitalismus glattfegen. Besengarde im Überbau. *ZEIT – Spiegel – FAZ – Welt* pp. mittlerweile als krakenhaftes Oligopol zu betrachten, bei dem es schon völlig egal ist, an welcher Tankstelle du deinen Zeitgeist zapfst.

Lekt: Horst Gravenkamp: *Geschichte eines elenden Körpers – Lichtenberg als Patient*. Die normale Verschontheitswelt, aus den verschrobenen Tiefen eines Kyphotikers betrachtet – und der

Leser kriecht in sympathetischer Verbundenheit tief in den armen Buckel mit rein. Schade, daß sich das Wort «angelesene Krankheiten», das ich einmal für eine eigene Erfindung hielt, bereits bei L. findet.

Aufschlußreiches Zitat, seine sogenannte «Gedanken-Ökonomie» betreffend: «Das Schlimmste, daß ich in meiner Krankheit gar die Dinge nicht mehr denke und fühle ohne mich hauptsächlich mit zu fühlen. Ich bin mir in allem des Leidens bewußt, alles wird subjektiv bei mir, und zwar bezieht sich alles auf meine Empfindlichkeit und Krankheit. Ich sehe die ganze Welt als eine Maschine an, die da ist, um mich meine Krankheit und mein Leiden auf alle mögliche Weise fühlen zu machen. Ein pathologischer Egoist.»

Lichtenberg als Überwinder: Aufhebung der Gebrechlichkeit durch den Witz, aber es ist nicht nur dies. Erst daß er die Schranken seiner Behinderung praktisch zu durchbrechen wagt und sein privates Glück gegen alle bürgerlichen Sittenregeln und Göttinger Anstandsnormen behauptet, macht ihn zu einem mutmachenden Beispiel, heißt zum positiven Helden. Bemerkenswert, daß Krüppel ihre Mißbildungen gern als inzidentell erworbene Schäden ausgeben, weil ein angeborener Höcker oder Klumpfuß für ehrenrührig gelten, siehe Byron, siehe Toulouse-Lautrec. Die ungeschickten Ammen, die das Kind im Säuglingsalter vom Wickeltisch fallen ließen: ein Ammenmärchen.

14. Juli. Geschwollenes Zahnfleisch. Der allmorgendliche Haferbrei, der mir bis zum Hals steht. Beim Einkaufen mehr oder minder passant zu BOLLE abgedriftet und überall Freundinnen, Freunde, Bekannte, Winke zwischen Regalen hindurch und an Dosen, Tüten und Paketen entlang besiegelte Freundschaften. Boulevard Bolle: ein utopischer Ort. Durch das

Schaufenster des Antiquariats: ein ganzer Laden voller Lesender – und auch das.

Balkon: meine Arbeit, die eigentlich nur aus Anschauen und Bewunderung besteht. Am Strand ein strampelndes Fräuleinspärchen, sie blond, er brünett, betatschen sich mit einer Freizügigkeit, die bei Männern schon wieder für verboten gilt. «Alte Kerle», «geile Böcke», die neuen Diskriminierungsformeln. Daneben ein zehnjähriges Mädchen, das staksig aus seinem Röckchen steigt wie ein frischgeborener Springbock aus der Fruchtblase.

Auslug und Auftrag: literarischer Marinemaler, wenn man so etwas einfach als Berufsbezeichnung angeben könnte! Früher habe ich mich öfter mal einen sentimentalen Seemann genannt. Heute nur noch ein gescheiter Gescheiterter.

0.00 Nachrichten: 5,3 Milliarden Menschen – 1 Milliarde hungernd. Groteske Karikatur von Zuwachs als Überproduktion, aber was soll man als Reproduktionsmuffel schon dazu sagen? Kindermachen ist noch nie eine Kunst gewesen – Kinder verhüten schon eher.

So. 15. Juli. Besuch von Müff und Anne, Spaziergang, wir platonischen Immoralisten immer 10 Schritte hinter unseren Damen her. Wie M. beim Anblick von leichtbekleideten Sylphen immer wieder aus tiefstem Herzen aufseufzte, dann kleine Zötchen zu seiner Entlastung. Hat sich vor zwei Wochen am grauen Star operieren lassen und betrachtet derartige Leiden als läßliche Minimalia. Sehr sachliches l'homme-machine-haftes Verhältnis zu seinem Körper, das mir gefällt und das ich mir zur Lehre dienen lassen will. Man sollte seine Krankheiten wohl mit Interesse, aber nie mit Lamento verfolgen. Hübsche Geschichte, wie er Eckart Kleßmann vor anderthalb Jahren die Jeremiade von seinem Konkurs erzählt habe, und der ihm im Gegenzug – und gewissermaßen zum Trost – die Leidensgeschichte von Tania Blixen. M. zu E.: «Ja, und? Soll ich nun auch Bücher schreiben, oder was?!»

Mo. 16. Juli. Zahnarzt – Baycillin – und zum ersten Mal seit Wochen wieder schmerzfrei gegessen. Es ist selbst Nahestehenden kaum noch nahezubringen, mit welch langen Zähnen ich mich bei jeder Mahlzeit den Speisen nähere und wie groß meine Enttäuschung dann beim ersten vorsichtigen Zupacken ist. Als Kater Micio sich einmal die Zunge an einem Whiskasdosendeckel aufgeschlitzt hatte, stürzte er sich zunächst auch immer begierig wie ein Verhungernder auf sein Freßschälchen, um erst im letzten Moment mit weh verzerrtem Gesicht davor zu erstarren.

Anruf Geertje Suhr, die die deutsche Einheit bereist hat und deren Freedom-and-democracy-Jubel spürbar einem Gefühl der Mulmigkeit gewichen ist. Hat sich ausgiebig auch unter Schriftstellern der anderen Seite umgetan und sieht nur noch Konkurrenzneid und Statusgerangel. Der von mir erhoffte neue deutsche Schelmenroman läßt weiter auf sich warten. Statt das Lachen neu zu erfinden, überall nur die alte bekleckerte Wehleidigkeit. Saure Tränen über sauren Regen. Das Schwierigste: sich mit einem lachenden Auge über das andere weinende lustig zu machen.

Gedicht-Idee: D-Land/D-Land als siamesischer Zwilling (Chang und Eng oder Giovanni und Giacomo Tocci, s. Mark Twain: «Those Extraordinary Twins»): der eine krankt an diesem und der andere krankt an jenem und schließlich besteht beider Zusammenleben nur noch aus wechselseitigen Schmierinfektionen. Nachts aufgewacht und schneidend Wasser wie immer nach Genuß von Meerrettich. Mich schon öfter gefragt, ob es dem inneren Menschen aufhelfen würde, wenn ich mir den nie wieder eingesehenen TABU-Nachlaß aus Marbach kommen ließe. Lebenslängsschnitt der letzten 20 Jahre noch einmal aus der Nähe betrachten und die privaten und die dfutschen Dinge in ihren immer intim gewesenen Zusammenhängen studieren. («Dfutsches Reich»: sprechender Briefmarken-Fehldruck der alten Hindenburgserie – Jahreszahl bei Möbius erfragen)

18. Juli. Zum Funk und in Bänder Märchenlesung «Vom Stiefel» hineingehört. Unsicherheit bis in die tiefsten Tiefen des Subjekts und darüber dann Druck und Anstrengung. Bißchen am Kühn. Die andere Seite: ohne Tricks und ironische Wunderkerzen unter die Menschen treten und von seinen wirklichen Wunden sprechen. – Abends TV: «20. Juli» und auf 20 Kanälen feiert die Nation ihre anachronistischen Helden. Auf der Alltags- und Geschäftsebene das ganz normale Raubrittertum – in den Himmelshöhen der Idealität dann Legenden zu seiner Verblendung.

(Man muß seine Helden feiern, wie sie fallen)

19. Juli. «Blumenmärchen» mit Illustrationen von Grit Anton im Briefkasten – eine richtige helle Freude. – 19.30: «Echo des Tages», Arno Breker 90 und altes Iden-Interview aus den 70er Jahren. Der gereizte Greis und der ihm mit dem moralistischen Drillbohrer zusetzende Journalist. War mir peinlich, wie all solche öffentlichen Geständniserpressungsversuche. «Kühn» fertig – erlöst, aber unzufrieden.

Nachruhm zu Lebzeiten

Marcel Reich-Ranicki hat ja rechter als recht. Mit dem Fall der Mauer und der Aufhebung der Zensur ist die Lage für zahlreiche DDR-Schriftsteller eher schwieriger als leichter geworden, was nicht nur den subjektiv ärgerlichen Verlust von staatlichen Vergünstigungen oder über die Verbände und Organisationen zur Verteilung gelangte Druckposten meint. Es betrifft auch den ungleich sensibleren Bereich von halbsubversiven Verständigungsweisen und künstlich bis kunstvoll verschlüsselten Widerstandssignalen, und ich sehe die Zeiten voraus (sie sind ja längst angebrochen), wo sich mancher ehemals in Geheimschrift verfaßte Text nach dem Zensor als seinem aufmerksamsten Leser zurücksehnt.

Daß die unnatürliche Schattenwirtschaft auch hierzuland zu den seltsamsten Wettbewerbsverzerrungen und Gesinnungsbelobigungen geführt hat, ist dagegen ein nicht so gern erörtertes Kapitel unseres weder sozial noch marktwirtschaftlich gedachten Kulturbetriebs. Wem es gelang, einen Koffer mit literarischer Konterbande durch die Mauer zu schmuggeln, oder wer in der DDR nur eben mit ein paar verkrumpelten Dissidentenversen angeeckt war, wurde gefeiert, belobigt, prämiert, als ob es die ganz große literarische Grenzüberschreitung zu beklatschen gäbe, es waren manchmal nur Grenzfälle, wobei eine ganze Anzahl von – seinerzeit so benannten – *BRD-Schriftstellern* rettungslos in den Sichtschatten geriet.

Ein wandelndes Beispiel für unsere ungleich verteilten Aufmerksamkeiten (und seit einigen fünfzehn Jahren nur mehr nachtwandelndes) scheint mir auch der Dichter Johannes Kühn. Obwohl wir seine auffällig aus der Richtung weichenden Verse schon in den mittleren Sechzigern hätten wahrnehmen können und sie spätestens in den frühen Siebzigern hätten lobpreisen sollen, waren sie uns bewegterer Umstände wegen nie so richtig aufgefallen, es war immer gerade was anderes dran und ein Flecken wie das saarländische Dorf Hasborn (Kühns Heimatort und vielbesungene Wiege seiner Leiden) nur ein blinder Fleck auf unserer literarischen Landkarte.

Daß es dem 1934 geborenen Dichter nicht gelingen wollte, den beschränkten Rahmen einer kleinen regionalen Bekanntheit zu durchdringen, hing dabei noch am wenigsten mit mundartlichen Eigenheiten zusammen – einige zum Scherz verfaßte Dialektgedichte lassen sich an drei Fingern einer Hand abzählen. Seine bedeutenderen Verse kommen vielmehr von weit her, und es tönen auch hörbar himmelhoch erhabene und sternenweit entrückte Stimmen in ihnen nach, der Klopstock der «Frühen Gräber» («Den Auferstehungston, wo find ich ihn?»), der Hölderlin der «Späten Hymnen» («Nun mit den Raben am Tisch des Lands und klagend, / sie nach Brot, / ich nach Freundschaft»), der «Gesang des Abgeschiedenen» von Georg Trakl («von guter Hand / sind den Fluß entlang / milde Bilder gereiht»), woraus sich natürlich leicht ein erlesener literarischer Traditionsfaden spinnen ließe, was wir aber lieber mit Berührungsmagie und poetischem Aneignungszauber in Verbindung bringen möchten. Ein am dörflichen Gemeinschaftsleben und am bürgerlichen Erfolgsstreben herzlich unbeteiligter Außenseiter zitiert sich eine eigene Wahlverwandtschaft in die Nähe, Schwarzseher, Schwermütige und Umnachtete, deren Namen für ihn den Vorzug besitzen, daß mit ihnen noch nie der richtige lärmige Zeitgeist zu machen war:

Ein Weiser war Schopenhauer,
der ging,
den Rücken abgewendet

von frohen Flammen
und dachte schon: Asche,
da sie noch prahlten.

Er sei heute
mein heiliger Geist.

Andererseits, und obwohl solche häufig nachgummierten Etiketten hier zunächst nicht recht haften wollen, läßt sich bei Kühn aber auch von einer neuen Art Dorfpoesie sprechen. Vielleicht sogar von jener oft beschworenen und noch öfter verlästerten «Literatur der Arbeitswelt», denn daß Kühns Gedichte aus dem richtigen dreckigen Arbeitsleben kommen und ihre intimsten Verstimmungen im Kreis von Mitdörflern und Berufskollegen gesammelt haben, läßt sich an Titeln wie «Der Arbeiter», «Alter Bergmann», «Der Vorarbeiter Friedrich» oder «Arbeiterabend» unschwer ablesen.

Johannes Kühn, der einer alteingesessenen Bergmannsfamilie entstammt, für einige Jahre die Missionsschule in St. Wendel besuchte und seinen Bildungsgang einer Gemütskrankheit wegen auf der Obersekunda abbrechen mußte, hat sieben Jahre lang in der Tiefbaufirma seines Bruders geackert, und das haftet seinen Gedichten an wie ein unabstreifbarer Erdenlehm. Ein aus den Himmeln früher Dichterträume und arbeiterpriesterlicher Missionsideen in den Tiefbau abgestiegener junger Mann erkennt sich gleichnishaft in den Verdammten dieser Erde oder versucht sich doch zu erkennen, eine Sehnsucht nach praktischer Solidarität, die leider nur bald an eine von ungleichem Leidensbewußtsein gezogene Grenze stößt:

Ohne Peitsche, komm,
wir schaffen ohne Peitsche,
Herr Zettelmeyer,
Bauunternehmer, seit fünfzig Jahren
schaffen wir ohne Peitsche
für Geld.

Verse, die also wirklich und wahrhaftig vom Bau sind und einmal nicht mit angenommener Proletenstimme sprechen. Verse, in denen «Der Bagger», «Der Transporter», «Der Pickhammer» (daraus unser Beispiel) hörbar den Rhythmus vorgeben und das lyrische Subjekt sich im sozialen Plural erklärt. Was das Seufzen einer bekümmerten Seele freilich besonders wehtönend macht und die Stellung des poetischen Alter ego so wacklig, so haltlos, so ungefestigt, ist der immer mit wahrgenommene Mangel an Widerhall in einem Kreis von innerlich erstorbenen Leidensgenossen. Dieser Dichter der entfremdeten Arbeit war immer ein Fremder auch unter Klassengefährten. Ein Randständiger unter Erniedrigten und Benachteiligten, weshalb seine kleine Werktagswelt auch nichts idyllisch Gemütliches hat und die richtige soziale Betriebswärme gar nicht erst aufkommen läßt. Wie immer er sich dreht und an wen er sich wendet, er bleibt doch der Mann «mit dem Narrenhut», mit der «Meckertrompete», «Der verlachte Dichter im Wirtshaus», «Ich Winkelgast», wobei bedrohlich in der Schwebe bleibt, ob ihn sein Dichten vor den Leuten zum Narren macht oder ob nicht andererseits die Poesie ihren holden Namen herleihen muß, sein Verrücktsein in ein schöneres Licht zu setzen.

Nun mit den Raben am Tisch des Lands und klagend,
sie nach Brot,
ich nach Freundschaft.

Gestorben ist die Zeit,
wo wir uns fanden,
ein Schönes anzuloben,
Tag oder Fest,
ein Mädchen,
ein neues Lied,
das in Siegsfahrt
durchs Land zog.

Es hat sich der Winter eingenistet
in Aug und Mund.
Er knechtet den Garten,
in dem wir sonst saßen,
und wo der Abendstern
gut in unsere Mitte kam.

Wissend,
daß das Alter uns weiter ändert ins Unglück,
wissend,
daß der heißeste Atem wegstirbt am rötesten Mund,
bettle ich,
stumm geworden, an keinem Himmel.

Verlorene Liebe, verweigerte Freundschaft, hinschwindende Lebenskräfte und ohnmächtig ersehnter Anklang, es ist schon merkwürdig, was die Poesie immer wieder an privatestem Leidwesen vor uns auszubreiten wagt und wie wenig lyrischen Dekorationsstoff der Dichter Kühn heranbemüht, um seinen Harm zu ummänteln. Daß die Gedichte des Bandes *Ich Winkelgast* bereits in den Jahren zwischen 1963 und 1972 entstanden sind, tut ihrer menschlichen Anhänglichkeit übrigens nicht den mindesten Abbruch und auch unserer 1990er Resonanzbereitschaft nicht – man muß sich nur rigoros von solchen zickigen Wichtigkeitserwägungen wie saisonalen Messeschwerpunkten oder aktuellen Deutschland-Deutschland-Bauchbeschwerden verabschieden mögen.

Was uns beim Wieder- und Wiederlesen immer vertrauter wird und was wir zunehmend als eine utopische Dimension der Kühnschen Gedichte erkennen, ist ja gerade dieser seltsam getragene Gelassenheitston, der seine eigene Zeitrechnung hat und der sogar spielend – ja, auch spielend – von diesen längst versunkenen Sechzigern oder Siebzigern bis in unsere zwanghaft auf Zweitausendertermine fixierte Gegenwart trägt.

Die Legende von einem in sich selbst verschütteten Dichter, dessen Klopfzeichen uns erst mit zwanzigjähriger Verspätung erreichen, mag an unserer hohen Einschätzung der Kühnschen Gedichte nicht ganz unbeteiligt sein. Es sucht der Mensch in den Künsten ja nicht bloß solche speziellen Erbaulichkeiten wie extreme Virtuosität oder ein Äußerstes an technischem Raffinement, sondern allgemein zu Herzen gehende Gleichnisse von Tod und Auferstehung, und wo sie uns im Sinnbild von langer Verkennung und plötzlicher Entdeckung begegnen, sind wir gern bereit, auch unsere eigene Qualitätsstutzigkeit als einen Teil des Mysteriums mitzulesen.

Aber was heißt hier andererseits Legende, und was ist an diesem verrückten Nachruhm zu Lebzeiten eigentlich zu Unrecht aufsehenerregend. Als im Jahre 1984 Kühns erstes Gedichtbändchen unter dem Titel *Salzgeschmack* herauskam, hatte sich die Seele des zu lange Verkannten bereits halbwegs vor der Welt zurückgezogen. Als ihm im Jahre 1988 dann der Kunstpreis des Saarlandes zugesprochen wurde, ließ er sich zum Anlaß gerade noch zu einem gereimten Lehrgedicht bewegen, eine grabeshohl tönende Absage an die Kunst des Verseknüpfens, die mich eigentümlich an die letzten Stegreifgedichte Hölderlins erinnert. Schlichter und schöner als seine Herausgeberfreunde Irmgard und Bodo Rech in ihrem knapp gehaltenen Nachwort kann man es wohl nicht sagen: «Johannes Kühn ist an den Rand geraten, er ist nicht mehr in unsere Geschäftigkeiten verwickelt.»

Man sollte, um der lieben Aufklärung willen, nur gleich hinzusetzen, daß der weltliche Teil von Auferstehung und Apotheose nie ohne den Fürspruch vermittelnder Geister vor sich geht und daß es in diesem Fall die Dichter waren, die die Gesänge eines Abgeschiedenen zunächst für sich und dann für die Welt entdeckten. Ludwig Harig, der mit Bertolt Brecht der Meinung scheint, daß gerade das Schwierige, Komplizierte und fein Gebildete des besonderen werberischen Nachdrucks bedarf, hat schon früh die kollegiale und landsmannschaftliche Reklametrommel gerührt. Reiner Kunze, der sich aus eigenen Kassiberschieberzeiten erinnert haben mag, daß Gedichte nur dann den Schweigekordon durchbrechen können, wenn man sie praktisch unter die Leute bringt, hat auf eigenen Lesereisen immer gern ein paar Kühn-Gedichte vorgetragen. So hat ein empfehlendes Wort das andere gegeben, ein begeisterter Hinweis den nächsten, ein Hin und Wider an verstreuten Leuchtreflexen, die im Zusammenhang jetzt schon eine kleine Aura ergeben.

Die ästhetische Gewissensfrage, warum Kühns Gedichte etwas seltsam Inspiriertes haben (und die meisten Zeugnisse unserer deutsch-deutschen Gegenwartspoesie eben nicht), läßt sich wiederum nur durch beherztes Vorlesen/Weitersagen beantworten. Denn was soll man solchen Wundern an poetischer Selbstbeschwingung eigentlich groß an preisenden Worten hinzufügen: «Genug / Blüten sind angezündet, / das Auge kann Feuer nehmen von ihnen, / der Puls den Schlag verdoppeln, / dem Mund eine Freudenzunge wachsen.» Und wer wollte einem Jeremias wie diesem noch aufmunternd auf die Schulter klopfen, wo sich Trostlosigkeit und Schwermut beinah schon im Schwerelosen verlieren: «Aber ich blas nur / meine Fäuste voll, / aber ich zähl nur / meine Finger ab, / soviel Stunden Glück / wären schon genug.» Aber da geraten wir trotz aller guten Vorsätze doch noch von einem Elend ins andere, von der Szylla des Benotungswesens in die Charybdis des Zitatenflechtens, weshalb wir die lieblos aneinandergereihten Verszeilen gern noch einmal licht und frei für sich selbst sprechen lassen möchten:

Aber ich blas nur
meine Fäuste voll,
aber ich zähl nur
meine Finger ab,
soviel Stunden Glück
wären schon genug.

Was die Bewunderer Kühns gelegentlich mit fassungslosem Erstaunen erfüllt hat – daß die fünfundsiebzig Gedichte des schmalen Bandes einem Fundus von sage 7000 und schreibe siebentausend Stücken entnommen sein sollen –, kann dagegen auch ein Anlaß zur Skepsis sein. Rechnen wir noch dreizehn abendfüllende Dramen hinzu, vierundsiebzig Einakter, ein Oratorium, ein Libretto und einen ganzen Packen von Märchenerzählungen (eine Auswahl erschien mit dem Titel *Zugvögel haben mir berichtet* im Joachim Hempel Verlag), kann die Überfülle vollends zur Zumutung für unseren ästhetischen Aussparungssinn werden. Trotzdem meine ich, daß der scheinbare Irrwitz (genau wie der Perfektionswahn) Methode hat. Eine von Niederschlägen und Mißerfolgen begleitete Elendskarriere entwickelt ihren eigenen Verfolgungszwang, den man dann auch als Flucht nach vorn bezeichnen kann. Panisches Weiterhasten versucht der befürchteten Stille nach dem Sturm vorausgreifend zu enteilen und der

Unheilserwartung mit immer neuen Elendsbeschwörungen entgegenzutreten.

Es ist nur eigenartig, daß wir zum Verständnis der locker gefügten und mit sicherer Hand zum schönen Bogen geführten Gedichte gar keiner neuen Wahnsinnsästhetik bedürfen und auch keiner ausgeklügelten Paranoia-Kritik. Aus einem unvermuteten Augenaufschlag oder in einem teilnahmsvollen Atemzug offenbart sich diesem Dichter die unbegreifliche Welt als böse oder lichte Wundererscheinung, und wenn uns das manchmal richtig naiv vorkommt, ist es doch gerade diese Kindlichkeit, die Kühns Gedichte so menschlich macht:

Zeitung am Kaffeetisch

Riesenschmetterling in der Hand,
meine Zeitung,
damit fliege ich weit. In die Gegenden auch,
welche häßlich sind
von Kriegsleichen,
und zum Schornstein,
von dem der Putzer fiel,
und das Blut wischte Ruß von den Kleidern.

Riesenschmetterling in der Hand,
meine Zeitung,
damit fliege ich weit. Zum Hochzeitsbett
einer Königin,
wir haben sie noch in Europa,
und in einen Saal komm ich,
wo man Titel verteilt.

Viel, viel weiter als Australien
flieg ich am Kaffeetisch,
Riesenschmetterling in der Hand,
meine Zeitung.

20. 7. Ausgeschlafen, Balkon, Sonne, Westwind, «Große Ströme». Auch um- ist draufzu. – 20.20 Besuch der Sängerin, die gekochtes Kohlrabigemüse mitgebracht hatte. Sahen uns TV-Krimi an und dachten zuerst, «So ein richtiger Franzose!», aber wie immer in diesem Genre, hatten sich die Kräfte mit dem listenreichen Schürzen des Knotens bereits aufgebraucht, und am Ende war es uns beinahe egal, ob der Held diese Zippe da noch kriegen würde oder nicht. Warfen uns beide in unsere Bomberjacken und gingen zur «Strandperle», wo das von den Werften ausgehende Werklicht die fusseligen Wolkenbäusche rosig untermalte, aber dann kippten die Servierjungens auch schon die angeketteten Stühle hoch und zogen die Wimpelgirlanden ein, und ich sagte zu ihr, daß man sich das mindestens ein dutzendmal ansehen müsse, um es auch nur halbwegs naturgetreu wiedergeben zu können. «Ja», sagte sie, «die Menschheit wird auch immer doofer – das merk ich sogar bei mir selber.» Zeigte ihr noch die Hortensienmonokultur auf dem Westende, fast schon funeral art, und ihre Antwort war so lustig wie lapidar: «Und wie sehen die Früchte aus? – Grabsteine!»

Sa. 21. 7. Ganz schlechter Schlaf – emphatische Träume. Rom – ein Kreis von Freunden – eine Schule? – Universität? – Am Schluß führte Naura mich auf einen Hügel mit antiken Ruinen, die mir das Herz übergehen ließen. Ich weinte: «Oh, ich danke euch, Freunde, meine Kindheit, der gebildete Teil meiner Kindheit hat sich hier abgespielt.»

BOLLE, weil es neulich so schön war – aber was für ein entwunschenes Märchen auf einmal. Paramilitärische Punks mit Stachelarmbändern, die sich wie Rollkommandos durch die engen Gänge bewegten und ältere Leutchen frech zur Seite schubsten. Am Eingang ein Brasiliero mit vor unterdrückter Energie und Menschenhaß zitternden Klöten. Drückte mich mit betont nachschleifendem Bein ganz dicht an ihnen vorbei – ein bösartiger Invalide. Alte Halslöseregel: niemals ausweichen, aber nicht hinkucken.

Lekt. *Welt*: Loewensterns Frontseiten-Humor schon nur noch rotzgelber Hohn auf alles rechtschaffen Linke, sozial Denkende, vom vorgeschriebenen kapitalistischen Glücksweg Abweichende. – Meine Arbeiten nur noch zwangsbestimmt. Der Versuch einer schiefgetretenen Streichholzschachtel, sich durch Gedanken wieder Form zu verleihen.

22. Juli. Zahnfleischentzündung, Rückenschmerzen, Stechen in der Harnröhre, Mißmut. Zuerst fällt die Moral – und dann auch gleich der Immunschutz.

Lekt. *Lichtenberg*. Fast zuviel Mühe verwendet Grevenkamp auf den Versuch, L. vom Vorwurf der «Hypochondrie» zu entlasten. Wer so sichtbar in seinem Bewegungsspielraum eingeengt und schließlich ganz ans Haus gefesselt ist, neigt zwangsläufig zu derartigen Selbstbeobachtungen/Selbstbehorchungen, und wenn dabei mehr als Gejammer herauskommt, ist das schon eine bedeutende Levitationsleistung. Interessanter noch als das ganze Introspektionswesen scheint mir freilich L.s schier ununterkriegbarer Lebensmut, sein geselliger Magnetismus, seine grandiose Mißachtung der bürgerlichen Anstandsregeln, seine Liebesfähigkeit und sein praktisches Vermögen, real existierende Liebschaften an sein Krankenbett zu locken. Hat im Hinblick auf das federleichte Körperchen sogar ansehnlich getrunken (Tabu-Codewort «Keras») und sich neben dem Genuß noch den Aufgesetzten der begleitenden Forschung vergönnt. Lange vor Stendhal: ein positivistisch getreuer Beobachter der eigenen exzentrischen Subjektivität.

TV: «Wege zur Einheit – III, 1953–1963» – und: hat Adenauer nun die Einheit verhindert oder nicht? Natürlich hat er. Mit der politischen und gar nach der militärischen Westintegration war die Wiedervereinigung nach menschlichem Ermessen verspielt und alle weiteren diesbezüglichen Bundestagsdebatten pures Schattenboxen.

E., die trotz großer Erschöpfung nach Dortmund gefahren war, um Ausstellung von Arie Goral zu eröffnen, sagte bei Spaziergang, daß sie auch privatpersönlich noch Honig zöge aus solchen scheinbar abseitigen Freundschaftsdiensten. Sehr liebe ich sie solcher kameradschaftlichen Anstrengungen und rührender Geständnisse wegen.

25. 7. Schöner Tag, fast herbstlich, zum Zahnarzt, der mich statt ins Wartezimmer auf die steinerne Bank im Garten beschied. Der mehrfach gestaffelte Blick: in der Ferne die Köhlbrandbrücke mit klitzekleinen Autochen, Gerase als Geschleiche, und zu meinen Füßen der hochaufgeschossene Wegerich mit weißen Auren um die langen braunen Köpfe: Negerjesusse. Anschließend (Benn-Variation: «Leben ist Brückenschlagen / über Zähne die vergehn») Provisorium nochmal ins Labor, wo der Hausmeister aufgeregt-präpotent: «Wissen Sie, wo Sie parken?» – «Ja, natürlich bei B + R.» – «Und wo wollen Sie hin?» – «Ja, da will ich hin.» – «Na, dann alles klar.» Ohrfeigengesichter mit Polizeiallüren.

Die Behelfskonstruktion von Anfang an nicht gut, ein Klappertopf. Man empfahl mir Haftcreme, und ich hielt Ausschau nach einer verschwiegenen Apotheke. Auf gern genossenen Umwegen tief in ein mir gänzlich unbekanntes Viertel geraten, verwilderte Straßenraine mit mannshohen Disteln, Klettendickichten, Beifuß, Melde, dann verwunschene Gründerpassagen, mit über jeden engen Nützlichkeitssinn in die Höhe getriebenen Torbögen: Karyatiden, die noch richtig zu tragen hatten, was mir auf einmal mein eigenes falsch geführtes bzw. stumpf versessenes Leben vor Augen führte. So unspezifisch rumgebummelt bin ich vermutlich zuletzt als Student – dann das zentimeterweise unaufhaltsame Versinken in meinem häuslichen Hockergrab.

13.00 Balkon – Strand – und die Nacktheit wieder mal wie abgesprochen. Ein Massai, schlank wie eine Lanze, der in einem buttermilchblauen Blick versinkt, goldenes Langhaar ein paarmal um die Hand geschlungen. Ein magerer weiblicher Aal, an einen haarlosen pyknischen Balg geschlängelt, ziemlich ungelungenes Paar. Kinder, die zusammen Drachen steigen lassen, um anschließend zum Wichsen zwischen den Weidenbüschen zu verschwinden. Tätowierte Freigänger, die noch Zeit für die Liebe und das genügende Geld für Fitness-Studios haben, ballspielend sich in die Nähe von einem Nymphengrüppchen baggernd: kleine, blöde, süße Geschöpfe ohne jede Ahnung von der wirklichen Welt und mit Trotzlollis in den Mündern. Hl.-Antoniushafte Anfechtung zwischen 14.00 u. 14.30, ihrer abschnittweisen Eroberung tatenlos beiwohnen zu müssen; der Inbesitznahme junger Muskeln, Lippen, Augen und Gedanken –

Nicht, daß du sie gleich auf der Stelle heiraten würdest, aber –

Jeder Dorfdepp, wenn er nur die Ringe mitbringt –

So dunkle Koch- und Heiratstriebe –

Wo der ganze Jammer der Jugend doch nur daher rührt,
daß sie nicht auf die alten Leute hören wollen
und du dir für jede Paarung
eine andere, bessere vorstellen könntest –

. . . .

Tagebuchschreiber: ein Ludwig Richter des gesellschaftlichen Spülsaums.

27. 7. In der *ZEIT* paar anämische Reisebilder von Handke, der in Begleitung seiner Zahnbürste um die Welt jettet. Post: *ND*-Beleg «Überraschendes Wiedersehen». Bißchen getrennte Welten schon ganz gut.

22.30–0.30 tiefer fester Tablettenschlaf, dann zu neuen Beunruhigungen aufgewacht. Die mir seit Monaten immer peinvoller zusetzende Aussicht, bis zum Lebensende nicht mehr schmerzfrei kauen, sitzen, gehen und pissen zu können, und im Zweifelsfall Krebs ja auch noch eine ernstzunehmende Krankheit. Ein aus tiefsten Kellergewölben aufsteigendes Verlangen, mir die Tabus aus Marbach kommen zu lassen und auf ihre Verwendlichkeit f. «Zeitroman» zu prüfen . . .

PS: Und immer soviel Kies im Haus haben, um sich ggf. den Regenbogenschuß seiner Wahl persönlich setzen zu können.

30. 7. Urologie, Dr. G. Lacoste-Hemd, sportlich, sachlich, höflich, bis in jede Nervenfaser beherrscht und insofern selbst beherrschend. Fragte, ob ich die Hose a u s ? ziehen oder nur herunterlassen solle – ja, runter genüge, was mir dann beinah schon wieder indezent vorkam, zumal ich sofort an die scharfen

Stiefelhacken und den dünnen Papierbezug denken mußte, und wer weiß, ob ich nicht auch noch Hundekacke an den Sohlen hatte. Es ging aber alles flotter und bequemer als ich dachte. Beine anwinkeln. Ultraschallbild. Paar alte Kalkablagerungen oder Närbchen, die vermutlich noch aus goldenen Jugendzeiten/Studienzeiten herrührten, als wir alle naslang den Tripper hatten und die verordnete Enthaltsamkeit fast über unsere Kräfte ging. Weiter: Überziehen des Fingerlings; Abtasten der Prostata durch den Hintereingang; Einführung einer mit Auffangwatte bekleideten und mir mindestens spannlang erscheinenden Nadel in den mehr und mehr auf seine wahre Bescheidenheitsform zurückschrumpfenden Pimperling; dann schon wieder draußen das Ding und paar restliche Formalitäten: Rezept, Etikett aufs Reagenzglas, daumendickes Auffangrohr mit auf den Weg: «Das reichen Sie uns bitte morgen mit Ihrem Samen wieder vorbei.» In Apotheke abschreckendes Mittel «Tarivid» gekauft, mögliche Nebenwirkungen Dünnschiß und Alpträume.

Abends TV: Miles Davis auf der Museumsinsel, und fand es eigentlich ganz bequem, mir den dem Publikum zugekehrten Buckel vom Ohrensessel aus anzusehen. 22.30. Einleitung der Zwangsejakulation, worauf E. hinzuweisen mir peinlich war. Abgewartet, bis sie sich schlafen gelegt hatte, was sich wegen Mitternachtskrimi etwas hinzog, dann dem Kühlschrank das lustverhindernde Laborgerät entnommen, mit dem verglichen sogenannte «Seemannsliebchen» beinah schon kuschelig oder einladend erscheinen: viel zu eng, um auch nur ein mittleres Kaliber aufzunehmen, und am Eingang scharfrandig wie eine «Vagina dentata». Da weder Gebrauchsanweisungen vorlagen noch auch der Arzt mir ein paar nützliche Instruktionen ausgefolgt hatte, erstmal halbe Stunde lang Adhäsions- und Abtropfversuche mit Leitungswasser vorgenommen. War ganz überrascht, was Wasser doch für eine widerspenstige und adhärente

Flüssigkeit ist, wobei die Verwendung von Alufolie, MS-Papier oder Pergament eigentlich keinen spürbaren Unterschied macht.

Weit schwieriger dann die Bemühung um eine auch nur halbwegs haltbare Erektion. Erinnerte mich an alte, für Textmontagen zum «Niederen Hohenlied» verwendete St. P.-Magazine (Sophie Soaking, Lena Norberg, Silie McBride) und fand sie tatsächlich zwischen Eduard Fuchs' *Illustrierter Sittengeschichte* und Magnus Hirschfelds *Sexualpathologie*: leicht stockfleckige und längst abgebetete Heiligenbildchen, die mir kaum die erhoffte Erhebung zu versprechen schienen. Statt Selbsthilfe durch Starthilfe leiteten sie zunächst nur lyrische Kettenreaktionen ein, was mich dem Zweck der Unternehmung (s. Rilke: «mehr Gefühl zu schleudern, als ich bin») halbe Nacht lang entfremdete.

Fürchterlich auseinandergehende Exbeauties,
verlachte Tanten jetzt
mit Dutt und Hütchen,
dem Heiland mittlerweile näher als der Versuchung . . .
. . . .

So bestimmte Gaken,
wenn da nicht zufällig noch
'n paar Geschlechtsteile dran wären,
würdest du aber ganz schön weite Bögen
drumherum machen . . .
. . . .

Richtig geworden ist wohl keine was,
aber sind in die Welt hinausgelaufen einmal
auch . . . als ob sie . . .
. . . .

Und haben geliebt werden wollen auch einmal
um ihrer selbst willen
und nicht nur ihrer präserdünnen Unterhosen wegen . . .

. . . .

Schönheit, die nie zu kämpfen hatte –

Bis sie eines Tages selbst ihren nichtsnutzigen Geliebten
zu doof sind,
und die runtersteigen von ihnen wie von einem Fahrrad,
das Bein hochheben,
nochmal lässig nachschlenkern
und dann weg –

. . . .

Zur Ablenkung: «Sommerbibliothek» NDR III, Gerd Westphal liest Thomas Manns *Buddenbrooks*. Für einen 24jährigen schon vergleichsweise kolossal/genial, trotzdem von einer mir nicht ganz geheuren virtuosen Geläufigkeit, die menschlich nicht sättigt und außer einem leeren Schmunzeln keine tieferen Regungen hinterläßt. Meine gewisse Antipathie hat dabei nur zum Teil mit meiner lebenslangen Parteinahme für den experimentellen Roman und insofern für die andere Richtung (Döblin, Jahnn) zu tun. Auf dem Gebiet der parodistischen Stimmenimitation bringen gerade junge Menschen oft Erstaunliches zuwege, was uns ‹am laufenden Band› z. B. besonders Rudi Carrells Nachahmungstalente beweisen. Wenn man das Garn erst einmal auf der Nadel hat, strickt sich der Strumpf beinah schon von selbst und auch die Muster schießen zwanglos weiter an. Andererseits – und kann mir nicht helfen – hat diese unangestrengte Grazie auch wieder etwas eigentümlich Bestrickendes, und daß das Buch von einem jungen Mann ohne Schulabschluß stammen soll, bleibt ein kaum begreifliches Schöpfungswunder.

Auffangglas in den Kühlschrank zurück und ganze Weile überlegt, ob Gemüse- oder Eisfach. Nichts beruhigender für den Einschlafneurotiker, als im Bett noch bißchen Beipackzettel zu lesen: populistische Porträtgalerie Koch-Behring-Ehrlich in ovalen Rähmchen: «Ein Jahrhundert im Dienste der Menschheit». Wenn nur nicht diese absolut flllääää!-chännn-dääääkkenden Gegenanzeigen und Nebenwirkungen wären!

31. 7. 10.00 Dr. G. und das Produkt meiner nächtlichen Ausschweifung abgeliefert. Kurz ins Gärtchen (N. H.) und die spirrigen, blattarmen und von Holunder und Haselzweigen bedrängten Pflänzchen versorgt. Lichtschneisen für die 7–12.00-Sonne geschnitten und nun gleich das Bedenken, daß es ihnen an dem erforderlichen Sichtschutz mangelt. Für übernächste Woche mit Sacco verabredet, der «trouble mit den Nachbarn» befürchtet. Hat sich mir aber anderweitig verbunden und 200-Seiten-dickes Gedicht-Manuskript geschickt («Der poetische Preßlufthammer»), für das er sich Empfehlung bei Rowohlt erwartet. Versteht es in der Nachfolge von barocker Lautpoesie und denkt an ein Gegenstück zu Harsdörffers *Poetischem Trichter*. Die ganze Welt voller unnachahmlicher Verrückter. Meinen Segen hat sie.

Roseburg. Unterm Apfelbaum an Gedichten, 2 Wörter versetzt. Kurz zu ALDI, um für Capriccio «Immer schneller rein in die Klamotten» nach lieferbaren Getränkemarken Ausschau zu halten. «Lyrik auf dem Markt» mal wieder, aber diesmal der Abwechslung halber von der Anbieterseite her: «Dies Gedicht wurde gesponsert von: ‹Longwood› – ‹Steuerrad› – ‹Clark's› – ‹Old Dublin› – ‹Crawford› – ‹Garconi› pp.» – Auf der Rückfahrt kleine Erleuchtung:

Rh: Und am Ende sehnst du dich dann nach den Tagen,
die du jetzt so lieblos verabschiedest . . .

Ggf. Schlußleuchte «Große Ströme». Nur das Publikum am Ende nicht mit gesträubten Wimpern ins Abflußloch starren lassen.

Abends Archiv: der entmutigende bis beschämende Anblick meiner 20–30 leptosomen Bücherrücken, knapp Dreiviertelmeter Gesamtwerk. – Beim Gang durch den «Stubbenwald» zwischen angekokelten Papieren das Gesellendiplom einer jungen Friseuse gefunden: *befriedigend – ausreichend – ausreichend* – also vermutlich Autodafé. In einem Briefumschlag Fetenfoto von Abschlußfeier: eine Gruppe junger Mädchen, alle niedlich als Clowns aufgemacht, die dazugehörigen jungen Bengels dann mit Totenkopfmasken. Haben vor lauter Liebe die Scheren und Lockenwickler fallen lassen und sind ihren ungeratenen Helden gefolgt.

Paarmal sich hingegeben, und:
wupps, sind sie abhängig, die kleinen Geister.

Mi. 1. August. Ausgeschlafen – zu was? Rücken, Zähne, Blase (Prostata?) alles in dem gleichen, wenn nicht heillosen Zustand, und an keinem Frontabschnitt Besserung abzusehen. Wegen Fotosensibilität meinen Liegestuhl im Schatten der Balsaminen aufgeschlagen. Rh: Der Balsaminen lasche Seide. Fin-de-siècle-Variation «Geh aus mein Herz und suche Freud». Um mich herum viel nähnadelfeines Grasmückengeziepe, dann auf einmal heftiges Geschetter und Stimmengesplitter in den Bäumen – huch! ein Eichhörnchen. Possierliches Tierchen, das das ganze Vogelreich in Aufregung versetzt.

16.15 Bachgeorgel aus dem Ratzeburger Dom, ganz große Traurigkeit, und das durch nichts zu beschwichtigende Gefühl, daß das Leben in großen Zügen gelaufen ist. Als ein letzter, eher der Verzweiflung als der Selbstgewißheit entsprungener Entschluß, noch einmal zum großen Sturm auf die Kiste anzusetzen: den schon gänzlich außer Sichtweite geratenen Marbacher Hinterlassenschaftskoffer. Dann Auferstehung feiern als ROMAN.

PS. Mein 60. Geburtstag leider auch kein Wiedergeburts-Tag gewesen. Meine ganze Scheinlebendigkeit damals – nun der Rücken schon wieder ganz weh und kann viel weniger weit gehen als noch im letzten Herbst.

PS. Ein intellektuell Entwurzelter, der verzweifelte Luftwurzeln nach einer eigenen Vorwelt ausstreckt. Statt mit der Geschichte Schritt zu halten, in die Schatten seiner eigenen Fußstapfen treten. Lust, mal wieder in Karl Krolows späten Prosen zu lesen: *Das andere Leben – Im Gehen*. Auch solch eine vom Zeitgeist verlassene Figur und eine Afterfistel keine auratische Krankheit.

17.00: Kartoffeln, Quark, Räucherfisch – da, überraschend, Opitz, rotgebrannt und leuchtend vom Widerschein seiner eigenen Herkulestaten. War auf der Fahrt nach Schwerin und wollte mich für Mitarbeit an *Mecklenburger Aufbruch* keilen, was ich etwas abseitige Parole für einen Eingebrochenen fand. Bestellte Grüße von Westphalen, der «Unverhofftes Wiedersehen» in BR empfangen hatte. Also doch nicht völlig unter die Dornen gesät.

2. August. 8.00 – Nachrichten: Irak tatsächlich in Kuwait einmarschiert. Netter Landstrich, dolle Paradeherrscher, einladende Religionen. War im übrigen alles längst abzusehen gewe-

sen und hätte verhindert werden können: a) durch rechtzeitige Stornierung der westlichen, dito US-amerikanischen Waffenlieferungen und b) durch bekannte und erprobte Feuerglocke Marke D-Day (Normandie). Nun, wo die Fronten derart verzahnt sind, daß kein isoliertes militärisches Ziel mehr auszumachen ist, ist guter Rat teuer. Viel Zeit, die man sich genommen hat, eine Suppe so richtig anbrennen zu lassen.

Mittag: Königsberger Klopse. In Mölln für 100 Mark Wiesenblumen. Ganze Strecke lang ausnahmslos DDR-Fahrzeuge: Trabis, Wartburgs, Ladas, aber auch schon die neu erworbenen westlichen Nobelmarken. Immer lustig auf Pump in den großen Freiheits-Rodeo. Statt des vielleicht zu erwarten gewesenen «Freude schöner Götterfunken» allerdings nur Wutstau, Haßgehupe, Deutsch-Gas, gereiztes Blech.

Dieses Menschenbild, das wir gehaßt haben, seit wir unsere ersten literarischen Schriftzüge taten – und das nun seinen Einzug auch in die neuen Ostprovinzen hält.

21.30 zu Grassens nach Behlendorf, dort auch Bissingers (M & S), und ein infernalisches Sonnenuntergangsrot über dem Elbe-Trave-Kanal. Sagten gleich zur Begrüßung, daß sie gern über Gott und die Welt, also praktisch allläääs!, nur nicht über Deutschland-Deutschland reden wollten, bis ihnen nur 5 Minuten später der Mund wieder überging von dem, wovon sie die Schnauze vollhatten. Daß GG sich regelrecht ausjuriert und wie Sperrmüll an den Rand der Geschichte abgeschoben fühlt, scheint mir keineswegs nur durch Verfolgungswahn begründet. Erzählte, daß er neulich Artikel zur Schieflage der Nation an *El Pais* hätte geben müssen, weil *Spiegel* nicht drucken wollte und die *ZEIT* – «Ja, die *ZEIT*: ‹diese Woche sind wir leider schon voll – die nächste auch – und drei Wochen werden Sie wohl nicht warten wollen›.»

Sah alt geworden aus und trug sich widerborstig: Augen zu Sehschlitzen verkniffen, Siebentagebart um Kinn und Backen, der Mund mit der vorgeschobenen Unterlippe wie eine verklemmte Schublade. Zürnte und grummelte auf der Stelle, während E. immer lustig und mit Lachgas über CDU, FDP, SPD. Letzten Endes kann sie sich eine sinnvoll geordnete Welt aber doch nur als sozialdemokratisches Gerechtigkeitsreich vorstellen und findet, wo schon alles soweit verratzt, vergeigt und zugenagelt ist, immer noch eine schmale Öse, um sich hoffnungsvoll einzufädeln.

G, der für einige Wochen im DDR-Braunkohlegebiet Altdöbern/Hoyerswerda gezeichnet hat: Mondlandschaften in Blei und Kohle: energisch, gewalttätig, sperrig, depressiv. Ich las sie für mich sofort als ästhetisch-politischen Protest gegen das neudeutsche Glücks=Raubrittertum, aber auch in der künstlerischen Fortsetzung seines Gegen-Arboretums *Totes Holz*. Was mir außerdem auf-, bzw. einfiel: daß sich seine Interessengegenstände eigentlich lebenslang gegen den Zeitgeist herangebildet haben und seine scheinbaren Rückgriffe immer gleichzeitig Totentänze und Apotheosen, d. h. Bewahrungsversuche sind. Als seine Heimatstadt Danzig in den 50er Jahren nicht viel mehr als ein abgeschriebenes deutsches Provinznest war (und gerade noch Gierobjekt für revanchistische Heiminsreich-Politiker), hat er sie – als literarische Utopie – noch einmal für die Lesenation zurückgewonnen. Als sich die «Gruppe 47» Anfang der 70er Jahre zunehmend phantomisierte, hat er ihr mit seinem *Treffen in Telgte* noch einmal ein Denkmal in einem unzerstörbaren Bücherhimmel gesetzt. Als die SPD 1982 zur großen Rutschfahrt ins ultimative Kellerloch ansetzte, traten Ute und er – nun erst recht – mit Parteibuch in den von allen guten Geistern verlassenen Haufen ein. Epitaphe und persönliche Grußadressen insofern nun auch *Totes Holz* und die Landschaftsporträts einer verhauenen Elendsregion.

PS: GG eine allegorische Natur, die auch im privaten Rahmen gar nicht anders als allegorisch, sinnbildhaft, in effigie handeln kann. Hatte es zuerst nur für schlechte Angewohnheit oder psychopathischen Zug gehalten, als ich sah, daß er abgebrannte Streichhölzer wieder in die Schachtel zurückstöpselte. In Betrachtung seiner künstlerischen Gestaltungszwänge läßt sich die unscheinbare Marotte freilich auch als Charakterzeichen lesen: totes Holz auch hier und jedes verkokelte Spänchen noch des Bewahrens/Festhaltens wert.

3. August. Unter Birkenzweigen mit Blick auf den schilfernden und mehrfach plombierten Apfelbaum. Beziehungszauber – Leidensgenossenschaften – Freundschaftskulte. Anruf beim Urindoktor mit seiner unpersönlich instrumentalen Schnell-ran-und-flott-wieder-weg-Stimme: «Nichts Spezifisches.» – «Nichts Spezifisches? Und was heißt das?» – «Naja, das Labor hat keine Erreger feststellen können, weder im Urin noch im Samen», wobei ich fast so etwas wie einen vorwurfsvollen Unterton herauszuhören meinte. Ein ausgebildeter eingebildeter Kranker. Sensationen bei alledem unverändert: beim Bücken schmerzhafte Blitze durch Urethral- und Dammregion und der Kieferkamm anhaltend geschwollen. Frage wieder mal leidensgenossenschaftlich mit dem vaterlandskranken Tucho in Hindås: «Und wenn es alles doch nur allllärgisch wäre?!»

17.30 Thomas Schröder und um 19.00 die blitzgeborene Idee, nach Schwerin zu fahren. Schwerin: sehr alte, kaum noch greifbare Erinnerungen an eine gemeinsam mit der Mutter und unserm Hausmädchen unternommene Radtour im vierten Kriegsjahr 1942 und dabei das sich unversehens einschleichende Erschauern, daß mich diese zweibeiden Beine nun schon durch die ganze Nazizeit und den Nachkrieg und den neuen Wohlstand und die späteren APO-Jahre getragen haben. Im Gedächtnis gerade noch eben, daß mich eine Tante seinerzeit/braunerzeit «Steppke» genannt hatte, was mir damals so komisch vorkam wie den jungen Leuten von heute vielleicht das Wort «Pimpf». Nach der Teilung dann Kaffee-und-Kuchen-Pakete rübergeschickt und im Gegenzug 57er Brecht-Ausgabe (Aufbau) zugesandt bekommen. Bei Anblick, Berührung und Geruch der edlen Armutszeugnisse sofort den Geist der Zeit wieder in der Nase aufsteigen spüren.

19.30 in 10 km langen Stau geraten, der sich erst nach der ehemaligen Grenze aufzulösen begann. Hatten viel Zeit, das aufgeschnittene Ding von innen her zu betrachten: diese schlaumeierischen Umleitungsschleifen und von Spießerhirnen ertüftelten Abfanganlagen: unendlich abstoßende und wie durch ein Wunder leergeblasene Gehäuse der Macht. Hatte starke Rückenschmerzen und drängte auf Umkehr/Rückfahrt, was uns die Autobahn bei Hagenow-Land verlassen und gerade noch einen kleinen Abstecher nach Wittenburg wagen ließ, ehemaliges Kasernennest und die Ödnis einer Grenzstation, in die seit Jahrzehnten kein belebender Tropfen privater Malerfarbe mehr eingeflossen war. Weiß nicht, wann ich etwas derart von den Grundmauern bis zu den Dachtraufen Verwahrlostes überhaupt schon mal zu Gesicht bekommen habe; paar gesteinigte Verkehrsschilder an den Straßenkreuzungen, schiefgetretene und abgesackte Bordsteine nebenher, auch die sommerlichen Gärten wie versackt und achtlos liegengelassen. Drei Vopos mit fleischigen Schweinehintern in dünnschißfarbenen Uniformhosen, die sich über den Gartenzaun weg an den ihnen unverdient entgegenschwellenden Äpfeln bedienten. Hatten weder Lust zu verweilen noch den Eindruck von Elendstouristen zu hinterlassen und empfahlen uns mit unguten Nebengedanken.

Auf der Rückfahrt noch lange einem Kommunismus nachgesonnen, der nie unsere Sache gewesen war und in dem wir trotz allem ein paar Bauelemente für ein zukünftiges Gerechtigkeitsreich erkannt zu haben glaubten – nun sahen wir nach Entfernung der Verblendleisten nur noch die Schedderigkeit eines ideologischen Pappkartons. Das nicht endenwollende Gerede vom «Weltniveau»? Ohnmächtige Beschwörungssuren unter Zukurzgekommenen. Das «nationale Kulturerbe»? Paar illuminierte Kulturschleusen für internationale Festbesucher. Und der schweigende – uns bisher verborgen gewesene – Rest der zum Himmel schreiende Anblick von versäumter Pflege und schuldhaft unterlassener Hilfeleistung.

Da man nicht alles mit ins Grab nehmen kann, man ärgert sich sonst noch zu Tode: Auf wie vielen Lesereisen und Musiktourneen der letzten zwanzig Jahre war ich nicht immer wieder auch in bundesdeutsche Unis geraten, wo Hans Henny Jahnn eine unbekannte Nummer, Alfred Döblin ein vergessener Autor und Gottfried Benn eine Quantité négligeable waren, aber die seinerzeit zeitgenössische DDR-Literatur nebst ihrem ganzen elenden Hausmachermief ein überall gern hingebrocktes Studentenfutter. Was ich schon damals mit einigem Befremden sah, mißfällt mir heute nicht minder: Es ist der Handel mit ideologisch überhöhten Vorzugsaktien, bei dem billige Tagesinteressen über die Hochliteratur triumphieren und mainstreamkonformes Strömungsverhalten sich billig als Widerstandsleistung genießen kann.

21.00 Garten: Blumen gewässert und Unkraut gejätet und das Gefühl, dem verhauenen Tag doch noch etwas Positives abgewonnen zu haben. Spätnachrichten über das Wahlkomplott Kohls und dessen willfährigen de Maizière, die für Dezember geplante Wahl schon auf den Oktober vorzuverlegen. Glänzender Kommentar von von Sternburg über Demokratie als konjunkturpolitisches Termingeschäft.

4. 8. – 34,5 °C im Schatten. Deutschlands Volksverarschungspostille Nr. 1 (*BILD*: «Wunderbar, endlich! Wir wählen schon am 14. Oktober!») bejubelt anhaltend den größten Volksbetrug der letzten vierzig Jahre. Schon dolles Kunststück dies fiskalische Bubenstück: westdeutsche Steuergelder, die als verlorener Baukostenzuschuß in den Aufbau Ost einfließen und dort (wo nicht produziert, sondern nur konsumiert wird) von den westdeutschen Handelsketten wieder abgeschöpft werden. Selbst unser Möllner Elektrolädchen vermeldet in der *Lauenburger Zeitung* Gewinnzuwächse von bis zu 500%. Ein so oder so ähnlich noch nie erlebter Ansturm auf Ware verdirbt nicht nur die Preise und drückt die Qualität, er erzeugt auch einen bisher unbekannten gereizten Umgangston. Historische Zeiten? Hysterische Zeiten!

5. 8. Ausgeschlafen und kurze Radfahrt mit E. bis zur Autobahnbrücke: Die Welt hätte nie über solche für lebendige Menschen gemachten Vehikel hinausgehen dürfen. 3. Strophe «Nachbars Tochter», dann bißchen Rilke und mich wieder mal über die geistige Nähe zu Kafka gewundert: «Hier müh ich mich, da niemand fragt und zusieht, wie eine Ameise mit einem viel zu langen Strohhalm, verliere ihn, finde ihn unerwartet wieder, hab ihn schon wieder verloren, laufe entsetzt herum und wundere mich, daß bei all der Unordnung nicht noch jemand auf mich tritt. Und doch, ist nicht dies das Leben?»

6. 8. Wie man langsam zu Fall kommt – Wie man langsam zum Fall verkommt. Nach Zahnheilkunde und Urologie heute endokrinologische Untersuchung in Eppendorf und wie eine Gewebeprobe von Abteilung zu Abteilung weitervermittelt. Als ich dem Professor von meinen Depressionen berichtete: «Depressionen? Sie? Sie haben keine Depressionen, wissen Sie überhaupt, was Depressionen sind? Sie haben eine gemütliche Verstimmung, lassen Sie sich erstmal Ihre Zähne reparieren,

und dann beißt sich das schon alles von selbst zurecht.» Sehr darauf verzichtet, ihm etwas von meinen deutsch-deutschen Beirrungen und angeschlossenen psychoneuroimmunologischen Theorien zu erzählen.

Ärzte, Spezialisten: wie sie alle einen begrenzten Leidensherd attackieren und jeder für sich den gesamten Körper in Anspruch nimmt.

7. 8. Einkaufen Büchen, und das ganze Dorf voller Trabis, auch Polen mit Westwagen und Autowracks auf den Hängern. Interessantes und gar nicht so unklug gedachtes Entsorgungsprogramm der westlichen Reparaturwerkstätten pp.: den Osten als wohlfeilen Autofriedhof und Müllkippe für schwerverweslichen Abfall in Anspruch zu nehmen. «Bei Conny»: In einem Feldweg zwischen Roseburg und Siebeneichen seit der Grenzöffnung postierte Puffkutsche: Eine kleine Absahnerin im grenzüberschreitenden Personenverkehr. Bleumourant und blaßlila Triangeldesign, eine vorsintflutliche Präserschachtel.

23.00 E. und Ros. in Begleitung von Günter Gaus und Frau aus Wotersen (SH-Festival) zurück. Verstanden uns prächtig und auf jeden Fall besser als an jenem denkwürdigen Abend, als ein Zufall uns MRR und die Gausens gemeinsam ins Haus beschert hatte: zwei Eitelkeitshanseln, die das 4 Stunden lange Gespräch allein unter sich ausmachten und denen sich die Augen auch mal eher schließen werden als der Mund. Hängt immer noch hochnostalgisch an den «kleinen Schritten» von gestern und mißtraut den Siebenmeilenstiefeln von heute. Absolut meine Meinung, daß auf jeden Fall besser hätte kommen müssen, was einem bloßen Ondit zufolge auch schlimmer hätte kommen können.

8. August. Cesare Pavese *Das Handwerk des Lebens – Tagebuch 1935–1950*; aber was sind denn das für Tagebücher, wo die Rechnung ganz ohne den Tag gemacht wird. Eintragungen von einem gewissen gehobenen Allgemeinheitsanspruch, bei denen es absolut und relativ gleichgültig ist, ob sie am 19. Februar 1938 («Die Philosophen, die an die Absolutheit der Wahrheit glauben, sind nie mit einer Frau im Streit aneinandergeraten») oder am 14. Oktober 1940 zu Papier gebracht wurden («Eine Frau fühlt sich abgestoßen von einem Mann, der Tag und Nacht an sie denkt – weil sie n i c h t an ihn denkt»). Daß die Vertrauenswürdigkeit oder – bitte – Weltklugheit solcher Sentenzen außerdem noch eine Glaubensfrage ist, steht dann allerdings auf einem anderen Blatt. Jeder/jede kann sich nach Belieben etwas Betreffendes für sich herauslesen, wobei mir meine eigenen Aphos immer etwas näher sind als die künstlich gehöhten Privatplätze Paveses.

Tag danach: Männer lassen die Liebe hinter sich und wenden sich beschleunigt ihren Arbeiten zu – Frauen denken nur noch an die Liebe und versäumen darüber ihre Arbeit.

Männer: Die frühe Erschöpflichkeit derer, die sich eben noch für unerschöpflich hielten.

Der Sexualist: ein Gegner steriler Selbstsucht und diese läßt es ihn spüren.

Die Liebe schon völlig zum Heiratsgerechne verkommen. Beinah egal, wer es ist, Hauptsache, er bringt die Ringe mit und dann für das ganze Leben.

Zu einer Geliebten: Du bist hier in eine Abhängigkeit geraten, die ich nicht dulden kann.

Auch wem der Orgasmus das Wort «Liebe» abpreßt, möchte es hinterher nicht gleich als Heiratsversprechen verstanden wissen.

Männer wollen immer nur das eine – Frauen wollen immer nur den einen und für immer.

Nach der Liebe: wenn die Männer, endlich, zu ihren eigentlichen Heldentaten übergehen möchten und die Frauen – ja, zum Teufel, was wollen sie? – ein nicht enden wollendes müßig-süßliches Sichhinschleppen . . .

In Frauen mußt du völlig unqualifiziert reinquatschen, alles andere empfinden sie zu Recht als Blabla.

Manche Wesen wie von der lieben «frou werlte» für den Geschlechtsverkehr geschaffen. Erst der Gedanke an die Fortpflanzung wird dich wieder zur Besonnenheit rufen.

Liebe und Feminismus: Wenn Frauen einem Schreckensbild von Vergewaltigung nachhängen, das dem des normalen Geschlechtsverkehrs schon ziemlich nahe kommt.

Liebe als Paradox: ein Prinzip der wechselseitigen Unterwerfung –

Verkommene Moralität: Gespräche über Aids ersetzen die Laszivitäten von gestern.

Die Brüder Goncourt: «Die Welt geht unter an dem Tag, an dem die jungen Mädchen nicht mehr über skatologische Witze lachen werden.»

Nicht daß 1 2 3 läge,
wenn 1 2 3 4 spricht:
Die Wahrheit und die Liebe
die gehen verschiedene Wege
und wissen es beide nicht

Ein Aperçu kann man nicht diskutieren. Was mich an Paveses Maximen und Aphorismen stört, sind insofern auch gar nicht so sehr die in ihnen zum Problem aufgeworfenen Meinungen/Ansichten, sondern der hörbar gehobene und sichtlich über den Tag hinauszielende Feiertagston. Was man vom Tagebuch (als einem genuin privatistischen Genre) erwarten kann, ist zuallererst, daß der Verfasser ein gewisses legeres Verhältnis zu sich selbst unterhält und sich mit dem eigenen Ego nicht unentwegt in essayistischer Prosa bekakelt. Aus diesem gemeinen Grund sagen mir auch die Tabus der Pepys, Boswell, Janssen, Léautaud, Anaïs Nin, Lichtenberg und der Brüder Goncourt weit mehr zu als etwa diese auf keine Tages-, Jahres- und Uhrzeit mehr bezogenen Verlautbarungsprosen der Pavese, Max Frisch, Camus oder Heimito von Doderer. Halte selbst – was bei Bekennerschreiben Codex ist und bei Tabu gute Sitte sein sollte – ja schon immer die Zeitung vom Tage mit hoch.

Nachts, Dunkelkammer Archiv. In Ermangelung eines eigenen Liebhaber- oder Lustmörderlebens paar *BILD*zeitungsnummern der Weltmeisterschaftsmonate Juni/Juli zur Kenntlichkeit entwickelt: «Jaaa! Deutschland balla, balla!» – «Deutschland fantastico! Matthäus erschoß die Jusos 5:1» – «Diese Araber hauen wir 5:0 weg!» – «Kameruns Spieler gefährlich durch den Busch-Instinkt» – «Lambada-Miller: Jetzt schießt er den Trainer Griesgram ab» – «Wir schießen Holland Löcher in den Käse» – «Lothar, hol den Hammer raus!» – «Wie wurde der nette Onkel Peter bloß zum Mörder? 33 Jahre, ein stiller unauffälliger Mann. Er spielte oft mit den Kindern Fußball» – – –

Manche manchmal mit sichtlich wackligen Beinen erklommenen Hochsitze können ja wirklich ganz amüsante Ausblicke bieten; aber warum dann immer wieder diese – zum Teufel! – hoheits-, würde- und bedeutungsvoll eingenommenen Warten.

Am schönsten, wenn einfach jemand wie Whitman sagt: «Camerado, dies ist kein Buch / Wer dies berührt, berührt einen Menschen». Bzw. noch um eine kleine Windung verschärfter/unverschämter: batsch! die Bibel.

Do. 9.8. *ZEIT*- und *Stern*-Tag, und man glaubt bereits etwas getan zu haben, wenn man Tratschkes «Wer war's?» gelöst hat.

10.8. Bißchen «Nachbars Tochter», unverhältnismäßiges Gequäle, aber was sind das denn auch für Motive angesichts eines nur noch blutige Wellen schlagenden Weltozeans. Kurz zu ALDI, wo DDR-Konsumenten die Biobecher und Puddingtöpfchen gleich palettenweise abtragen: sich noch einmal richtig bedienen wollen, ehe Einheit und Öffnung doch noch wieder rückgängig gemacht werden. Dabei alles vergleichsweise sonnengebräunte und wohlgenährte Menschen mit nichts anderem im Kopf als von nun an ewig so weiter Währung, Ware und Verwurschtung – Dieses Menschenbild ...

Mittags Bratwurst, Tomaten, Zucchini. Der Tischler, der aus ausrangierten Eichenbohlen in nur 1 Stunde Arbeitszeit eine richtig solide Schuppentür erschuf – meine Hochachtung! Gegen 17.00 mit E. u. Tom Schröder bei Klein Zecher über ein immer noch wie ein zartes Diaphragma erspürbares Nichts von Grenze. Am Schaalseeufer mit Frohlocken die geschleiften Grenzerbaracken und das unaufhaltsame Heimholungswerk der Natur betrachtet: den schon stark überwucherten und von Unkräutern blitzfeldzugmäßig zurückeroberten Kolonnenweg, eigentlich Armeleute-Limes und, rückblickend, schon verdammt bedauernswerte Bevölkerung, die man 40 Jahre lang für die eigene Sicherheitsverwahrung hat wurachen lassen. Wie oft wir nicht früher in grenzüberschreitendem Bildungsverlangen auf das andere Ufer des Sees geblickt hatten, den mesolithischen Abschlagplätzen bei Dargow, Bresahn und Techin entgegen.

Beschwingt über die Dörfer und uns an dem alten Kopfsteinpflaster erfreut, richtig handgehauene Bordsteine noch und schön unordentlich in den mecklenburgischen Staub geklekkerte Landwirtschaftspisten.

Viele reetgedeckte Gehöfte mit blätternden Fenster- und Türanstrichen und vom Wind zerrupften, wenn nicht völlig verschmissenen Dächern. In Lassahn ein paar zwei- oder dreihundert Jahre alte Katen, Schwellbalken, Ständer und Kopfbänder noch in prähistorischen Zeiten mit Ochsenblut imprägniert, kleine Gärtelchen drumherum, stöckerzaungesäumt und voller wild und spaßig miteinander konkurrierender Sommerblumen. Zitterten allerdings schon im voraus den zu erwartenden marktwirtschaftlichen Aneignungskräften entgegen: ganze Pulks von Berliner Mercedessen, Hamburger BMWs und Plöner Audis bereits suchend, witternd, preisvergleichend unterwegs – nicht kucken! sondern kaufen! – denn das ist ja nun mal System im System, daß solche verschlafene Grenzprovinzen ganz organisch zur Landnahme einladen. Als sich logisch anschließende Frage dann gleich, was bleiben wird, wenn der von westlichen Steuergeldern flüchtig genetzte Boden nach ein paar Jahren wieder trockenfällt und die Hoffnung auf freies privates Landwirtschaften nur auf unerwünschte Frucht und Mast auslaufen kann.

Das wilde Schurkistan

Hahaha, das ist ja wunderbar,
hier wehrt sich jemand gegen die Vergewaltigung

Das freie Spiel der Kräfte: hau-ruck! –
Und statt sicherer Arbeitsplätze: bombensichere Gemeinplätze, ist das nichts?!

Leider, ich komm da nicht mehr runter von diesem ollen
linken Rosinante, aber . . .

Daß die politische Stimme verzerrt klingt,
kann natürlich auch an euren Ohren liegen –

20.30 Café-Cognac am Ratzeburger See, böser Schmerzrükken, ausdrucksloses Gepinkel, sehe schwarz von innen nach außen. Meine niedergeschlagenen Augen vor einer bedenkenlos erblühenden Welt.

Zur Nacht: Henry Miller *Sexus* und – ja, das ist kraft- und humorvoll zugleich. Auch auf scheinbaren Nebenpfaden nicht der leiseste Hauch eines Zögerns oder hinderlichen Bedenkens, daß das freie Phantasieren etwa in die Irre führen könne. Eben noch hier, dann da, dann dort, wechselt er immer wieder mal die Richtung oder läßt sich von einem Einfall verliebt zum nächsten treiben, als ob jener der eigentliche Hauptstrom der Geschichte wäre, und dann scheint er es plötzlich wirklich, oder es weitet sich das Rinnsal unversehens zum Gewässer – der Fluß zum Delta – das Delta zum Meer – bis wir auf einmal erkennen, daß zum großen Weltenozean hier alles drängt und auch die scheinbaren Abschweifungen nur Teile einer allumfassenden verschwenderischen Ausschweifung sind.

Sa. 11.8. «Immer schneller rein in die Klamotten» und «Sodomitische Ansichtssache» noch einmal linker Hand über die Walze gezogen und das gute Gefühl, daß es wenigstens nicht mehr klemmt. Im Garten von betrunkenen Wespen attackiert. Hatte billigen griechischen Rotwein auf den Kompost gegossen, an dem sie sich nicht nur Lust, sondern Angriffslust angesoffen hatten. 16.00 Mittag, ganz weiches Rindfleisch, das sich am Gaumen zerdrücken ließ.

Immer schneller rein in die Klamotten

Immer schneller rein in die Klamotten,
immer schneller raus aus den Klamotten,
selbst die Bodystockings momentan derart regenbogengeil
im Kommen,
daß du sie am Abend schon wieder vergessen kannst –
Aber kostet natürlich auch
und steht immer eisern gleich der Kampf ums Dasein
dahinter
in seiner mitleidlosen Schärfe und Verve.

Ach wir – die wir – die was? –
ein Leben lang an uns gearbeitet haben
(leider an der falschen Stelle)
uns den Meistern anzunähern durch Tätigkeit –
Bis wir zur Kenntnis nehmen mußten,
Meisterschaft ist ein Irrweg
und die Beherrschung von Proportion und Perspektive
ein Entlassungsgrund –
Na, solange der californische Chianti
hier noch nicht aus Hongkong kommt . . . solange jadoch!

Bißchen Gebrutzeltes und bißchen Vino;
trinkt mir schon mal paar Gläschen voraus,
ich komm gleich
(spät gekommen heißt unter uns noch lange nicht
zurückgeblieben)
bis das alles abfällt schließlich,
Banderolen, Eilpost, Bitte-nicht-knicken-Kunst-Aufkleber,
und wir in Einigkeit verrückt
die gleichen Psalmen brummen:
Glücklich wer nichts von sich merkt.
Glück-glück-glücklich
wer gleich neben ALDI wohnt

Am glücklichsten
wer nie die Erdenkruste durchbrach
und die Menschendinge
nur vom Vorbeigluckern kennt

Für die Realisation dieser Verse
bedanken wir uns bei
LONG WOOD
STEUERRAD
CLARKE'S
OLD DUBLIN
CRAWFORD
ROBBY
GARCONI
MASTER
SKIPPER
GORCH FOCK

Sodomitische Ansichtssache

Wenn sie wüßte, wie sie wirkt,
unseres Nachbars gewaltige Tochter,
eben hing doch noch grad an der Mutterbrust
und nun
hat selbst schon Titten –
Guter Rat an eine junge Übergröße:
Wenn du zufällig mit dem Falschen glücklich wirst,
ist doch nicht schlimm.

Die Bathsebas unserer Jugend,
richtige Omas schon mit Dutt und Beffchen
(Gespräche über Aids ersetzen die Laszivitäten von gestern)
Wie sie neulich erzählten,
soll jede Frau über sechzig
sogar zweimal im Leben vergewaltigt worden sein –
Komm, geh,
das ist auch nur so hochgerechnetes Zeugs,
womit in der Liebe niemand was anfangen kann.

Weil ich meinerseits lieber in Bildern spreche,
und da fahren wir zwei nochmal hin:
Wien – Kunsthistorisches Museum –
Albrecht Altdorfer:
Lot und seine Töchter
(mit der Farbe des Weins
von der Farbe des untergehenden Sodom genommen)
Und sie sagen, komm, laß uns unserem alten Vater
zu trinken geben und bei ihm liegen,
daß wir Samen von unserem Vater empfangen,
und du sagst:
(na, was wirst du in einem Gedicht von mir schon sagen?)
Was so süß aussieht

und sogar noch in öffentlichen Galerien rumhängt,
das kann doch nicht völlig vergiftet sein.

18.00 Besuch bei Frau G., Wietzeeze, Altersheim, erstorbenes Dorf mit paar Storchenpaaren auf den Dächern, zu denen man aber auch nicht ganzen Lebensabend lang aufblicken kann. Als sie uns erkannte, hob sie begeistert die Krücke und fiel dabei beinah vom Stengel: Hat seit fünf Wochen keinen Besuch mehr von ihren Kindern bekommen, «andere Mitbewohner viel öfter, was mir bitter ankommt», und lebt vornehmlich von der Reibungswärme, die sie durch besonders scheuerbürstiges Wesen selbst erzeugen kann: «Man bestellt kalte Milch und kriegt warme, man hat Verlangen auf frisches Obst und kriegt Backpflaumen.» Schleicht seit Jahren am gleichen Stock um das immer gleiche Gebäude herum: «Das Fernsehen, was ich mich schon lange übergesehen hab»; «die Blumen auch immer dieselben», hat bei alledem aber ein unverwüstliches Herz in der Brust und leider nicht die Fähigkeit, sich irgend jemandem angenehm zu machen. Als E. ihr einen funkelnagelneuen Elektrowassertopf aus dem Erbe der Mutter schenkte, gleich das Mäkeln um Nachbesserung: «Aber ich hab ja noch kein' Filter!»

Weiter nach Lauenburg, Tasse Kaffee, ein Eis, kurzes Elbdefilee auf der plattengepflasterten Pier, Haufen qualmender Türkenmädels im Weg, die es kaum für nötig befanden, uns Durchlaß zu gewähren. Anschließend Boizenburg, das wir bislang immer nur tangential, d. h. von der krumpeligen, sich am Hafen entlangwindenden Berlin-Verbindung her hatten wahrnehmen können. Über «Clara-Zetkin-Straße» und «Straße der Völkerfreundschaft» in die ehemals verbotene Stadt: überraschend geschlossenes Ensemble, aber, natürlich, zwischen dem seinerzeitigen Kommste-heute-nicht-kommste-morgen-Sozialismus und dem unerbittlichen Zahn der Zeit mittlerweile zu

Grus und Mus zermahlen. Wanderten unfroher Gedanken voll einen schmalen und von jahrhundertealten Linden gesäumten Damm entlang, ein gelähmtes Rinnsal zur Rechten, Schnützelputzhäuselzeile am gegenüberliegenden Ufer haltlos gegen das Wasser zu abfallend, winzigkleine und noch vor dem Akzelerationsschub des 19. Jahrhunderts für 1-Meter-50-Menschlein erbaute Handwerkerwohnungen: kaputtgewohnt, verwahrlost, teilgeräumt und die meisten auch schon über den Pflegefall hinaus. Schlugen drei Kreuze beim Abgang und schieden mit wehem Herzen.

Auf einem ehemaligen Sportplatz dann die neue Freiheits-Freizeit-Kultur. Sogenanntes und weit über das Städtchen hinaus ausgeschrienes VOLKSFEST mit Westbierzelt und Westzigarettenbuden und dem stumpfen Herumgammeln einer zu nichts Positivem mehr aufgerufenen Generation vor einem nicht von selbst in Gang kommen wollenden Trubel. Umgehend weitergewandelt und uns noch ein bißchen an dem pittoresken Verfall ergötzt.

Abends TV, wo es inzwischen auch schon egal ist, ob du Ost oder West einschaltest.

So. 12.8. Kein Schwung, kein Druck, kein Ruck nach vorn. Gegen 16.00 Ute und Günter Grass, und auf das von mir ins Treffen geführte Stichwort «Prostata» schnurrte er ab wie der Fremdenführer eines pompejanischen Priapeums. Nach so vielen Gerüchten, Gruselgeschichten und Ammenmärchen endlich einmal gesicherte Nachrichten aus dem endokrinologischen Unterbodenbereich, dabei alles mit einem derartigen Spaß an der novellistischen Zuspitzung vorgetragen, daß die leidige Sache sofort ein drolliges Ansehen kriegte. Auch über Zähne und ähnliche Betrüblichkeiten nur Lustiges, Vergnügliches. Erzählte, daß er während seiner Göttinger *Blechtrommel-*

Lesung (Marathonveranstaltung über 13 Folgen) eine schlecht fixierte neue Goldkrone verschluckt habe. Auf der Toilette dann immer brav auf Papier geschissen und die Fäkalien durchgesiebt, bis er das kostbare Stück tatsächlich wiedergefunden habe. Griente wie ein fündig gewordener Goldwäscher und zeigte mit dem Finger in den Mund: «Da sitzt sie.» Bei nachfolgendem Deutschland nebst angeschlossenem Schleswig-Holstein, SPD-Dilemma, Verfassungsstreit, Ausländerfragenkatalog wurde sein Gesichtsausdruck aber augenblicklich wieder grämlicher und stellenweise richtig misanthrop. Will aus SPD austreten und sich stattdessen im Verein mit Peter Schneider für Berliner Wahlbündnis starkmachen. Radikal aus sich selbst verfaßter Charakter, der dazu neigt, bei jedem Meinungsumschwung Proselyten zu machen, mal rein in die Akademie, mal raus aus der Akademie, mal rein in die SPD, mal raus aus der SPD, und bei dem man in Freundschaft stark bleiben muß, um sich nicht für jeden Rösselsprung keilen zu lassen.

Mittags Curry-Hähnchen und abends (da E. und Ros. zu Festival-Konzert nach Wotersen/Guldenburg) das schmerzliche Unerfülltheitsgefühl eines Kranken im leergeblasenen Gehäuse. Neue Hitsendung (dessen Titel ich verpaßt hatte) mit neuem Tanz (dessen Namen ich akustisch nicht verstand) und bei dem die Damen die Mastentensteiße herausstrecken und die Herren sich einen dran abscheuern können. Ein nicht für uns gemachtes Sybaris, bei dem wir gerade noch als zahlende Zaungäste zugelassen sind. Ressentiments einer Generation, die ihre stärksten Jahre auf Exerzierplätzen und beim Stubbenroden zugebracht hat und die der Jeunesse dorée erst die goldenen Sprungbretter vorgelegt hat.

PS. Tagebuch und *BILD*zeitung. Beide bauen auf der Wahrnehmung von Entfremdungsschäden und den ihnen nervlich untrennbar verbundenen Ressentiments auf: TB in Anbetracht ihrer rücksichtslosen Aufklärung und die *BILD*zeitung mit der Absicht ihrer rücksichtslosen Ausbeutung. Während das *Journal intime* der U-Person mit allen Bewußtseinsmitteln auf die Schliche zu kommen sucht, trachtet *BILD* danach, den verhaltensgestörten Zeitgenossen bei seinen subrationalen (auch subfaschistischen) Wurzeln zu erwischen und den Untermenschen als Ehrenmann vor sich selbst aufzubauen. Daß Tagebuch und Tageszeitung zunächst beide von verwandten panoptikalen Betrachtungsweisen ausgehen und sich insofern von Kick zu Kick (d. h. von einem Sinnenreiz zum nächsten Nervenkitzel) voranbewegen, darf einen an dem kategorialen Unterschied nicht vorbeisehen lassen. Auch er ist letzten Endes moralisch-edukativer Natur. Wo *BILD* die Spottgeburt eines wahllos hin- und hergerissenen Reflexwesens täglich zum Konsum ihrer eigenen Geistesgestörtheit veranlaßt, versucht das Tabu sich an einem Höchsten/Erbaulichsten: die kaleidoskopartig zusammenschießenden Widersprüche noch einmal als individuellen Komplex zu verfassen. Hier progressiver Persönlichkeitsabbau, dort die Rehabilitation des universell gebildeten Menschen, hier Gift, dort Katharsis, hier nützliches Idiotentum, dort tat wam asi, so einfach ist es zu fassen – man muß die eigene nervöse Willfährigkeit gegenüber dem Kick nur immer mutig in seine PSS-Buchführung miteinbeziehen.

Zu nachtglotzender Zeit wieder 1001 Nacht: Saddam Hussein, als meiner Meinung zu Recht zum Haßobjekt erklärter Kurdenschlächter und Giftgasdespot, nur daß man die mittelbar beteiligten Dunkelmänner der US-amerikanischen Waffen- und der deutschen Giftgasindustrie wohl nicht einfach außen vor lassen kann. Hab mir allerdings abgewöhnt, auf die Welt einzureden, als wäre sie noch belehrbar. Gut genährte, sportlich trainierte und frisch haargeschnittene junge Kerle mit noch allen Zähnen im Maul bei öffentlichen Veitstänzen: Die Irrationale zertritt das Menschenrecht. Welche unansehnlichen Raritäten dagegen ein forschendes Auge über einem Zikadenflügel, ein erleuchtetes vor einem Buch. – Gegen Mitternacht geheimnisvolles Geraschel und Geschnaufe im Wäldchen: 2 fette Igel beim Liebesspiel.

14.8. Unausgeschlafen. Gedämpfte Sonne wie hinter Seidenpapier. Seit einigen Wochen Greuelmeldungen von Schlägerbanden, die mit Samuraischwertern ganze Stadtviertel/Landstriche terrorisieren. Wer in Betrachtung der freien Welt als Abenteuerspielplatz von Mordbanditen nicht von seinen eigenen Angst- und Zwangsvorstellungen ausgeht, wird auch den einfachen Mann mit seinen wirklichen Ängsten nicht mehr verstehen. Später nackt im Garten («Große Ströme»), entsicherte Beretta neben dem Liegestuhl.

Fragen Sie, was Sie wollen,
von mir kriegen Sie grundsätzlich nicht
die von Ihnen gewünschten Antworten

In «Lit-Telefon» (einem der letzten Krötentunnel für die hoffnungslos ins kulturelle Outback abgedrängte Gattung) soll laut *Abendblatt* meine «Variation auf ‹Abendlied› von Matthias Claudius» zu hören sein. Rundfunksendungen und Zeitungsartikel zu Claudius' 250stem erinnern massiert an eine Unvergeßlichkeit der deutschen Gemüts- und Stimmungspoesie; aber welch erbarmungswürdiges Curriculum letzten Endes diese Scheiterstrecke zwischen Reinfeld, Kopenhagen, Wandsbek, Darmstadt und wieder Wandsbek. Ob man es damals als tröstlich empfand, daß man wenigstens innerhalb einer kleinen selbstreferenten Gruppe (Klopstock, Lessing, Herder, Carl Philipp Emanuel Bach) als ein Stern erster Ordnung geführt wurde? Wir heute können auf gar nichts mehr rechnen: weder auf verlangende Herzen noch rührsame Seelen, noch aufmerksame Ohren.

16.00 Hühnersuppe und Besuch von Meierdiercksens, die auf der anderen Seite des Schaalsees gewesen waren. Auf paar schnell geteekten Polaroidfotos sah ich schon ziemlich jenseitig aus.

Abends Besuch bei dem Schauspieler Faulhaber, der ein abgelegenes Nazihäuschen im Wald bewohnt. Residiert allein in dem nahezu unmöblierten kühlen Haus, keine Bilder an der Wand, Schlafmatratze auf ebener Erde, 8 × 10-Zentimeterchen Fernseherchen am Fußende. Besitzt kein Auto und durchmißt die lauenburgische und neuerdings mecklenburgische Moränenlandschaft auf dem Rennrad – ein Sonderlingsleben. Während wir uns über Jahnn, Brecht, Beckett, Horváth unterhielten, ging ein mordsdonnerblitzgewaltiges Sommergewitter nieder, dann der Blick in die fahle mondbeschienene Gartenlichtung, bleiweiß die Tannen, bleicher mannshoher Farn, triefende Gebüsche.

23.00 TV: über Laxness. Ein ziemlich uniques Schriftstellerleben, das zu Anfang bißchen zähflüssig anläuft, auf paar Umwegen aber richtig auf Touren kommt und Speed kriegt und am Ende in einen satten Weltruhm mit kaum vorstellbaren vaterländischen Ehrenbezeigungen einmündet. Die Frau, die ihm bis zu seinem Lebensende fleißig zuarbeitete – richtig netter Zweipersonenbetrieb und Erfolgstandem –, bis der Nobelpreis alles mondial überkront: triumphale Heimkehr auf der «Polarstern», ganze Küste voller jubelnder und in ihrem nationalen Selbstwert gehobener Landsleute.

Mi. 15. 8. Endlich Schlaftablettenrezept mit der Post: Halcion, ein Rausch- und Entrückungswort, das mich sofort in halkyonische Träume versetzte. Rief auf verschlungenen Assopfaden Erinnerungen an einen alten Hörspielentwurf wieder wach: NOCTAMBULA: eine als unausweichliche Spielhölle gedachte utopische Welt, aus der es außer über geheim gehandelte Durchgangsdrogen kein Entrinnen mehr gibt. Aus körpereigenen Abfallstoffen gewonnene personal pills, die anderen (geliebten, auserwählten, bevorzugten) Personen Zugang zu den eigenen Träumen gestatten. Gelegentlich raussuchen und es als literarischen Beschäftigungsgegenstand meines Helden (ZEITROMAN) aktivieren. Er soll ja nicht nur zu leiden, er muß auch zu tun haben.

Mit E. über einstmals vertraute und seit Bau der Berlin-Autobahn fast schon märchenhaft entrückte Dörfer zur Bronzegießerei Elmenhorst, um Gipsbüste abzuliefern. Nicht zu fassen, was in der Provinz alles so als moderne Kunst betrachtet und dann sogar noch gegossen wird. Knolliges, Warziges, krebsig Verknubbeltes, kartoffelhaft Verbackenes, wurstförmig Hingeschissenes. Radikal denken heißt wie ein Wurzelsepp denken.

Um 14.00 Sonne – Garten – Schwüle. Auf der Liege von Pfauenaugen, Füchsen, Kohlweißlingen, Admiralen und Zitronenfaltern umtorkelt. Die lila Distelwiese: attacca! attacca! die violette Woge rückt an, interessant, wie die Pflanzen sich offenbar nicht nur die Jahreszeiten, sondern auch die Saisonfarben teilen. Zu Mittag geräucherte Maränchen mit Pellkartoffeln.

17.30 Zus. mit E. versucht, über Gudow nach Zarrentin zu gelangen, aber die alte Zugangsstraße über den Grenzbach immer noch unterbrochen. Ließen das Auto stehen und tänzelten über einen schwankenden Notsteg zum anderen Ufer, dann zu Fuß bis nach Boize. Wie verloren und kehrichthaft sich die vorgelagerten Siedlungen gleich wieder hinstreckten. Menschenleere Straßen, die auf elefantengrau verputzte Wohnkartons zuführten, in denen blaulila Fernsehgeflacker gerade noch einen

Hadesschein von Innenleben erkennen ließ. Über feuchte Wieseweiden zurück, und am Grenzbächlein nun auf einmal reger Feierabendbetrieb, mal hüber, mal nüber. Fahrräder, die über kippligen Bohlen gehievt wurden, Fingerstipse an kuhscheißgrüne Mützen, holzgeschnittene Handschläge und bedächtig und leise in einem schleswig-holsteinisch-mecklenburgischen Mischplatt geführte Gespräche, alles wie von weit her und fast noch gar nicht ganz wahr. Ein ehemaliger Krankenpfleger aus Mölln, jetzt «Erster Einkäufer im Zentralkrankenhaus», der E. als «Genossin» ansprach, und die beiden auch sofort auf du und du über ditt un datt. Als ich den Schal umband und von einer darin versteckt gewesenen Hummel gestochen wurde (was kein Mensch glauben wollte, «weil Hummeln, die stechen ja nich»), küßte E. mich zum Trost auf den verquaddelten Nacken, was mir beinah unschicklich schien: Die Frau Minister, und noch ganz verliebt in ihren ollen grauen Kerl. – Zuhause «Noctambula»-Notizen sortiert, aber schade, was mir in den Siebzigern noch als doller Wahnsinnsentwurf erschien, kommt mir heute bereits wie die Utopie von vorgestern vor.

Noctambula

Ein utopisches Weltreich namens KONSUMA, in dem jede nur denkbare Arbeit von Robotern verrichtet wird und Konsum den Charakter von Leistung annimmt: er wird mit Coupons vergütet. Während niedere Verzehrformen wie z. B. essen, trinken, rauchen pp. vergleichsweise schlecht honoriert werden, lassen sich mit dem Verbrauch (der Abnutzung) höherwertiger Güter (Vergnügungsautomaten, Unterhaltungselektronik) entsprechend höhere Leistungsprämien erzielen. Da Industrie und Handel unentwegt neue Apparate auf den Markt drücken, müssen sich die Freizeitfroner schon gehörig ins Zeug legen, um die einprogrammierten Mindestspielzeiten abzudaddeln. Als Fazit: eine von der Arbeit zum

Spiel erlöste Gesellschaft, deren Kräfte sich im schweißtreibenden Wettbewerb um immer neuere, interessantere und raffiniertere Spielautomaten aufzehren.

KONSUMA: Den Wahnsinn der vorhandenen Welt bis zur Kenntlichkeit durchkonstruieren. Man braucht die vorhandenen Schraubzwingen nur um ein paar Windungen weiter anzuziehen, um die latente Geisteskrankheit manifest zu machen. Das umgekippte System.

Schlaraffenland als Polizeistaat, in dem die Verbrauchermoral schließlich päpstlicher als die Polizei ist.

Solch ein Land hatte die Welt noch nicht gesehen seit ihrer unvollkommenen Erschaffung –

Die Welt als Kartellabsprache unter «Sieben Riesen»:
Metall – Bau, Steine, Erden – Druck und Papier
(Medien) – Genuß und Verkehr – Handel, Banken
und Gewerbe – Erziehung und Wissenschaften – o. ä.

Coupons, die verfallen oder inflationär im Wert gemindert werden können – man muß sie beinah blindlings setzen, gewinnt aber nur durch Konsum seine Kaufkraft zurück.

Verbrauchsanreize, die die Menschen um ihre Ruhe, ihren Schlaf und schließlich um alle Geselligkeit bringen; jeder rackert sich isoliert in seinem Tretrad, an seiner Daddelmaschine, in seinem Bilderkäfig ab.

Da die neuen Dinge mehr kosten als die alten, die besinnungslose Gier auf das Neue schüren: Moden, Trends, Kicks, Zusatzgeräte, Weiterentwicklungen – hinter ihnen mit hängender Zunge her sein wie hinter der eigenen Seele.

Langlebige und kurzlebige Konsumgüter: erstere bringen viele Coupons, letztere kosten mehr und bringen wenig.

Literatur: am Ende nur noch als Kundenzeitschriften, Werbeprospekte, Verbraucherzirkulare. Dort angezeigt: Verbraucher-Wettbewerbe, Konsum-Pokale, Animationsbetriebe, Abenteuerspielplätze, Las-Vegas-Paradiese: Homo ludens als in die Arena getriebener Selbstverbraucher.

Die totale Regierbarkeit des Menschen über die ihm von oben her suggerierten Wünsche, Wertvorstellungen, Lustbarkeiten. Die konkretisierte Willensfreiheit: der dem Einzelwesen von gesellschaftswegen in die Hand gedrückte Joystick.

Anderen etwas vor der Nase wegverbrauchen? Was kommt in Mode? Was ist ein Must? Was gerät außer Betrieb?

Das Schlangestehen nach Coupons, die während der Wartezeit verfallen (um die Wette verfallen).

Und sie blickten auf ihre Abfälle zurück wie auf eine Leistung und standen mit ihrem Müll um Vergütung an.

Personen, die nicht schnell genug verbrauchen können, werden krank – Neurosen – Verweigerung – Ausgrenzung.

Die Verliebten schenkten einander ihre Coupons und stiegen getrennt in ihre Spielmaschinen.

Anstehen nach Innovationen: wenn hinten noch gewartet wird, sind sie vorn bereits démodé.

Sie hatten tiefe Träume von Prämierungsfesten und Coupon-Ausschüttungen und sie gingen gehetzt zu Bett und tauchten vergiftet aus ihren Träumen wieder empor.

Verkehrsadern: Autozufahrten, die von Kaufhof zu Kaufhof führten

als höchstes individuelles Ziel: hohe Verbraucherdaten zu erzeugen –

Steuern: Coupons abziehen – trickreiches Besteuerungssystem.

Personal-Computer: als personenbezogene Abbuchungsmaschine und Schatten in persona.

Menschen, die für ihre Gesellschaft Coupons nehmen.

Und die Menschen lebten sich auseinander, Coupon für Coupon und Stück um Stück.

Als die Sieben Riesen die Welt unter sich und ihren Töchtern aufgeteilt hatten, und es gab für die Menschen kein Entkommen mehr, weder über die See, noch unter der Erde noch durch die Luft, machte eines Tages die Nachricht von sich reden, daß es einigen Konsumenten gelungen sei, die Flucht nach – – – anzutreten. Die unglaubliche Meldung – obwohl sie zunächst nicht viel mehr als ein nebelhaftes Gerücht war – schlug in dem KONSUMA genannten Weltstaat trotzdem ein wie ein Meteor. In dem mäßig gesegneten Landstrich NOCTAMBULA, weitab von den Katzengoldlagen der . . . . und hart am ewig umstrittenen Grenzsaum zur Nacht, war es einigen nicht näher bekannten Personen gelungen, in den Besitz eines Stoffes zu gelangen, der nicht im Handel zu haben war und von dem man nur so viel wußte, daß er seine Genießer außer Kontrolle brachte. – – – Während der wenigen Wochen ihres ungehinderten Umgangs nahm die Nachricht zu an Masse und Gewicht. So sollte ein Apotheker namens Schlummerhorn beim Experimentieren mit Schlafabfällen auf eine Substanz von eigentümlicher Zusammensetzung und Beschaffenheit gestoßen sein, weil sie

den Übergang von einem Individuum zum anderen gestattete

eine Übergangsdroge, die die Wissenschaft den Transmorphinen zurechnete, und von der man nur so viel wußte, daß –

eine Entgrenzungsdroge

Seelenfutter – personal pills – Transspiritus

Das verstieß in jeder Hinsicht gegen die Verfassung des Landes und war auch bei großzügigster Auslegung der Gesetze nicht mehr unter die läßlichen Sittenverstöße zu rechnen. Seit die Sieben Riesen den Erdball in ihre Hand genommen hatten, um ihn mit Gewinn zu schälen, und die Menschheit endgültig in den Stand –

in die Form – Verfassung – einer widerspruchsfreien Verbrauchergesellschaft zu überführen, war es sogenannten Privaten unter Androhung der Todesstrafe verboten, in den prästabilierten Kreislauf von Angebot und Nachfrage einzugreifen und den Markt mit unvorhergesehenen Produkten zu beunruhigen. Schließlich hatte man die Menschen nicht bloß zum Spaß vom Joch der Arbeit erlöst und ihre edelsten Kräfte auf das freie Spiel des – – – gelenkt . . .

Kurz, was der Menschheit seit ihrer Vertreibung aus dem Paradies als ewigwährender Glückszustand vor Augen geschwebt und in immer neuen Mythen, Bildern und Legenden utopische Gestalt angenommen hatte, war in KONSUMA Wirklichkeit geworden, und es versteht sich von selbst, daß die Riesen ihre einzigartigen Errungenschaften mit allen Mitteln zu schützen wußten.

So weit – So wahr – So gut –

. . . .

17.8. 11.30 Abfahrt nach Ludwigslust – Abstecher nach Vellahn, wo die Mutter m. E. während des 1. Weltkriegs als Hauslehrerin auf einem Gut angestellt gewesen war. Da ich mich nur noch an den Namen Schulz erinnern konnte, mich auf Grabsteinen und an Türschildern umgesehen, freilich ohne Erfolg. Paarmal um die Kirche, dann weiter, an handgeklierter Reklametafel «Autocrash in Brese» vorbei.

14.00 Ludwigslust, ehemalige Residenzstadt, Schloßstraße von beachtlicher Breite und mit bemerkenswert domestikenhaft geduckten Gebäuden, «Gaun Dag der Herr Graf» und «Habe die Ehre, Durchleuchting». Wohnhäuser, Geschäfte, Cafés alle mit den gleichen Stores aus dem Gardinenladen von nebenan. Eindrücke wieder mal wie von Langzuvor und Fastnichtmehrwahr, durch die planmäßige Vernachlässigungspolitik der Partei teils bewahrt und teils erst verursacht. Einen Sozialismus bei gutem Wetter und abzüglich Staatssicherheit und Verhinderungsbürokratie mag man sich gerade noch vorstellen – bei dem herrschenden Nieselgepiesel scheint er schlechterdings unerträglich.

Was DIE WENDE geistig gebracht hat, erfährt man natürlich am ehesten/besten beim Blick in die Buchhandlungen. Auch bemooste DDR-Bücher wie durch Geisterhand auf das westliche Preisniveau gehoben und von der neu eingewanderten Pionierliteratur zunächst einmal die verdammten Reise-, Speise- und Unterweise-Schriften schaufensterfüllend. Wie schon neulich in Boizenburg schnell noch Gießkanne und Emailleeimer aus alten VEB-Beständen erworben, dazu Wurzeln aus heimischer Produktion, das Bund für 1,– DM. Der Selbsthaß der DDR-Bevölkerung beginnt beim Boykott der landeseigenen Erzeugnisse und endet bei der großen Tour de Suicide auf den westlichen Autobahnen. Im Schloßcafé «Provisorium» paar Scherzkarten mit letzten Ulbricht-Marken an Freunde mit Sinn für vaterländische Scherze (Margret, Schlenz, Otto).

Rückfahrt über Wöbbelin und – wieder mal eine von unseren nationalen Gedenkstätten, die gut durch sämtliche Zeiten gekommen sind: «Unserem Theodor Körner, geboren am 23. September 1791 in Dresden, gefallen am 26. August 1813 bei Wöbbelin.» Als NKE seinerzeit vermutlich besonders geschätzt, weil: «Du Schwert an meiner Linken / Was soll dein lustig Blinken?» Für Diversionsgruppe West dann eher die dritte Strophe interessant: «Laß erst es an der Linken / nur ganz verstohlen blinken . . .» Über Autobahn Hagenow–Wittenburg zurück und um 16.30 Roseburg, Mittag, Reste der gefüllten Gurken von gestern. Betr. Vellahn o. ä. nochmal in den Memos der Mutter geblättert (im Alter v. 84 Jahren verfaßt) und mich gleich wieder in den mecklenburgischen Steckrübengeschichten festgelesen.

Hauslehrerin im Nebenberuf

«Und nun, meine Damen, will ich Ihnen noch einen Rat geben. Gehen Sie nicht gleich in den öffentlichen Schuldienst. Werden Sie erst ein paar Jahre Hauslehrerin auf dem Lande, wo es noch etwas Ordentliches zu essen gibt!» Es war 1915, 2. Kriegsjahr im 1. Weltkrieg, als unser Direktor uns nach dem Examen mit diesen Worten entließ, und die meisten der 30 neugebackenen Lehrerinnen nahmen seinen Rat an und suchten sich eine Stelle auf Gütern oder in Pfarrhäusern in Pommern oder Mecklenburg.

Mich zog es erst nach Hause. Ich hatte immer etwas unter Heimweh gelitten, so schön es auch in Schwerin und bei der Großmutter gewesen war, und wollte erst einmal wieder bei Mutter sein und in dem lieben Städtchen, das seit meinem 5. Lebensjahr meine Heimat war. Auch dort konnte man eine junge Lehrerin gebrauchen, denn von den 7 Lehrkräften der Volksschule waren 4 eingezogen und standen im Felde, eine Lehrerin hatte geheiratet, und die beiden übriggebliebenen Lehrkräfte sehnten sich nach einer Hilfe. So trat ich als 2. Lehrerin meinen Dienst an und übernahm wie die andern Lehrkräfte 3 Klassen, das erste bis dritte Schuljahr. Das 2. Schuljahr wurde geteilt, eine Hälfte mit dem ersten, eine Hälfte mit dem 3. verbunden, und beide sollten auf dem gleichen Stand erhalten bleiben. Eine schwierige und kaum zu lösende Aufgabe. Eine Klasse mit 66, eine mit 76 Kindern nahmen meine ganze Kraft in Anspruch, und es kam, wie es nicht anders kommen konnte, in einem halben Jahr stand ich am Ende meiner Kräfte und mußte diese Arbeit aufgeben. Nun war auch ich bereit, wie meine Kameradinnen aufs Land zu gehen, und als mir ein Angebot ins Haus flog, ging ich gern wieder zurück nach Mecklenburg, um als Hauslehrerin mein Glück zu versuchen. Frau Müller, Rittergut Kuhlenkamp a. d. Elbe, wurde meine sehr energische und tatkräftige Arbeitgeberin und ihre 10jährige

Tochter mit 2 kleinen Mädchen von einem Erbpachthof in Schmalenbeck meine Schülerinnen. Mit den besten Vorsätzen und großem Pflichtbewußtsein begann ich meine Arbeit. Ich wollte meinen Kindern eine gute Lehrerin sein. Aber das genügte hier in Kuhlenkamp nicht. Man brauchte noch ein Mädchen für alles, eine Gesellschafterin und Haustochter, eine Klavierlehrerin und Hilfe für Haus und Garten. Das mußte doch eine Hauslehrerin noch alles nebenbei erledigen können. Was waren denn für Vorbereitungen nötig? Das hatte man doch alles gelernt. Das mußte man doch aus dem Ärmel schütteln. «Rühmkorf! Spargel stechen! Rühmkorf! Abwaschen!» So tönte es mit lautester Stimme durchs Treppenhaus. Und eine kleine ängstliche Lehrerin kam eiligst die Treppe hinuntergeflogen, um sich der gestrengen Hausherrin bereitwillig zur Verfügung zu stellen. Fast schien es manchmal, als wäre ich Lehrerin nur im Nebenberuf, und wenn meine Schülerinnen nicht liebe fleißige Mädchen gewesen wären, so hätte ich wohl bald die Flinte ins Korn geworfen. Gewiß, es machte auch Spaß, so mancherlei zu lernen, und es hat mir nicht geschadet, daß ich Spargel stechen und im Park Laub harken mußte, daß ich Kartoffelmehl machen und Zuckerrübensaft kochen lernte, daß ich bei der Schlachterei helfen und Wurst stopfen mußte. Aber manchmal kam ich mir doch etwas fehl am Platze vor, und es schien mir unter meiner Würde zu sein, mich so ausnutzen zu lassen. Als ich im Stall die Muster der Herdbuchkühe abzeichnen sollte, erhob ich zum ersten Mal Einspruch. Meine Vorgängerin hätte das auch getan, hieß es. Ja, aber ich wollte es nicht. – Man ließ mich gewähren, aber sonst hatte ich nicht viel Glück mit meinen Einsprüchen. Ich wagte auch kaum, welche vorzubringen. Wozu auch? Man hätte mich nur noch verächtlicher angesehen. Ich stand gewissermaßen zwischen Tür und Angel. Mit «Mammsel» (Mamsell – Ton auf der ersten Silbe –) und dem Wirtschaftslehrling durfte ich, auch wenn ich es gewollt hätte, keinen Verkehr haben, aber an den Gesellschaften der Eltern durfte ich ebensowenig teilnehmen. Müllers waren freilich nur Pächter, wenn auch anerkannt tüchtige Leute, aber auf den umliegenden Gütern saßen neben anderen Pächtern auch hier und da adlige Besitzer, mit denen etwas Geselligkeit gepflegt wurde. Die Gesellschaften waren zwar auch nur förmlicher Art, und meine Vorgängerin hatte mit der älteren Haustochter, die noch ihre Schülerin gewesen war, mit Spitzenhäubchen und weißer Schürze dabei serviert. Für sie war es ein Jux gewesen, und sie hatte mit Interesse das Benehmen der «feinen Herrschaften» studiert und mit Vergnügen ihre Beobachtungen gemacht. Soviel Humor besaß ich nicht. Mich kränkte eine solche Behandlung, und anstatt mich darüber hoch erhaben zu fühlen, litt ich darunter und hätte wohl Minderwertigkeitsgefühle bekommen können, wenn ich nicht meine Pastorsleute gehabt hätte und in einem etwas entfernt gelegenen Dorf eine alte Familienfreundschaft von den Großeltern her, wo ich ganz dazu gehörte und nicht nur häuslichen Familienanschluß hatte. Wie die Behandlung so waren auch die Geschenke zweite Garnitur. Bekam die erwachsene Tochter zu Weihnachten einen eleganten Mantel, so reichte für die Hauslehrerin eine knapp geschnittene, das Kleid kaum bedeckende und schützende Schürze. Schenkte die Mutter ihrer Tochter ein Paar hohe Gamaschen, die bis zum Knie reichten, und wie sie damals Mode und schick waren, so bekam die Angestellte nur kurze Stiefelgamaschen. Da alle Geschenke nur im Tauschverfahren gegen Butter, Wurst und Speck erworben werden konnten, so war es klar, daß das, was für die Tochter gut, für die Erzieherin viel zu gut und wertvoll war. – – Daß der Aufenthalt in Kuhlenkamp nicht nur negative Seiten hatte, brauche ich nicht zu sagen. Das Essen war erstklassig. Die Steckrüben, verächtlich Wrucken genannt, waren gut zum Viehfüttern und kamen so selten auf den Tisch, daß sie mir in den Ferien zu Hause während des berüchtigten Steckrübenwinters im 1. Weltkrieg geradezu als Delikatesse erschienen und noch heute zu meinen Lieblingsgerichten gehören. Kartoffeln und Brot konnten wir nach Herzenslust essen, wir brauchten keine Scheibe abzuzählen oder mit Mettwurst Schiebewurst zu spielen. Ernährungsmäßig lebten wir wie im Frieden, ja selbst in den vergangenen guten Zeiten hatten wir in unserer kinderreichen Familie sparsamer gewirtschaftet und magerer gegessen, als man es hier gewohnt war. Die gute Ernährung ist mir wohl bekommen, und ich denke gern an sie zurück. Auch sonst gab es manches Schöne. Viele herrliche Fahrten haben wir unternommen mit Wagen oder Schlitten durch den Buchenwald oder zur nahen Stadt, wenn es dort etwas zu besorgen gab, und manchmal nach den Ferien holte mich sogar der Kutscher mit dem Wagen und 2 schneidigen Pferden vom Bahnhof ab. Manchmal nur, und meistens wenn noch etwas anderes nebenher zu erledigen war, wenn es gerade so paßte! – Und einmal paßte es ganz und gar nicht. Das war in der schlechten Zeit, als die Züge so unregelmäßig fuhren und oft Verspätung hatten. Natürlich war ich mit den letzten Zug von zu Hause fortgefahren, weil es dort so schön war, und ich mich gar nicht trennen mochte. Aber im Zuge sah ich schon bald ängstlich nach der Uhr, weil es so aussah, als könnten wir in Hamburg den Anschluß nicht erreichen. So war es tatsächlich. Der Personenzug war gerade weg, als unser Zug ankam. Da war guter Rat teuer, und ich mußte allen Mut zusammennehmen, um mich am Telefon zu entschuldigen und anzufragen, ob ich mit dem D-Zug in einer Stunde fahren dürfte. Nein, das ginge nicht. Und mein Fehler war auch nicht zu entschuldigen, wie mir mit scharfen Worten gesagt wurde. Wie konnte ich es wagen, so spät abzufahren, wo man doch immer mit Verspätungen rechnen mußte! In Ludwigslust, wo der D-Zug hielt, mußte der Graf Calnein vom Celler Gestüt abgeholt werden, und es war ausgeschlossen, daß eine kleine Lehrerin wie ich mit ihm zusammen fahren durfte. Meine alte Tante, bei der ich die Stunden bis zum nächsten passenden Zuge verbrachte, mußte hell lachen, als ich ihr meine Episode erzählte. «Warum hast du ihr nicht gesagt, daß deine Tante auch eine Gräfin ist?» Sie hatte gut lachen. Mir zitterte das Herz, und es war keine schöne Ankunft für mich in Kuhlenkamp. Viel Gutes will mir nicht einfallen, wenn ich heute an diese Zeit zurückdenke. Auch das Herrichten der Lampen, wir hatten noch Petroleum und Spirituslampen, gehörte gerade nicht zu meinen Lieblingsbeschäftigungen.

Es waren keine Herrenjahre, und ich habe manches herunterschlucken müssen. Trotzdem blieb ich 2 Jahre auf dieser ersten Station meiner Erziehertätigkeit, zwei Jahre mit einem «Anfangsgehalt» von 600 Mark jährlich! Wie hätte es wohl ausgesehen, wenn in meinem Zeugnis zu lesen gewesen wäre, daß ich nur 1 Jahr auf meiner ersten Stelle ausgehalten hätte! 2 Jahre, das wäre doch wohl das wenigste! so dachte ich, und hielt tapfer aus, wenn ich auch in 2 Jahren nicht über das Anfangsgehalt hinausgekommen war. Was man mir nicht freiwillig anbot, wollte ich auch nicht haben. – – – Aber dann war es vorbei! Meine Schülerinnen hatten bei ihrer Prüfung in der Stadt aufs beste abgeschnitten. Man konnte mir nichts Schlechtes nachsagen. Nun konnte ich in Ehren gehen. Ich suchte mir eine neue Stelle, und ob man mir jetzt auch 1000 Mark oder mehr bot, ich ließ mich auf nichts ein, sondern verließ Kuhlenkamp mit lachenden Augen und den besten Hoffnungen auf eine glücklichere Zukunft.

Sa. 18. 8. Ganzen Tag zwischen «Große Ströme» und Sachenpacken und um 19.00 Heimfahrt. In der *Welt* Ulla-Hahn-Gedicht, was mich freilich wenig verwunderte, weil bei gewesener KP wundert mich inzwischen schon gar nichts mehr. Hatte mir vor paar Wochen am Telefon klarzumachen versucht, was «die Linke» sich alles vorzuwerfen hätte, aber « d i e Linke» und « d i e L i n k e n », wann hatte es das überhaupt einmal als einmütigen Plural gegeben? Ich von mir aus erkenne in diesem und vergleichbaren Fällen immer nur eines: daß man

Schauprozesse gegen die eigene Vergangenheit führt und sich dabei bedenkenlos der Geldwaschanlage der reaktionären Presse bedient. Seltsame Mischung aus konditioniertem Verhalten und öffentlicher Zurschaustellung seiner Selbstbezichtigungen.

21.8. – 15.15 Eppendorf, Wartezimmer Endokrinologie, Zeit zum Buchführen. Gestern mächtiger Sturm ums Haus, der die Birkinnen wie ein professioneller Frauenräuber bei den Haaren packte: 2 ½ Std. lang *«Raub der Sabinerinnen»* live. Anruf Elsbeth, zischelnd wie eine Giftmischerin und biestig über alles, was nur irgendwie DDR heißt. Es stand aber keine ernstzunehmende politische Meinung dahinter, nur frei flottierende Idiosynkrasien, so daß ich nicht näher darauf einging. Nachmittags zum Gärtchen (NH) und die hoch aufgeschossenen Riesinnen angeleint (synthetisches Bastimitat, das mit Natur rein gar nichts zu tun hat und nur seiner netten grünen Farbe wegen einen vertrauenerweckenden Eindruck vermittelt). Wie bereits vorm Urlaub befürchtet, hatten sich in der Zwischenzeit die Wühlmäuse von den Nachbargärten her zur Plantage durchgearbeitet und das ganze Beet untertunnelt. Fuhr zur Drogerie, kaufte vergiftetes Johannisbrot, stach die Gänge an mehreren Stellen an und führte den säuberlich auf Klettenblätter gebetteten Köder ein. Dann die Öffnungen vorsichtig mit Huflattichschirmen und Spanplatten abgedeckt und das Trugwerk locker mit Mutterboden behäufelt. Hatte bei den umfangreichen Bodenbewegungen nur leider den Sichtschutz aus Brennnesseln, Taubnesseln und Königskerzen niedergetreten und sah mich genötigt, Rainfarn und Beifuß vom Straßenrain in den Garten umzusetzen. Sehr künstlicher Eindruck jetzt, fast verdächtig und auf jeden Fall auffälliger als das lockere Naturensemble.

Nachts Thomas Bernhard *Erzählungen* und entgegen meinen früheren Meinungen (Vorurteilen) doch einigermaßen beeindruckt. Hat beachtlichen Hieb und zieht ab wie eine turbinengetriebene Bimmelbahn: unbedingt, autistisch, totalitär.

16.40 von Eppendorf zurück, wo man außer einer vergrößerten Leber nichts Bedrohliches feststellen konnte. An der Prostata weder «rauhe knubbelige Stellen, die auf Krebs hindeuten» noch beunruhigende Laborbefunde. Empfand richtige Glücksanwallungen, während ich noch mit schlackernden Klöten vor der professoralen Respektsperson stand, nur daß mir deren sinistres Gerede über «das hochstehende Wesen des Menschen» doch ziemlich auf den Sack ging. Hörte mir scheinergeben an, was er sich offenbar eigens für mich zurechtgelegt hatte, daß «die Sprache des Dichters ja auch etwas Moralisches, Ethisches hat», wo ich im Wartezimmer gerade eben notiert hatte:

> Dafür haben wir doch extra
> aus dem Freßorgan die Sprachanlage entwickelt
> um uns im Möwenpick
> über die unangemessene Bedienung beschweren zu können

Als ich den Schulberg runterkam, sah ich schon von weitem das besorgte Gesicht von K., dann der bekannte/verhaßte Griff an die hohlgesogenen Backen: «Du mußt mehr essen.» Strebte mit Riesenschritten nachhaus, um mich nicht noch weiteren Leichenbitterblicken auszusetzen, da stand Tibia unten im Höfchen, braungebrannt wie ein Collegegirl und mit Beinen bloß bis zum Hüftknochen, was ihrer wuchtigen Gestalt ein mir bisher noch nie aufgefallenes laszives Aussehen gab. Statt etwas Krankes, Kaputtes oder Moribundes an mir zu bemerken, schien sie überhaupt weit weniger an meinem Ergehen als an meiner Meinung über Quantz interessiert, den ich irgendwann mal «den süßlichen Quantz» genannt hatte, und von dem sie «zwei absolut geile Sonaten» in ihr E-Programm aufnehmen wolle. Knallte sich, ungeachtet meines Abenteuerberichts von Höllenfahrt und Apotheose, auf meine schmale Gelehrtenliege («Bloß keine Krankengeschichten, bloß keine Krankengeschichten!»), zog ein sichtbar zerstudiertes Buch aus der Tasche, Charles Burney, *Tagebuch einer musikalischen Reise*, und begann mir Seite um Seite daraus vorzulesen, bis ich den Sohn eines Hufschmiedes, der schon mit acht Jahren den Hammer schwingen mußte und sich erst später auf Dorftanzböden, Kirchweihen und Schützenfesten langsam in die Höhe gefiedelt hatte, schließlich selbst für die unterhaltsamste Figur seines an bemerkenswerten Gestalten nicht eben armen Jahrhunderts zu halten begann. – Zu mir nur so viel, daß sie sich auf einer Hundeausstellung einen «ganz lieben Foxel» ausgekuckt habe, dessen Nase der meinen in gewisser Hinsicht ähnlich sei. «Die können gar nicht schlafen wie die anderen Hunde, die müssen sich extra 'n Platz für ihre lange Schnauze aussuchen.»

22.8. Unguter Tag, nachhängendes Halcion wie Spinnweben vor den Augen, tanzende Fusseln bei jeder Blickwendung. Frau Knut, die erzählte, daß am letzten Dienstag bei ihr eingebrochen worden sei: 1300 Mark in bar entwendet und von dem ihr zur Aufbewahrung anvertrauten Sparbuch der Mutter noch 2400 Mark abgehoben. Als ich sie gefragt hatte, wie es ihr gehe, zuerst ein seltsam verhaltenes Würgen, dann die Geschichte wie auf einen Guß erbrochen und hinterher ein Gesicht, als ob sie das Erzählte am liebsten gleich wieder zurückgeschluckt hätte. Nur nicht nocheinmal sich bewußtmachen die Tragödie und lieber sofort vergessen.

Vorm Fischladen Ottensen wieder von paramilitärischen Punks in Springerstiefeln um Geld angegangen. Drohbetteln/Geldpressen, dem ich mich aus Prinzip, d. h. aus einem augenblicklich zu Haß gerinnenden Ehrgefühl heraus nicht füge. Gebe keinen braunen Pfennig, fasse mich in Eis und werfe Totenkopfblicke.

Ganze Welt schon seit Jahren voller Räubergeschichten und nur gelegentlich mal ein Heldenliedchen oder amüsantes Halslöserätsel darunter. Geschichte von Erwin Kania nicht schlecht, wie er sich nach St.-Pauli-Sauftour noch ein stilles Bierchen in seiner Stammkneipe genehmigen wollte und sich auf einmal von einer auf Terz gestimmten Hells-Angel-Truppe umringt sah. Da es nach normalem menschlichen Ermessen kein Entkommen mehr gab, habe er dann in der allerabgehobensten Form, «d. h. FDJ-mäßig dialektisch und insofern total absurd» auf sie einzusprechen begonnen: «Freunde, eh ihr zuschlagt, gönnt mir noch einmal eine Minute Gehör.» Dann ihnen erzählt, daß er Krebs habe (seinerzeit noch nicht der Fall), «im letzten Stadium, versteht ihr?», und daß «dies hier vermutlich das letzte Bier meines Lebens ist, zu dem ich euch alle herzlich einlade». Fazit: «Und! Peter, das kannst du nun glauben oder nicht, die hätte ich hinterher alle für die Gesellschaft für Sport und Technik anwerben können.» – Schöne Zeit, wahrscheinlich erst 5/6 Jahre her, als man mit Verbrechern noch derart smorzando Tacheles reden konnte.

23.8. In der letzten *ZEIT* wieder riesengroß unser Selbstbespiegelungssozialist vom Hohenzollernring. Dem gelernten Wellenreiter ist alles Welle – auch der posthume Antikommunismus. Netter Dankesgruß von Ranicki betr. Geburtscarmen. Hat sich die Stelle «Übergehen in einen Bereich, wo keine Kritik mehr zuständig ist» also doch nicht als Gräte in den Hals gezogen. Nachmittags Copyshop, wo mich der rot-autonome

Iraner Ali fragte, was ich von der Interventionspolitik der US-Amerikaner im Irak hielte. Da ich nicht wußte, wie sich ein iranischer Oppositioneller im Augenblick die Karten zurechtsteckt, sagte ich nur: «Zwei Kampfhunde, die sich ineinander verbissen haben.»

Später Elbe, Ebbe, ablandige Winde und Sonne als kilometerlanger Rotstiftstrich unter einen Untag gezogen. Versucht, Einfälle vom Tage einmal rechtsbündig abzusetzen, was befremdlich wirkte, obwohl einen das fusselige Himmelsplankton doch auch nicht in ordentlicher Schlachtformation, sondern eher als Flattersatz anfliegt.

TV bis spät in die Nacht. Saddam Hussein, der sich gestern zum «Neuen Nebukadnezar» hat ausrufen lassen, was in Israel logisch nur als «Babylonische Gefangenschaft» buchstabiert werden kann. Auch Ägypter, Syrer, Jordanier und Palästinenser sollten tunlichst gewarnt sein und sich Sympathieadressen lieber dreimal durch den Kopf gehen lassen. Eigenartig: wo auf dieser Welt praktisch alles käuflich ist (Raketen, Giftgas, kilometerlange Kanonenrohre), müßte sich eine gutbezahlte Kugel doch irgendwo finden lassen.

So. 26.9. Grauer Dunst über Strom und Strand und mein Mansardenbüro von unangenehmer Morgenschwüle bekrochen. Erst gegen Mittag hat sich die Sonne dann endlich durchgewühlt und die Ratio durch den Tablettennebel: August-Stramm-Vortrag (Münster, 75. Todestag, 1. September) um ein paar charaktervolle Striche voran, obwohl manchmal auch Abstriche. Neu für mich, daß die Ehefrau, Else Krafft, schon vor der Verbindung mit Stramm eine auflagenstarke Erfolgsschriftstellerin war, und vermutlich wollte er es ihr zeigen: Stramm gegen Krafft. Ins Medium übersetzt, bzw. als ein in Buchtiteln ausgetragener Geschlechterkampf: *Triebkrieg*,

Tropfblut und *Weltwehe* versus *Kling-klang-gloria* (1909). Allerdings scheint das Generationsthema *Geschlechterkampf* hier noch ein bißchen verwundener verwickelt. Eine scheinbar bombensicher camouflierte Effemination (Der Weltkriegs-Hauptmann in Waffenrock und Pickelhaube) verlangt insgeheim nach einer Domina und möchte trotzdem die bürgerliche Patriarchenrolle nicht aufgeben. Merkwürdig hippologisches Verhältnis zur Frau und fast erotische Beziehung zu Pferden.

PS 1: Kaum begreifliche Koinzidenz, daß A. S. und P. R. sich auf ein und denselben Gewährsmann berufen können: Alfred Döblin. D. im Jahre 1915 über Stramm: «Niemand war von so vorgetriebenem Expressionismus in der Literatur; er drehte, hobelte und bohrte die Sprache, bis sie ihm gerecht wurde.» Und im Jahre 1950 zu mir über mich: «ausgezeichnet – originell – interessant!»

PS 2: Mich schon öfter darüber gewundert, daß meine Förderer fast ausnahmslos Juden waren: Alfred Döblin – Kurt Hiller – Robert Neumann – Hans Wolffheim – Willy Wolfrad – Hermann Scherchen – last not least Marcel Reich-Ranicki.

PS 3: Kann nicht auf den Tag, nicht einmal aufs Jahr genau mehr sagen, wann ich MRR kennenlernte. Wahrscheinlich begegneten wir uns zuerst bei Rino Sanders (Rowohlt), der in den späten 50er und frühen 60er Jahren einen privaten Jour fixe unterhielt, wobei sich ihm Lobendes über meine Gedichte allerdings nie entringen wollte. Deutlicher erinnere ich mich an eine kleine Dissonanz im August 73, als Joachim Fest gerade seine Hitler-Biografie veröffentlicht und ich ihm in einer *konkret*-Rezension mit dem Titel «Eine Fest-Schrift für Hitler» geantwortet hatte, was den frisch von der *ZEIT* zur *FAZ* übergewechselten Ranicki dann zu einigen Unmutsbekundungen nach Lehnsmannsart hinriß. Rief mir zur Begrüßung auf einer

Premierenfeier im Hause Hegewisch und von einem mit Fest geteilten Zweimannsofa aus zu: «Alles Blödsinn – vollkommener Blödsinn!», was aber damals durchaus noch zum Kommang gehörte und keinen großen Geist genierte. Meine quer durch den Festraum zurückgetrötete Antwort fiel sogar noch um ein paar Prozente ungalanter aus: «Sie sind ja vollkommen besoffen!» Heute, wo ein sogenannter Historikerstreit ganz andere Fronten aufgerissen hat als die seinerzeit vorhersehbaren, und der Literaturpapst nur noch ein bescheidenes Avignon neben dem Frankfurter Hellerhofhaus unterhält, möchte man ihn schon gern einmal an gewisse Zusammenhänge von Ahnung und Gegenwart erinnern.

27.8. Träume: a) Eine schlüpfrige kleine Maus, die sich wahrscheinlich über gestriges TV («Die Kinder vom Bahnhof Zoo») in mein U-Leben eingeschlichen hatte. b) Eine Auslandsreise, auf der ich mich verfahren hatte und mich bei einem Reisebüro nach alternativen Bahn- oder Fluganschlüssen erkundigte. Während ich Milkshake durch einem Strohhalm einsog, sagte die Infodame am Tresen zu mir: «A guetes Veschperpäckle.» Assos und Anknüpfer: 1.) Meine halbwegs verflogenen Prostata-Ängstigungen. 2.) Die Namen Stramm und Krafft als potenzanzeigende Deckvorstellungen. 3.) Gestern abend eine schwäbische Grüne in TV, die mehrfach von «Frischtelösung» sprach. Daß sich solche Bedeutungspakete mit nur ein bißchen mehr Muße, als ich sie habe, unschwer aufschnüren lassen, scheint mir gar keine Frage. Nichts geistloser andererseits als eine scheinmoderne REM-Phasen-Psychologie, die mit all ihren mechanistischen Erhebungsmitteln radikal am Menschen vorbeimißt.

12.00 Balkon, Sonne, TB-Auffüllungen: letzte Tage und Träume. Am Strand schöne unbelastete Leiber, elegant verschränkte Beine, nicht endenwollende Umarmungen, bei deren ausgiebiger Betrachtung mir die Ärmchen mit dem Glas erlahmten. Mein Freiluftbüro als Wiedertäuferkäfig über einem öffentlichen Vergnügungsstrand. Interessant, daß August Stramm (Jahrgang 1874) eigentlich ein lyrischer Spätentwickler war und unter den lyrischen Neutönern des Expressionismus fast schon ein älterer Herr. Kommt noch von der impressionistischen Reitschule Liliencrons her, was u. a. seine freirhythmischen Organisationsformen gegenüber den strophischen Zwangskorsetten seiner jüngeren Kollegen (van Hoddis, Heym, Lichtenstein) erklärt. Die «Adjutantenritte» des lyrischen Kavalleristen und Meldereiters als anregende Beispiele gar nicht hoch genug zu veranschlagen, zumal auch Stramm passionierter Reiter und Pleinairdichter war. Brief an Walden vom 14. 5. 1914: «Ich bin zur Zeit Invalide. Eine zu stürmische Stute hat mir letzten Dienstag das linke Schienbein gekost, daß das Fleisch gleich bis auf den Knochen runterriß. Gottlob ist der Knochen wenigstens ganz geblieben. So hoffe ich Sonnabend wieder ins Amt zu können! Ja ja! Die Strohwitwer!» – Vergleichende Studien Goethe: «Es schlug mein Herz, geschwind zu Pferde» – Liliencron: «Zwei Meilen Trab» – Stramm: «Der Ritt».

Zwei Meilen Trab

Es sät der Huf, der Sattel knarrt,
Der Bügel jankt, es wippt mein Bart
  In immer gleichem Trabe.

Auf stillen Wegen wiegt mich längst
Mein alter Mecklenburger Hengst
  Im Trab, im Trab, im Trabe

Der sammetweichen Sommernacht
Violenduft und Blütenpracht
  Begleiten mich im Trabe

Ein grünes Blatt, ich nahm es mit,
Das meiner Stirn vorüberglitt
  Im Trabe, Trabe, Trabe.

. . . .

Der Ritt

Die Äste greifen nach meinen Augen
Im Einglas wirbelt weiß und lila schwarz und gelb
Blutroter Dunst betastet zach die Sehnen
Kriecht schleimend hoch und krampft in die Gelenke!
Vom Wege vor mir reißt der Himmel Stücke!
Ein Kindschrei gellt!
Die Erde tobt, zerstampft in Flüche sich
Mich und mein Tier
Mein Tier und mich
Tier mich!

1.) Ein b e w e g t e s Gedicht und ein b e w e g e n d e s. Auch Liliencrons Reiter-Terzinen bringen den Leser auf Trab – mit Stramms Parforce verglichen eher Zuckeltrab.

2.) Gegenüber der impressionistischen Erfahrungs-, Wahrnehmungs- und Darstellungsweise ein qualitativer und nicht bloß gradueller Bruch. Während das lyrische Subjekt bei L. noch ziemlich fest im Sattel sitzt und die Natur en passant an sich vorbeirauschen läßt («Ein grünes Blatt, ich nahm es mit / Das meiner Stirn vorüberglitt»), gewinnt sie bei S. dämonisches Eigenleben: «Die Äste greifen nach meinen Augen».

3.) Bei L. das Subjekt als Herr (und Beherrscher) der Situation, bei S. besinnungslos mit in die Fahrt gerissen. Schon in der ersten Zeile kommt ihm der Überblick abhanden, dann fortschreitende Desorientierung bis zu ängstigenden Phantasmagorien und Zersprengungsvorstellungen.

4.) Gegenüber landläufigen Klischees Marke «abstrakter Expressionismus» eher ein Nervendrama in der Nußschale. Auf kleinstem Raum entwickelte Reiterballade, die sich erst am Schluß wieder rhythmisch sammelt/fängt: «Mich und mein Tier / Mein Tier und mich / Tier mich» –

Bis 17.00 Notizen, dann vom Strand her Papa-Bue-Kapelle, die mir synästhetisch als Ekelschmerz aufs Ohr schlug. Als ich dem Nachbarn etwas von «widerwärtiger Pankaukenmusik» erzählte, weil ich mir Leidensgenossenschaft erhoffte: «Wieso? Das 's doch Jazz!»

20.00 Uni-Lesung, Seminar. Sprach vor ausländischen Deutschlehrern (zumeist Damen) aus diversen Ländern und mit den unterschiedlichsten Sprachkenntnissen und Bildungsvoraussetzungen über den Reim, was ein pädagogisches Unding ist und mir wiedermal klarmachte, daß Gedichte unter Externen wohl die allerletzten Fremdlinge sind. Mußte selbst bei einfachen Stücken («Hochseil») beinah jedes zweite Wort erklären («Astralleib» – «umgekippter Rhein» – «selbstredend und selbstreimend») und kämpfte bis an den Rand der Erschöpfung gegen die wachsende Schläfrigkeit des Vereins und den eigenen Mißmut an. Als ich zum Abschluß noch «Weißt du noch wie du noch Kletten im Haar» gelesen hatte und nur der Sicherheit halber nachfragte, ob sie wüßten, was «Kletten» wären, kam nach einer quälenden langen Weile garnichts schließlich doch noch die erlösende Antwort: «Ja, bei Handschuhe, da gibt es so Klettverschluß.»

28. 8. Mittag – Sonne – Balkon – Stramms «Freudenhaus»: «Scheu / Im Winkel / Schamzerpört / Verkriecht sich / Das Geschlecht» – nicht sehr einladend vor dem glühenden Sommerprospekt. Stark duftenden Hanf der neuen Ernte zum Trocknen auf Zeitungspapier ausgebreitet.

18.15: Stoffprobe, Selbstexperimente, die bei der experimentellen Poesie zum Handwerk gehören. Das Heranrauchen der Göttin bei Tagesausklang ... die chthonischen Ströme unterm Estrich mitstenografieren ... Und u. U. spricht der Entrückte über nichts so gern wie seine Entrückungen.

Bei Benjamin immer noch am lustigsten «Die Geschichte eines Haschischrausches», obwohl sie als Allegorie wohl eher den Warnmärchen zuzurechnen ist: sich genußsüchtig fahrlässig über die gemeine Geschäftswelt erheben und sich damit um einen Millionengewinn bringen. Auch bei Jünger die Glückserfahrung gerade noch als homöopathische Anwehung festzustellen, dann die augenblicklich folgende Rückbesinnung auf die bürgerliche Zwangsjacke: «Die Tollheit darf nicht überhand nehmen.»

Merkwürdige 60er Jahre, als die Trunksucht unter Aufklärern noch für progressiv galt

Von Schnaps verstand ich damals noch nicht sehr viel, außer daß ich ihn gerne trank – – –

Der Mensch – das trockene Rätsel. Seine Aufgabe auf der Welt, sich bedenkenvoll an den Kopf zu fassen –

Mein Wahrsprechen unter Drogen: alles lacht –

Der Held ist außer sich – die Gottheit läßt bitten –

Oh, jetzt ziehts aber, zieht –
Zwanzig Jahre nun schon auf der Hanfrolle, und keiner merkt was; außer die man unter Einfluß nicht wiedererkennt ...

---

19 Uhr 10: Kurz nach unten, um – Wasser? – Rotwein? – Schere? – Korkenzieher? – Glas? Wenn du beim Pinkeln glaubst, du wärst der Niagara, und das würde nun niemals mehr aufhören, hast du auf jeden Fall keinen Seilerhanf angepflanzt. Und beim Blick vom Balkon dann die Männer wie herumwieselnde Lunten und die Frauen wie Knallkörper ...

Um die Welt zu erkennen, brauchst du eigentlich deinen Fensterplatz gar nicht groß zu verlassen ...

29. 8. Gestern Quantengestöber, verrucht, belebend, spektakulär. Man muß die im Husch vorüberfegenden Schnüppchen nur sofort bei Anwehung zu Papier nehmen, weil ein Funke den anderen jagt und eine Erleuchtung die andere auslöscht. Dann am nächsten Tag prüfen, ob sie noch einleuchten. Spät zur Nacht noch *Stern*-Reportage über Wüstenaufmarsch im Irak: Staub wallte handgreiflich auf, hob sich von den Farbseiten ab und ließ sich auf Skripten, Büchern, Stramm-Notizen nieder: Projektionen und Repros, alles wild und magisch durcheinander. Nun versonnener Tag, und mit klarem Kopf an die Desiderata. Da der Briefband (Arche) nach Auskunft («Heine») noch nicht heraus ist, zuerst in Münster, dann bei Luchterhand angerufen und mich weiter zu Frielinghaus verbinden lassen und im Nu (unter alten Rowohlt-Knechten gut Freund!) bis in greifbare Nähe zu den Fahnensätzen vorge-

drungen. Bin immer ganz stolz, wenn ich mich mit Erfolg durch die halbe Gutenberg-Galaxis getickert habe.

Das gestern mit Vulnocoll aufgepappte Gebiß klebt wie genagelt. Mit Krücken leben müssen – a b e r : leben! Entwurf Rede Stramm.

30. 8. Strammbriefe, wie gestern versprochen, heute mit Eilpost. Wieder ziemliche Wahnsinnsgemische: einerseits die bekannte innere Pickelhaube und zum andern dann alles absolut krank und genial. Mein altes Predigen: daß die Kunst mit Sicherheit nicht unseren lichtesten Trieben entspringt und es im Zweifelsfall der Komplex persönlich ist, der die Zündspule bildet. Apollinaire m. E. ganz ähnlich schief gewickelte Gamasche.

Abends überhängige Lyriden/Quanten abgeschieden und in Mappen geordnet. Auch beim Verfassen von erörternden Prosen schießen unentwegt unvorhergesehene Assos an, die über den pädagogischen Zweck weit hinausgehen. Bereits im Anflug sich gliedernde Vorformen von Strophen, rhythmische Trägerschwingungen, Halbzeuge.

Achtung, Achtung, hier singt der Komplex persönlich
Die schiefe Ladung
Der verrutschte (1 – 2 – 3)

Aufgabe der Dichtung: ein bislang für unlöslich gehaltenes
Charaktergemisch zum Leuchten zu bringen –

Ein vollkommen unmöglich scheinendes ICH sich ersingen

Wenn der Vernunft die Stimme versagt
und in Prosa kein Durchkommen mehr ist –

Realismus mit Harfenbegleitung?
Na, dann mach mal! –

Aber braucht seine Zeit natürlich, mein Freund,
bis du merkst,
daß der Fortschritt der Künste nicht im Kaputtmachen liegt.

Dichten: eine Not zur Tugend machen
(z. B. Notger Labeo: das Stottern und der Stabreim)

«Moderne Kunst» als Tagungsanlaß – Dada-Kongreß auf Taiwan (Teipeh, 12. 8. 88): «The world according to Dada».

Also Dada ist doch durch, was wollt ihr?

Und am Ende besingen sie noch ihre Datschen und Literaturpreise –

Bis sie die Lyrik – eines Tages –
wie eine ungeliebte Larve hinter sich lassen
und sich dem Fernsehen zuwenden

Anruf Fernsehen, ob . . . über . . . ich?
Janeindanke, Fernsehen kostet nur Zeit
und trägt Dreck ins Haus –

Lyrik: wo es schon lange nicht mehr um die Richtung,
sondern leibhaftig um die Gattung geht –

Und so haben wir uns wohl damit abzufinden
daß einiges etwas ist
irgendetwas einiges
und das meiste überhaupt garnichts

Utopie: Bitte folgen Sie meinem verlängerten Zeigefinger: *was sehn Sie?* – – –

2. Sept. 90 IC «Theodor Storm», Münster–Hbg. Review: 3 bis 4 Tage lang Rede-Manu Stramm vorbereitet und mich dabei – leider – lieber – in meinen eigenen Lyridenhimmeln verloren. Dann 1 × leise gelesen, 1 × laut gelesen, vor allem Stramm gelesen, der ja ziemliche Brocken vorlegt und auf Entertainerebene gar nicht mehr zu packen ist.

Gestern abend mit kleiner Verspätung ins Theater und mir aus den Kulissen zunächst mal den viel zu großen und nur dürftig besetzten Saal angesehen: Jordan nölig bei seiner Präfacio – dann Alban-Berg-Lieder, Hildegard Hartwig Mezzosopran, die mir tief ins Herz einschnitten, dazu das ratlos-ratsuchende Gefeixe der Bühnenarbeiter, die in meinen Augen so etwas wie einen Reflex für ihr Unverständnis suchten. Spitzte die Lippen kennerisch-kulinarisch, nickte Zustimmung und warf ihnen mit Daumen und Mittelfinger provozierende Bongfazionös-Zeichen zu. In der Pause zum Klo, wo ich mich in dem Gängeviertel rettungslos verirrte und den Rückweg zur Bühne nicht wiederfand. Plötzlich ein bauchiges Stundenglas im roten Strickkleid heran, das mich matriarchalisch resolut bei der Hand ergriff und mich im Schweinsgalopp durch die Flure zog: selten beschriebene Laufart, einerseits full speed, andererseits energisch gegen die Fahrt gespitzte Bremsschühchen.

Hatte null Bammel, und das nicht ohne pädagogischen Bedacht entworfene Konzept (Lesung – Erläuterungen – eigene frühe Eindrücke und Aneignungen – dann wieder Lesung) ging zur allgemeinen Zufriedenheit auf. Selbst die lindwurmlange Lebensfuge «Die Menschheit» ging mir als lyrisch-musikalische Satzfolge überraschend flüssig vom Mund, sodaß ich von dem Übereinklang von erhämmertem Wortmaterial und organischem Brustton schließlich selbst ganz ergriffen war und, als tönendes Medium, ergriff. Trug zum Schluß noch paar Reihenkompositionen und Lautstücke aus der eigenen Werkstatt vor (u. a. «Selbst III/88»), was noch auf keiner Bühne seinen Effekt verfehlt hat, im Vergleich mit der gerade unter äußersten Kunstaufwänden erwirkten funeralen Feierlichkeit aber doch bißchen abfiel. Auch im Theatercafé gleich nochmal den Bruch zwischen Rolle und Eigentlich-doch-lieber-lustiger Jockel als kritisch empfunden und den Abgrund mit Malteser verfüllt. Kurz vor Aufbruch (Abschied macht lustig) noch eine unerwartete Leuchtspurgarbe mit auf den Weg bekommen – die verwegene Schützin und der Getroffene lachten übers ganze Gesicht.

Jetzt in Hamburg allein, bißchen trübe, erschossen, und der Gedanke, daß ich auch nach K. hätte durchfahren können. Aber da säße ich jetzt auch schon mit Abreisegedanken herum.

5.9. Gestern Tag so hin. Abends Glimmfaden, um noch paar Nachtinsekten anzuziehen: Wem schon gar nichts Erleuchtendes mehr einfällt, verlegt sich auf die Wahrheit – Nur die Verblendeten schreien nach der Wahrheit; der Erkennende hält sich an bunte Gaze – Träume sagen die Wahrheit; nur nicht an der erwarteten Stelle – Was dich anfliegt ist schon in Ordnung; statt wer du wirklich bist, aus der Presse erfahren zu wollen – Vorsicht schützt vor Torheit nicht – Nur wer sich selbst nicht liebt, fürchtet den Tod nicht – Jedes Ding hat seine Zeit; und wir? müssen mal sehen – – –

Heute ziemlich versottet und unergiebig. In der letzten Zeit öfter bemerkt, daß ich den Mitmenschen mit meinem ewigen Cantus firmus von schlechtem Schlaf und wehen Gliedern gewaltig gegen die Hutrille gehe; ich mag es schon selbst nicht mehr eintragen. Eine sachliche Einstellung zu sich selbst finden: ungerührt wie ein Regenmesser.

Do. 6.9. Ausgeschlafen. Gepussel. Meine Verfahren außerordentlich zeitraubend, mühselig und über weite Strecken entmutigend. Was mir vorschwebt: ein Match aus lauter Assen, das wie bloßes Gedaddel mit ein paar Zufallstreffern aussieht. Einkaufen – Seniorenpaß – Scholle/Speck – und um 19.00 Probe mit Naura und Schlüter: «Einmalig wie wir alle». N.s musikalische Einfälle auch nur noch so ein allgemein unspezifisches gregorianisches Georgel, bei dem man abgekämpfte und erschöpfte Katharerheere durch den Wüstensand schleichen sieht. Mit Schl. noch gemeinsame Percussionslinie entwickelt.

TV: «Scheibenwischer» mit einem aufgekratztermaßen immer lahmer werdenden Hildebrandt. Gaus-Interview mit Stolpe: ein Abwiegler mit einer tief von innen her vertrauenerweckenden Baßstimme. Hat unter extrem widrigen Umständen Menschenmögliches versucht und gelegentlich Menschennützliches bewirkt. Man kann ja wohl nicht verlangen, daß sich die ganze Welt nach den Anweisungen unseres Richtkanoniers vom Hohenzollernring richtet.

7.9. Auftritt J & L «Kolosseum» Lübeck. War unlustig, konnte mich bei 4 mit auf die Reise genommenen Oberhemden für keines entscheiden und behielt das verschwitzte an, um mir bei Mißerfolg nicht noch sagen zu müssen: und dafür hat man sich nun extra den Arsch gewaschen und das Hemd gewechselt. Auf dem Hinweg die Engholm-Familie getroffen, braungebrannt, was mir etwas genant war, weil bei nur 28 im Vorverkauf abgesetzten Karten keine Glanznummer zu erwarten war. In der Garderobe Naura entsprechend bösnervös und blödfeixend. Merke immer schon vorher an seinem großmogulhaften Herumtrapsen, daß er die wenigen Anwesenden am liebsten für die vielen Abwesenden abstrafen möchte. Schlechtes, unbeseeltes Konzert, am Schluß bißchen Goodwillapplaus, Landesvater immer generös vorneweg, dann Verteilung der Schecks, beziehungsloses Auseinanderblättern aller Beteiligten, kein Abtrunk, kein Anstoßen – wer waren noch die Einladenden? – ah, der örtliche Schriftstellerverband! Mißmutig an Schlüters Seite nachhause gedöst.

8.9. *Die Welt* fordert deutschen Kampfbeitrag im Golfkrieg unter der Überschrift «Die Drückeberger» ein. Auch solch ein Wort, daß man seit der Kapitulation der Hitlerarmeen für ausgestorben hielt, aber neue Zeiten rufen alte neue Wörter herauf. Lektüre: Klaus Schlesinger *Fliegender Wechsel*, Form Tagebuchchronik, was seit einiger Zeit nicht einfach grußlos an mir vorbeifliegt. Fand mich an einigen Stellen wörtlich zitiert und recht begriffen, was mir angenehm war, weil die Stimme des Autors mir angenehm ist. Kein Konjunkturritter. Kein Hetzer. Keiner von jenen unleidlichen Grimassenschneidern, die ihre Lorbeerkränze wie Dornenkronen zur Schau tragen. Eigenartiges Buch, flott und verzweifelt geschrieben, was wahrscheinlich mit einer abschüssigen Schriftstellerlaufbahn zusammenhängt.

Weit verrückter als unser aller (auswechselbares) Reiseleben die private Mythologie unserer Träume. Vorletzte Nacht: Warstade: Das «Neue Schulhaus», Blick aus dem Giebelzimmer der Wachtmeisterwitwe Kindler in den nach hinten gelegenen Garten, in der Kindlerschen Parzelle eine Wiese mit Bambusstauden und hochaufgeschossenem Hanf, einige Pflanzen zu Garben gebunden. Als ich interessiert hinaustrat, ein merkwürdiger Anblick, der mir zunächst wie ein Suchrätsel vorkam. Hilke B., Hausbesitzerin Oev., mit heruntergelassenen Haaren über eine Kiste gebeugt, wobei aus dem hoch aufgereckten

Steiß auf einmal zwei Kinderköpfe herauswuchsen. Als nach angestrengtem Pressen und Drücken zwei kleine Knaben ans Licht kamen, richtete H. sich wie eine Mater triumphans auf und rief uns zu: «So muß man's machen!» Hinzu Rosi, die sowohl den Kraftakt wie die Leistung bewunderte. Ich kommentierte den Vorgang mit dem relativierenden Hinweis auf die stattliche Töchterzahl ihrer Eltern sowie ihrer Schwester HH, denen sie es mal richtig gezeigt hätte. Nun also auch sie! Und dann sogar noch 2 Knaben! Noch im gleichen Moment begann mir der Gedanke zuzusetzen, daß sie nun ihre Oevelgönner Zweitwohnung beziehen und mich, der Kinder wegen, aus meiner Dachstube herausklagen würde.

Über Träume und ihre Bedeutung. Wer sich an Deutungen versucht, darf nicht von Vermutungen ausgehen (zu denen m. E. auch die Vorstellung eines sinnlosen Nervengewitters gehört) sondern von den real erinnerbaren Szenenfolgen und Bildpaketen. Wie stark diese subjektiv angstbesetzt und von aktuellen Befürchtungen diktiert sein können, zeigt sich vor allem in dem nur scheinbar abstrusen Bild von der in ein Hanffeld verpflanzten Hausbesitzerin. In der ihr von meinem U-Bewußtsein zugeschobenen Traumrolle symbolisieren sich in ihr sogar 2 rezente und für mich nicht einmal schwer zu entziffernde Traumata. 1. wurde ich wirklich einmal von ihr auf die Unzulässigkeit des Hanfanbaus auf der häuslichen Dachterrasse hingewiesen. Und 2. verweist die monströse Fruchtbarkeitsallegorie auf die ständige Furcht eines stillen Stubengelehrten, durch expandierendes Familienwesen in die Enge getrieben zu werden. Wie weit der Traum doppelt moppelt, um nur ja verstanden zu werden, und auf welch frühe Bilder er im Bedarfsfall zurückgreift, zeigt sich zumal auch in der Figur der «Wachtmeisterwitwe Kindler». Hergeholt oder nur zufällig hereingeschneit ist der stille Begleitschatten ja mit Sicherheit nicht, denn wie sich in dem sprechenden Namen «Kindler» das zentrale Kindermotiv des Traumes noch einmal wiederholt, redupliziert auch die «Wachtmeisterwitwe» den Grundakkord aus Bedrohung, Verbot und Denunziation. – Im Moment erinnert, daß der Sohn seinerzeit als Offz. z. See diente und daß ich von ihm zum ersten Mal das Wort «Manilahanf» hörte.

Der Traum als Produkt blind feuernder Riesenneuronen im oberen Hirnstamm? Daß ich nicht lache. Theorien, die uns nicht über Freud hinaus-, sondern weit hinter La Mettrie zurückkatapultieren.

9. 9. Gefühl wiedermal von einem bis auf den Grund verfehlten Schriftstellerleben. Opus magnum ohne die mindeste öffentliche Resonanz; kein einziges Buch bislang in eine Fremdsprache übersetzt und bei Auslandsreisen als sozusagen Meisterbrief oder Diplom vorzuweisen; aufs ganze gesehen nur 2½ Bücher in Hardcover erschienen und der Rest kleene Bändchen, Hefte, Broschüren, ein gelumbecktes Lebenswerk. – Ach, Theater ja auch noch, und der mehrfach unter mir eingebrochene Bühnenboden.

Lekt. Updike-Memoiren *Selbst-Bewußtsein*, aber alles andere als das im Augenblick von mir ersehnte Überlebensmanna. Ziemlich beliebige Familiengeschichte, zu einer Art von Saga aufgeblasen (u. a. durch die szenenbegleitenden Blow-up-Betriebe), und wo du's packst, verrunzelt sich History zum Histörchen. Um wieviel packender, wilder, verwickelter, kurioser die mir im Lauf meines Lebens nach und nach zur Kenntnis gelangten Bios meiner Ottos, Rosis, Zenkos, Hänschens, Saccos, Beppos, Müffis, Alicolas und Tibias: überall die verwickeltsten Entwicklungsromane und Psychokrimis und manchmal sogar ein richtiges Schicksalsdrama.

Niedlich, mit welcher kindlichen Lebenslust sich neulich eine Riesenschar von Jungratten auf einem Wellblechsegment vor dem Asylantencontainer vergnügte, bis E. – warum nur? – mutwillig mit dem Fuß auf das Blech trat und sie wie hundert graue Blitze darunter verschwanden.

Die Romane der Zukunft werden m. E. überhaupt nicht mehr von diesen erlebnislosen Bleichgesichtern und Berufsschriftstellern geschrieben werden. Asylanten, Zugewanderte, aus verwahrlosten Elendsländern und Hungerregionen herübergeschwemmte Fremdlinge werden es sein, und man wird sich wundern, welche Wahnsinnsperspektiven sich bereits aus dem Blick durchs Containerluk auf unser Wohlstandsidyll ergeben.

Mo. 10. 9. Spät raus und saß noch im Bademantel beim Porridge, als B. B., Dissertandin aus Rostock, an die Tür pochte. Etwas befremdlich verfaßte Köpfe von DDR-Bewohnern, die jeden metaphysischen Gedankenblitz am liebsten sofort auf ihre augenblickliche politische Situation beziehen möchten und dann Handlungsanweisungen für den kommenden Tag daraus ableiten. Bei abendlichem Spaziergang und wildem Herumdebattieren/Gestikulieren (immer wieder die gleichen Konfrontationsanlässe: PDS versus SPD) verschlenkerte ich unversehens meine DDR-Glashüttenuhr, die sich bei der trüben Beleuchtung dann nicht wiederfinden lassen wollte. Als ich den (läßlichen) Verlust zuhause noch ein wenig bejammerte, stürzte sie sich auf einmal mit Taschenlampe in die Nacht hinaus und kam nach etwa halber Stunde freudestrahlend mit der Uhr zurück. Sonderbarer, mich bei Ex-DDRlern immer wieder bewegender Zug: Irgendetwas muß doch drangewesen sein an diesem Land! Irgendetwas seine nur noch verlachten 40 Jahre rechtfertigen können und als sozialistisches oder sonstwie hausgemachtes Erbe in die fremde, neue, schnelle Zeit hinüberzuretten sein.

Do. 13. Sept. Gestörter Schlaf. Mittags Spiegeleier mit Zwiebeln. Gegen 17.00 E. und um 19.15 Edith Ihekweazu, Uni Lagos, Nigeria, die in Karl-Ludwig-Expressionismus-Schneider-Seminar erste wissenschaftliche Arbeit über meine frühen Liebesgedichte geschrieben hatte. Hat mein Weiterwerkeln auch später noch lange als Bibliographin und Archiv-Dramaturgin begleitet, nur daß sie sich mit der Zeit weit mehr für landwirtschaftliches Entwicklungswesen und Frauenfortbildungsprogramme zu interessieren begann, was sie sachte, aber sichtlich aus dem Bannkreis meiner Gedichte fort und in die Nähe zu Evas Frauen-, Bildungs- und III.-Welt-Interessen führte. Dolle Geschichten über lebensgefährliche Autofahrten vom Kral durch den Busch zur Uni, immer tief aufs Lenkrad geduckt und maskulin camoufliert, aber alles als Drollerie und Aventiure und mit lustigen Seitenhieben auf unseren deutsch-deutsch zwangsgeregelten Autobahnverkehr. Gab ihr Michel Tourniers *Freitag – oder im Schoß des Pazifik* mit auf den Weg, meiner Meinung beste Allegorie auf europäischen Zwangsjackenkolonialismus und all-eingeborenes Harmonieverlangen.

Nachts: Thomas Mann als gewissermaßen bereits Gattungsbegriff für eine letzte, dem kulturellen Niedergang abgetrotzte Hochform des europäischen Romans. Gedichte bei uns zuhaus nur noch document humaine und durch gewalttätigere Gattungen aus dem Zentralkreislauf herausgedrängte Spezies. Schluß «Schiff ahoi!» noch 1 × durch die Maschine und, na denn: Mast- und Schotbruch!

....

Deine Hoffnung steht gegen den Wind.
Deine Tränen nicht brennbar.
Unlautere Absichten sind
an einem Lächeln erkennbar.

Noch Lichter am Horizont?
Ah-sieh-an, die Vorüberzieher –
Hast du alles mal selbst gekonnt,
fünf, zehn Jahre früher.

Aber früher, da trug auch der Blinde den Hinkenden
und der Lahme führte den Blinden –
Schiff ahoi! heute klammern sich die Verdurstenden
an die Ertrinkenden
um gemeinsam zu Grunde zu finden.

....

14. Dez. Gestern Raddatz in *ZEIT*: «Die linke Krücke Hoffnung», gar nicht mal schlecht geschrieben, aber Gottimhimmel, wo die ganze Welt nun schon zur Irrationale aufspielt – USA plus Syrien gegen den Neuen Nebukadnezar, der seinerseits Anschluß an die Ajatollahs sucht – warum da noch die letzten Sehschlitze der Aufklärung zuballern?!

18. 30 Von Wespe in Oberschenkel gestochen, Hautjucken, anfliegende Hitze, Pustelausschlag am ganzen Körper. Versuch, mitzuschreiben, was sich in mir und auf mir tut und sekündlich zum ärgeren entwickelt. Jetzt Quaddeln an den Armen – nun im Nacken – jetzt ein Jucken in und hinter den Ohren, auf der Kopfhaut, in der Hinterritze, in den Augen, Daumenballen – jetzt Spannung in der Oberlippe – heftiges Herzpochen – Klopfen in den Nasenflügeln – jetzt auf einmal spürbar gesteigerter Schub durch das ganze System – – –

Fortsetzung 22. 10. Die Augen schwollen zu, die Handballen an, ganz stramme pralle Pakete mit Pusteln auf der Maus, Blasen auf beiden Oberarmen, Versteifung der Oberlippe, Lidschmerzen, wehe Oberaugenwülste, schließlich zugeschwollenes Innenohr. – Rief Rosi an, die ich kaum noch verstehen konnte, nur soviel: «Du mußt sofort ins Altonaer Krankenhaus», und erzählte Gruselgeschichten aus dem wirklichen Leben (Bekanntenkreis und Tagespresse), lauter Todesfälle und Lähmungsschäden bis zum Ende im Rollstuhl. Bei aufsteigendem Asthma und Erstickungsängsten dann tatsächlich den Schulberg hochgehastet, ins Auto, AKA und mich mit fiepsigem Atem unter die Ambulanten eingereiht. Da saßen aber bereits oder wurden gerade auf Bahren hereingetragen: Blasenkarzinome und zerschmetterte Zehen, in Kreissägen geratene Heimwerkerhände und prolabierte Bandscheiben, einer hatte ein Stück Blei verschluckt, und das stak ihm nun in der Speiseröhre, und ein lila Schwarzafrikaner erbrach blutigen Schleim in eine ALDI-Tüte, so daß ich mir mit meinem Wespenstich und den nun bereits abklingenden allergischen Reaktionen schließlich absolut quantité-négligeable-haft vorkam und insofern Anmeldung Anmeldung und Krankenschein Krankenschein sein ließ, meinen Mantel überwarf und zu Meierdiercksens fuhr. Dort den Fall als Wilhelm-Busch-Geschichte vorgetragen, paar vorrätige Antihistaminika geschluckt (Avil, Tevagil, Teldane), kurzen Blick in Glotzkommode geworfen (Matthau-Serie), dann nachhause, wo auf 1 × doch noch heftige Leibschmerzen auftraten, absackender Kreislauf, rohrbruchartiger Dünnschiß und mit Imeson zu Bett. Notizen und nun Dämmer.

15. Sept. Kolossal ausgeschlafen, nur die Augen noch bißchen klein und verloren im verknitterten Gesicht. Post: «Geldbriefe» und Lotterieversände («Dies Couvert enthält persönliche Gewinntips») jetzt auch schon, bzw. gerade eben noch via DDR. Sichtbarer Gewinn für die cleveren Absender: Frankierung mit den alten dunkelblauen 50-Pf.-Ulbrichtmarken.

Lektüre rororo-Paket, diverse. 1. Arno-Schmidt-Studien: immer interessant, weil hat sich noch zu Lebzeiten ganze Emeuten von hochintelligenten Spürhunden auf die eigenen Hacken gezogen. – 2. Klaus Mann, *Speed*, Erzählungen aus dem Exil: flott, fahrig, oberflächlich; Außenstehenden immer schwer klarzumachen, daß der Mann eine literarische Inkonsistenz ist. – 3. Märta Tikkanen, *Der große Fänger*: freiweg von der Leber erzählt, lockere Feder, unbeschwerter Atem, Lamäng-Literatur, an der nichts Falsches ist, weil man selbst die Flüchtigkeit/Flusigkeit noch als erfrischenden Luftzug genießt. – 4. Werner Fuld, Walter-Benjamin-Biografie: anregend, aufgeklärt, überlegen, trotzdem durch und durch parteiisches Buch und von einem humanistischen Hochsitz aus geschrieben, der geradezu leuchtturmhaft gegen diese ganzen postmodernen Knackwurschtstandpunkte absticht. Wie schön, wenn man endlich einmal System in den Neigungen und Antipathien eines Autors erkennt. Auch Moral, die in einem menschlichen Sinn Hand und Fuß hat.

Mein grashüpferhaftes Leseverhalten: fortschnellend – reizbeflügelt – immer unsystematisch einer momentan angerissenen Schrillader nach – und am Ende kommst du dann doch wieder auf der altvertrauten Wieseweide an. Hatte mich seit meinem 17. Lebensjahr kaum wieder eingehend mit dem Dichter Dehmel befaßt, nun begegnet er mir bei Fuld nocheinmal in der nämlichen martialpoetischen Verfassung wie vor etwa 2 Wochen bei August Stramm.

«Aus der Unzahl von Kriegsgedichten, die beitrugen, die deutschen Kriegsziele begeistert zu verschleiern, seien einige Verse von Richard Dehmel zitiert.

‹Dank dem Schicksal, Volk in Waffen,
Deutschland gegen alle Welt!
Nicht um Beute zu erraffen,
uns hat Gott zum Kampf geschaffen,
rein zum Kampf im Ehrenfeld,
Heldenvolk!›

In seinem ‹Flottenlied› wird Dehmel noch eindeutiger:

‹Der Kaiser, der die Flotte schuf,
der steht mit Gott im Bunde,
denn das ist Deutschlands Weltberuf:
es duckt die Teufelshunde.›»

PS 1. Durch Fuld angeregt in historischen Grabbelkisten gewühlt, u. a. *Dichter und I. Weltkrieg*, und, nicht zu fassen, aber schwarz auf weiß zu lesen: Der Kaiser rief und alle alle kamen: Alfred Kerr – Ernst Lissauer – Richard Schaukal – Gerhart Hauptmann – R. A. Schröder – Hans Friedrich Blunck – Ina Seidel – Isolde Kurz – last not least Richard Dehmel. Auf der Rückseite von *Der Deutsche Krieg im Deutschen Gedicht* (Hg. Julius Bab) dann sogar das bekannte Volksstück/Bubenstück, das der Fama nach von Alfred Kerr stammen soll:

«Jeder Schuß – ein Russ'!
Jeder Stoß – ein Franzos'!
Jeder Tritt – ein Britt!
Jeder Klaps – ein Japs!
Auch in Serbien
soll'n sie sterbien –,
Uns in Belgien
nicht behelligen –,
Und über die Montenegriner –
da lachen die Hühner!»

PS 2. Der Gedankensprung als geistige Fortbewegungsweise. 1. Fuld über Dehmel, und mich sofort zu Archiv-Recherchen verleiten lassen. – 2. Mich erinnert, daß der geschätzte erotische Lyriker D. von dem weniger geschätzten Balladendichter Börries Freiherr von Münchhausen einmal mit Pornografieprozeß überzogen wurde, und in der Mappe «Dichter als Denunzianten» nach dem beinah eidetisch im Gedächtnis gespeicherten Zeitungsartikel gefahndet. – 3. Da er sich nicht auftreiben ließ, zunächst angenommen, daß er sich als Einlage zwischen meine 1979er A.-Paul-Weber-Skizzen verkrümelt hätte, aber nur auf Webers Rencontre mit Münchhausen gestoßen. – 5. Alte Tabu-Eintragungen beim Wiederlesen so anregend gefunden, daß ich nun überlege, ob man ausgewählte Schnipsel nicht bereits als Tabu-zu-Lebzeiten . . .

. . . .

TB: sich paar Sachen gestatten, die sich der normale Sterbliche erst posthum traut.

Der Balladendichter Börries Freiherr von Münchhausen sitzt dem Maler A. Paul Weber zum Porträt

B. F. v. M. (Herr auf Windischleuba und seinerzeit angesehenster Verseschmied des deutschen Kulturkonservatismus) hatte das aufstrebende Talent an seinen Hof zitiert und erwartete sich ein seinem Range (heißt, seiner überzogenen Selbsteinschätzung) angemessenes Ölporträt. Leider hatte der auf Anruf herbeigeeilte A. P. W. das zur Auflichtung von Fleischtönen gebräuchliche Kremser Weiß vergessen, was den zu «schnellen Entscheidungen Gedrängten» unverzagt zu dem etwas schwefligen Neapel-Gelb greifen ließ. Das

Wort «Neapel-Gelb» assoziiert in Webers verschmitzter Vortragsart sofort einen Anflug von Gewitterstimmung, und tatsächlich, wo schon der erste Ton nicht stimmt, kann sich die Sitzung nur noch zur Szene steigern.

Der Baron – «die Hände in den Taschen wie ein amerikanischer Großschlächter» – mag sich in dem abgebildeten Schlotbaron nicht erkennen und weist den Porträtisten an, ein paar von ihm gewünschte Korrekturen vorzunehmen. Weber, mokant, belustigt, kritisch-satirischer Zeichner auch beim Erzählen: «Wissen Sie, der Mann hatte 'ne ganz violette Fresse, beinah wie so 'n Mandrill. Und dann oben noch diesen Stehbims aus hellroten Igelstoppeln, sah zum Kotzen aus ... Und während der Sitzung lief ihm dann der Schweiß herunter und mit dem dann der ganze dick aufgetragene Puder, und das Gesicht wurde immer violetter und blaustichiger ... Jedenfalls, weil er sich nicht gefiel auf meinem Bild, hab ich ihm die Hände einfach wieder aus den Taschen gezogen, zuerst übermalt und dann nochmal neu gepinselt wie er sie gern haben wollte, affektiert bis zum Gehtnichtmehr, den dicken Goldring dran und die Meerschaumspitze zwischen den Fingern – Nee, wissen Sie, diese eitle Pose mit der Hand, das hat mich einfach abgestoßen.»

Auf meine Frage, wo das Bild heute noch zu besichtigen sei, zeigt Weber grienend auf ein Ölporträt seines ehemaligen Nachbarn Walther von Hollander: «Da hat es mal gehangen.» – «Mal gehangen? Und jetzt?» – Weber räuspert sich zart, legt, um die Spannung zu schüren und den Tee etwas ziehen zu lassen, ein paar Holzscheite in den Kamin, geht summend, pfeifend, suchend in der Stube umher, blättert in Mappen, findet längst verloren geglaubte Blätter wieder und mischt sich scheinbar nur so nebenher seinen «Mitternachtsmet», dann – plötzlich – die Enthüllung: «Das hab ich zu Kompost verarbeitet.»

«Zu Kompost???» Die sich mir auf der Stelle entringelnden Fragezeichen scheinen den Erzähler allerdings nicht ganz so unvorbereitet zu treffen, wie seine kunstvoll hinausgezögerten Antworten es mich glauben machen möchten: «Ja, wissen Sie, da hat er eines schönen Tages Anspruch auf das Bild erhoben, hat es für sich haben wollen, weil er es für sein Eigentum betrachtete, hat mir sogar durch seinen Rechtsanwalt ein Schreiben schicken lassen, daß ich ihm das Gemälde zu überstellen hätte, und zwar bis zum soundsovielten – na, und als ich ihm dann 'ne geharnischte Antwort hingepfeffert habe, hat er mir schließlich noch 'ne Lehrerin ins Haus geschickt, so 'ne ganz tücksche, die da rumgesäuselt hat, ich möchte ihr das Porträt aushändigen – na, und da habe ich mir kurz entschlossen das Bild hergenommen und es auf meinem Düngerhaufen hingebreitet. Da standen die Thujabäume links so majestätisch und von rechts her lief die lange Pappelreihe darauf zu, und dann habe ich einfach Feuer an das Bild gelegt und ein Autodafé veranstaltet. Nee, wissen Sie, der vermögende Mann mit seinem Riesenbesitz; hätte mir doch wenigstens 'n reelles Angebot machen können; ich war doch damals so ein armes Schwein, solch ein armer Schlucker.»

Di. 18. Sept. Anruf Tibia, die in Innenstadt «Doggy-specials» kaufen wollte, die es angeblich in Elmshorn nicht gäbe. Holte mich ab und erzählte von Mecklenburgtour vor paar Wochen: «Absolut geil dies Verpennte da überall, das Kopfsteinpflaster, die Knicks, diese stehengebliebene Zeit, hab mich total wohl gefühlt.» Wie mich ihre Gesellschaft erfreut und mich – bei meinem ganzen misanthropischen Geknatter – wenigstens vor den verpißten Vorurteilen meiner Generation gegenüber «der Jugend» bewahrt hat. Hundeblumenblonder Sternenschopf und darunter wilder Bildungsbürgercocktail: Thomas Bernhard – Rilke – Ruth Rehmann (*Die Meisterklasse*) – Anaïs Nin – Siegfried Lenz. Hat die großen Romane mehrfach gelesen,

«*Deutschstunde*, glaub ich, sogar viermal», und wurde bei meinen, nur so ganz am Rande erwähnten Einwänden gegen eine «gewisse Biederlichkeit», richtig kiebig: «So ist das nun mal bei uns und so fühlt sich das innerlich an!» Fragte sie, ob sie schon mal etwas von Hans Henny Jahnn gelesen habe («Nein, gelesen nicht gerade, aber gehört, Jens und Bubi sind ganz verrückt danach, die finden das das Schärfste überhaupt») und gab ihr zum Anfixen gleich das *Holzschiff* mit auf den Weg. «Mensch! – mit Unterschrift?!» «Nee, nicht gerade Unterschrift», sagte ich, «das ist nur der Abriß von einer Li-La-Le-Künstlerfest-Eintrittskarte, die er mir mal namentlich übereignet hat.»

Im Bus dann immer lustig so weiter, eine Welt aus Gedankensprüngen. Zuerst, daß es vorm Friedhof Elmshorn eine Wartehalle gäbe, von der ihr Vater ihr immer erzählt hätte, da säßen die alten Leute drin und warteten, bis der Tod sie abholt. Beim Passieren des Bismarckdenkmals dann, daß sie da früher oft mit ihren Eltern vorbeigefahren wäre und gedacht habe, «das wär der Liebe Gott». Schließlich, und das nahm dann bis Gerhart-Hauptmann-Platz/Mönckebergstraße überhaupt kein Ende mehr: über Hunderassen, Hundezüchtercharaktere, Hundephobien, Hundeleinen, Hundehalsbänder, Hundefutter, Hundedressuren, Hundekacke, die vor allem, und daß es bestimmte Familien gäbe, die ihren riesigen Dobermännern und Bobtails die Ärsche mit Tempotaschentüchern abwischten, die sie dann einfach auf den Weg würfen. «Hab ich gerade mit Nanni erlebt, als sie neulich mal mit sonem Tuch im Maul angebritzt kam, und da hab ich doch prompt in diese widerliche Anderer-Leute-Hundekacke reingefaßt.» Ausstieg Mönckebergstraße – «mein Pabba sagt immer Möchtegernstraße» – dann sie zum Hunde- und ich zum Herrenausstatter BRAUN.

Abends TV: RTL-explosiv: Anni Sprinkle die sich «Bei Schmidt's» mit dem Spekulum in die Votze kucken ließ, was das Publikum sich als «Aktions-Kunst» hatte aufschwätzen lassen und – wie der Anblick befürchten ließ – sogar genoß. Voyeure im Anschluß von der nicht minder voyeuristischen Kamera kielgeholt, was sie von solchen Vorführungen dächten: «Doch, find ich interessant» – «ganz anregend» – «Man muß sich das mal ansehen» – «Wir sind ja nicht mehr so verkrampft.»

Mi. 19. Sept. Elbe – starker Westwind – Fleißige Lieschen veitstanzend in ihren Balkonkästen. Lekt. 1. *HOREN* (3/89); Zeitgenössische irische Lyrik, eine mir vollkommen unbekannte Welt und – für den auch nicht gerade Blümchenkaffeefabrikanten – bemerkenswert radikal im Ausdruck und kopfballstark in der Selbstinfragestellung. 2. *HOREN* (1/90): Tabu, Autobiografie und O-Ton-Selbstaussagen. Offensichtlich schon viele tragisch Strebende auf der Welt gewesen, die sich einiger stecknadelpieksgroßer Abweichungen auf dem milchstraßenlangen Spektralband der Künste wegen verwüstet und unglücklich gemacht haben. 3. weiter im Fuld. Ungewöhnlich gut geschriebenes und glänzend informiertes Buch, das mit wenigen Strichen ganze Galaxien aufreißen kann. Tolle Schilderungen der Emigrantenszene im Paris der 30er Jahre. Kaffeehaus-Exilanten und ihre teils tragische, teils komische Verkennung der eigenen Lage im Zufluchtsland. Selbst an heiklen Stellen beherzt und bei Bedarf das notwendige richtende Wort über geistige Größen, die es an einem vor allem vermissen ließen: geistiger Größe. Der nach eigenen Worten eher zum Repräsentanten als zum Märtyrer berufene Thomas Mann, nachdem er von der Ermordung Theodor Lessings durch die Nazis erfahren hatte: «Mir graust vor einem solchen Ende, nicht weil es das Ende, sondern weil es so elend ist und einem Lessing anstehen mag, aber nicht mir.»

Absolut an der Kotzgrenze auch das Referat über Prousts Perversionen. Diese stehen für mich allerdings nicht einfach für sich, sondern in bemerkenswerter Korrespondenz zu einer mich mindestens ebenso anwidernden Vorliebe für hochgestellte Herrschaften und sublime Tischsitten: «Von Albert Le Cuizat und besonders von dem geschwätzigen Begleiter Maurice Sachs, der sein Wissen auch zu einem autobiographischen Roman verwandte, erfährt nun Benjamin einiges über Prousts sexuelle Praktiken: ‹Hier, wo seine bürgerliche Person selbstverständlich unbekannt blieb, hat man ihm den Beinamen l'homme aux rats gegeben. Nämlich Proust hielt die jungen Leute, deren Bekanntschaft er bei M. Albert machte, dazu an, Ratten, die ihm in einem Käfig präsentiert wurden, mit langen Nadeln auf verschiedene überaus scheußliche Art zu quälen.› Diese Mitteilung fehlt in dem offiziellen ‹Pariser Tagebuch› für die ‹Literarische Welt›; sie findet sich nur in einem privaten, für den Freund Scholem gedachten Bericht über den Abend mit Monsieur Albert. Was Benjamin so seinen deutschen Lesern vorenthielt, war in Paris nicht unbekannt: ‹Zwischen den beiden Weltkriegen war es ein beliebtes Vergnügen, den Taxichauffeur aufzusuchen, der mit stolzem strahlendem Lächeln versicherte: ‹Ich war es, der immer die Ratten zu Monsieur Marcel brachte!› Die Tiere wurden von den Strichjungen gejagt, geschlagen, mit Hutnadeln zu Tode gequält, während der zuschauende Proust versuchte, dabei zu einem Orgasmus zu kommen. Vor allem Maurice Sachs erzählte diese Geschichte immer wieder jedem Neugierigen, und Benjamins Unbehagen über ‹die offenbar bereits mehrfach erprobte Treffsicherheit seiner Anekdoten›, die er wie ein ‹Verzeichnis oder einen Musterkatalog von Alberts Hauptgeschichten› empfand, war nicht unberechtigt.»

Zu Benjamin, dem ich seit mindestens 30 Jahren herzlich ergeben bin und dem ich nie ganz verfallen mochte. Was mich immer ein bißchen auf Distanz gehalten hat, war ein schon früh von mir herausgewitterter fataler Hang zur Tragödie, der meinem eigenen hedonistischen Humanismus fast bedrohlich entgegensteht. Welche tragische Schiefstellung zur Welt: Aus seinem Heimatland vertrieben und von Unterschlupf zu Unterschlupf gejagt, widmet er sich, arm, liebeskrank und Bettelbrief um Bettelbrief an ungeneigte Kollegen schreibend, ausgerechnet solchen luxuriösen Divertimenti wie *Baudelaire*, *Passagen*, *Paris – Hauptstadt des 19. Jahrhunderts*, *Ernst Fuchs als Sammler*, statt seinen unschätzbaren Verstand auf den einzig angemessenen Gegenstand zu verwenden: den Kampf gegen den Todfeind, die Nazis.

B. als Führerfigur und Identifikationsmodell für – wen? Ach, ich kenne sie ja und habe sie in seiner Nachfolge haufenweise scheitern sehen: unerlöste Stubengelehrte mit abgebrochenen Dissertationen und nie zur Reife gelangten Künstlerträumen. SDSler, die sich auf der verzweifelten Suche nach einer Basis den Kopf zerbrachen und sich in jahrzehntelanger Erörterung von Wirkungskategorien um jede Wirkung und jede Gefolgschaft brachten. Potentielle Scheiterkandidaten die, statt ihrer Fortuna mit ausgebreiteten Armen entgegenzueilen, ihr mit langen Nachtwächterschritten zu entkommen trachteten, und sie ähnelten ihrem tragischen Helden manchmal bis auf die Barttracht und bis in die Physiognomie: RE–HS–TM–RO–FB.

Über «Schicksal und Charakter» – oder jedes Fatum hat sein Datum

Interessant Fulds Bedauern über einen in Benjamins Aufsatz «Schicksal und Charakter» leider nur flüchtig gestreiften Gedanken: «Ein großer Gedanke erscheint hier zum ersten und leider auch zum einzigen Mal: Der Zusammenhang von Komödie und Freiheit; Benjamin hat sich nicht weiter um ihn bemüht.» Der beklagte Mangel an Mühe scheint mir allerdings alles andere als Zufall; er ist Teil eines Glücksvermeidungsprogramms, dem der tragische Charakter folgen muß wie ein geprägter Hund der Peitsche, und dessen angebliche Schicksalhaftigkeit sich letzten Endes einer unabschüttelbaren Mitgift des bürgerlichen Elternhauses verdankt. Über solche weniger gern erörterten Zusammenhänge von «Schicksal u. Charakter» s. auch Theodor Reik und seine umfangreiche Studie *Erfolg und unbewußte Gewissensangst* («Zur analytischen Schicksalsforschung»), die ich schon manchem Bedürftigen zur Lektüre, wenn nicht gar Beherzigung empfohlen habe. Daß sie nicht mehr von der griechischen Tragödie (Götterwillkür) und auch nicht vom bürgerlichen Trauerspiel (Schicksalhaftigkeit von Standesschranken) ausgeht, sondern vom Zwangscharakter der bürgerlichen Erziehung selbst, scheint mir schon mal ein erstes Plus. Statt sich faul in die Polster metaphysischer Geworfenheits-, Verhängnis- und Schuldkategorien zurückzulehnen, rekurriert Reik so furchtlos wie energisch auf den Urpfuhl aller Sündenängste und Scheiterzwänge: die lustfeindlichen Erziehungsstrategien des konservativen Elternhauses, deren Verklärung zum «Schicksal» selbst schon wieder verhängnisstabilisierend wirkt. Ein über Jahrhunderte weitergereichtes breitgefächertes Sortiment von Schuldzuweisungstechniken und Gewissensbildungsmaßnahmen teilt sich dem kleinen Domestikanden als sozusagen unverlierbares Erbe mit, und was am Ende als Bildungsprodukt herausschaut, ist der tragisch von Mißerfolg zu Mißerfolg voranirrende Selbstbestrafungscharakter. Die von Haus aus verbotene Lust (sexuelle Lust!) flüchtet sich in die (zunächst belobigte) Arbeit, die allerdings schon gar nicht mehr als Lust genossen und zu einem dann mit Befriedigung ausgekosteten seligen Abschluß gebracht werden kann. Im Gegenteil, wo Arbeit sich unter dem Zwang des Sittengesetzes zur Zwangsarbeit verkehrt, versucht das dem natürlichen Lustbegehren «schicksalhaft» oktroyierte Unlustverlangen sogar dem mit hängender Zunge verfolgten Erfolg auszuweichen, was – fortheckend – nur von einem Versagen zum anderen führen kann und insgesamt zu jenem bekannten «tragischen Formenkreis» aus Unfällern, Unglücksraben, Bruchpiloten, Elendskarrieristen, Fehlleistern, Prüfungsneurotikern, Orgasmusgestörten, Selbstbekleckerern und Das-mußte-natürlich-wieder-mal-mir-passieren-Posaunisten.

Was ich mir zunächst nur selbst zugezogen hatte (als einerseits Aha-Erkenntnis und zum andern gleich warnendes Beispiel), las ich bei Gelegenheit Manthey vor, der sofort wie angestochen reagierte: «Das bin ja ich!» Später bei Piwitt nochmal das gleiche Experiment vorgenommen und als Antwort erhalten: «Laß mal lesen – wie heißt das Buch genau? – Das ist genau mein eigener Fall.»

Daß Benjamins Drogen-Novelle *Myslowitz – Braunschweig – Marseille – Die Geschichte eines Haschisch-Rausches* mit dem Glückserlebnis postwendend das Strafgericht heraufbeschwört, fügt sich umstandslos in den Kontext. Wie natürlich auch Jüngers Hasch-Protokolle alles andere als orgiastische Selbsterfahrungsberichte sind, nämlich von Ordnungsrufen und Selbstbestrafungsphantasien zwanghaft begleitete Karfreitagspredigten. Zum Zwecke späterer Verwendung schon vor 10 Jahren 1 × angestrichen: «Ich hatte einen typischen Fall von Kompetenzüberschreitung begangen» – «Das war gewiß nicht im Sinn des Vaters» – «Dem Vater war der Rausch unangenehm» – «Wie alle Apotheker hatte er mit Morphinisten widrige Erfahrungen gemacht» – «Der Heiterkeit war starke Lust gefolgt, nun kamen Bedenken und dann Angst, fast ohne Übergang» – «Ich sprang auf, sah in den Spiegel und kannte mich nicht mehr. Das bleiche, im Lachen verzerrte Gesicht dort war stärker als das meine und mir feindlich gesinnt» – «Die Tollheit darf nicht überhand nehmen» – «Der Arzt kam nach Minuten . . . Es war wohl das Nahen der Ordnungsmacht mit ihrem Ethos, ihrer Ratio» pp. pp. Und die Moral von der Geschicht? Sogenannte *Conclusionen*, von denen mir freilich eine platter und matter als die andere scheinen will: «Durch Schaden wird man klug» und «Dreißig Jahre ließ ich die Hand vom heißen Eisen, an dem ich mich verbrannt hatte».

Zum Vergleich A.-Paul-Weber-Notizen vom 17. Okt. 79: Bei W. in Schretstaken. Fand es bemerkenswert, daß der bei Medienanwesenheit, Fernsehaufnahmen, Interviews etc. fast habituell Vernagelte bei meinem Besuch das Plappermaul gar nicht mehr zukriegte. Lauter lustige, aufschlußreiche, auch indiskrete Geschichten aus einem langen Künstlerleben, bei denen ich mich wunderte, wie genau die Erinnerungsbilder nach so vielen Jahren noch hafteten. Zuerst über seinen geliebten Heilpraktiker Strammke, dann über Ernst Niekisch und dessen «Widerstands»-Kreis, dann Ernst Jünger, der zeitweilig auch jenem Elitezirkel von «Nationalbolschewisten» zugerechnet worden sei. Weber, um 0.20 schon gefährlich aufgekratzt und mit viel Spaß an Mokerie und Mimesis: «Sie! als ich den mal besuchte, da machte er gerade in der Küche einem jungen Mädchen schöne Augen. Und als seine Frau das bemerkte und ihn nur mal son bißchen stechend ansah, tat er auf einmal richtig fromm und faltete die Hände in seinem Schoß.» W. legt seinerseits die Hände scheinbescheiden auf die Knie und versucht die Haltung eines Ertappten, Geschurigelten einzunehmen. Dann pfiffig und mit einem halb frivolen, halb unschuldsvollen Grienen: «Der Frontoffizier! Na, wissen Sie!» – Hatte gehofft, noch etwas mehr über J. zu erfahren, aber W. schon wieder bei seinem heißgeliebten Stubenkamin und mit dem Schürhaken wie ein Tierbändiger vor den Flammen: «Oh, mein Feuerchen ist so entzückend, kucken Sie mal, wie das glüht. Das frißt sich da unten gerade eine Höhle in den Stubben, und oben kommt es dann auf einmal unvermittelt wieder zum Vorschein. Wissen Sie, darüber habe ich schon immer mal eine Schrift verfassen wollen, wie man Kamine richtig heizt, wie man das Holz richtig schichtet. Einmal – zweimal hat es hier schon einen Kaminbrand gegeben, aber Sie! das war vielleicht ein Anblick!»

Do. 20. Sept. Kurz vor Dunkelheit noch nach New Hampshire. Gutgewachsene Riesinnen, stramm auf den Stengeln und schon aus der Entfernung mit narkotischen Duftschwaden grüßend. Wenn man ihnen die Puderburschen rechtzeitig wegnimmt, schäumen sie in unerfüllter Liebe vor sich hin wie läufige Hamadryaden. Eine in jeder Beziehung vollidiotische Drogenpolitik, die nicht erkennen will, daß der Heimanbau nicht nur die «Rauschmittelmärkte trennen» würde –: es gäbe überhaupt keinen THC-Markt mehr und statt inkompetenter Wichtigtuereien einen allgemein segenspendenden Tauschhandel über den Gartenzaun: Gras gegen Quitten, Haselnüsse und Zucchini.

Fr. 21. Sept. Roseburg. Abends TV: Große «Madonna-Night-Show»: Ziemlich artifizielles Insekt mit künstlichen (= käuflichen) Verrenkungen, um einem mir abstrus erscheinenden Typus von Debilensex zu entsprechen. Ein Mythos mit Drahteinsatz. – Nachrichten-Interview, daß bei Leukose von Kindern die Kirchen zu Organspenden ermutigen: «Dies wäre ekelerregend, wenn es gegessen würde, was es aber nicht tut.»

Spät E. aus Salzau und Talk-Show mit dem 80jährigen Erich Kuby: straffes graues Haar, ein schneidiger Gentleman mit hörbar klapperndem Gebiß – a b e r B i ß ! Hat gerade 180-Seiten-Pasquill über das neue D-Land veröffentlicht, und der Ekel über die deutschen Zustände hängt ihm noch fadenziehend in den Mundwinkeln. Ihre Raffgier. Ihre Beutegier. Bereicherungsgier. Raubzüge jetzt bereits kreuz und quer durch die zur Ausschlachtung freigegebene DDR: kaum noch als Sozialdarwinismus zu bezeichnen, richtiger Sozial-Kannibalismus. Buhs und Pfiffe aus dem Background eines völkisch bis deutschnational vorsortierten Publikums, was ihn aber überhaupt nicht aus der Fasson bringen konnte, und noch krähend macht er eine gute Figur. Ein Mann, der es in diesem ununterbrochen auf Sieg spekulierenden Land auch nie recht zum Helden gebracht hat, aber federnd! aber elastisch! aber hieb- und stichfest bei jeder Bedrängung und im Zweifelsfall flotte Gertenstreiche retour. Gute alte Antifagerte.

Im *Spiegel*, den man eigentlich montags lesen muß, weil am Dienstag ist der Salat dann meistens schon welk, ein noch für Monate frischer Aufsatz von Patrick Süßkind über die «deutsche Revolution». Habe zu seinen erzählenden Prosen zwar nie so den richtigen Zugang gefunden, auch das *Parfüm* für meinen Geschmack etwas altrüchig, Schnurrbartbindenzeit und die Syntax mit Mastix angerührt, aber dies ist was! Eröffnet seine Partie so unschuldig wie unverschämt aus der Optik des Externen, der eigentlich nur mal kurz auf der Durchreise ist, und was sieht er? hört er? wovon tönen ihm die Ohren über? Lauter Wahnsinniggewordene, die sich ihres Wahnsinns noch nicht einmal schämen, sondern ihm unentwegt öffentlichen Ausdruck verleihen müssen: Momper wahnsinnig, Diepgen wahnsinnig, selbst Willy Brandt am Rande des Wahnsinns, von der immer zum Wahnsinn aufgelegten *BILD*zeitung völlig zu schweigen, na, und wenn man so ein Stück für präpariertes Klavier erst einmal auf der Rolle hat, kann man sein Capriccio schon beinah nach Laune in ungeahnte Höhen treiben. Hatte *Spiegel* eigentlich nur zum Einpennen mit ins Bett genommen, nun lachte ich mich leider um den ersehnten Schlaf. Schnell noch E. um den ihren gebracht.

Junge Leute, ohne jede Ehrfurcht vor diesen deutschnational zusammengekniffenen Arschbacken, und wenn sie dann auch noch so schön fintieren und avancieren und retirieren und doublieren und voltieren können: eine Wohltat.

22. Sept. *BILD*: Lagerfeld, der sich – angeblich – über einen schwerbehinderten Mitpassagier in der 1. Flugzeugklasse beschwert haben soll: «Ich bin Lagerfeld – entfernen Sie diesen Krüppel!» Also, entweder solche Sachen stimmen, und dann sollte man ihm die Parfümbude einschmeißen. Oder sie stimmen nicht, und die Zeitung müßte in Höhe der Tagesauflage bußzahlen. Eine Gesellschaft, die Rufschädigung in dieser Preislage hinnimmt, ist von Pranger, Feme und Autodafés nicht weit entfernt.

Hatte bis auf den Grund ausgeschlafene Augen und nahm mir vor, sie zu nutzen. Mit E. zu den mesolithischen Abschlagstätten nach Hammer und mit Jäger-und-Sammler-Blicken paar km am Kanal entlang. Zwischen abgeernteten Spargelbeeten einen einzigen Rundschaber und spiralig behauene Flintspitze gefunden, die ich zu den «Gewindebohrern» zähle. Insgesamt bestimmt schon 10 Exempl. dieser kunstvoll gehämmerten Schraubengänge in der Sammlung, nur leider weder bei Rust noch bei Kersten Hinweis gefunden.

23. Sept. Herbstsonne, ocker bis zinnober, mit Wespen über dem Obst und Fliegenpilzen und Hexenröhrlingen in der SW-Gartenecke. Bißchen herumgeackert, schnell ermüdet. In *Spiegel* Peter Brügge über «Unser genetisches Erbe», was man wohl ernst nehmen, aber nicht unbedingt für die Welt halten muß. Aus meiner eigenen Lebenserfahrung leicht zu belegen, daß es sone und solche Zeiten gibt (Naziherrschaft – BRD) und sone und solche Gesellschaftsmodelle (Schwedisch-sozialdemokratisch-wohlfahrtsstaatliche und theokratisch vernagelte Ajatoll-

Häuser), und da kömmt es wohl weniger darauf an, wozu der Mensch im Falle fähig ist, sondern was wir praktisch und politisch wollen. Die nach dem Zusammenbruch des Kommunismus plötzlich überall vertretene Meinung, daß der Mensch von Grund auf böse sei, übersieht in ihrer generalistischen Großspurigkeit, daß sich ein potentieller KZ-Kommandant u. a. U. auch zum IG-Farben-Lageristen hätte hochdienen können und ein DDR-Agentenführer zu einem 1a-Kaufhausdetektiv. In jedem einzelnen Fall machen letzten Endes die Verhältnisse die Musik, und die Gedankenfigur eines unaustilgbaren barbarischen Erbes ist wo nicht selbst barbaristisch, so doch Teil einer Ideologie, die immer nur lamentieren, aber nicht die kleinste Kleinigkeit zum Besseren verändert sehen möchte. Was ich erkenne, ist ein windelweicher Fatalismus, der auch dem neu aufkeimenden Nazitum schließlich nur mit ohnmächtig ausgebreiteten Nebbichhänden begegnen wird.

TV: Allenthalben Häftlingsrevolten in der DDR, was ich bestens verstehen kann. Dialektisch betrachtet, worum ein denkendes Wesen schwerlich herumkommt: in einem Unrechtsstaat von Rechts wegen Eingebunkerte, die sich sämtlich als politische Fälle darstellen und ihren Anteil an der neu ausgerufenen Freiheit beanspruchen.

Meldung, daß in den Stasi-Akten die Namen von 2,4 Millionen Bundesbürgern verzeichnet sind, wobei ich mich wohl mit Sicherheit (hundertprozentiger Staatssicherheit) miterfaßt fühlen darf. Muß ziemlich lange Latte sein, die sich im Laufe der Jahre unter unterschiedlichen Bewertungskriterien zusammenaddiert hat: alte *konkret*-Zeiten (55–72 ff) – Weltjugendfestspiele Warschau (55) – Chinareise (Herbst 55) – «Internationaler Studentenkongreß» in Prag (56) – meine Beziehungen zu Jochen Staritz und seit dessen Verwicklung in Harich-Affäre indirekt mitverwickelt (Frühjahr 58) – meine antipathische Haltung zur westdeutschen Terroristenszene (70er Jahre) – Theaterarbeit *Volsinii* am «Deutschen Theater» Berlin und Kooperation mit Hans Bunge (71) – später Buchveröffentlichungen bei Volk und Welt (82) – Reclam (85) – Insel (88) – Besuch Leipziger Messe (84) – Berufung in DDR-Akademie, zusammen mit Jens, Jandl, Janssen (87) – DDR-Heine-Preis (88) – Schließlich Jazz-und-Lyrik-Tournee (September 89) – aber man möchte die entsprechenden Dossiers schon ganz gern pss eröffnen und das Postgeheimnis nicht gern von der Presse erbrochen sehen. Interessant für ZEITROMAN-Schreiber vor allem der von doppelter geheimer Buchführung flankierte Lebenslängsschnitt 71 bis 89. Gar nicht auszudenken, welche Spiegelungsebenen sich ergäben, wenn auch Verfassungsschutz kleinen Einblick gewährte. Auf jeden Fall erstmal die Marbacher Verschlußsachen abwarten.

Abends Probierfaden, aber er zog nur zart an den Augen, nicht in den Kniekehlen.

26. Sept. Empfang *ZEIT*-Magazin. Paar alte Marokkobröckel in neues Gras gebettet, was früher unwiderstehliches Hebewerk war, heute half es mir grad in die Stiefel. Mindestens 3 × das Hemd gewechselt, weil mein Spiegelbild mich unter Einfluß allzu verwegen ansah, schließlich in Schwarzweiß als Geistlicher aus dem Haus. Im Zweifelsfall dann zügig als Geist verdunsten können.

Empfang in Kunsthalle, aber zog den Mantel gar nicht erst aus und blieb im Zubringer hängen. Von dort aus die Jubiläumsartikel per Lautsprecherübertragung genossen: Theo Sommers martialische Erfolgs-Metaphorik (hier spricht das Cockpit), Bucerius' selbstgefällige Diminutive (wer sich selbst erniedrigt, der will erhöhet werden), dann die neue Magazinchefin Hüllenschäufel o. ä. mit dem zu erwarten gewesenen Quoten-Humor

(Bitte um mehr weibliche Suchkandidatinnen bei Tratschkes «Wer war's?»), alles nicht von dem Stoff, um mein klammes Puppeninnere zu erwärmen. Greiner vorbei – passantisches Geschäker – keine Glaubenssachen. Laederach, misanthropisch bekleistert und blicklos meinem Gruß ausweichend. Schließlich Ben Witter, der alte Krankbeter: «Du siehst bleich aus! – bleicher als sonst!» und fixierte mich irrenärztlich, bis ich mich ennuyiert vom Tisch abstieß und dem Ausgang zudümpelte. Mitten im Abgang noch einer wirklichen Schönheit in den Blick gelaufen: wandelnde Blutbuchenkrone auf sektstengeldünnen Hacken, beim Davonstipfeln sich noch mehrere Male nach mir umsehend, aber ich erinnerte mich an nichts und mit den Jahren gehen mir meine Handküsse, Diener und Kniefälle wirklich schon ein bißchen durcheinander.

Do 27. Sept. Müde. Zugewebt. Deprimiert. Post von Ermert, Loccum, dem ich abgeschrieben hatte (D-Land / D-Land, keine Lust mehr), aber sein herzliches Drängeln trieb mich schließlich doch ins Geschirr. Gegen 23.00 dann auch wirklich paar Gramm von meinem Alp abgearbeitet und trotz Dünnschiß und Unlust an öffentlichen Auftritten hard labour als Lastenaufzug empfunden.

28. Sept. TV: Prostitution und Drogenhandel in Budapest, «dem neuen Bangkok». Die beringte Klaue des Pornokönigs um das Patschhändchen eines kleinkindlichen Nackedeis geklammert: «Freiheit, die ich meine, / Die mein Herz erfüllt.»

30. Sept. Ausgeschlafen, kein Schmerzensstäubchen mehr in Brust und Gliedern, und man fragt sich sofort, zu was? Beim Versuch, mir die Leere mit gymnastischen Übungen auf der Terrasse zu vertreiben, einer Spinne ins Netz gegangen und ihr mindestens halbe Stunde lang wie gebannt beim Fadenziehen/Netzwirken zugesehen. Auch mehrfach den Kopf geschüttelt

über so viel sinnreiches Naturweben in einer kaum noch als sinnvoll zu erkennenden Welt.

Da man sich alles als persönliches Beispiel zuzieht, anschließend sofort versucht, ein paar neue Kettfäden auf meinen alten Taburahmen zu spannen. Ein Roman als Entwicklungsroman eines Romans, der sich nicht nach Wunsch entwickeln kann, weil das Leben sich selbst romanhaft verwirrt und dem Kunstprodukt die Tour vermasselt.

Ein lebensuntüchtiger Held (vielleicht Werbetexter), der sich auf dem Markt nicht durchsetzen kann und sich in die Kunst flüchtet, die ihn dann erst richtig in die Mühlen der Selbstvermarktung treibt.

Der Literaturmarkt als ein Markt, wo schon gar nichts mehr mit rechten Dingen zugeht.

19.00 mit E. «Bäcker», Scholle. TV: Loriot *Ödipussy* (1987 in allen Kinos und von der Kritik mächtig hochgenobelt), aber welch ein sinistrer Klamauk und wie hilflos hinter Woody Allens *Stadtneurotiker* hergrimassierend. Angenehm, die alte Erfahrung bestätigt zu finden: wer der Kritik mißtraut und nicht szenekonform konsumiert, spart viel Geld und vermeidet zeitraubende Irrwege. Die großen Sensationen lieber post festum im Sessel abreißen und bei Was-nicht-schmeckt-das-schmeckt-nicht weg mit dem Ding. Trotzdem bedauert, den genialen Loriot in so schlottriger Verfassung zu sehen.

Zur Nacht Brecht: auch das *Lesebuch für Städtebewohner* inzwischen eine Art *Hauspostille*, auch die *Fatzer-Fragmente* schon *Psalmen*. Hochpolitisch und geradezu aktuell dagegen der scheinbar so abgehobene Benn: «Leicht gesagt, verkehrte Politik. / Wann verkehrt? Heute? Nach zehn Jahren? Nach einem Jahrhundert?» –

2./3. Okt. Ab 22.00 EINHEIT auf allen Kanälen, und obwohl per *BILD* bereits auf das Schlimmste gefaßt («Einigkeit und Recht und Freiheit» – «Das Autoland gibt Gas») eigentlich ganz würdige und nicht einmal schlecht inszenierte Feierlichkeit. Das Publikum vorm Reichstag durch klassische Musik wohltuend heruntergedämpft – aus dem Dom zu Güstrow Händel und Bach einmal ohne störende Werbeeinlagen von Handel und Banken – selbst Kohl ganz gemütlich als dicker deutscher Sektproppen auf der maßvoll schwappenden Einheitssuppe – also alles im Rahmen und mit anderer Länder chauvinistischen Exaltationen verglichen eine fast schon besinnlich zu nennende Weltsekunde. – PS. «Lieb Vaterland magst ruhig sein / Fest steht und treu die Wacht am Main»: In Samstags-Feuilleton *FAZ* die obersten Ränge der deutschen Gegenwartsliteratur noch einmal von Jens Jessen mit dem Stabreimhammer nachgenagelt: Kirsch – Kunert – Kunze! – Diese Gedichte wurden von der Kritik im allgemeinen gut angenommen . . .

3. Okt. Mieser Schlaf trotz vieler Tabletten. Tiefere Schichten nur scheinberuhigt, wirklich ruht man in garnichts mehr und fiebert allabendlich dem erlösenden Schlaf entgegen, um ihn dann zwangsläufig ganze Nacht lang vor sich herzutreiben. Tagebuch auch nur lustlos, witzlos, hoffnungslos neben den Zeitläuften her. Von Anfang an nicht hoch genug angesetzt und seit Monaten gerade paar Zentimeter über dem Verrottungshorizont. Gedichte? Auslaufproduktionen. Alle Stoffe x-mal gewendet, Superlative verknallt, Diminutive durchgespielt:

einer   anderen

unter

Gang Elbe – Tibia auf dem Mountainbike – eine Ruderin auf Rädern: stramme violettgrau gestreifte Radlerhose, Athletenshirt, daumenschmaler Rückensteg, satte glatte Schulterstücke schön ebenmäßig zerteilt und ein Stirnband mit Möwen-Mäander, aber darunter fahrige Blicke aus ungleich gesprenkelten Augen: «gut, daß du da bist, ich muß jetzt erstmal was abreihern». In der «Perle» beim Bier dann eine von jenen Katastrophengeschichten, die auf dieser Welt bekanntermaßen öfter vorkommen, wenn auch selten so schön erzählt. Wie sie bei ihrem letzten Auftritt mit einem Mundharmonikaspieler geflirtet habe («der absolute Groove») und der Verlobte auf einmal mit einer Musiklehrerin aus dem Lokal geflohen sei («sone kreischige Tussy, weißt du, die immer so tut, als ob sie die Ganzgroß-Durchblickhabende wär») und dann habe sie die beiden sogar noch auf der dicken Suzuki abrauschen sehen: «die Tussy hinten drauf, wo doch immer mein Platz war». Weinte sehr in der stillen «Perle», viele glasmarmeldicke Tränen, die ich nicht löschen konnte, weil sie nicht mir galten, und wurde dabei von so mächtigen Böen geschüttelt, daß das zierliche Gartenstühlchen unter ihr erbebte und die Ketten an seinen Beinen mitleidsvoll mitklickerten. Bin leider schlechter Tröster und konnte es nur so neben mir wegglucken lassen, die verlorenen Wochenenden, das verlorene Häuschen, den verlorenen Garten mit dem verlorenen Apfelbaum und den verlorenen Stachelbeerbüschen, schließlich «auch noch die Blumen, die ich alle mit eigener Hand um das Haus herumgepflanzt hab – weg – aus – auf ewig, und alles in ihrem Besitz». – «Tcha und nun? Wie geht's weiter? Was wirst du tun?» – Etwas hatte sie schon getan, und zwar ihm am letzten Wochenende «die verdammte Suzuki voll tachismusmäßig mit blauer Malerfarbe bekleckert – ach, ich kann schon gar nicht mehr Glotze kucken, ohne daß ich mir 'ne Katastrophe wünsch: entweder daß Krieg im Irak ausbricht oder das Brandenburger Tor wird gesprengt».

4. Okt. Brandenburger Tor steht noch. Neonazis marschieren noch. Reginald Rudorf rotzt noch: «Haben Sie, liebe Leser, das nicht auch als grotesk empfunden – daß am Abend und in der Nacht der Wiedervereinigung ausgerechnet jene Fernsehreporter im Bild waren, die sich nun wirklich nicht um die deutsche Einheit verdient gemacht haben? Martin Schulze zum Beispiel – wo und wie hat er eigentlich in den vergangenen 25, 30 Jahren anklagend seine Stimme gegen die SED erhoben? Horst Hano – erinnern Sie sich, daß er früher jemals den SED-Staat als Gefängnis für 16 Millionen geschildert hätte? Peter Merseburger war – immerhin! – in zunehmender Altersweisheit von all den Genannten noch am kritischsten. Den Höhepunkt setzte ‹Tagesschau›-Vize Heiko Engelkes, der mit einem Gesicht aus Salz- und Essigsäure kommentierte, er freue sich nicht über diesen Tag. Ein ehrlicher Satz. Der schlimmste Satz des Tages.»

TV: Buchmesse, Interview mit Salman Rushdie, sehr bewegend. Interessant, wie sich ein normales literarisches Arbeitsleben unter dem ständigen Druck der Morddrohung literarisiert, romantisiert, ja spiritualisiert hat. Auch der Interviewer gefiel mir: britisch, sachlich, positivistisch, kein schiefbegehrlicher Blick zur Kamera, und der ganze tiefgründige Talk von einer Gelassenheit bestimmt, wie sie in dem ewig auf Druckpunkt gehenden D-D-Deutschland schlechterdings undenklich ist.

Talk-Show RTL (Müller-Gerbes) mit Bahr, Glotz, Hochhuth, Jaeckel pp. über «Berlin Hauptstadt» vor Bonner Antipathenkulisse. Von meiner eigenen politischen Nüchternheitswarte her betrachtet, fragt sich zuerst einmal: Was kostet der Umzug? Bringt er? Und wen bringt er gar um seine zivilen Mieten, bequemen Verkehrswege, legeren Lebensgewohnheiten? Daß Hochhuth sich in der Debatte als «Nationalist» erklärte, löste allgemeine Verwunderung aus, aber wer ihn ein bißchen kennt, ist nicht ganz so entsetzt. Ein Charakter, der mit all seinen (Kunst-)Fasern im deutschen Idealismus wurzelt und entsprechend nur immer wieder deutsche Ideologie absondern kann. Überlegener Geist, reelle Geschichtskenntnisse, in jedem Moment reaktionsstark und zahlen-, daten- und zitatenkundig, wobei mich die Schmissigkeit seines Vortrags mehr erfreute als seine Meinungen. Zog an kritischen Stellen immer gleich sein deutsch-deutsches Janus-Gesicht; eine Leidenshälfte und eine selbstgerechte, imperiale.

5. Okt. Ich stecke in Krankheit fest wie Musils Fliege im «Tanglefoot»-Papier, wie Tucho in Hindås, wie ein blödgehauener Boxer in den Seilen. Als besonders unleidlich empfindend, daß ich ständig meine, mich im Ton vergriffen, im Adressaten geirrt oder mich in blinder Wut einem Unwürdigen erschlossen zu haben. In nichts mehr sich erkennen können und – am Abend – dann gerade noch 'ne Schmerztablette und 'ne Schlaftablette und aus dem Veluxfenster in die Sterne starren, bis die weg sind ...

So. 7. 10. Regen. Spaziergang. Das eben noch krosse feingemusterte Laub zu Scheiße zertreten. Streng riechende Astern. Blüten der Brunnenkresse zwischen Mango und Leuchtorange. Anruf Grass, dem ich seinen *ZEIT*-Artikel lobte, und waren sofort wieder eine Kata und eine Strophe. Er erzählte, daß es Höllerer ziemlich schlecht gehe: auf dem einen Auge fast blind, und hätte unter Einfluß von Psychotonica Formen von Verfolgungswahn entwickelt. Säße ganzen Tag einsam in seiner abgedunkelten Heerstraßenwohnung zwischen Kubikballen von eingeschweißten Büchern. Eine der anregendsten Gestalten des alten West-Berlin, denen der Undank der Hauptstadt gewiß sein wird.

8. Okt. Halbseitig verhangen, Kreislaufstörungen, ein Gefühl als ob die Glieder kotzen müßten. Dann E.s Kaffee- und Seifengeruch durch die Türspalte rein und wie der Anhauch einer besseren, schöneren, sauberen Welt. – Abends Otto zum Haareschneiden und nach vielen Jahren mal wieder das semiprofessionelle Scherenleergeklimper hinter den Ohren. Sahen Einheits-Rückblick und wunderten uns über das immer gleiche und insofern immer ödere Window-Display. Auch wer keinen Millimeter mehr weiterweiß, reißt die Fresse auf, als ob er die Welt erfunden hätte. Ungebrochen erbaulich allein der mich immer wieder an meinen eigenen Zweifeln zweifeln machende Klaus Staeck. Zuerst denkt man, oder könnte doch wie seinerzeit Rinos Tochter versucht sein, zu meinen: auch so 'n intellektuelles Gefrierbrandhähnchen; aber dann reißt er den Schnabel auf wie ein richtiger Kampfhahn und man glaubt die Flügelschläge der guten alten *Weltbühne* rauschen zu hören. Alles an ihm ist Partei, nichts ideologisch, und selbst wo er hochfahrend bis abweisend scheint, empfindet man solcherart Hoffart als herausreißend.

Ja! und dann – nicht zu fassen! – Ankunft des ersten Tabu-Pakets aus Marbach. Zwanzig Jahre alte Kalenderblätter gelangen, zu Memos abgehangen, wieder bei ihrem Schriftführer an und können nun im historischen Längsschnitt betrachtet werden. Jetzt schon Vorfreude auf die noch gut erinnerlichen Skrupel des Anfangs.

Lekt. Krolow, Gedichte: hat im Alter nochmal ganz neu in die Flügelschuhe gefunden, nur leider nicht das kleinste Lichtpünktchen an seinem Horizont und statt rettender Ent-Schlüsse (und seien es utopische Trugschlüsse) allenthalben diese hadeshaft herumirrenden Nervenfädchen.

Uli Becker, *Alles kurz und klein*: lauter zügig vorüberfegende Memo-Partikel «Ich erinnere mich» – «Ich erinnere mich» – «Ich erinnere mich», die insgesamt aber doch eine eindrucksvolle Funkengarbe bilden. Daß er als Lyriker kaum eben durchgedrungen ist, hat wieder mal nichts mit Schicksal, Ananke und persönlicher Tragik zu tun, sondern einzig und allein mit der Intransigenz einer Kritik, die sich der Kunst in der Kunst immer wieder über Zweit- und Drittsysteme (Politik, Biografie, Skandalisierung) zu vergewissern sucht. Deshalb: Reiner Kunze statt Becker, Sarah Kirsch statt Barbara Maria Kloos, Lutz Rathenow statt Michael Krüger, Wolfgang Hilbig statt Henning Boëtius pp. pp.

Do. 11. Okt. Traum: eine Stadt wie Schleswig, riesige Backsteingebäude, verwahrlost, rott, zerfallen, DDR-mäßig. Unterhielt mich mit einem Fremden, an dessen Beifall mir gelegen war, und benutzte dabei öfter die Formulierung «mümmelndes Behagen», was, rückblickend, wohl auf Thomas Mann gemünzt war.

16.15. Beim Chinesen, Hauptbahnhof. Vor der Breitwandscheibe windbewegte nervöse Akazienzweige, im Speisesaal internationale Hydrokultur, bei der es schon völlig egal ist, ob das Blattgrün per Photosynthese oder bei IG Farben erzeugt worden ist. Eben im Bus Paul Pietsch getroffen, ehemals Vollzugsbediensteter in E.s Anstalt Vierlande, und sofort wieder diese indezent zwinkernde Scheinvertraulichkeit. Hatte mich, als ich vor Jahren einmal ziemlich ungezwungen mit G. im IC-Restaurant herumalberte, aus der Ferne beobachtet, nun begrüßte er mich als erstes mit der Bemerkung, daß er «Sinn für solche Dinge» hätte. Old Chap, ich kenne diesen Sinn, und er hat leider gar nichts mit einem vertraulichen Kerle-unter-sich-, er hat mit tückisch angedeutetem Drohwissen zu tun. Da ich ihn für gewöhnlich nicht sofort wiedererkenne und ihn mir erst stückweise wieder zusammensetzen muß, explodiere ich bei Nennung des Namens zunächst mit übertriebener Freundlichkeit und sitze hernach um so klebriger in seiner Mitwisserfalle. Kaum erwähnenswert, daß er E. damals prompt von der Begegnung erzählt und sich offenbar auch noch Zuträgerapplaus erwartet hatte.

Zuhaus: Das Gefühl, einen aufgeräumten Tag kaum jemals derart sinnlos vertan zu haben; allerdings Vorfreude auf den Abend und die feierliche Eröffnung des ersten Marbachkartons. Werde mir Kaffee mit Schokolade bereiten, dann die Bänder in aller Muße entknoten, Heftklammern lösen und das gehaltvolle 71er Plankton durch die Barten filtern. Welch ein schönes Gefühl, seine eigene Vergangenheit noch vor sich zu haben.

Fr. 12. Okt. Bis Mittag 7 Seiten TB abgeschrieben und das flaue Gefühl, als ob schon diese (von jetzt aus gesehen) frühen Jahre nur aus Schlaflosigkeit und Formlosigkeit bestanden hätten. Was als Stoff reizt, juckt, zwiebelt, aufkratzt und erfreut, hat sich offenbar form- und gestaltlos neben meinen sonstigen literarischen Bemühungen her entwickelt und fällt zunächst einmal durch seine gänzliche Unverfaßtheit auf. Solange sich die Wahrnehmungen und Notate im Trivialbereich bewegen, scheinen sie selbst auch entsprechend trivial, gewöhnlich, unbeseelt, um sich bei Übertritt in die Quantensphäre sogleich kristallin zu verdichten.

Literatur-Nobelpreis an Octavio Paz. In TV der 75jährige an der Seite einer attraktiven Blondine – polyglott – selbstsicher – multikulturell gebildet und entsprechend diskurrierend – und auch in vorgeschrittenen Jahren noch richtig gut in Fasson. Nur formal wohl nicht ganz auf der Höhe des ihm augenblicklich von allen Seiten her bescheinigten Weltniveaus und statt Neuerer oder Erfinder (mittelmäßiger) Jongleur mit vorgefundenen Emballagen. Pappkarton-Equilibristik.

13. Okt. – 8.30 Flug mit Naura und Schlüter nach Zürich, Auftritt in «Roter Fabrik». Gestern nacht Attentat auf Schäuble: freie Welt offenbar voller frei herumlaufender Verrückter, Motive unklar, Bewaffnung erstklassig, kriminelle Energien erheblich und dank ständiger anfeuernder Janitscharenmusik der Greuelmedien immer kurz vor der Hemmschwelle. In München neu zugestiegene Stewardess: «Verzeihung, sind Sie nicht Herr Rühmkorf?» – «Ja, schon.» – «Von Ihnen habe ich doch dieses wunderschöne Büchlein, wie heißt es doch, gelesen, ahja, *Auf Wiedersehen in Kenilworth!*...» – Dankte gentilissimo «für das nette Kompliment hoch über den Wolken des Alltags», worauf sie: «Und ich danke Ihnen für Ihre schöne»... (nun, was würde sie sagen) «Schreibe!» Hatte es schon öfter mal mein Sekretärinnen-Märchen genannt.

Zürich, und – «Hotel Scheuble», aber magisches Denken ist mir fremd und Pseudologia phantastica ein Untersuchungsgegenstand. Kleines Zimmerchen, zur Straße raus, Baulärm, Staubschwaden, was der Rezeption durch «Umbau der Bibliothek» nicht nur ausreichend, sondern sogar honorig entschuldigt schien. Sehr schweizerisch für mein Empfinden auch eine paradoxale Kunsterscheinung an der Zimmerwand: ein Aquariumsbild in Krawallfarben.

13.15. Redakteur und Redactrice von der Wochenzeitung *Woz*, nette Leutchen, unaufdringlich, fast ein bißchen schüchtern, aber fragen (wie alle übrige Welt) nicht nach dem, was es bei uns besondres gibt, sondern nach allgemein abgreifbaren Allgemeinmeinungen zur politischen Lage, wozu ich meine Gedichtbücher ei!gentlich nicht eingepackt hatte. Verschonte Kindlein, die in ihrem Schönwetterbundesstaat eigentlich den ganzen

Tag «Geh aus, mein Herz, und suche Freud» singen müßten, aber zwanghaft und moralgedrungen unentwegt auf die Leiden der III. Welt und die *Unfähigkeit zu trauern* seitens der I. zurückkommen. Hätte sie meinerseits am liebsten mal nach der Unfähigkeit zu feiern befragt. Bißchen älteres Scherzgedicht aus den frühen siebziger Jahren:

Verliererinnen sah ich ihr Verlieren
in ferne Dritte Welten projizieren.
Nur kenne ich, Madame,
Ihr Leiden leider aus der Nähe:
Es ist nicht Vietnam,
es ist die Ehe!

Essen Curryhuhn mit Chutney und Röschti und um 17.15 abgespannt zum Soundcheck, aber «Rote Fabrik» und – klaro! – «von den Bürgern inzwischen gut angenommenes alternatives Kulturzentrum»: welch ein Grauensstadl wieder einmal und document social einer sich selbst bekotzenden Verschontheitswelt. In einem schwarztapezierten Vortragssaal mit dunkelgraphitgrauen Sitzschalen hängt noch der kalte Gitanesqualm der vergangenen Woche herum. Auf dem Boden zertretene Kippen. In der Künstlergarderobe neben dem allgemeinen Sudel des internationalen Sprühdosenprotestantismus noch lokale Varianten von Senf-, Ketchup- und Majo-Malerei nebst einem ganzen Set schimmelbepelzter Joghurtbecher. Dann die gefährlich durchgetretene Bühne mit wahllos abgestelltem oder einfach nur liegengelassenem Gerümpel einer alternativen Theateraufführung neben den teuren Verstärkungs- und Übertragungsanlagen. Bekam richtigen Bürgerhaß auf den autonomistisch totalitär verschandelten Laden, Menschenskinder, was für eine häßliche Unschweiz, und dann w i r mit unseren gediegen sortierten Flöten und eigentlich nichts als Zwischentönen auf der Palette.

Gegen alle Erwartungen war der Saal später ansehnlich gefüllt, auch ansehnliches, intelligentes, kunstsinniges Publikum, das sich den Augiasstall offenbar als Kontrastprogramm zu seiner eigenen Manierlichkeit und Wohlgewaschenheit gefallen ließ. Ließen uns selbst durch das freundliche Fluidum zu den gewagtesten Improvisationen verleiten, so daß ich beispielsweise einige Strophen flüsternd las, andere im ostinaten Staccato, um nachfolgende pastorale Passagen wieder mit ganz breitem Pinsel auszustreichen, unversehens aus unseren Routinen herausgerissene Alternativmusikanten ourselves, und wir priesen den guten Geist der Stadt und forderten ihre Einwohnerinnen zum Tanz auf.

Paar Biere, neues Lokal, ziviler kleiner Laden, leichte angenehme Desorientierung zwischen 2 Damen des Haffmans Verlages, dann drehte sich mir aber im Sessel die Welt und früh ab.

14. Okt. 7.30 Zürich doch fremde Stadt mit vielen amtierenden Glocken, die alle Viertelstunde schlugen. Sehr verzweifelt wiedermal mit der Kirche gehadert, dabei unversehens mich – «dieser perm-, dieser perm-, dieser Permalärm»! – in ein Scherzgedicht hineingeflucht und sogleich ein bißchen getröstet. Nach dem Frühstück zu dritt durch die Stadt, schöner kalter Tag, aber mich fröstelte in dem frischen Wind, und ich äußerte das Bedürfnis, noch einmal umzukehren und meinen Pullover zu holen. Naura, der am Morgen-danach meist zu ganz besonderem Löwengroßmut aufläuft: «komm nimm meine Jacke», und dann schritt er mit rotem Kopp und wehendem grauen Brusthaar wie der große Weltsanitäter voran: «Allons! Dem entgegen, was endlos ist, wie es anfangslos war!»

12.15 mit dem Dampferchen über den See. Kannte ihn bisher nur aus einiger Entfernung und – natürlich – vom Medium, d. h. von Klopstock her, «Schön ist Mutter Natur, deiner Erfindung Pracht», aber als ich den beiden die Ode aufsagen wollte, gingen mir das 1750er Original und meine 1960er Parodie/Travestie derart bunt durcheinander, daß ich es in keiner Fassung mehr richtig zusammenkriegte. Vergnüglicher Schlüters nächtliche Romanze mit der jungen Wirtin, die auch mir gefallen hatte. Präsentierte sie wie ein Stück Ohnsorgtheater, schön scheinunschuldig, listig, gnickernd, wobei sein grauer Apostelbart bei jeder Pointe noch ein bißchen nachzuckte. Wie sie sich nach seinen Begleitumständen erkundigt hatte, ob verheiratet, Kinder, ob zusammen oder getrennt lebend, und wie sie ihm bei jeder Frage ein kleines Stückchen nähergerückt sei, richtig anmutige Bellmaniade, die mir naheging, weil er seines steifen Beines wegen nie mittanzen kann. Nur immer die Schlegel springen lassen.

15.00 Abflug, three men in a row, Schlüter aisle, des Beines wegen, in der Mitte ich, meiner Schmalheit wegen, Naura window, des Walt-Whitman-haften Weitwinkels wegen. Stank wie eine Knoblauchgottheit und verlangte, wie eben schon auf dem Schiff, nach «eis!!!kaltem Bier», dann «eis!kaltem Selterwasser», aber in einer Tonart, als ob er hier an Bord das Sagen hätte.

15. Okt. Bank. Einkäufe. Western-Store St. P., 2 Dakota-Hemden. Weiter Tagebücher 70 und erschrocken, daß man das einmal gewesen sein soll, diese absolut unverfaßte Mischung aus niederem Triebleben, höherem Streben und mittelmäßigem Theater. Vieles auch einfach nur dickpampig oder dummflachsig. Als ob sich die illiterate Unperson mal so richtig ungeniert hätte geben wollen. Sogenannte Wahrheit womöglich auch viel zu eng als Zwang zur Selbstenthüllung begriffen: häßliche Seiten besonders dick rauskehren und fläziges Sichgehenlassen als Authentizität mißverstehen . . .

War so entsetzt, daß ich mich der Selbstvergewisserung halber gleich nochmal in die bereits drei-, vier-, fünfmal durchstudierten Kafka-Tagebücher vertiefen mußte – ganz egal, wie es ausgehen würde – und hinterher dann um so zerschlagener. Eine kristallin und fast schon astral verfaßte Natur, unaufgeregt bis zum tiefsten Grunde menschlichen Nichtigkeitsbewußtseins und in ihrer Krankheit geborgen wie in einem unzerstörbaren Behältnis. Dabei schreibt er höchst anschaulich, auch wo seine Figuren sich manchmal nur wie Scherenschnitte gegen einen leeren Weltenprospekt bewegen, und gewinnt auf dem Höhepunkt des Entsetzens eine absolut himmlische Komik. Fühlte mich mit meinem Gezettel daneben wie auf einer Halde von welkem Laub – aber es raschelte nur, es tönte nichts. Hätte besser daran getan, Samuel Pepys zu lesen, eine eher vergleichbare und vielleicht sogar erreichbare Größe: kleine, in die Winkelzüge ihres U-Bewußtseins verliebte Betrüger, Hehler, Schalke, Fratzenzieher unter sich.

17.10. Mit dem Auto zur Peute, andere Elbseite, und die grünen Marbachkästen von «Expedition Heinrich» abgeholt. Welche merkwürdig nahe gelegene und noch nie zur Kenntnis genommene Arbeitswelt: Container-Büros, eingerüstete Gastanks wie autonome und durch keinerlei Kunstanspruch entstellte Industriemonumente, dazwischen idyllische Besinnungsinseln mit 30er-Jahre-Häuschen, Vorgärtelchen und flamencotänzerinnenhaft ins Gesicht gezogenen Ziergardinen, alles gar nicht mehr ganz von dieser Welt und doch absolut mittenmang.

17.30 Anruf von Hieber/*FAZ* (hatte gerade zerteilte Combizymtablette genommen, die mir ihres schartigen Randes wegen im Hals steckengeblieben war und nun die Speiseröhre zu verdauen begann): wie es so gehe, ob die Zähne wieder in Ordnung seien, ob ich mich nicht mal wieder an Rezensionen versuchen wolle, Beiträge für «Frankfurter Anthologie» pp., man hätte ja schon lange nichts mehr von mir gehört, was vermutlich nur ein bißchen schmeicheln und durch Schmeicheln drängeln wollte, mich aber haargenau an der verletzlichen Stelle unter dem Lindenblatt traf. Gerade hat man – wie lange war das jetzt her? Vielleicht eben ein Jahr oder anderthalbe – ein alle irdischen Kräfte aufzehrendes Dreibücherwerk abgeliefert, und schon ist man wieder runter von der Bühne, weg vom window, raus aus dem Betrieb. Nicht ja, nicht nein gesagt, dann versucht, den ungeliebten Loccum-Aufsatz bißchen weiterzutreiben.

Meine sehr geehrten Damen und Herren,
liebe Kolleginnen und Kollegen,
daß das Sein das Bewußtsein verändert (und vice versa, wie wir mal hoffen wollen), ist ein von mir nie bezweifeltes Axiom der marxistischen Gesellschaftslehre gewesen, wobei ich mir im Hinblick auf die DDR allerdings gern den Zusatz gestattet habe, daß eine zum «Weltniveau» verklärte Mangelwirtschaft schon ihr eigenes Unwohlsein erzeugen kann. Aber davon brauchen wir seit dem 3. Oktober ja nicht mehr zu reden. Was zur Debatte steht, ist vielmehr eine nun auf das ganze Deutschland zugeschnittene Marktordnung, die mittlerweile sogar in den Rang einer obersten Heilsgewißheit aufgerückt ist. Was wir besprechen wollen, ist der Segen der sozialen Marktwirtschaft auch in jenen Überbaubereichen, in denen die an diesem Ort Versammelten vorwiegend tätig sind. Denn daß die so rasant ins Rollen geratene D-Mark außer bei der *BILD*zeitung und den Handelsketten auch in unserer Sphäre etwas zum Boomen bringt, dürfen wir kleine Selbstunternehmer uns wohl ausbitten.

Allerdings habe ich mich ein langes Schreiberleben lang immer auch als ein solcher literarischer Selbstunternehmer und Selbstvertreiber verstanden. Ganz objektiv stellt man ja etwas her und versucht es dann über den Markt unter die

Leute zu bringen. Oder man hat sich, wo der Commerz den Transport einer sperrigen Ware schon mal verweigerte, selbst vor seinen Kramwarenwagen gespannt und seine Artikel auf den immer noch zahlreich florierenden Flohmärkten angeboten, worunter Sie nach Belieben Auftritte in Gemeindesälen, Schulaulen, Universitätshörsälen, Kunstkellern, Volkshochschulen und Akademien, evangelischen wie katholischen, verstehen können.

Damit haben wir schon einmal zwei Verbreitungsformen ins Auge gefaßt. Auf der einen Seite den richtig ernst zu nehmenden Großmarkt mit seinen weltbewegenden Transmissionsbetrieben und Sellerlisten und Messeschwerpunkten und offenbar bis ins Unendliche steigerbaren Produktions- und Auflageziffern – und auf der andern die mündliche Missionsarbeit im kleinen Gemeindekreis. So jedenfalls kenne ich sie aus meiner eigenen begrenzten Erfahrung, die zweigeteilte literarische Welt, und daß sie für ewig und alle Zeiten zweigeteilt bleiben wird, darauf kann ich Ihnen Brief und Siegel geben.

Die Fragen, die sich hier anknüpfen, können unterschiedliche sein. Zum ersten vielleicht: ob ein Autor von seinen selbstverfertigten Gedichten überhaupt leben kann, und wenn nicht, was dann? Halten Sie es in diesem Zusammenhang bitte nicht für eitel, wenn ich Ihnen von diesem Podium aus ein einigermaßen voluminöses Buch vor Augen führe, es ist 730 Seiten dick und enthält, nein repräsentiert die Entwicklungsgeschichte eines einzigen 7 Seiten langen Gedichtes vom ersten Einfall bis zum allerletzten Schlußpunkt. Hobelspan für Hobelspan, Schweißtropfen für Schweißtropfen, wie sie mir bei der Arbeit entfallen oder neben meinem Wirktisch niedergerieselt sind, habe ich die Abfälle meiner Anstrengungen hinterher vom Fußboden aufgelesen, und der Haffmans Verlag hat das dann in zwei Deckel gebunden und auf den Markt gebracht; doch ob damit nun ein Geschäft zu machen ist, bzw. ob es die investierten Zeit = Geld-Aufwände je wieder einspielen wird, ist natürlich eine bleibende Zweifelsfrage. Daß das für den Verfasser keine bloß rhetorischen Skrupel sind, werden Sie mir angesichts des Wälzers wohl abnehmen. Daß das Wort verfassen auch von hier aus noch einmal ganz neu buchstabiert werden muß, scheint mir ebenfalls angemessen. Denn wenn das Trumm über den bloßen Tätigkeitsnachweis hinaus noch etwas anderes dokumentiert, dann doch wohl: daß da offensichtlich eine Ungerechtigkeitsrelation besteht zwischen den Mühen des Verfassungsauftrages und der Schwierigkeit, auf dem Markt voranzukommen.

Daß ich den Markt nicht gerade für eine sozial gerechte Einrichtung halte, will ich Ihnen nicht vorenthalten. Trotzdem ist er natürlich die Welt – was man in der DDR erst jetzt zu begreifen beginnt – und, so besehen, einerseits ein Medium zu unserem Fortkommen wie gelegentlich ein Moloch, der uns verschlingt bzw. ausspeit, was dann beinah noch ärger ist. Wen er als Hervorbringer von geistigen Gütern nicht annimmt, der ist auch als verfassunggebendes (= sinnstiftendes) Organ gar nicht da. Wen er eine Weile mitgeführt und am Ende im Spülsaum abgesetzt hat, der ist meist für lange Zeit weg vom Fenster, raus aus dem Betrieb, und es gibt praktisch keine Beschwerdestelle auf dieser Welt, bei der ein Wettbewerbsopfer seine Verluste einklagen könnte. Tatsächlich habe ich den Markt mein Leben lang als das betrachtet, was er ist – ein Element, in dem wir uns bewegen wie der Fisch im Wasser – und gleichwohl keinen Zweifel daran gelassen, daß ich dies Wasser für eine ziemlich trübe Brühe halte. Mit anderen Worten: «Das ICH ist schließlich auch nur ein Markenartikel unter vielen», aber das ist nun bereits die Sprache der Poesie, und wie das Problem von innen her aussieht, möchte ich Ihnen gern an einem Gedicht demonstrieren, das im Jahre 1976 entstanden ist und «Im Fahrtwind» heißt. (Hier Zitat Gedicht «Im Fahrtwind» einfügen.)

18. Okt. Ein so schöner, zu Herzen gehender Herbsttag, Luft und Laub synästhetisch aufeinander abgesprochen, einladend zu stillem Müßiggang und kleinen Aufenthalten auf abgelegenen Parkbänken, und stattdessen schon wieder 20 Zigaretten im Loccum-Auftrag abgefackelt. «Sinnstifter auf dem Markt»: auch solch ein Titel wie vom «Kirchlichen Kunstdienst».

> Wenn die DDR-Literatur durch besondere, nur sie betreffende Charaktermerkmale gekennzeichnet war, vielleicht sogar ausgezeichnet, dann war es nämlich ein Sprechen in Gänsefüßchen. Eine sogenannte DDR mit einer sozusagen internen Entre-nous-Literatur und ihrem entsprechenden halbsubversiven Verständniscode. Ich darf hier kurz einflechten, daß es für die Verbreitung von Literatur in der DDR natürlich keinen Markt gab. Es gab Genehmigungsbüros, es gab mehr oder minder auf Linie liegende Verlage, es gab behördlich festgelegte Auflagenzahlen und über Verbände und Organisationen geregelte Abnahmeziffern, das ist kein gesundes System, und es ersetzt auf keinen Fall einen normalen Buchmarkt mit seinen zahlreichen Filterstationen und Schleusensystemen. Eine so beschaffene Planungsbürokratie kann zum Beispiel keine Entdeckungen machen, d. h. irgendwelche neuen literarischen Werte von sich aus erkennen; im Gegenteil, sie reagiert auf neue Reize allenfalls gereizt. Die mißliche Folge war, daß man sich die eigenen Leute zwangsläufig nur über den verachteten kapitalistischen Markt bestätigen lassen konnte. Nur wer hierzulande – meint in der BRD – etwas galt, konnte auch dortzuland allmählich in der geistigen Rangordnung aufsteigen. Nur wer im Westen gedruckt, verbreitet und besprochen wurde, durfte am Ende auch in seinem Heimatland auf Erhörung hoffen, was in der Praxis dann kurioserweise immer gleich auf Rehabilitation und verdoppelte und verdreifachte Popularität hinauslief. Nebenher entwikkelte sich aber immer noch eine eigene halbsubversive Ver-

ständigungsweise, manchmal ein bißchen geduckt unter der Zensurschere durch, manchmal etwas reichlich gewunden an der Wahrheit entlang und manchmal auch hochallegorisch über die Wirklichkeit hinweg.

Brecht hat solches umstandsbedingte Verständigungswesen einmal «Sklavensprache» genannt und von der List gesprochen, die nötig sei, um die Wahrheit zu verbreiten. In solchen Listen und Gangarten waren die DDR-Schreiber/-innen seinerzeit hochqualifiziert, und das Publikum dementsprechend im Symbolelesen. Da sich solche Techniken freilich nicht von einem Tag auf den anderen lernen lassen – es stehen immer die bekannten vierzig Jahre dazwischen – lassen sie sich auch nicht einfach durch die Kunst der freien Rede ersetzen. Im Gegenteil, wo die Kunst ja gerade im anspielungsreichen Drüberhinreden bestand, und Artistik u. a. als Seiltanz auf dem Stacheldraht verstanden werden konnte, sehe ich bereits die Tage voraus, wo sich mancher in solcher Geheimschrift verfaßte Text nach dem Zensor als seinem aufmerksamsten Leser zurücksehnt.

Andererseits hatte die in der DDR entstandene und mit den Verhältnissen der DDR befaßte Literatur aber auch ihre Vorteile, die nicht jedem BRD-Autor gleicherweise vergönnt waren. In seinem Heimatland pressiert, verboten oder ausjuriert zu werden, muß für einen Schriftsteller nicht unbedingt ein Verzweiflungsanlaß sein – Hauptsache, es gibt noch eine zweite Sprachheimat, die ihm seine Einbußen um so fürsorglicher vergilt. Im ideologischen Kampf der Systeme, in der die Künste seit jeher eine bedeutende Rolle spielen, wurde jeder Regelverstoß im kommunistischen Deutschland auf der freiheitlichen Seite als Widerstandsakt honoriert, und sogenannte Abweichler – auch vermeintliche wie beispielsweise Christa Wolf – vollkommen überfeiert. Damit rede ich nicht ihrer nachträglichen Demontage das Wort, ganz im Gegenteil. Ich möchte damit nur sagen, daß unsere westliche Kritik bei den DDR-Autoren und -Autorinnen etwas entdeckte, das hierzulande eigentlich eher als rufmindernd galt; Gesinnungswerte.

Jeder Schriftsteller, jede Dichterin, die ein paar Manuskriptseiten in den Westen hinübergerettet hatten, wurden mit Sonderapplaus bedacht, der nicht zunächst der literarischen Leistung, sondern der ideologischen Abweichung galt. Jeder Grenzübertritt – ob mühselig unter dem Stacheldraht durch oder mit behördlicher Billigung und dann auch gleich mit Sack und Pack und Katz und Kegel – wurde augenblicklich zur literarischen Grenzüberschreitung hochstilisiert, was ja alles nicht schlimm gewesen wäre, wenn die Spendierhosen sich hinternach nicht so erschöpft gezeigt hätten und gleichrangige BRD-Kollegen nicht das finanzielle oder ideelle Nachsehen gehabt.

....

Abends TV und immer der Strömung nach. Paarmal Nachrichten, dann «Made in Germany», über deutsche Waffenverkäufe in den Irak – na wer sagt's denn?! Verrückter britischer Kanonenkonstrukteur, der in Kooperation mit abgehalfterten Fachidioten der deutschen Rüstungsindustrie eine neue Langrohrwaffe vorgelegt hat, und kein BND und keine Zollbehörde haben was gesehen. Immer wieder die einfache Frage: entweder sie haben es duldend durchgehen lassen, dann gehören sie eingesperrt. Oder sie haben nichts gesehen, dann gehören sie wegen Unfähigkeit entlassen. Spät: Thor Heyerdahl «Expeditionen mit Rá I und Rá II»: welche verwegenen, lustigen, gebildeten und auch im fortgeschrittenen Alter noch gut erhaltenen Kerle im unwirklichen Kampf mit den wirklichen Elementen. Wenn doch solche Spiele die Welt wären.

19. Okt. Gelübde, in Loccum nur zu extemporieren, schon wieder gebrochen und kostbaren halben Tag mit Ausarbeitung verschmissen. Um 16.00 von Gisela Zieren (Verlag) abgeholt und Gleitfahrt durch sehr zart gestaffelte Nebelschichten nach Heide/Holstein. Zum Fürchten kleines Räumchen, eigentlich nur größeres Wohnzimmer, winziger weißer Dreiviertelflügel, wenig Zug im Kamin, in der Pause Schnaps, dann etwas freier und um 22.30 schon wieder vorbei der liliputanische Spuk. Ganze Nacht «Sinnstifter»-Dings nochmal durchgedonnert, dann absolut im Arsch mit Jack un Büx un Plünnen.

«Wer sich selbst kommentiert, geht unter sein Niveau», so ungefähr hat Ernst Jünger einmal gesagt; was sich im Umkehrschluß freilich auch so beantworten ließe: «Wer Angst hat, unter sein Niveau zu gehen, der kommentiert sich selbst.» Vor die Entscheidung gestellt, vermeintlich objektive Podeste zu erklimmen und von ihnen aus die niedere Welt anzuvisieren oder stattdessen von privaten bis privatesten Erfahrungen auszugehen, habe ich mich jedenfalls mein Leben lang für die subjektive Position entschieden und selbst noch intime Verstimmungen oder Ressentiments als einen wahrheitsgetreuen Zeit- und Gesellschaftsanzeiger betrachtet. Ich kann Ihnen über das Sinnstiften und den Markt insofern auch heute nur aus der eigenen Praxis berichten – einer Praxis, die vornehmlich mit Gedichten zu tun hat und bei deren Betrachtung der Selbstkommentar kaum zu umgehen ist.

Daß mir der kapitalistische Markt schon früh suspekt geworden ist, hängt, zugegeben, auch mit den von mir erzeugten Produkten zusammen, die auf dem freien Markt kein rechtes Aufkommen finden. Obwohl mir der Beruf eines freien Schriftstellers schon mit 17–18 Jahren als ein lichtes Ideal vor Augen schwebte, konnte ich in der sogenannten Freien Marktwirtschaft nie eigentlich einen Partner für meine geistigen Höhenflüge erkennen, und schon gar kein

Entfaltungsmedium für meine abseitigen Produktionen. Im Gegenteil, ich sah, was der Markt in den Menschen anrichtete und wie er jeden menschlichen Wert zur Ware herunterstempelte. Ich erkannte schon in frühen Jünglingszeiten, daß bildliche Redewendungen, wie «Seelenverkauf» oder «seine Haut zu Markte tragen», aus dem täglichen Wirtschaftsleben gegriffen waren, und mein ganzes Innere warf sich dagegen auf. Um Ihnen den Beweis nicht schuldig zu bleiben will ich Ihnen ein Gedicht des 18jährigen Oberschülers vorlesen, das ich Sie bitte, nicht an seinen Selbstüberzogenheiten zu messen, sondern es als zynisch dialektische Antwort auf die hierorts gehandelten Marktwerte zu betrachten.

Annonce

Kommt gebt mir was zu fressen
Ich bin der erste große deutsche Nachkriegsdichter
Nur fehlt mir Fett und Eiweiß

Ich habe keine Lust
Als Frühvollendeter schon zu krepieren
Und noch ist was zu machen

Hier gibt's was zu verdienen:
Ich gebe Aktien aus auf meine Lyrik
Kommt laßt uns meine Seelenqualen abbaun

Ich werde später Geld
Aus meinen grausigen Visionen schlagen
Kommt gebt mir was zu fressen ich hab Hunger

. . . .

Im Jahre 1966 – also etwa ein Jahr vor der sogenannten «Studentenbewegung» oder APO – hatte der Hamburger Schriftstellerverband zu einer Veranstaltung «Lyrik auf dem Markt» geladen, in der zum ersten Mal auch die arbeitsteilig geschiedenen Künste Poesie und Jazzmusik auf eine gemeinsame Bühne geführt werden sollten. Ich traf mich also ein paar Tage vorher mit meinen alten Jazzer-Freunden Michael Naura und Wolfgang Schlüter, mit denen zusammen ich gerade gestern wieder in Heide/Holstein musiziert habe. Wir besprachen in ziemlicher Eile ein gemeinsames Programm und einigten uns über Duktus, Tempo, Tonart und die musikalischen Charaktere unserer Piècen. Und als wir uns an einem schönen Augustabend auf einem Lastwagen auf dem Hamburger Adolphsplatz wiederfanden, sahen wir uns auf einmal einem Auditorium von 3000 meist recht jungen Menschen gegenüber, so viele aufmerksame Zuhörer/-innen hatten weder die Musiker noch gar der Sänger je zu ihren Fahnen rufen können. Es kam aber bald noch viel schöner. Von nun an wurde die musische Konspiration von Jazz und Lyrik gewissermaßen zum Dauerbrenner des linken Unterhaltungslebens. Von nun an begann man sich um das Mauerblümchen Poesie zu reißen und ihm überall öffentliche Planken vorzulegen und Vortragssäle zu erschließen. Und als ich Ende 66 zufällig in ein Kino ging, was flimmerte mir da als unerwartetes Highlight der Silvesterwochenschau vor die Augen? Unser gemeinsamer Marktplatzauftritt war es, genauer gesagt, eine längere Passage aus meiner Hölderlin-Variation, was u. a. wohl auch etwas über den Geist dieser seltsam bewegten und bewegenden Jahre aussagt.

. . . .

Daß ich dem Marktplatz als sinnvoll erlebter Gegenöffentlichkeit ein bleibendes gutes Andenken bewahrt habe, können Sie sich wohl denken. Der Verfassungsauftrag, der sich dem

Dichter mit jedem neuen Poem aufs neue stellt, scheint mir insofern auch nicht mehr nur auf das stille Schreibstubenprodukt beschränkt. Verfassung muß ausgerufen, verkündet, unter die Leute gebracht werden, und erst wo das als Beispiel verfaßte Gedicht zur Sammaladresse von anderen Einzelnen wird, können wir von einem praktisch gelösten Gesellungswerk sprechen. Das muß nun nicht gerade am Tag der Fertigstellung stattfinden, das kann sich vielleicht sogar erst mit leidigen Verspätungen einstellen, und schon gar nicht funktioniert es ohne den freundlichen Beistand der Fortuna. Wo ein Gedicht aber das genügende gesellige Wesen mitbringt und dann auch noch die Sterne günstig stehen, kann es schon mal passieren, daß sich die von der Konkurrenzgesellschaft nicht mitgelieferte Solidarität im musikalisch beschwingten Genossenschaftszirkel wieder einstellt.

Was ich Ihnen zu bedenken geben möchte, sind also bestimmte konstitutive Schrägstellungen der Poesie zum Marktgeschehen, die gewiß auch mit der geringen Marktlöslichkeit der Gattung zu tun haben. Ein versuchtes Äußerstes an Baugesinnung und Verfassungsfleiß spekuliert nicht mehr auf den Markt, sondern einzig auf das freundlich geneigte Ohr von Genien oder Grazien. Ein mit so viel Wahnsinn wie Mühewaltung unternommenes Sammelwerk wie ein Gedicht ist ein widerständiges Zeichen an sich, anders gesagt ein ästhetischer Gegenentwurf zu dem für den schnellen Verbrauch-bis-Verschleiß hingewichsten Konsumprodukt, und als solches möchte es leuchten. Ein Klümpchen Erdenstoff gegen alle Marktgesetze in die Umlaufbahn katapultieren, nur darum geht es, wobei diesem schönen Schein zuliebe allerdings der letzte Schweißtropfen abdestilliert und der Eindruck von Kraftaufwendung rückstandslos getilgt gehört.

Klingeln gehört zum Tingeln, meine Damen und Herren, und wenn ich mein Levitationsprogramm hier so offen als Nummer vorführe, dann hat auch das mittelbar mit dem Markt zu tun. Genaugenommen ist das lyrische Subjekt, das ich zu vertreten habe, auch ein Teil der Gesellschaft, von der es sich abwendet, und sein eigener poetischer Duktus ist bereits in der Wolle gefärbt. Richtiger wäre wohl, in der Rolle gefärbt, denn es spricht uns ja nicht als Stimme aus dem Dornbusch oder vom Berge Sinai an, sondern mitten aus der Arena, in der die Tageskurse ausgegeben werden und die Börsennotierungen unentwegt über den Bildschirm flutschen. Als Zeitzeuge sprechen hieße mithin: mit angenommener Stimme sprechen und den Bruch zwischen hohem Anspruch und niedrig gezogenem Spielboden immer gleichzeitig mitanzeigen. Das ist ja gerade das Fatale an bestimmten, abgehobenen Tonlagen unserer zeitgenössischen Lyrik, daß sie dem kommerziellen Anreißjargon etwas sozusagen Reines, Sakrales, Unversehrtes entgegenzusetzen suchen und letzten Endes selbst beim Kunstgewerbe landen. Im Gegensatz zu solchen restaurativen Versuchungen bin ich allerdings schon in sehr jungen Jahren in die Rolle des Selbstanreißers, Conférenciers und Marktschreiers gesprungen (siehe das Gedicht «Annonce») und habe auch später ein Gedichtbuch *Haltbar bis Ende 1999* genannt.

Daß solches Sprechen mit angenommenen Stimmen zweideutig ist, versteht sich von selbst: es verhüllt den Sprechenden und gibt gleichzeitig Wahrheiten preis, die außer durch die Maske kaum noch zum Sprechen gebracht werden können. Wie das Wort Maske bereits im antiken Theater mit dem Wort «persona» begriffen wurde – übersetzt: es tönt hindurch – so kann auch die lyrische Versuchsperson zum Verkünden von Heils- oder Unheilsbotschaften brauchbar gemacht werden, für die die herkömmliche poetische Sprache keine Zunge mehr hat. Was scheinbar nur für den aktuellen Windkanal gesprochen ist (siehe *Haltbar bis Ende 1999*) möchte gleichzeitig auch als Verheißung verstanden werden, nennen wir es mal eine diminuierte Utopie. Was sich als zum Titel erhobenes Verfallsdatum einerseits in eine Warenwelt aus Tütenstempeln, Bodenprägungen und Falzmarkierungen einreiht, zielt als imperativische Selbstbeherzigung auch wieder darüber hinaus.

....

Das dialektische Voranschreiten von indirektem Reden (Werbesprache, PR-Sound, Marketing-Jargon) zur direkten genossenschaftlichen Ansprache («Komm raus!» – «Laß leuchten!» – «Bleib erschütterbar») ist auf jeden Fall als Versuch zu verstehen, vom geduzten ICH aus einen Zugang zum verschütteten ICH im angesprochenen DU zu bahnen («Ein Ich hat irgendwie jeder / Und das ist auch gar nicht so ungewaltig»), was im glücklichen Fall dann den lyrischen Monolog in den sozialen Plural hinüberrettet. An der Rolle, d. h. der «persona» führt für meine Person allerdings kaum ein Weg vorbei, auch wo sie als solche oft gar nicht mehr wahrgenommen wird. Da man mir vor der Tagung mehrfach nahegelegt hat, das Gedicht «Bleib erschütterbar und widersteh» zu lesen, kann ich der Versuchung nicht ganz widerstehen, Sie auf das artistische Wesen auch dieses Kunstproduktes hinzuweisen. Abgesehen von der redundant durchgenagelten Titelzeile (was einen technischen Kunstgriff darstellt und insofern ein handhabbares Agitationsmittel), ist es natürlich kein Zufall, daß das lyrische Ich sich hier in die Rolle des Auktionators und Ausbieters begibt. Jetzt hebt er den Hammer – jetzt hörbar noch einmal die Stimme – jetzt ruft er seine Wahrheiten meistbietend aus:

Also heut: zum Ersten, Zweiten, Letzten:
Allen Durchgedrehten, Umgehetzten,
was ich, kaum erhoben, wanken seh,
gestern an und morgen abgeschaltet:
Eh dein Kopf zum Totenkopf erkaltet:
Bleib erschütterbar – doch widersteh!

Meine lieben Damen und Herren, daß nicht der geistige Sandsack und der seelische Hauklotz der Ermunterung bedürfen, ist unter uns keine Frage. Eher scheinen mir schon die irrenden Nervenbündel und geknickten Primelchen einer ermutigenden Aufrichtung wert: es sind Geister von unserem Geist und Wesen von unserem Wesen. Was wir im Augenblick gerade erleben – staunend, verängstigt, hoffnungsvoll, befreit, beklommen, alles ziemlich ungar durcheinander – ist der Zusammenbruch eines gewaltigen, auf Gewalt gegründeten Imperiums, das sich als Heilsreich verstand, und das nachfolgende Knirschen und Ächzen der Weltenachse kann uns natürlich nicht unbeteiligt lassen. Ob den kommunistischen Fortschrittsträumen nun eine allumfassende Glaubenskrise folgen wird, ist noch ganz und gar ungewiß. Ob sich die Linke, von den real strangulierenden Fesseln befreit, nun noch einmal regenerieren und zu einem mitreißenden «Trotz-alledem-und-alledem» aufraffen wird, scheint mir auch noch nicht ausgemacht. Wir können nur eines mit Sicherheit sagen (und ich selbst sage es voller Skrupel und Bangen): daß der Ellbogenkapitalismus nun überhaupt keinen ernstzunehmenden Gegenspieler mehr hat und die Verdammten dieser Erde vergebens nach einem potentiellen Lichtfunken Ausschau halten werden. Je mehr man den Konkurs des Zwangssozialismus allerdings zur Desavouierung der sozialen Bewegung schlechthin mitnutzt, um so rabiater werden sich Freibeuter- und Mafiosotum schließlich um seine Konkursmasse balgen. Und ob unser nettes

Mitteleuropa dann noch das sozialversicherte Idyll bleiben wird, das es gestern war, scheint mir einigermaßen zweifelhaft.

Meine Damen und Herren, ich bin kein Prophet, aber ich sehe was ich sehe und – wie es im Gedicht geschrieben steht – «das sag ich dann auch». Vom Überbau der Gesellschaft her, d. h. von den Cockpits unserer meinungsbildenden Organe und Zeitgeistmedien aus sehe ich nämlich zunehmend linke Positionen geräumt und unter Druck gesetzt und rechte Philosopheme und Weltanschauungen dafür nach vorn gespielt. Daß Autoren wie Christa Wolf und Stefan Heym oder Stephan Hermlin von Tag zu Tag mehr bedrängt und in ihren Lebenswerken in Frage gestellt werden, ist dabei nur ein erster Schritt zu dem neuen großen Rechtsschwenkmarsch! Der eiserne Besen, der hier zum ultimativen Kehraus ansetzt, wird sicher bald noch viel weiter ausholen – er hat bereits so hochverehrte Geister wie Bertolt Brecht und Anna Seghers und Arnold Zweig und Lion Feuchtwanger und Heinrich Mann erfaßt – und ich sehe die Tage voraus, wo man uns den vergifteten Klärschlamm von gestern als eine neue rechte Glaubensspeise vorsetzen wird.

20. Okt. Zugfahrt mit E. nach Hannover, dort von Akademiefahrer abgeholt und nach Loccum. Zum Mittag 2 Brötchen und um 16.00 Vortrag, ostwestdeutsches Doppelkonzert, zuerst ich, dann Rolf Schneider. Hatte meinem Redetext aus Doku- und E-Musikgründen eine lyrische string of pearls eingelegt, was seine Vorteile haben, aber auch seine Schwierigkeiten machen kann, weil das auf harmonische Progression bedachte menschliche Ohr solche Tonsprünge wie zwischen erörternder Prosa und metaphorisch abgehobener Rede oft gar nicht mitmacht. Hörte es im engen Sperrholzrahmen christlicher Besorgtheitsmentalität öfter mal vernehmlich knacken, wenn ich

die Register wechselte, aber was soll man schon machen, wenn einem Aufklärung und Ausdruck manchmal selbst schon ziemlich crashig durcheinandergehen.

Im Anschluß Rolf Schneider, der es sich schwierig gemacht und mit den Leutchen dann richtig schwer hatte. Sehr freimütige Selbstbefragung aus DDR-Perspektive: «Wir haben nämlich samt und sonders versagt ... Wir greinen weiter um den Verlust unserer einstigen Vorzugsstellung ... Statt mit Nachdenklichkeit reagierten die meisten von uns mit Empörung und Larmoyanz, und ein paar gute Geister von jenseits der Grenzen unterstützten uns noch dabei ...» pp. pp., aber in diese vorn drückenden und hinten kneifenden Schuhe wollte keiner gern hineinschlüpfen. Litt bei der Diskussion richtig mit ihm, wie er dasaß mit wackelndem grauem Kopf, ein zitternder Aschermittwochsballon, und sich von allen Seiten her kritische Pfeile zuzog, aber wußte ihm auch nicht zu helfen.

Schneller Abschied, Umarmungen (Lutz Arnold), genossenschaftliches Pfotedrücken (Lothar Baier), ermunternden Tatsch auf die Schulter (Schneider), dann ab im 21.00-Interregio, neuem Zugtyp, der mir nicht zusagt, weil sich der eigenwillige Rücken dem Design der vorgegossenen Sitzschalen nicht anpassen will. Viel jugendliche Kundschaft im «Bistro», wo man auf halbrunden Bänken Schauaperitifs zwitscherte. Lichte gläserne Sandwich-Vitrinen – die neue Durchsichtigkeit.

18.00 mit E. «Blockhouse» Othmarschen, wo junge Mädchen den von uns reichlich abgeblasenen Zigarettenqualm mit indignierten Langfingern fortzuwimmeln suchten: diese lästigen! dreckigen! jedes grünen Gemein- und Gesundheitssinns entbehrenden Alten! Kurz durch Waitzstraße: falsche Ansprüchlichkeiten, überhöhte Preise, ungemütlicher Wind.

TV: «Talk im Turm» mit dem zwischen Bonhomie und kritischen Brillenbügelstipsern sich fläzig ausbalancierenden Böhme. Schön ungemütlich arrangiertes Rencontre von Loewenstern/*Welt* (der politische Gegner gewohnheitsmäßig als «erbärmliche Psychopathen und Irre» bezeichnet) und einem psychisch-motorisch gestörten jungen Mann als betroffenem Diskriminierten. Bewahrte die Egon-Schiele-haft abgewinkelten Hände auch keineswegs sittsam unter dem Tisch, sondern unterstrich seine Protestnoten fortwährend mit expressionistischen Ausdrucksgebärden und sprechenden Leidensgesten (von der Kamera meist in Großaufnahme präsentiert), was einen qualvollen Anblick bot, aber vom Publikum offenbar als angemessenes Visavis für das gedunsene Schweinsgesicht mit seinen kalten grauen Doppelflintenaugen empfunden wurde.

Bei Katja Wagenbach («Friedenauer Presse») ungemein gerafftes, kühnes Tack-tack-tack-tack-Tagebuch von Isaak Babel erschienen, ein Maschinengewehrfeuer an Eindrücken und Wahrnehmungen während russischen Feldzugs in Polen. Wie das bei einem 25/26jährigen schon alles sitzt/alles stimmt: Milieus, Charaktere, Farben, Gesten, Tätigkeiten, Röcke, Kappen, Tupfer, Wetterlagen, Blutspritzer – konnte bei den Pogromschilderungen allerdings nicht sehr lange mithalten, weil es mir die Scheiße in den Hals trieb.

22.Okt. Ließ mich bei Sonne und kühlem Wind durch den Altonaer Rathauspark wehen, wo Türkenbuben mit riesigen Rettichnasen und verwilderten Schöpfen über die Blumenbeete radelten: unerfreuliches Alter, ungute Mienen, wenig erbaulicher Typus, roh und doof. Bei Durchqueren «Kaufhof» (Lebensmittel) auch nur abstoßende Anblicke: niederes gehetztes Trachten nach Ware, listiges Erspähen von kleinen Vorteilen, Fußtritte oder barsche Hüftstöße gegen anderer Leute Einkaufswägelchen, dies Menschenbild . . .

Reihte mich in die Warteschlange vor der Kasse ein und entfernte mich, vergessener Bandnudeln wegen, für ein Momentchen von meinem Wagen, als sich auch schon ein Dosenbierkunde zwischen mich und meinem Vordermann gequetscht hatte. So gleich noch paar weitere Vordrängler, bis sich Biestigkeit in mir anstaute und sich ungerecht gegen einen von Ware offenbar völlig verwirrten älteren Herrn entlud. Er: «Was ist Sommertracht?», Ich: «Sommertracht? – das ist ein Name.» – «Ein was? Ein Name?» – «Ja», antwortete ich, mit einer gewissen Lust an seiner Hilflosigkeit, «ein besonders schön klingender Name. Ein Reklamename.» Als sich während des kurzen Wortwechsels noch eine weitere Dame in die kleine Rangierlücke quetschen wollte, wies ich nur kurz mit dem Daumen hinter mich: «Da gehts rum. Das ist die organische Reihenfolge.» – «Aber dann müssen Sie . . .», worauf ich die Augen wie zwei Totschläger hob: «Was muß ich? – Was haben Sie eben sagen wollen, daß ich muß . . .?!» Immer netter, wenn man in solchen Momenten zu zweit und dann auch noch ausgeschlafen ist!

Ganze Nacht Bach: Itzhak Perlman «Adagio und Fuge g-moll»! – Yehudi Menuhin und Glenn Gould «Sonate c-moll für Violine und Klavier»!! – Gidon Kremer «Chacon»-Einspielung von 1989! – pp. pp. Mich schon öfter gefragt, in welches Licht ich mich setzen würde, wenn ich meine musikalischen Meinungen öffentlich zum besten gäbe: a.) daß verglichen mit Bach mir Mozart fast schon wie Pipifax vorkommt und Mozart im Vergleich mit dem Finkenschläger Rossini wie ein Gott. Wagner und Rossini als Nord- und Südpol eines janz privaten Antipathenhimmels.

Bei Schlesinger die Notiz «Ernst Busch gestorben und Henry Miller». Ging mir nahe, weil ich mich erinnerte, es im eigenen Tabu ähnlich gerührt vermerkt zu haben.

23. Okt. Einkaufen, Auslauf Elbe, Sonne im Einfallswinkel von 16 Grad und die Wiese bewirft sich selbst mit lauter winzigen Schättchen. Das Gras grüngolden mit graphitgrünen Flecken gepanthert. Einem Pärchen nachgewandelt, das offenbar nur der Mißmut zusammenhielt. Statt Artig-, Bösartigkeiten. 17.00 Hähnchen und Meierdiercksens. Abends TV: Kohlinterview: jesuitisches Augengeklimper, falsche Bonhomie, bei Bedrängung sofort Bugwellen vor sich herschiebend, ein phrasenböllerndes Schlachtschiff.

24. Okt. Bei Aufstieg Schulberg mich an mindestens 100 m langem Honigfaden eines Pfeifenrauchers emporgezogen. Oben Tibia, zwei unegal rote Lippen, die mich zu Western-Shop abschleppen wollte. Sah zum 1. Mal ihren Silberdiesel von innen: Notenständer, Partituren, Bücher, Kassetten, Plastiksaurier, Apfelgriebschen, Lautsprecherboxen, Flenskiste, Bonschetüten, Horrorfigürchen, getrocknete Schweinsohren, Buntdruck Menzel «Flötenkonzert»: «Mann, quetsch dich schon rein, du bist doch nicht Günter Strack in seiner Soutane!» Hatte *Holzschiff* gelesen, noch ganz im Initiations-Taumel, jetzt bei Anfang *Niederschrift*. «Steht da die Lösung drin?» Ich: «Na, die Lösung, die zieht sich noch über 'n paar tausend Seiten hin.» Nähe Spielbudenplatz geparkt und an verwahrloster «Condomerie» vorbei: «Scharfmachetropfen» mit vergilbtem und halb gelöstem Aufkleber – «Miss Deep Throat» (175,– DM) der allerdings einige Atü zur Vollkommenheit fehlten – «Pretty Linda (148,– DM): beautyful sensuous eyes that open and close as her mood changes, mit einer Scheide, die sich zusammenzieht zu Ihrem privaten Vergnügen.» T. mit unentschiedenen Gluckeraugen hin und her: einerseits magnetisiert, andererseits angeekelt. Dann, plötzlich sich losreißend und zu netteren Gegenständen überwechselnd: «Kuck ma da, 'n Babyschnuller in Hundekacke, das ja 'n geiles Objekt.» Im Shop 3 Dakota-Hemden, 1 Paar Mokassins mit genoppten Sohlen. T.s Umgang mit

Stiefeln, Gürteln, Nietenwesten pp: erst immer neugierig rein in die Klamotten, dann die Unpäßlichkeiten einfach krud in die Ecke gepfeffert. Ich bat sie, die Sachen doch wenigstens ins Regal zurückzulegen oder auf einen Bügel zu hängen, worauf sie: «Mann, wenn ich schon seh, wie du beim Bezahlen die Groschen rauskramst und dann auch noch die Pfennige abzählst, damit das nur ganz genau stimmt!»

Ab 16.00 Tabu. So absolut ohne Lokalkolorit und Stallgeruch, wie ich zuerst dachte, sind die Sachen offenbar doch nicht. Bin immer stark in weltliche Dinge verwickelt gewesen und könnte mehrere Helden mit dem entsprechenden Know-how versorgen. Auch schon damals Kafka-Lektüre und mit Befriedigung festgestellt, daß ich bei Erscheinen des Fischer-Taschenbuches bis zur Selbstzerknirschung entzückt war. Leider gar keine Lehren für die eigene Praxis daraus gezogen. Viel zuviel Lamento über beliebige Absonderungen – nun als letzte verbliebene Hoffnung, daß sich wenigstens paar charaktervolle Einschlüsse finden.

25.Okt. Geburtstag, und den Tag schon vorübergewünscht, eh er noch begonnen hatte. Zuviel über «Wabuwabu»-Techniken bei Ruth Benedict und Malinowski gelesen, um Überraschungsgeschenken noch über den Weg zu trauen. Die Geheimnisse, die vor Neugier nach ihrer Entdeckung zerplatzen. Was alles nicht auf der Stelle ausgewickelt, bewundert, hochgehoben und beschrien zu werden begehrt. Gang Elbe, ziemlich abgesunkene Sonne, bissiger Ostwind, kühler Dunst. Verschiedene Anrufe, auch betr. D-Land: das mißlungene Verbrüderungswerk, die wahre Spaltung, die sich erst nach der Einheit zur Kenntlichkeit entwickelt hat. Scherzbildchen mit 2 unegalen Kackern verschickt: «Wir kneifen zusammen was zusammengehört.»

17.00 Grit Anton, Leipzig, mit schlaksigem langem Freund. Gesicht wie fromme Helene, Bohnenbacken, dunkle Nußaugen, Haare angeklatscht, winziges Zöpfelchen. Hatte «Blumenmärchen» illustriert (Examensarbeit): Welch erfreuliche kleine Schöpfung, und so sähe ich die Märchen eigentlich am liebsten alle einzeln durch die Lande ziehen. Vertraut auf ihr Glück als Freie Angewandte im freien Westen und wird hoffentlich nicht enttäuscht werden. Abends die wieder etwas zu lauten Frauen und das biederverhaltene Dröhnen der Männer, bei Schnatterkaskaden schon ganz hinter einem Flüsterwall aus tonloser Abwehr verschwindend. Die guten alten Zeiten, als Machtworte noch etwas verschlugen und ein klärender Backs manchmal Wunder wirkte.

0.00 zu Bett und zu wissen begehrt, ob Kafka bei Wahrnehmung solcher Abende eher völlig zernichtet gewesen oder nochmal zu humoristischer Hochform aufgelaufen wäre. Es ist eine so große Ruhe in seinem gesamten Wahrnehmungswesen, daß man sich niedere Reflexe bei ihm gar nicht vorstellen kann. Wandelt wie mit einem Licht in der Hand durch die Nacht, leuchtet den Mitsterblichen wie von ungefähr ins Gesicht und macht aus dem eigenen Erschrecken gleich ein kleines Kabinettstück.

26. Okt. Das Interesse an der Gegenwart fast gänzlich erloschen und die Vergangenheit derart liederlich abgefaßt, daß man den Geschmack an sich selbst verlieren kann. Rohrdommelhaftes Ge-uhe. Die U-Person. Ausgeschlafen, Sonne, kühler Wind, leerer Kopf. Die vielen Überschneidungen von Lichtbahnen und Schattenkeilen in meinem Mansardenzimmer. Nachts dann die vielfach gebrochenen Widerspiegelungen im Gaubenfenster: Auch Kubismus nur das Produkt von normaler selektiver Wahrnehmungsweise.

Was ist der Mensch???
(als einfacher Gemeiner)
Stumpf im Triumph,
im Scheitern schon was feiner.

27. Okt. TB-Abschriften. Das Gefühl, den Stoff meines Lebens – d. h. das Leben selbst – als literarischen Vorwurf verschmissen zu haben. Verf. vertritt immer nur Meinungen und gefällt sich in der Rolle eines Erdenball-Chefkommentators. Nietzsche-Variationen: «Du hättest hinkucken sollen, meine Seele.» Trotzdem, von Döblin gelernt und nie vergessen: «Ein Kerl muß eine Meinung haben.»

Die Wende als Umwendung aller Werte. Wundern würde mich heute überhaupt nichts mehr: weder wenn man den Konsul Weyer als großen Wohltäter der Menschheit in die Nähe von Mutter Teresa und Albert Schweitzer rücken würde, oder Wolfgang Hilbig als einen Joyce und Döblin vergleichbaren Epiker feiern. PDS, die mit 100 Millionen ins Ausland verdunsten wollte. Die Erneuerungspartei! War immer dagegen, sie parlamentarisch zu boykottieren und demokratisch legitimierte Prozente im nachhinein zu kriminalisieren. Nun scheint sie mir plötzlich nur noch eine ärgerliche Schwächung der sozial-alternativen Linken.

28. 10. Mein Tagebuch – mein Klagebuch – mein finsteres Untertagebuch. Ganzes Leben lang immer hart am Verfallsdatum und mich jeden Tag gefühlt, als ob ich den nächsten nicht mehr erreichen würde. Besuch Beppo und Astrid, deren Besuch immer erfreut, auch wenn sie zur Unzeit kommen. Hatten von der «Pidder Lyng» (Schiffsreise Hörnum–Helgoland) Geburtstagskarte geschickt: «Von einem stillen Verehrerpaar.» Bin auf den mich seit meiner Schulzeit begleitenden Spitznamen derart konditioniert, daß ich gelegentlich eines Besuches bei Jochen Steffen

in St. Peter-Ording einmal richtig erschrak, als ich ein Straßenschild «Pidder-Lyng-Weg» sah. Geburtstagsbuch f. Fränki (50) präpariert. Der Hinterglasbefruchter: «Mein lieber Frank / un altro litro / auf das Leben an sich / und das Leben in vitro.»

21.00 ins ehemalige «Cosinus» (alternativer Wartesaal der siebziger Jahre), heute «Cosinuß» und avancierte Szene. An den Wänden überlebensgroße Fotoposters aus F.s mehreren Leben: Frauen, Kinder, Freunde, vorzugsweise Rodolfo-Valentino-«Mir-zur-Feier»-Einzelstar-Porträts. Runde Tischchen und Barhocker – in schwarzen Satin geschlagene schwarze Bedienerinnen mit beefsteakfarbenen Zungen in hellila Mündern – ein junger Recke mit mächtigem Brustkorb, weißem Hemd, grüner Weste, der auf einen Riesenhupfer die Theke enterte und zum eigenen Gesang in die Hände klatschte, ziemlich unerträglich für einen Erschöpften, der sich mit angestrengter Stimme gerade noch krächzend bemerkbar machen konnte. Viele alte Freunde auch aus bereits sagenhaft entrückten Teestubenzeiten, Schmilinskistraße, frühe 60er Jahre: Lewald, Derwisch, Frescobaldi, auch Irmgard Manthey, die noch schnell vom Lehmweg herübertelefoniert worden war und die ich halbe Stunde vorher in einer 20 Jahre jüngeren Dame erkannt zu haben glaubte. Nun trat sie auf einmal bleich, befangen und in verblaßtem Graulila ins Lokal, wie schön, daß du da bist, wie schön nach so vielen Jahren, aber als ich unser trautes Doppelporträt dann in der Glastür sah, mein müdes Greisenhaar an ihrer etwas verschwollenen Backe, wußte ich, was die Uhr auch f. mich geschlagen hatte. War bereits am Gehen, als mich in der letzten Abschiedssekunde noch eine lichtgrüne Erscheinung anflog (durchsichtig wie eine frisch geschlüpfte Wasserjungfer) und wispernd vor meinem Ohr verhielt, ein allerzartestes Berühren, eigentlich nur Seidensaum von Wörtern/Lauten zwischen ihrem Lippenrand und meiner Wange, konspirativ, vertraut, aus tiefster Seele frech, bis ich glaubte, dem Elfenspuk nicht länger gewachsen zu sein und mich dem Zauber im Ruck entriß . . .

So. 28. Okt. Zum ersten Mal Kontakt zu meinem alten Alter ego und mich wie ein Vampir meiner selbst an Tabus festgesogen. Anderer Leute Diarien zum Vergleich danebengehalten: Jünger *Gärten und Straßen* – Doderer *Commentarii 1957–1966* – Handke *Gewicht der Welt* und *Geschichte des Bleistifts*, und eigentlich eins so anmaßend wie das andere. Z. T. richtig unerträgliche Stellen: «Warum gegen den Erfolg sein? Er wollte den Erfolg und verachtete die Erfolglosen, gab ihnen die Schuld daran. Erfolg war ihm ein Zeichen von Tugend, Klarheit, Entschlossenheit, Eigenart, Formbewahrung. Eigenart hatten in seinen Augen nur die erfolgreichen Menschen; wozu dann noch Gelassenheit und Großmut kamen. Der Erfolg erst gab dem einzelnen recht.» Z. T. auch wieder aparte und dann sogar amüsante Wahrnehmungsschnipsel: «Beim Opernfinale war es, als ob die Sänger auf der Bühne jetzt tatsächlich gemeinsam glücklich seien, und daß sie dafür auch zu recht bezahlt werden wollten.» Mich an E. erinnert gefühlt, die solche spitzigen Beobachtungen öfter mal macht und sie dann allerdings noch netter kommentiert. Nach Kinofilm *Das Gewand*: «So, und nun sind die Schauspieler derart gerührt, daß sie ihre Garderobe beim Roten Kreuz abliefern und ihre Gage an die Krebshilfe schicken.» Meine 77er-Rezension von *Gewicht* noch einmal überflogen und festgestellt, daß ich trotz meiner alteingefleischten Idiosynkrasien immer sehr gerecht und niemals borniert über jüngerer Leute Texte geurteilt habe. Vorwurf gegen mich selbst allenfalls: hätte lieber die Piwitts als die Handkes besprechen sollen, z. B. *Deutschland – Versuch einer Heimkehr*.

Ähnlich zwiespältig meine Reaktionen auf die Jünger-Tagebücher. Sieht man einmal von der penetranten Gleichsamkeits-Rhetorik ab, ist er oft ein vorzüglicher Augenblicksjäger:

«Merkwürdig sind die Farben in solchen Nächten – Mondfarben, gleichsam als Ahnungen von Farben ausgeprägt.» Nur, wenn es dann an die so benannten «Conclusionen» geht, wird alles gleich wieder trivial bis banal: «So gibt es viele Dinge in der Welt, die man erst wahrnimmt, wenn man Kenntnis von ihnen hat. Und andere sind da, die man nicht sieht.» Werde nie das Gefühl los, daß J.s entomologische Streifzüge auch nur Beutezüge, heißt verkappte Kriegszüge sind. Ernst Jünger: der Kammerjäger des deutschen Kulturkonservatismus.

Abends TV: Rudolf Schock als singender Halbakt mit pomadisiertem Haar auf eine Almkuh gestützt: «Dein ist mein ganzes Herz» – Sodomitische Lachstücke, die ganzen Generationen zu Herzen gegangen sind.

Nachts: alte Mags («Niederes Hoheslied») in den Müllsack. Fast monströses Thema: wie sich um die unterschiedlich prägnanten Spezialitäten weltweite Kulte und erdkreisumspannende Liebhabergemeinden gebildet haben. Aus der Wirkungsgeschichte eines Abziehbildes.

Lekt. *FAZ* v. 27.10: Milan Kundera, *Die Unsterblichkeit*, 3. Kapitel, «Der Computer des Schöpfers». Es ist genau dieser penetrant heiterkeitsheischende Balkanhumor, vor dem ich mich ein Leben lang geschüttelt habe, aber nicht vor Lachen. Redselig, bedeutungsgeschwollen und von einer Paprikaschote zur nächsten. Ihn an derart prominenter Stelle derart auftragend präsentiert zu sehen, kann nicht allein mit schlechtem Geschmack erklärt werden. Es hat mit Ideologie zu tun.

31. Okt. Tag mit Tagebuch hin und zum ersten Mal das Gefühl, daß der weltliche Kern nicht ganz ohne Schmackes ist. Weniger die endlos in die Länge gezogenen Selbstbeklagungen machen die Musik, sondern die Scherzi, die Capriccios, Im-

promptus. Beispielsweise, als ich im Juli 73 beim Friseur in Wandsbek war, und er bei jedem Autogeräusch aus dem Fenster blickte: «Da! – will sich schon wieder jemand zu Tode fahren!» – «Da! – haben Sie das eben gehört? – das Quietschen?! – Um ein Haar wär da wieder jemand unter die Räder gekommen, na der Weg nach Ohlsdorf ist von hier ja nicht weit» – «Da! – na, dem hätte ich aber gewünscht, daß er dem da hinten draufgeknallt wäre» – so etwa eine halbe Stunde lang, und wie viele seiner Bekannten und Verwandten sich schon umgebracht hätten, und daß er selbst nur noch den einen großen Wunsch hätte: «aus den Haaren von all den fremden Menschen raus und sich für alle Ewigkeit langmachen».

Anruf Tibia, Fleutjepiepen bei Gerhard Otto, der den Halskrebs hat, wovon sie völlig fertig sei – «aber auch sonst noch paar wichtige Psychosachen». War gerade beim Hähnchengießen, als sie kam, was sie gern sah und geil fand, «aber am allerallergeilsten» doch das *Holzschiff* und die *Niederschrift des Gustav Anias Horn*: «Diese Szene, wo Anias und Tutein in dieser verätzten Kneipe da sitzen, und wie das Mädchen seine Zehen in die Dips eintaucht und die anschließend ableckt. Und wie die alle schon reden! ‹Die Erziehungsformeln zerreißen die Menschheit›, oder so ähnlich, absolut fäääärtich, nee, Georg Lauffer ist wohl der allerfäääärtichste, und wie die dann auch noch heißen, Paul Raffzahn, jetzt weiß ich das wieder, hieß der Koch. Wenn ich bei uns das Telefonbuch aufschlag, und da steht Heike Meier, dann weiß ich sofort, Friseuse, und der Kerl dazu ist kaufmännischer Angestellter, aber hier?! Ich kann abends überhaupt nicht aufhören damit und schwör mir bei jedem Absatz, nur noch bis zum nächsten Sternchen, und wenn ich soweit bin, will ich nur nochmal ganz kurz nachkucken, wie es weitergeht, und dann steht da ‹Drei Tage später geschah das Unglück›, und dann bin ich schon beim nächsten Kapitel . . .»

Gegen 19.00 Spaziergang, erst lustig, später eher bißchen traurig. Zwei Kollegen getroffen und gegrüßt, a. Tankred Dorst («Der sieht aber auch aus wie kein zweiter Mensch auf der Welt, jedenfalls keiner, den ich kenn»), b. Aysel Özakin («Hast du die Nase gesehn? Das war ein Rhinophym!»), dann elbabwärts am hoch eingezäunten Großeleutegrundstück mit den nachtgrauen Riesendoggen entlang, und am «Hohlweg» vorbei und an der «Kate» und den Uraltkastanien mit ihren Tausenden von gelben Nikotinfingern, und als wir bei der Ringelnatztreppe ankamen, deren Namensschild gerade mal wieder geklaut war, kam sie doch mit der «Nachricht der Woche» über: «neuer Typ, der mich angebaggert hat, bzw. ich ihn – und sogar noch das richtige Sternzeichen – Löwe! – der hat uns neulich in der ‹KRÜCKE› gehört und will mein Manager werden». Es war genau der Typ, den ich auch liebe: Paar Jahre Indien, erst im Ashram, dann Meditationsseminare in Österreich und Selbsterfahrungsgruppen in der Schweiz; von Beruf her «eigentlich» Musiker, Gitarrist, «diese indische Kurzhalslaute, weißt du, diese Tschiggara mit 5 Spiel- und 5 Bordunsaiten, muß sich absolut geil auch zu Flöte anhören»; heute allerdings «eher so Philosoph und Spezialist für Biofeedback und Gedankenheilen, der das westliche Denken wieder mit dem östlichen Denken versöhnen will». Wandelten noch eine Weile gedankenverloren weiter, einem glutrot beleuchteten Dampferchen nach (Ich: «Kuck mal, der hat glühenden Koks geladen» – T: «Nee, das'n Puffschiff»), dann, stummer, wieder zurück und links die steile Himmelsleiter hoch, die mir heute ganz besonders steil und beschwerlich vorkam, bis ich sagte, «Komm, laß uns erstmal 'n bißchen verpusten», und sie: «Mensch, wenn der eine mit 'ner andern abhaut, und du mich auch nicht heiraten willst, was soll ich denn machen?!» – «Ach, Tibia», sagte ich, «fang nicht wieder damit an, ich bin 'n oller Kerl, der langsam bröckelweise auseinanderfällt, erst der Rükken, dann die Zähne, dann die Sachen, an die ich noch gar nicht denken mag – wenn du wüßtest, wie neidisch ich selbst noch auf solche jungen Hunde bin, die den ganzen Tag am Strand rumrennen und armdicke Knüppel mit den eigenen Zähnen apportieren können.» – «Oh – oh – oh», sagte sie, «das mag ich aber gar nicht gerne hören, wie du jetzt wieder von dir sprichst, wenn du wüßtest, wie guuut du noch aussiehst» und gab mir einen Kuß auf den halb zahn- und halb atemlosen Mund. – Als ich bißchen später zuhause ankam, E. am Telefon: «Na, wo hast du denn so lange gesteckt?! Ach, ich möchte nur eines, nachhause, nachhause, nachhause!» Glättete erstmal meine gar nicht in Unordnung geratenen Klamotten und sprach beruhigend auf sie ein, um dann mit mehreren doppelten Maltesern gegen mein unordentliches Innere vorzugehen.

ZEITROMAN: Wie der vor lauter Selbstbeobachtungszwängen schon völlig verhaltensgestörte Held an eine poetische Natur wie T. gerät und an ihr bewundert, was er nicht einmal auf dem Papier zu erzeugen fähig ist. Wie er mitansehen muß, daß sie dann sogar auf Bühnen reüssiert, die für ihn ewig unerreichbar sind, und zu einer Kleinstadt-Kultfigur aufsteigt. Wie sie schließlich in den Sog von windigen Selbsterfahrungs-Animateuren und New-Age-Schamanen gerät und beide – jedes für sich – über den schönen Schein der Kunst in einen fürchterlichen Erdenschlamassel geraten . . .

TV: Der jetzt täglich, beinah stündlich erwartete Ölkrieg. Im Tucho nochmal das alte Weiswort rausgesucht, das wir schon zu *konkret*-Zeiten immer gern zitiert hatten:

«Ist etwas auf Erden schief und krumm,
dann riecht es bestimmt nach Petroleum»

Kultur: DDR – DDR – DDR – als ob es schon überhaupt keine anderen ästhetischen Aufregungsgegenstände mehr gäbe und (gerade!) die Politik dem Provinziellen einen Anstrich von Bedeutung verleihen könnte. Dissidenten a. D. wohl die unerquicklichste Spezies, die hierzuland jemals Szene gebildet hat. Dialektik der Verlogenheit: für sie darf die DDR im Grunde nie aufhören, anders sie selbst nämlich augenblicklich ihrer Vorzugsaktien beraubt und auf normale Wettkampfbedingungen zurückverwiesen wären. Daß es neben den ihren (hochreputierlichen) auch noch andere Lebensläufe, politische Werdegänge, Sozialisationsformen und Abweichungsmuster gibt, ist ihnen so gleichgültig wie irgendwas. Haben ihre einmalige Stunde erkannt und versuchen sie mit allen Mitteln der Opferpropaganda/Denunziationspolitik in die Länge zu dehnen. Ein bereits berufsmäßig betriebener Antikommunismus, der mit dem entsprechenden radikalen Privategoismus einhergeht und deren Gesellungsformen die Lobby, die Clique und der Klüngel sind. Solchen eigennützigen Selbstversorgerclubs zuliebe scheinen sie allzeit bereit, unsere traditionellen berufsständischen Corporationen – so PEN, VS und Akademien – zu zerstören.

Bißchen an Lehrgedicht «Artensterben und Artistik». Vielleicht auch nur Scherzartikel: Capriccio für die Freunde.

> Viele Leute, die die Schnauze voll
> von der Politik und – – haben
> wollen (möchten – (trotzdem)
> daß die Kunst in diesem Schützengraben
> sich der Politik beweisen soll
>
> daß die Poesie die Politik bedienen soll

– – – (löst) aus dem Dunst sich
1 2 3 4 5 6 wo die Kunst sich

Die Künste erst durch die Politik nobilitiert

alles – –, alles nobel,
wo sie mit dem Glotzenhobel – –
1 2 3 4 5 6 alles bong:
Die Kritik – als Irrtum der Saison

das Primat der Politik

liebt – ihr was unterschiebt

Bobbies –
Frauenlobbies, Schwulenlobbies
DDRler – Dissidenten –

Kaffeeklappen – Unterstände
Klüngel – Bünde – Schutzverbände

DDRler – Zerperler

Aber: Kunst als Selbstzerperler?

Weltzerstäuber? – (Räuber – Sitzenbleiber)

Krisenritter – Kriegsgewinste
Wer als erstes abkratzt, sind die Künste,
weil sie – –

gilt für – – – nichts
bis zum Trugschluß des Gedichts –

(gegenüber diesem ganzen Pfusch – Klamauk – Kunstgewerbe)
– – – – Kunstgewerben
Erster Typ beim Artensterben
Saure Tränen über sauren Regen
Wir hingegen –

Und in Kälte, Eis und Schnee
stirbt sie
in effigie

Keine Lobby haben – (Schützengraben) (Krötentunnel)

Gestorben und begraben
keinen (–) zum Schutzgott haben
Nicht einmal wie Kröte, Frosch und Lurch
doch – durch diesen Tunnel mußt du durch

immer schneidiger und schneller
dreht sich auf dem Sellerteller
der (die) (das)

Dies bereits als Frage aus dem Keller

Propeller

in sich vereinigt, –
wenn der Dreck (Staub) vom Wind beschleunigt
– durch die Arena fliegt
(schön, was siegt)

Karasek, Ranicki ausgesprochen:
sone oder solche Diadochen,
die –

– – – – Wasen,
trügerisch zum Himmel aufgeblasen –

(Diadochen – Alexander – ausgesprochen seichtes Durcheinander)
(sauft – schnauft – rauft)
Breites Bild, durch Seichtigkeit erkauft

benoten – Quoten – die Unfalltoten –

Überall, wohin ich blick: Dissidenten, DDRler,
leben, seit ich lesen kann
vom Primat der Polletick

Moralist und solche Rollen,
muß man erstmal spielen wollen –
(saure Tränen über sauren Regen)
Kunst hingegen –

(Politik) – öffnet Tor und Tür
alles spricht dafür – ! –
Wir hingegen

Überall, wohin ich blick: Dissidenten, DDRler
leben, seit ich lesen (denken) kann
listig wie die Puppenräuber
von Primat der Polletick –
aber KUNST als Weltzerstäuber,
Selbstzerperler,
spielt – wenn überhaupt – in andern Sphären an

Moralist und solche Rollen,
muß man erstmal spielen wollen
(saure Tränen über sauren Regen)

alles spricht dafür
wir hingegen
fragen selbst noch bei der eignen Kür:
wenn die Kunst sich selbst zum Inhalt nimmt:
ob das stimmt? –

Schwer zu sagen, weil, wenn:

in diesem Zwischenreich – stellt sich zum Vergleich

im Medium zu sprechen
spiegelt sich der Bruch im eigenen Zerbrechen

(in effigie – VP – Woodoopuppe – diese bunte Suppe)

gerben – beerben – werben – Scherben – Verderben
wenn in diesem Artensterben

ARTISTIK –
(listig – Mystik – Sigismund Rüstig)

(Bis das niederträchtige Gewandel
einfährt in den Knochenhandel)
und der schöne Schein die Welt erschreckt:
Subsubjekt
Alsob-Objekt

1. Nov. Morgens Müff mit neuer Romanze am Telefon, und was er anziehen sollte. Sagte: «Na, zuerst mal die Spendierhosen – wie weit ist es denn schon mit euch?» – M.: «Na, sie weiß, ich bin nicht ihr Feind.»

Nachmittags Kiel, Verleihung SH-Kulturpreis an Heißenbüttel, noch von E. angerührt, was ich gut fand, weil man solche extravaganten Künste ruhig mal bißchen in die Höhe heben soll. Auf der Fahrt: im Nordwesten Wolkengeklumpe – riesige graue Boxhandschuhe über ersoffenen Wieseweiden – dann plötzlicher Lichteinfall von SW und eine goldene Birkenborte scharf gegen das Basaltblau des Himmels abgesetzt. Die leergefegten Pappelbesen, Haselruten, viel kahles Gegabel.

16.30 Empfang und anschließend Festsaal «Schloß»: das Styling eines Großraumbüros. Der Orgelprospekt wie eine Leitzordnergalerie; die silbernen Hängetropfen der Beleuchtungskörper; auf der Bühne ein floristisches Ehrenspalier aus Papageienblumen und rosaroten Rosen, frisch wie auf dem Jahrmarkt geschossen. Bei SPD-Kultur immer wieder fraglich, wo die Prioritäten liegen: Bei den der Aufmerksamkeit bedürftigen Künsten oder kreischenden Kindern. Zuerst noch allgemeines Duldungsgegriene, später eher angestrengte und verquält verzogene Mienen.

Cage-Musik auf präpariertem Klavier (1974 für Marcel Duchamp geschrieben), was bekenntnishaft wirkte, nur die Kreppsohlenschuhe des Pianisten ziemlich square und stilistisch daneben. Ganz hübsche Rede von Kunert, kenntnisreich, kollegial, Laisser-faire, paar amüsierliche Wörtchen über Kollegenneid inklusive: er gehöre gewissermaßen zum Beruf, aber an dieser Stelle zähle er nicht. Später beim Imbiß auch H. noch einmal über Hebbeltagebücher und verstreute Bemerkungen über «Künstlermißgunst» – es scheint also ein Thema zu sein. An der Seite von Frau K. sitzend (Flüchtlingsgespräche: «Und ich hab die Narzissenzwiebeln noch gar nicht in der Erde»), die mich fragte, warum die Ostberliner Akademie bloß diesen Syberberg-Abend veranstaltet hätte? Meine Meinung: «Um mal für 'n paar Tage von den eigenen Sorgen ab- und die Kritik auf andere Personen zu lenken.» Trank tüchtig Gin Tonic, anch-io, ganz lustig. Später Döhl, der meinte, daß «H. seinen Zenit wohl schon überschritten» habe – «Ja, oder das Publikum!»

2. Nov. 16.30 Rückfahrt – Regen. Heute morgen kurz E.s neues Büro besichtigt, ehemaliges Barschel-Palais, nun von der Lamperie bis an die Decke entdämonisiert: funkelnagelneue Stahlrohrmöbel, perlgraues Licht von der Förde her, moderne Kunst von globaler Provinzialität. *FAZ*-Notiz: auch «österreichischer Staatspreis» an H. – las es lächelnd ohne «Künstlermißgunst».

In *ZEIT* Ulrich Greiner über «Die deutsche Gesinnungsästhetik», aber, mein lieber Herr Gesangsverein, so was hab ich doch neulich gerade bei mir selbst gelesen, und zwar in meinem Johannes-Kühn-Aufsatz in der *ZEIT*: «Gesinnungsbelobigungen»! Und gleich paar Zeilen weiter, daß es zur Würdigung von K.s Gedichten keiner neuen «Wahnsinnsästhetik» bedürfe. Der Hund liegt nur eben nicht dort begraben, wo nach G.s Meinung «der Hase begraben liegt» (dieser liegt nach allgemeinem Sprachgebrauch immer noch «im Pfeffer»), sondern auf jenem kontaminierten Gelände, wo das deutsche Rechts-Feuilleton beinah schon gewohnheitsmäßig Kunstkritik mit Gesinnungsästhetik zu vermengen pflegt. Christa Wolf – über die ich nicht rechten will, weil sie mir, siehe Loccum-Aufsatz, «schon immer etwas überfeiert schien» – entspricht auch mitnichten dem von G. insinuierten Paradebeispiel einer linken Moralschriftstellerin. Als allgemein verwendliche Problemnatur hat sie jahre-, wenn nicht jahrzehntelang unseren links- wie rechtsdrehenden Rankentreibern als probate Kletterstele gedient, und die Namen, die bei dem Wort «Gesinnungsästhetik» fallen müßten, sind gänzlich andere. Welche Namen? Ich habe sie im Lauf eines längeren Rezensentenlebens immer wieder mal genannt, man hat sie aus (wechselnden) Opportunitätserwägungen nur niemals zur Kenntnis nehmen wollen. Über Nelly Sachs im Jahre 1972: «mein Beitrag zu einer Entmythologisierung hohler literarischer Gesinnungswerte». Über Biermann (*FAZ* 1976): «Selbst wer zunächst nur die artistischen Luftsprünge lobte, meinte im Grunde die ideologischen Grenzüberschreitungen.» Über bundesdeutsche Preispolitik und Literatur als Ideologiekritik (*FAZ* 1979): «Was man auf jeden Fall scheut, ist die Erzeugung von politischen Druckwellen, die spürbar in die Gesellschaft hineinwirken. Was man deutlich bis verdächtig bevorzugt, sind dagegen Signalwirkungen, die nicht dem eigenen Gesellschaftssystem, sondern den Verhältnissen im anderen Deutschland gelten, ein Kapitel, das beinah schon in den U- und Tabu-Bereich des öffentlichen Kulturlebens fällt.» – Gelegentlich mein Skatblatt neu zusammenstecken, und die Rechnung von der anderen Seite her aufmachen. Gr. heute nur die Fortsetzung der alten ideologisch verzerrten Literarkritik mit neuen (gewendeten) Mitteln.

Lekt. Hofmannsthal *Deutsches Lesebuch*. Goethe: der faustisch-dilettantische Generalissimus. Eine Breiigkeitsgottheit. Liebesbriefe von Keller und Mörike: entwürdigende Gesellschaftsverhältnisse, die sich uns früher billig als poetische verklärten. Wie der Geschlechtstrieb sich camouflieren und welche (angegangenen) Bücklinge ein unerbetener Freier vorführen mußte, um in die Nähe seiner Angebeteten zu gelangen. Traurige Anblicke und sogenannter *conditio humana* unansehnlichster Teil.

3. Nov. Kommunistenhatz allerwege. Loewenstern (*Welt*) als eigentlicher Leitwolf der Bewegung, was sich die in ganz anderen Sphären operierenden Rechtsintellektuellen natürlich ungern eingestehen mögen – und was will er? Äijentlich nur säine baltischen Jieter wiederhaben und für den unansehnlichen Rest die – zwangsverordnete – Glücksvorstellung des kapitalisti-

schen Konsumbürgers, der in möglichst kurzer Zeit möglichst viele Hämbörger zu Scheiße verarbeitet. Habe mich nie so Kommunist im Kopf gefühlt wie in den laufenden Wendezeiten.

TB-Abschriften: Die Welt zu meinen Gunsten gesehen, natürlich. Oft langanhaltend und berufsmäßig geheult wie ein Coyote, aber manchmal auch richtig hübsche Szenen dabei. Was jemand unwissentlich Beobachtetes so mit Gesichtszukkungen morst.

Die Wahrheit? Besteht seit Erschaffung der Welt zu 99% aus Geheimstoff. Alles was einem im Laufe des Lebens so zugetragen worden ist (jede über jeden, jeder über jede) steht als Vertrauenskapital an, und das Tagebuch muß es wie ein Sarkophage (= Fleischfresser) bei sich behalten. Erst der Tod, der große Vergolder ...

Nachweislich TB: ein weltliches Leben geführt, ohne Spekulation auf die Nachwelt noch auch Überwelt – nur so lala. Gegen eine Veröffentlichung zu Lebzeiten spricht nicht bloß seine literarische Unverfaßtheit. Der gehabten Verwirrungen sind wahrhaftig genug gewesen – man möchte für den Rest seiner Tage keine neuen mehr stiften.

Idealisches Tabu: schreiben, als ob man mit dem Leben abgeschlossen hätte – aber in freundlichem Angedenken. Die «Wahrheit» nicht unbedingt immer auf der Häßlichkeitsseite suchen wollen.

Rückblickend: Das Bild eines zwar morbiden, aber sehr modernen Organismus. Charakter als eine Art von neurotischem Zwangssystem, bei dem willentlich aber nichts zu erzwingen ist.

Selbstbildnis vor dem Rückspiegel: bedenklich oft und erstaunlich früh recht gehabt – dagegen immer nur zaghaft u. niemals rechtzeitig v. d. Mitwelt zur Kenntnis genommen.

Auch Kleingeld wiegt.

19.00 Hübsche Rede von E. zu Hans-Jörg Martins 70. Geburtstag. M.s Aquarelle, Zeichnungen, Öle, Radierungen pp. als überraschendes Beiwerk neben dem Hauptwerk, obwohl letztlich doch Allgemeinwerk. Seltsame Gespräche über gewisse Heiratskünstler, die eigentlich Heiratsschwindler sind: Heiraten sich sukzessive zu immer jüngeren Generationen durch und hinterlassen gealterte Ehehälften wie abgelegte Puppenhäute. Über die lebenslang feministisch-moralistisch argumentierende A.: daß sie ihrer feministischen Freundin B. den Ehekerl ausgespannt habe – «in Liebe hell entflammt». Liebe, die große Allentschuldigerin, die jede Unmoral rechtfertigt und auch die unvermeidlichen Selbstvorwürfe augenblicklich beschwichtigt.

Neulich M.: Die alten Frauen, die ihre ollen Männer immer noch ein bißchen älter machen möchten als sie wirklich sind. Ihnen ständig ihre Jahre vorzählen. Ja, sagte ich, und die alten Kerle, die sich immer nochmal 'ne junge Ehefrau aufstecken müßten und – bei subjektivem oder vorgespieltem Wohlbefinden – immer flaschiger, einfallsloser und unproduktiver würden: KK – GB – RL – KM – FR – NM – KPR – HF. «Komisch», sagte er, «bei GB habe ich neulich auch grad dran gedacht. Hat soooone schöne junge neue Frau, und was macht er? Raucht nicht mehr, trinkt nicht mehr, lacht nicht mehr wie früher und komponiert auch keine schönen Lieder mehr!»

TV: Tibet: Verstorbene, die entkleidet und von Angehörigen im Priesterstande mit martialisch anzusehenden Hackmessern zerteilt werden. Während der ausgedehnten Zeremonie hüpfen Geier und Krähen in ihrer kaum noch bezähmbaren Freßgier um den Kadaver herum, um sich nach Eröffnung der Mahlzeit beinah geschäftsmäßig sachlich über den Freitisch herzumachen. Bereits nach wenigen Minuten sind die Körper bis auf die Skelette abgeweidet, die Fleischhauerpriester treten wieder heran, der stumme Vertilgerkreis teilt sich, und die Vögel flattern wie auf Absprache in den zweiten Rang zurück. Dann werden die Brustkörbe nebst den ihnen locker-schlenkrig anhängenden Köpfen mit Holzhämmern plattgehauen, die Bühne aufs neue freigegeben und sofort wieder der schon bekannte zügige, aber keineswegs kreischige oder aufgeregte Zugriff der Vögel.

Im Anschluß Filmbericht über das Walten (und Wüten) der chinesischen Besatzungsmacht in einem nach ihrem Weltverständnis zurückgebliebenen Kulturkreis. Polizeieinheiten, die mit Bajonetten und Bambusstangen gegen versunkene Beter vorgehen und Tempel und Votive zerschlagen. Die z. T. bekannten und parteiisch präparierten Streifen rühren auch ohne Kommentar an unser freiheitlich-demokratisches Nervensystem und verkehren die Zeichen von Sieg und Niederlage zum moralischen Triumph des spiritualischen Mönchstaates über den dialektischen Materialismus. Da auch dies nur e i n e Optik ist, dürfte ein letzter Zweifel erlaubt sein (er ist es, allgemeiner Absprache zufolge, schon lange nicht mehr), ob eine bis in den letzten Herzenswinkel und in die äußerste Hirnwindung des Menschen hineinregierende Theokratie nicht ebenfalls ein verabscheuenswürdiges Vergewaltigungswerk darstellt. Virtuell – was ja immerhin auch ein Wort ist – scheint mir selbst der rigideste Chinakommunismus noch mehr Nischenfreiheit und Winkel-Individualität zu gestatten als ein von Marx- und Engelszungen unbeleckter Gottesstaat, in dem es auf dem langen Weg zwischen Bambuswiege und Geiermahl überhaupt kein Entkommen mehr gibt.

Im Bett: Jünger *Gärten und Straßen* – ziemlich glasiges Quasi. Interessant sein Erschrecken vor der eigenen Stimme auf der Wachsplatte. Wenn er meine Stimmanalyse in *Jahre die Ihr kennt* je zur Kenntnis genommen hätte, wäre ihm der Schock womöglich noch tiefer ins Gebein gefahren. Aber diese schon nur noch auf Boethius' *Consolationes* und den *Briefen und Erlassen der Capetinger bis zu den Breves Ludwigs XV.* fußenden Anämiker lesen ja nichts wirklich Bedrohliches, und, wo sie es träumen, allenfalls exklusiv-entrückt im Bilde der Schlacht bei Salamis (S. 199).

Mo. 5. Nov. Nach Jahren der Selbstskrupel und Auto-Autodafés zum 1. Mal wieder Gefallen an mir selbst gefunden – in effigie. Das geschwinde Wesen meines Daseins als die andere, positive Seite meiner quälenden Schlaflosigkeiten. Von magischen Vorstellungen unterwandert ist auf dem Gebiet der memorierenden oder kalendarischen Selbsterfassung ohnehin alles, auch die Vorstellung, seine Vergangenheit noch vor sich zu haben. Den Erinnerungen entgegenfiebernd, verfällt man alsbald dem holden Wahn, dem Zeitpfeil ein zweites Mal aufsitzen und seine Bahn noch einmal bei vollem Bewußtsein durchmessen zu können.

Rückblickend: recht gehabt haben, ist nicht schwer. Aber immer gewußt, wer man war und was man wirklich wollte.

Allgemein bin ich schon ziemlich ungesund mit mir umgegangen, wie mit einem robusten, unverwüstlichen Möbel. Mir immer so viel zugemutet, daß ich es gerade eben noch aushalten konnte: ständig am Rand der Erschöpfung, der Ermüdung, der Vergiftung, der Entzündung, der Übelkeit und des Kreislaufzusammenbruches. Von der Unwiederholbarkeit des Augenblicks überzeugt, habe ich ewig versucht, ihm mit offenen Augen entgegenzueilen, dann, ihn in die Länge zu ziehen – «Verweile doch!» – und dann im Galopp hinterher.

Tage, wo jeder Gedanke schmerzlich oder beleidigend war.
Aber nun diese diesigen hiesigen . . .

Unter Fortunas Blicken höheren Immunschutz genießen.
Nichts Ängstigendes kommt an mich heran.

Und war aufs ganze – welch ein Wunder! –
Ein pumperlgsunder Hypochunder

8. Nov. Mit Doris zur Gießerei nach Elmenhorst. Zwischen all den halbabstrakten Zicken, Reiherkolonien, Marsmenschen, Fischerfritzen nahm sich ihre Porträtbüste schon sehr eigentümlich vergeistigt aus. Auf der Rückfahrt ein Tag wie durch Gold gezogen: Braungoldenes, Grüngoldenes, Gelbgoldenes, Blaugoldenes, selbst Grau- und Olivgoldenes.

19.00 TB und wieder mal Olims Zeiten: sehr ungleiche Verteilung von noch deutlichst erinnerbarer und dann wieder in das totale Vergessen abgesunkener Memomasse. Auffallend ungerecht die Verteilung von Lob und Tadel, übertrieben vergönnte Aufmerksamkeit bei flüchtigen neuen Bekanntschaften und beinah nur fahrige Wahrnehmung des häuslichen Umkreises. Vermutlich soll man Qualitäten überhaupt nicht so sehr in den einmal gehabten Meinungen suchen, sondern in einem hübsch persönlich gehaltenen Patchwork. Daß die kleine lokale Gruppe immer in Gefahr ist, hyperkritisch betrachtet und durch unvorteilhafte Vergrößerungsgläser anvisiert zu werden, liegt in der Natur des Genres. Leere Widmungsblätter sind mir aber ein Greuel und Perpetua-Hohladressen kein anregendes Beispiel.

Die Lust an der schnellen Niederschrift vom bewegten Augenblick vorgegeben: mal in aller Eile tiefenscharf, mal eher flusig an allen Qualitätskontrollen vorbei. Ad-hoc-Stenographen sind keine Zeichenlehrer.

Der Wahrheit immer ins Auge gesehen – aber vorsichtig.

Ausgewählte Wunden zur Einsicht geben.

«Zeige deine Wunde» – ein im Grunde vorintellektueller Kleineleutegestus. Narzißmus und Nazarenertum wachsen auf einem Holze. Zeige deine Pflaster, und, wie komisch die Welt über Strippen und Schnüre zusammenhängt.

Wer Comédie humaine schreiben will, darf nicht zurückscheuen, wenn sterbliche Menschen darin vorkommen.

Alle beteiligt gewesenen Personen werden es mir noch post mortem danken, daß ich es nur bei Skizzen, Andeutungen und Schättchen belassen habe. Die Wahrheit? Eine Ansichtssache. Obwohl natürlich jeder die ganze weiß und sie am liebsten auf der Stelle ausplaudern möchte. «König Midas hat Eselsohren.»

TB: Einen Organismus in seiner subjektiven Zweckmäßigkeit und Gesetzmäßigkeit vorführen –.

Ja posthum, da könnte ich viel erzählen!

TB zu Lebzeiten? Alles was mir von Dritten / Vierten pp. über Fünfte und Sechste pp. zugetragen wurde: Geheimstoff, Konterbande, Verschlußsachen. Immer nur mit halbversiegeltem Munde sprechen können.

Porträts auf zweierlei ART: wenn man die Leute wie Bacon, Dix, Grosz, Goya, Janssen malen würde, würden sie es in jedem Fall mit einem Anflug von Geschmeicheltsein zur Kenntnis nehmen. Die Mittel (d. h. die Form und die Farbe) heiligen die Zwecke. Obwohl die Wörter weit ätherischer, abgehobener, spiritueller als Stift und Pinsel sind, wirken vergleichbar scharfe Charakterbilder in unserem Medium verletzend.

Voyeurismus: es dem ewig geilen Spanntrieb eines gehaßten Confidential-Journalismus zuliebe mit meiner ganzen lieben Galaxis verderben? Soweit kommts!

Das Tagebuch als Privatdokument: ein Beiläufigkeitston, Gelegenheitssound, kein Schlüsselloch-Inhalt.

10. Nov. – 9.30 Flug Hbg.–Zürich. Zu meiner Rechten ein in ständiger planloser Bewegung befindlicher weiblicher Nervenberg. Fächelt sich mit dem Flugticket Frischluft unters Kinn, knibbelt an den Nagelbetten herum, mustert selbstkritisch/selbstgefällig die lackierten Nägel, greift zur Halskette, blickt auf die Uhr, entfernt Scheinfusseln vom Hosenrock, schließt die Augen, um sie in Sekundenabständen wieder zu öffnen, dann verkrampfter, halt- / hilfesuchender Griff nach den Seitenlehnen. Süßlich strenges Parfüm, weißer Pullover mit eingewirkten indianischen Adlermotiven, Geruch nach durchgeschwitzter Strickjacke.

13.00 Hotel «Flora», Luzern. 16.00 Soundcheck in «BOA», Tontechniker wieder im vertrauten Verwahrlosungshabit, die uns ungefragt duzten, aber Bravi. An den Wänden «Neue Wilde», figürliche Szenen wie frisch von der Freibank, beim 2. Hinsehen eher frei nach Beckmann und Soutine. Die «Moderne Kunst» in ihrem von keinem Spießer mehr angefochtenen Siegeszug durch alle Etagen und Abseiten der Gesellschaft.

Sehr im Gegensatz dazu wir, von denen kaum jemand jemals etwas gehört, gar gelesen hatte, und die sich eine minimale Verständigungsbasis erst einmal mühsam erarbeiten mußten. Im Anschluß Hanfstengel zwischen Autos, aber kaum noch Substanz zum Verjubeln. Ließen uns von Veranstaltungsleuten zu einem uns freundlich gesonnenen Lokal verleiten und dort als die sagenhaften Jazz-Freaks aus Ultima Thule feiern. Eine von mir unter Einfluß als Cidli wahrgenommene Anita, die mich bei listenreich arrangierter Damenwahl zum Tanz aufforderte und nach einem fuffzigerjahresmäßig auf die Planken gelegten Rock 'n' Roll dann gar nicht mehr lassen mochte. Es war nur leider ein sogenannt «herzensguter Kerl» von Freund mit von der Partie, der auf einmal Gläser vom Tisch zu raken, Leute aus dem Weg zu drängen, imaginäre Wichtigkeitstelefonate zu führen und bedrohliche Geschäftigkeiten zu entwickeln begann, bis die Poesie des Augenblicks spürbar verdunstete und alle Feierlichkeit aus dem Saal wich. Sehr junge, sehr schöne Kassendame, die mir H-Tüte zum Trost und Hände zum Kuß darbot, aber dann drehte sich mir der Moment wieder derart unwiderstehlich im Kreis, daß ich mich nur noch spiralig ins Hotel entwinden konnte.

Sa. 24. 11. – 20.00 mit E. zu Grassens, grüne Suppe und Karpfen. Junger frischer dänischer Übersetzer, der mir erstaunlich gebildet und auch in politischen Alltagsfragen aufs detaillierteste beschlagen schien. Als GG wieder zwanghaft auf seinen bei der *ZEIT* so ungastlich abgebürsteten Artikel zu sprechen kam (alter Wiederkäuer, wenn er konkret an etwas zu kauen hat), sagte ich: «Mein Lieber, du bist verwöhnt, das ist anderer Leute tägliches Los und der Übermut der Medien und Betriebe eine allgemein bekannte Leidensquelle», wozu der Germanist fast verstohlen Zustimmung nickte. Grass nur schwer zu verklaren, daß ein Begriff wie «Gesinnungsästhetik» keineswegs ein definitorischer Fehlgriff per se und Greiners Artikel nicht ganz ohne Effet sei. Was ihm nicht in den Kram paßt, das darf nicht bloß schief gedacht, es muß auch schlecht geschrieben sein. Literarische Präpotenzvorstellungen aus einer Zeit, als die Welt noch in Ordnung und die Erde eine mühelos überschaubare Scheibe war. Womit wir bei denen, die heute schreibend das Sagen haben, lieber ruhig rechnen sollten, sind feuilletonistische Fertigkeiten, die nicht schon jedem eignen, und die ich manchem linken Bleistiftstummel wünschen würde.

G. nach Paz gefragt, der ihn von zahlreichen Penaldiskussionen her kennt: er habe «das Gebaren eines Großgrundbesitzers». Weiter über Essen und Trinken und beim Essen am liebsten übers Pissen. Muß sich noch vor Weihnachten Leistenbruch operieren lassen, was ihm nicht die geringste Bange zu machen scheint und schon gar nicht mit Wehleidigkeit verbunden ist. Nimmt Krankheiten, wie sie kommen, betrachtet sie als bloße Betriebsstörungen und vergnügt sich an den oft pikaresken Begleitumständen. Schöner kameradschaftlicher Ton, der sich auf unsere alten Tage noch einmal ergeben hat, auch E. mit G. und Ute gleich gut. Sowie dieser ganze Kipplaster mit Betriebsschutt hinter ihr abrauscht, sofort quick, munter, witzig und läster-läster-läster über diesen ganzen verfehlten Ehrgeiz der politischen Welt. – Nachts zuhaus: Krümel zu einem GG-Bild zusammengefegt.

Die Welt als Tollhaus betrachtet wie Anno *Blechtrommel* – trotzdem Aufklärer, Mann d. kleinen Schritte, Rationalist.

Kennt keine Müdigkeit, obwohl alles Streben bereits in einem Licht von Vergeblichkeit.

Hat ein Leben lang an zwei Fronten gekämpft: a) gegen die Machtpolitiker und b) gegen die Heilsarmisten.

Seine Augen: mal lustig braun – mal ungemütlich finster. Er ist bei den Verfolgten in die Schule gegangen («Mein Lehrer Alfred Döblin»), was man bei einem Welterfolgsautor zeitweilig übersehen hatte. Heute holt ihn der alte Anspruch ein.

Ein Schatten von Tragik über seinen alten Tagen, aber ich finde, er kleidet ihn.

Förderung hat sich mancher von ihm gefallen lassen – von bleibender Anhänglichkeit der Unterstützten kann nicht die Rede sein.

Die deutschen Dichter als Konjunkturritter und Anschlußpolitiker: Anschluß an den Zeitgeist suchen, an die Wende, den neuen Rechtsschwenk.

Er kämpfte für die Einheit als Versöhnungswerk – dann verwirklichte sie sich als Okkupation.

Seine Erfahrungen mit der Kritik sind paradigmatisch. Gilt unter Wankelmütigen für démodé. Prügel beziehen für das schlechte Gewissen, das er anderen macht.

Kein Intellektueller, aber ein Privatgelehrter. Sein Vergnügen, Wissensstoffe zu wälzen – seine positiven Kenntnisse in Verfassungsfragen – sein anekdotengespicktes Geschichtswissen – sein erdbebensicheres Gedächtnis.

Was er nur so im nebenhin zum besten gibt und was man am liebsten alles mitschreiben möchte: Vater – Mutter – Schwestern – Brüder. Dann die Kinder und Kindeskinder. Sein imperiales Ausbreitungswesen.

Wo er den politischen Paukboden verläßt, dämonisiert sich ihm auf einmal die Welt. Sein allegorisches Bestiarium: *Windhühner – Hundejahre – Katz und Maus – Butt – Schnecke* pp: Tierbruderschaften, Totemtiere.

Künstlich behauptete Kinderperspektiven. Wenn er säuft, regrediert er zum Schuljungen. Hinterher: statt Kater Empfindung von Katharsis.

Eigentlich haben wir lebenslang an den gleichen Fronten gekämpft und an den gleichen Nüssen geknackt – nur alles zeitlich etwas versetzt und an unterschiedlichen Abschnitten. Als kurzfristiger Dissens: daß ich über den Kommunismus günstiger dachte – vielleicht weil über den Menschen in der Marktwirtschaft schlechter.

Früher fordernd, heute eher werbend, bittend, immer wieder nachfragend, keilend, anstoßend, einladend: kommt mal rüber, macht doch mit, stoßt dazu und laßt uns mal anstoßen.

So. 25. Nov. Ganzen Tag am Paz: mitreißender Rhetor, geschmeidiger Diskutierer, imponierend belesener Geist. Nicht zu fassen, was er bei seinen literarischen Weltumrundungen alles für sich erobert und conquistadorisch an Land gezogen hat: Góngora – Quevedo – Coleridge – Hölderlin – Schlegel – Nietzsche – William Blake, man möchte ihm ewig so zuhören bei seinen von Liebe und Prunksucht gleichermaßen diktierten Geisterzitationen. Verbindet eine keineswegs bloß vorgespiegelte Empfindungstiefe mit einem gewissen mondänen Glamour und spricht, solange er sich in Prosa bewegt, sogar die Sprache der Verheißung: «Jedes Werk ist eine einzigartige Wirklichkeit und gleichzeitig eine Übersetzung der anderen Werke: eine Metapher.» Bis man die Gedichte liest, und der ganze tönende Überbau fällt wie ein Kartenhaus in sich zusammen.

Ziemlich spät gegessen, Labskaus / Püree, dann bis in die Nacht gelesen und Quanten sortiert. Ohne Kollegenneid, der in Nobelpreiskategorien ohnehin entfällt, aber in Anbetracht wirklich großer Meister und Anreger (Brecht, Benn, Döblin, Jahnn, Céline, Arno Schmidt): welch eine inhaltsleere Zelebrität, die man hier mal wieder auf einen höchsten Sockel gehievt hat! Ein PR-Agent des lateinamerikanischen Kulturkreises, der sich mit Analogieschlüssen trickreich in die erste Reihe gemogelt hat.

Freude unter den iberoamerikanischen Schriftstellern und Kollegen der Dritten Welt, daß ein Mexikaner . . . Freude unter den Feuilletonisten, daß eine derart gelenkig-geschmeidige Feder . . . Freude unter den Literaturprofessoren, daß eine Leuchte der Linguistik und ein Ausbund globaler Belesenheit . . . Freude auch, ungeteilte Freude unter den Wahlfürsten des Nobelkomitees, daß zum ersten Mal eine weltmännisch gebügelte Hemdbrust und ein diplomatischer Strippenzieher . . .

Ja, hier dichtet bereits der internationale Diskurs persönlich; nur eben leider, wennde draufkloppst: – Sperrholz!

Sein Atem geht klar und gesund, sein Stil ist geschmeidig, seine Rede wird feurig, wenn ihr Brennstoff von außen zugeführt wird; aber wovon selbst die Rezensionen und Feiertagsartikel noch nachtönen, sind allemal Echos von Echos und Nachhalle von Anklängen, bis sich der ganze imponierende Kosmopolitismus am Ende im Vanitasbild eines Allroundepigonen auflöst.

P., der sich weder bei der Natur noch bei der Volks- und Landessprache verproviantiert, sondern bei einem bereits ausgeformten literarischen Orbis pictus.

Ein allgemeines oblatenhaftes Esperanto der modernen Poesie.

Sein Elfenbeinturm: ein Parkhochhaus für Gemeinplätze.

Vollkommen selbstsicher hantiert er mit den Schablonen einer bereits lehrbuchreifen Modernität: Abgüsse vom Abdrücken von Klischees.

«An Matta – gedichtet im Centre Pompidou» – oha!

Hier wird im Weltmaßstab gedichtet und im ständigen eitlen Hinblick auf eine internationale Nobelgarde der Poesie. Nur daß gerade die Poesie eben nicht von solchen schattenhaften Allgemeinheiten lebt, sondern aus ihren regionalen Wurzeln, lokalen Eintrübungen, individuellen Schräglagen und Pss-Privat-Verwerfungen – – – künstlich geliftete Weltmeisterhorizonte.

Es gibt weniger auftragende Geister, geringer im öffentlichen Ansehen und manchmal sogar mit bedenklich verrutschten Ladungen (Bukowski, Céline); aber wenn sie ihre ressentimental verzogenen Herzklappen aufreißen und ihr verworrenes Innere preisgeben, eröffnet sich uns, worauf es ankommt: der von Gesellschafts wegen verbotene Mensch.

Mo. 26. Nov. Hastiger Einkauf, u. a. *Spiegel* mit seinem hohlen Spott über die genialischen Colla-sinistra-Tabus des jugendlichen Brecht. Ganze letzte Nacht Paz und heute so weiter. Das meiste, was der Set an den zeitgenössischen Künsten schätzt, erledigt sich nach einer Weile von selbst. «Modernität» als Saisonliteratur: dem Zeitgeist mit immer neu gewendeten Reizwörtern voranirren.

Voraussetzung des aperspektivischen Sehens: statt Augen Arschlöcher im Kopf haben. Sie glauben, nach vorn zu blikken und warten innerlich immer bloß auf den Kick von hinten.

Transparenz versus Transpiration, meinetwegen, aber wo überhaupt nicht mehr geschwitzt und geatmet wird und an die Stelle eines gemeinen menschlichen Umgangs die Arbeit im Sprachlabor tritt, degenerieren die Wörter bald zu bloßen Heftpflastern und die Metaphern zu Kofferaufklebern. Eine globale Aha-Literatur, bei der die verheißene terra incognita dann wie bei Michael Ende auf den Namen «Phantasien» hört.

Statt der Umgangssprache nachzustellen, sich im (Fertig-) «Haus der Sprache» wohnlich einrichten. Dies metaphysische Kümmelblättchen läßt sich – solange die neue Irrationale regiert – allerdings effektsicher weiterdreschen.

Nein, das Komitee kann sicher sein, es hat sich nicht beklekkert, und auch die Rede wird nobel tönen, und der Frack wird sitzen. Und dann werden sie, polyglotte Greise, die einen

Musenkuß nicht von einer Einlagesohle unterscheiden können, dieser uneigentlichen Sprache entgegenlauschen: ja, das ist was, klingt nach was, ruft in ihnen etwas herauf, was sie so oder so ähnlich irgendwo schon einmal vernommen haben – «kristallin», «transparent», «diaphan» – und weil es nach allgemeinen Einprägungsregeln die Wiederholung ist, die die Ikone macht, werden sie aus Reflexen von Reflexen und aus Echos von Echos sogar noch eine sonderbar vertraute Erkennungsmelodie heraushören: *especially for you* – was bei den Pappnasen des internationalen Diskurses dann logisch mit einer objektiven Lebenswahrheit zusammenfällt.

Mi. 28. Nov. Ganze Nacht bis morgens um 9.00 Paz, wobei z. T. weit von den Quanten abgewichen. Schließlich mit vor Erschöpfung vibrierenden Augenstäbchen über den Schlußkorrekturen. Artikel auf Treppenabsatz für *ZEIT*-Boten deponiert, dann bißchen Bett. Um 15.00 Anruf Iris Radisch, die den Text «überzeugend» nannte, was mir (müdschlappen Ohres) so klang, als ob eines von beiden sich hätte durchringen müssen, der Aufsatz oder sie. Hält gewisse zeitgenössische Dichter, zumal -INNEN für bedeutende Leuchterscheinungen, obwohl ich dort nur bäuerliche Straminstickerei erkennen kann. Den in anderen Zusammenhängen (Loccum) bereits einmal verwendeten Neologismus «überfeiert» hier nochmal in den Titel gehoben. Überfeiert wird in dieser Sphäre ohnehin pausenlos und unterschiedslos – und wer war schon in Loccum?

Octavio Paz, der überfeierte Poet

Von Thomas Mann gibt es diese etwas spitze Bemerkung über Georg Lukács: «Solange er sprach, hatte er recht.» Sie kam mir wieder in den Sinn, als ich anläßlich der Nobelpreisverleihung an Octavio Paz noch einmal dessen gesammelte Essays vor mir Revue passieren ließ: doch! – ja – recht hat er – jedenfalls solange er über deutsche und englische Romantik spricht, über spanische Barockpoesie und über das Elisabethanische Theater, über den französischen Symbolismus oder über die surrealistische Internationale, man kann gar nicht genug davon kriegen und kommt aus dem Hinhauen emphatischer Ausrufezeichen überhaupt nicht mehr raus; indes, wenn man dann wirklich Hunger bekommen hat und wendet sich den immer mitgemeinten Gedichten des Verfassers zu: wie oblatenhaft klebt das auf einmal am Gaumen, und welcher fade Nachgeschmack von angekauten Bleistiften.

Ich schreibe das hier übrigens gar nicht so skrupelfrei hin, wie es möglicherweise klingt. Ich verehre in Octavio Paz den unendlich beschlagenen Universalgeist und literarischen Seelenführer, dem sich die Kulturen der Welt bei Anruf eröffnen und in ihren verborgensten Korrespondenzen zu erkennen geben. Den furchtlosen Propagandisten des lyrischen Einzelgesangs, für den die Poesie nichtsdestoweniger eine magische Klammer zwischen ungezählten Einzelnen ist. Den Pädagogen, der unsere meisten akademischen Schriftgelehrten beschämen könnte, weil er aus Liebe lehrt, und der die poetischen Beziehungsfiguren Reim, Rhythmus, Sinnbild und Metapher als erotische Chiffren zu lesen versteht: «Der Glaube an die universale Analogie ist von Erotik eingefärbt.» Manches ist mir sogar so unmittelbar aus dem Herzen geschrieben, daß ich es am liebsten in alle Schul- und Unibänke einritzen möchte: «Die Nachahmung der Moderne hat mehr Talente steril gemacht als die Nachahmung der Alten.» – «Zur falschen Schnelligkeit kommt die Vermehrung hinzu: Nicht nur, daß die Avangardisten, kaum sind sie entstanden, verschwinden, sie breiten sich auch aus wie schwammige Wucherungen.» – «Heute fragen wir uns: Gibt es einen Punkt, in dem das Prinzip des Wandels mit der Beständigkeit zusammenschmilzt?» Also, wie gesagt, wie zitiert, es finden sich schon Resonanzen die Fülle, bis hin zu der gemeinsamen Verhimmelung des Augenblickes als poetischer Offenbarungsquelle, obwohl Paz ihm in seinen empfindsamen Prosen näher scheint als im direkten lyrischen Tête-à-tête.

Außerdem sind wir uns, wenn ich es beiläufig erwähnen darf, ohne anzüglich werden zu wollen, auf dieser Welt schon einmal begegnet. Beziehungsweise hatte ich schon einmal die Ehre, als wir uns im Herbst 69 in Austin/Texas auf einer international besetzten Freiluftbühne trafen und Octavio Paz die von mir vorgetragenen Sachen heftig belobigte. Daß ich das Lob nicht mit gleicher Münze zurückgeben konnte, hing nicht allein mit der immer gebotenen Zurückhaltung eines minor poet vor einem Mann-im-Weltmaßstab zusammen. Paz stand damals im Zenit einer zweifellos politisch angehauchten Wertschätzung bei linken, liberalen oder doch progressistisch gesonnenen Geistern der US-amerikanischen Studentenszene. Er hatte nach dem martialischen Auftakt der Olympiade 1968 (als auf der Plaza de Tlatelolco in Mexico City dreihundert Studenten von den Panzern des Regimes zermalmt worden waren) seinen Botschafterposten in Neu-Delhi verlassen und seinem Land den Rücken gekehrt, und die Jugend der Welt feierte ihn – zu Recht – als eine in der Praxis nicht eben häufige Idealverbindung von moderner Literatur und humanistischem Fortschrittsgeist.

Trotzdem schienen mir seine zum Anlaß vorgelesenen Verse nicht ganz auf der Höhe seiner lobenswerten Zivilcourage. Im Gegenteil fielen die zum Tönen gebrachten Hohlformen sogar hörbar gegen seine politischen Bekenntnisse ab, was ich besonders nervspaltend fand, weil sich von meinen immer leicht beifallsbereiten Händen nur die linke rühren wollte, die andere aber in einer gewissen hochachtungsvollen Duldungsstarre verharrte.

Daß die Poesie und die Politik nicht immer problemlose Weggefährten sind, na, wem sagen wir das. Ich brachte es jedenfalls nicht übers Herz, dem mir etwas überfeiert scheinenden Poeten die Hochachtung zu bezeigen, den der Homo politicus mir entlockte, und ich wähne mich auch heute von der Versuchung fern, Pazens Gedichten jene Kopfschmerzen anzulasten,die der politisierende Privatmann mir bereitet. Wie bekannt, hat Octavio Paz mittlerweile seinen Frieden mit der Unverbesserlichkeit des mexikanischen Regierungssystems geschlossen. Seine früher mit schneidendem Hohn intonierte Kritik an einer «Institutionellen Revolutionären Partei» hat sich im widersprüchlichen Verein mit dem Gedanken an eine «traditionelle literarische Moderne» zu paradoxem Wohlgefallen aufgelöst. Kurz, der Dichter ist ins Land seiner Väter heimgekehrt, ohne an seine eigene Herkunft als Sozialanwalt der Niedergestellten anzuknüpfen; mit andern seinesgleichen auf die sogenannte *natürliche Heilkraft des Marktes* vertrauend, von der das heruntergewirtschaftete Mexiko heute weiter entfernt scheint als in den letzten fünfzig Jahren seiner Passionsgeschichte.

Die Frage, was den mittlerweile vom edlen Wilden zum Weltmann aufgestiegenen Dichter eigentlich noch mit seinem Vaterland verbindet, möchte weder polemisch gestellt sein, noch beantwortet sie sich durch seinen extravaganten Bildungsgang von selbst. Octavio Paz hat viele entscheidende Lehrjahre seines Lebens im Ausland verbracht, was an der literarischen Signatur eines Autors ja nicht spurlos vorübergeht. Er bereiste im Jahre 1937 das von Revolution und Bürgerkrieg zerrüttete Spanien und gewann dort Anschluß an die iberische Avantgarde der Poesie, Rafael Alberti, Luis Cernuda, César Vallejo, Antonio Machado und Miguel Hernández. Ein Stipendienaufenthalt in den USA (1943 bis 1945) machte ihn dann mit den modernen Amerikanern E. E. Cummings, Ezra Pound und William Carlos Williams bekannt, auch die Berührung mit Jorge Guillén fällt in diese

Jahre. Seit 1945 in diplomatischen Diensten tätig, lebte er von 1946 bis 1952 in Paris, wo er sich mit André Breton, Jules Supervielle, Benjamin Péret, Henri Michaux und Georges Bataille anfreundete und in den schon etwas stagnierenden Whirlpool der surrealistischen Bewegung geriet. Schließlich führten ihn ausgedehnte Bildungsreisen nach Südostasien, Indien, Japan, wo buddhistische, später taoistische Ideen zunehmend Einfluß auf sein Denken gewannen, und zwischen 1962 und 1968 wirkte er noch einmal als Botschafter Mexikos in Neu-Delhi, ein wahrhaftig weltumgreifendes Curriculum, das die Frage nach der kulturellen Identität schon etwas brenzlig werden lassen kann.

Octavio Paz hat sie sich bereits im Jahre 1950 mit einer anthropologischen Studie zu beantworten versucht, deren mondän angehauchter Titel *Labyrinth der Einsamkeit* sicher nicht nur von fern an spätabendliche Befindlichkeitsschriften erinnert. Tatsächlich ist sie beides oder vielleicht sogar dreierlei. Eine volks- und landeskundliche Recherche nach der verlorenen *mexicanida* (als «Mexikanität» etwas mißtönig in unseren Ohren klingend, aber was soll die Übersetzung da schon groß machen?). Zweitens die Projektion von lokalen Einsichten in die entfremdete Natur des Menschen auf einen allgemeinen Weltzustand («Hinfort werden die Entscheidungen der Mexikaner alle Menschen angehen und umgekehrt»). Und am Ende sogar Vorzeichnung einer eigenen poetischen Grammatik, in der die Antithese von dunklem Maskenwesen und spontanen Lichteinfällen den widersprüchlichen Volkscharakter ästhetisch nachzuspiegeln sucht.

Am tiefsten scheint mir Paz' Untersuchung in das vermummte Wesen des Mexikaners einzudringen, wo sie die steinerne Maske der Selbstbeherrschung als einen dunklen Abdruck von jahrhundertelanger Fremdherrschaft deutet. Die zur edlen Mannestugend verklärte Verschlossenheit erscheint als ein neurotisch-verzwängtes und letztlich tragisches Nicht-aus-sich-heraus-können. Das übertriebene Bemühen um formale Regelrichtigkeit und die gegen alle gemütlichen Rührungen krampfhaft bewahrte Larve als soziale Verelendungszeichen. Nur im Rausch, in der Orgie, in der Fiesta, auch im gewaltsamen Ausbruch, in der Revolution gelingt es dem in sich selbst Begrabenen den Panzer zu durchbrechen und «ein anderer zu werden, der er selbst ist und nicht ist», was schon einigermaßen gespenstisch anmutet, weil man gar nicht mehr weiß, wo solche Vexierspiele einmal enden sollen.

Unbedingt schmeichelhaft für die moralische Verfassung einer geistigen Führungsschicht ist diese durch Freimut ausgezeichnete Studie also mit Sicherheit nicht; aber das macht sie uns auch wieder lieb und nimmt für ihren Autor ein. «Wir Mexikaner haben keine Form geschaffen, die Ausdruck unserer selbst wäre», heißt es schonungslos genug in dem Kapitel «Mexikanische Intelligenzija», und dann weiter: «Daher kann die Mexikanität mit keiner Form oder konkreten Richtung sich identifizieren: sie ist ein Schwanken zwischen verschiedenen universalen Entwürfen . . . Die Mexikanität ist eine *Weise, uns nicht selbst zu sein*, der oft wiederholte Versuch, *anders zu sein und anders zu leben*. Kurz gesagt, sie ist einmal Maskierung, ein andermal der plötzliche Entschluß, nach uns selbst zu suchen, das plötzliche Öffnen unseres Herzens, um unserer geheimsten Gefühle gewahr zu werden.»

Die verwundene Sache löst sich für Paz auf verwunschenen Wegen, die allerdings erst richtig in den Irrgarten der Entfremdung führen. Sich der eigenen Identität in anderer Leute «Anderheit» zu versichern, durchstreift der sentimentalische Lesereisende die im ganzen unausmeßliche Galaxis der Weltkulturen in immer neuen Anläufen, wobei ihm manchmal gar nicht mehr klar scheint, was hier noch Sphärenmusik und was nur deren hohles Echo ist. «Ich bin der andere», dichtet Nerval; «Ich ist ein anderer», schreibt Rimbaud; «unheilbare Andersheit» konstatiert Machado bei sich selbst; «sich selbst verstellen, heißt, sich selbst erkennen», schreibt Pessoa, dessen Name wiederum Persona = Maske bedeutet, ein nicht endenwollender Hexenwalzer, nach dessen Melodie sich unentrinnbar auch unser Autor zu drehen beginnt: «Der Mensch verwirklicht und vollendet sich, wenn er ein anderer wird. Indem er ein anderer wird, gelangt er wieder zu sich selbst.»

Daß man die ausweglose Weise von der «Eigenheit» in der «Anderheit» auch anders lesen kann, möchte ich nicht verhehlen. Was ich sehe, geht nämlich eher auf magische Verstrickung als auf lichten und befreienden Beziehungszauber aus. Was ich erkenne, ist eine halb religiöse Sehnsucht nach Bindung, «Kommunion» und innerem Zusammenhalt (*Suche nach einer Mitte* nennt sich ein Gedichtbuch des Verfassers), die mangels konkreter Bodenhaftung aber immer nur weiter und höher in die Erdumlaufbahn führt. Das Problem ist nicht neu, und es betrifft auch gar nicht Octavio Paz allein. Wer uns entgegentritt beziehungsweise gegenübersitzt, ist niemand anderes als der uns allen bekannte Herr Büchergelehrte, der gern dichten können möchte, aber leider das Zauberwort nicht weiß, das einem nur die Muttersprache zuflüstern kann, und der sich auf der Suche nach dem verlorenen Paradies heillos im luftleeren Raum seiner Reflexionen verliert. Daß seine Verse unaufhörlich aus der Schule plaudern müssen, heißt von «Spiegelungen», «Schatten», «Echos» und «Reflexen» reden, ist wohl doch ein bedenkliches Zeichen. Zwar nennt sich eine lyrische Selbstermutigung wagemutig genug «Widerlegung der Spiegel», aber das bringt das Leiden ja auch nicht aus der Welt, solange die gute Absicht sich nur in gegenstandslose Gedankenprosa fassen kann.

Du gingst in den Spiegel, «der auf uns zukommt», den leeren Spiegel der Poesie,
«Widerspruch aller Widersprüche», und nun bist du im Haus der Gleichnisse,
nun bist du, zu Füßen des Einen, obgleich noch immer ein anderer identisch mit dir selbst.

Beruhigen wir uns und sprechen mal einfach wie bei uns zuhause. Wenn mich ein Lehrling der Musen beispielsweise reinen Herzens fragen würde, was in der Sprachkunst eigentlich Sache und in der Lyrik die Musik sei, würde ich ihm vermutlich antworten, hör mal hin: «In meinem Elternhaus hingen keine Gainsboroughs / wurde auch kein Chopin gespielt», ist das nicht wahnsinnig tief und zugleich ganz fürchterlich zum Lachen! Beziehungsweise, um auch unseren anderen First-class-Nichtnobelianer zu erwähnen: «Es war der dritte Tag. Am Abend sind sie erfroren. / In diesen Jahren ist es viel zu kalt für die armen Leute»: läßt sich etwas so Schlichtes eigentlich an Hintersinn noch übertreffen?

Ich weiß, Benn hin, Brecht her, das ist nicht das Thema. Überhaupt ist es immer ein bißchen mißlich, etwas geistig oder stilistisch Inkommensurables nebeneinanderzuhalten, um das eine durch das andere karikierend herabzusetzen. Wo wir uns die Frage nach der Identität von Dichter und Sprache aber einmal haben aufdringen lassen, auch der Identität von lokalen Unterbodentönen und artistischen Höhenflöten, können wir solcher anschaulichen Beispiele wohl nicht gänzlich entraten. Sie bestätigen unser Unbehagen gegenüber dem Auchdichter, der seine poetischen Operationen zwar ständig mit dem bedeutungsvollen Zeigefinger begleitet und der uns dennoch nur in eine platonische Hohlwelt entführt, in der Matrizen von Matrizen, Abzüge von Abzügen und am Ende nur noch literarische Readymades den Ideenhimmel bevölkern: «Die Welt ist die Metapher einer Metapher. Sie verliert ihren Sinn und verwandelt sich in eine Sprachfigur.»

Ob Bildungstrunkenheit von diesen gehobenen Graden noch zu erkennen vermag, daß selbst ein weltenweit verzweigtes Geflecht von Luftwurzeln den Bodenkontakt der Sprache nicht ersetzt, kann ich natürlich nicht sagen. Ich weiß nur eines mit Sicherheit. Daß nämlich die «strukturalistische Linguistik», deren Bekanntschaft dem Dichter eines Tages wie ein «heilsamer Schock» in die Glieder gefahren sein soll, eine schlimme Lehrmeisterin und unheilvolle Sirene ist, und wer ihr genügend lange zuhört, dem entschwindet nicht nur die verachtete Realität aus den Augen, der büßt mit der Zeit auch sein ästhetisches Geschmacksvermögen ein. Nichts gegen den Dichter als Wahrsager, Spurenleser und Deuter des Vogelfluges, er sollte bei solchen Künsten nur nie vergessen, wie das Fliegen und Singen eigentlich noch geht. Und obwohl wir uns selbst im Augurenfach immer gern getummelt haben, sind wir doch eigentlich ganz muntere Vögel geblieben, denen nichts so sehr behagt, wie den Berufsornithologen gelegentlich eins zu pfeifen. Die zum strukturalistischen Sehschlitz verengte Maske blendet ja nicht nur die buntgemischte Wirklichkeit aus, sie fängt auch keinen unvermuteten Lichtblick mehr ein. Sie projiziert – um es noch einmal andersherum zu sagen – ihre eigenen schablonenhaften Gedankenfiguren auf eine vorgestellte weiße Weltenleinwand und kann schließlich keine Wachtel mehr von einer Tontaube unterscheiden. Wär' nicht das Auge maskenhaft ...

Auf dem Sand
die Vogelschrift:
Erinnerungen an den Wind.

Es vergeht, luftiges Alphabet,
die geschwinde Schrift der Vögel.

Der Sperber,
einsam dort in der Höh,
fliegt ein Zeichen,
das sogleich
sich auflöst in Licht, in Luft.

Dort oben
schreiben die Sterne
immer das gleiche Wort.

Sehe die Sterne schreiben.
Ohne zu verstehen begreiflich:
auch ich bin Schrift
und eben jetzt
entziffert mich jemand.

Allerdings, wir versuchen es, obwohl – wie sollen wir fortfahren, ohne selbst zur Stereotype unseres Mißbehagens zu gerinnen – der von Buch zu Buch tickhafter zutage tretende Zwang, die Welt zum Zeichen herunterzurechnen, allmählich eine erschreckende Signifikanz gewinnt. Dieser Dichter ist ein Nachfolger, Nachahmer, Nachsteller gewesen, seit er seine ersten literarischen Schriftzüge tat, und auf nichts anderes weisen diese immer wieder nur sich selbst bedeutenden Wiedergängerchiffren hin. Von unserer eigenen bescheidenen Volkssternwarte aus möchten wir ihm beinah schon wieder gut sein, weil natürlich auch solches abgehobene Schattentreiben seine eigene Tragik besitzt. Und in seinen beschwingenden Prosen scheint der Nachsteller manchmal wirklich ein Dichter und insofern sein eigener Vorläufer: «Ein gestreckter Pfeil, immer die Luft zerreißend, sich immer vorauseilend, über sich selbst hinausstürzend, abgeschnellt, atemlos, schreitet der Mensch unaufhörlich voran, und bei jedem Schritt ist er ein ‹anderer› und er selbst.» Es ist nur eben so, daß das, was in Prosa so schneidig flutscht, im Gedicht nicht unbedingt schon funktioniert (es ist ein erbarmungsloser Lügendetektor) und die schönsten Absichten – wider eigenes Wissen – verstimmen.

Reibefeuer

An einen Gaukler

So wie die Zeit mit uns spielt
am Rande der großen Grube,
bei Anbruch der Nacht
reibt er aneinander zwei, drei, vier, sechs Worte
und läßt sie fliegen dorthinaus.

Sonnen, Monde, Planeten
kreisen, glänzen, singen, verschwinden
wie diese Welt in der anderen. Sie werden zurückkehren,
diese Nacht oder die kommende, Musik,
die schlummert in der Muschel der Erinnerung.

Um es nicht zu kompliziert zu machen und trotzdem keine Mißverständnisse aufkommen zu lassen: «so wie die Zeit mit uns spielt» ... «reibt er aneinander», das geht nicht und nicht bloß des verwackelten Wie-Vergleiches wegen. So etwas würde man, meiner Meinung, nicht einmal unter Azubis als poetisches Schöpfungsgleichnis durchgehen lassen, es ist sein Gegenteil, der ohnmächtige Versuch, das eigene irdische Gewerkel kosmologisch zu illustrieren. Statt uns poetisch-magisches Wunderwirken als, beispielsweise, sprachliches Kunststück vorzuführen, wird das Mirakel nur beredet und unser Interesse durch seine Präparation aufgezehrt. Die gewollten Anspielungen auf ein höheres Weltenwalten erschöpfen sich augenblicklich in diesen grauenhaften Verweisen auf ihre Bedeutung, und was bezaubern möchte, entzaubert sich selbst durch den gar nicht aus dem Bilde weichenwollenden Zeigestock.

Zeigestock oder Zauberstab, das ist allerdings die poetologische Gretchenfrage, und selbst wenn wir mit Paz darin übereinstimmen, daß auch «der Surrealismus keine Poesie, sondern eine Poetik» war, können wir noch ganz gut unterscheiden, was hübsche Programmusik und was – zum Teufel! – angemalte Gedankenlyrik ist. Oder nennen wir sie, der Genauigkeit halber, lieber bebildert. Was der neue Gedichtband *In mir der Baum* um ein weiteres Mal bestätigt, ist ja wieder nur des Verfassers sprichwörtlicher Mangel an Farbsinn und reeller Anschaulichkeit. Als einen Augenblicksanbeter ohne Augen, einen Sinnlichkeitsfex ohne Sinne, sehen wir ihn fortwährend in begriffliche Manipulationen verwickelt, bei denen so edeltuende Allerweltswörter wie «Luzidität», «diaphan», «kristallin» oder «transparent» sich die fadenscheinigsten Spiegelgefechte liefern.

Zwischenzeit

Augenblicksgebilde
über einer Pause schwebend
Erscheinungen, weder herbeigerufen
noch gedacht, Formen aus Wind
substanzlos wie Zeit
und wie Zeit zerronnen

Aus Zeit gemacht, sind sie nicht Zeit;
sie sind der Spalt, das Interstitium,
der kurze Taumel des dazwischen,
wo die diaphane Blüte sich öffnet:
hoch am Stiel eines Widerscheins
kreist sie und vergeht.

Helligkeiten, nie berührt,
mit geschlossenen Augen gesehen:
die transparente Geburt
und der kristallklare Sturz
in diesen Augenblick dieses Augenblicks
der noch andauert.

Hinter dem Fenster: öde
Dachterrassen und eilende Wolken.
Der Tag erlischt, und hell nun
die Stadt, nah und entfernt.
Schwerelose Stunde. Ich atme
den leeren, ewigen Augenblick.

«Transparenz», «Diaphanie», «Kristallinität», schön und fein, aber darüber spricht man schicklicherweise nicht im Gedicht, man stellt sie her. «Transparenz» ist ja gerade der unausgesprochene Verfassungsauftrag jedes nach Vollkommenheit strebenden Verses, und wer mit erläuternden Worten daran rührt, der hat sie schon verdorben. Was Octavio Paz über die «kalte und schale Sprache» de Sades anmerkt, kann man ohne Abstrich an seine eigenen Gedichte weiterreichen: «Sein sprachliches Ideal – wenn er sich nicht der Raserei überläßt – ist eine erotische Geometrie und Mathematik: die Körper als Chiffren und logische Symbole, die Liebespositionen als Syllogismen . . . nichts und niemand wird mich dazu bewegen, ihn als einen sinnlichen Schriftsteller zu bezeichnen.»

Mit geschlossenen Augen
mit Fingern und Zunge
entziffre ich auf deinem Leib
die Schrift der Welt

Den sich nahelegenden Einwand, daß unvorteilhafte Eindrücke auch mit unzureichenden Übersetzungskünsten zu tun haben können, kann man so freilich auch nicht gelten lassen. An diesen Versen gibt es überhaupt nichts zu verderben. Ihre ausgeschnittenen Bilder und übereinanderkopierten Paradoxien sind genau aus jenem Stoff gemacht, der in jeder Sprache der Welt schlicht Kunststoff heißt. Was auf der linken Seite spanisch zu lesen steht, läßt sich auf der rechten unschwer mit dem deutschen Text vergleichen, nur daß deutsch allein natürlich noch nicht gedichtet ist, und auch die beste Übersetzung (Rudolf Wittkopf) einer blumigen Metapher nicht zu dem erwünschten Duft verhilft.

Das Paar

ist ein Paar, weil ohne Eden.
Wir sind aus dem Garten vertrieben,
sind verurteilt, ihn zu erfinden,
seine berauschenden Blumen zu hegen,
lebende Kleinode, die wir pflücken,
um einen Hals zu schmücken.

Nicht wahr? Und wo wir schon so offen von der Krux des Übertragungswesens sprechen: die hängt wohl zunächst mit den Projektionen eines Literaturgelehrten zusammen, der sich aus tiefster Seele nach einem «anderen» verzehrt, der er nicht ist, und mangels Masse immer wieder nur zu seinem minderen Alter ego zurückfindet: dem Ghostwriter, der zwar in Prosa glänzt, in seinen uneigentlichen Gedichten aber einen eher matten Eindruck macht.

Do. 29. Nov. Geputt. Im Arsch. Erledigt. Tibia vorbei, die angeblich nur den ausgelesenen Jahnn wieder reinreichen wollte, in Wirklichkeit aber Abschied nehmen und nochmal was von einem Mann über Männer erfahren. Z. B. wie ich das fände, daß er am liebsten sofort mit ihr zusammenziehen wolle und eine gemeinsame Firma aufmachen. Es war mir aber alles etwas peinlich, auch ein bißchen traurig, und ich sagte: «Laß mich lieber mal die Paz-Probe an dir vornehmen: ‹Mit geschlossenen Augen / mit Fingern und Zunge / entziffre ich auf deinem Leib / die Schrift der Welt›, wie findest du das?» – «Ohgottnein, der Nobelpreisträger??? Das darf wohl nicht wahr sein. Dann will ich nächstes Jahr auch den Nobelpreis haben: Meine Hühner / sind die Augen / deiner Zehen . . .» Bißchen wehmütig ihr vom Balkon aus nachgewinkt, aber wer a) verheiratet ist und b) von Berufs wegen auch noch den Musen nachstellen muß, kann rein praktisch nicht jedes Leben mehr führen.

1. Dez. – 15.30 Abflug Hbg.–Genf – weher Rücken und Kissen fürs Kreuz erbeten. Leider den Paz nicht in der Form hinterlassen, wie ich ihn mir gewünscht hätte: bis in die letzte Nervenfaser entspannt und als kleines Gedankengebäude unverbesserlich. Ganzer Flughafen eben und nun dito Plan voller *BILD BILD BILD*: Fotomontage von Kohl und Lafontaine als Fighter im Boxring – «Die Entscheidung!» Lustig, daß ich für *Studentenkurier* mal ganz ähnliche Fotomontage gebastelt hatte: auf der linken Seite Porträts von 18 Göttinger Professoren und zur rechten dann Adenauer als muskelprotzenden Supermann: «Zum Wahljahr 1957 wählen wir alle: Mister Germany». Man soll sich junge Leute wie Schirrmacher und Greiner vielleicht nicht älter wünschen, als sie sind, aber wer schon selbst keine ausgeprägte Geschichte hat, sollte wenigstens bißchen alterna-

tive Zeitungsgeschichte studiert haben. Der sich unvermittelt zerteilende Regenfilm vorm Kabinenfenster, der sich ebenso elegant wieder schließt. Wer nichts erlebt, hat viel Zeit zum Wahrnehmen.

Mit dem Zug von Genf nach Lausanne, dort von Frau Lenschen abgeholt (eines der raren Reimwörter auf Menschen). «Hotel Elite», die Inneneinrichtung offenbar von einem Vertikalisten entworfen: längsgetäfelte Wände, die schlanken Rippen der hochaufgeschossenen Heizkörper, zylindrische Lampenschirme, fast leptosom; die schmalen Streifenvertikalen der Vorhänge. Mich in einem Anflug ausgleichender ästhetischer Gerechtigkeit sofort in die Horizontale begeben. Lektüre Anaïs Nin: *Tagebücher*: «Dieses Tagebuch beweist eine schreckliche allesverschlingende Begierde nach Wahrheit, da ich, um es zu schreiben, die Vernichtung des ganzen Gebäudes meiner Illusionen riskiere.» Wieviel schöner die Vorstellung, ganzes Leben mit Tabu zu verbringen als z. B. jeden Tag 'ne Zeitung vollkriegen zu müssen.

2. Dez. Schlaf bis 10.00, freundliche holländische Wirtin, aber Frühstückspalette sonntäglich karg, starke Halsschmerzen. 11.20 von Christian Hart-Nibbrig abgeholt, der mich physiognomisch an Trinckler erinnerte, Gang zum (eingerüsteten) Münster und Gespräche über Metrum und Rhythmus. Mit Auto zum See, dort Espresso in Straßencafé, dann «Collection de l'Art Brut» im «Château de Beaulieu»: zum Verrücktwerden schön: halb atembeklemmend, halb zum Lachen. Überlegten uns, in welcher Reihenfolge wir klauen würden: 1.) Willem van Genk – 2.) Guillaume Pujolle – 3.) Helmut – 4.) Johann Hauser – 5.) Josef Wittlich – 6.) Gaston Duf – 7.) Eugen Gabritschevsky – 8.) Raphael Lonné – 9.) Hans Krüsi. Bzw., im zweiten Durchgang: 1.) Johann Hauser – 2.) Helmut – 3.) Willem van Genk – 4.) Raphael Lonné – 5.) Eugen Gabritschevsky – 6.)

Guillaume Pujolle – 7.) Hans Krüsi – 8.) Gaston Duf – 9.) Josef Wittlich - 10.) Carlo . . .

Dubuffet, der Sammler, mindestens so bedeutend wie Dubuffet als Maler. Starkes Wort: «Die Kunst legt sich nicht in die Betten, die man ihr bereitet; sie ergreift die Flucht, sobald man ihren Namen ausspricht: Was sie liebt, ist das Inkognito. Ihre besten Momente hat sie, wenn sie vergißt, wie sie heißt.» Daß man ihr a posteriori dennoch gern auf die Schliche kommen möchte (die ja gar keine Schliche sind, sondern stilprägende Sprünge in der Schüssel), ist eine ganz andere Sache. Offenbar lassen sich auch hier gewisse Brechungsgesetze des Ausdrucks studieren, die die Spezies als ganze betreffen; dann wieder Zeit- und Epochencharaktere mit dem allererstaunlichsten Varietätenreichtum. Als zugleich bedrohliche und ermutigende Lehre mit nachhaus genommen, daß erst der Fall das Original macht und die krankhafte Abweichung von der Betriebsnorm einen ernstzunehmenden Individuationsgewinn. Wie weit das alles weg ist von den Heiraten à la mode und den Stilmelangen à la documenta. Ganzen Tag noch nachhallend unsere große gemeinsame Begeisterung, sympathetisch mitgenossen von der schönen jungen Frau Melanie am See.

18.30 Fahrt zu Ledig, Lavigny, Le Château. An der Pforte der weißbehandschuhte portugiesische Diener (L.: «Wir lieben die beiden Leutchen, sie verschönern uns unsern Lebensabend»), dann nach 1. Fl. «Château de Beaulieu» erstmal Ledigs Kunstbildersammlung betrachtet, die mir im Vergleich aber eher zusammengewürfelt und auf teure Art drittrangig erschien. U. a. ein Baumeister, der wie ein grauer Klee aussah, sich aber später durch Ledigs private Erinnerungen plötzlich zauberisch belebte. Wie z. B. Frau B. den Verkaufserlös immer postwendend konfisziert und der Maler sich ein raffiniertes System ausgedacht habe, um der Taschenpfändung zu entgehen. Habe sie

z. B. zum Kaffeekochen in die Küche geschickt und aus seiner «Depotjacke» (Ledig schlug die seine wie zwei Altarflügel auf) vier-fünf-sechs kleinformatige Bilder herausgezogen: «Die sind doch auch ganz hübsch.» – «Ja, da hat er dann hinter dem Rükken von Madame immer schnell ein paar Abschlüsse getätigt und das Geld in die Hosentasche gesteckt.»

Rührend der inzwischen doch älter als alt Gewordene in seiner Rührung. Die Hand schon fast ohne Druck, verschwimmendes Gesichtsfleisch, die lustigdunklen Augen tief in die sie umgebenden Ringe eingelassen, bei erzählerischen Pointen oder richtiger, kurz vor Einbiegen in die Zielgerade, sofort lebhaft erglitzernd. Manchmal auch schon ein bißchen «So war das» und «äh – jäh – das ist alles weit weg und lange her», aber schon sieht man ihn wieder suchen, pendeln, pumpen, einen neuen Anlauf nehmen und auf einmal prustet der offenbar gar nicht tot-zu-kriegende Blasebalg eine neue alte Geschichte herauf: «Ah, das hab ich dir sicher schon öfter erzählt, Rühmi, wie sich George Grosz im Biedermeierstübchen bei Lembke einquartiert hat und dort auf dem Sofa seine Hamburger Tage versoffen. Auch kein schöner Tod – am Schluß ist er dann die Treppe runtergekegelt und an seiner eigenen Kotze erstickt. Buchstäblich an seiner Kotze . . .»

Tranken trotzdem unbeirrt weiter, ich Williamine, die in Hamburg 60 Mark die Flasche kostet, hier 24 Franken, Hart-Nibbrig «Fontessa-Elm» (Auto), Ledig Rotwein, dabei unentwegt kaustisch drollige Geschichten über Dichter, Denker und Verleger, Ceram, Thomas Wolfe, Rezzori, Unseld, schließlich Hochhuth, was auch HN zu kleinem Capriccio verleitete. Hatte mit Hochhuth zusammen bei Walter Muschg in Basel studiert, als es in dessen Seminar eines Tages um die Frage «Ja und Nein» gegangen sei. Bei anschließendem Besuch der Toilette habe er Hochhuth dann beim angeregtesten Zwiegespräch mit seinem Spiegelbild überrascht: « ja . . . und nein! das ist es! JA – und NEIN!»

L., der anderer Leute Geschichten nicht einfach auf sich sitzenlassen kann, ohne noch einen draufzugeben: «Ah, da muß ich euch aber auch noch die Anekdote von Samuel Beckett und Harold Pinter zum besten geben. Also da saß ich mal mit Pinter zusammen, und der hatte mir gerade erzählt, wie er als ‹sehr-sehr-junger Mann bei dem sehr-sehr menschenfreundlichen Beckett› zu Besuch gewesen war, als ich zu ihm sagte: ‹Und wissen Sie, was mir mal der Beckett über den Besuch eines ‚sehr-sehr jungen Dichters' berichtet hat?› Wortlaut Beckett, nach Ledig und mit dessen Zigarrenraucherstimme: «Da kam doch eines Tages so ein junger Eleve und Bewunderer zu mir ins Haus, der mir uuuuunbedingt klarmachen wollte, wer ich wirklich bin. Ich habe ihm darauf folgende Geschichte erzählt, daß ich einmal im Krankenhaus lag und von der anderen Seite des Ganges her ein ganz fürchterliches Schreien hörte, und als ich die Schwester fragte, was das sei, sagte diese: ‹Ein Mann mit Zungenkrebs.›» Darauf Beckett zu seinem Besucher: «Sehen Sie, und dieser Schrei, das bin ich wirklich.» – Ledig wieder zurück zu seinem Pinter: «Der wurde auf einmal bleich wie die Wand, und was soll ich euch sagen, was er sagte? – ‹Der junge Mann, das war ich.›»

Im Salotto: kleiner Wunderlich, unbedeutender verkohlter Max Ernst, englischer Schreibsekretär mit eingelegten Chinoiserien, oktogonaler Präsentiertisch mit seinen diversen Diplomen, Verdienstkreuzen, Medaillen, Exvotos, u. a. Jugendbildern von Jane, mal wirklich jung gewesen und kurzfristig schön wie die Dietrich. Spazierten Arm in Arm durch die Räume, wobei er mir das ein bißchen fremde Du aufnötigte und ich ihn bedrängte, seine unwiederbringlichen Nobodyknowsgeschichten endlich mal auf Band zu sprechen. Er genießt sie aber lieber als privates Tischfeuerwerk, und wenn der Schwung der Rede dahin ist, möchte er keinerlei Wert mehr darin erkennen. «Wo die Welt, ach, Rühmi, doch sowieso nichts mehr wert ist, und der Mensch? – eine Bestie!» Las uns zum Schluß noch seine Übersetzungen von Roald-Dahl-Gedichten vor (richtig con moto und mit resonanzheischender Stimme); um ihn gleich hinterher einen «ziemlich unangenehmen Kerl» zu nennen, dessen Tod er nicht zu bedauern schien.

Gegen 21.30 Aufbruch und schnell nach St. Sulpice zurück, um wenigstens noch ein Mauseschwänzchen der Wahlberichterstattung zu erhaschen. Schwere Niederlage für SPD, auch Berlin an die CDU verloren, die vollendete Wende und – nur an Diepgen zu denken – welche Bubikopfschwenkerei nun wieder an Stelle von Politik, wieviel Kram, wieviel Zeugs, wieviel Mikro.

0.00 einsam im «Elite», und die gar nicht recht wahrgenommene Wahl wie ein Seebeben nachwogend. Bei Lektüre Anaïs Nin die Versuchung empfunden, TB vielleicht doch noch diesseits der Deadline zur Ansicht freizugeben, ad usum delphini bereinigt und als allgemeinerbaulichen Losungskalender. Zeigen, wie ein Kopf sich täglich an der Welt gestoßen hat, und welche Funken (Quanten) ihm dabei entsprungen sind. Die selten, wenn überhaupt je augenblicksgetreu dokumentierten zwei Seiten des Momentes: Input und Output, challenge and response, Reizung und Prägung.

Mo. 3. Dez. *BILD*: 45% King Kohl & 10,3% Big Genschman. Sehr in Versuchung, E. anzurufen, aber wo? Kiel? Hamburg? Bonn? Berlin? Neue Halsschmerzen. Verdammte Parforce-Raucherei.

Di. 4. Dez. *BILD*: «Und jetzt wird in die Hände gespuckt» – was ich immer gleich BILDLICH vor mir sehe: die bespeichelte Flosse den Brüdern und Schwestern zum Gruß entgegengestreckt. Neben dem Knaller allerdings auch gleich der Entlarver: «Laßt den Kindern den Glauben ans Christkind.»

Abends Lesung im «Théâtre de Boulimie». Kam trotz dicker Klüsen / zugenähtem Hals gut in Schwung und las den «Schindemann / Dintemann» especially for Ledig, der zustimmend zwinkerte und rauhherzig lachte. Daneben Lady Jane als sandfarbener Schatten, pale, blicklos, gedankenabwesend und ungerührt vom gefärbten Haar bis zu den gesprenkelten Händen. Hinterher Frittenlokal, wo Melanie mich aus lauter Respekt vor meiner Bühnenform auf einmal wieder siezte. Hotel: Koffer gepackt, Imeson mit Bier, paar letzte Anwehungen als Ausatmer zweier glücklicher Tage.

Der Mensch eine Bestie? – ahna.
Der Mensch ist im Grunde a ganz a netter Kerl,
du darfst ihn natürlich nicht frechwerden lassen.
Wenn er erst merkt, daß . . .

Trainierte Jugendliche,
die noch alle Knochen im Leibe haben
und ihr Bettelgeld für Fitnessstudios ausgeben können
(Der Lauteste kriegt die Braut)
Also wenn Sie mich fragen . . .
Von Herzen leider nein!

Die denken doch nicht einmal vom Abzug bis zur Mündung

Die Wahrheit? Gotteswillen, aber so spät am Abend
doch nicht noch die Wahrheit;
auf die Wahrheit kommen einem die Leute doch bloß dumm

Wenn die Wahrheit mit Trompetenstimme
was?
Für wen?

Also um dazu etwas zu äußern,
müßte man zuerst wohl mal eine Meinung haben ...

Ja, wenn die Welt ein bißchen anders aussähe,
und man durch Bücherlesen
unsterblich würde ...

(angelesene Eigenschaften, wenn sie sich fortpflanzten)

Sich durch drei Meter Bücher hindurchfressen
und am Ende mit Engelsflügeln
hervortreten ...

Mi. 5. Dez. Gemeinsam mit Melanie im Zug nach Bern. Neben Lehrtätigkeit noch Studium der Kunstgeschichte, was mir gefiel. Nicht immer gleich mit voller Kraft in Amt und Brot und Würden wollen. Am Bahnhof Frau Baur – Apotheke / Lokabiotal für den Hals – nebenher weiter Baycillin Mega – dann um 17.00 mit Prof. Rusterholz Röschti / Geschnetzeltes / Salat im piekfeinen Bahnhofsrestaurant. Eigentümlich seine bei Entscheidungsvorgängen offenbar bis in die letzte Nerve mitbeteiligte Gesamtperson: Die beim Reden wie suchend durch die Arena rollenden Augen – das Druckpunktsuchen der Stimme – dann sekundenlange quälende Momente der Desorientierung und der gedanklichen und physischen Folgerungsunfähigkeit – bis sich die wie von unsichtbaren Wehren gestauten Wasser plötzlich Bahn brechen, freisprudeln und der mitreißende Wildbach der Rede über alle hemmenden Schwyzerdütsch-Kiesel hinwegschießt.

Lesung im großen winterweißen Vorlesungssaal, Mikrophon um den Hals gehängt, da ich mittlerweile nur noch flüstern konnte. Radikal gekürztes Programm, Diskussion abgeblasen, was mir hinternach sogar leid tat, weil das Hartholzgeraspel in einem Frittenbeisel dann nur noch anstrengend war. Herr und Frau R. in Begleitung einer Botschaftsperson, Kultur, weiblich, deutsch, die mein dialektisch lästerliches Reden über deutsch-deutsche Zustände unentwegt zu dämpfen, abzuwiegeln oder durch das Einschieben allgemein erwerblicher Passeparnixfilter zu entkräften suchte: aber die Mauer! aber die Stasi – aber die neue Freiheit! – was ich in Anbetracht meiner eigenen Botschaftertätigkeit nicht nur unangemessen, sondern anmaßend fand. Freier deutscher Schriftsteller, eingeladen von einer in ihren Entscheidungen ebenso ungenierten Schweizer Institution, sieht sich in Ausübung seiner Meinungsfreiheit von weisungsgebundener Funktionsträgerin bedrängt, für die das Wort «Freiheit» etwa soviel bedeutet wie für Tengelmann oder *BILD* die Landesfarben: ein für Werbungszwecke beliebig verfügliches Versatzstück. Wie ich immer schon gesagt hab: Dialektik ist nichts für Taube – Hand hinterm Ohr: wie heißt denn das im Klartext???

Wenn ein Groschenlicht auf den Altar kleckst:
das gibt Klartext.

6. 12. Frühstück im Gästehaus der Universität, attraktivem Amalgam aus Neoklassizismus und lokalem Cottagestil (1821). Kurzer Spaziergang, leicht beschneiter Ilex und Adlerschwingeneiben, hübsche Häuschen mit Holzschindelwänden, jetzt Flug Hamburg, starke polare Gegenwinde (203 Meilen, Dünnpfiff, Notizen). Ganze Bündel von Zeitungen auf meinem Schoß: «SPD kopflos» – «Wer rettet die SPD?» – «Engholm soll SPD retten» – «Mit Brandts schönstem Enkel aus der Krise» pp. pp. Soll sich bloß vorsehen und lieber in SH weiter

ruhige Kugel schieben als von schnell zusammengezimmertem Hochsitz aus in den Bund hineinfunken. Ein mich schwul bedünkendes Nebenmir, das mir ununterbrochen auf den Pentel kuckt. In Versuchung, groß ARSCHLOCH zu schreiben – was aber auch wieder mißverstanden werden könnte.

Fr. 7. Dez. Spät am Morgen bißchen ekler, mir aber seiner ausdrucksvollen Irrenbilder wegen noch lange nachgehender Traum. S-, U- oder Straßenbahn, rechte Hand an Haltegriff oder Hängeschlaufe. Spürte unangenehmes Gefühl an den Nagelbetten und erkannte plötzlich daumendicke Maden oder Vipern, die sie gierig benagten. Vorn scharfzähnige oder scharfrandige Mäuler, während die Hinterleiber in bunten biegsamen Köchern staken. Empfand die Erscheinung im Traum allerdings eher unbehaglich als bedrohlich. Etwas widerwärtig Lustiges.

Schöner Frühlingshunger und Appetit auf eine neues, den eigenen Memo-Abfällen abgewonnenes Leben. Vita rediviva. Marbach-Sachen sortiert: Entwürfe, Fassungen, Probierstrecken, Postalien; meine ferienhafte Freude am Abkasteln, Eintüten und Beschriften. Viel Zeugs auch aus verschwiegenen Ecken und Winkeln eines vornehmlich auf dem Papier bewältigten Lebens. 18.00 Buletten und Otto, dem ich die «l'Art Brut»-Bilder zeigte, die ihm die Augen wie Sektproppen aus dem Kopf trieben; dachte, gleich wird es plopp machen. Als ob ihm bei Betrachtung plötzlich eine bislang verborgene Stelle seiner eigenen U-Person aufgegangen wäre, die er noch gar nicht richtig einordnen kann.

Abends: NDR III: Thomas Mann wieder mal genüßlich an seinem Krull zutzelnd. Im Hintergrund das beflissentlich bis obediente Beifallswallen der Gemeinde: Schmunzelwellchen, Behaglichkeitsgekräusel. Hatte ihn in den Fuffzigern selbst noch im Hamburger Audimax lesen hören und war wegen ähnlicher Wahrnehmungen damals vorzeitig fortgeschlichen. Von wirklichen Bergeshöhen her betrachtet (Jahnn – Döblin – Joseph Roth – Melville – Conrad) Eindrücke von faltenschlagendem Furnier.

Sa. 8. Dez. Roseburg. Blick in früher bereits einmal abgeschriebene 180 Tabuseiten geworfen und als charaktervoll und von eigener Unart empfunden. Megalomanischer Tag. Das Gefühl einer auf das wirkliche Leben übergreifenden Münchhauseniade: sich an seinen (ausfallenden) Haaren aus einem Sumpf zu ziehen, der bereits zu festem Lehm erstarrt ist. Abends zu Eckart Kleßmann (Niendorf) mit neuer schwedischer Freundin und wieder mal vielen lustigen und lehrreichen Geschichten aus dem klassischen Heldenleben, und wie hübsch erzählt! Von der Spielleidenschaft der Frau Telemann, die dem Opernchef, Kantor u. Obersten Musikdirektor d. 5 Hauptkirchen schließlich einen Schuldenberg von 5000 Reichstalern bescherte, das 9-fache von T.s gesamten Jahreseinnahmen. In der Hamburger Stabi noch das Exemplar eines satirischen Singspiels *Die Baßgeige* erhalten, in dem ausgiebig auch auf eine Liaison mit dem schwedischen Offizier Albedyl angespielt wird (heute in Niendorf begraben). Eine zur Schuldentilgung von der Stadt ausgerufene Kollekte soll gerade man eben 300 Taler erbracht, aber die Schmach des Gehörnten erst richtig ausgeläutet haben. – E. K., der seit einiger Zeit ein sogenanntes «neues Leben» führt. Ich will kein neues mehr führen, ich will nur mein altes zurück.

Mo. 10. Dez. Ganzen Tag Grandiositätsanwehungen und Gesänge aus tiefsten Gesundungsgründen. Seit Sa. in Roseburg und auch hier Hinterlassenschaftshalden sortiert. In Anbetracht von Tabu: als ob ich mein Leben lang nur gelebt, im Hinblick auf Zigtausende von Brief-, Konzept-, Notiz-Seiten als ob ich nur gearbeitet hätte. Allein die gereimten Dedikations-, Gratulations-, Belustigungsartikel ein Werk für sich.

Szenen einer Ehe:
E: Hast du fertiggefrühstückt?
P: Ja, natürlich.
E: Brauchst du die Serviette noch?
P: Nee, wieso?
E: Weil die hier noch so unzusammengefaltet herumliegt.

Erst beim Geruch von geplätteten Taschentüchern, der mir unwiderstehlich lieblich in die Nase stieg, mich wieder aus meinem Wutpaket gelöst. E., die gestern meinen Paz-Artikel gelesen und sehr niedlich angemerkt hatte: «Wenn ich das so lese, wag ich gar nicht mehr, dich ans Abwaschen zu erinnern.» Meinte allerdings auch, «daß ein gewisser Globetrotterset diese Gedichte sogar noch für eine Offenbarung hält». Mich selbst sieht der Aufsatz nicht ganz so lecker an, wie ich ihn mir gewünscht hätte. Ein Unausgeschlafenheitsprodukt wie immer, wenn man vorher 30 Bücher lesen und 150 S. Notizen verarbeiten mußte. Hätte wenigstens nochmal mit dem Kauter drübergehen sollen und schmückende Beiwörter abtragen.

Di. 11. Dez. Einkaufen bei SPAR. Auf dem Vorplatz elegant gedrehte Voluten aus kroß gefrorenem Laub – Weitere 100 S. Tabu studiert und festgestellt, daß ich in meinem Vierzigsten «das Leben bereits für gelaufen» hielt. Welche seltsamen Zeiten: *Jahre die Ihr kennt* noch in Arbeit und Ulrike Meinhof noch am Leben! Große Liebe zur Welt – man sollte sie nur nicht durch zu viele Zigaretten und Schnäpse besiegeln wollen.

TV-Porträt Hans-Jochen Vogel – und: endlich mal jemand ohne Charisma mit Schlagobers! Sehe genau, was die wundersüchtige und mythengläubige Deutschheit bei ihm schon seit

Jahren bemäkelt: es ist das Zivilistische, Fundamentaldemokratische, das Person gewordene Rechtsstaatlichkeitsdenken. Selbst die viel verspottete «Klarsichthülle» noch ein ansprechendes Bild gegenüber einer Welt aus Schaumschlägern, Wasenschiebern und Abgasquirlern. Eine geistig aufgeräumte und sich ihrer Grenzen heiter bewußte Erscheinung.

Do. 13. Dez. – nur 5 Stunden Schlaf, aber con fuoco an der Maschine wie hinterm Volant eines Rennwagens. ZEITROMAN: eine Person, der ich all meine Niederlagen zum Abtragen aufbürden und mein intimes Betriebswissen als Konterbande mit auf den Weg geben kann. Das Auswildern von bereits domestiziert geglaubten Dämonen. Kam beim Lesen und Abschreiben derart in Schwung, daß ich mit meiner schnurrenden Lichtmaschine nicht allein bleiben mochte und mir eine stromanzeigende Glühbirne heranwünschte, beispielsweise Michel, der sein Einschaltquotenparadies gerade vorzeitig verlassen und Curiosity-Shop in St. Pauli aufsuchen wollte, «um mir noch 'n bißchen was Wahnsinniges anzusehen». Stellte ihm den genügenden Wahnsinn in Aussicht, *L'Art Brut*, *Journal intime* und *The portrait of an author as a maniac*, was ihn sofort auf St. P. verzichten und nach Oev. kommen ließ.

Die Versuchsanordnung war einfach, Ohrensessel, Ben-Webster-Band, Flasche Châteauneuf, dann ihm die ersten 100 Seiten mit zunächst noch bißchen klamm befangenen Fingern entgegengestreckt: «Es ist nicht für die Ewigkeit, nur so zusammengefegtes Laub vom Lebensbaum, sieh es gnädig an, Lacher und Beifall an den falschen Stellen werden jederzeit freudig entgegengenommen.»

Ging Bratwürste und Mandarinen kaufen (was ich aus Genierlichkeitsgründen extra lange hinauszögerte), und als ich nach etwa einer Stunde wieder zurückkam, war die Flasche leer und der erste Leser gewonnen: «Wahrheit! – viel Wahrheit – das muß aber uuunbedingt noch zu Lebzeiten unter die Leute!» Ich sagte: «Zu Lebzeiten? Die Wahrheit? Nee, das geht nicht, das ist ein ganz heißer Löffel, ich kann ja noch nicht mal erzählen, daß Freund K. sich aus Liebeskummer 'ne Barbiepuppe an den Schwanz geklemmt hat und mit ihr bis zum Orgasmus in der Wohnstube herumgetanzt ist. Oder daß für unseren Freund B. die Poesie erst dort beginnt, wo noch so 'n gewisser Krematoriumsduft hinzukommt – da ist er sofort ätherisiert.» – «Aber natürlich! Du mußt nur die Namen 'n bißchen ändern und die Hausnummern übermalen, dann geht das schon.» – «Ach», sagte ich, «Michel, ich hab mir schon meine Gedanken darüber gemacht: erst fängst du an, so gewisse Schicklichkeitsbögen um das eigene Haus zu ziehen, dann um den engeren Freundeskreis, dann um die Stadt, denn da wohnen ja überall diese dir ans Herz gewachsenen Vertrauten und -innen, mit denen du es um nichts in der Welt verderben möchtest, und am Ende bleibt dir dann nur noch die Rolle als Weltenrichter vorm häuslichen Fernsehschirm.» Er hörte aber nicht auf, mich zu bepredigen, das sei «eine ganz neue direkte Stimme», und bei allem, was ich früher geschrieben hätte, wäre «immer noch viel zuviel Kunst dabeigewesen», so daß ich schon wieder abwehrend die Hände heben mußte, um wenigstens ein paar Gedichte, Aufsätze und Märchen aus diesem plötzlich in den Strudel geratenen Lebenswerk zu retten.

«Zum Teufel, was wirst du machen? Man kann das doch nicht einfach wie Sondermüll behandeln und auf die Marbacher Halde abschieben, das wär ja ein Jammer.» – «Doch», sagte ich, «ich schreib das hinten alles zügig ab und vorn immer lustig weiter, und eines schönen, nicht mehr ganz so fernen Tages – 50 Jahre nach Ladenschluß – werden die Nachkommen der Nachkommen, die noch nicht einmal meine eigenen sind, das alles nachlesen können und sich an den Kopf fassen, was wir mal für tief empfindende Leute waren. Hauptsache, sie lesen überhaupt noch – aber irgendwas müssen die Leseleute den Analphabeten ja auch noch voraushaben.»

Ich legte dann Weihnachtsplatten auf und tat die Bratwurst in die Pfanne, die auf einmal zu zischen und dann richtig zu pfeifen begann, ein gar nicht endenwollender und sich in immer höhere Höhen verdünnisierender Sirenenton – «Na, was haben wir denn da? Eine singende Bratwurst!» –, wozu wir Whisky tranken und ich vor lauter Adventsgeist und Selbstergriffenheit mit den Tellern in der Hand in der Küche herumzutanzen begann, «welch eine schöne Welt», und «ja», sagte M., «welch ein schöner Tag, und ich hatte ihn schon völlig verloren gegeben, aber so hab ich dich ja seit Jahren nicht mehr gesehen: ein neuer, energischer und enthusiastischer Mensch!» Jetzt 23.00 und weiß schon nicht einmal mehr, was ich ihm zur Antwort gab, etwas Abwiegelndes vermutlich oder understatesmanmäßig Moderierendes: daß man zu Lebzeiten gerade noch zeigen könne, wie sich solch eine unmaßgebliche Fließfigur fast gesetzmäßig gegen den Strom der Zeit, den Druck der Szene herangebildet hätte und daß auch ihr lebenslanges Geschlinger zwischen Poesie und Politik nicht ohne System und Zusammenhang gewesen sei. «Doch», hatte ich dann noch zu ihm gesagt, «wenn man seine eigene Lebenswahrheit in einem großen unzerteilten Stück vor die Mitwelt hinklatschen könnte, würde man vielleicht sogar gerechtfertigt vor seinen gern belästerten Freunden und seinen ungern verlassenen Geliebten dastehen, – aber diesen Sprung, mein Lieber – den wage ich nicht!»

14. 12. Alternative Taxifahrt zu Hages, Spielabend, Brahmsallee. Fahrer mit Schlapphut und Palästinenserkopftuch vor dem Mund. Hielt etwa 150 m vor dem Schulberg und ließ sich auch durch freundliches Winken um keinen Meter weiter heranbemühen. Als ich die schwergängige Tür ein wenig zu heftig zuschlug, griff er sich theatralisch spreizig an den Kopf: «Oh

meine Ohren!» Ich sagte, «dann schmieren Sie die Scharniere das nächste Mal etwas besser», als Antwort nur ein meckriges Gehüstel. Sagte: «Sie sind ganz schön erkältet.» Antwort: «Nein, die Umweltverschmutzung – da! – sehen Sie den qualmenden Auspuff, so etwas müßte verboten werden. Ich will an den Umweltminister schreiben, werden Sie mich da unterstützen?» Starrte statt seiner haßerfüllt den alternativ-autoritären Aufkleber an, SIE BRAUCHEN NICHT ZU RAUCHEN und verfiel in einer Mischung aus Wut und Verlegenheit ins Berlinern: «Nee, det machen Sie mal alleene.»

Whisky, Bier und Skat mit Peggy, Paula und Karasek. Eigenartig, daß K. sich den halben Abend mit «linker Selbstkritik» vergnügte: was man nicht alles geglaubt und in was man sich nicht ganz fürchterlich getäuscht habe. Es schien mir sein Reuemut aber weder so dringlich wie das beschuldigte eselige Selbst die eigentlich gemeinte Adresse. Fragte ihn, um seinen (neuen) Glauben auf die Probe zu stellen, ob denn wirklich alle Rechten recht gehabt hätten, beispielsweise Springer? Ein etwas wattiertes, aber zustimmendes Achselzucken. Löwenthal? «Ja und nein.» McCarthy? «Nein!!!» Konnte ihm eine genauere Spezifikation seiner ungleich verteilten Sympathien leider nicht mehr entlocken, aber meine meinerseits schon, daß man hier nicht mit dreierlei Maß messen kann und im Zweifelsfall die Kröte McCarthy mitschlucken muß. Interessante Voltigen der Wendezeit: den Sack (das eigene Selbst) zu prügeln, den sozialistischen Esel zu meinen und doch nicht zur alten ideologischen Knüppelgarde gehören mögen. Voltigen als Konformfiguren.

15. Dez. Übelkeit, Dünnschiß, Combizym und Immodium. 15.00 junger Mann vom *Mecklenburger Aufbruch*, den ich mir von Opitz hatte aufschwatzen lassen. In dreimaligem Anlauf anderhalbstündiges Interview und am Schluß war die

Stimme noch so matt wie der 30. Durchschlag auf DDR-Seidenpapier. Meine allmählich zur Wut sich steigernde Gereiztheit und seine hilflosen Eigentlich-haben-wir-ja-was-anderes-studiert-Beteuerungen. Liebenswürdige unbedarfte Leutchen: herzlich bemüht, aber hatto teine Hände.

Hein-Gas-Ableser in stahlblauer Kluft mit rotem Kapuzenfutter. Sagte zu ihm: «Sehen Sie doch mal nach dem Zähler – irgendwas muß da undicht sein.» Als er fachmännisch den Kopf schüttelte, «isch riesch nichts», merkte ich, daß der Gasgeruch aus seinem Mund kam. Dann noch ganze Weile auf D-dorferisch über das problematische Verhältnis von Gaswerken und Handelskammer und wo sich bei der Gasuhr die Kompetenzen scheiden. Handelte sich letzlich aber nur um den fälligen Heiermann – «Se wissen, was isch meine?» – worauf ich sofort einen zückte, nur des netten Gespräches wegen. «Na, denn tschüsseken!»

Abends TV: Die Gerüchte um de Maizière (= Stasi-Agent) beginnen sich zu verdichten. Der Primgeiger! – und jetzt «Czerny»-Etüden. Was mich in Fällen wie diesem entrüstet, sind dabei gar nicht so sehr die Sündenfälle der dramatis personae (können im Zweifelsfall ja abgebüßt werden), sondern die immer gleichen demagogischen Fangfragen der Rechtspresse (*Welt*). Gestern noch: «Wollen Sie diesem Pfeiffer glauben oder dem Ministerpräsidenten?!» – Heute: «Wollen Sie diesem Stasi-Agenten trauen oder dem Ministerpräsidenten?!» Und kein einziger Redakteurs-Sessel, der im Falle des Fallissements geräumt wird!

Nach rechtzeitiger Lektüre von Brigitte Klumpp *Das rote Kloster* (1978) war man gewiß auf vieles gefaßt gewesen, trotzdem fällt man bei den täglich neuen Enthüllungen über Stasi und Metastasi von einem Rücken auf den anderen. Der erhoffte historische Roman aus dem Innern der DDR kann nur ein Stasiroman und muß gleichzeitig ein Schelmenroman sein. Ich sehe nur eines noch nicht: den neuen Grimmelshausen.

16. 12. 90. Gestern nacht noch den Räumungsrappel bekommen (Herr Räumkorf) u. Steuer 90 abgetütet. Um 14.20 «Abschiedsbrunch» für Werner und Frau Jaqueline Hofmann, ausgerichtet von Claus Grossner, Elbchaussee 395, edles Gehäuse, Original-Oldtimer-Armaturen und handsignierte Pechstein-Holzschnitte (1919) auf der Toilette, und der entsprechende Set wieder mal übern Austernrand zu betrachten. Immer noch «Schlaraffenland»-Roman im Kopf, obwohl wir rein objektiv natürlich lange über die Zeit sind und die Sache nur noch stoisch als Tabu zu Ende geführt werden kann. War allgemein gut in Schuß und antwortete auf die Frage, wie es mir gehe, mit einem wahrheitsgemäßen «glänzend» – «prächtig» – «gut wie nie», was meist auf ungläubiges Staunen, wenn nicht gar Abwehr stieß: «wollen Sie uns hochnehmen?» Eine kranke Gesellschaft, die nicht mal ihr Superhochwohlergehen noch beschwerdefrei genießen kann. Viele hübsche kleine Abschiedsfeuerwerke von u. a. Michel Hauptmann, von Saldern, Knut Nevermann, Jens Christian Jensen, aber hatte die Flügelschuhe an und nicht das nötige Sitzfleisch. Ab nach unten, halben Stengel vorm Haus, und dann gleich so etwas wie eine Erscheinung: ein kernseifenblondes Lamm mit absoluten Augen an der Cola-Tränke. Süßes Geschlabber.

Frau v. K. mit störrogenschwarzen glänzenden Augen u. echter Davidoff-Nr.-I-Zigarre in der pastellen gepantherten Hand: «Erzählen Sie mir mal was.» Tatsächlich fiel mir im Moment nichts passenderes ein, als daß sie Hansi P. vor einer Woche ein Raucherbein abgenommen hätten, worauf sie: «Na, nu erzähl mir mal nichts!»

Prof. Sch., der einen «Ossi-Dissi-Assi» hat und nun gar nicht recht mit ihm glücklich wird: «Ein richtiger Renegat.» – «Ja», sagte ich, «die verlorenen Söhne und Töchter des Systems, die wieder in den kapitalistischen Saustall zurückgefunden haben.»

Christa K. über ihre Freundinnen als falsche Ratgeberinnen. Hatten ihr unisono von einer Beziehung zu einem verheirateten Mann abgeraten u. sie hatte der ständigen Gegenpropaganda nicht standhalten können. Jetzt: «Du kannst ihnen wirklich nur trauen, wenn sie dir zum Ersatz einen vergleichbaren Kerl auf die Matte legen.»

Mit Jockel, der den gleichen Film wie ich gesehen hatte, über Rodin: «Nur jede 10. Statue hält stand – auch viele pathetisch hingehauene Salatköpfe dabei.» Ich: «Impressionistische Renaissance – und du spürst den Auftrag.»

T. S. als ausgebrannter Pfeifenraucher, viel Selbstbewußtsein, aber wenig Grütze. Hatte irgendwo eine niederträchtige Rezension über mich gelesen und sagte: «Herr Rühmkorf, von Ihnen hört man ja schöne Sachen.» Dann gleich wieder diese allgemein wohlfeilen Ausfälle gegen d i e Politiker und die so benannte «politische Klasse». Ließ ihn leerlaufen: «Wissen Sie, ich bin Dialektiker: Regierung – Opposition – Wahl! – und was darüber ist, das ist daneben.»

In der lindwurmlangen Büfettschlange (Speisekarte v. Dill anbei) schließlich mit einer mir aus einem früheren Leben bekannt vorkommenden Dame ins Gespräch und dann sofort in den Raspel geraten. Wollte meinen wohlmeinend geneigten Ohren zuerst gar nicht trauen, als sie auf einmal damit anfing, daß meine «Frau sich in der Öffentlichkeit uncharmant präsentiert» – «radikal ideologisch» – «überhaupt nicht offen» – woraus ich nur schließen konnte, eine CDU-Pressetante vor mir zu haben, und sie entsprechend maliziös fragte: «Und woher haben Sie dieses ganze ideologisch verhetzte Zeugs?» – «Aus der Presse, aber vermutlich sind Sie auch solch ein Ehekrüppel, der sich gar keine eigene Meinung mehr herauszunehmen wagt.» Es war dies der Moment, daß etwas Unterstes in mir zu knistern begann, etwas Subterrestrisch-Skorpionisches, etwas das nicht mehr diskutieren, sondern nur noch abstechen wollte, und ich blickte ihr mordlustig in die blutwurstroten Augen: «Hoppla! und für welches Blatt sind Sie denn tätig?» Da war es – wie hatte ich nur daran zweifeln können – der *Spiegel*, und die Dame – natürlich – die sowohl welt- als mir altbekannte Spülsaumimpressionistin A. B., und dann platzte mir am Ende doch noch der Kragen, wenn auch leider nur an einer allgemeinen Sollbruchstelle: «Ah, vom Reflexblatt – da reflektieren Sie ja von Haus aus, was die einen von den anderen abschreiben.»

Immer sehr widerlich, wenn man gutgelaunt und wohlgesonnen auf die scheinbar zum Feiern entschlossene Mitmenschheit zuschreitet und dann unversehens in solche vergifteten Stricknadeln läuft. Augenblicklich perdu mein schöner drogistischer Schwung; auch rochen die Leute ziemlich gemein nach sektversäuerter Rehpastete aus dem Hals, was mich dann nur noch kotzig ankam. Als ich E. auf dem Heimweg (und beim gemeinsamen Strullen im Ufergebüsch) von der unangenehmen Begegnung berichtete, sagte sie, daß ich ihr das lieber hätte gar nicht erzählen sollen: sooo guuut, wie sie immer über die Gemeinte gesprochen hätte, und so kaputt wie sie im Augenblick sei: jeden Morgen als erstes durch die Gasse der Hetzpresse gejagt und ohne den geringsten Rückhalt bei solchen Schickerilla-Federn. Aber ich sagte, «meine liebe kleine Minestrone, du mußt doch wissen, wen du auf dieser Welt noch ohne Kugelweste umarmen darfst und was du auf der anderen Seite für 'nen netten Arnold Winkelried zum Gatten hast».

Nachts: Die Goncourt-Tagebücher, dieser wunderbare Jahrhundertklatsch, aber natürlich, irgendwo fügen dann auch – dröppel-dröppel-dröppel – wir uns an, und was uns an centenarer Breite fehlt, das ist manchmal um so tiefer empfunden.

Radio: «Präfugium und Lude» – na, wenn das keine säkulare Fehlleistung ist!

17. Dez. Einkaufen, Goethe-Tage, alles lacht, vom Milchmann bis zu den Mandarinen. Die Dinge wollen von ihren ansprechenden Seiten wahrgenommen werden und strahlen entsprechend zurück. – 15.15. Der junge Mann vom *Mecklenburger Aufbruch* (verspätet) mit dem abgeschriebenen und eingekürzten Interviewtext. Hatte seine Frau mitgebracht, die sich noch ein wenig im Vorweihnachtseinkauf umsehen wollte, was mir allerdings der eigentliche Sinn des Besuches schien. Aber welch ein verpfuschtes Fliesenwerk auf einmal mein trotz aller technischen Ausfälle / Hindernisse noch als beseelt erinnerlicher Redetext. Ein auf die Un-Qualität eines eindimensionalen Meinungsbeitrages heruntergebügeltes Plattenmuster, Stein an Stein, Hauptsatz nach Hauptsatz, Bit an Bit, dabei alles feinsinnig über den Rahmen des bloßen Info-Gespräches Hinausschießende mit der Sense rasiert . . . geriet derart in Rage, daß ich die beiden auf der Stelle zum Einkaufen schickte und meine Scherzi vom vergangenen Tag noch einmal durch die Maschine prügelte: So! – hätte! – es eigentlich! – sein sollen, lauten müssen! – War noch nicht ganz durch mit dem Text, als die beiden zurückkamen und als erstes von den kranken Kindern zuhause sprachen, aber da wurde ich zum Schluß nochmal richtig biestig: «Nein, bitte keine Kinder auch noch, und zwar weder Hunger noch Masern, überhaupt nichts!»

1.00 zu Bett und *Spiegel* vom Vortag, was nicht immer funktioniert, weil die Aura des Wochenanfangs dienstags manchmal schon verdunstet ist. Glanzvolle Engholm-Reportage von Leinemann und – eines jener Hochleistungsprodukte, derentwegen Sodom meinetwegen noch etwas verschont bleiben darf. Kam mir selbst im Vergleich ganz papieren und ungelenk vor und bewunderte, was ich an erstklassigem Journalismus jederzeit einer drittrangigen Lyrik vorziehe. Schön, sich ein Rentenalter vorzustellen, in dem man, kleinlichen Ehrgeizen und niederen Eifersüchteleien gnädig enthoben, nur noch aus positiven Leserbriefen besteht.

PS. Idee, sich eine pseudonym gedachte Zweitperson zunächst als Leserbriefschreiber profilieren zu lassen. Aus dem Epistolographenwinkel noch einmal eine literarische Figur entwickeln.

19. Dez. Elbe. Grausilber-Röte bis 14.00 – ganz leichter superfeiner Nieseldunst – lang nachhängende und sich schmierig zerteilende Qualmgirlanden von Schiffen – dann auf einmal zu nichts zergangen und wie niedagewesen. Der vorgezogene Abend mit seinen schmissigen Goldfederschwüngen im Fluß. Weit ausholende und sich zum Spülsaum hin zügig verjüngende Amplituden. – Abends zu Anna Thiele-Dohrmann und das Bild mit dem Zauberhut abgeholt. Erzählte ihr die Story vom erstklassigen Kellner, der gern Wirt hatte werden wollen, aber nicht wußte, wie es geht, und der den vorher glänzend laufenden Laden dann Schluck um Schluck in den Abgrund trank. A: «Aber das ist ja eine richtige Geschichte!» Mit dem riesigen Format wie ein Drachensegler den Schulberg runtergeschwebt – dann Scherwinde – eine plötzliche Schneebö – greisenhafte Flocken, die bei Berührung mit dem Rahmen bumms den Geist aufgaben.

20. Dez. 89. Bundestagssitzung im Berliner Reichstag. Willy Brandt, der die Eröffnungsrede hielt und durch aufgesetztes Leisereden zu überzeugen suchte. Eine verräucherte Autorität. Trotzdem haben solche historischen Weihestunden eine gewisse Macht über das Einzelwesen, das aus seiner Rutherfordschen Nebelkammer gern zu höheren und übergeordneten Sternbildern aufschaut.

In Moskau hat Schewardnadse vor rechten Militär- und Ordnungskräften gewarnt und seinen Rücktritt angekündigt – immer dünner werdende Luft um den zunehmend vereinsamenden Gorbatschow. Als an ihm noch etwas zu retten war, hat ihn die Weltwirtschaftskonferenz in Genf hochmütig (und berechnend) am Katzentisch verhungern lassen. Es sollte von dem durch ihn vertretenen Reformsozialismus auch nicht für eine Kopeke Hoffnung übrigbleiben.

21. Dez. Elbe. Eine dümpelnde Kabeltrommel mit Schlagseite – die Gasbehälter am gegenüberliegenden Ufer wie auratisierte Hülsen – rotgoldene Sonnenspiralen ins leicht gewellte Blei gedrückt – der Himmel mit Düsenbiesen – Oevel. 59 ein feuervergoldeter Elfenbeinpalast – paar bläßliche Rosen im Zugwind. Bratwürste für E. und mich gebrüht, gemehlt, gebacken, dann Besuch von Meierdiercksens und Gespräche über den unwiderruflichen Irrsinn der Welt. Trotzdem sehen wir natürlich nicht bloß die führungslos irrende Menschheit, sondern die wie verrückt nach neuen Absatzmärkten, sprich Kriegsschauplätzen Ausschau haltende Rüstungsindustrie.

22. Dez. Einzelhandel verzeichnet höchste Umsätze seit dem 2. Weltkrieg; Zuwachssteigerungen bis zu 15%; Trendführer: Audio / Video / HiFi, Plüschtiere, Lebensmittel, Parfümerieartikel. Auf der stark befahrenen Berlin-Autobahn (unserem lokalen Lackmusstreifen) neuerdings merklich weniger Trabis

und Wartburgs und dafür massenhaft Audis, BMWs und Mercedesse mit Ostkennzeichen. Aber immer feste Deutschgas!

TV: Lech Walesa als Staatspräsident der III. Republik. Faltenschlagendes Wohlstandskinn, doof-fromme pfiffige Demutsnase eitel emporgereckt, ein Witz-Biber im Bratenrock. Hat in autoritärer Selbstüberschätzung seinen Vorgänger (Jaruzelski) nicht dazugeladen und läßt sich den Staatspomp nebst angeschlossenem Gottesdienst zu Ehren der «Schwarzen Madonna» sichtlich schmecken. Nun aber noch klein bißchen durchhalten! – Bis man die Pappnasen wieder sinken und die Holzwolle aus den Hemdbrüsten quellen sieht.

Das zerfallende Jugoslawien. Kroaten und Slowenen, die sich hirnrissig separatistischer Autonomievorstellungen wegen voneinander trennen – als die neuen Grenzen die alten Wundränder bereits pathografisch vorgezeichnet. Wer mit den eigenen ethnischen oder religiösen Minoritäten nicht umgehen kann, sollte ein Wort wie Identität lieber gar nicht erst in den Mund nehmen. Mit welch konservativem Ordnungssinn man schon heute nostalgisch auf den mäßigenden Eisenhandschuh des Marschalls zurückblickt. Aufgeklärter Despotismus ist nicht das schlimmste aller Wörter – marodierende Stammeskrieger das übelste Übel der Welt.

Review: Hatte neulich, bei Annäherung T.s, meinen alten blauen Strickpulli wieder hervorgekramt und mich eigentlich ganz schmuck darin gefunden. Fast um ein paar Jahre jünger. Statt einer Belobigung dann allerdings nur einen knittrigen Blitz eingefangen: «Na, das iss ja nu garnich dein Stil!» Heute E.: «Hübsch siehst du aus in dem blauen Pullover. Hab ich dir damals bei Inte gekauft, weißt du noch?» Alles herzrührende und handgestrickte Geschichten.

TB: Omnipotenzgefühle des Tabu-Schreibers: alles duckt sich, verkrümelt sich, möchte auf jeden Fall gute Eindrücke hinterlassen und weiß, wat klebt, det bleebt. Als sich herumgesprochen hatte, daß Léautaud ein geheimes literarisches Tagebuch führe, wurde er zu Matineen, Soireen und Cocktailempfängen schon gar nicht mehr eingeladen. Würde mich heute auch nicht mehr kratzen, weil Recherchen für ZEITROMAN inzwischen abgeschlossen. – In meinem Insektarium paar Wintermücken gefangen:

A: Gut siehst du aus.
B: Ja, aber das sieht nur so aus, das sagt nichts.

Tarnung ist das halbe Leben.

Wie Gras und Zweige im Winter riechen: Eine Anwehung aus ganz weit weggen Jugendzeiten.

Apfelbäume im fahlen Mondenlicht – unbewegt wie Ölbäume (stumm wie Ölgötzen)

In meiner riesigen Gelehrtenkathedrale ein einzelnes, seit Tagen in matter Unermüdlichkeit herumtaumelndes Pfauenauge. Und woher diese unerschöpflichen Zuckerreserven und wozu? Die Welt immer noch sehr geheimnisreich und geistvoll bis zum letzten Atemzug.

23. Dez. Gegen 7.00 hoch – müde, aber strebsam. TB: vielleicht auch nur so fahles ausgelaugtes Wintergras – aber dann hängen da immer wieder so hübsche Rauhreifkristalle dran.

Rosi über eine Straßenbekanntschaft im Lastropsweg. Alte Frau von gegenüber, man grüßt sich seit Jahren von Balkon zu Balkon, auch beim Einkaufen gelegentlich ein paar Wörter, das

Wetter, die Preise, die Blumen. Als sie der alten Dame (94) neulich ein Adventsbesüchelchen machen wollte, beschwerte sich deren 92jährige Nachbarin: «Andere Leute sind auch alt. Andere Leute möchten auch gern mal Besuch haben.» Dann die Klage, daß ihre Kinder nur einmal im Jahr vorbeikämen, um sauberzumachen: kurzes Aufwischen, Staubsaugen, Durchfegen, und nach erledigter Arbeit im Husch wieder aus dem Haus und für ein weiteres Jahr außer Sicht – ein Spuk. Wie ihre Grußbekanntschaft beklagte, vergesse sie mit den Jahren immer mehr Wörter: «Was haben Sie eben für ein Wort gesagt? Ich habe es wohl verstanden, aber ich weiß nicht mehr, was es bedeutet.» Auch die Bilder im Fernsehen liefen viel zu schnell weg, um den Zusammenhang zu verstehen. «Und dabei hab ich hier mal alle Autonummern auswendig gekannt – auch Ihre – Sie hatten JR Nr. 261.» Stieg auf einen Stuhl, dann auf den Heizkörper und machte vor, wie sie immer hinter den Gardinen herauslinst.

24. Dez. 16.30 Besuch Schlenz und Ente. Erinnerungen an die «Jaruzelski-Ente» von vor 3 Jahren – die «gebackene Offiziersmütze». Von Schl. eine Fl. Glen Morangi, die er noch am gleichen Abend zu 3/4n austrank. Von Ros. medizinische Enzyklopädie (den *Pschyrembel*), den sie als Einschlaflektüre dann aber selbst mit ins Bett nahm. Notabene verteile auch ich meist nur Werbematerial meiner eigenen Firma (Bücher, Broschüren) und schmücke sie überdies mit Selbstporträts.

Nachts mit Schl. im Archiv, wo er sich zunächst in deutschnationale Abgründe hineintrank (Die Linke hätte sich jetzt – äääandgültig und f. d. nächsten 20 Jahre – in die Mauselöcher zu verkriechen) und erst später zu etwas lichteren, lustigeren Dingen wieder empor. Hatte unter Führung des leitenden Direktors die Ostberliner Charité besichtigt, u. a. ein früher verschlossen gewesenes Zimmer der orthopädischen Abteilung, wo u. a. das Holzbein von Günter Mittag gefertigt und immer wieder mal korrigiert worden war. Die Stasi, die seinerzeit einen Lauschposten in der Anatomie unterhalten hatte («zwischen den Präparaten der alten Virchowschen Sammlung mit Mißgeburten und Krebsen, wie es sie in dieser Qualität heute gar nicht mehr gibt»), und über die der Direktor sich im nachhinein beschwerte: «Die waren doch sozusagen unsere Untermieter, aber glauben Sie, daß die uns gegrüßt hätten?!» Immer nur wortlos und ohne nach links und nach rechts zu blicken, seien «die Herrschaften aus dem Raum herausgeschlüpft und genauso stumm und blicklos wieder darin verschwunden». Ein «kleiner leichenfahler Präparator mit gelbem Mondgesicht» habe ihm dann noch die Tätowierungen von wilhelminischen Matrosen gezeigt und sei ehrlich bekümmert gewesen, daß er ihm «das eigentliche Prunk- und Renommierstück» nicht mehr vorführen könne: «Wir haben mal solch ein Segelschiff gehabt (Spannweite von über einem Meter andeutend), aber das ist uns leider gestohlen worden.» – Erzählte ihm meinerseits von Tabus, und daß ich grad gestern auf die Sommer-70-Stelle gestoßen sei, als der KPD/ML-Studienkreis in seinem damals noch Niebuhrstraßen-Eßsalon getagt und das *Kapital* studiert habe. «Du sollst reden!» sagte ich zu ihm, «damals hast du als ehemaliger Tunnelarchitekt und Fluchthelfer a. D. ganz schön unter Rechtfertigungszwang gestanden und dich jahrelang an die linke Szene angepaßt, und nun willst du auf einmal deine petrifizierten Verdienste nochmal einklagen und zu den neuen Siegern der Geschichte gehören. Gottseidank, daß du wenigstens keine eigene Zeitung hast und deine verstunkenen Ressentiments im ganzen Land verbreiten kannst.» Beide noch bißchen unqualifiziert durch die Nacht gedröhnt und dann heiter-bitter-lustig-kotzig zu Bett.

25. Dez. Früh hoch – Tabuabschriften – eigentlich schon dolle Warte: wirklich richtig kommt nichts an dich ran; Kugeln, Pfeile und Messer verfangen sich vorher in apotropäischen Papierlagen und auch die Blitze der Liebe ritzen dich bloß. Die Funktionen dabei multiple, und was dir eben vielleicht noch als Tränenkrüglein erschien, kann später sogar mal als Öllämpchen dienen. Wenn man bedenkt, was die Dichter normalerweise für ruhige Kugeln schieben, kann man leicht den Geschmack an der ganzen Innung verlieren und wird sich vom Leben lieber was aus Irrenhäusern, Altersheimen, Asylantencontainern und auf Schulhöfen erzählen lassen. Hübsche Geschichte gestern von Rosi über eine kleine Lydia. Wollte immer gern Junge sein, steckte sich einen Luftballon in die Hose und ging damit aufs Jungensklo, um ihn als Schniepel raushängen zu lassen. Hätte ein Büchlein mit lauter auf dem Kopf stehenden Figuren gemalt, und als R. sie fragte, «schenkst du mir das?»: «Ja, wenn du mir eine Pfauenfeder schenkst.» – «Was willst du denn damit?» – «Mich am Arsch kitzeln.»

Mittags Rindfleisch, sehr zart. Beim Gang um den Teich von einem Schreckensschnauzer bedroht: überschlug sich fast vor Wut, als er E. u. mich beim stillen Weihnachtsgewandel sah, dann die Besitzer, auf unser Kopfschütteln hin: «Den müssen Sie wohl geärgert haben!» Auf dem Land kannst du ohne Bullentreiberstab bald nicht mehr aus dem Haus gehen.

Abends TV: *ET*, und wieder das alte Leiden: zuerst ganz spannender Anfang, dann Verwucherung statt Entwicklung. Als der rettende Laser-Zeigefinger auftauchte, das schöne Stück Lebenszeit bedauert, das man wieder mal mit anderer Leuts Pseudoaufregungen vertan hatte.

Spät Sitzecke: zuerst wieder Schlenzers teutonistisches Herumgewese (Das Wort Sozialismus f. 50 Jahre vom öffentlichen Verkehr ausschließen etc.), dann, im Laufe des Abends, aber immer besinnlicher und sieht in seinen lichten Momenten fast so schwarz in die Zukunft wie wir. Über den kleinen Mittelstand in real existierender Ex-DDR: Wie z.B. «die zierliche Spinettbaufirma ‹Ammer› von der Treuhand in einen gigantischen VEB-Holzbetrieb eingegliedert» worden sei und nach wenigen Wochen kaputt war. «Da waren dann sehr bald keine Ersatzteile mehr da, dann keine Werkzeuge und am Ende nicht einmal mehr die erforderlichen Kenntnisse.»

26. Dez. Guter Schlaf, guter Appetit, neues Leben. 17.00 Tafelspitz/Meerrettich, grüne Bohnen, Geselligkeit. E.s. Tante E., 78, ehemalige Schauspielerin, weiße geschmeidige Katze, die bei Gesprächen gespannt auf Stichworte lauert, dann Zitate wie Mäuse apportiert. Jemand verlangt nach dem Bratenmesser: «Was wolltest du mit dem Dolche, sprich?!» Als ich meinte, daß jemand mir nochmal die Haare schneiden müsse: «Was schert mich Weib, was schert mich Kind? / Ich trage weit beßres Verlangen.» Bei Streitgespräch über Karl Marx und die Folgen: «Herr Marx von Köln, Herr Marx von Köln. / Wie bleich ist dein Gesichte! / Du bist ein Mörder, Herr Marx von Köln, / Ich lade dich zu Gerichte.» Gegen Reime kann man nichts ausrichten. Sie lügen allesamt, aber man muß lachen, und letztlich dienen sie dem Streitvermeiden.

27. Dez. Nachrichten: Veitstänze am Golf, verzückte Gesichter, leuchtend vor Fanatismus und geistiger Zurückgebliebenheit. Am Abend dann überraschend TV-Porträt «Johannes Kühn», den hier keiner kannte (auch meinen Artikel nicht) und den alle auf Anhieb als großen Dichter erkannten. Die Freude des Propheten, den Verheißenen so allgemein gewürdigt zu sehen.

Lekt. Walter Janka, *Schwierigkeiten mit der Wahrheit*, schon 1989 als rororo erschienen. Seltsam verqueres und für mich kaum nachvollziehbares Leben. Wenn mir selbst Vergleichbares widerfahren wäre, hätte es mich womöglich heillos auf die andere Seite verschlagen, und ich säße politisch jetzt da, wo Schl. sitzt und würde nur noch antikommunistische Koprolithen ausbrüten. Schlimm besonders die Stelle über Schnitzler. Common sense vielleicht doch nicht in jedem Fall ein brauchbares Wort und Fair play eine Sache auf Gegenseitigkeit, der hier jegliche Basis fehlt: «Die anwesenden Schriftsteller, von Anna Seghers, Willi Bredel bis Bodo Uhse, hatten sich an der Schreierei nicht beteiligt. Sie blieben stumm. Ihre Gesichter wurden fahl. Anders reagierten Eduard von Schnitzler, Bernd von Kügelgen, Dr. Günter Kertscher. Sie stießen sich gegenseitig an und trommelten mit den Fäusten auf die Tischplatten. Wie wildgewordene Studenten nach einer wohlgefälligen Vorlesung.»

29. Dez. Besuch Mantheys, Hasenbraten, und die Fäden sofort wieder aufgenommen, wo wir sie (wann genau?) vermutlich noch Silvester 89 aus der Hand gelegt hatten. Geschwätze und Gedanken immer lustig wie Weberschiffchen hin und her: Politik – Privatleben – Krankheiten – Uni – Schöne Künste – Literatur – Kollegen und -innen. Maria, Knastlehrerin, die bei Aufwendung all ihrer Überredungskünste gerade 20 SPD-Wählerinnen geworben hatte, als ihr eine «DDR-Ahnungslosen-Truppe» schließlich noch die Tour vermasselte: «Die doofen Zonis.» Herrgott, wir lieben sie ja alle sehr, und im Zweifelsfall mehr als die eigene abgebrühte Sippschaft, aber es gibt eine Form des infantilen Narzißmus, die nur noch den eigenen Jammer kennt und in egozentrischer Unschuld über anderer Leute Animositäten hinweglatscht.

Mit Jürgen über Tabu und die alte Gewissensfrage, was man noch zu Lebzeiten ausplaudern/weitertragen dürfe: M., der seit Jahren ein Geheimtagebuch führt, aber nicht weiß, woher er zu Lebzeiten noch die Zeit nehmen soll, das alles abzuschreiben. Ich habe sie, bzw. nehme sie mir, und habe bei dem Gedanken an meine posthumen Leser sogar noch das Gefühl, für die Ewigkeit zu schreiben . . .

So. 30. Dez. Daß aus solchen Umsonst- und Draufzu-Zwiebeln aus dem Büchener Blumenladen in nur 7 Tagen eine derart betäubend duftende Narzisse erwachsen kann?! Spaziergang mit E. um den Teich – paar Fäden Sonne – tiefe Atemzüge – ganz verliebt in das eigene Leben.

16.00 «Kulturforum» NDR III, Jochen-Fuhrmann-Sendung über Utopie, darin auch unser kleines Interview. Der neulich noch so befangen scheinende Mann nun auf einmal eine richtige Funkstimme und öffentlicher Mutspender. Raddatz-Statement über den Umgang mit der eigenen politischen Vergangenheit: «Wir sollten aufrecht Tabula rasa machen!» Dolles Kunststück: vermutlich strammstehen vor der neuen Rechten und sich dann die Glatze polieren lassen.

17.10: Die glutgelbe Peitschenlampe in der dunkelschieferblauen Wetterwolke WSW. – 61 Jahre, und noch kein bißchen erschöpft. Von Michel Badetuch zu Weihnachten mit der eingewebten Gedichtüberschrift «Komm raus!» Selbstverordnete Imperative, die zu gegebener Zeit an den Sender zurückgehen.

Lekt. Reiner Kunze: *Deckname Lyrik*, Mitbringsel aus Rostock, woran man, trotz gewisser Idiosynkrasien, nicht einfach vorbeisehen kann. Ein Sicherheitsapparat, wie er feinmaschiger und kleinkarierter kaum vorstellbar ist, und wie er wohl auch nur in 40jähriger Pusselarbeit entwickelt werden konnte. Ein über das ganze Land verhängtes Schleppnetz, das zwangsläufig jede natürliche Bewegung lähmen und mithin auch den vielbeschworenen «Fortschrittsgang der Geschichte» bis zum Gehtnichtmehr behindern mußte. Studierte im Anschluß mein altes 1967er Verlagsgutachten und empfahl es E. zusammen mit dem Buch als Bettlektüre. Unvermutet ihre Reaktion: «Da hätte dein Votum beinah unverändert mit drinstehen können – nur alles mit umgedrehten Vorzeichen.»

Reiner Kunze «Partituren – Gedichte aus fünfzehn Jahren» – Verlagsgutachten

Die Gedichte sind in einem spezifischen Sinn DDR-Produkt, was Thematik und Schreibweise angeht. Verklausuliert und chiffriert, durchs Sinnbild oder durch die Blume werden Ausbruchsgelüste geäußert, Fluchtsituationen beschrieben, Furcht vor der Denunziation und Angst vor der Entdeckung angedeutet, die öde Sinnlosigkeit herrschender und bedrükkender Reglements dargestellt und die Lust am Alleingang besungen, kurz, die Verhältnisse in jener besonderen gesellschaftlichen Druckkammer angezeigt, die DDR heißt. Entgegen der Überfütterung mit politischen Pflichtinhalten bricht sich in Kunzes Gedichten nochmal das Private seine schmale Bahn, sei es in Lobliedern auf die Liebe, die Freundschaft, die Blumen und die schönen Künste oder vielleicht in einem erkenntnistiefen Blick in einen «brunnen im süden mährens, / der einschläft, / das moos unterm arm».

Eine Antwort des Dichters auf Gemeinschaftsplanung und soziale Betriebsamkeit ist zumal in den allenthalben zutage tretenden Freundschaftsbekundungen zu erkennen. Schon die zahlreichen Widmungen, Dedikationen und Anschreiben zeigen uns, daß Kommunikation sich nicht im Hinblick auf die amtlich und von Staats wegen empfohlenen

Vorder-, Hinter- und Nebenmänner anläßt, sondern im Schwingungskreis von gleichgesinnten Außenstehenden. Weib und Kind oder Freund und Freundin rücken hier zu Hauptpersonen gegenläufiger Gesellungsprozesse auf, wobei sich das eindrucksvolle Schlußkapitel «Einunddreißig Variationen auf das Thema die Post» wie eine philatelistisch verschlüsselte Gebrauchsanweisung für freien und geheimen Kassiberverkehr liest.

Der Versuch, die Verkehrsformen einer unter beengten Lebensumständen dahinschleichenden Subjektivität gesellschaftskundlich zu objektivieren, darf uns allerdings nicht dazu verleiten, die Grenzen solcher Privatpoesie zu übersehen. Wer hier nicht zu den direkt Angesprochenen gehört, muß sich notwendig von den tieferen Geheimnissen der Verschlußsachen ausgesperrt fühlen. Vertrauliches Gewisper unter Eingeweihten entschlüsselt sich dem Nichtdazugehörigen eben gerade nur als dies, das heißt, als eine Pss-Sprache. Die Anmahnung gemeinsamer Erinnerungen, persönliche Erkenntnissignale und Zitatanspielungen erwecken den Eindruck eines beinah familiären Codes, der ohne Zugang zu den intim biographischen Anspielungsinhalten nicht mehr lesbar ist. Ganz anders als bei Hardekopfs *Privatgedichten*, die einen Typus von Privatheit formulieren, in dem sensible Einzelgänger sich – mit Maßen – massenhaft erkennen können, bleiben bei Kunze Sender und Empfänger häufig unter sich und das Subjekt so hoffnungslos praeter propter wie seine zufälligen und einmalig-unverbindlichen Assoziationsanlässe.

Vor die Frage gestellt, wohin sich bei Applaus und Abstrich, die Waage schließlich neigt, möchte ich allerdings dann doch *für* eine Veröffentlichung plädieren. Worauf es aufmerksam zu machen gilt, ist eine unter bestimmten gesellschaftlichen Voraussetzungen ausgebildete Flüsterkunst, die selbst wo sie ein bißchen wolkig bleibt, als ein ästhetisches

Gebilde, das heißt als hübsche Wolkenformation ihren Eindruck macht. Um die politische Plausibilität des Gesamt zu vernachdrücklichen, wäre allerdings dringend erforderlich, die flau familiären Stücke auszusortieren – anders Gelegenheitspoesie bloß als Verlegenheitslyrik aufgefaßt werden könnte. Außerdem schlage ich vor, dem Verfasser mit dem geschmäcklerischen Gesamttitel auch die musikologischen Satzbezeichnungen auszureden.

(1967)

Vorbei die freiheitlich-freundschaftlich durchwehten Zeiten, als wir jeden von drüben herübergewechselten Dichter und jede -in mit kollegialem Hallo begrüßten und die drüben Daheimgebliebenen deshalb auch nicht gleich mit Gülle begossen. Allerdings ist uns diese fast wahllos praktizierte Willkommenspolitik aufs übelste vergolten und mit keinem Millimü des kameradschaftlichen Entgegenkommens gelohnt worden. Als wir im Herbst 67 unsere erste Frontlinie gegen Springer aufzogen, waren es beinah ausnahmslos DDR-Dissidenten, die die angewidert von uns geräumten Ausstellungsflächen besetzten und sich dort – wieviel schöner Platz für unsere immer schon unterschätzten Handarbeiten – mit Streikbrecherpolitik ein paar lustige Jahre machten. Als wir 1981 dann noch einmal an das alte Gelübde erinnerten – weil der Konzern sich autoritär und grenzüberschreitend auch in unsere Verbandsgeschäfte einzumischen suchte – waren es wiederum solche gewesenen Ex-DDRler, die sich keinen Fliegenschiß um unsere hauseigenen Protestgegenstände kümmerten und uns mit locker hingelieferten Beiträgen in den Rücken fielen. Ich gewann damals den Eindruck – und er ist mir im Laufe der Jahre nur immer wieder bestätigt worden –, daß Antikommunismus und die allerselbstsüchtigste Verfolgung von Eigeninteressen offenbar auf einem Holze wachsen und Solidarität nur ein Wort aus dem Fremdwörter-Duden ist.

Und – wenn du richtig hinkuckst –
waren sie alle nur feige und unmusikalisch . . .

Sehr historisch das alles, weit weg, und wie eine ganz ganz ferne Erinnerung an einen längst unter öffentlichen Vergnügungsanlagen und Freizeitparks begrabenen Kriegsschauplatz – aber die Splitter wandern mir heut noch im Kopf rum, und ich kann sie durch einfach bloß Kopfschütteln leider nicht loswerden.

31. Dez. Zum Jahresende bei Bissingers (Neuland / Kreis Stade) eingeladen und der zu erwartenden Silvester-Brände wegen einige Kubikfuß TB zu Waschks umquartiert. Ermahnte sie sehr, bei Brandgefahr oder Wassereinbruch zuerst die Tabus zu retten, erst dann die Ölbilder, Aquarelle, Handzeichnungen, Tonmodelle und Kunstbücher. Alles ließe sich ernstfalls noch einmal halbwegs originalgetreu nachschaffen – siehe Karl Hofer und seine im Krieg verbrannten Bilder –, nur das spuckfeucht und handwarm mitstenografierte Leben nicht.

17.00 Mit E. im Auto durchs Alte Land: ein verhangener Vollmond zur Rechten – rätselvolle Räucherstelen – Dampfsäulen hinter dem Crantzer Deich – dann bei York: flegreische Felder . . . Bei B.s große Herzlichkeit (wie immer), auch Wohlhabenheit (sichtbarer als früher), richtig Luxus, großzügigst zur Artushalle ausgebaute Tenne, edelgefliester Boden, marmorierter Kamin, solide und gediegen beschaffene gläserne Fronttür, schöne Janssens an den Wänden, Vogeler-Exlibris, von denen sie so viele haben, daß sie sie gar nicht alle hängen können. Anwesend Felix (*Stern*) und junge Freundin, Flimm und junge Frau, Tochter Claudia, Ute und Günter Grass, später Wegners, die Haus in der Nähe besitzen, er nach eigenen Angaben «Freischaffender» mit Fixum bei *FAZ*. Gespräche bei Sekt (ich Birne) über SPD, Engholm, Oskar, Willy, Jochen Vogel, die mir nicht sehr behagten, weil ich eine privilegierte und jeder praktischen Verantwortung enthobene Oberschicht über eine sogenannte «politische Klasse» sich alterieren sah, die als Klasse zu bezeichnen die Auflösung aller praktischen Klassenbegriffe voraussetzt.

Essen: Hauchdünne Schwarzbrotscheibletten mit Schnittlauch, Grasssche Schweinskopfsülze mit Salat, schließlich Lammfleisch mit Gemüsen und Pastinaken, ungeschälte Pataten. Dazu Rotwein: Château Couca Montagne St. Emilion und später Grappa, das Viertelliterchen für 100,– Mark. GG, obwohl erst seit 10 Tagen mit einer Leistenbruchoperation aus dem Krankenhaus entlassen, schon wieder erstaunlich beweglich und bei später folgenden Tänzen wie eine losgelassene Hoffmann-Figur. Während des stundenlangen Getafels machte sich mein Rücken wieder leidig bemerkbar und ich mußte mich separat aufs Sofa legen. Von dort aus die wehe Ahnung, daß ich eigentlich gar kein Teil dieser üppigen Geselligkeitswelt bin, ich berühre sie nur. Grass sehr besorgt um mich, fast liebreich – vielleicht weil das Geplagte und Gefällte bei Verschonten an einen geheimen Samariternerv rührt.

Angenehm, wenn Gespräche sich aus den Beliebigkeitshimmeln der Politik schließlich doch wieder dem vertrauteren Mutterboden der Poesie zuneigen. Über Literatur, Theater, Barockbühne, Gryphius (den Grass dem Flimm am liebsten für die nächste Spielzeit aufgedrückt hätte), dann kleine Privatlesung *Telgte*, das musikologische Kapitel, wo Schütz die Texte auf ihre Vertonbarkeit abhorcht. Beachtlich, wie tief er sich in den Epochenton eingehört hat und wie überlegen er – frei phantasierend – darüber verfügt (zu denken an Regers Bach-Variationen). Ist der beste Interpret seiner selbst (wie vermutlich die meisten Dichter), allerdings alles andere als ein Selbstbesalber und scheut Feierlichkeit wie der Teufel das Weihwasser. Rief im Anschluß sofort nach Musik, fuhrwerkte mächtig mit Ute durch den Saal («Na, Peterchen, haben wir nicht schöne Frauen?»), begann die «kaschubische Nationalhymne» zu singen («Hat sich Antek Floh am Bein / Kauft sich gleich 'n Waffenschein»), worauf sich der Rest des Abends zu gleichen Teilen zwischen G. und F. aufteilte: «Isch möscht fo Foot no Kölle jon» – «Isch han ä Pöstsche bei der Post» pp. pp. Paar Polaroidfotos gemacht: zwei Schulbengels beim Fratzenziehen.

Gegen 2.00 – nachdem der Grobianismus immer grober geworden war und die Nasen der Frauen immer länger – mit E. zum «Fährkrug» nach Osten. Fenster zur Oste raus – scharfer Vollmond – schneidig pfiffelnder Wind über silbrig zitternden Wassern – das Ächzen und Kreischen der graustählernen Schwebefähre – heimatlich ungemütlich und an die Grundfesten meiner niedersächsischen Neurosen rührend. Imeson, Noctamid, Adumbran und bis 10.30 durch.

1991

1. Januar 1991. Zum Grab der Mutter nach Warstade-Hemmoor, vom Vertragsgärtner für den Winter eingedeckt: kleiner fröstelnder Feldstein im bissigen Wind; immergrüne Efeuherzen, hypernervös hin- und herzuckend; ein schlenkriger Rosenzweig wie ein geistesgestörter Generaldirigent drüberweg. Schlurften, weil mir auf einmal danach war, noch kurz an den Gräbern der frühen Jahre vorbei, den Nachgeborenen und Vorweggestorbenen, Lehrern, Geliebten, Spielgefährten, der Konfirmandenstunde, der Schulbank, dem HJ-Dienst, der Fahrschülerzeit, ziemlich weit weg das alles und auf eine klamm-anhängliche Weise immer noch anwesend: goldene Jugendzeit / braune Nazizeit, die frühen Jahre, als ein Butterbrot noch etwas wert war und ein Menschenleben bald nichts mehr galt.

2. Januar 91. Hamburg. Korrektur «Große Ströme» für – *NDL*? – *FAZ*? – *Akzente*? – *ZEIT*? – Wer zuerst fragt, hat gewonnen. Aber eigentlich gibt's hier gar nichts mehr zu verbessern.

Früher, als wir die großen Ströme noch

Früher, als wir die großen Ströme noch
mit eigenen Armen teilten,
Ob, Lena, Jenissei, Missouri,
Mississippi, Elbe, Oste,
und mit Gesang den Hang raufgezogen

und mit Gesang auch wieder herab,
immer den Augen hinterher und Hyperions
leuchtenden Töchtern,
des Tages Anbruchs Röte
und des Mondes Aufzugs Beginn –
Heute: drei Telefongespräche und der Tag ist gelaufen.

Ja, man steht noch in Korrespondenz, das wohl . . .
Paar Gedankenstriche zu einer Ästhetik des Flickworts,
eine Hoffnung.
Etwas Zuspruch aus zahnlosen Mäulern,
ein Gewinn.
Dies nervöse Verflackern der fleißigen alten Kerle
kurz vorm Abschiednehmen,
ohne daß nochmal jemand richtig Reisig nachwirft –
Aber es ist immerhin nicht das erste Mal, daß du seufzt
und hoffentlich nicht das letzte,
irgendsoeine blindgeborene Mickymaus
wird sich schon noch finden,
die deine Anlagen würdigt.

Wenn man bedenkt, wie vielen trotzigen kleinen
Tante-Emma-Läden
du bis zum letzten Hirsekorn die Treue gehalten hast,
und sind ausnahmslos untergegangen . . .
Und dann kommt ja auch bald der Moment,
daß du selbst die Regale räumen mußt,
nur weil von hinten unentwegt die neue Ware nachdrückt:
Vom Dreck ergriffen steht die Menge da.
Nicht zur Hilfe eilen die Mitmenschen,
sondern zu niederen Schauzwecken.
Du aber sitzest angestrengt auf deinem Scherbenhügel,
einen abgerißnen Fluch im Hals –

Alles Quack, wer der Welt zu tief ins Auge gesehn hat,
um noch an ihr leiden zu wollen,
wird den Mangel an Service hier nicht so persönlich
nehmen.
Lieber als daß ich einiger abgesoffener Salatblätter wegen
gleich nach dem Chef des Hauses verlang,
laß ich mir doch das restliche Abendlicht
auf der Netzhaut zergehn.
Ein paar dampfende Dachpfannen nach dem Regen.
Eine nasse Hecke, hingestreckt über tausend Meter,
eine viertel Stunde lang.
Ja, und am Ende sehnst du dich dann nach den Tagen,
die du jetzt so lieblos verabschiedest.

2.1.91. Zahnarzt. An Castelli-Büromöbel/Lampen vorbei: einsame Yuppies paffend, rosa Hemden, im leeren Showroom. Alles wie in Glas gegossen. Habe in den letzten 3 Jahren noch nie einen Kunden reingehen, rauskommen oder sich drinnen umsehen sehen.

Zu Brendler, Großer Burstah, Tropenbekleidung. Der ältere Verkäufer, der eine Dame mittleren Alters als «Fräulein Brendler» ansprach und ihr an mir zu demonstrieren suchte, wie man einem Kunden nach drei Baumwoll-Leinen-Hemden noch einen Pullover aufschwätzt. Anschl. Adolphsplatz (Jazz & Lyrik 1966), von Erinnerungen geleitet, die gar keine reellen Anknüpfungspunkte mehr fanden. Liebes altes Antiquariat Anna Thiergard weg. Schräg gegenüber gelegen gewesenes Antiquariat Glogau weg. Kanzelmaier, wo ich in den *konkret*-Jahren täglich zu Mittag gegessen hatte, weg. Selbst der Friesenkeller mit seinem 1 × pro Woche Huhn-indisch weg. Statt dessen überall: Video/Audio, Glassysteme, Bustis, Torsen, Warenpräsenter, Displays, Schickimicki, Schoormoor, Klimbim. Neue ABC-Straße: eine ganz neue Innenstadt, fremd, gläsern, hochgejubelt, prunkend, abweisend, entstellt.

4. 1. Elbauf-elbab. Ein so milder Winter, daß es sich für die Bäume eigentlich gar nicht gelohnt hat, die Blätter abzuwerfen. Am Strand besonnte Planken und Paletten, sandhelle Hundetapsen im gewellten Sand. Bei jedem Schritt ein lichter Flash im feuchten Schlick – und schon wieder verdimmt. 20.00 zu Raddatz (nochmalige Verabschiedung Hofmanns), Tüte Hanf, neuer Stoff, seit paar Monaten auch als Blüten-Brikett auf dem Markt und High-high-Heilig-Geist schon bei Aufstieg zur Elbchaussee. Nur ganz kurze Angstanwehung bei Betreten des festlich erleuchteten Hauses, und als E. mich kritisch beschnupperte: «Warum ziehst du so ein Drogendezernatsgesicht und freust dich nicht an mir?!» – Auf der Treppe schon wieder vergessen und wie ein losgelassener Feuerwerkskörper zwischen lauter ernsthaften Stelen und Sitzplastiken. Einige Personen, die sich aus ihren Arbeits-, Alltags-, Geschäftskondomen noch gar nicht herausentwickelt hatten, beispielsweise Senfft, der erfahlend zurückschreckte, als ich auf seine Frage nach meinem Befinden zur Antwort gab: «An sich gut, oder sagen wir lieber mal, euphorisch.» – «Dann gehören Sie ja wohl eher zum Arzt.» – «Ah, zum Arzt», sagte ich, «ja so seid Ihr», und um ihn vollends in Verwirrung zu bringen, «Ihr schon gar nicht mehr freudefähigen Sterblichen, wenn mal jemand austritt aus Eurem Zwangsjackenverein, dann gehört er gleich in die Anstalt.»

Am erstauntesten vielleicht die beiden Bissis (S & M – er mit aufgerissenen Blau-, sie mit Grünaugen), daß sich eine bereits gestorben und begraben geglaubte Silvesterleiche in einen derart ungenierten Selbstaufkratzer hatte verwandeln können. Während M. augenblicklich ins Mitstrahlen geriet (erleuchtet bis in die Bartspitzen) schrumpfte S. freilich eher pikierlich zusammen, als ich ihre lecker ausgefahrenen Beine berührte. Verlor mich in dialektischen Rodomontaden über kapitalistische Warenästhetik – die Unberührbarkeit des Zurschaugestellten als im Grunde unsittliches Angebot. Dabei sei ich «nicht einmal so sehr an den Dingen selbst interessiert als an ihrer Verzeichnung. Der Eros sitzt in der Pentelspitze – daher ihr Name.»

Kurzer Gang durch die einsame Straße, windgetrieben, blütenstaubbeflügelt, dann wieder nach oben und Verblendschnäpse zu mir genommen, um als Gast unter Gästen und Stoff von ihrem Stoff zu erscheinen. Bei der biochemisch gewonnenen Klarsicht immer zweifelhaft, ob sie wirklich geheime Züge aus ihren Betrachtungsgegenständen herausholt oder nur eigene verborgene Meinungen in sie hineinsieht. So erschien mir Hofmann z. B. als ein auf beachtlichen Präokkupationspolstern hockender Solipsist und von uneingestandenen Ressentiments getriebener Condottiere. Füllte ganzen Abend lang glühende Asche in den städtischen Müllsack (die Kulturbehörde, die angeblich nur aus Fehleinschätzungen, Versäumnissen und Mangel an gebotener Hochachtung bestünde) und nannte seinen Nachfolger Schnede einen «Mitbestimmungsfex»: «Der spricht über Mitbestimmung immer so, als ob er sie erfunden hätte.» Ich genoß seinen gluckernden Querulantismus sehr, fühlte mich aber plötzlich an meinen Auftrag als Weltmitschreiber erinnert und zog mich mit Stift u. Blöckchen aufs Klo zurück, um paar frische Eindrücke noch im Zustand der Anwehung festzuhalten.

Wie man unter Einfluß immer leicht ins Sitzen und Sinnen gerät und beim Sitzen u. Sinnen alle Vorhaben sogleich wieder verdampfen, weil die einen umgebenden Dinge mit unwiderstehlicher Heftigkeit auf den Augenhintergrund eindringen. Das Eiswürfelbett in der Badewanne und die kreuz- und quergeschichteten Pilsner Urquell- und Sekt-Cuvée-93-Flaschen wie eine frisch aufgeschlagene Kristalldruse. Die braunen Frotteehandtücher mit eingewebtem Schreibschriftmonogramm

FJR und der Rückenkratzer aus Manilahanf. Ein paar weiße Korallen auf dem Badewannenrand u. ein Baumwollzweig in einem leeren Weckglas. Auf der Konsole «After Sun Balm – Golden Beauty» – «Tinted self Tan Cream» – «Kräuterhaarkur Beo Bio» – «BOK Shampooing» und «Roger und Galle» – Seifen in runden braunen Plastikdosen, was mir plötzlich verständlich erscheinen ließ, daß Hubert Fichte immer von einem Fritz-J-Raddatz-Roman geschwärmt hatte, den er noch einmal schreiben würde. Ich damals zu ihm: «Und ich über Klaus Rainer Röhl.»

ZEITROMAN: ein paar öffentliche Figuren zunächst von ihrem Outfit her aufziehen und dann schichtenweise über die Unterwäsche und ihre Salben, Schminken, Bodylotions und Tinkturen zu ihrem tieferen tickhaften Kern vordringen.

Erst als mehrfach an der Tür gerüttelt worden war, aus meiner Rolle als Geheimstenograph erwacht und mich als bürgerliche Person unter die noch immer Schlemmenden u. Schwätzenden gemischt, aber da war das Büfett bereits leergeräubert, was mich im Haschheißhunger über die Reste von fettem Lachs und noch fetterer Würztunke herfallen ließ. Ein Psychopath, den eine vermaledeite Verschlußmechanik von den normalen Mahlzeitszeiten trennt, und dem es nur im häuslichen Kreise gelungen ist, seine Mitwelt auf seine extravaganten Vesperglocken einzuläuten. Mein Pss-Toleranzedikt: entweder mit mir – oder ohne.

5.1. Zum Abschied noch zwischen 2 auseinanderflügelnde Beine geraten, aber ziemlich scharf mit dem Schienbein gegen die Sofaverblendung gehauen. 0.30 mit E. nach Roseburg u. uns mehrfach versichert, was der Ra doch für eine supergesellige Nummer sei. Kriegt es fertig, die widersprüchlichsten Charaktere unter einem Dach zu vereinen (wie in seligen Zeiten, als er noch Feuilletonchef war) u. verhindert mit dem

Charme des Verwundbaren, daß man ihm seiner konjunkturpolitischen Wendemanöver wegen böse ist. – Um 3.00 hoch u. den ganzen Majonäseschleim wieder von mir gekotzt. Unbegreiflich der Verdauungsapparat einer fürs Wohlleben bestens ausstaffierten Society, deren Vergeistigungsdrang mir die reine Spitzfindigkeit scheint.

Trotzdem bereits um 8.00 von Selbstgefälligkeitsanwehungen aus dem Bett getrieben u. Gedanken einzig an TB – TB – TB: Zeitroman 1971 – 1991! Fiebere jetzt schon den verflossenen 2 Jahrzehnten voraus u. hoffe, am guten Ende noch den Schwanz des laufenden Tages zu erwischen. 12.40 Sonne u. mit dem Fahrrad kraftvoll gegen den Wind. Noch die Luft zum Losbrausen haben! Noch die beiden Beine zum Strampeln! Noch den guten alten und eigentlich niemals wehen Kopf auf dem Hals! 16.15 Entenklein, unsere harmonischen Mittagsmähler, und am Abend zu Heidrichs. Lag mit Thrombose auf dem Sofa u. richtet sich klaglos auf eine 6wöchige Liegezeit in der unbequemen Stellung ein. Viel Murren dagegen über die Zeitumstände u. voll dumpfer Befürchtungen gegenüber der zu erwartenden Auflösung des Ostblocks u. der angeschlossenen sozialen Schollendrift. Wurde wieder einmal in der Meinung bestätigt, daß die Ängste der kleinen Leute niemals bloß hergeholte, dumpf ideologische sind, sondern daß sie direkten Weges mit der Wohnungsknappheit, dem wachsenden Mietendruck und der Furcht vor sozialer Deklassierung zusammenhängen. Über die Hafenstraßenbesetzer urteilte er erstaunlich verständnisvoll u. mit dem gebotenen Angemessenheitssinn für die Nöte der Unterklasse: «Dann schmeißen sie die raus – na, und dann? Reißen sich die Reichen das unter den Nagel.»

So. 6. 1. Früh auf – der Tag noch ganz zu – Buxtehude, Bach, John Dowland, Orlando Gibbons. Gegen 14.00 mit E. in den Sturm: volkstanzende Pappelwäldchen, eine ächzende, fast schreiende Ulme, die Lüfte voll von herumsausendem Geäst und torkelnden Wellpappen. Abends TV «1000 Bilder – Erich Heckel», ein Lebensabend, der nun beinah schon nicht mehr schmerzt, sondern schmeckt. Im Anschluß dann allerdings gleich wieder «Spiegel-TV», und die Schreckenskuriere kommen mit ihrem Bad-News-Manna zurück. Der gesamte gewesene Ostblock eine einzige qualmende Müllschütte: herrenlos herumrollende Giftfässer, ungesicherte Uran-/Plutoniumvorräte u. über 22 Millionen qkm verteilte Munition, die auf ihre Abnehmer wartet.

Mo. 7. 1. Auf der Heimfahrt der Himmel wie eine triefende Kutte mit brennendem Rocksaum. Z. Mittag aufgewärmte Brötchen mit Ölsardinen u. im Rundfunk («Echo der Tages») die Metaphernmelange des Tages: «Leipzig: Seilschaften begingen Etikettenschwindel» – «Hamburg: zu tief sitzt den Politikern noch der Hamburger Kessel in den Knochen» – «Köln: ein Theaterstück, das nicht mit moralinsaurem Zeigefinger in der Luft herumfuchtelt». Wie vorbildlich im Vergleich die bildliche Redeweise der Zeitungs-Wirtschaftsteile: «Vom Gebrauchtwarenhandel ist der Lack ab» – «Im US-Weizen ist der Wurm drin» – «Auch Silber hat an Glanz verloren».

20.30. Gespräch über «Künstlerinitiativen» z. Hbger Wahl in Galerie Ascan Crone. Anwesend Schleier, Homann, Mirow, Flimm, Bürgermeister Voscherau (unprätentiöses, fast jungenshaftes Wesen, hört zu und kennt sich aus). Tranken Frankenwein (Casteller Bausch v. 1987), später Marc' Alsace, den Hochprozenter der Saison. An d. Wänden Bilder u. Installationen zeitgenössischer Künstler, u. a. ein Riesenbaby von Büttner, wer dran glauben möchte, soll es bezahlen.

Schmerzlich, aber wenn man es furchtlos als Zeichen liest, wird es schon wieder interessant: daß die Stimmung von heute in nichts mehr der Stimmung von 86 entspricht. Die Elite ziert sich, ehemalige Sympathisanten ducken weg, das Ideologem von der «garstigen Politik» hat sich von den immer schon fadenscheinigen Mitläuferrändern her bis ins Unterfutter der Szene vorgefressen. Schl./H.: Wie schwer es heute schon falle, ein paar wirklich gute und altverdiente Leute zu keilen, Hanna Schwarz, Eva Mattes, man müsse sich praktisch einen ganz neuen Kreis zusammenwerben. «Ja», sagte ich, «und auch ihr könnt eure alten Weisen nicht so einfach ungebrochen weitersingen, weder ‹Moorsoldatenlied› noch ‹Bandiera rossa› noch ‹Und weil der Mensch ein Mensch ist›. Bei anhaltend schwieriger See wohl nur noch ‹Anne Eck steiht 'n Jung' mit'n Tüdelband›.»

Erzählten niederdrückende Anekdoten von kürzlichem SU-Besuch. Nach dem totalen Zusammenbruch der Wirtschaft nun die Schleifung der letzten moralischen Überbaubastionen. Die allgemeine Rechtsunsicherheit, die Verkehrung des sozialen Gewissens ins asozial Freibeuterische, die Unverschämtheiten der Schlechtversorgten gegenüber den bessergestellten Gästen, enrichiez-vous, und zwar egal, wo sichs anbietet. Wenn man sie bei Gegenbesuchen freundlich aufnähme, liefe man Gefahr – wie kürzlich Fränzi Wolffheim – daß man hinterher seine Wohnung leergeräumt vorfände.

Paar lustige Geschichten über Hamburger Theatergrößen zum Dessert. Zadek sei ein Conquistador und Verschwender und Ivan Nagel passe die Pelle der beleidigten Leberwurst wie angegossen. Nicht die Stadt sei schlecht zu ihnen gewesen, sondern Benjamin Henrichs. Gegen 1.00 als erster aufgebrochen und während der Rückfahrt mehrere Male vor den vom Wind durch die Straßen gekegelten federleichten Tannenbaumpuppen das Steuer verrissen.

Di. 8. 1. Sturmschießen auf dem Athabascahöft bei voll aufgedrehter Nachmittagssonne. Viele feuerrote Schiffe unterwegs, auch rollige Verliebte auf dem Holzsteg u. zwischen den Uferweiden. Bis 17.30 TB, das mir bislang noch nicht langweilig wird. So lange kann eine Selbsttäuschung doch gar nicht anhalten.

18.30 Selbsteingelegte Sahneheringe – Golfkrise – Hafenstraße von innen, auch ein Kosmos. Merkte auf einmal, daß ich sie immer nur aus einem sozialistischen Saubermannswinkel anvisiert u. insofern als anarchistischen Störrat in einem gedachten linken Gemeinwesen betrachtet hatte. Nun sah ich auf einmal, staunend, fast bewundernd, wie geheimnisvoll das alles von innen her organisiert ist, mit eigenen Gruppenritualen, einer eigenen Sprache, eigener Küche, selbst ein eigenes Schneiderstübchen dabei und nicht nur für die erwartete Fahnen- und Spruchbändermanufaktur. Eine schützenswerte Welt.

Ganzer Kasten voller Zeichen und Wunder. In Afghanistan bemühen sich die Volksmudjahedin um Kontakte zu dem eben noch mit US-Stinger-Raketen bekämpften Nadschibullah (für mich immer schon der einzig richtige aufgeklärte Despot für die verwilderte Gegend). In der UdSSR lockern sich zwar alle rechts- und sozialstaatlichen Fesseln, aber die alten Bleigewichte des Panslawismus und der orthodoxen Kirche hängen sich den Befreiten als erstes wieder ans Bein. Im Golf stehen alle Zeichen auf Krieg, weil die USA ihn wollen, und die UNO wird zwangsläufig mitwollen müssen. Bush u. Saddam, die mir neulich noch wie zwei ineinander verbissene Hunde erschienen, nun wie zwei ineinander verbissene Hundebesitzer. Zur Nacht nochmal Homann angerufen und ihm meine Sicht der Dinge an die Wand des Hauses geworfen. Statt Defätismus auszukrähen der Sozialdemokratie die Verantwortung für die verlorene soziale Balance aufzuhalsen. Aller Augen warten auf euch, ladies and gentlemen.

Do. 10.1. – 7.30 aufgewacht u. mich bis 9.00 an der Schlafgrenze entlanggeschleppt. Stürmischer Tag, S-W, kein Ausgang. Dosenmittag mit Zunge/Püree, dann wieder heillose Welt als Glotzenfutter. In «Länderkette» Marcel Ophüls' in sämtlichen Programmvorschauen als «Musterbeispiel für investigating journalism» angekündigtes D-Land-Feature. Ging auch wirklich ran wie ein Barracuda u. attackierte seine Gesprächspartner unterschiedslos mit dem gleichen Raubtierbesteck: Momper – Michael Kühnen – Krenz – Stephan Hermlin – Kurt Masur – Barbara Brecht-Schall u. insinuierte pausenlos scheinhafte Identitäten. Hasse nichts so sehr wie derartige standpunktlose Außenseiterrollen, von denen aus sich Nazis, Kommunisten u. Sozialdemokraten billig in die gleiche braunrote Ecke drängen lassen. Einzig richtige Haltung von Kurt Masur eingenommen, der gelegentlich einfach abblockte: «You have not the right to ask so» – «I don't answer on your question» – «You want to make your story, but you don't know the people. They have a soul. A soul!» Mir war unwohl bei jeder einzelnen Bedrängung und am Ende nur noch kotzig. Mich stark an letzten Besuch von Ulrike Meinhof erinnert gefühlt, die uns weiszumachen suchte, daß man «den latenten Faschismus der Gesellschaft herauskitzeln» müsse. Ihr damals geantwortet: wer ihn herauskitzeln will – der will ihn. Auch Ophüls ein heimlicher Nazimacher.

Sa. 12. 1. Um 7.00 noch ½ Imeson, aber die U-Person wollte raus und kämpfte sich durch. Scheinhafte Aufgaben, die mich ganzen Tag vom Schreibtisch wegzogen. Eine unbezähmbare Lust, zu sägen, zu bohren, Passepartouts zu schneiden und Bilder umzuhängen. – Warum hört oder liest man eigentlich nirgends erklärt, daß die unter astronomischen Staatsdefiziten ächzenden USA sich nach der verlustig gegangenen «Gefahr aus dem Osten» nun verzweifelt nach neuen Gegnern, sprich, neuen Absatzmärkten umsehen. Fundamentalistisches Panzerkettengerassel: Wasps gegen Muselmanen.

So. 13. 1. – 8.00 hoch und Sonne über dem bereiften Gras. Der große Laienmaler über den Wolken und sein allenthalben auf ihn verweisendes irdisches Pinselwerk. Nachrichten über russische Panzer in Wilna und Truppenaufmärsche am Golf. Vergleiche, die sich nahelegen und auch öffentlich bereits gezogen werden: Oktober 56, als die Sowjets in Ungarn einfielen und anglo-französische Bombergeschwader Suez und Alexandria bombardierten. Stimmen der Hinterwäldler aus dem Baltikum: «Nobelpreis für einen Verbrecher!» (= Gorbatschow) Mein altes Reden, daß man für politische Ansichten Geld hinterlegen müßte, das bei erwiesener Fehlkalkulation an amnesty international fällt. Die öffentliche Meinungsbörse als Termingeschäft.

RTL: Porträt Jewtuschenko, eher verlebt als vergeistigt, eine ganz flache Maske. Der Dichter als Clown kann ja immer mal wieder ein Kick sein, aber dann darf man a. nicht so abstoßend aussehen und b. nicht so selbstverliebt in die Kamera blicken. Hatte früher mal drei-vier Gedichte von ihm übersetzt, obwohl ich keinen Satz Russisch kann, die dann überall ab- und nachgedruckt wurden. Auch ganz flaches Blech, das ich künstlich nachpunzen mußte, um einen Schein von Qualität = Tiefe vorzutäuschen.

14. 1. «Am Morgen vorgelesen», James-Thurber-Geschichten, ein psychologischer Karikaturist. Flacher Sonneneinfall, weißgolden, im großen Panoramafenster dann als brennschneiderscharfer Stich von Eisvogelblau. Im Auto nach Hbg. u. Nachrichten über den erzwungenen Rücktritt Späths – eine Krähwinkelaffäre. Aus parteipolitischen Gründen vielleicht zu begrüßen, aber Gott, welche Millimetermaßstäbe für solche leistungsstarken Magnaten u. Landesfürsten.

Im SPAR-Laden *Bild – Mopo – Spiegel*: Frontseiten wie aufgerissene Feuerklappen und dahinter dann gleich das Inferno. Saddam Hussein soll eine neue Benzinbombe von bisher unbekannten Verheerungsgraden besitzen. Die Türken drohen, den Atatürk-Staudamm als Waffe einzusetzen und den Irak auszutrocknen. Die Iraki stellen im Gegenzug Sprengungen der kuweitischen Ölquellen/Förderanlagen in Aussicht, was dann allerdings wirklich an die Substanz, heißt an die Ozonhülle gehen kann. Anruf Michel, dem nach der Lektüre der gleichen Weltuntergangsnews die Jazzansage im Hals steckengeblieben war: «Die Welt geht unter – und dann hier meine Ziegenködel.»

Draußen der schönste leuchtende Wintertag. Viele nette Hündchen am Strand mit häßlichen Herrchen dahinter und laute Befehlshaberstimmen. Sandfarbene Schilfwische im Wind u. leuchtorangerote Sanddornperlen. Zugang zu den 71er Tabus umstandsbedingt erschwert, weil sich die Nervenbeben der Nach-APO-Zeit vor dem Hintergrund unserer laufenden Apokalypse nur noch kalmenhaft ausnehmen. Heute abend Besprechung Wahlhilfe SPD. Unser bewahrenswertes hansestädtisches Idyll.

15. 1. Zu lange dem Sonnenuntergang nachgeschaut u. noch lange 3 fahle verrutschte Sonnenbällchen auf dem inneren Screen.

16. 1. Um 7.00–8.00–9.00 Nachrichten u. zwischendurch immer wieder in Schlafmulden versackt, aber um 8.30 immer noch kein Big Bang, sondern unbeirrbar wie eine klösterliche Andachtsglocke «Am Morgen vorgelesen». Bei Auflassen des Schnapprollos wieder mal der Flash als Epiphanie: Der Himmel eine einzige leuchtblaue Delfter Kachel mit leuchtweißen Möwen/Möwinnen darauf. In Berlin «Antidiskriminierungsgesetz» beschlossen. Paragrapsch 12 verbietet Busengrabbeln

und triebhafte Blicke. Kann mir nicht helfen, aber empfinde manche Forderungen des Emanzipats als mullahhaft, und irgendwann oder wie muß der Griff ans Knie doch mal stattfinden.

Spaziergang mit dem Wind bis Teufelsbrück und mit dem 36er Bus wieder zurück. Freude an frisch verzinkten dickbauchigen Müllcontainern in ihrer ammenhaften Grazie. Am Schulberg eine Dame mit starkem Epikanthus und Piepvogelstimme, ob ich wohl der-und-der sei und nicht mal bei ihr im Knast lesen wolle. Sagte ihr, ohne groß drumherumzureden, daß meine Sachen für solche Belegschaften zu delikat und eigentlich nur für eine hauchdünne Schicht von nervenkranken Hochgebildeten geschrieben seien. In Gedanken hinterhergeflucht: Wenn man beispielsweise Einstein – Planck – Heisenberg pausenlos gelöchert hätte, ob sie nicht hier nochmal eine Dachrinne reparieren oder dort einen Abfluß freifegen könnten. Die halbe Welt besteht aus Goodwill und Mißverständnissen.

Tabu: Daß ich eigentlich ein Religionsstifter bin, hat sich leider überhaupt noch nicht herumgesprochen.

Spätnachmittags TV: Fitzwater, der genau so aussieht, wie er heißt, daß der Krieg unmittelbar bevorstünde. Gebete – Mahnwachen – Lieder f. d. Frieden u. triefende Herzen / tropfende Kerzen, und nur leider nirgends das kleinste Hoffnungsfünkchen für einen mittlerweile (über)lebensnotwendigen Anti-«Amerikanismus». Doch, in Berlin ein Anschlagversuch der «Roten Zellen» auf die Siegessäule. Bißchen aus der Reihe tanzendes Haßobjekt, aber wenn man es denn als Symbol nehmen will, meinetwegen: Viktoria!

Sendung über Saddams Gaskrieg gegen die Kurden, Augenzeugen ohne Augen – Ankläger ohne Münder – Mütter, die ihre Kinder nicht mehr wiedererkennen und Kinder, die als menschliche Lebewesen überhaupt nicht mehr zu erkennen sind: die Glotze als Höllenschlund, und weißgott, auch kein erkennbarer Gott mehr über den Wolken wie auf den Bildern der Bosch, Breughel, Grünewald. Laut SIPRI 80% der irakischen Waffen aus China, dann SU, dann Frankreich, aber natürlich, der glattrasierte Stöpsel Mitterrand wieder mal ganz vorn an der Front: «Bitte ich unsere Landsleute, fest hinter unseren Soldaten und unseren Idealen zu stehen!» Auch maltersackförmige US-Kommandeure allüberall auf den Bergesspitzen mit ihren lustigbunten Sternenbannern und in ölfilmbunten Tarnanzügen. Nur ganz wenige Menschengesichter noch, in die man hoffend, bangend, fast verlangend hineinzublicken wagt: dem Professor Gottstein seins von «Ärzte gegen Atomtod».

Früher Abend, und die Bilder laufen weiter so durch. Vor dem leichenbleichen US-Konsulat an der Binnenalster (verrammelt, unansprechbar) eine winzigkleine Menschenversammlung mit ganz offensichtlich Angst-nur-Angst. Nun der Bischof Kruse hinzu, und sofort die Frage, was weiß er, was will er, ahjaso, «erlöse uns von dem Bösen». Wenn uns nur jemand schnell mal sagen könnte, wo das sitzt, wie es heißt. Willy Brandt weiß es offenbar auch nicht: «Es scheint, daß der Zug abgefahren ist» –

Abgefahrne Züge
Kenn' wer zur Genüge

– und wie oft haben wir und unseresgleichen nicht schon rechtzeitig warnend die Hände gehoben und STOP STOP gerufen, aber die angeblich unentwegt unter Zugzwang stehende Welt ist dann jedesmal mit Panzerketten drüberweg gerasselt –

Mich bei «aktuell-telegramm» wieder schöpferisch verlesen. «NATO stützt Vergehen (statt Vorgehen) am Golf».

Mein Herz wütete, mein Gehirn verhedderte sich in den eigenen Windungen, da: Telefon! – und der Dichter N. am Apparat, der mir ungeachtet, ja, wie ich herauszuhören meinte, in Unkenntnis des ganzen Weltengrauens seine Gedichte vorlesen wollte. Hatte meine Geheimnummer, die mich vor Zudringlingen wie dem Dichter N. schützen soll, von Bettina erfahren, was mich derart gegen beide aufbrachte, daß ich für mindestens 2 Stunden den Blick verlor und vor lauter Wut keine Einzelheiten mehr ausmachen konnte. Alle folgenden Bilder und Nachrichten rannen wie ein Ölfilm an der Scheibe entlang, bis sich meine verschlierenden Aggressionen schließlich doch noch in einer probaten Antipathenvisage sammeln konnten: dieser Schmückle!: «... erste Anwendung des Versuchs, eine Weltordnung zu schaffen, in der ein Aggressor bestraft wird.» Anmaßendes atlantisches Verfügungsgebaren, das sich mit hausgemachtem Schpätschle-Geschwätsch einen Anstrich von Bonhomie zu geben sucht. Dabei jedes Argument camoufliert, jede Schuldzuweisung eine Schutzbehauptung, jede Lagebeschreibung im Tarnzeug, und insofern, natürlich: «gemeinsame Aktion der multinationalen Verbände» statt – wie es sich zu erklären gehört hätte – «eine Kartellabsprache der Ölmultis».

Scheiß NATO – von Anbeginn bis dato!

Und im Zweifelsfall haben die Geier wieder mal das letzte Wort.

Nur die «Australian Open» – die Selbstgespräche des Cracks werden per Satellit übertragen – weltenweit vom Schuß mit ganz anderen Prioritäten.

17. 1. 91. Der Kopf wackelnd, gluckernd, eine Hohlkugel voller Quecksilber: her – hin / hin – her. Seit heut morgen 1.00 Krieg im Irak, und das kleine Unteilbarchen – wie die 300 Friedenskämpfer im Grenzgebiet – rettungslos zwischen den Fronten. Wenn die in deutschen Krankenhäusern einliegenden Giftgasopfer gezeigt werden (Kurden, Iraner) schwillt der Haß auf NN so unwiderruflich an, daß es einen beinah schon wieder an die Seite der Amis treiben könnte. Eine wüste Welt um uns rum – eine wüste Welt in uns drinnen.

A: Und ich habe alles mit eigenen Augen gesehen!
B: Wo?
A: In den TV-Auslagen.
B: Und wie hat sich das bei Ihnen ausgewirkt?
A: Ich habe die Hände vor der Scheibe gerungen.

12.00: Irakische Luftwaffe und sämtliche Scud-Abschußanlagen sollen auf einen umfassenden Vernichtungsschlag ausgeschaltet worden sein. Seit heute morgen auch «Japan zu 100% hinter der Bestrafungsaktion» – der Erfolg, der die Mittel heiligt. Um 13.00 dann pünktlich wie das Amen in der Kirche: «unerhörte Börseneuphorie», Kurssprünge nach oben, Freudensprünge bei Mannesmann (+ 20%), RWE (22,8%) – – wegen EILEINSCHREIBEN (Manuskriptzusendung) dann die folgenden Zahlen verpaßt.

15.00 Radio, Arthur Schnitzler: «Ich bin doch eigentlich ein Quartalsdichter – wie andere Quartalssäufer sind.» Also auch der und beinah mit den gleichen Worten wie ich über mich in den alten 70er Tabus. Welch ein schöner Freundschaftsbrief von Freud: «Ich habe mich oft gefragt, warum ich Ihren Verkehr nicht schon lange gesucht habe. Ich habe Sie gemieden aus einer Art von Doppelgängerscheu.» – Elbgang u. Eissonne auf allen Gesichtern, aber als Reflex nur ein käsiges Grinsen, säuerliches Geschmunzel. Olle Leute, unwürdigen Moden folgend.

16.00 Rohölpreis um 6 Dollar pro Barrel gefallen, nun möchten auch Italien u. die Niederlande noch in den Krieg eingreifen. Kriegsberichterstattung in den USA auf allen Kanälen und zur «prime time», was aber auch nicht weiter zur Aufklärung beiträgt, weil der Krieg ein Geheimkrieg ist und unter Ausschluß der Öffentlichkeit geführt wird. Bush, die faltenschlagende rattle snake: «Die Gebete gehen weiter», und dann murmer-murmer-murmer, daß es sich gleich noch einmal wie ein akustischer Wattevorhang über das schon völlig in Wüstenstaub gehüllte Schlachtfeld senkt.

Die PLO nennt Saddam Hussein «unsere einzige Hoffnung» und spricht von «Gegenschlägen auf allen Ebenen». Tausendundeine Nacht.

Abends TV – «Abenteuer Forschung» (Joachim Bublath) Über Ortungssysteme bei Tieren – Ultraschallrufe von frierenden Jungratten, um die Mutter anzulocken – Die Echoortung von Flughunden in düsteren Höhlen; das ultraschnelle Geschnalz, fast ein Geknatter – Die Hufeisennase, der das Nasenblatt als Temperaturfühler dient – Temperaturbilder der angepeilten Beute auch bei der Mokassinschlange; Temperatursensoren im Maul, «ihre Stöße von tödlicher Genauigkeit» – Das Schnabeltier, das auf elektrische Entladungen von Süßwasserkrebsen reagiert – Der Zitteraal, der die Spannung des eigenen Feldes auf 500 Volt hochtreiben kann und seine Beuten betäuben – Wetterfühlige Ameisen mit hypersensiblen Antennen f. Feuchtigkeit, Temperatur u. Luftdruck. Erspüren optimales Paarungswetter – Der Hai, der ausströmendes Blut noch aus der Entfernung von mehreren Kilometern erwittern kann.

War mitten im Staunen u. Mitschreiben, als Müff anrief, einsam, leidend, besoffen: «Wenn's mir gutgeht, bin ich oberflächlich, weißt, aber wenn ich leide, bin ich ganz unerträglich.» Fragte ihn, ob er sich nicht die Golfnachrichten angesehen hätte: «Ahna, da kuck ich schon gar nicht mehr hin.» – «Western?» – «Na, das ist nicht meine Heimatromantik – ich bin aus der Steiermark.» – «Aber den Tierfilm über die Ortungssysteme hast du doch eben gesehen?» – «Na, da hab ich zwar die Vorankündung gelesen, aber dann gedacht, das ist auch nur immer dasselbe: der frißt den auf und der frißt den auf!»

Ob Natur überhaupt ein Beispiel ist, außer für die moderne Kriegstechnik, ist natürlich eine bleibende Gewissens = Ermessensfrage. Aus den Tagebüchern der Brüder Goncourt v. 9. Sept. 1866: «Etwas hat mich seit gestern sehr nachdenklich gestimmt. Wir waren im Jardin des Plantes. Es gibt da einen Hocco, der vor unseren Augen einen sehr viel kleineren und hundertmal schwächeren Vogel als er selbst, ich glaube eine Penelope, verfolgte und zauste. Er hat ihn beinahe getötet; dann blieb er in schrecklicher Wachsamkeit neben diesem Tier, das ihn zu entwaffnen versuchte, indem es sich tot stellte. Da dachte ich an alle die Scherzbolde, die behaupten, die Natur sei Beispiel und Quelle aller Güte. Welche böse und natürliche Erbitterung bei diesem starken Tier gegen das schwache! Die Güte, nein, sie ist eine Schöpfung des Menschen, seine größte, wunderbarste und sozusagen göttlichste – eine widernatürliche Schöpfung!»

Erstaunlich für mich der wortwörtlich deckungsgleiche Gedanke in Gedicht «Haltbar bis Ende 1999»: «Herbst des Lebens? Ernte? / Die Natur ist kein Beispiel.»

Geistige Ortungssysteme und zu welchen Göttern man letztlich lieber beten würde: Joachim Ringelnatz, Oskar Panizza und Ferdinand Hardekopf – oder dem Blauhai, dem Beutelteufel und der Klapperschlange.

TB: Mein Leben zur Lehre. Darunter darf man als Diarist gar nicht antreten.

Nachts Violinkonzert Nr. 3 h-moll von Saint-Saëns – Solist Itzhak Perlman. Also, wenn sie mich fragen würden, würde ich die Golan-Höhen ganz gewiß nicht räumen.

18. 1. TB – das Buch zum Fernsehen. – 7.00 Nachrichten: Irakische Raketenüberfälle auf Tel Aviv und Haifa, bösartig u. dilettantisch zugleich. Dagegen die alles bisherige Fassungsvermögen weit überschreitende Genauigkeit der amerikanischen Zielelektronik. Wie man architektonische Schwachstellen, Luftschächte, Fugen im Gefüge mit tödlicher Sicherheit aufspüren und die Gebäude von innen her sprengen kann. Kriegsberichterstattung neuerdings wie Sportberichterstattung betrieben: altius – citius – fortius. Wir applaudieren den überlegenen Waffensystemen und legen uns langsam aber sicher auf die richtige Seite.

Bei Spaziergang Waschks getroffen, die «gute Beckmannausstellung gesehen» hatten und «dann auch den grauenhaften Polyklet». Gingen beide hart mit den USA ins Gericht, was mir gefiel, obwohl ich seit einigen 20 Stdn. selbst schon wieder schwankend geworden bin. Meine alteingefleischten Vorbehalte gegenüber der von Bruderküssen triefenden und nach Brudermord lechzenden arabischen Welt. Das muselmanische Integral eine mir allerfatalste Mischung aus irrationaler Selbstüberschätzung, Herdentrieb und Kadavergehorsam.

17.00 Essen: Schweinefilet, Püree, Quark, Apfelmus. In den Nachrichten Herr Diepholz, der «Alpha-Jets» wie «jetzt» ausspricht. – 19.50 neuer Scud-Raketen-Überfall auf Tel Aviv. Wut-Wut, aber dann gleich wieder Haß auf die US-amerikanische und britische Tele-Berichterstattung. Von widerstreitenden Leidenschaften wie von Sturmböen hin- und hergeworfen. In Ägypten ist der Tourismus zusammengebrochen. Eine verwaiste Sphinx, Her Majesty lidlos ins Nichts starrend. Kamele mit zeitlos abwägend schwankenden Hälsen.

19. 1. – 6.20 MEZ Raketenangriff auf Tel Aviv, nach irakischen Angaben 11 Projektile. Frage, warum man die russischen Scud-Raketen unentwegt Scad nennt. Antwort: Weil die Presseanweisungen aus Amerika kommen. Der allgemeine Mangel an Durchblick wird ohnehin schon seit Wochen durch das dämlichste Analogiedenken ersetzt: Saddam Hussein = Adolf Hitler. Physiognomisch erinnert er eher an Günter Grass, aber wie wir schon in den späten 40er Jahren bei Alfred Döblin lesen konnten: «Dichter sehen wie Oberkellner aus, Hochstapler wie Grafen und Maler wie Bombenattentäter – ich bin für Masken!» (aus dem Gedächtnis nach *Das Kunstwerk*, etwa 49). Gegen Abend sind die Demonstrationen der Friedensbewegung dann offen zu antiamerikanischen Protestkundgebungen umgeschlagen. Was ich vor paar Tagen noch bedenkenlos begrüßt hätte, scheint mir allerdings plötzlich ein bißchen verworren, naiv und sentimentalisch-saubermannsmäßig. Ein privatistisches Bemühen, sich aus schuldhaften Gewissensentscheidungen herauszuhalten. Andererseits kann man – wo sich das Krebsgeschwür nicht einfach exstirpieren läßt – doch nicht ein ganzes Land in Grund und Boden bomben. Bin mir unklar im Kopf und lechze nach Belehrung. Vielleicht Grass, vielleicht Staeck.

Nachmittags mit Otto zu Doris, Klaus verreist, und auf einmal zwitschert sie wie eine Losgelassene in ihrer großen Voliere. K.s neue Pastelle begutachtet: bitterbös buntfarbig und energischer als alle Neuen Wilden zusammen. Weher Punkt am 5. Nackenwirbel, schmerzhaft wie eine Geschwulst. Zeitungen vom Tage mit Berichten über Kriegskosten: 500 Millionen Dollar pro Tag, 1,3 Mill. f. jede Cruise Missile. Gottseidank, daß ich schon seit einigen 20 Jahren bekennender Pessimist bin. Infernalische Sandkastenspiele in der Wüste («Theatres of War») bei denen es nicht zuletzt um ein heißes Turnier zwischen SU- u. USA-Raketensystemen geht. Die Beschämung der Russen mit ihrer mangelnden Zielgenauigkeit.

TV: «Nachtcafé» mit u. a. Jungk, Gottstein, Alt, Rohrmoser, Domröse, Langer (israelische Menschenrechtlerin) und – muß schon sagen! – wie man sich selbst bereits von sogenanntem «investigating journalism» als Kriegsberichterstattung hat gefangennehmen lassen. Hochbezahlte Fatalisten vom Dienst, die uns den mörderischen Gang der Handlung als geschichtliche Notwendigkeit schmackhaft zu machen suchen.

Wie man gewisse Zitterpartien des Bewußtseins ohne Tabu nie wieder hinkriegen würde.

TB: sich verwickeln – sich entwinden: ein in progress mit-geschriebenes Bewußtseinsdrama.

Tabu als sukzessiv und planlos abgelaichte Datenschnüre (das-und-das-und-das-und-dann-und-dann-und-dann) vergleichsweise uninteressant. Aber wo es ans Wurzelziehen geht, tut es dann auch gleich weh.

So. 20. 1. – Ab 8.30 Golfkrieg, Wargames, aber nach der gestrigen Diskussionsrunde aufgeräumt bis unter die Schädeldecke. Man kann nicht immer nur den im Anflug befindlichen Marschkörpern nachsinnen und hoffen, daß sich bei Aufschlag eine Aha-Erleuchtung einstellt. Zwischen Racheakten, Vergeltungsbombardements und Präventivschlägen in der tödlich präzis hingezirkelten Flugbahn ein höheres Rechtsgut erkennen wollen. Sinnsuche und Siegestaumel.

Hessenwahl: Rot-Grün-Mehrheit (u. lange ums Patt gezittert): ein winziges Lichtpünktelchen in einer verrücktgewordenen Welt.

K.F., und wieder mal gemerkt, wie man mit dem Adjektiv «lieber/liebe/liebes» einen Gesprächspartner auf Distanz zu bringen sucht. «Meine liebe Rita» – «Mein lieber Lüngi» – «Mein werter Herr» – «Aber meine liebe gnädige Frau»: Anrufung der Liebe immer dann, wenn zu Liebe kein Anlaß ist. Im Anschluß dann etwas Halbverbissenes.

BamS-Sportredaktion beim Wettreimen: «Danke Anke – sie siegt wie Steffi, sie kämpft wie Boris» – «Bitter aber wahr – kein Stich für Bahr» (HSV-Ersatzkeeper Niels B.).

19.00 – Nachrichten: 7 abgeschossene US-Flieger als Gefangene im Fernsehen vorgeführt – nun bezetert man ihre «Instrumentalisierung als lebende Schutzschilde». Verhörte mich bei «Verstoß gegen die Genfer Konvention» als «Verstoß gegen die Gangsterkonvention». Wie man in den Wald hineinlauscht . . .

20.00 Kampnagel, Treffen der alten Künstler-für-den-Frieden-Garde. Kam im Aufwind, und als man mich mit zersorgtem Gesicht nach meinem Befinden fragte: «Wenn man mal von der Weltlage absieht, blendend.» Auffällig, wie sich die einzelnen Individuen die verknitterte Weltkarte nach heimatkundlichen Aspekten zurechtlegen. Naura (die Balten / sind nicht zu halten) neigt auf einmal zu Freikorpsideen und die beiden Liebermanns empörten sich zweieinig gegen die Vorführung der US-Piloten. Ich schwieg, weil ich ihre Parteinahme für Israel teile u. ihre Animositäten noch am besten verstehe, obwohl dieser Spezialfall auch andererseits zu denken gibt. Auf die schutzlos den Bombardements entgegenbangende Zivilbevölkerung wird ja auch keine Rücksicht genommen.

Rolf Liebermann, ein Zeitzeuge, dem unentwegt lustige Zeugnisse entflattern, und in dieser Rolle ist er unwiderstehlich. Wie sie um 1976/77 in Paris den *Don Quichotte* von Massenet hatten aufführen wollen und Salvador Dalí um das Bühnenbild angegangen waren. Dieser habe dann die Bedingung daran geknüpft, daß er auch Regie führen wolle, was allen übrigen Beteiligten wie eine Anfechtung bevorgestanden hätte. L: «Ich sagte dem Schein nach zu und malte ihm dann die damit verbundenen Mühen und Pflichten aus, dann käme diese Probe, dann jene, dann eine weitere, ein Projekt für Wochen und Monate, bis Dalí am Ende vorschlug, er wolle die Regie vom Telefon aus führen, was man ihm allerdings mit verständlichen Argumenten ausreden konnte.»

Mich gefreut, Silvia Anders wiederzutreffen, fast Vertrauensperson im gemeinsamen Spott über unsere Kriegsanleihen zeichnenden Paradeintellektuellen.

22. 1. Da ich nicht absehen kann, ob sich mein verknittertes Innere noch jemals wieder zu herzeigbaren Fronten glätten wird, auf dem Boden nach alten Märchen-Entwürfen, -Skizzen, -Probeläufen gefahndet. Eigenartig, daß ich Anfang der achtziger Jahre auf einmal ins Märchenerzählen verfiel u. dann ein gänzlich neues Genre für mich eroberte. Das Schöpferische: aus unerfindlichen Gründen (heiterem oder depressiv verhangenem Himmel) den Rappel kriegen und ohne jede Rücksicht auf den öffentlichen Diskurs einfach abpladdern. Der Appetit, der bekanntlich beim Essen kommt wie der Sound beim Singen, und auch beim Märchen macht letzten Endes nur der recht getroffene «Es-war-einmal»-Ton die Musik.

Das Märchen vom Kranken, der sich für den Doktor hielt.

Das Märchen vom Doktor als Nachtmahr.

Das Märchen von zwei Ländern, die sich wegen des Wetters bekriegen.

Das Märchen vom Lastkran, der gern eine Schiffssirene sein wollte.

Das Märchen vom Schmuckschmied, der magische Gemmen herstellt, in die man sich unwiderruflich verguckt.

Das Märchen von Geräten, denen ein Zwang zum Handeln innewohnt – z. B. ein Löffel, mit dem man sich totfressen muß.

Das Märchen vom Schlangenbeschwörer, der von der Schlange verzaubert wird. Z. B. nie mehr mit dem Blasen aufhören zu können.

Das Märchen vom edlen Räuber, der den bösen Eltern ein Kind stiehlt und ihm Märchen erzählt (als Rahmenerzählung).

Das Märchen vom Kopf, der voller Gedanken entschwebt.

Das Märchen vom Funkensprüher/Feuerschlucker, der gern Räder treiben wollte.

Das Märchen vom Vogel, der seinen Gesang (gegen Futter) verkaufte.

Das Märchen vom Dichter, der für jedes geflügelte Wort ein Stück von sich hingeben mußte – ein Fingerglied, einen Zahn, einen Knochen oder ein Organ.

Das Märchen vom Herrn Stauff, der aus entweichenden Lebensgeistern einen Aquavit gewinnt, mit dem man die Blumen im Teppich und die Karyatiden an den Portalen zum Leben erwecken kann.

Jemand, der von einer Fee ein Juckpulver erhält, mit dem man Tote zum Leben kitzeln kann. Er erweckt eine schöne Königstochter, die ihm dann eine böse Sieben wird.

Von jemandem, der ein Eileinschreiben der Glücksgöttin erwartet und das Haus nicht mehr verläßt.

Vom Land Ohnenot (Ânenot), in dem alle Wörter verboten wurden, in denen die Silbe «nôt» vorkam (Die Ohnenöter).

Einem Rumpelstilzchen das erste Kind versprechen, das dann ein böser Plärrteufel wird.

Vom Schlaraffenland, zu dem man sich durch einen ganzen Berg von Theorie (gute Bücher) hindurchfressen muß.

Das Märchen vom Goldschwitzer, der sich jeden Tag gewaltig ins Zeug legen muß, um nur ein klein bißchen Goldstaub zu erschwitzen.

Es war ein Schatz in den Boden einer Flasche hineingewunschen – den mußte man sich ertrinken.

Ich kenne eine Geschichte, die ist von allen vier Ecken her ersponnen und erlogen, aber schön ist sie doch.

Wo liegt denn nun die Wahrheit – diesseits oder jenseits der Elbe? – dreimal dürft ihr raten.

Vom Haus Hochhinaus, das gern fliegen wollte und sich auf Fensterflügeln in die Luft hob.

Das Märchen vom Eishans, der den Schnee pflügte und Hagelkörner hineinsäte – ein Eisblumenhändler.

Von der schönen bösen Anni Maar, die in ein Steinbild verwandelt wurde – nur mit der linken Hand konnte sie bei gutem Wetter noch ein wenig winken.

Vom mißmutigen Sultan, der sich zu seiner Aufheiterung lustige Geschichten erzählen läßt, aber die Erzähler bereits im voraus zu Tode erschreckt: wehe, wenn deine Geschichte nicht zum Lachen ist!

Von der verliebten Vogelscheuche, die sich in einen Hänfling verkuckt hatte und ihn mit jedem sehnsuchtsvollen Ärmelschlenker vertrieb.

In Grünhügel wohnte ein Bauer, der hatte eine naschhafte und eine nahrhafte Tochter, Marzi und Pana mit Namen, die ermahnte er, nie voneinander zu lassen, aber . . .

Ein König hatte eine Tochter, die war so-schön-so-schön, daß alle Männer, die ihrer ansichtig wurden, in Ohnmacht fielen –

Zu Weihnachten, wenn im Himmel der Liebe Gott den Grips ausgibt und die Engel mit großen Schöpfkellen anstehen, um ihn an ihre Lieblinge zu verteilen . . .

Im Lande Utopien, wo bekanntlich die dicksten Kartoffeln auf den dürrsten Äckern wachsen, lebte ein Bauer, der . . .

Ein Bastler, der bei einem Lumpenhändler einen Satz kurioser Werkzeuge ersteht, von denen niemand weiß, wozu sie dienen. Erst im Laufe der Geschichte erweisen sie sich als Zauberzeuge, die ihm Zugang zu einem Schatz und später die Flucht aus einem Kerker ermöglichen.

Ein Philister, der das verbotene 13. Zimmer wirklich nicht öffnet, und mit der Versuchung auch seinem Glück entgeht.

Ein Midas, dem sich alles zu Papier verwandelt.

Tantalus, dem sich alle ihn verlockenden Früchte entziehen, weil sein Über-Ich den Genuß nicht gestattet.

Eine Erbengemeinschaft, die sich über die Rechte an einem alten Haus zerstreitet – darüber verfällt es und ein Gespenst hält seinen Einzug.

In den guten alten Zeiten, als die Dinte noch richtig aus Galläpfeln und Eisenvitriol gewonnen wurde, wurde ein Geist in ein Tintenfaß gewunschen, das später auf einen Speicher und dort in Vergessenheit geriet. Nun geschah es aber, daß der Geist sich nach und nach zersetzte und ganz in der Tinte aufging, und wahrscheinlich hätte kein Mensch wieder etwas von ihm gehört, wenn nicht eines Tages – ein armer Schreiber – die kleine Ida – der Herr K. K. Lindeworm . . .

Es war ein Stadtschreiber zu Mantua, der hatte eine glühende Feder von Berufs wegen. Freilich erlosch sie, wenn sie sich nicht wirklich entzünden konnte, wenn ein Vertrag dem Schreiber nicht paßte, ein Handel ihm unbillig schien, ein Plan zu intrigant, sodaß – – –

Als der König von Absentien in die Jahre kam und das Regieren ihm nicht mehr schmeckte, kam er auf die Idee, sein Leben aufzuschreiben, das bunt und wild und voller Händel gewesen war – er hatte nur alles vergessen. (Zieht vermummt durch die Lande, um es sich von anderen erzählen zu lassen, aber je mehr er über sich erfährt, um so wirrer erscheint ihm alles –)

Ein Hausmädchen, dem von seiner Herrschaft ein Gegenstand (eine Vase, eine Tasse, ein Glas) als besonders kostbar und zerbrechlich ans Herz gelegt wird. Er gewinnt dadurch ein magisches Eigenleben und steht ständig in Gefahr, umzukippen, zu zerbrechen oder gestohlen zu werden.

Ein Kaufmann hatte zwei Töchter, Samantha und Amaranthe, die die Welt aus unterschiedlichen Augen ansahen. Während Samantha ihre Blicke auf das Erschwingliche richtete und immer daran dachte, wie sie sich in seinen Besitz bringen könne, sah Amaranthe sich in den Schaufenstern am liebsten die Sachen an, die sie nicht kaufen konnte . . . (Die eine verzehrt sich in der Gier nach dem Käuflichen, die andere faßt sich in der Lust am Unerreichlichen.)

Eine kleine stille Schnecke, die kein Gehäuse hatte bilden können, traf eines Tages auf ein liegengebliebenes Alphorn und besah es sich in drei Wochen der Länge und der Breite nach und bis in seine tiefsten Tiefen. Ach, wer solch eine Stimme hätte, wie eine Trompete, seufzte sie, wer so auf sich aufmerksam machen könnte wie ein Alphorn . . .

Ein Einsiedlerkrebs, der trotz eifrigsten Suchens kein passendes Haus hatte finden können, stieß eines Tages auf ein goldenes Ding, das ihm ungewöhnlich, aber wohnlich erschien. Es war aber ein Signalhorn, das bei der Schlacht von Trafalgar . . .

Eine Person, die in ein verbotenes Zimmer eindringt, in dem nur ein Zettel auf dem Fußboden liegt «Jetzt hast du es getan!» – Sie benimmt sich im folgenden, als hätte sie wirklich ein Verbrechen begangen und macht sich durch Entschuldigungen, Schutzbehauptungen und Tarnungsmanöver derart verdächtig, daß man sie am Ende für einen Spion hält und hinrichtet.

Ein Hexenhaus hatte lange leergestanden und sehnte sich nach Besuchern. Um nicht gänzlich vergessen zu werden, annoncierte es in der Zeitung als Motel ...

Märchen von den angelesenen Eigenschaften, die sich weitervererben.

In der Zeit, als das Fotografieren noch nicht erfunden worden war, lebte eine Hexe in Haderslev, die konnte ihr Bildnis zu Wasser lassen und es durch die Bäche und Flüsse und Ströme auf die Reise schicken.

Es war einmal eine Frau, die nie richtig «ja» sagen konnte und auch nicht richtig «nein», weshalb man sie die Frau «Ja-und-nein» nannte.

Eine Frau hatte die Fähigkeit, kleine Handreichungen so vollkommen auszuführen, daß alle Welt nur sagen konnte «achwieschön» – «jawienett» –

Ein kluger (oder dummer) Herrscher hatte der Hauptstadt seines Landes keinen Namen gegeben und sie auch nicht auf der Landkarte eingezeichnet, weil er meinte, dann könne der Feind sie nicht finden.

Eine Rundumgeschichte: ein Erzähler, der einem anderen Erzähler eine Geschichte erzählt, der sie wieder weitererzählt pp.

pp., bis sie am Ende wieder bei ihrem Autor und Erfinder anlangt, der zu Tode erschrickt. (Etwa als Mördermärchen Erzähltes, das sich schließlich als biografische Wahrheit enthüllt)

Ein Mann, dem von einer Fee verboten worden ist, sich in der Nacht zwischen 0.00 und 1.00 an die Nase zu fassen (oder ähnlich absurde Auflage) und dem die Nase schon eine Stunde vorher unwiderstehlich zu jucken beginnt. Schließlich wartet er den ganzen Tag nur auf diesen Moment und wird seines Lebens nicht mehr froh.

Der Fuchs im Hasenhimmel

Als der große Zoolo eines Tages zur Erde herabstieg und die Tiere des Landes fragte, welchen Platz sie sich einmal im Himmel wünschten, antwortete jedes nach seinem Fassungsvermögen und seinen Bedürfnissen. So wünschte der Bär sich eine große geräumige Höhle im Bärenhimmel. Und der Pinguin sich eine nicht endenwollende Eisscholle im Pinguinhimmel. Und der Marder sich einen sicheren und gemütlichen Dachboden im Marderhimmel und so weiter und so fort. Nur als die Reihe dann an den Fuchs kam und auch er nach seinen Wünschen gefragt wurde, sagte er: Ich wünsche mir einen warmen Bau am Rande des Hasenhimmels.

Drei unnütze Gaben

Es waren drei Brüder, die hatten von einem Kobold drei unnütze Gaben mit auf den Weg bekommen. Der erste konnte schielen, daß alles, was er ansah, sich augenblicklich verzog. Der zweite konnte Wolken in Steine verwandeln. Und der dritte besaß einen Minderdollar, wenn man den einem etwa vorhandenen Kapital zuschlug, war es sofort nur noch die Hälfte wert. Mit solchen Talenten kann man natürlich nicht reich werden. So beschlossen sie denn, zu drei Mann hoch in die Welt zu ziehen, um an irgendeinem ausgefallenen Ort ihr Glück zu machen.

Als erstes kamen sie nach Schiefenland, wo die Häuser und die Straßen und selbst der Königspalast schief und krumm waren und des Königs Töchterlein sie so verwunschen ansah wie eine schiefgetretene Streichholzschachtel.

Das Land Zirkumherum, das nur aus einem kreisrunden See und einem fruchtbaren Uferrand bestand, hatte eine schwimmende Grenze gegenüber seinen sieben bösen Nachbarn, die es als Land gar nicht wahrnahmen und sich ungeniert an seinem Vieh und seinem Fischreichtum bedienten. Da es außer an einem tüchtigen Militär auch an den nötigen Steinen für die Grenzmauer fehlte . . .

Der Großfürst Moses Kiesinski Zastrowisch regierte von einem Schuldenberg aus. Da sprach der dritte Bruder, laß mich meinen Minderdollar dazutun, wolln mal sehn, ob er nicht auch das Debet halbieren kann . . .

Als die Bäume noch über die Erde wandelten

Es war in jenen alten Zeiten, als die Bäume noch über die Erde wandelten, da war auch das Leben noch lustig und noch nicht von der Stechuhr bestimmt. Mit ihren riesigen Füßen staksten sie spreizbeinig über Land und ließen sich nieder, wo ihnen der Boden gut schmeckte und die Menschen ihnen angenehm schienen. Zwar konnte es schon einmal vorkommen, daß ein Baum sich rummsbumms vor die Tennentür eines Bauern setzte und dort einfach Wurzeln schlug. Oder es fand sich vielleicht eine ganze Herde zusammen, der es gerade dort am besten gefiel, wo jemand ein Kornfeld oder eine Schafweide hatte. Wer sich aber gut mit ihnen stand und vielleicht sogar ihre Zuneigung erwerben konnte, der kam bald aus dem Wohlstand gar nicht mehr heraus. Dem einen halfen sie Steine aus dem Weg schaffen, die keines Menschen und nicht einmal eines Hünen Hand je hätte bewegen können. Einem anderen legten sie vorsichtig ihre Früchte in die Körbe und Baljen, er brauchte sich selbst gar nicht anzustrengen. Und wenn es sie juckte, weil ihre Äste abstarben, warfen sie diese den Menschen einfach vor die Haustür, sie brauchten sie nur noch aufzusammeln und in den Kamin zu stecken.

Nun geschah es aber, daß eine junge Kastanie Gefallen an Kjertan Gislarson fand und sich im Laufe der Jahre bis über alle Blätter in ihn verliebte.

K. G., ein Geächteter, den sie einmal in ihren Zweigen vor seinen Feinden verborgen hatte, und weil er ihr magische Zeichen in den Stamm geritzt hatte, setzte sie sich vor seine Tür wie eine Eheliebste.

Was sie freilich nicht wissen konnte, war, daß die Menschen im großen und ganzen wankelmütiger sind als die Bäume, und als Kjertan Gislarson ein menschliches Weib zur Frau begehrte . . .

Es ging so weit mit ihr, daß sie im Herbst die schönsten Farben für ihn auflegte und ihre Blätter am liebsten gar nicht abgeworfen hätte . . . Die anderen Bäume schüttelten bereits ihre Kronen über diese ungeratene Liebe, und sie tuschelten hinter ihren Blättern etwas von . . . und . . .

Es war aber ein böses Weib, das Kjertan Gislarson zur Frau genommen hatte, und weil sie die Nachbarschaft störte, riet sie ihm, der Riesin heißes Wasser über die Füße zu gießen oder ihr einen Kupfernagel in die Ferse zu treiben. Weil sie aber befürchtete, die Kastanie könne es sie entgelten lassen und sie in einem Anfall von Eifersucht zertrampeln, hörte sie nicht auf, ihren Mann zu scheuchen, es selbst zu tun . . .

Froschkönig und Storchenbraut

In der Liegenschaft Fretschenmoor im Lande Bufozikonien, wo die Störche zu Haus sind, und die Frösche ihre Verluste nur durch unentwegtes Lieben und Laichen wettmachen können, wurde eines Tages ein moorbrauner Frosch in einen schwarzweißroten Storch verwandelt, und das ging nach unseren Unterlagen so. Der mannbare Sohn des Edlen Platsch zu Matschheim mit dem schönen Namen Quatsch verliebte sich in eine niedliche Fröschin namens Hopsa, und es gab praktisch keinen Wunsch im riesenweiten Bufozikonien, den er ihr nicht sofort von den goldenen Augen abgelesen hätte. Abend für Abend, den die große amphibische Urmutter Rana werden ließ, besang er seine Angebetete in den tiefsten Tönen und hob sie in nicht endenwollenden Liedern in den höchsten Himmel, daß eine weniger bescheidene Person, als unsere Hopsa es war, gewiß vor lauter Eitelkeit und Übermut zerplatzt wäre. Auch machte er sich einen Spaß aus der Kunst, ihr die schmackhaftesten Falter und fettesten Schnecken vor der Nase wegzustibitzen, aber nur, um sie ihr sogleich als Brautgeschenk darzubieten. Kurz, alles was einem erfinderischen Frosch so einfallen kann, um seiner Neigung einen Stich ins Besondere zu verleihen, wurde von Quatsch sogleich in die Tat umgesetzt; die kleine Hopsa, die es nicht anders kannte, mußte ja beinah schon denken, das wären für ewig und alle Zeit die Liebe und das Leben.

Daß es trotzdem nicht einfach so weiterging von der Verlobung zur Vermählung und von der grünen zur silbernen und schließlich zur goldenen Hochzeit, hing damit zusammen, daß dem unermüdlichen Quatsch eines Tages ein Flügeltier auf die Zunge kam, das nicht von gemeiner Herkunft war. Gefährlich schillernd und mit wütigem Gebrummse versuchte es, sich von dem Untersatz freizumachen, der in Wirklichkeit eine Falle war, und es brachte auch gleich so gewisse großspreizige Sprüche vor, wie sie einem Verdammten immer leicht vom Munde gehen: «Ich bin die Tochter des Fliegenfürsten Amenopheles, und wer mich verschont, der wird noch einmal sein Glück machen», nur daß in Fretschenmoor das Stoßgebet einer Fliege soviel gilt wie der Befreiungsschlag eines Regenwurms, und ehe das Insekt sein Lied noch zu Ende gebracht hatte, war es bereits im Bauch des Nimmersatts verschwunden, ein Ort, von dem es seit Fliegengedenken keine Auferstehung mehr gibt.

Als das der große Amenopheles hörte, verschluckte er sich vor Wut, und seine Antennen klirrten unheilvoll im Winde. Geschwind wie der Blitz kam er aus seinem Sumpfversteck herangeschossen, daß die Binsen sich nur so bogen und das Wollgras durch die Gegend flockte, und als er unversehens auf den augenblicklich zu Flaschenglas erstarrenden Quatsch zu Matschheim zufuhr, konnte der im Moment gar nichts anderes denken, als daß ihn der Storch auf die Gabel nehmen wollte. Der große Amenopheles aber, der keinen armen Sünder unbelehrt vernichtet, packte ihn fest bei seinen nackten Schultern und sprach mit fürchterlicher Stimme zu ihm:

Ehr die meinen
friß die deinen
geh in Zukunft auf zwei Beinen

Dann senkte er ihm seinen schilfhalmlangen Speer in die Brust, und ehe der verliebte Leichtfuß es sich versah, stakste er auch schon auf federnden Stangen durch den Sumpf, neigte den Kopf nach Storchenart und fuhr zickzack auf das nächstbeste Leben los.

Das war nun gewiß eine schöne Bescherung. Wie sich der gewesene Quatsch – den wir nun besser Ziko nennen – nämlich gerade nach einem vorüberflutschenden Leckerbissen bücken will, kann er den Schnabel gar nicht so schnell herumreißen, wie er eben noch merkt, daß er um ein Haar seinen Vetter Platsch und dann sogar die gute Tante Matsch verschlungen hätte . . .

Ja, was machen wir da, und wie kommen wir aus dieser Zwickmühle jemals wieder heraus. Als dem unseligen Ziko erst richtig bewußt wurde, zu was er eigentlich verwunschen worden war, und die Liebe zu seiner Hopsa war durch den neuen Storchenhunger nicht einmal kleiner geworden, hätte er sich am liebsten einen Knoten in den Schnabel geschlagen oder dem Fretschenmoor für alle Zeiten ade-debar gesagt, nur das konnte er beides nicht. So stelzte er denn wie eine verklemmte Trittleiter über die reich gedeckte Tafel, hier sich ein Würzelchen erzupfend, dort einen Käfer, eine Motte, einen Engerling erhaschend, ängstlich bedacht, nur keinem guten alten Freund und lieben Genossen auf den Kopf zu treten.

Davon kann ein Storchenjüngling auf die Dauer natürlich nicht groß und nicht stark werden. Im Gegenteil, je behutsamer er sich von nun an nach passenden Fastenspeisen umsah und je ängstlicher er sich nach jedem verschlungenen Bissen fragte, ob es nicht doch ein Fröschchen gewesen sein könne, um so trauriger fiel er vom Fleisch, man brauchte sich gar nicht zu wundern, daß die Grashüpfer ihm bald auf dem Schnabel herumtanzten. «Ach, wie kann ich», dachte es hoch oben in seinem Kopf, «etwas zur Speise begehren, was ich aus tiefstem Herzen liebe, und wie kann ich jemanden lieben, den ich am liebsten auffressen möchte.» So stand er mit unschlüssig schwankendem Hals und ratlos verzogenen Flügeln manchmal stundenlang starr im grünen Fretschenmoor, und wer weiß, was aus ihm noch geworden wäre, wenn sich nicht schließlich der Herbst angekündigt hätte und mit ihm der große Moment, wo sich die Störche zur Reise nach Afrika rüsten, ja, wer weiß, ja, wer weiß . . .

. . . .

22. 1. Abends. Der große Irrtum, daß man beim Märchenerzählen einfach drauflosphantasieren könne, und das wär es dann schon. Im Gegensatz zu solchen Laienansichten gehört das Märchen (ähnlich wie die Novelle) eher zu den harten Gattungen. Bereits mit dem ersten Satz wird ein Knoten geschürzt, eine Schraubzwinge angezogen, die nur auf dem Konstruktionsweg wieder zu lösen ist. Woran die Märchen im einzelnen anknüpfen, sind dabei nur in den seltensten Fällen literarische Vorbilder, selbst wo sie sich im nachhinein nahezulegen scheinen. Als Bilder der Seele entfalten sie sich aus dem gleichen verdrehten (oder geschädigten) Keimblatt wie die Metaphern, die Träume und die anankastischen Zwänge, und nur wen es selbst erwischt hat (d. h. wer sich von früh an als verwunschen und verdammt erlebt), kann dem Märchen noch einmal eine neue Seele einflüstern. Mich anläßlich von «Froschkönig und Storchenbraut» daran erinnert, daß die Dorfkinder mir eines Tages den Namen «Storchenbein» anhängten, was mir als frühes Leid dann viele Jahre nachging. Auch die lebenslangen Eßstörungen als Teil einer biografischen Grundverwerfung zu lesen, die in Allegorien und dichterischen Vergleichen zwanghaft auf sich zurückkommen muß und sich von literarischen Lösungen eine Art von Bewältigung erwartet.

Private Mythologien als letzter Hort des Individuellen: eine märchenhafte Unteilbarkeit der Person.

23. 1. Heute morgen wieder Nachrichten von Scud-Raketen auf Israel. Wie ich bei eingeschaltetem Radio noch halb schlief und die Meldungen von den Bombardements in meinen Traum mit hineinzog. Eher peinliche Erinnerung, daß ich wütig-pathetische Gedichte aufsagen wollte, aber nur hohles Zeugs vereimte. Welches heroische Ansichhalten eines politischen David, der aus übergeordneten taktischen Zwängen den Stein in der Schleuder belassen muß.

24. 1. 91: Radio: «Willkommen, liebe Hörer. Willkommen zu einem anderen Krisenherd – aus Riga berichtet Birgit Kolbmann.»

17.30 TV: «Der Wüstensturm»: «Es wird kein zweites Vietnam geben!» Natürlich nicht, weil internationale Beobachter von vornherein ausgeschlossen sind und die militärischen Ultras selbstherrlich im Dunkeln weiterwurschteln können. Wenn George Bush den Mund aufmacht, ein Geräusch wie beim Öffnen einer ungeölten Schranktür: «Säddäm must surrender.» Die Muselmanen und die Episkopalen kotzen mich abwechselnd an.

Anschl. eine um Verständnis werbende Sendung über den Islam – angenehm objektiv und mit viel common sense – die mich trotzdem zunehmend gegen ihn aufbrachte. Was es m. E. nicht nur zu erkennen, sondern von der Sozialgeschichte unserer eigenen Nerven her zu bestreiten gilt, ist ein noch tief unter dem allgemeinen zivilisatorischen Verrottungshorizont anzusetzendes Fäulnissediment aus irrationaler Todessehnsucht und weltlicher Vorteilserschleichung, theokratischer Tyrannis und sinistrem Händlergeist, fundamentalistischer Halsstarrigkeit und irrlichterndem Emotionalismus, ethnischen Minderwertigkeitskomplexen und krankem Ehrgefühl, einem religiös kontaminierten Rechtsdenken und machistischer Frauenverachtung, Vetternwirtschaft und Bruderkrieg, eine Wahnsinnswelt, die man am besten sich selbst überlassen sollte. «Wenn man es nur könnte», sagt Scholl-Latour, aber warum man nicht kann (unserer waffenwirtschaftlichen Verstrickungen wegen), sagt er natürlich nicht. Um 18.00 zum 1. Mal irakische Flugzeuge (= französische Mirage) gegen US-Schlachtschiffe eingesetzt! Eccolo: den Produzenten ist es egal, woher das Kanonenfutter sich rekrutiert.

Abends Buster-Keaton-Retrospektive. Fand es heroisch-erbaulich, daß er nach Ablauf der Stummfilmära jeden Job annahm u. sich für keine Statistenrolle zu gut war. Ohne alle Larmoyanz und Ehrpusseligkeit immer tapfer die Flasche an den Mund geführt und sich Mut für den laufenden Tag angetrunken. Angst machte mir gleich zu Beginn das ständige Gehüstle und Geräuspre, dann auf einmal der rapide Gewichtsverlust. Die Leiden der Meister – und man identifiziert sich.

26. 1. Roseburg. Mit E. Einkäufe u. Erledigungen in Mölln. Schlotters Brief-in-vier-Bildern, den ich mir rahmen ließ: eine Liebesgabe, ein Köder. Das alte Janssen-Geburtstagsposter sehr zu meiner Zufriedenheit in Metallicleisten gefaßt. Die Prinzipalin: daß sie schon viele Janssen-Bilder gerahmt hätte, aber noch keines mit einer persönlichen Widmung. Von J. liebe sie «vor allem die Blumen, die Gladiolen, die Akelei, aber nicht die häßlichen Bilder», wobei sie ein Gesicht zog, als ob sie in ein aufgezogenes Anni-Sprinkle-Delta geblickt hätte.

27. 1. Mutters Geburtstag (f. Ernst Jünger «Kaisers Geburtstag»). Ein Teppich von ausgelaufenem Rohöl bedeckt den Golf in 50 km Länge und 12 km Breite. Rekordzuwächse bei den

Multis, allein Shell-Gewinne von 69%. Jeder neue Schlag, egal, von wem gegen wen geführt, rührt an die Festen der Welt und drückt auf die Börsennotierungen. Seit heut morgen endlich auch die lange vermißten Friedensdemonstrationen, 200000 Teilnehmer allein in Bonn. Sehr gut DGB-Meyer, den ich immer für eine Tropfnase hielt: «Antiamerikanismus ist, wenn im Irak mit deutscher Hilfe hergestellte Raketen amerikanische Soldaten töten.» Die Glaubwürdigkeit von Wahrheiten immer auch rhetorische Frage.

Mo. 28. 1. *Spiegel* über die neue Show von Hella von Sinnen, aufgemacht mit einem bis zur Ehrenrührigkeit entstellten E.-Zitat: «Sie berichtet von der heilsamen Wirkung, die der Seitensprung auf ihre Ehe mit dem Schriftsteller Peter Rühmkorf gehabt hat.» 15 Jahre lang hat man den Schriftsteller PR nicht zur Kenntnis genommen – aber wie schön, wenn dann doch nochmal eine Ansicht und ein Astloch zusammenpassen.

Elbgang mit Gerloff (ZDF) und Besprechung Filmfeature «PR ganz persönlich». Bedeutete ihm, daß «persona» im Sinne des antiken Theaters soviel wie Maske, Larve, Mundstück heiße, und daß ich die Heimatstadt am liebsten über literarische Vorbilder anvisieren würde. Habe bereits in frühen Studentenjahren meine Lippen bevorzugt nach norddeutschen Vormündern gespitzt und mich nach Wahlverwandtschaft zunächst in der lokalen Galaxis umgesehen: Brockes, Klopstock, Claudius, Lessing, Heine, Jahnn, Wolfgang Borchert, Arno Schmidt. Auch beim Dichten oft unversehens in die Tonspur von heimatlichen Shanties, La-Paloma-Liedern und Kinderversen gerutscht: «Ting, tang Tellerlein, durch Schaden wird man schlau.»

TV: Leider nur letzte paar Minuten von Streitgespräch Klaus Bednarz u. Knut Teske (*Welt*) erwischt. Springers Kolumnisten, die immer noch wie geprägte Hunde den alten Kolonnenweg entlangpesen, obwohl Mauer u. Stacheldraht längst gefallen sind. Festgefahrene rudimentäre Reflexe u. ein entsprechend atavistisches Bellverhalten: Freiheit! Freiheit! Freiheit! Dem schon früh mit dem «Liederbuch des Unmenschen» vertraut gewordenen Ohr hallen immer noch ältere u. auf ihre Art unauslöschliche Weisen nach: «Freiheit das Ziel / Sieg das Panier / Führer befiehl / Wir folgen dir.»

29. 1. Traum: Spürte ein unangenehmes Kribbeln auf der Haut. Zog den Schlafanzug aus und bemerkte ein Insekt von der Größe eines Holzbockes auf meinem Bauch, braunrötliche Flügeldecken. Auch viele kleine Stiche, Pickel, Schrunden auf der Bauchdecke und an den Oberschenkeln. Schnipste das Tier mit den Fingern zur Erde und zerschmetterte es mit dem Hausschuh. Der kräftige Hieb ließ es in zahlreiche kleine Bröckel zerspringen, die wie Ameisen auseinanderliefen. Der geflügelte Kopf wie von einer Rotorschraube emporgetragen, dann auf einmal eine geflügelte Spinne. Das innere Bestiarium u. seine Unteilbarkeit: Meine Tiermetaphern, Tiermärchen, Tierträume. –

30. 1. Gang Elbe. Zwei jüngere Damen, die mich so schräge anlachten, als ob sie E.s Quasi-Zitat im *Spiegel* gelesen hätten. Im SPAR-Laden Frau Dr. Nethe (82): «Jetzt sind wir so lange friedlich gewesen, und es hat uns gutgetan, und nun sollen wir auf einmal kriegsbereit sein.»

TV: Originalübertragung ABC: Lauter glattrasierte Schlips-und-Kragen-Journalisten zum Empfang der gewünschten Meinungswinkel/Ansichtsseiten angetreten, und der General Schwachkopf erklärt ihnen mit dem Zeigestock auf der Landkarte die Welt: «Wir haben dem Gegner die Augen herausgenommen und konnten deshalb ganz nach Plan vorgehen. Noch Fragen? Keine. Es werden auch keine mehr beantwortet.» George Bush zur Lage der Nationen: «With few exceptions the world stands now as one ... We all have a special place in our hearts for our families», dann Schwenk auf die Damen Powell, Bush und Schwarzkopf. Kriegstaumel wie zu Beginn des 1. Weltkriegs. Fehlen nur noch die deutschen Dichter wie seinerzeit die Herren Hauptmann, Dehmel, Lissauer, Schaukal, R. A. Schröder, Julius Bab, Will Vesper, Alfred Kerr:

Es weht der Allerseelenwind.
Wir schreiten alle Einen Schritt.
Und die wir fern vom Felde sind,
Wir kämpfen mit; wir sterben mit.

31. 1. Traum: eine auf einem Fahnenmast gespießte Taube – die Richtung des Schnabels sollte die Windrichtung anzeigen. Nahm den Luftzug in ihrem Halsgefieder wahr, dann das hungrig kläglich ins Leere schnappende Schnäbelchen. Auch die Träume jetzt schon Tendenzkunst.

1. Februar – 13.14 IC «Max Planck» nach Hannover (Eberhard Schlotter). Milde Metallicsonne, westseitig straßenzuglange Mauerinschriften über mehrere olivgrüne, elfenbeinfarbene und altrosa Gründerfassaden hinweg: SCHLUSS MIT DEM GOLFKRIEG! – Wie viele Reisen wohl noch hin und her und wie viele Aufenthalte? Die Vorsicht!-Vorsicht!-Rufe von ganz hoch oben her, die nutz- und folgenlos verhallen.

Langensalzastraße 1: gewaltiger Großbürgerbau, selbst die Etagenflure geräumig wie Lounges: verschwenderisch verprunkter Raum. Beeindruckend ebenfalls Schl.s Ausbreitungswesen über 3 Stockwerke hinweg: Wohnung, Atelier und Gästesuite.

Die Frau Dorothea («Mäuschen», früher einmal schön, heute stark vom Leiden gezeichnet, Krebs, was in merkwürdigem Widerspruch zu dem hessischen Gebabbel stand). Schl., der so gern malt u. zeichnet wie redet u. schreibt, ein Übersprudelungskünstler. Las mir u. junger Dame v. d. «Raabe-Gesellschaft» aus seinen frisch im Druck befindlichen Lebenserinnerungen vor, dann kurz die Geschäfte, dann zu mir: «Ich habe viel mit Ihnen vor», was mir quälender Tablettenmüdigkeit wegen etwas zu schnell ging.

Schl. ein Allsammler und Gernzeiger u. ich zu meinem Glück ein Gernbekucker. Spanische Geschirre u. Aztekensilber, vorkolumbianische Terrakotten u. römische Öllämpchen mit erotischen Szenen, persische Farbminiaturen (u. a. reizendes Geschlechtsäktelchen) u. niedersächsische Zwiebelmuster, ägyptische Mumienfragmente u. chinesische Rollbilder pp. pp. Enthüllte im Atelier ein supraillusionistisches Riesengemälde der DuMont-Schauberg-Family: der Kino-Beau, die reklamesüße Lady, die marzipanbackenen Kinderchen, alles aufs künstlichste gebrochen, gespiegelt und verblendet: Scheinrahmen mit Schein-Tesakrepp auf Scheinstellagen befestigt, aber eigentlich eher ein Witz als ein Weg. Kam angesichts seiner Trompe-l'œil-Künste auf Harnett, Peto und Haberle zu sprechen, die er nicht kannte, dagegen rühmte er Ben Shan, was mich freute. «The red Stairway», «Jumping Rope» und «Vacant Lot» auch zu den Unvergeßlichkeiten meines Auges gehörend.

Gegen 17.00 erstes Bleistiftporträt: begreift eine Haltung im Fluge u. nur beim Gesicht wird er vorsichtig. Pickt es mit spitzestem Bleistift u. sich ständig vor- und rückversicherndem Rapidblick Zug um Zug auf, Modell – Papier, Modell – Papier, wobei sein rötlicher Zickenbockbart wie ein pantografischer Vergrößerungspinsel mitzuckt.

Kurzer Gang um den gefrorenen Maschteich herum, wo der Wind bei 12 Minusgraden fast sichtbar durch den säulengetragenen Imponieraufsatz des Riesenrathauses pfiff. Erzählte, daß sein Bildhauer-Vater die Außenfiguren und das Maßwerk gefertigt hätte, während drinnen Ferdinand Hodler die Wandfresken malte. Hatte auch Schwitters gekannt, der im Haus verkehrte u. mit dem Vater gelegentlich ein Schöppchen trank. Wenn es dem Bübchen zu langweilig wurde, dem Vater Modell zu stehen, habe Schwitters gesagt: «Komm, Junge, hier hast 'n Groschen, kauf dir 'n Lolli.» Hatte in frühen Kinderjugendzeiten den «Merzbau» noch mit eigenen Augen gesehen, «der für mich aber nur eine bizarre Höhle war». Unseren Assos folgend noch 1 × schnell über Schwittersplatz (schon erstaunlich, wie die Provinz sich posthum ihrer Grenzüberschreiter rückversichert) u. in Torschlußeile durchs Sprengel-Museum gefegt. Unsere konspirativ genossene Abneigung gegen die Größenwahnsinnsformate der Penck, Baselitz u. Konsorten. Aber auch Richter – kann mer nich helfen – keenes von die janz jroßen Lichter.

3. 2. Rückfahrt im sonntäglichen Mittagslicht u. Review. Die Maldynastie der Schlotters. Sensationell für meine Augen vor allem der Maler-Onkel Georg, richtig hochkarätiger Expressionist u. fetziger Fluchtenaufreißer. Die leichte Hand und die kurze Frist: im Dez. 1915 in Frankreich angeschossen, dann in Göttinger Lazarett nach Amputation eines Beines verblutet.

Ein erstaunliches Selbstporträt d. 18 jährigen ES v. 1940, Zigarette leger in den linken Mundwinkel geflegelt. Der Gauleiter habe es als «entartet bezeichnet».

Arno Schmidt, der ihm mit seinen Misanthropien in den 60er Jahren ziemlich unleidlich zugesetzt habe. Er habe sich «von dessen Selbstzweifeln schon völlig anstecken lassen». Janssen hingegen habe ihn auf einer Lesung angebrüllt: «Deine Landschaften sind erstklassig, aber deine Puppen taugen nichts.» Hätte «immer nur geschrien» und ihm «keine Gelegenheit zur Entgegnung geboten».

Wie betrübt er war, daß seine Schüler «alle nur biedere «Handwerker geworden» seien. «Keiner etwas Hervorragendes u. manche richtig kitschig.»

Zeigen, zeigen, zeigen, reden, reden, reden, vorlesen, vorlesen, vorlesen, eine bei Nachfrage wie entfesselt aus sich herauskommende Klausnerexistenz. Breitet sich gern vor Publikum aus, liest mit Pathos u. Schmelz wie ein Programmusikant u. übersieht bei der eigenen Lebendigkeit manchmal den strapazzo eines am Rand seiner Kräfte befindlichen Gastes.

Wie er mir im Überschwang seinen Pelzmantel zueignen wollte, in dem ich dann aussah wie der Lehrer aus der Häschenschule.

Hat *Das Buch der Könige* v. Theweleit v. vorn b. hinten durchstudiert u. mit Anmerkungen versehen: Striche nach dem Aha-Prinzip u., wie mir schien, in Bezugnahme auf seine eigenen familiären Verhältnisse. Fragte ihn: «Bei all deiner Arbeit, wie kannst du noch soviel lesen? Bei mir kreist es auf diese alten Tage meist nur noch um meine zehn-zwölf Steadies.» Er erzählte, daß bei seinem letzten Bolivien-Trip ein Flugzeug gekidnapped worden wäre, «da hab ich mich auf dem Flughafen von Bogotá dann einfach in dem Buch verkrochen».

4.2. Hatte mir gerade nochmal einen Deckenzipfel über die Ohren ziehen wollen, als mich bei «Am Morgen vorgelesen» Satzbau u. Psychologie gegen alles süße Versackenwollen aus meinen mehreren Zwiebelhäuten herauslockten. Etwas ganz

Großes, Französisches; hatte allerdings nicht den Schimmer einer Ahnung, was es sein könne. Bei der Absage dann *«Die Frau von dreißig Jahren»*. Vor nunmehr auch schon mehr als 40 Jahren einmal gelesen, aber alles vergessen.

Im *Spiegel* HME-Abhandlung über Saddam Hussein. Er beschreibt ihn als einen seiner Meinung modernen Typus des Selbstmörders als Weltvernichters und vergleicht ihn typologisch mit Hitler. Michel fand den Aufsatz «genial», Opitz «eher etwas dürftig» und meinte, so etwas würde er, «mit Verlaub, in einer guten Stunde auch schon mal hinlegen». Mir selbst scheint der Typus uralt und die zahllosen altorientalischen Großraumpolitiker nebst ihren Herren Nachgeborenen Hannibal, Alexander, Dschingis-Khan, Napoleon gar nicht so weit aus der Richtung. Worum es geht, ist ein sehr allgemeiner Macht- und Ausdehnungstrieb, dessen natürliche Grenzen sich erst bei Überdehnung zeigen. Grandiositätswahn und Nehmen-wollen-was-man-kriegt sind weder rezente Laster noch spezifische Selbstmördereigenschaften.

5.2.91. Tschaikowski: «Erst eine besiegte Schwierigkeit wird in der Kunst zur Schönheit.» Dies neben u.a. dem Goetheschen «Das Schwierige leicht behandelt zu sehen, gibt uns das Gefühl des Möglichen» sind die Sprüche, die uns artistisch weiterhelfen.

Die Elbe um 10.00 morgens wie eine hingeschmissene Glasscheibe. Ein Sekundenblitz von Sonne – und schon wieder grauer Tag. Unsauber verschlenkerter Schnee. Paar junge gebrechliche Flocken, zag, aus geizigem Himmel. Doris W. beim Spazierengehen wie ein aufgezogenes Püppchen, richtiger, in Marsch gesetzte Plastik einer Ballerina: das ganze Oberkörperchen, armschleudernd, hin-her, hin-her.

Unter Arbeit wie unter einer Krankheit ächzen.

6. 2. – 8 °C Minus, Schnee, Glätte, der Wind, der schneidige Sackpfeifer. Besuch Sacco und ihn gefragt, wozu Chaosforschung eigentlich gut sei. Er: «Ganz wichtig, um beispielsweise rauszukriegen, warum bei meinem rechten Stiefel das Schnürband immer von rechts nach links wandert.» Erzählte, daß Eduard (auch KP-Studentengruppe in den seinerzeit rotgoldenen Fuffzigern) jetzt einen Yoga-Kursus besuche und er ihm von der Zen-Methode abgeraten habe: Das seien im Grunde nur japanische Disziplinierungstechniken, wo die wahrhaft Wissenden heute schon wieder auf die religiösen Wurzeln zurückgehen. Er selbst habe «neuerdings einen Yogalehrer aus einem kleinen bengalischen Dorf, Yohimbindranath Amore», worauf E. sofort die Adresse habe wissen wollen.

TV / RTL: Die Hella-von-Sinnen-Sendung mit u. a. E.: sie gesoftet und mit einem bengalisch flimmernden Herzen über der ein bißchen peinlichen Szene. Da – plötzlich – mein Bild eingeblendet: eine Mumie.

Bis 2.00 morgens TB-Abschriften: die wirklich wahnsinnige KH-Geschichte. TB, das sich selbst referiert, und in 10 Jahren dann vielleicht die Notiz, das war damals in den frühen Neunzigern, als ich die mittleren Siebziger abschrieb.

7. 2. Gestern HME-Gedichte von *ZEIT* u. Rezension zugesagt. Iris Radisch fand sie «etwas hölzern». Vielleicht meint sie genau das, was mir als stilo secco gefällt. Nachts TV mit einem Auschwitz-Zeugen, der die Leichen von der Gaskammer zu den Verbrennungsöfen hatte schleppen müssen: «Ich selbst habe maine Augen gesähen, fettes Menschen brennen ganz gutt. Helles Faier.» – Später Film über Kampfhunde, Pitbulls, Mastinos, Brasileiros, eine grauenhafte Sippschaft, die mitsamt

ihren Herrchens zu Hundefutter verarbeitet gehörte. Bzw. – oder was darf man heute überhaupt noch sagen? – verbrühwürfelt!

8. 2. Syrien wird «zu den vom Golfkrieg in Mitleidenschaft gezogenen Völkern gerechnet», wie man vor knappen 5 Jahren schon einmal den Irak gegen die iranische Mullahkratie zu bewaffnen begann, nachdem man jahrelang (Israelis neben den Amis immer vorneweg) den Iran gegen Saddam Hussein aufgerüstet hatte. Ach, Hans Magnus, lies uns keine Oden vor, lies die SIPRI-Jahrbücher! – In «Aspekte» Ausschnitte aus Botho Strauß' «Schlußchor». Alles auch schon mal früher besser dagewesen; beispielsweise der «Deutschland!»-Schreier als reichlich spätes und unfrisches Echo auf Klaus Rainer Röhls Reichsjugendführer-Imitation, «Die Pestbeule», 1951.

Sa. 9. 2. – 14.30 mit E. nach Rendsburg (Freundschaftsmahl bei den Opitzens): besinnliche Zugfahrt durch die fett eingeschneite Landschaft und das mindestens 100 km lange Vergnügen des Auges an einem ruhigweißen Gesamtzusammenhang. Dort als ersten Lars u. Bettina in die Arme gelaufen, die mir immer das leise Gefühl von Versäumnissen-meinerseits einflößen. Es hat etwas mit unabgegoltener Liebe zu tun.

Gesangsvortrag Elisabeth O., von Bernstein/Weigle bernhardinerhaft samtpfotig am Flügel begleitet: Schäferlieder als aperitife Programmusik zum Lammbraten. Hielt mich beim Antrunk vor allem an die Jungmännerquadriga Opitz, Kersten, Kriegel, Haffmaninoff, die meine jüngsten Hervorbringungen («Große Ströme» bis «Paz») in einem Maße lobten, daß es einen Bescheideneren hätte verlegen machen können. Mußte einige Elogen schon aus Selbstschutz etwas herunterwiegeln, aber ließ mir den Opferrauch trotzdem lieblich in der Nase zergehen u. besoff mich kommunizierend am Wildbeerenschnaps, später

Rotwein, dann Birne, Quitte u. am Schluß noch paar Biere. Nachdem H. sich frühzeitig zu Bett begeben hatte, näherte sich vom Nebenzimmer her der stille Bernstein, wohl weil er sich gern in den Illuminatenkreis eingereiht hätte, aber da er uns in Pss-Geschichten wähnte, wippte er nur ein paarmal unentschlossen auf den Zehen, um dann sichtbar entsagungsvoll um uns herumzusegeln. Der nicht gewagte Absprung, den nur ich sah u. der mir leid tat, weil ich – vom Lobe ganz betäubt – das passende einladende Wort nicht fand.

Gegen 1.00 mit Kersten durch den glitzernden Schneewald, noch ein bißchen unvergiftete Nachtluft trinken. J. K. als Romanfigur: Was dem Uneingeweihten (auch Klienten) zunächst wie die hanseatische Propperness in Person erscheinen muß, gedeckte Farben, nußbaumbraun bis ans Herz, nur ganz winziges Dreieckelchen als Ziertaschentuch u. mit allen Rasierwässern gewaschen, beginnt sich unter Einfluß von Spirituosen u. halkyonischen Gesängen unversehens zu lockern – der sich öffnende Mund eine ratsch aufgerissene Konservendose –, bis die mit Kunst/Contenance gewahrte Hansemannshülle auf einmal in den Nähten zu knistern und die gesamte Person, nick-nick-nick-nick ganz schnell, vor Lachen auseinanderzuspringen droht. Kreischt, seufzt, nein, richtiggehend winselt bei den tiefen Stellen vor Ahavergnügen und hat (ähnlich wie Op, Kri u. Ha) das absolute Gespür für das millimüdünne Diaphragma, das den Witz vom Wahnsinn trennt. Erzählte ihm von meinen Tabus und gestand ihm mein Bedürfnis, ihm paar Lagen zur Lektüre zu überlassen. Brauche nach Michels einsamem Zuspruch mal so etwas wie ein ergänzendes Echo, eine Resonanz in der dritten Dimension: 5 Leute, die mir die literarische Welt bedeuten, unansehnlichen Rest dann ad lib. an den internationalen Disfurz.

Als wir aus dem Wald zurückkamen, hatte O. schon wieder neue Bänder präpariert (Beethoven, Rasumowsky, 3. Satz, dann Schubert G-Dur, 3 Sätze), was mich beinah besinnungslos in den Strudel zog. Nur Volker Kriegel mit seiner nach Kehlkopfoperation zu unser aller Freude wiedergewonnenen Stimme plötzlich richtig raspelig und in keiner Nerve freudig berührt. Redete die gewaltigen Sachen klein, diese stehengebliebenen Klassiker, diese abgeschmackte Romantik, ihm seit Kinderzeiten vertraut und inzwischen nur noch zipfelmützig, daß es mir unter Einfluß (½ H) ganz wehtat u. wie Scheidewasser ins fluidale Einvernehmen erschien. Um die Stimmung zu retten und unseren zurückgebliebenen Geschmack zu rechtfertigen, begann O. die Musik übertrieben ausdrucksvoll nachzuschmecken, etwa wie man Wein kaut, und auf einmal schien sie auch mir bißchen fruchtig. Gegen 3.00 z. Bett u. leider vergessen, einen frisch erknobelten Zungenbrecher in der elaborierten Runde auszuprobieren:

Zwischen zwei Schmidtschen Witzen
zwitscherten zwei Schwyzer Zwetschgenschnäpse

10. 2. Zugrückfahrt mit dem nicht bloß freundlichen, sondern vielseitig anregenden u. ergiebigen Weigle-Paar. War versucht, ihn um Illustrationen f. geplante Reimfibel anzugehen, aber wippte nun selbst bißchen übergenant auf dem bloßen Vorsatz herum. Zuhause müde u. mit einem schmerzenden Punkt im Herzen an das Schlotter-Geburtstagskarmen. Gesellige Kunstwerkerei, die mir flott v. d. Hand geht, aber ganz ohne Mühe ist in unserer Branche wohl überhaupt nichts zu haben.

Abends mit E. Thalia-Theater, Flimms *Was Ihr wollt*. Der Eingang von fern wie ein Hummelnest: lauter wattierte u. bepelzte Gestalten, wandelnde Imponierglocken u. Bärenhäuter à la mode, auch Raddatz mit hellem Pelzkrägelchen, sehr smart, sich von Handkuß zu Handkuß zum Eingangsloch durchnippend. Ganzer Set offenbar wieder mal unterwegs, Premiere, Freikarten für unsere Middle-High-Society u. die Rahmenhandlung anscheinend mindestens so interessant wie das Geschehen auf der Bühne. Liebermann, überlegen-überlegen, und von umstandslos wahrgenommener Weltmannswarte aus Anekdoten wie Tanzkarten ausstreuend. Ingo von Münch, immer ausgesprochen especially-for-you, aber schnell wieder weg. Freimut Duve, blaß u. klug u. wie gewöhnlich 10 cm über den Dingen, der mir von einem kritischen Paz-Spezialisten (Bronski o. ä.), erzählte, der meine *ZEIT*-Besprechung mit Begeisterung zur Kenntnis genommen habe und mich gern kennenlernen wolle.

Das Stück hübsch, ein Illyrien wie von Hans von Marées: eine ragende Zypresse mit beweglichen Zweigen zur Rechten, zur Linken ein Mauerdurchbruch für filmische Einspiegelungen von maritimen Szenen nebst Sonnenauf- u. Sonnenuntergängen, in der Mitte ein von oben her einsehbares Grabenlabyrinth als Auftritts- und Abgangsschneise für die dramatis personae, richtig anmutige Vexieranlage, dabei wohldurchdacht u. technisch für viele Überraschungen gut. Die Inszenierung vielleicht ein bißchen faschingsmäßig überdreht, aber man fragt sich auch wieder, warum nicht, denn es wimmelt ja wirklich von Narren u. Törinnen in dieser zunächst als Fastnachtsspiel entworfenen Verwechselungskomödie. Schließlich ging mir der eingewebte schwarze Trauerfaden (Malvolios tragische Verkennung der Welt u. der Liebe) sogar derart zu Herzen, daß ich wirkliche Mitleidstränen weinen mußte. Der glücklose Hofmeister im Narrenkäfig. Die von blinder Liebe verdunkelte Einsicht in die real existierenden Herzensverhältnisse. Der ihm fatal u. lächerlich an der Schuhsohle klebende Liebesbrief, den er unter auch nicht nur lustigen Verrenkungen zu entziffern suchte. Waren beide von Herzen gerührt und in Pause um so enttäuschter, als wir mit unserer guten Meinung über die Aufführung nur auf wellpappmäßig verrunzelte Besserwisser(innen)stirnen trafen. Paar Damen der Freikarten-Corona, denen «alles zu flimmsch», zu «kölsch», zu «slapstickartig» war, aber es kam mir so vor, als ob sich ein ganz anders motivierter Verdruß scheinheilig auf die Welt der Bühne projizierte. Fühlte mich meiner unausgeschlafenen Augen wegen nicht zum Streit aufgelegt u. empfahlen uns befremdet als Fremdkörper.

Mo. 11. 2. Ganze Landschaft ein weißer Mummenschanz. Am Elbufer Staucheis u. lebenslustig zwischen den übermannshohen Blöcken herumgekraxelt. An der Kaimauer neue Spraybilder: eine Horde von blauen Schlangentänzern um eine glutrote Feuerstelle herum, kraß, kraftvoll, naiv, aus reiner Dollerei u. ohne Documentaanspruch an die Wand geschmissen, unser alternatives Altamira. Leider viel zu viele Zigaretten f. d. Schlotter-Geburtstags-Scherzo.

Lieber Eberhard Schlotter, an drei der lieblichsten
Anfangfebruartage habe ich Dir gesessen –
Andersherum, zu deinem nun nahenden Siebzigsten,
was wäre Dir angemessen?

Ein Echogedicht, ein Gegenporträt?
Dich in Worten wie-widerzuspiegeln?
Eberhard mit dem Barte, den ich sympathetisch
mitzucken seh,
ein Kampf mit Windmühlenflügeln . . .

Stift – Bart – Auge – Hand – vertrickst!
Was zusammenwirkt, wär zu benennen –
Wie Du mein gespitztes Gesicht mit den Augen aufpickst,
das müßte man mitschreiben können.

Wie der Schatten sich – strichweise – Schein erschafft
und umgekehrt, Eberhard Schlotter:
der Wirklichkeit entgegen, aber nicht einfach
sancho-pansa-haft,
es ist alles viel don-quichotter.

Ah, jetzt ziept mich Dein Stift an den Nerven.
Jetzt erweichst Du den Übergang sachte vom Sie zum Du.
Du malst: ein Objekt schaut einem Subjekt
beim Beobachten zu ...
(Wieder Zeit, die Mine zu schärfen)

Sich zu sammeln – sich zu verlieren.

Seine Augen neu zu entfalten.

Bild für Bild enthüllt sich mir hier eine Schrift
an der Wand:
gegen wieviel substanzlose Schlieren,
gegen welche Widerstände hast Du den Gegenstand
nicht ein Leben lang hochgehalten?!

Und wieder zurückgenommen ...
Eine Prise Licht, Spur von Kontur,
eine Kanne zwischen zwei Wänden, eigentlich
Vorwänden nur,
um entschwindend zum Vorschein zu kommen.

So ein Hauch von Vormorgenrosa gegen Hadesoliv
gegen leises Frühfebruargrau
(selbsttragend in scheinbarer Schwäche)
Wie die späten Meister malen, subversiv subjektiv,
bis zum Grund der Dinge genau,
dem Grund der Oberfläche –

Nebenbei, eine Warnung fürs Leben,
für jedes Widukindskind
an Innerste, Elbe und Leine:
Gedanken, die nicht zur Oberfläche gedrungen sind
als Tiefe auszugeben –
Grüß Dich, Schlotter, verehrend der Deine:

TV: Das Michverlesen bei Golfnachrichten mittlerweile endemisch. «Eine gemeinsame Hinrichtung» statt «Eine Gemeinschaftseinrichtung des Ersten und Zweiten Fernsehens».

12.2. Beim Fischmann:
«Ist das Stück da Zander?»
«Ja, das ist Zander.»
«Na, da sind wir ja schnell auseinander»
«Sagte Frank Zander»
«Zu Zarah Leander» – und der dicke Kugelfischkopp des Fischhändlers grinste von einem Kiemendeckel zum andern.

17.15 Treibende Eisschollen in einer rosigen Sonnenuntergangslache. Gegen Südwesten eine bleiweiße Lasche, mindestens 10 m tief in den Fluß hinausgeschoben, bunte tanzende Menschen mit Hunden darauf. ½ H u. Radio, wobei ich dachte, Brahms, oh gewaltig, nein, ein Überbrahms – dann war es aber Regers Sonate f. Violoncello u. Klavier f-moll –, und wie schön auch auf einmal die Tanzenden auf der Eiszunge zu wogen begannen: Winslow Homer «A Summer Night»! –

13.2. In *Sinn und Form* interessanter Aufsatz von Peter Hacks über nie recht zur Kenntnis gelangte literarische Abhängigkeiten: Büchners von Tiecks *Zerbino*, Gutzkows von Eugène Sue und Shaws von Alexander Dumas-fils, mal was anderes als die ganze blinde Fernseherei. Fand die Abhandlung so lehrreich wie graziös, obwohl sich mir bei Lektüre ein merkwürdiger und

m. E. nicht bloß abwegiger Gedanke einstellte. P. H., der es offenbar nicht verwinden kann, daß der Büchner-Preis immer weite Bögen um ihn gemacht hat, und nun möchte er ihn gern kleiner rechnen. Wie schade, daß solche extravaganten Gedankengänge heute auf keiner Ebene mehr zur Kenntnis genommen werden und feststehende Meinungen sich ohnehin nicht beunruhigen lassen. Büchner und ich? Eine ganz u. gar unbegreifliche u. seit frühester Jugend verehrte Größe – nur daß das Darmstädter Schiedskomitee mir für ewig u. alle Zeiten den Merckpreis-Knüppel zwischen die Beine geworfen hat.

Gang Elbe. Eine Frau zu einem angeleinten Welsh-Terrier und mit Fingerzeig auf einen Knüppel apportierenden Jagdhund: «Ja, wer das gelernt hat, der darf auch ohne Leine gehen.»

TV Golf: Amerikaner haben den gesamten Irak in sogenannte «Killing-Boxes» aufgeteilt. In einem von ihnen zum militärischen Objekt erklärten Bunker haben schamloserweise auch 500 Zivilisten Schutz gesucht – nun wird die Schuld an 500 Toten logisch der irakischen Führung angelastet. Pressesprecher Marlin Fitzwater: «Was wir wissen, ist, daß Saddam Hussein nicht unsere Meinung über den Wert des menschlichen Lebens teilt.» – In Talk-Show Zwerenz (mit Jackendesign wie Streuselschinn auf Kragen, Schultern und Revers) gegenüber einem nur noch unfair und zynisch autoritär argumentierenden Broder: «Wer sich für diesen Krieg da stark macht, der soll zur Infanterie gehen!»

14. 2. Das Asylanten-Floatel in Neumühlen ein langer eselgrauer Trakt mit bunten Hertie-, ALDI- und Pennytüten als Wimpelschmuck. – Anfang Enz-Rezension, aber wie seltsam widersprüchlich stehen seine friedevollen Gedichte gegen seinen mainstreamkonformen Dämonenglauben. Keine Ahnung, was er politisch überhaupt will. Konsequent zu Ende gedacht,

münden solche Überlegungen doch – ja, in was, wenn nicht – Unheilsprophylaxen Marke «bethlehemitischer Kindermord».

Bush wiederholt zur Rechtfertigung des Schutzbunkerbombardements: «Der Tod von Zivilisten ist eine Tragödie» – also: kein Verbrechen u. insofern nur halb so schlimm. Theatres of War.

Seit 4 Tagen eine übermüdete Stubenfliege am Toilettenfenster, trotzdem offenbar unermüdlich, und immer wieder bekrabbelt sie sich. Hatte sie reflexmäßig totschlagen wollen, dann entkam sie mir aber, u. ich begann ihre biestige Überlebenslust zu bewundern.

Diese Wasps! Als ob das quadratmeterweise Zusammenbomben eines ganzen Landes nicht noch ärger wäre als die Annexion eines Landes.

15.2. *Mopo*: «Araber griff Hamburger Student mit Messer an»: auch wenn Sie nur von der Presse sind, mein Herr, kann man einen regelrichtigen Akkusativ wohl noch von Ihnen verlangen!

Arno Breker gestorben, was ich persönlich begrüße. Ein Waschlappen in seinem martialischen Olympionikenstadl.

Draußen Schneeflocken, drinnen über dem schönen Wintergedicht von Enz: der Schnee, der große Verfriedlicher, Kunstpolsterer und Erweicher. – Zu Fuß zu SPAR, singend durch die von Minute zu Minute größer u. offensichtlich auch leichter werdenden Flocken.

TV: Talk-Show NDR III, Lea Rosh, und das scheinbescheidene Hereinrauschen Biermanns. Nur mal kurz Guten Tag sagen wollen vor dem – klaro-wahro – unvergleichlich importanteren Auftritt bei «25 Jahre aspekte», aber dafür dann auch etwas dicker im Auftrag und die entscheidenden 2 cm zu dicht am Mikrophon: «Ich bin für diesen Krieg!» Wurde zur Belobigung für grande Schwadronage von der (parteiischen) Moderatorin umarmt («sowas hab ich noch nie gemacht»), und dann weiter im Text mit den Herren Schmückle und Steves (BDI) als den beiden Oberspekulanten im neudeutschnationalen Waffen-Termingeschäft. Schwerer Stand Norbert Gansels gegenüber den heuchlerisch camouflierten Couponschneidern (Steves: «Ich bin aufgewachsen neben einem Kriegsblinden aus dem 1. Weltkrieg. Mit diesem Bewußtsein bin ich aufgewachsen»), was mich augenblicklich wieder an die Seite der schon halbwegs vergessenen SPD trieb. Wohne selbst in der Nähe von einem Termingeschäftler, der früher Millionen in Hunger- und Krisendiagramme einschoß u. heute auf potentielle Kriegsschauplätze spekuliert.

0.45 und – «ah-jaaaa!» – Biermann wieder an Bord, jetzt «aspekte»-Jubiläum, von einer Siegesfeier zur andern, hatte sogar noch die Zeit gefunden, sich die Haare stutzen u. den Bart nacharbeiten zu lassen, absolut unerträglicher Krachfatzke, und vom Publikum entsprechend juhumäßig begrüßt. Moderator Johannes Willms in blitzartiger Wahrnehmung wohlfeiler Konjunkturkurven: «Das politische Lied, das garstig Lied, das beherrscht er hervorragend.» Dank des Sängers an die Redaktion, und, weil's so schön lief, gleich nochmal per Zwischenflanke Willms-Schwarzenau an den Komplimentenschmied zurück: «Man muß nur mit den richtigen Menschen sprechen, dann bekommt man die passenden Komplimente.» Fehlte f. meinen Geschmack nur noch der letzte Zacken in der (Dornen-) Krone: «Wir danken dem großen Schmerzensmann . . . dem Fliegenden Holländer zwischen Talk-Show und Talk-Show . . . dem Ahasver zwischen allen Tischen, daß er auch zu unserer unansehnlichen Betriebsfeier . . .» Als im Anschluß halbnackte Faschingsgestalten auf HA-Schult-Kunsttrümmerhaufen Gas- u. Bombenopfer simulierten, mich angewidert zu anderen Kanälen durchgeknibbelt.

1.30 – SAT 1: «Frühreifenreport», und die Fortsetzung der Bigotterie mit anderen Mitteln. Eine Kinderschändershow, in der winzige Püppchen verprügelt u. von mastinohaften Untermenschen wirklich gestöpselt wurden, dann der getürkte Sozialpädagoge mit einfühlsamem Zeigefinger, und der Klassiker in mir kotzte, und mein Über-Ich schrie nach Zensur.

16. 2. Paar Etüden für Reimfibel durchgeklimpert, obwohl ich mich mittlerweile frage, ob man gegen das freie Fernsehen noch anerziehen kann. O Findelkind / O Findelkind / Sag mir wo man die Kindel findt» –

Reimfibel

Liebe Kinder, hört mal zu.
Hier sind A – E – I – O – U
(rückwärts U – O – I – E – A)
Eine Lautharmonika:
RACK – RECK – RICK – ROCK – RUCK

Reck, Rock, Ruck sind sonnenklar.
Rack und Rick klingt sonderbar.
Hängt ihr noch zwei Lettern dran,
hört sich's wieder anders an:
RACKEN – RECKEN – RICKEN – ROCKEN – RUCKEN

Nach den Ricken blickt der Bock.
Recken tragen selten Rock.
Rocker rackern nicht am Reck.

Mein Verlag druckt jeden Dreck:
DRACK – DRECK – DRICK – DROCK – DRUCK
(Seht ihr!)

Kinder, ist das noch zu fassen,
wie sich Wörter wenden lassen,
wenn man nur am Alphabet
etwas dreht?!
KACKEN – KECKEN – KICKEN – KOCKEN – KUCKEN
(Dreht ihr?)

Die Vokale, dreht sie, lauscht,
wie sich flugs der Sinn vertauscht.
Gleiches gilt für Konsonanten;
nur der Wechsel schafft Mutanten:
GUCKT – JUCKT – RUCKT – SCHLUCKT – SPUCKT

Könnt ihr wricken? Kennt ihr Wrucken?
Scheut euch nicht, mal nachzugucken.
Andre Länder – andre Wörter,
marsch, an eure Bücherbörter!
JACKEN – JECKEN – JICKEN – JOCKEN – JUCKEN

Oder sind wir selbst schon Jecken,
die mit bunten Bällen kicken,
um bei Leuten anzuecken,
(sie zu schocken,
sie zu necken,
sie in den April zu schicken)
die sich, ohne aufzublicken,
unentwegt vor Zwecken ducken –
MACKEN – MECKEN – MICKEN – MOCKEN – MUCKEN

Als Idee für die Illustration: einige Bilder vorgeben wie z. B. RECKEN – RICKEN – ROCKEN – oder ZACKEN – ZEKKEN – ZICKEN usw., dann die Kinder auffordern weitere ihnen bekannte Wörter und Begriffe zu beschreiben oder aufzumalen.

AST	– EST	– IST	– OST	– UST –
BAST	– BEST	– BIST	– BOST	– BUST
DAST	– DEST	– DIST	– DOST	– DUST
FAST	– FEST	– FIST	– FOST	– FUST
GAST	– GEST	– GIST	– GOST	– GUST
HAST	– HEST	– HIST	– HOST	– HUST
KAST	– KEST	– KIST	– KOST	– KUST
LAST	– LEST	– LIST	– LOST	– LUST
MAST	– MEST	– MIST	– MOST	– MUST
NAST	– NEST	– NIST	– NOST	– NUST
PAST	– PEST	– PIST	– POST	– PUST
QUAST	– QUEST	– QUIST	– QUOST	– QUST
RAST	– REST	– RIST	– ROST	– RUST

etcetera-perpetua, und nun liebe Kinder, sagt mir mal, was davon richtige Wörter sind. RAST? Jaaaa! – REST? Jaaaa! – RIST? Jaaa – ROST? Jaaaaa – RUST? Jaaaa-neeejaaaa: der Kremlflieger. Nee, der Nazida, der Lehrerminister – ahhhhh!

15.00 Classic-Radio: «Walther Thiel der Vater des Lachsacks ist» . . . was? Achtzig geworden? Gestorben? Begraben? Aufgefahren gen Himmel? Ganz egal, was er ist, wer da noch an sich halten kann . . .

16.00 Besuch Kersten u. ihm 2 Packen Tabus 1971 f. Haffmans-Anthologie ausgehändigt. Es soll ein Raunen und Plappern anheben. Obwohl gleich wieder ABER: wer hat denn heute noch f. 5 Pf. Ahnung, daß das Tagebuch eine spontane Vermerkweise u. nicht primär ein Schlüssellochinhalt ist.

19.00 Die lebend konservierte Fliege im kalten Kloraum, immer noch auf eine irre Art lebendig. Ich liebe sie inzwischen und erkenne ein Sinnbild in ihr.

20.00 General Richard Neal in Saudi-Arabien – eine Kalkmaske. Lange weiße Saudis u. Kuwaitscheiche mit dicken Hammelbäuchen unter seidenen Burnussen. Saddam Hussein hat bedingten Abzug aus Kuwait in Aussicht gestellt – aber man wird ihn nicht lassen. Die mit viel Lug und Trug präparierte Rolle Israels in der öffentlichen Meinungsbildung, die mir zunehmend gegen den Nerv geht. Ein apotropäisches Medaillon, das die westliche Petrolpolitik gegen kritische Einwände absichern soll. Kaum daß jemand ein abträgliches Wörtchen über US-air-raids etc. fallen läßt, schnellt auch schon der Medusenschild hoch, und der Kritiker steht als Antisemit am Pranger.

Die Freie Welt: ein nach allen Seiten offener Pluralismus. Es ist jedem frei überlassen, schlechterdings alles zu glauben – außer der Wahrheit.

So. 17.2. Tierfilme als Frühstücksfernsehen immer etwas heikel, beinah eklig. Man projiziert sich die Larven, Maden, Raupen unwillkürlich aufs Butterbrot. Die fleißigen Pillendreher: welche gewaltigen Aufwände nun bereits über viele Millionen Jahre hin, um eine ziemlich blödsinnige Tierart am Leben zu erhalten. Wie geboren – so verloren: auf das unendlich mühselige Bau- und Brutgeschäft folgt augenblicklich der Tod.

TV-Porträt Kurt Schumacher: ein Eisenmann – fremd und verehrungswürdig.

18. 2. – 9.00 Zahnarzt, und ganz Altona ein einziges leeres Morgengähnen. Entführte Pfandleihwagen voller gnomenhafter Müllsäcke und eine einsame Kornflasche auf dem zerbeulten MAOAM-Automaten. Das dräuende Menetekel DIE SCHWEINE VON HEUTE SIND DIE SCHINKEN VON MORGEN an der flugzeuggrauen Hertie-Fassade und das Geschlürfe von bärtigen Leuchtstreifenkerlen an den kleeblattförmigen Tchibotischchen. Schließlich die frischgestrichene Gründerfassade Ecke Beetsweg-Erzberger mit dem klafterbreiten Debilengraffito «Zu sauber!» – Mein Über-Ich runzelte verkniffen die Stirn, aber die U-Person mußte lachen.

TV: «Literarisches Quartett» mit wieder mal so viel Zug im Kamin, daß ich mich gegen alle Einwände gern für ¾ Stunden v. d. Arbeit abhalten ließ. MRR, der es fertigbrachte, selbst den eloquenten Peter Wapnewski zum schüchternen Beisitzer zu degradieren.

19. 2. *BILD* – und, na, wer sagt's denn?! – «Die Golfkrise und Ihr Geld, liebe Leser: Die richtigen Kursraketen werden aber erst nach Kriegsende gezündet. Dann sind innerhalb weniger Tage sogar Gewinne von 20 und 30% drin.» – Nach einem Grosz, einem Dix, einem Beckmann, Kubin, einer Käthe Kollwitz rufen, hieße Anlagewerte beschwören.

Und immer wieder mal die Frage nach einem sinnvoll geführten Leben in einer wahnsinnig gewordenen Welt.

Gang Elbe, Wind, und der Abend wie eine abgestochene Sau. Als Gedanke nie gänzlich aus meinem Bewußtsein zu vertreiben, daß es einen Antikommunismus gibt, der verdächtig nach Habgier, Bereicherungssucht und asozialer Gesinnung stinkt.

19.2. Ausgeschlafen wie ein Bettburger. Bißchen gepusselt. Ungefallen an einigen Strophen, die offenbar zu lange auf der Hobelbank zugebracht haben, alles glatt, alles steif. Man muß manche sich hin- und hinziehende Sachen auch mal einfach wie eine Zigarettenkippe ausdrücken können.

Alles was was ist
schmeiß ich auf den Mist

Alles was was war
kipp ich ins Pissoir

Nur was gar nichts werden kann
fang ich gleich noch heute an

20.2. TV – NDR III: tief ins Gedärm einschneidende Szene, wie Horst Eberhard Richter nach einem Dutzend demagogisch um- und umgewendeter Fragen derart in die Ecke getrieben wurde, daß er 10 Sekunden lang nur noch leerkaute und lautlose Wörter mahlte. Was will der politische Gegner? Ausschalten. Abwürgen. Mundtot machen.

0.00-Nachrichten: NN träumt von «der Mutter aller Schlachten» – der politische Meliorist von der Vorsicht als der Mutter der Porzellankiste. Ein gewiss- / ein gewiss- / ein gewisser Kompromiß ... (Auch D-Land / D-Land mit Sicherheit eine Kompromißgeburt, aber, im Vergleich: immerhin!)

0.40 Warten auf die Pressekonferenz des irakischen Außenministers Assis in Moskau. Die Kamera zieht eine weitausholende Warteschleife über das Venner Moor. Bilder von 2 Moorleichen, 3300 Jahre alt – etwas unendlich tief Entspanntes, bis auf den letzten Daseinsgrund Ausgeruhtes.

1.00 Moscow-News: der Irak will über «bedingten Rückzug aus Kuwait» mit sich verhandeln lassen – welch ein Schlag ins Kontor der zum Bodenkrieg bis zum letzten (irakischen) Blutstropfen wild entschlossenen amerikanischen Militärbürokratie. Hatten sich an die Gleichsetzung Saddam = Hitler bereits derart gewöhnt, daß ihnen die unvermutet zugestreckte Friedenspfeife jetzt im Hals steckenbleibt.

3.30 «Präsident Bush erhebt ernsthafte Bedenken gegen den irakischen Friedensplan.» – Auch schon gute 10 Jahre alt, mein seinerzeit für die deutsche Friedensbewegung verfaßtes Tendenzpoem «Sie wollen es nicht».

> Egal, was man sagt, egal, wie man spricht:
> Sie wollen es nicht! Sie wollen es nicht!

22.2. – 7.00: Der irakische Friedensplan in den USA bedingungslos aufgelaufen. Die Welt- als Kriegsgeschichte, die sich noch nie nach unseren frommen Wünschen, sondern immer nur eisern nach den Bedürfnissen der Rüstungsindustrie gerichtet hat. Jetzt noch schnell die alten Bodenwaffen verbrauchen und dann logisch (kriegspsychologisch) die Steuerschraube wieder anziehen müssen. Auch in D-Land schon wieder neue Steuererhöhungen im Gespräch. Haben bereits gewaltige Lügenpiste hinter sich, aber blasen sich auf, als ob sie nicht zu Kreuze kröchen!

Auch ein Problem: Ob Seester nun Kurzenmoor heißen soll oder Kurzenmoor Seester.

26.2. Anruf Kersten, daß 71er Tabu «ganz fürchterlich zum Lachen und Comédie humaine» sei. Postwendend unter dem tief gezogenen Tablettenhorizont durchgestartet und dann hoch in die Sonne. Großes Bedürfnis, noch ein paar Jährchen durchzuhalten, dann den Sargdeckel reuelos zuknallen und der Nachwelt ihr unsolides Vorleben säuberlich abgeschrieben als Testament hinterlassen.

Spaziergang, Wind sehr heftig, pausenlos weht mir der Hut vom zu kleenen Kopp, ich leg schon unentwegt die Glatze in Falten. Bei Rückkehr Telefon, Grethe Mingsel, u. gemeinsam fernmündlich einen durchgezogen. Lieber dreckige Reden über paar gut gewaschene Körperteile führen als noch weiter ohnmächtige Nonsensegespräche über den dreckigsten Krieg der Welt. Hatte das Botho-Strauß-Stück gesehen und bezeichnete es als «Publikum-shit». Immer schön, Gespräche zu führen bißchen tiefer als normal.

27.2. Sonne u. der Schnee ohne vorher zu schmelzen verdampft. Der Strand eine schmutziggraue Fleckenhyäne. In Kuwait-Stadt hält die Prinzengarde Ausschau nach ihren Besitzungen u. ihre Domestiken prügeln die Kollaborateure vor sich her. In Amman schlagen sich hohl jodelnde Gerippe an die Brustkörbe. Denke, daß ich das wochenlange Schwappen eines mitteleuropäischen Kopfinhaltes einigermaßen naturgetreu zu Papier gebracht habe. Tollstes Bild der vorigen Woche: der uralte Geiger Isaak Stern vor einem gasmaskenbewehrten Publikum im Luftschutzkeller.

TV: Talkrunde in der Frankfurter Oper wie eine Abschlußveranstaltung für sentimentalische Kriegsteilnehmer mit Konformclaque u. recht hat wer gefällt. Walter Jens als einsamer Bergprediger gegen einen gischtenden Schwall nordatlantischer Überlegenheitsphrasen. Blüms Nickelbrillenwitze erheitern das Publikum weit mehr als Jensens antiquierte Bedenklichkeitsrhetorik.

Niemals habe ich mich auf diese Bühnen gesehnt; es hat mich freilich auch nie jemand eingeladen, und beides spricht für mich.

Tabu: Ich! will! nicht dazugehören!

Do. 28 2. Zahnarzt. Wehe Zähne, klappernder Einsatz, durch das Nachfüttern völlig verdorben. Der junge Ries, der das Gebiß ein Tastorgan nannte, äußerst feinfühlig u. mit der Fähigkeit, blondes (dünnes) u. dunkles (dickeres) Haar zu unterscheiden. Bei der nächsten Lesereise Versuch aufs Exempel machen.

TV: Purimsfest: Israel setzt die Gasmasken ab u. die Karnevalsmasken auf. Laut Pressemeldungen 80000 getötete Iraki u. 80 tote Amerikaner. Saddam Hussein, der nach der «Mutter aller Schlachten» keineswegs als der «Neue Nebukadnezar» dasteht, sondern wie ein ganz normaler orientalischer Maulheld. Die Geschichte und was man aus ihr lernt? Ein seit Menschengedenken menschenverschlingender Moloch aus Größenwahn und Grenzüberschreitungen. Der Humanist hält sich eisern an seinem Gartenzäunchen fest und betrachtet sich als ein Sinnbild.

Der Sänger und sein Wiedergänger

Zu Hans Magnus Enzensbergers neuem Gedichtband «Zukunftsmusik»

Was sind das für Zeiten, wo die Besprechung eines Gedichtbändchens uns augenblicklich in so prosaische Fragen wie die nach der ideologischen Vertrauenswürdigkeit seines Verfassers verwickelt? Immer fassen wir uns in Langmut, es sind seit Olims Zeiten unsere Zeiten, und die sie uns mit einer gewissen Lust am Hakenschlagen alle paar Jahre wieder aufnötigen, sind der Dichter Hans Magnus Enzensberger und sein politisch räsonierender Wiedergänger. Letzte Beispiele seiner Verwirrkunst: ein nach meiner Meinung etwas an den Schnurrbarthaaren herangezogener Vergleich zwischen Saddam Hussein und Adolf Hitler («Was die Deutschen begeisterte, war nicht allein die Lizenz zum Töten, sondern mehr noch die Aussicht darauf, selbst getötet zu werden. Ebenso inbrünstig äußern heute Millionen von Arabern den Wunsch, für Hussein zu sterben») und ein bemerkenswert friedlich gesonnenes Gedichtbuch im Suhrkamp Verlag («Das Wort ‹Samt› zum Beispiel, / fühlt es sich nicht wie Samt an? / Etwas Weiches, Pelziges / auf der Zunge»), weiß der Himmel, ob der vorangegangene Lärm im *Spiegel* nicht nur der Aufreißer für ein eher stilles Poesiealbum war.

Überraschend kommt uns beides nicht. «Nutzlos», «aussichtslos» und in allen Tonlagen «harmlos» lauten die mehr oder minder pejorativen Eigenschaftswörter, die unser Dichter der zeitgenössischen Poesie zu deren Mißvergnügen alle naslang anhängt, und wer die Botschaft bisher noch nicht richtig verstanden hatte, dem tönt sie aus seiner neuen «Zukunftsmusik» nun entgegen wie ein unüberhörbares Vesperläuten. Weltbewegende Umbruchszeiten, historische Augenblicke, gar dramatische Völkerschlachten nebst angeschlossenen Heiligen- und Märtyrerlegenden sind ihm schlichtweg ein Greuel. Da verliert er sich schon lieber in der Trosteinsamkeit von «sandigen Liegenschaften, / trostlos schön / wie ein verlassener Bahndamm» oder sinnt der noch nicht durch fleißige Menschenhände verunzierten Bildung eines sanften Dünenzuges nach: «Reine Kunst, die keinen Künstler braucht, / unaufhaltsam beweglich bewegt.»

Was die Menschheit seit Urvätertagen wie eine Zwangsvorstellung verfolgt und was sie in allen Sprachen der Welt («kmer, Zulu, arabisch, deutsch») mit nicht endenwollendem Jubel begleitet, die «Suche nach ‹gloire›», entlockt ihm allenfalls ein saures Aufstoßen. Aber wo es nur irgendein geknicktes Hälmchen aufzurichten gibt, eine Winkelexistenz zu ermutigen, einen aussterbenden Beruf zu feiern oder eine Abwegigkeit wie einen «Hasen im Rechenzentrum» zu bestaunen, ist er augenblicklich mit von der Partie, nein, da ist er im wahrsten Sinne des Wortes Partei, Partei einer unvermuteten Aberration («Die bebende Oberlippe, zuckend im Neonlicht»), Partei einer regelwidrigen Kuriosität («Im Zickzack zwischen den Monitoren»), Partei des größten anzunehmenden Absurditätsfalls («Welcher Feigling, ... der Ramme, dem Gas, / dem Virus entkommen, / schlägt er ungerührt seine Haken») – Grund genug, statt an ferne Raubtierwelten lieber an Morgensterns irregeleitetes Huhn in der Bahnhofshalle zu erinnern:

Wird dem Huhn
man nichts tun?
Hoffen wir es! Sagen wir es laut:
daß ihm unsre Sympathie gehört,
selbst an dieser Stätte, wo es – ‹stört›!

Wen solche Nachbarschaft überrascht, der hat freilich Enzensbergers frühere und früheste Gedichte nicht mit dem nötigen stereophonischen Feingefühl gelesen oder sich von einer Zweideutigkeitschiffre wie «verteidigung der wölfe gegen die lämmer» voreilig in die Büsche locken lassen. Ein furioser Schlachtenmaler der sozialen Klassen- und der kapitalistischen Verteilungskämpfe immer nur einerseits, war er zugleich ein versonnener Liebhaber des lyrischen Pastorale, heißt, des weltentrückten Hirtengedichts, der sich schon gern einmal in ein «vlies aus weichen zotteln» hineingeträumt hat («für lot, einen makedonischen hirten»). Obwohl eine autobiographische Notiz zu seinem Erstlingsbuch nachdrücklich darauf verweist, daß Enzensbergers Heimatstadt Nürnberg auch die Stadt der «Reichsparteitage» war («Im Nachbarhaus wohnte Streicher»), scheinen andere lokale Spezialitäten auch nicht spurlos an ihm vorübergegangen, ein «Nürnberger Spielwarenmuseum» zum Beispiel oder eine literarische Pläsierlichkeit wie die «Nürnberger Pegnitzschäfer» des siebzehnten Jahrhunderts. Es bedarf beinah keiner besonderen hermeneutischen Hörhilfen, um den Nachklang von Lautpoesie und lyrischer Naturmalerei auch aus Enzensbergers frühen Gedichten herauszulesen, kiwit, kiwit.

Seit seiner berühmten Auswahl von Kinderversen *Allerleirauh* von 1961 und auf jeden Fall seit Erscheinen seiner literarischen Kuriositätensammlung *Das Wasserzeichen der Poesie* (1990) ist es allerdings heraus – und, wie ich meine, herum –, daß sich die Vorlieben des Verfassers sachte, aber sicher, umverteilt haben und der lyrische Wildemann seinen Taktstock/Zauberstock gern einmal an einen koboldhaften Gegenspieler hinleiht. Während es in einer «anweisung an sisyphos» von 1957 noch einigermaßen herausfordernd heißt: «lab dich an deiner ohnmacht nicht, / sondern vermehre um einen zentner / den zorn der welt, um ein gran», scheinen ihm solche Titanenmühen nun kaum noch des Schweißes der Edlen wert. Statt weiter auf radikaldemokratisches Steineverrücken zu setzen richtet sich sein interesseloses Wohlgefallen nun auf die Kunststücke eines «Fliegenden Robert» oder die «aah» – «aaah!» – atemberaubenden Fertigkeiten von «Chinesischen Akrobaten».

Ob das moralisch weniger wiegt als Drücken, Reißen, Stoßen, möchte ich vom Trampolin meiner eigenen Schreibtischplatte aus lieber nicht entscheiden. Da sich beide Disziplinen offensichtlich auf dem Papier abspielen und insofern nur in effigie gelten, scheint es mir förderlicher, statt der politischen Moral lieber einmal die Wahl der literarischen Mittel zu betrachten, sportlich gesprochen: das Überwechseln von einer zirzensischen Kategorie zu einer anderen, was sich bei einem Mimetiker der Sprache vorzugsweise im veränderten Muskel- und im Mienenspiel seiner poetischen Grammatik ausdrückt.

Chinesische Akrobaten

Ein Wort in die Luft werfen
das Wort schwer
ist leicht

Ein Zeichen in die Luft zu tuschen
das Zeichen *unmöglich*
ist nicht unmöglich

Oder Strich auf Strich
Bambus oder *Lust* oder *Teller* zu setzen
Silbe auf Silbe auf Silbe
zu balancieren
immer höher und höher

aah!

Aber selber so leicht zu werden
wie ein Strich
eine Silbe
ein Zeichen
am Himmel
eine Minute lang

zu schweben
ist schwer

Unmöglich
so hoch oben
zu atmen

während hier unten
Banditen
immer mehr Banditen
Kaiser Japaner Warlords
wüten

Tausend Jahre lang
hungert die Angst
ängstigt die Lust sich
und schaut zu
atemlos
aaah!

wie am Himmel die Körper
immer leichter und leichter
schweben

immer höher und höher
balancieren

Hand
Bambus
Teller
Knie
Frau
Tusche
Strich
Bambus
Hand
Zeichen

Teller
Stange
Frau
Bambus
Strich
Silbe
Knie

Bitte noch einen Strich!
ruft die Lust
Noch einen Teller!
die Angst
bitte nicht
bitte doch
Aaaah!
wie leicht!
wie leicht das schwankt
knickt
bricht
kippt
stürzt

Bitte nicht!

Die hohen Körper
atmen
eine Minute lang
während sich schneller und schneller
und höher und höher
immer mehr
leere Teller drehn
geisterhaft
leicht
am Himmel

aaaaaaah!

vergißt die Angst ihren Hunger
und die Lust ihre Angst

Ein tolles Kunststück, absolut apart in unserer lyrischen Zirkuskuppel, wobei die optisch einleuchtende Verwendung der Mittelachse als Balancierbalken alles andere als eine bloße Formalität ist. Auf ihr, auf ihm kann das Gedicht sich nämlich dialektisch tänzelnd voranbewegen, ohne sich bei jeder Gedankenkehre linksbündig abstützen zu müssen. Von ihr, von ihm aus läßt sich eine mit Worten/Wörtern ei!gentlich nur schwer zu behauptende Equilibristiknummer ganz konkret als eine vergleichbare poetische Bemühung um Gleichgewicht und inneren Gleichmut vorführen. Denn nur darum kann es einem seiner Mittel bewußten Sprachakrobaten gehen: sich ein erhebendes Beispiel wortwörtlich zu Herzen zu nehmen und einem Nonplusultra an Körperbeherrschung ein äußerstes an literarischer Virtuosität entgegenzusetzen.

Daß das «leicht» ist im Vergleich, sagt er selbst, und er äußert es neidlos, bewundernd, ohne auch nur den geringsten Anhauch von Koketterie. Dabei ist Enzensbergers mimetisches Einfühlungsvermögen in jeder Hinsicht enorm und sein Gespür für die Verhältnismäßigkeit der Mittel gar nicht zu überschätzen. Wie er in dem «sisyphos»-Gedicht mit wieder und wieder nachgeschobenen Imperativen Druck zu machen sucht («finde dich nicht damit ab» – «lab dich an deiner Ohnmacht nicht» und so fort), lenken die feineren Jonglier-Abwägungskünste folgerichtig zu einer kippligen Gratwanderung zwischen dem zeichenhaften Sein und der körperlichen Unerheblichkeit der Wörter hin, bei der schon minime Gewichtsverlagerungen augenblicklich die wundersamsten Bedeutungsverschiebungen nach sich ziehen.

Ein Gedicht wie «Chinesische Akrobaten» braucht ganz offensichtlich seinen Platz, es braucht Raum, es braucht Luft, aber die Luft ist nun einmal sein Medium, und da scheint mir praktisch kein Millimeter vertan, weder mit leeren Wörtern noch mit hohlrauschenden Kunstpausen. Daß sein Tanzmeister und Dirigent an einer Stelle den Theatervorhang fast gewaltsam aufreißt und einen Blick auf die betrübliche Weltenbühne freigibt («Banditen, Kaiser, Japaner, Warlords» allerwege), gehört bei Enzensberger sozusagen zum Programm, und es gibt seinen artistischen Wertvorstellungen erst die richtige Schärfe und Verve.

Kaum daß uns das verfängliche Wort entschlüpft ist, möchten wir es allerdings schon wieder zurückrufen, zumindest es relativieren, denn in der Tat beschränkt sich Enzensbergers moralische Kategorienlehre keineswegs auf den tendenziös herausgearbeiteten Gegensatz von holden Kunsterscheinungen und blutigem machtpolitischen Ordnungswesen. Auch die «Chinesischen Akrobaten» sind für ihn nur ein herausgehobenes Beispiel unter anderen Mut machenden, Vergnügen spendenden. Das bezaubernde Gaukelwerk in der Arena nur ein einzelnes glänzendes Kettenglied in dem langen Katalog seiner Lob- und Preisgegenstände. Er hat die «sellerie» besungen, noch in seiner Kleinschreibezeit («ehre sei der sellerie») und der mühsam und unauffällig sich durchs Leben krumpelnden Flechte eine fünfseitige Eloge gewidmet («sie kämpft um ihr leben / unbewaffnet / und kaum besieglich»). Er hat die «dronte» und den «zobel» und den «albatros» mit einseitiger Sympathienahme über ihre Verfolger erhoben («verstummt aus ekel vor uns») und schließlich sogar der viel verlästerten «Scheiße» ein paar positive und pazifistisch eingefärbte Seiten abgewonnen («Seht nur, wie sanft und bescheiden / sie unter uns Platz nimmt! . . . eigentümlich gewaltlos / ist sie von allen Werken des Menschen / vermutlich das friedlichste»). In «Ein letzter Beitrag zu der Frage ob

Literatur?» hat er sich später noch einmal mit einer besonders unerbaulichen Spielart menschlichen Fortschrittsstrebens auseinandergesetzt, dem Typus des theorieverbissenen Tugenddespoten, und wenn mir die eine oder die andere Zeile seinerzeit etwas reichlich relativistisch erschien, ist mir das ganz gewiß nicht betriebskonforme «Fürchtet euch nicht!» bis heute in den Ohren hängengeblieben.

Warum gebt ihr nicht zu
was mit euch los ist
und was euch gefällt?
Ein einziges Mal,
nur ein Vierteljahr lang,
zur Probe!
Dann wollen wir weitersehen.

Die wir heute um zwanzig Jahre weiter und, zugegeben, auch etwas älter geworden sind, stellen mit ahnungsvollem Erstaunen fest, daß dieser wandelhafte Geist sich bemerkenswert treu geblieben ist und der neueste Enzensberger der «Zukunftsmusik» dem alten Enzensberger der *verteidigung der wölfe* und der *landessprache* wohl als ein würdiger Nachfolger hätte scheinen können. Was uns *Die Furie des Verschwindens* vor nunmehr auch schon wieder einem Jahrzehnt an drohenden Rationalisierungsverlusten und Fortschritts=Abschreibungsgewinnen vor Augen malte, zieht des Dichters abwehrend gesträubten Blick zwar immer noch mit in die Flucht; es scheint nur andererseits so, daß er dem Sog der Sintflut nun mit einem eher noch gesteigerten Bewahrungseifer entgegentritt. Beinah jedes Gedicht eine kleine Arche, auf der Hans Noah Enzensberger die Reste seiner Lieben (auch Vorlieben) zu *versammeln* sucht, um sie bei Anruf ihres Namens in den Rang einer Rarität zu erheben.

Fast schon zwanghaft und in jedem Fall schwelgerisch sein

Vergnügen, sich «die ausgestorbenen Fertigkeiten» des «Pfragners», des «Waidmüllers», des «Schlözers», des «Zedlers», des «Mollenhauers» des «Schirrmachers» oder der «Kremplerin» noch einmal ins Gedächtnis zu rufen und dem sang- und klanglos Untergegangenen ein tönendes Denkmal zu setzen. Wie weit solches nostalgisches Geisterzitieren selbst bereits einer allgemeinen und gegen den technischen Fortschritt gerichteten Rückdrift entspricht, könnte vielleicht eines kritischen Nachfragens wert sein, ich möchte es mir lieber verkneifen. Daß unser Jahrgang und die ihm benachbarten das von Enzensberger beschworene Atlantis noch mit eigenen Augen gesehen, noch mit eigenen Füßen berührt haben, scheint mir jedenfalls unbezweifelbar, und wer wollte schon leugnen, daß es unsere eigene magisch erlebte Jugendzeit ist, die uns aus jedem antiquarischen Rührstück so verrückt wie verwunschen anblickt.

Aber den schimmernden Quader aus Licht
habe ich selbst noch gesehen,
mit eigenen Augen, zauberhaft
mühelos in die Höhe geworfen
am eisernen Haken
auf das lederne Schulterblatt

des Eismanns, am Mittwoch,
pünktlich die Splitter
schmolzen mir feurig
im kalten Mund.

Ja, er kann loben, er kann preisen, kann Verworfenes aus der Versenkung hervorzaubern und Was-objektiv-weg-vom-Fenster-ist überraschend in einen neuen Leuchtrahmen setzen. In dem teilnahmsvoll bis andächtig von ihm ausgeteilten «Restlicht» erscheint Hans Magnus Enzensberger dann manchmal sogar wie ein richtiger Weltanschauungsautor oder was man früher einen Dichter mit Botschaft nannte. Sein von Abschiedswehmut leise behauchter Blick in einen weltentrückten «Eisenwarenladen» («Zwei ältliche Waisen, / die ihn geerbt haben, / neunzehnjährig, / vor neunzehn Jahren») läßt ein in den normalen Verwertungsvorstellungen schon gar nicht mehr geführtes Glück-im-Winkel wie eine Oase aufleuchten, Genre ist sein Name. Sein Philemon-und-Baucis-Idyll «Alte Ehepaare» überrascht uns gar mit etwas derart Unzeitgemäßem wie einem Hohelied auf die Nachsicht, die aus der naheliegenden Scharfsicht rührt: «Wer so lange geblieben ist, / macht sich wenig vor.» ... «Man sieht manches, wenn das Licht ausgeht.» Leicht zu besingen sind solche scheinbaren Unerheblichkeiten jedenfalls nicht, liebe Lyrikleserin, lieber Leser, und wer sich trotzdem traut, erweckt manchmal den Anschein einer selbst schon ausrangierten Spezies.

«Wie kann einer singen von dem was nicht singt, vom stummen», das ist eine Frage, die Enzensberger sich schon in jungen Jahren gestellt hat, und er hat sie sich zu unterschiedlichen Zeiten und in unterschiedlichen Büchern unterschiedlich beantwortet. Die Begeisterung, die Lebensfreude, der Jubel, der Taumel, die Liebeslust tönen immerhin fast von sich aus und bedürfen als Dauerbrenner der Gattung kaum der besonderen Erwähnung. Auch der gemeine Weltschmerz, die Melancholie und die friedhöfliche Nichtigkeitsanwehung finden als sozusagen ewige Motive des lyrischen Einzelgesanges leicht zu einem verständlichen Grabeston und somit zu ihrem Publikum. Schwieriger wird es da schon mit dem, was nun wirklich nicht singt, sagen wir: dem bedenkenvoll wackelnden Kopf, der achselzuckenden Resignation, dem leise und leiser werdenden Atem, der stummen Entgeisterung vor einer zunehmend unverbesserlich erscheinenden Welt – wie läßt sich dem eigentlich noch eine tröstliche Botschaft entnehmen, anrührende Stimme verleihen? Ganz zu schweigen – beziehungsweise eben nicht zu schweigen – von dem stoischen Sich-abfinden-Müssen mit dem eigenen schon etwas zaghaft verflackernden Lebenslicht.

In den praktisch nie auszulesenden Briefen Theodor Fontanes stieß ich unlängst auf eine vor vielen Jahren einmal angestrichene Stelle: «Das Leben, Gott sei Dank, ist kein Tummelplatz großer Gefühle, sondern eine Alltagswohnstube, drin das sogenannte Glück davon abhängt, ob man friert oder warm sitzt, ob der Ofen raucht oder guten Zug hat.» Das scheint mir zum Beispiel solch ein halb heroischer, halb nonchalanter Unerheblichkeitston, der ziemlich direkt zu Herzen geht und trotzdem schwer zu treffen ist. Und wenn er sich über den späten Benn nun auch auf den älter gewordnen Enzensberger übertragen hat, dann erkennen wir beinah beglückt, daß man sich auch in fortgeschrittenen Jahren noch allerhand zu sagen hat.

«Ich weiß, daß ich nichts weiß»: so etwas ist für Enzensberger fast schon um einen Tick zu dick und ein Begriff wie «Fassung» zunächst einmal eine artistische Herausforderung für ein «Thema mit Variationen». In einer seiner methodisch anregenden Sprachetüden (man könnte sie auch Capriccios nennen) klimpert er das fragwürdige Wort z. B. in allen nur denkbaren Kombinationen und Bedeutungszusammenhängen durch, «ich fasse zu, an, auf . . . Ich fasse mich kurz, in Geduld, fasse Haß, Fuß, Zutrauen, Essen, Mut, einen Vorsatz . . . Wie die Glühbirne ringe ich nach Fassung, kann mich vor Freude, vor Überraschung kaum fassen . . .», bis dem Verfasser auch sein eigenes Treiben und Schreiben schließlich immer fragwürdiger wird und er «was nicht zu fassen ist» am Ende grundlos in einem «Faß ohne Boden» «auf sich beruhen» läßt.

Solche Versuchsreihen finden sich bei Enzensberger häufiger, und man kann sie sich als literarische Probiercharaktere unschwer ins Philosophische übersetzen. Was von unseren Tugend-, Moral- oder Wertbegriffen letzten Endes zu halten sei, läßt sich für einen ausgefuchsten Relativisten allenfalls abwägungsweise ermitteln, heißt, durch unermüdliches Herumjonglieren oder Austarieren. Daß das nicht immer mit der gleichen glücklichen Hand geschieht, kann man zwar nicht ganz übersehen, überhören. Manchmal klaviert er seine Pièцen auch ein Stückchen über den eigentlichen Klingelpunkt hinaus, und man denkt, was man in Zweifelsfällen so denkt: na-na-na oder nee-nee-nee; aber das passiert einem ja gelegentlich sogar bei Heine, wenn das Vergnügen des Artisten an seinen Effekten nicht mehr registriert, wann man die Tasten lieber loslassen sollte.

Ewige Wahrheiten, letzte Willenserklärungen und testamentarische Verfügungen sind von unserem Dichter also kaum zu erwarten, und wie sollten sie auch, wo er eigentlich nur «Haltungen» vorführen möchte, am liebsten gelungene Schwebezustände. Die Ironie der Gedichttitel «Zukunftsmusik», «Schöne Aussichten», «Alles Gute» und «Zum ewigen Frieden» spricht dabei ihre eigene zweideutige Sprache: ein Unsicherheitsidiom, das wir allerdings nicht als Hohn mißverstehen sollten. Die bedeutenden Parodisten der literarischen Moderne stehen ausnahmslos in einer magischen Korrespondenz zu ihren Anspielungsgegenständen. Bei einem ernst zu nehmenden Ironiker wird sich immer auch etwas von dem Ernst und sogar der Erhabenheit seiner Vorbilder wiederfinden lassen, weshalb wir in einem Gedicht «Zum ewigen Frieden» auch besser keinen zu Königsberger Klops verhackstückten Kant erwarten sollten.

Zum ewigen Frieden

Dieses Zeug, das aus dem dunklen
Himmel hell fällt, leicht,

gleichmäßig, lautlos, ohne
Aufenthalt tänzelnd, setzt sich

auf alles, ohne Eile, was eckig
ist, Hochhaus, Briefkasten, Sarg.
Alles, was eckig war, wird
rund, langsam bauschen sich

Mauern, der Abdruck der Schuhe
füllt sich, geht unter, mild,
es versinkt die Schaufel,
langsam, langsam, alles, was

zählbar war, spitz, distinkt,
fließt ineinander, Dachziegel,
Köpfe, behaubt sich, es unterliegt
das Schroffe dem Weichen, es weicht

der Unterschied, niedrig, hoch,
flach, erhaben, böse, gut. Da
der Hügel war vor Wochen, Tagen,
Minuten ein Puff, eine Bretterbude,

ein Schneepflug. Auch die Zeit
ist zu Watte geworden. Hie und da
noch ein Wetterhahn, eine Antenne.
Die leichte Wölbung am Horizont

undeutlich, von Flocken verschluckt,
muß das Matterhorn sein, oder
der Ararat. Es verschwindet der Krieg
im Frieden, weiß und vollkommen

Alles gleichmäßig wie der Schnee,
nur der Schnee nicht. Jeder Kristall
für sich, verschieden von
jedem Kristall. Ein Blick

durch das Mikroskop genügt, nur
schade, daß es versunken ist,
das Mikroskop, und das Auge
verdunkelt vom Schnee.

Kritisches Fazit? Aber nein, aber bitte doch jetzt nicht mehr. Denn wer möchte bei einem uns derart hypnotisch einmummelnden Gedicht noch an so abstoßende Gestalten denken mögen, wie sie uns am Anfang unserer Betrachtung noch vor Augen standen, Schwamm drüber, Schnee drüber, und überhaupt scheinen uns unsere eingangs geäußerten Bedenken schon ein bißchen der Schnee vom vergangenen Februar. Nur eine letzte bescheidene Frage möchte ich vielleicht doch noch nachtragen dürfen. Sie ist dezent und richtet sich direkt an den friedeliebenden Poeten HME, den wir eben noch so vorteilhaft gesoftet durch die Schneebrille haben aufscheinen sehen: Warum – zum Teufel, oder bei allen Nachtmahren, Wiedergängern und Inkubussen – beliebt es ihm neuerdings, sich auf solche Spiegelgefechte gegen «den Feind der Menschheit» einzulassen, statt sich locker der Friedensbewegung anzunähern, die im allgemeinen wie im besonderen genau dem von ihm in Liebe gemalten Sinnbild entspricht: «Alles gleichmäßig wie der Schnee, / nur der Schnee nicht. Jeder Kristall / für sich, verschieden von / jedem Kristall.»

1. 3. 91. «Am Morgen vorgelesen»: Hofmannsthal über Balzac, u. versackte vor lauter Ehrfurcht gleich wieder tief in meinen Kissen. Nach der Morgenandacht («Humor bei Jesus») u. d. abgeschmackten Orpheus-Quadrille v. Johann Strauß (Sohn)

aber augenblicklich hoch und an die seit Wochen/Monaten vernachlässigten Geschäfte. Frage, was *ZEIT* wohl für den Enz zahlen mag u. was andersherum wohl bei Enz über mich geflossen wäre? Tippe, ohne daß ich gleich die erwarteten 1000 Mark dafür setzen würde, auf ein Reputations=Honorargefälle von 5 : 1. Aktueller Geldsorgen wegen mich genötigt gesehen, den Essener Lehrauftrag anzunehmen. Wo sich Tabu zu Lebzeiten zwangsläufig als uneinholbare Utopie darstellt, wenigstens sehen, was die Sache als Lehrstoff abwirft. Creative Writing? Statt Gedichte schreiben u. sie anschließend wechselseitig bemäkeln zu lassen, den Studenten ein paar für das ganze Leben nützliche Vermerkungsregeln ausfolgen: Das Logbuch, der landwirtschaftliche Bestellungskalender, der Regenmesser. Gleich zu Semesterbeginn den Startschuß geben: Achtung – fertig – los! – und wer bloß Maulaffen feilhalten u. Stunden absitzen will, fliegt.

Sa. 2. März. Fontane-Briefe, um nochmal ein paar stoisch-heroische Zahlen für den Enz auszuziehen. Hatte vor Jahren schon mal mit dem grünen Interjektionsfilzer vorgearbeitet, nur große Stellen, und was dazwischen steht, bestimmt auch nicht von Pappe. Eigenartig, wie sich solche Korrespondenzgalaxien immer erst um ein überragendes federführendes Subjekt herum bilden: die Tochter Mete – das Fräulein von Rohr – der Kammergerichtsrat Wilhelm Merckel – der Publizist Guido Weiß – der Amtsgerichtsrat Georg Friedländer – der Redakteur Friedrich Stephany – der Freund Bernhard Lepel pp. pp.: lauter Ephemeriden des Kulturkreislaufes, die sich über ein durch die Jahrhunderte leuchtendes Leitgestirn zu einem eigenen Sternenreigen zusammenschließen.

5. 3. Kempos Tagebücher *Sirius*, vom Verlag auf Veranlassung des Verfassers zugeschickt bekommen, und, ja, wie soll man sagen: das dichte Nasenhaar der Bäcker, die starke Ohrbehaa-

rung der Schmiede, und das gesträubte Nackenhaar Kempos, wenn ihm die Welt nur irgendwie nach Sozialismus u. Egalité zu riechen scheint. Eigentlich ein bewundernswert konsequent um private Vorlieben u. biografisch bedingte Idiosynkrasien organisiertes Literatenleben, und auch der stark entwickelte volkspädagogische Zug alles andere als bloß sentimentalische Willenserklärung. Zuerst das mit soviel Bildungsernst wie Bildungslust angegangene Studium der Erziehungswissenschaften, dann die Übertragung bestimmter reformpädagogischer Ideen auf den dörflichen Schulalltag und am Ende das Kreienhoop-Projekt als musische Pflanzstätte u. zielstrebig auf das eigene Werk bezogenes Privatmuseum. Alles, was wir in anderen (eigenen) Kreisen immer wieder mal erörtert, diskutiert und als «Lebensschule» oder «SYMPATHEUM» in Erwägung gezogen haben, hat dieser zierliche, zähe und bis zum Querulantismus eigensinnige Mann für sich in die Tat umgesetzt, wobei man gar nicht sagen kann, was man mehr bewundern soll: seinen praktischen Geselligkeitssinn oder seine Aufgeschlossenheit gegenüber abweichenden Lehrmeinungen. Erinnere mich noch genau, daß ich ihn mal beiläufig fragte, was er eigentlich in unser aller Goldenen Fünfziger Jahren getrieben habe, worauf er: «Mensch, da hab ich in Bautzen gesessen!» War mir ja alles bekannt u. hatte seinerzeit selbst seinen ersten Roman f. d. Rowohlt Verlag empfohlen, aber manchmal verliert man in Anbetracht der eigenen Heroenzeiten schon ganz die ebenfalls ernst zu nehmenden Biografien von lieben Kollegen aus den Augen.

Aber nun, aber *Sirius*, diese nachgetragenen Tagebücher zur Zeit u. ihr politisch-ideologischer Stellenwert angesichts einer gründlich veränderten Großwetterlage?! Daß er mitgesiegt haben will, ist schon klar, vielleicht auch verzeihlich, aber warum diese im Triumph noch misanthropische Betrachtungsweise und diese rechthaberisch behaupteten Hoheitswarten. Alle Einwände gegen den Zeitgeist (oder was er dafür hält) so altmännermäßig und rüffelig vorgebracht, daß es einen Lehrer Lempel erbarmen könnte: «Das Innenleben soll verteidigt werden, weil keins da ist.» Auch seine kritischen Bemerkungen zu Friedensbewegung u. Kirchentagsgeist so fern aller Ironie u. tief aus dem schmurgelnden Pfeifensott heraus: «Friedensbewegung. Man muß dies Herumgekitsche auf dem Kirchentag gesehen haben! – Auch in unserer Epoche ist es die Sentimentalität, die sich behauptet.» Mag ja sein, daß mir letzten Endes (Grundes) doch seine Meinungen/Ansichten nicht behagen, aber ich bin mit der literarischen Rechten (egal, ob Benn, Pound, Malaparte oder Céline) immer noch irgendwie positiv zurechtgekommen, und wahrscheinlich ist es alleralllerletztens doch wieder mal der Ton, dem die Musik fehlt. Meine, man kann nicht pausenlos mit dem linken Bein aufstehen und der Mitwelt dafür die Schuld in die Schuhe schieben. Der neueste Tagebuch-Kempo: ein sauertöpfischer Humorist.

6. März. 17.00 Abflug Hbg–Wien, Notizen, Golfkrieg nun bereits abgefackelt, als Memento noch eben die qualmenden Oilwells und die für Jahre vergiftete See. Kurz vor Aufbruch Anruf Tibia, immer metaphernstark u. sinnbildsicher: «Die Prüfung im Sommer steht mir bevor – wie die Rußglocke vom Golf.» Hat Sehnenscheidenentzündung im rechten Unterarm (die Sekretärinnenkrankheit) u. insofern auch hier die treffsicher symbolisierte Prüfungsangst im Gelenk. Auf die Frage, wie es ihr sonst gehe: «O, mein Wiener Flötenbauer war gestern da und hat mir 30 Flötenköpfe dagelassen, die kucken mich an wie richtig kleine Menschlein.» – «Du meinst, Kinder?» – «Ja, wie Individuen.» Hastig gepackt: Noctamid – Imeson – Lexotanil – Combizym – Immodium – Sympathocard – Soledum – Megazillin – Eunova – Echinacin – Noviform – Spondilodal – Tramal – Musaril – Diclofenac – Voltaren – Fenistil – Tavegil – Dolomo – Refobacin – Scheriproct – Canesten – Decoderm – Bactisubtil – Dynexan – Allergospasmin, noch

was vergessen? Wem die eigene Endlichkeit nicht in jedem Moment vor Bewußtsein steht, kann über das Leben nicht mitreden.

Eben Duty Free. Ah, das sind die Typen, die «Egoïste» kaufen!

20.00. «Hotel Schneider», Getreidemarkt 5, Nähe Naschmarkt. Von Eva Schobel im Auto abgeholt u. sofort wieder lästerselig über Gott und die Halbwelt. Fragte mich, als ich ausstieg: «Und was wirst du lesen?» – «Ah, lesen, ja, wie war denn noch grad euer Thema?» – «Entfesselte Leidenschaft.» – «Na, da kann ich ja praktisch alles lesen, außer was ich gerade eben über Hans Magnus geschrieben habe.» – ORF: «Belangsendung»: «Wir bringen eine Sendung der Freiheitlichen Partei Österreichs», öh, das ist mir aber ein reaktionärer Verein. Zuerst das Kammersystem als die pure Mafia verhetzt und nun diese Gipfelstürmer-Panzerknacker-Fresse von – wie heißt er? – Haider! Also auch hier das Passepartout «Freiheit» wieder mal nur mit Vorbehalt zu betrachten. Suggeriert zunächst Offenheit und ist dann ein Kuhfuß für Einbrecher.

7. März. 8.00. Zum Frühstück ham und eggs, von denen ich gerade das Gelbe am Gaumen zerdrücken konnte. In Kaffee gestippte Brötchen. Wehes Gemümmel. Es muß eine tief in der Subperson veranlagte Entzündungsbereitschaft vorliegen, aber ich werde von oben her materialistisch-drogistisch gegen sie vorgehen. Am Nebentisch Sarah Kirsch mit niedlichem Stolz: «Und das ist Moritz» – die Fortsetzung einer Physiognomie im anderen Geschlecht. Ihr wie aus dem Gesicht geknetet. Wollten «in die Katakomben», wohin mich allerdings gar nichts zieht, weil sich aus Grüften keine Lehren fürs Leben mehr ableiten lassen. Dagegen «Kunsthistorisches Museum»: Ryckaerts «Dulle Griet», Velázquez' «Infantin», Mompers «Seesturm», das alles mal wiedersehen, ja, und dann – natürlich – Albrecht Altdorfers «Lot und seine Töchter»!

9. 3. TV – 3SAT: TEATR KREATUR! Andrzej Woron! Szenen nach Bruno Schulz' *Zimtläden*! Regie Peter Schöndorfer! Es sind dieses genau die von Grand Guignol und dem Theater der Grausamkeit abgeleiteten Aufführungsformen, die ich mir für meine auf Ohnsorgniveau herunterregierten *Handwerker* immer gewünscht hatte (blutige Commedia dell'arte). War hinterher vollkommen durchgerührt u. empfand die bekannten TV-Verächter wieder mal als ein Elitekorps von Zurückgebliebenen. Wie man mich ein Leben lang in diese Flachmannsfächer einsortiert hat: Sozialkritik – kabarettistische Mittel – nachbrechtisches Zeigetheater. Dieses ganze hämorrhoidale Hängezeugs.

10. 3. – 7.00. So, nun sind wir endgültig über den Jordan u. die Nachrichten beginnen wieder ganz normal mit Tarifverhandlungen der Metall- und Elektrobranche in Neubrandenburg u. Ostberlin.

11. 3. Unter autonomistischen Konvulsionen und Selbstabschnürungsqualen zerfällt der ganze nichtstaatenbildenkönnende Balkan. Die föderalistische Staatsidee, die Arbeit, Toleranz und Selbstbezähmung inkorporiert – die Freiheitsidee, die die ganzen Mühen selbstsüchtig konsumiert. – Restlichen Tag bei Henry Miller die Stelle gesucht, wo der Ich-Erzähler seiner Geliebten das Bennsche «Urgesicht» vorliest und beide sich in ozeanischen Regressionsphantasien verströmen. Im Verlag herrscht selbst unter Fachleuten keine Ahnung.

TV: «Brehm, dem nachgesagt wurde, den Mönchsgeier über den Mönch und den Dompfaff über die Pfaffen zu setzen.» Verehrungswürdige Haltungen.

12. 3. Ausgeschlafen. Jederzeit seinem Glück gefaßt entgegentreten können, aber, natürlich, -treten, nicht bloß immer -hoffen. Als am Abend Müff kam, unser bisheriges Leben gelobt und bei Chateau d' ALDI beschlossen, uns die Zähne noch einmal von Grund auf neu besohlen zu lassen. M., der den Minenhund machen und sich als erster unten 8 Stifte einsetzen lassen will. Letzten Schritt auf seine Fortuna zu muß einer schon selber tun.

Bloß nicht den Kairos verpassen,
lieber mal danebenfassen.
(lieber paarmal mehr hinfassen)

13. 3. Die Rechtspresse bedauert «die deutsche Zuschauerrolle im Golfkrieg» und Stoltenberg fordert weitere 13 Milliarden Mark für eine vergrößerte Bundeswehr. Unterm Strich überrascht mich überhaupt nichts mehr. Schon gar nicht die deutschen Intellektuedlen, die sich gestern noch mit Walter Benjamin versicherten, daß die Geschichte immer aus der Sicht der Sieger geschrieben worden sei und uns heute weismachen wollten: von General Schwachkopf lernen heißt siegen lernen.

Utopie: Irgendein ungenießbares Tier in der Erde sein und praktisch keine Feinde und Liebhaber haben.

14. 3. Sonne früh durch den Dunst, nicht der Kopf. Die verdammte Enz-Rezension, die mir immer noch wie Kaugummi an den Hacken klebt, sie ist fertig, sie muß Platz machen, sie muß raus, weiß überhaupt nicht, warum sich bei dem bloßen Gedanken an Öffentlichkeit mein gesamtes Innere spreizt und die feinsten Nerven sich querlegen. Es ist mehr als das alte leidige Unbehagen am Imperfekt – es hat etwas mit Agoraphobie, mit Platzangst zu tun. Widerwille gegenüber einem öffentlichen Diskurs, an dem ich nicht teilhaben möchte, weil ich kein Teil von ihm bin. Als ein letzter geringer Ehrgeiz noch

gerade das Bedürfnis den Leuten zeigen zu wollen, daß ich zu keiner Zeit meines Lebens ein Kunstwerk habe entgelten lassen, was ich an den tagespolitischen Meinungen seines Verfassers auszusetzen hatte.

15. 3. Nachts. Lesung Verden/Aller, und als ich eben wieder ins Hinterhöfchen einbog, einladendes Flaschengeklimper u. geselliges Geplapper, dann die Diva im unkleidsamen Schürzenkleid u. mit dem offensichtlichen Bedürfnis, sich an mir abzuraspeln. Dabei fing alles eigentlich ganz harmlos an. Beispielsweise, daß viele ihrer Freunde Schriftsteller wären – Enzensberger, Westphalen, Salvatore – ich wußte nur nicht so recht, ob es als Einladung zum Tanz oder eher als disteliges Gestichel gemeint war, aber als ich mich dann wirklich zu einigen Gläsern verleiten ließ, schienen die Vergleiche für mich immer unvorteilhafter auszufallen. Z. B., daß man so wie ich nicht leben könne, schon gar nicht schreiben, wo ich noch nicht einmal an ihren allabendlichen Séancen teilnähme und vom wirklichen Leben keine Ahnung hätte. Daß meiner Ungeselligkeit auch dieser «komische Abschließewahn» entspräche, wo doch allgemein bewiesen sei, daß nur verschlossene Türen zum Einbrechen verleiteten, und auch ihr Söhnchen bereits gefragt hätte, «ob er wohl Angst hat, daß seine Werke geklaut werden». So immer weiter, über das Recht der Kinder auf Krach u. meine «krankhafte Geräuschempfindlichkeit» bis zu der Beschwerde, daß bei uns oben «jemand dragonerhaft herumstampft», bis ich schließlich nur noch dachte: Léautaud! – Frank Wedekind! – James Boswell! – Jacopo da Pontormo! – Gerard Manley Hopkins! – Friedrich Hebbel! – August Graf von Platen! – vor allem aber: weg aus diesem Krähwinkel! Jetzt über Janssen-Tagebüchern *An und für mich* u. wieder mal absolut hin in Anbetracht seiner weltfrohen Ausfälligkeiten. Pictor optimus, der so ganz nebenbei auch noch einen höchst respektablen Naturschriftsteller auf die Beine stellt, und alles, was in

mir verehren möchte, ist entzückt. Eine meiner leider nur selten geforderten Lieblingsrollen: der Bewunderer. Nicht immer nur mäkeln, kritteln, herumknaupeln wollen: das nicht – und das nicht – und das schon gar nicht, sondern: eccolo! un genio!

16. 3. Ali Schindehütte, der mich hereinwinkte, um mir seine neuen – alle Achtung! – Illustrationen zu Wildes *Gespenst von Canterville* zu zeigen. Raucht u. trinkt wieder, was den Schönen u. den Bildenden Künsten allemal besser bekommt als das Joggen u. das Tennisspielen u. das elende diätetische Sichindielängeziehenwollen. Was für ein neuer Schwung auf einmal in seiner vor kurzem noch vom kalligrafischen Erstarren bedrohten Feder und welche fruchtbare Einkehr bei den Quellen des eigenen Jugendwahnsinns. Netter, beinahe knabenhafter Zeigeeifer: etwas mit Begeisterung angehen und – am liebsten postwendend! – dafür gelobt werden wollen: die natürlichen Grundbedürfnisse des produktiven Geistes, und so unser aller.

17. 3. Abends Karl-Albert L., früher alternative Energien, Ebbe-Flut-Kraftwerke, Sonnenkollektoren, Windturbinen, heute BUDERUS Heizkessel, Badewannen, Kampfpanzer u. erzählte verdammt gute Parabelgeschichte aus dem seinerzeitigen deutsch-deutschen Untergrund. War bei häufigen Messebesuchen (Leipzig) mit einer «Stasinutte» in Kontakt geraten, aber nahm das häßliche Wort sofort wieder zurück, weil es ihn an schöne Tage erinnerte. Hatte sich bei Berufswechsel seine Stasiakten auf dem Vorzugsweg ausfolgen lassen u. erfahren, daß er jahrelang unter dem Decknamen «Growian» geführt worden war, heimlich von einer Jutta S. (alias IM «Zephir») in Regie genommen, die er vor einigen Tagen wieder in Leipzig aufgespürt habe. War noch ganz erfüllt von der Wiederbegegnung u. nannte sie «zum Erzittern schön in der neuen westlichen Kluft, zum Erbeben», nur leider mit einem Philipp-

Holzmann-Techniker liiert, was ihn aber nicht hatte abhalten können, ihr auf der Straße aufzulauern. Bei Gespräch in einer neu eröffneten Eisdiele habe er ihr die meterlange Agentengeschichte dann Kapitel für Kapitel hingeblättert, wobei sie abwechselnd ergraut und errötet wäre und ihn am Ende gefragt hätte: «Und was willst du tun, was verlangst du von mir?» Er: «Nehmen wir es von der heiteren Seite – entweder du läßt dich weiterstöpseln, oder ich verpfeif dich.»

Nachts: Bibliothek umsortiert: Marx, Engels, Kropotkin, Bakunin, Lavrov, Trotzki, Frühsozialisten in die zweite Reihe, und nur bei Ernest Mandel *Marxistische Wirtschaftstheorie* eine Weile ernsthaft gezögert. Wir waren ja alle mal Wirtschaftsfachleute gewesen – ganzen Mandel von vorn bis hinten angestrichen u. fühlte mich damals wie einer von den 5 Weisen – aber leider hat es nur in der Theorie gestimmt, u. praktisch nicht funktioniert.

19. 3. TV – «Stern-explosiv» über die Mühl-Kommune. Der häßliche alte Gewaltmensch, bei dem man sich wundert, daß er nicht nur 13-14-15-jährige Mädelchens abhängig machen, sondern auch noch 10 Millionen Bauförderung für seinen Schweinestall ranzocken kann. Tabu Tabu: daß bei dem ganzen Abscheu auch noch Sexualneid mitflimmert, ist für mich überhaupt keine Frage, aber 1. ist mit Gewalt nicht meine Tour und 2. sollte der Humanismus wohl auch noch ein öffentliches Machtwort mitzureden haben. Hinterher Modrow mit vor Schmerz u. Ekel verzogenen Backen: in welche Gesellschaft geraten, auf welchem Niveau gehandelt, mit welchen Monstern in eine gemeinsame Show gezerrt?! Altes Reden meinerseits: wer keine Steine mehr zu werfen wagt, soll sich nicht erst ins Glashaus begeben. Dann Pfanni-Klöße mit Beethovens «An-die-Freude»-Hymnus versoßt u. der uns alle überwölbende Werbehimmel aus Freiheit, Einheit, Mahlzeit, rülps.

Letzte Nachrichten: Václav Havel begrüßt Nato-Wörner: ein obszöner Anblick.

22. März. Mit E. nach Roseburg u. zuerst die Krokusse mit der Taschenlampe aufgestöbert: unvermutet kalkweiße dieses Jahr mit ganz zart eingekreuzten lila Längsstreifelchen. TV, wo Fritz Raddatz von *ZEIT*-Strothmann mit ziemlich rostigen Rasiermessern angegangen wurde u. aufs schlagfertigste zurückhieb. Kennt die Anschleichwinkel der opinio communis aus dem Eff-eff u. hat aus den eigenen Verwundungen mit den Jahren eine paradigmatische Nummer gemacht. Sein nervöses Gerauche und dito Nagelbettgekaue in der Großaufnahme (immer hübsch Nerven zeigen, und warum nicht?). Die ein bißchen zerdrückte u. vom Rotwein lila verfärbte Lippe wie ein Warnsignal im stachlichten Bart, und auch das! War im Verein mit E. ganz magnetisiert von der Schlagfertigkeit des beweglichen alten Affen u. spendeten immer wieder Szenenapplaus im Kätnerstübchen. Freuten uns, ihn in so guter fechterischer Form zu sehen, und auch das bei DGB-Meyer u. SPD-Harpprecht schon wie Hasenbrot hingetrocknete Publikum war auf einen Schlag wieder hellewach.

23. 3. Einkaufen in Mölln – Stiefmütterchen – seit 20 Jahren immer getreu bei dem gleichen Gärtner (E!). Mich darüber gefreut, wie sie ihre Blumenkinder in eine bunte Reihe brachte u. dafür gelobt u. geliebt werden wollte. Gegen 15.30 dann «unsere beiden Jungens» Axel und Meinolf u. beinah übergangslos bei unseren alten gemeinsamen Vorlieben angeknüpft: Karl Blechen, Johan Christian Claussen Dahl, Eduard Gärtner u. Erdmann Hummel. Ganz unbegreiflich «Das Dach in der Sonne» von Pierre Henri de Valenciennes – 1782! und insofern 150 Jahre vor Hopper! Ja, oh, und dann natürlich immer wieder Menzel-Menzel: «Bauplatz mit Weiden» – «Hinterhof und Haus» – «Die Berlin-Potsdamer Eisenbahn»: Vorwegnahmen,

Anknüpfungen, Verwandtschaften, Pinselnähen u. geistige Korrespondenzen, von denen sich unsere szenenläufige Mitwelt überhaupt nichts träumen läßt.

Nach dem Schmorbraten (E: «Schmorbraten. Immer wieder Schmooorbraten, Schmoabraten!») mit den beiden nach oben, wo Axel mich auf meine 71er Tabus ansprach. Hatte bei seinen «Kids» schon mal Probe gelesen, und, naja, wie solle er sagen: «Männer wollen immer nur das eine; Frauen wollen nur den einen und für immer», das verstünden sie, aber sonst: Ulrike Meinhof? Jochen Steffen? Rudi Dutschke? Benno Ohnesorg? Ernest Mandel? Gar Kurt Hiller oder Herbert Marcuse?! Hätten, wie er sie kenne, «gerade noch ein Kurzzeitgedächtnis von einem viertel Jahr» u. der unerhebliche Rest wäre «vermutlich Douaumont und Magdalénien und Versailles und Hindendorf und Ludenburg alles bunt durcheinander». Hörte es ungern, aber sagte mir, daß man Tabus vermutlich nur als «Die Zeit im Bild» oder «Das Jahr in Zahlen» herausbringen könne – – aber so immer nur hinter dem noch betriebswarmen Fernseher hermalen, war das überhaupt eine Aufgabe?

24. März. Golfkrieg abgeheftet: Rauch – Qualm – Gas – Folter – Mord – Brand – Bomben – Wahn – und was blieb? Vielleicht nur ein einziges Bild: Der greise Isaak Stern vor seinem gasmaskenvermummten Publikum in einem Tel Aviver Luftschutzkeller. – Nein, dies noch, *BILD* vom 6. 3. 1991: «General Schwarzkopf – Vom Militär zum Millionär».

26. März. Morgen ganz weiß mit drei-vier-fünf lila eingekreuzten Streifen darin, dann paar graue Feudelwischer beziehungslos drüberhin, und der Abend wie eine Lidrandentzündung. Tabu – als ob man zu tun hätte. Bzw. um vor sich selbst nochmal den Beweis zu führen, daß nicht jeder Tag wie der vorige aussah.

Nachwort

Als ich bei Abfassung meines Memo-Buches *Die Jahre die Ihr kennt* gegen Ende 71 in die Zielgerade einbog, merkte ich zu meiner eigenen Verwunderung, daß das chronikale «Es war einmal» unvermeidlich in die Erzählform des Präsens überglitt und die Autobiografie in den Abreißkalender. Ich habe dies mehr oder weniger en passant entstandene Diarium dann beiläufig, aber eisern weitergeführt, ohne viel mehr als die Hoffnung auf eine erdbebensichere Gedächtnisstütze damit zu verbinden. Die Sache war allenfalls noch als Materialsammlung für einen ZEITROMAN genannten Roman interessant, der mich schon in den fünfziger Jahren beschäftigt hatte, ohne daß ich ihn später mit dem genügenden Nervenfleiß weiterverfolgte. Erst in den sogenannten «deutschen Schicksalsjahren» 1989–91 begann sich der alte Plan noch einmal kritisch zu verdichten und Erinnerungsschnipsel aus allen möglichen Lebensabschnitten anzuziehen, sodaß *TABU I* sich streckenweise auch als die Suche nach dem verlorengegangenen Erzählfaden lesen läßt.

Daß der Verfasser über die Rolle eines Kalendermannes schließlich doch nicht hinausgediehen ist, hat mehrerlei Gründe, deren triftigster wohl in der mangelnden Begabung für das erzählerische Genre zu suchen ist. Nein, ich bin kein epischer Stoffballenwälzer und Breitwandstratege, und statt mich auf meine alten Tage noch auf einen entmutigenden Wettbewerb mit unerreichlichen Größen einzulassen, schien es mir tunlicher, mich auf einem literarischen Randgebiet zu vergnügen, wo noch nicht jeder Ton gepfiffen und noch nicht jeder Lorbeerstengel vergeben ist. Etwas anderes und womöglich Verfängliches kommt noch hinzu: In meinem eigenen Bedürfnis nach Unterhaltungs-, Erzähl- und Spannstoff vom Fernsehen eigentlich ganz gut versorgt (es liest sich ja nicht alles so zügig wie Arno Schmidts *Faun* oder Maupassants *Bel ami*), sind mir Bücher zum Blättern mit den Jahren zunehmend lieber geworden: Briefschaften, Diarien, biografische Abrisse, Wörter-, Weis- und Sudelbücher, last not least die Bibel, alles auch keine schlechte Gesellschaft und für Liebhaber von Sprüchen-zum-Weitersagen genau die richtige Erbauungskost.

Ob es bereits zuviel des Guten ist, wenn ich gestehe, daß ich bei fortschreitender typografischer Erfassung meiner Rapidnotate immer mehr Geschmack an der Sache gewann, kann ich selbst natürlich schlecht sagen. Interessanter ist ohnehin, daß mir mein ursprünglicher Plan, *TABU I* einfach bei den auslaufenden Eintragungen der Memos anknüpfen zu lassen, angesichts einer unwiderruflich in geschichtlicher Gedankenleere versackenden Posthistoire immer bedenklicher und schließlich nur noch abstrus erschien. Wer waren denn noch die führenden Theaterhäuptlinge des Showbiz und der Nach-APO-Szene und was bedeuteten so Namen wie Gerhard Stoltenberg und Alfons Goppel und Hadschi Leschi und Suleiman Frangié und Dada Amin und Hans Filbinger? Also, wie gesagt, Gedächtnislücken die Fülle, auch bei mir manchmal nur noch halb Licht, und um den verlaufenden Erinnerungen mit Hunderten von Fußnoten auf die Beine zu helfen, schien mir meine sich merklich verknappende Lebenszeit denn doch zu kostbar.

Die gewisse Verspätung, mit der das Buch jetzt in den Handel kommt (es hatte bereits im vorigen Herbst erscheinen wollen), erklärt sich zum Teil aus der viel zu spät angegangenen Kurskorrektur, zum anderen aber auch aus der immer noch schwer bezähmbaren Menge von etwa 4000 Seiten DIN-A4. Vor die Qual der Auswahl gestellt, sah ich mich täglich neu in einen Gewissenskampf um Länge, Breite, Dichte und Proportion hineingerissen, wobei die anfängliche Unfähigkeit zum

Verzicht den vorläufig angepeilten Schlußpunkt (Golfkrieg und die Folgen) am Ende schon gar nicht mehr absehen ließ. Erst die unbarmherzig gegen den Wildwuchs des Anfangs gekehrte Effilierschere vermochte schließlich jenen größeren Spielraum zu erkämpfen, der mir für die Abwicklung eines von der Zeitgeschichte vorgelegten Handlungsfadens erforderlich schien. Ein anderes Bild kommt den bei Tabu-zu-Lebzeiten fast zwangsläufig sich ergebenden Schwierigkeiten noch etwas näher. Während der Dokumentardiarist immer lustig mit der 1:1-Kamera draufhält und am liebsten noch jeden sympathetisch am Rand der Szene zuckenden Grashalm mitnehmen möchte, findet das über Lesbarkeit und Ökonomie entscheidende Ordnungswerk doch erst im Schneideraum statt.

Wie weit Straffung, Ausholzung und Längsschnittdramaturgie bereits in die sogenannte Authentizität einer spontanen Niederschrift eingreifen, will ich an dieser Stelle gar nicht weiter verfolgen; *TABU I* hat es im Rahmen seiner vom Augenblick diktierten Grenzen bereits zur Genüge getan. Lebenswahr und nervengetreu sind für den von Kick zu Kick voranirrenden Weltmitschreiber ohnehin zunächst der impulsgesteuerte Ausschlag seines Pentels oder die ungeniert aus dem Handgelenk hingeschmissene Strichlage, und zu essen gibt's was auf den Tisch kommt. Ich möchte noch eine kleine Häßlichkeit hinzufügen dürfen. Ähnlich wie sich bei dem berüchtigten Veranstaltungstyp «Dichterlesung mit Diskussion» meist als erstes die läßliche Frage nach dem «nächsten Buch» nahezulegen pflegt, fahndet das zwanghaft in Astlochnähe herumlavierende Authentizitätsbedürfnis am liebsten nach der sogenannten sozialen Kontrolle und den mit ihr verbundenen Zensurverlusten, was uns freilich wieder mal klarmacht, daß die Kunst in der Kunst meist vergebens auf gebildete Liebhaber hofft.

Zur Verdeutlichung unserer Position also schnell noch ein paar Sätze Klartext und die hoffentlich dann für die Ewigkeit. Ja, auch das Tagebuch kann eine Kunstform sein, man muß es nur mit den Impromptus und Skizzen der Schwesterkünste in den passenden Vergleichsrahmen setzen. Nein, das nächste Buch wird mit Sicherheit nicht an dies *TABU I* anknüpfen, eher denkt der Verfasser an ein paar auf den nassen Putz gemalte erotische und politische Miniaturen. Ja, die vermuteten Schnitte ins eigene Fleisch haben hie und da stattgefunden, was der Liebhaber von Gelegenheiten allerdings als erster bedauert. Nein, das bereits vor Drucklegung des Manuskriptes immer wieder mal angefragte Namenregister kann nicht mitgeliefert werden, und zwar aus den folgenden Billigkeitsgründen wie privaten Schicklichkeitserwägungen nicht. Personen des häuslichen Umkreises oder gute Freundinnen/Freunde wurden meist unter ihren vertrauten Spitz-, Neck- und Kosenamen mitgeführt und verlangen von sich aus nicht nach einer nachträglichen Dekodierung. Andere Figuren, deren Namen der Zensurbehörde bekannt sind, wurden mit künstlichen Identitäten versehen und bei ausgedachten noms de guerre oder noms d'amour gerufen, um sie vor den Zudringlichkeiten unliebsamer Nachbarn, dito -Innen zu schützen. Eine ganze Fülle von gelegenheitshalber zitierten Gesprächspartnern oder Stichwortlieferanten mußte sich gar mit etwas lieblos hingehauenen Initialen begnügen, weil nicht in jedem einzelnen Fall ein Plazet erfragt werden konnte. In Summa: *TABU I* hält sich auf einer gewissen privaten Berührungsebene eher bedeckt und legt es nicht darauf an, mit bekannten degoutanten Enthüllungsgeschichten in den Wettbewerb zu treten.

Was zur Einsicht gegeben wird, scheint mir trotzdem noch allerhand, auch wenn es sich vielleicht nur um die Schlingerbewegungen eines so oder so und manchmal auch so-und-so veranlaßten Kopfes handelt. Deutsch-deutsche Begegnungen vor und nach der Einheit, konjunkturpolitische Wendemanöver unserer führenden Intellektuedlen und das Auseinanderbrökkeln von alten Genossenschaften angesichts neu-nationalistischer Tugendvorstellungen, das alles hat Anstoß gegeben und ist dann auch gleich zu Buch geschlagen, wobei es mir heute fast als Vorzug erscheint, die schneller als postwendend in den historischen Adelsstand erhobenen Zeiten vorm Fernseher abgerissen zu haben. Statt etwa monatlich oder wöchentlich mit manierlich geglätteten Fronten vor ein der Wahrheit entgegenknisterndes Publikum zu treten, hat der Kalendermann die kontinentalen Transgressionen von seinem Ladenhüterwinkel aus betrachtet und die unterschiedlichen und gelegentlich heftig kontroversen Ausschläge seiner Nervenenden als persönliche Zitterkurve festgehalten.

Daß auch Einfälle der kondensierteren Art mit der Schrägstellung gegenüber einem allgemeinen Strömungsverhalten zu tun haben, dokumentiert sich in zahlreichen (auch typografisch abgesetzten) Aufsätzen, Gedichten, literarischen Halbzeugen, Skizzen, Entwürfen, Bauruinen, Anwehungen, Lyriden, Aphos, Quanten, deren spezielle Einfallswinkel sich unschwer aus dem Datum vom Tage ablesen lassen. Hier hat sich eine teils unverfaßte, teils abseitig postierte Person unmaßgeblich vor der Welt geschüttelt, und dort sind dann diese oder jene Funken geflogen. Bzw. auf der einen Seite der altersgraue Alltag mit seinen Zahnschmerzen, Rückenbeschwerden und Vergiftungserscheinungen, Blatt um Blatt hingelagert und Schicht um Schicht abgesetzt, und darin und dazwischen dann die entsprechenden kristallinen Einschlüsse, so oder so ähnlich schien mir das Innere eines in Arbeit befindlichen Kopfes noch am ehesten wiederzugeben. Obwohl Arbeit – na, wie sollen wir sagen, ohne dem Rudersklaven im Bauch der Galeere allzu ungalant auf die Zehen zu treten – natürlich die seltsamsten Ansichten hat, und wenn ich morgens den Duschvorhang zerteile, um die Brötchen vom Vortag aufzubacken, ist das ei!gentliche Tagewerk meist schon getan.

Hamburg, den 21. Juni 1995